Михаил Афанасьевич Булгаков

불가코프 중편선

불가코프 지음 | 정 연 호 옮김

소개하는 글

러시아 문학 작가들 가운데 '불가코프'하면 생소하게 들리기도 하고 그렇지 않기도 한다. 생소하게 들리는 경우는 문학 또는 러시아 문학에 크게 관심이 없어서 일수도 있지만, '러시아 문학' 하면 쉽게 떠올려지는 『전쟁과 평화』 또는 『죄와 벌』과 같은 대작(大作)의 톨스토이, 도스또옙스키에 비교함에서 일 수 있으며, 그렇지 않은 경우는 일반 독자의 차원을 넘어 공부 또는 여행 등으로 러시아와 직간접적으로 관련을 맺었을 경우 일 것이다. 이처럼 러시아와 한 번 관련을 맺은 독자의 경우에 있어서, '불가코프'라는 작가가 생소하게 들리지 않는 것은, 그의 수많은 작품들이 러시아의 어느 극장에선가 연중 무대 위에 계속 오르고 있으며, 또한 그의 몇몇 작품들이 영화 또는 비디오로 제작되어 TV 등의 전자 매체를 타고 러시아 전역으로 그리고 세계 곳곳으로 종종 방영되고 있기 때문이기도 하다.

불가코프는 1891년 끼예프에서 태어나 의과대학을 졸업하고 의사로 재직하던 중, 1917년 혁명의 소용돌이 속에서 작가로 변신하였지만, 작가로서의 그의 삶은 평탄치 않았다. 그의 희곡 작품들은 종종 상연 금지를 당하거나 무대 위에 올려 지기도 전에 가택수색으로 압수당하기까지 하였으며, 그가 죽기 전까지 병마와 싸우면서 집필한 대작(大作) 『거장과 마르가리따』는 사후(死後) 26년이 지나서야 세상의 빛을 보게 된다.

여기에 소개하는 「악마의 서사시」, 「비운의 달걀」, 「개의 심장」은 모두 1924년-1925년에 씌여진 중편소설들로서, 당시의 비평가들로부터 혹독한 비난을 받거나, 원고를 빼앗겨 출판도 하지 못하였었던 작품이다. 하지만, 「개의 심장」은 지금도 러시아의 어느 극장에선가 무대 위에 계속 상영되고 있으며, 또한 「비운의 달걀」과 더불어 영화로 제작되고 비디오로 출시됨으로써 세계 곳곳에서 방영되고 있다.

불가코프는 1925년 7월, 『악마의 서사시』라는 선집(選集) 속에 「비운의 달걀」과 3편의 단편들을 묶어 출판한 적이 있다. 본 번역본에서는 여기에 「개의 심장」을 더하여 세 편의 중편으로 『불가코프 중편선』이라 명명(命名)하고자 한다. 그 이유는 이들 세 편의 중편들은 모두 1920년대에 쓰인 동시대의 소설들로서, 마치 세 장의 그림이 연속적으로 이어져 한 벌의 컬렉션을 이루듯이 서로 밀접하게 연관되어져 있기 때문이다. 세 중편들은 주제적으로 반-유토피아적이며 환상적 혹은 공상과학적 소설이라는 유사성도 지니지만, 서술기법에 있어서도 두드러지게 그로테스크한 공통성을 지니고 있다. 이에 대하여는 본 역서의 후미에 역자의 논문 "불가코프적 그로테스크의 특성"(『슬라브학보』, 2001)을 실어, 세 중편소설에 대한 보다 깊은 이해를 돕고자 한다.

아무쪼록, 본 역서(譯書) 『불가코프 중편선』이 '불가코프'라는 작가의 이름이 생소하게 들리는 독자들에게는 '불가코프'라는 작가를 포함하여 '러시아' 또는 '러시아 문학'을 알리는 계기가 되었으면 하는 바램이며, 아울러 '불가코프'라는 작가의 이름이 생소하지 않은 독자들한테는 좀 더 '불가코프 문학'을 심도 있게 이해하는 데 있어서 많은 도움이 되기를 간절히 바라마지 않는다.

끝으로 본 역서가 나오기까지 우선 출판을 허락하여 주신 신아사의 정현걸 사장님께 감사드리며, 또한 편집과 교정에 남다른 수고와 배려를 아끼지 않은 편집부에게도 감사드린다.

2010년 7월

와촌정(http://wachon.hihome.com)에서

옮긴이 정연호

불가코프 중편선

악마의 서사시

쌍둥이들이 어떻게 사무원을 파멸시켰는가에 대한 이야기

1. 20일의 사건

사람들이 모두들 이 직장에서 저 직장으로 이리저리 옮겨 다니는 동안에 까로뜨코프 동무는 성냥 자재 본부(성냥자재중앙창고본부)에서 정식 사무원으로 꾸준히 근무하였으며, 벌써 11개월째 꾸준히 근속하고 있었다. 온화하고 조용한 성격의 금발머리 사나이 까로뜨코프는 이 성냥자재부에 한 번 안주하고 나서부터는 이 세상에 소위 말하여 운명의 전환 같은 것이 존재한다는 생각 자체를 아예 머릿속에서 완전히 지워 버렸으며, 그 대신에 까로뜨코프 자신은 지구의 종말이 올 때 까지 이 자재 본부에서 영원히 근무하게 될 것이라는 신념을 지니고 다녔다.

아아, 그러나 전혀 그렇게 되지 않았다.

1921년 9월 20일 성냥 자재 본부의 봉급 담당 회계원이 커다란 귀가리개가 딸린 털모자를 뒤집어쓰고 서류 가방 속에 줄이 쳐진 지불 명령서를 집어넣고는 밖으로 나갔다.

그가 밖으로 나간 시간이 오전 11시였다.

오후 4시 반이 되어서야 그 봉급 담당 회계원은 비에 흠뻑 젖어서 돌아왔다. 그는 털모자에 붙은 물기를 가볍게 빨리 털어내고는 벗어서 책상 위에 놓은 다음, 그 위에 가방을 올려놓고는 다음과 같이 말하였다.

“여러분, 훔쳐 가지 마세요.”

다음에 그는 책상 위를 손으로 더듬으며 뭔가를 여기저기 열심히 찾다가 사무실 밖으로 황급히 나가더니 15분이 지나서 목이 비틀어진 커다란 닭 한 마리를 들고 돌아왔다. 그리고는 가방 위에 닭을 올려놓고 오른 손으로 닭을 꼭 붙들고는 다음과 같이 말하였다.

"봉급은 없을 거요"

"그러면, 내일 지급되나요?"

이구동성으로 여직원들이 소리쳤다.

"아뇨,"

봉급담당 회계원이 머리를 흔들기 시작했다.

"내일도 지급 안 될 겁니다. 그리고 모래도 돈은 없습니다. 여러분, 달려들지 좀 마세요. 동무들, 이러다가 제 책상 엎어지겠어요."

"우리 보고 어떻게 하라고요. 어떻게?"

모두들 소리쳤다. 그 속에는 우리의 순진한 까로뜨코프도 끼어 있었다.

"여러분 제발!"

울먹이는 목소리로 그 회계원은 소리치면서 팔꿈치로 까로뜨코프를 뿌리쳤다.

"제발, 비켜주세요!"

"그래, 도대체 어떻게 하라는 겁니까?" 모두들 아우성쳤다.

그리고 누구보다도 이 우스꽝스러운 인간 까로뜨코프의 목소리가 가장 컸다.

"자, 제발"

회계원은 쉰 목소리로 중얼거리더니 가방에서 지불 명령서를 꺼내 까로뜨코프에게 내보였다. 회계원의 더러운 손톱이 가리킨 곳에는 붉은 색 잉크로 비스듬하게 다음과 같이 쓰여 있었다.

<지불할 것. 수보뜨닉코프 동무를 대신하여 — 원로원>.

또 아래에는 보라색 잉크로 다음과 같이 쓰여 있었다.

<현금 없음. 이바노프 동무를 대신하여 — 스미르노프>.

까로뜨코프는 혼자서 "어떻게?" 하고 소리쳤으며, 나머지 사람들은 숨을 몰아쉬며 모든 책임을 회계원의 탓으로 돌리기 시작하였다.

"아아, 맙소사, 여러분들!" 회계원은 당황해하면서, "만일 저에게 책임이 있다면 제가 여기에 있겠습니까? 정말 이럴 수가!"

그는 황급히 가방 속에 지불 명령서를 집어넣은 다음 털모자를 뒤집어 쓰고는 가방을 겨드랑이에 끼고 나서 닭을 높이 치켜들고 소리쳤다.

"비켜주세요! 비켜주세요!"

그는 간신히 사람들의 인해장막을 뚫고 문 밖으로 사라졌다.

그 뒤를 따라 얼굴이 창백해진 기록계 여직원이 높고 날카로운 굽의 뾰닥 구두를 신고 비명소리를 지르며 뛰어 나가다가, 문 바로 앞에서 왼쪽 구두 굽이 와지직하는 소리와 함께 떨어져 나가는 바람에 비틀거리며 넘어질 뻔하였다.

그녀는 한 쪽 다리를 들어 구두를 벗어 던져 버렸다. 사무실 안에 한 쪽 구두를 남겨 놓은 채, 그녀는 한 쪽 다리를 맨발로 기우뚱 기우뚱 거리며 걸어 나갔다.

그 외 나머지 사람들은 모두들 남아서 투덜거리기 시작하였으며 그 속에는 까로뜨코프도 끼여 있었다.

2. 생산품

이러한 일이 있은 후, 3일이 지나서 까로뜨코프 동무가 근무하는 사무실의 방문이 살며시 열리더니 울어서 눈이 퉁퉁 부은 여직원 한 명이 목만 살짝 들이 내밀고는 악의에 차서 말하였다.

"까로뜨코프 동무, 봉급 타러가세요"

"봉급?"

까로뜨코프는 기뻐서 소리쳤다. 그리고 휘파람으로 <까르멘>의 한 곡조를 불어 재끼면서 '현금 출납구'라는 표찰이 붙은 사무실로 달려갔다. 그러나 현금 출납계원의 책상 옆에 멈추어 선 까로뜨코프는 그만 입을 딱 벌리고 말았다.

사무실 안에는 노란색 성냥다발을 쌓아 이루어진 두 개의 커다란 기둥이 천정 바로 밑에까지 치솟아 있었다. 땀에 젖고 불안한 기색이 역력한 현금 출납계원은 어떠한 질문에도 대답하지 않기 위하여 벽에다가 지불 명령서를 압정으로 고정시키고 있었는데, 그 명령서에는 녹색 잉크로 세 번째의 표제가 다음과 같이 적혀 있었다.

<생산품으로 지불할 것.
보고야블렌스키 동무를 대신하여 — 쁘레오브라젠스키.
그래서 내가 결정함. — 크쉐신스키>

까로뜨코프가 입을 헤 벌리고 바보같이 웃으면서 현금 출납계 사무실을 나오고 있었다. 그의 손에는 노란색의 큰 성냥다발이 4개, 조그만 녹색 성냥다발이 5개 쥐어져 있었으며, 주머니 속에도 파란색 작은 성냥갑이 13개나 들어 있었다.

자기 방으로 돌아온 까로뜨코프는 사무실 안의 직원들이 놀라서 왁자지껄하는 소리에 귀를 기울이면서, 당일 발행된 커다란 신문지 두 장에 성냥갑들을 포장해 가지고는 아무에게도 말하지 않고 퇴근하였다.

까로뜨코프가 성냥 자재 본부의 중앙 현관을 막 나섰을 때, 현관 쪽으로 다가서는 자동차에 하마터면 그는 치일 뻔하였다. 그러나 자동차에 탄 사람이 바로 누구인지 까로뜨코프는 알아보지 못하였다.

집에 도착하여 그는 탁자 위에 성냥갑들을 좍 쏟아 놓고는 한 두어 걸음 물러서서 그것들을 물끄러미 쳐다보았다. 바보 같은 웃음마저도 그의 얼굴에서는 나오지 않았다. 까로뜨코프는 자신의 금발 머리카락을 흩트리며 자기 자신에게 이렇게 말하였다.

'그래 이 상태에서 오랫동안 의기소침해 하는 것은 아무 소용없어. 성냥갑들을 팔아 보도록 하자.'

그는 공립 포도주 창고에 근무하는 이웃집 여자 알렉산드라 표도로브나의 아파트 문을 두드렸다.

"들어오세요." 하는 소리가 황량하게 방 안에 울려 퍼졌다.

안으로 들어간 까로뜨코프는 그만 놀라고 말았다.

예전 보다 일찍 직장에서 돌아온 알렉산드라 표도로브나는 외투를 입은 채 모자도 벗지 않고 방바닥에 쭈그리고 앉아 있었다. 그녀 앞에는 신문지 마개로 뚜껑을 막은 병들이 일렬로 쭉 늘어져 있었으며, 병 속에는 짙은 빨간색의 액체들이 가득 담겨져 있었다. 그리고 그녀의 얼굴에는 눈물 자국이 있었다.

"46병이에요" 라고 말하고 나서 그녀는 까로뜨코프에게로 몸을 돌렸다.

"알렉산드라 표도로브나, 이거 잉크병이지요?……"

깜짝 놀란 까로뜨코프가 물었다.

"교회용 포도주요."

그녀는 흐느껴 울면서 대답하였다.

"그럼 당신에게도? 어떻게 이럴 수가"

까로뜨코프는 경악을 금치 못했다.

"그럼 당신도 교회용 포도주를 받았어요?"

그녀가 놀라서 물었다.

"아뇨, 우리들한테는 성냥이요."

꺼져가는 목소리로 까로뜨코프는 대답하고 나서 양복 단추를 비비꼬기 시작하였다.

"게다가 참, 그 성냥들은 불도 붙지 않겠지요!" 라고 소리치면서 알렉산드라 표도로브나는 쭈그리고 앉아 있을 때 접혀졌던 치마를 털어 내리면서 일어섰다.

"성냥들이 불도 붙지 않다니요?"

까로뜨코프는 깜짝 놀라 자기 방으로 뛰어 갔다. 방에 들어서자마자 그는 지체 없이 성냥갑 하나를 잡아 찢은 다음 불을 켜 보았다. 성냥은 픽하는 소리와 함께 푸른 불빛을 내며 확 타올랐다가 부러지면서 꺼져 버렸다. 까로뜨코프는 코를 찌르는 유황 냄새에 숨을 헐떡이더니 심하게 기침을 하기 시작하였다. 그리고는 다시 성냥개비를 그어 보았다.

이번에는 성냥개비가 팍 하더니 두 개의 불꽃이 튀어 나왔다. 첫 번째 불꽃은 창문 유리에 떨어졌으나, 두 번째의 것은 바로 까로뜨코프 동무의 왼쪽 눈에 떨어지고 말았다.

"아—앗!"

까로뜨코프는 외마디 비명을 지르며 성냥갑을 떨어뜨렸다. 순간적으로 그는 마치 성난 말처럼 발을 동동 구르면서 손바닥으로 눈을 눌러 막았다.

그리고 나서, 그는 눈이 멀지나않았나 두려운 생각에 조그만 손거울에 자신의 눈을 비춰 보았다. 그러나 눈은 아직 제자리에 그대로 있었다. 하지만, 사실상 눈 속이 빨개져 있었으며 속에서는 눈물이 쏟아지고 있었다.

"오, 하느님 맙소사!"

까로뜨코프는 당황하여 허둥지둥 하며 즉시 장롱에서 휴대용 미제 약품 주머니를 꺼내 풀어 헤쳤다. 머리의 반쪽을 붕대로 칭칭 동여매는 바람에 그는 마치 부상병과 흡사하게 되었다. 밤새도록 까로뜨코프는 불도 끄지 않고 누워서 성냥불을 그어댔다. 이렇게 그는 성냥갑 3통을 그어 대는 바람에 겨우 성냥 63개비를 제대로 불붙일 수 있었다.

'바보 같은 자식들, 사람을 속이다니, 참 기가 막히게 좋은 성냥들이군.' 까로뜨코프는 중얼중얼하며 불평하였다.

날이 밝아 오자 방안은 온통 숨이 막힐 정도로 후덥지근한 유황 냄새로 가득 찼다. 새벽녘에 까로뜨코프는 잠깐 잠이 들었다. 그는 어이없는 무시무시한 꿈을 꾸었다.

그가 어느 푸른 초원에 있었는데, 갑자기 그의 앞에 두 발 달린 살아서 움직이는 거대한 당구공이 갑자기 나타난 것이다. 꿈이 너무도 추악해서 까로뜨코프는 소리치며 눈을 떴다.

눈을 뜬 약 5초 정도의 순간에 그는 자신의 침대 옆에 있는 그 당구공에서 아주 강한 유황 냄새가 난다고 생각하였다. 그러나 그 다음에 모든 것이 사라져 버렸다. 몸을 뒤척이고 나서 까로뜨코프는 다시 잠들기 시작하였으며 이미 잠에서 빠져 나올 수 없었다.

3. 대머리가 나타나다

다음날 아침에 까로뜨코프는 붕대를 움직여 보고 나서는 눈이 거의 완쾌되었다고 확신하였다. 하지만, 지나치리만치 신중한 까로뜨코프는 한동안 붕대를 벗지 않기로 결정하였다. 직장에 아주 늦게 도착한 그는 하급 직원들 사이에 괜한 소문을 일으키지 않기 위하여 교묘하게 자신의 방으로 곧장 가서 책상에 앉았다.

그의 책상 위에는 서류가 하나 와 있었는데, 그 서류에는 타이피스트 여직원들에게 피복을 지급해야 되는지, 아니면 하지 말아야 되는지에 대하여 보충계 주임이 본부 국장에게 문의하는 내용이 적혀 있었다. 결재 서류를 한 눈에 읽고 난 까로뜨코프는 그것을 집어 들고 국장 체꾸쉰 동무의 사무실이 있는 복도 쪽으로 향하였다.

그런데, 국장 사무실의 문 바로 앞에서 까로뜨코프는 깜짝 놀라리만치 괴상하게 생긴 정체불명의 낯선 사나이와 맞닥뜨렸다.

이 낯선 사나이는 키가 아주 조그마해서 키 큰 까로뜨코프의 허리에나 겨우 닿을 정도였다. 그는 키 작은 결점을 굉장히 넓은 어깨로 보상하고 있었다. 사각형의 몸통이 구부러진 다리 위에 얹혀 있었으며 게다가 왼쪽 다리는 절름발이였다.

그러나 가장 주목할 만한 것은 그의 머리였다. 그의 머리는 거대한 달걀의 뾰족한 끝을 앞으로 향하게 하여 목 위에 수평으로 올려놓은 형태와 똑 같았다. 그의 머리는 또한 달걀처럼 반질반질한 대머리였으며, 너무나 반짝 거려 머리의 정수리 부분에서 전구들이 꺼지지 않고 계속하여 타고 있는 것 같았다.

낯선 사나이의 아주 작은 얼굴은 푸른빛이 돌 정도로 잘 면도 되어져 있었고 바늘 귀 만하게 조그맣고 푸른 눈이 움푹 들어가 박혀 있었다. 그의 몸은 회색 모포로 만든 프렌츠[1] 군복으로 둘러 싸여져 있었고, 앞 단추가 끌러져 속으로는 우크라이나 식의 수놓은 하얀색 루바쉬까[2]가 드러나 보이고 있었으며, 다리는 알렉산드르 1세 시대의 천으로 만든 바지와 당시의 경기병들이 신던 짧은 장화 속에 들어가 있었다.

'괴상망측하게 생겼군.' 하고 까로뜨코프는 생각하고는 그 대머리 사나이를 피하여 체꾸쉰 국장의 사무실 문 쪽으로 향하였다. 그러나 그 사나이는 전혀 예기치 않게 까로뜨코프의 길을 막아섰다.

"당신은 무슨 용건이요?"

대머리 사나이는 신경과민의 말단 사무원이 벌벌 떨 정도의 목소리로

1) 프렌츠: 4개의 호주머니와 허리띠가 달린 군복식의 짧은 깃의 상의, 영국의 프렌치 장군의 이름에서 나왔음.

2) 루바쉬까: 넓은 러시아식 상의 셔츠.

까로뜨코프에게 물어 왔다. 그 목소리는 마치 구리쇠대야 소리와 아주 흡사하였으며, 그 소리를 들은 사람이라면 누구나 단어 하나하나가 발음될 때 마다 척추 뼈를 따라 꺼칠꺼칠한 철조망이 긁혀져 내려가는 듯한 느낌을 받을 정도로 특이한 음색을 지니고 있었다. 그 외에도 낯선 사나이의 말에서는 성냥 냄새가 나는 것처럼 생각되었다.

이러한 모든 사실에도 불구하고 선견지명이라고는 눈곱만치도 없는 까로뜨코프는 이런 상황에서는 전혀 하지 말았어야 될 화를 내고 말았다.

“흠… 아주 이상한 사람이군. 나는 서류를 가지고 가는 중이오… 그런데, 당신이 누군데 이러는지 좀 가르쳐 주시오…….”

“당신, 저 문짝에 뭐라고 쓰여 있는지 안보여?”

까로뜨코프가 문을 쳐다보았다. 그리고 오래 전부터 보아서 눈에 익은 글씨를 보았다.

<보고서 없이는 들어오지 말 것>

“난 보고서를 가지고 가는 중이오.”

까로뜨코프는 자신의 결재 서류를 가리키며 바보 같은 말을 하고 말았다.

그 사각형 몸통의 대머리 사나이는 예기치 않게 벌컥 화를 내었다. 그의 눈에서는 갑자기 누르스름한 불꽃이 타 오르고 있었다.

“동무, 동무는 가장 간단한 근무 수칙의 뜻을 이해하지 못 할 만큼 지능이 발달하지 못했소.”

그는 냄비 깨지는 소리로 까로뜨코프의 귀를 멍하게 만들면서 말하였다.

“도대체 당신이 지금까지 어떻게 여기에서 근무했는지 정말 놀라운 일이오. 대체로 이곳은 흥미로운 게 많은 곳이긴 하지만. 가는 곳마다 여기저기 눈퉁이가 부어서 붕대로 감고들 있지 않나, 원-참. 음-좋소. 바로 내가 모든 걸 정돈시켜 놓고 말테니.”

까로뜨코프는 속으로 ‘아—잇차!’ 하고 탄식하였다.

“이리 주소!” 하는 말과 동시에 그 낯선 사나이는 까로뜨코프의 손에서 결재 서류를 잡아 빼서는 순식간에 읽은 다음에, 바지 주머니에서 사방이 깨물려진 흑연 연필을 꺼내서 그 서류를 벽에다 갖다 대고 몇 자 비스듬하게 끄적거렸다.

"꺼지시오!"

그가 크게 고함치며 서류를 까로뜨코프에게 찔러 넣는 바람에, 까로뜨코프의 나머지 성한 눈 하나마저도 하마터면 마저 찔릴 뻔하였다.

복도의 바깥 쪽 출입문이 쾅하고 닫히면서 낯선 사나이는 사라져 버렸으며 까로뜨코프는 벽으로 포위된 공간에 홀로 남겨졌다.

그리고 체꾸쉰은 사무실에 없었다.

너무나 당혹한 까로뜨코프는 약 30초가 지나서 체꾸쉰 동무의 개인 여비서인 리도치까-제-루니가 바로 가까이 다가 왔을 때에서야 제정신이 들었다.

"아-아아!"

까로뜨코프 동무는 탄식하였다.

리도치까의 눈도 까로뜨코프와 똑같은 휴대용 붕대로 감겨져 있었으며, 차이가 있다면 그녀의 붕대는 끝이 화려하게 꾸며진 나비 모양의 댕기가 매어져 있다는 것뿐이었다.

"당신 눈은 왜 이렇게?"

"성냥!"

리도치까는 흥분해서 대답하였다.

"그 저주받을 놈의 성냥!"

"조금 아까, 그 사람은 누굽니까?"

몹시 흥분한 까로뜨코프는 귀엣말로 속삭이며 물었다.

"정말 모르고 계셨나요?"

리도치까가 조용한 목소리로 속삭였다.

"새로 부임한 국장이에요."

"아아—아뿔싸, 어떻게 이런 일이?"

까로뜨코프는 우는 소리를 냈다.

"그러면, 체꾸쉰 국장은?"

"어제 날짜로 해임되었어요."

리도치까는 악의에 차서 말하였다. 그녀는 새로 온 국장 사무실 쪽을 손가락으로 가리키고 나서는 다음과 같이 덧 붙였다.

"흐음, 칠칠하지 못한 놈. 정말로 못된 인간. 그렇게 정반대의 인간은 내 평생에 정말 본 적이 없어요. 후닥하면 고함치지! 해고! 하고 호통 치지 않나. 대머리에다가, 이름도 속바지가 뭐야!"

그녀가 이와 같이 예기치 않게 서슴없이 덧붙이는 바람에 까로뜨코프는 놀라 눈을 휘둥그렇게 뜨면서 그녀를 쳐다보았다.

까로뜨코프는 "그럼, 그의 성은 뭐라고 하는데…" 하며 질문하였으나, 그만 끝까지 묻지도 못하였다.

그의 질문이 채 끝나기도 전에, 사무실 문 안에서 "문서 전령" 하는 무시무시한 소리가 요란스럽게 울려 퍼져 나왔다.

말단 서기 까로뜨코프와 여비서 리도치까는 순간적으로 재빠르게 서로 다른 쪽으로 흩어졌다. 자신의 방으로 쏜살같이 날라 들어온 까로뜨코프는 책상에 앉아서 혼자말로 이렇게 중얼거렸다.

'좋구나 좋아… 흠, 까로뜨코프, 너 진창에 빠졌구먼. 이 일을 어떻게 바로 잡아야 한담… 지능지수가 낮다고… 흠… 뻔뻔스러운 놈… 좋아! 어디 까로뜨코프가 얼마나 지능이 낮은지 두고 보자.'

그리고는 사무원 까로뜨코프는 단숨에 그 대머리 사나이가 쓴 내용을 읽어 내려갔다. 결재 서류에는 비딱한 글씨로 다음과 같이 쓰여 있었다.

<대체로 모든 타이피스트들과 여직원들에게 적절한 시기에 군복 속바지가 지급될 것임>

"거 참, 아주 좋은 발상이야!" 까로뜨코프는 감탄하여 소리쳤다. 그리고 리도치까가 군복 속바지를 입고 있는 모습을 상상하고 나서 음탕하게 어깨를 움츠렸다. 그는 즉시 깨끗한 새 종이를 꺼내 3분 만에 전통문을 작성하였다.

<전통문. 보충계 주임에게 마침표 19일자 공문 No 0,15015(б)에 대한 답신임 콤마 성냥자재본부는 알립니다 콤마 모든 타이피스트들 그리고 대체로 여직원들에게 적절한 시기에 군복 속바지를 지급할 것임을 마침표 본부 국장 횡선 싸인 사무원 횡선 바르톨로메이 까로뜨코프 마침표>

그는 문서 전령 빤쩨레이몬을 전화로 호출하여 다음과 같이 말하였다.
“보충계 주임에게 서명결재요”
빤쩨레이몬은 입을 웅얼웅얼 거리며 서류를 집어 들고 밖으로 나갔다.
이 일을 처리한 후 까로뜨코프는 만일 새 국장이 문득 여러 사무실을 순시할 생각을 한다면, 일에 몰두해 있는 자신을 반드시 발견해 낼 것이라는 계산에서 4시간 동안이나 사무실 밖으로 나가지 않고 가만히 귀를 기울이고 있었다.
그러나 그 무시무시한 국장 사무실에서는 아무 소리도 들려오지 않았다. 딱 한번 누군가를 해고시키려고 위협하는 듯한 양철 주전자 소리가 흐릿하게 들려왔다. 그러나 그가 바로 누구인지는 귀를 열쇠 구멍에 가까이 갖다 대었지만 들리지 않았다.
오후 3시 반이 지나 사무실 벽 너머에서 빤쩨레이몬의 목소리가 울려 퍼졌다.
“국장이 자동차 타고 떠났다.”
사무실 안은 즉시 웅성이더니 허둥지둥 거리기 시작하였다.
가장 늦게 쓸쓸히 까로뜨코프 동무는 집을 향하여 출발하였다.

4. 단 하나의 단락으로 까로뜨코프 해고되다.

다음날 아침, 까로뜨코프는 자신의 눈에 더 이상 붕대의 도움이 필요 없음을 확신하고 기뻐하였다. 그러므로 붕대를 떼어버리자 한결 편해졌으며 즉시 얼굴 모습이 바뀌었다. 차를 대충 마시고 난 까로뜨코프는 난로의 불을 끄고 나서, 늦지 않으려고 직장을 향해 달려갔다.
그러나 전차가 6번 노선 대신에 7번 노선을 따라 우회하다가 조그만 집들이 다닥다닥 붙어 있는 갓길에 접어들어 고장이 나는 바람에 50분이나 지각하게 되었다.
까로뜨코프는 걸어서 3베르스타를 뛰어 갔으며 숨을 헐떡이고 나서, 레스토랑 ‘알프스 장미’의 취사장 안에 걸려있는 시계가 막 11시를 칠 때서야 겨우 사무실 안으로 뛰어 들어갔다.

사무실 안에서는 보통 아침 11시 경이면 볼 수 없었던 굉장한 구경거리가 그를 기다리고 있었다.

리도치까, 밀로치까 리또브쩨바, 안나 예브그라포브나, 고참 회계원 드로즈드, 기술 교관 기찌스, 노메라쯔키, 이바노프, 무쉬까, 기록계 여직원, 회계담당—한 마디로, 사무실 안의 모든 직원들이 예전의 레스토랑 '알프스 장미' 식탁의 자기 자리에 앉아 있는 것이 아니라, 벽 가까이에 빽빽이 무리를 지어 서 있었으며, 벽에는 공고문의 1/4이 못으로 박혀져 붙어 있었다.

그리고 까로뜨코프가 출현하자 갑작스런 침묵이 흘렀으며 모두들 고개를 숙였다.

"안녕하세요, 여러분, 이게 뭐예요?"

놀란 까로뜨코프가 물었다.

사람들은 잠자코 길을 터 주었으며 까로뜨코프는 그 공고문을 향하여 다가갔다.

그는 확실하고 분명하게 첫 번째 줄은 쳐다보았으나, 마지막 줄은 감정이 복 받쳐 눈물을 머금은 채, 뿌연 안개 속에서 보아야 했다.

명령 제1호

1. 중요한 공문서에 놀라운 분란을 불러일으킬 정도로 자신의 임무를 소홀히 한 책임과 아마도 주먹 싸움질을 하다가 얼굴에 상처를 입은 흉측한 모습을 하고 직장에 출근한 책임을 물어 까로뜨코프 동무는 25일까지 만의 전차비 지급과 함께 26일자로 직위 해제됨.

이 첫 번째 단락은 동시에 마지막 단락이기도 하였다. 그리고 단락 밑에는 <국장 깔리소네르>라는 싸인이 큰 글씨체를 과시하고 있었다.

20초 동안, 먼지투성이의 크리스탈 홀 <알프스 장미> 안에는 가장 이상적인 침묵만이 흘렀다. 그리고 누구보다도 얼굴이 푸르스름하게 된 까로뜨코프가 가장 깊고 생기 없이 침묵하고 있었다.

21초가 지나자, 그 침묵은 깨어졌다.

"어떻게? 어떻게 이럴 수가?"

<알프스 장미> 레스토랑의 샴페인 잔 받침이 깨지는 것 같은 목소리로

까로뜨코프는 '어떻게'라는 말을 연거푸 두 번 발음하였다.

"그럼, 그의 성이 깔리소-네르였단 말인가?"

이 무시무시한 단어 '깔리소네르'라는 말이 들리자, 사무실 직원들은 갑자기 사방으로 흩어졌으며, 눈 깜짝 할 사이에 마치 전선 위의 까마귀 떼처럼 책상 줄을 따라 일렬로 자기 자리에 가 앉았다. 까로뜨코프의 얼굴은 부패한 푸른곰팡이 색깔에서 반점이 있는 진홍색으로 바뀌었다.

"아이구, 에구머니나, 여보게, 그래 어떻게 하다 그런 실수를 저질렀나? 으응, 그래?"

스크보렛쯔가 장부를 뒤적이면서 먼발치에서 낮고 둔탁한 소리로 말하였다.

"전 생-생각했어요. 생각했다고요"

까로뜨코프는 말을 잇지 못하고 조각조각 부서지는 소리로 더듬거렸다.

"저는 <깔리소네르>를 <깔리손>[3)]으로 읽었단 말이에요. 그가 그렇게 조그만 글씨로 자신의 성을 쓸 줄이야!"

"속바지 난 안 입을 거야, 국장님 보고 안심하라고 하세요!"

까랑까랑한 목소리로 리도치까가 말하였다.

"조용히!"

구렁이 담 넘어가듯 스크보렛쯔가 속삭이기 시작하였다.

"당신, 무슨 소리예요?"

그는 얼른 자세를 낮추어 장부로 얼굴을 가리고 그 속에 몸을 숨겼다.

"하지만, 제 얼굴에 대하여 그가 말할 권한을 갖고 있지는 않습니다!"

얼굴빛이 진홍색에서 담비 가죽처럼 하얗게 바뀌면서 까로뜨코프는 낮은 목소리로 소리쳤다.

"저도 리도치까 동무처럼 그 더러운 성냥개비로 눈 화상을 입었단 말이요!"

"좀 더 조용히!"

얼굴이 창백해진 기찌스가 아주 낮게 앵앵 소리를 냈다.

"당신 지금 무슨 소리예요? 어제 그가 성냥들을 실험해 보고는 아주

---

3) 러시아어로 '깔리손'은 '바지 안에 입는 속옷'을 말함.

우수한 것으로 결론을 내렸단 말이요."

이때, 갑자기 문 위의 초인 벨이 "드-르-르-르르르" 하고 울렸다…. 그러자 즉시, 빤쩨레이몬의 육중한 몸이 접의자에서 떨어져 복도를 따라 쏜살같이 굴러갔다.

"안 돼! 내가 설명하겠어. 내가 자초지종을 설명하겠어!"

높고 가는 목소리로 까로뜨코프는 소리치고 나서 좌충우돌하며 뛰어나갔다. 그가 열 발자국쯤 뛰어갔을 때, 그의 일그러진 모습이 먼지 낀 알프스 거울에 내비쳐졌다. 수면 위로 갑자기 떠오르듯 복도에 나타난 그는 <별실>이라는 표찰 위에 달려있는 어두스름한 전구 불빛을 향하여 달려갔다.

숨을 헐떡이고 나서 그는 그 무시무시한 사무실 문 앞에 섰다. 그리고 숨을 돌려 정신을 차려보니 빤쩨레이몬이 자신을 꼭 껴안고 있음을 알았다.

"빤쩨레이몬 동무, 나를 놓아주시오, 제발. 난 국장한테 용무가 잠깐이면…"

까로뜨코프는 불안하게 말하기 시작했다.

"안됩니다. 불가능해요. 아무도 들여보내지 말랍시는 명령이요."

빤쩨레이몬은 쉰 목소리로 말하기 시작하였으며 지독한 파 냄새를 풍김으로써 까로뜨코프의 결단을 억누르기 시작하였다.

"안 돼요. 가세요, 가시란 말요, 까로뜨코프씨. 당신을 들여보내면, 당신 다음으로 나에게 어떤 날벼락이 떨어질지…"

"빤쩨레이몬, 난 들어가야만 합니다."

다 꺼져가는 목소리로 까로뜨코프는 청원하였다.

"친애하는 빤쩨레이몬, 당신 아시겠지. 나에게 명령이 떨어져서… 나를 놓아요, 사랑스런 빤쩨레이몬."

"아아, 제발, 당신…"

공포에 가득차서 사무실 문 쪽을 돌아보고 난 빤쩨레이몬은 중얼거리기 시작했다.

"내 당신한테 진정 말합니다, 불가능해요. 불가능하다고요, 동무!"

문 너머 사무실 안에서 전화벨 소리가 요란스럽게 나더니 쇠대야가 울리는 듯한 둔탁한 목소리가 굉음을 냈다.

"퇴근할거다! 지금 당장!"

빤쩨레이몬과 까로뜨코프는 급히 양 옆으로 갈라섰다.

문이 쾅하고 열리더니 챙 달린 모자를 쓴 깔리소네르가 겨드랑이에 가방을 끼고서 복도를 따라 급히 달리기 시작하였다. 빤쩨레이몬이 그의 뒤를 바싹 달라붙어 뛰어 갔으며, 빤쩨레이몬의 뒤를 까로뜨코프가 조금 망설이고 나서 바로 뒤따라 붙었다. 복도의 모퉁이를 지날 때 창백하고 불안해진 까로뜨코프는 빤쩨레이몬의 팔 밑으로 뛰어 지나가서 깔리소네르를 추월하였다. 그는 깔리소네르 바로 앞에서 그를 마주 바라보며 뒷걸음질로 달리기 시작했다.

"깔리소네르 동무"

그는 간헐적인 목소리로 중얼거리기 시작했다.

"1분간만 이야기하게 해주십시오… 그 명령에 관하여 저는 여기서…"

"동무!"

급히 서두르며 걱정스러워진 깔리소네르는 까로뜨코프를 밀쳐내고 달리면서 미친 듯이 소리쳤다.

"당신 나 바쁜 거 보이죠? 갑시다! 가자고!…"

"그 명령에 관해 전 이렇게…"

"정말, 당신 나 바쁜 거 안 보여? 동무! 담당 사무원한테 가보시오."

깔리소네르는 이미 내버려져 사용하지 않는 <알프스 장미>의 대형 오르간이 자리 잡고 있는 현관을 향하여 내 달리고 있었다.

"저도 역시 똑같은 사무원인데요!"

두려움에 가득 찬 까로뜨코프는 날카로운 쉿소리를 내기 시작했다.

"제 이야기를 끝까지 들어보세요, 깔리소네르 동무!"

"동무!"

깔리소네르는 아무 말도 들으려하지 않으면서 마치 사이렌이 울리듯이 소리쳤다. 그리고는 뒤 따라오던 빤쩨레이몬을 향해 소리쳤다.

"나를 더 이상 지연시키지 못하도록 빨리 조치하시오!"

"동무!"

깜짝 놀란 빤쩨레이몬이 쉰 목소리를 냈다.

"당신 지금 누구를 붙들고 이러는 거야?"

그리고 빤쩨레이몬은 어떤 조치를 취해야 할지 몰라 하다가, 다음과 같은 조치를 내렸다. 즉, 자신의 몸통으로 까로뜨코프 앞을 가로 막아선 다음, 마치 사랑하는 여인에게 하듯이 자신의 몸 쪽으로 까로뜨코프를 꽉 잡아 껴안았다.

그의 이런 조치는 곧 실효를 거두었다. 깔리소네르는 얼른 몸을 피하여, 한마디로 작은 도르래 바퀴가 계단 밑으로 굴러 떨어지듯이 쏜살같이 도망쳐 중앙 현관 문 밖으로 튀어나갔다.

"뷩! 부엥"

현관 대형 유리 밖에서 모터 사이드카가 요란한 소리를 내기 시작했다. 사이드카는 총소리를 다섯 번 내고 나서 뿌연 연기로 창문 시야를 가리더니 사라져 버렸다. 이때 서야, 비로소 빤쩨레이몬은 까로뜨코프를 놓아주었다. 그는 얼굴의 식은땀을 닦고 나서 울부짖듯 소리쳤다.

"10년 감수했네!"

"빤쩨레이몬……."

떨리는 목소리로 까로뜨코프는 물었다.

"지금 그가 어디로 간 거요? 빨리 말하쇼, 그는 다른 종류의 인간이야, 알겠어……."

"내 생각에는 아마도 중앙 조달청으로…"

까로뜨코프는 질풍같이 계단 밑으로 달려 내려가 외투 보관소 안으로 뛰어 들어가서는 외투와 모자를 잡아채 가지고 거리를 향해 내달렸다.

5. 악마의 요술

까로뜨코프는 운이 좋았다. 때마침 전차가 바로 앞에 도착해 <알프스 장미> 레스토랑 건물과 나란하게 멈추어 서 있었다. 전차 안으로 펄쩍 뛰어오른 까로뜨코프는 전차 내의 원형 제동 장치에 몸을 부딪치면서, 그리고 손님들의 배낭 주머니들을 밀쳐 내면서 전차 앞의 운전석 쪽으로 돌진하였다.

조바심이 그의 애간장을 녹이고 있었다. 모터 사이드카는 웬일인지 멈칫거리더니 전차 앞에서 덜컹거리는 소리를 냈다. 그 순간 까로뜨코프는 잠시 모터 사이드카를 시야에서 놓쳐 버렸으나 다시 푸르스름한 연기구름 속에서 그 사각형 몸통의 등 뒤 모습을 찾아낼 수 있었다.

약 5분가량 까로뜨코프는 전차 내의 비좁은 공간에서 비비적거리며 흔들렸다. 마침내 회색빛 건물로 되어 있는 중앙 조달청 앞에 그 모터 사이드카는 멈추어 섰다. 육중한 사각형의 몸체는 보행자들 사이로 끼어들더니 곧 사라져 버렸다. 까로뜨코프는 달리고 있던 전차에서 재빨리 뛰어내려 한 바퀴 돌면서 넘어졌다.

그 바람에 무릎에 가벼운 타박상을 입은 그는 모자를 높이 들어 지나가는 자동차 앞을 아슬아슬하게 가로질러 헤치면서 조달청 현관을 향하여 돌진하였다.

현관 안에서는 수십 명의 사람들이 바닥에 젖은 발자국을 남기면서 까로뜨코프를 향하여 오기도 하고 반대로 그를 추월하여 지나가기도 하였다. 그 사각형의 등 뒤 모습은 계단의 두 번째 오르막에서 아른아른 거렸다. 까로뜨코프는 숨을 헐떡이면서 그가 있는 계단 쪽으로 서둘러 갔다.

깔리소네르는 이상하리만치 놀라운 속도로 계단을 올라갔으며 까로뜨코프는 행여나 그를 놓치게 되지나 않을까 하는 생각에 가슴이 조마조마해지기 시작했다.

그리고 그러한 일은 마침내 일어나고야 말았다.

다섯 번째 층계참에서 까로뜨코프가 완전히 기진맥진해 졌을 때, 그 사각형의 등짝은 사람들의 얼굴, 털모자, 가방들의 숲 속으로 뒤섞여 버리고 말았다.

까로뜨코프는 번개처럼 층계참을 향해 날아가 두 개의 표찰이 붙어 있는 문 앞에서 1초간 망설였다. 한 표찰에는 푸른색 바탕에 금색 글씨로 <여교사보 공동침실>이라고 경음부호[4]가 포함되어 쓰여 있었으며, 다른 표찰에는 하얀색 바탕에 검은색 글씨로 <조달 업무 운영 사무실장> 이라고 경음부호 없이 쓰여 있었다.

까로뜨코프는 무턱대고 문 안으로 돌진하여 들어갔다. 대형 유리로 된

4) 경음부호: 러시아어 알파벳 33자 중의 하나로 'ъ'와 같이 쓰며, 음가(音價)를 지니고 있지 않음.

칸막이와 이리저리 움직이며 뛰어다니는 수많은 금발머리 여자들이 보였다. 까로뜨코프가 첫 번째 유리 칸막이를 열자, 칸막이 너머 안쪽에 파란 옷을 입은 어떤 사람이 보였다. 그는 책상 위에 누워서 전화기를 들고 쾌활하게 웃고 있었다.

두 번째 칸막이가 쳐진 방에는 책상 위에 쉘레르-미하일로프의 전집이 놓여 있었고, 그 옆에서는 스카프를 걸친 낯선 중년 여성이 저울에 이상한 냄새가 나는 말린 생선의 무게를 달고 있었다.

세 번째 칸막이가 쳐진 방에는 이상한 소음과 전화벨 소리가 자잘하게 끊임없이 났으며, 여섯 대의 타자기 너머로 연한 빛의 작은 이빨이 난 여섯 명의 여자들이 연거푸 웃어 대며 타자를 치는 모습이 보였다.

마지막 칸막이 너머에는 넓은 공간이 확 트여 있었으며, 중간 중간에 두툼한 기둥들이 떠받치고 있었다. 타자기 치는 소리가 참기 어려울 정도로 공중을 맴돌았으며 수많은 여자들과 남자들의 머리가 보였다.

그러나 그들 가운데 깔리소네르같이 생긴 머리는 하나도 없었다. 생각이 뒤얽혀 머리가 돌기 시작한 까로뜨코프는 손에 거울을 들고 자신 쪽으로 뛰어 오던 첫 번째 여자를 불러 세웠다.

"당신, 혹시 깔리소네르 보지 못하셨어요?"

그 여인이 커다란 눈을 휘둥그렇게 뜨고 다음과 같이 대답하였을 때, 까로뜨코프는 기뻐서 가슴이 철렁 내려앉았다.

"네, 봤어요. 하지만, 방금 떠났어요. 빨리 따라 가세요."

까로뜨코프는 원기둥이 떠받치고 있는 홀을 지나 그녀의 조그맣고 하얀 손끝의 반짝반짝 빛나는 빨간색 손톱이 가리킨 곳을 향하여 내달렸다. 홀 안을 정신없이 뛰어 지나간 그는 자신이 좁고 어두스름한 복도 끝의 엘리베이터 승강장에 있음을 알아차렸다.

불이 켜진 승강기가 입을 크게 딱 벌리고 있는 것이 보였다. 까로뜨코프는 다시 가슴이 철렁하고 내려앉았다. 순간 승강기의 커다란 문은 모포를 두른 사각형의 몸통과 반짝반짝 빛나는 까만 가방을 집어 삼켜 버렸다. 까로뜨코프는 "깔리소네르 동무" 하고 소리쳤으며, 그 다음에 온 몸이 굳어 버렸다.

갑자기 푸른 색깔의 수많은 원들이 동그라미를 그리며 승강장 앞에서 펄쩍펄쩍 뛰어 올랐다. 승강장의 그물망이 닫히면서 승강기 유리문도 닫혔다. 승강기가 출발하였다. 그리고 그 사각형의 등짝이 한 바퀴 돌자 영웅호걸의 앞가슴으로 바뀌었다. 까로뜨코프는 그의 모든 것, 즉 회색빛 군복상의, 모자, 가방, 그리고 건포도 알 만한 눈 등 모든 것을 알아보았다. 그는 분명 깔리소네르였다.

그러나 깔리소네르는 앞가슴까지 축 내려오는 앗시리아인(人)의 주름 잡힌 긴 턱수염을 하고 있었다. 순간 까로뜨코프는 다음과 같이 생각하였다.

'그 새 턱수염이 자랐나? 모터 사이드카를 타고 계단을 오르는 사이에 자랐단 말인가? 참, 이게 무슨 일이람?'

그리고 나서 두 번째로는 이런 생각이 들었다. '아마, 가짜 턱수염 일거야, 참, 이상한 일이군'

하지만, 까로뜨코프가 이런 생각을 하는 사이에 깔리소네르는 이미 그물망이 쳐진 깊은 나락 속으로 빠져 들기 시작했다. 처음으로 그의 발이 자취를 감췄으며, 다음으로 배, 턱수염, 마지막으로 조그만 눈과 입이 자취를 감추면서, 입에서는 다음과 같은 테너 가수의 부드러운 말소리가 크게 메아리쳐 나왔다.

"늦었어요, 동무, 금요일에 오시오"

순간 까로뜨코프적인 머리통 속에는 '목소리 또한 가짜인가' 하는 생각이 번뜩 스쳤다. 그리고 약 3초간 그의 머리는 고통스럽게 아파왔다. 그러나 어떠한 요술도 자신을 멈추게 해서는 안 되며, 여기서 멈추는 것은 곧 파멸이다라는 생각이 들자, 까로뜨코프는 승강기 쪽을 향해 돌진해 나갔다.

그물망 안에는 승강기 지붕 위의 굵은 와이어 밧줄이 올라오고 있는 것이 보였다. 머리에 반짝이는 석재 장식핀을 꽂은 미녀 한명이 몹시 지친 듯 괴로워하며 비상구 통로 바로 안에서 튀어 나와서는 상냥하게 까로뜨코프의 손을 잡으면서 물었다.

"동무, 당신은 심장 장애가 있지요?"

"아니오, 아아, 없어요, 동무"

아연실색한 까로뜨코프가 말하고 나서 그물망 쪽으로 발걸음을 옮겼다.

"나를 저지하지 말아요.

"동무, 이럴 땐 이반 피노게노비치한테 가보시오."

미녀는 승강기 쪽으로 향하는 까로뜨코프의 길을 가로 막으면서 슬픔에 잠긴 듯한 목소리로 말하였다.

"난 원치 않아요!"

까로뜨코프가 울음 섞인 목소리로 소리쳤다.

"동무! 난 바쁜 사람이야. 당신 뭐야?"

그러나 그 여인은 슬픔에 잠긴 표정으로 꼼짝 않고 그 자리에 서 있었다.

"아무 것도 내가 할 수 없다는 걸, 당신이 잘 아시잖아요. 라고 그녀는 말하고 나서 까로뜨코프의 손을 꼭 쥐었다.

이때, 승강기가 올라와 멈췄다. 승강기는 가방 든 사람 한 명을 내뱉어 놓고는 그물망이 닫히면서 다시 아래로 하강하였다.

"나를 놓아주시오!"

까로뜨코프는 큰 소리로 외치고 나서 자신의 팔을 잡아 뽑은 다음 그녀에게 욕설을 퍼부으면서 계단을 따라 아래로 달려 내려갔다. 그가 6층의 대리석 계단을 붕붕 날듯이 달려 내려가는 바람에 하마터면 노파와 충돌하여 살상이 날 뻔하였다. 머리를 틀어 올린 키 큰 그 노파는 너무 놀란 나머지 성호를 그었다.

까로뜨코프는 자신이 새로운 대형 유리벽 옆에 있음을 깨달았다. 유리벽에는 파란색 바탕에 은색 글씨로 <학급 담임 여교사 당직실>이라는 표지판이 상향 화살표와 함께 표시되어 있었고, 흰색 종이에 펜글씨로 <안내실>이라는 표지판은 하향 화살표로 그려져 있었다.

어두침침한 가운데 공포감이 까로뜨코프를 사로잡고 있었다. 유리벽 너머에는 분명하게 깔리소네르가 아른아른 거리고 있었다. 깔리소네르는 푸른빛이 돌 정도로 면도를 한 상태였고 예전과 같은 모습이었으며 무시무시해 보였다. 그는 오로지 가느다란 유리 두께 하나를 사이에 두고 까로뜨코프와 아주 가까운 거리에서 지나갔다.

아무 것도 생각하려 들지 않으면서, 까로뜨코프는 반짝반짝 빛나는 구리로 된 문손잡이를 향해 달려들어, 그것을 세게 흔들어 댔다. 그러나 손잡이는 꿈적도 하지 않았다.

까로뜨코프는 이를 부득부득 갈고 나서, 다시 한 번 번쩍이는 그 구리 손잡이를 힘껏 잡아 당겨 보았다. 이때, 그는 절망감만이 가득한 가운데 아주 작은 푯말 하나를 발견해 냈다.

<6번째 출입구를 지나 우회하시오.>

깔리소네르는 아른아른 거리더니 유리벽 너머 어두침침한 구석의 통로 뒤로 사라져 버렸다.

"여섯 번째가 어디야? 여섯 번째 출입구가 어디?"

까로뜨코프는 누군가에게 힘없이 소리쳤다. 지나가던 사람들이 옆으로 길을 비켜 주었다. 조그만 문이 옆에서 열리더니 문 속에서 키가 자그마한 노인이 한 명 튀어 나왔다.

그는 반짝이고 반들반들한 모직으로 된 옷을 입고 있었고 파란 안경을 걸치고 있었으며 손에는 커다란 서류 뭉치를 들고 있었다. 조그만 안경 위로 까로뜨코프를 슬쩍 쳐다보고 나서, 그 노인은 씩 웃으면서 입술을 웅얼웅얼 거리며 씹었다.

"뭐라고? 모두 다 원한다고?"

그는 중얼중얼 거리기 시작했다.

"내 신에 맹세코 말하건대, 그건 다 부질없는 짓이야. 당신은 이 늙은이 말을 벌써 들었어야 했어. 포기해. 어쨌든 난 당신을 이미 지워버렸어. 히-히-히."

"어디에서 지워버렸단 말입니까?"

까로뜨코프는 그 자리에 선 채로 꼼짝 않고 있었다.

"히-히, 어디서냐고, 이 서류 목록에서 보면 알지. 연필로 찌-익하고 지워버렸지. 히-히"

그 꼬부랑 노인이 음탕하게 웃기 시작했다.

"말…말씀 좀… 어디에서 당신은 제 이름을 아셨지요?"

"히-히, 농담을 좋아하시는 군, 바실리 빠블로비치"

"나는 바르폴로메이 뻬뜨로비치예요" 라고 말하면서, 까로뜨코프는 이마의 미끈미끈한 식은땀을 손으로 만졌다. 순간 야릇한 웃음이 꼬부랑 노인의 무시무시한 얼굴에 드리워졌다. 노인은 서류 목록의 한 장을 펴 보이며, 초췌한 손가락과 긴 손톱으로 한 줄 한 줄 가리켜 나아갔다.

"왜 나를 혼동시키는 거야? 오, 바로 요기 있구만. 까로브코프, 베. 빼."[5)]

"나는 까로뜨코프예요."

까로뜨코프가 조급하게 소리쳤다.

"그래, 내가 말하잖아, 까로브코프라고."

꼬부랑 노인이 화를 냈다.

"그리고 바로 여기 깔리소네르도 있구. 둘이 함께 전임 되었군. 깔리소네르 자리에는 체쿠쉰이라."

"뭐라고?…"

기뻐서 어찌 할 줄 모르며 까로뜨코프는 소리쳤다.

"깔리소네르가 해고당했다고요?"

"정확한 이야기 이지. 꼭 하루 동안만 관리하는데 성공한 거야. 그리고는 쫓겨난 거지, 뭐."

"오, 하느님!"

기쁨에 넘쳐 까로뜨코프는 소리 높여 말하였다.

"나는 구원 받았다! 나는 구원 받았어!"

자신을 어찌할 줄 모르며 까로뜨코프는 뼈만 남은 꼬부랑 노인의 앙상한 손을 꼭 끌어안았다.

노인은 빙그레 웃었다. 순간 까로뜨코프의 기쁨은 사라져 버렸다. 노인의 움푹 팬 파아란 눈 속에서 뭔가 이상한 불길함이 어슴푸레 아른거리고 있었다. 회청색 잇몸이 다 드러나도록 웃는 그의 웃음도 이상하게 여겨졌다.

그러나 곧 까로뜨코프는 불쾌감을 떨쳐버리고 다그쳐 서두르기 시작했다.

"따라서, 저는 지금 당장 성냥 자재본부로 달려가야만 하나요?"

"아암, 반드시" 하며 노인이 확신있게 말해 주었다.

"여기 쓰여 있는 대로, 성냥 자재본부로 가는 거요. 단, 당신의 신분증을 보여주기만 하시오. 내가 여기 이 서류 목록에 연필로 표시해 놓겠소."

5) 러시아식의 이름은 보통 '이름 + 부칭 + 성'으로 구성되는 데, 여기서 (이름 + 부칭)이 (바실리 빠블로비치)와 (바르폴로메이 뻬뜨로비치)는 머리글자가 똑같이 (베, 빼)가 된다. 즉, 주인공의 성은 '까로뜨코프'인데 '까로브코프'라는 다른 사람으로 잘못 오인되고 있는 상황이다.

까로뜨코프는 당장 호주머니 속을 더듬거렸다. 그리고는 창백해졌다. 다시 다른 호주머니 속을 뒤져 보고 나서는 더욱 더 창백해졌다. 그는 바지 호주머니 곳곳을 퍽퍽하며 두드려 보고나서 힘없는 개탄소리를 냈다.

그는 즉시 계단을 따라 뛰어 올라가면서 발밑에만 쳐다보았다. 계단을 내려오는 사람들과 부딪치면서 절망감에 가득 찬 까로뜨코프는 계단 맨 꼭대기 까지 단숨에 날아오르듯 뛰어 올라갔다.

그는 조금 전에 만났던 머리에 석재 핀 장식을 꽂은 미녀를 만나 그녀에게 뭔가 물어보려고 했다. 그러나 그 곳에 있던 미녀는 이미 코흘리개 불구 소년으로 변해있는 것을 알아차렸다.

"얘야" 그 소년에게 달려들며 까로뜨코프가 물었다. "내 조그만 지갑인데, 노란색이고…"

"그건 진실이 아녜요." 소년이 악의에 가득차서 대답하였다. "내가 안 훔쳤어요. 그들이 거짓말하고 있는 거라고요."

"그래 아니야, 귀여운 것, 나는 그게 아니고… 네가 아니고… 그 신분증을……"

소년은 눈을 치뜨며 힐긋 쳐다보더니 갑자기 울부짖기 시작했다.

"오, 이런 맙소사!" 절망감에 사로잡혀 까로뜨코프는 소리치고는 꼬부랑 노인을 향해 다시 아래로 달려내려 갔다.

그러나 그가 그 곳에 도착하였을 때, 노인은 이미 없었다. 노인은 어디론가 사라져 버렸다.

까로뜨코프는 조그만 문으로 달려들어 손잡이를 잡아 당겼다. 문은 잠겨 있었다. 어두침침한 가운데 조금 음울한 향기가 나는 것 같았다. 까로뜨코프의 머릿속에는 오만가지 생각이 눈보라처럼 비비 꼬이기 시작했다. 그러다가 갑자기 새로운 아이디어 하나가 튀어 나왔다:

<전차다!>

갑자기 그는 전차 안의 조그만 공간에서 두 명의 젊은이가 자신을 억눌렀던 상황을 분명하게 회상해 냈다. 그들 가운데 한 명은 깡마른 체격에 검은 콧수염을 풀로 붙인 것처럼 붙이고 있었던 것도 분명하게 기억났다.

"오, 불행이야, 이미 재앙이군. 까로뜨코프는 중얼거렸다.

"엎친 데 덮친 격이로군."

그는 거리 밖으로 뛰쳐나가 길 끝까지 내 달려 골목길로 구부러졌다. 골목으로 접어들자 까로뜨코프 앞에 갑자기 우중충한 양식으로 된 조그만 건물의 출입구가 나타났다.

사팔뜨기에다 음울한 얼굴을 한 회색빛 제복의 사나이가 까로뜨코프는 쳐다보지 않고 어딘가 다른 쪽을 쳐다보면서 물었다.

"넌 어디로 기어드는 거야?"

"동무, 나는 까로뜨코프, 베 뻬예요. 방금 신분증을 강탈당해서… 하나밖에 없는 신분증이라서… 그들이 나를 체포할 수도 있고…"

"그리고 아주 간단하겠지" 출입구 계단에 서서 그 사나이가 확실하게 말끝을 맺어 주었다.

"자, 바로 이런 상황임을 알아주십시오……"

"까로뜨코프 본인이 직접 오라고 해라."

"그래 맞아, 동무, 내가 바로 까로뜨코프야."

"으응, 그래, 그럼 증명서 좀 줘 봐."

"그 증명서를 방금 강탈당했다니깐" 까로뜨코프는 신음소리를 내며 말하였다. "동무, 강탈당했다고. 콧수염이 난 젊은 사람한테."

"콧수염이 붙었다고? 그럼 그가 바로 까로브코프 일거야. 맞아 틀림없는 그치야. 우리 지역에서 그는 특별한 소매치기로 활동하고 있지. 지금부터 네가 각 까페를 돌아다니며 그를 찾아 내거라."

"동무, 난 찾을 수 없어요." 까로뜨코프는 울면서 말하였다. "나는 지금 성냥 자재본부로 가서 깔리소네르한테 가야만 돼. 나를 제발 놔주시오."

"강탈한 신분증을 제시해라."

"누구한테서?"

"주택 관리위원한테서."

까로뜨코프는 출입구 계단에서 뛰쳐나와 거리를 따라 내 달렸다.

'성냥 자재본부로 갈까? 아니면 주택 관리위원한테로 갈까?'

까로뜨코프는 생각하였다.

'주택관리 위원회는 아침부터 접수를 받고, 그러니까 성냥 자재본부로 가야지'

그 순간, 저 멀리 크레믈린의 불그스레한 적황색 시계탑에서는 4시를 치고 있었다. 그러자 곧, 가방을 낀 사람들이 저마다 문에서 뛰쳐나와서는 어디론 가로 줄달음치기 시작했다. 땅거미가 밀려왔으며 하늘에서는 보기 드물게 젖은 눈이 내렸다.

'늦었어. 까로뜨코프는 생각하였다. '집으로 가자.'

6. 첫 번째 밤

자물쇠 구멍으로 하얀 메모 쪽지 하나가 튀어나와 있었다. 어둑어둑한 상태에서 까로뜨코프는 쪽지를 읽어 내려갔다.

<사랑스런 이웃!

저는 즈베니고로드의 엄마한테로 갑니다. 당신한테 선물로 포도주를 남기고 갑니다. 건강을 위해 마시십시오. 누구도 포도주를 사려하지 않습니다. 포도주 병들은 구석에 놔두었어요.

당신의 빠이꼬바가.>

까로뜨코프는 빙그레 웃고 나서 자물쇠를 덜그렁 거리며 열었다. 그리고 복도 구석에 놓아둔 포도주 병들을 모두 자신의 방으로 옮기느라 스무번도 더 왔다 갔다 했다.

그는 램프에 불을 켠 다음, 예전에도 그랬듯이 모자도 외투도 벗지 않고 침대 위에 쓰러졌다. 마치 마법에 걸린 사람처럼 그는 약 반시간 동안 짙은 어둠 속에 뒤섞여, 벽에 걸려 있는 크롬웰의 초상화를 물끄러미 쳐다보았다.

그러다가 침대에서 벌떡 일어나더니 갑자기 난폭한 발작 증세를 보이기 시작했다. 모자를 확 벗더니 벽 구석으로 세게 던져 버렸다. 단번에 성냥갑 꾸러미들을 바닥에 내팽겨 치고는 발로 마구 짓밟아 뭉개기 시작했다.

"죽여! 죽어라! 죽어버려!"

까로뜨코프는 울부짖으며 자신이 마치 깔리소네르의 머리를 짓밟아 뭉갠다는 생각을 어렴풋이 하면서 성냥갑 귀신들을 지지 밟았다. 깔리소네르의 계란 모양의 머리를 회상하면서 갑자기 그의 면도된 얼굴과 턱수염이 붙은 두 개의 얼굴이 생각나자, 곧 까로뜨코프는 짓밟는 것을 멈추었다.

"아니… 이게 어쩌다가 이렇게?……" 그는 중얼거리더니 손으로 눈 부위를 비벼댔다. "이게 뭐야?…… 뭣 때문에 내가 여기 서서 쓰잘데없는 짓을 하고 있지, 모든 게 다 무시무시한 상황인데 말야. 정말, 그는 이중 얼굴이 아닐까?"

공포감이 검은 창문을 통하여 방 안으로 스며들고 있었다. 까로뜨코프는 창문을 보지 않으려고 커튼으로 창문을 가려 버렸다. 그러나 창문을 가려도 공포감은 가시지 않았다. 그 이중 얼굴은 턱수염이 길게 자랐다가 갑자기 말끔히 면도되어 졌다가 하면서, 시시때때로 벽 구석에서 푸른 눈을 번쩍거리며 떠올랐다 사라졌다를 반복하였다.

마침내 까로뜨코프는 참지 못하고 긴장감 때문에 자신의 머리가 금이 가려하는 것을 느끼면서 조용히 흐느껴 울기 시작했다. 흐느껴 울고 나서 좀 기분이 가벼워진 그는 미끈미끈한 엊저녁의 감자를 조금 먹었다. 그러다가 다시 그 저주스러운 수수께끼 같이 헤아릴 수 없는 사건을 생각해 내고는 조금 더 울먹였다.

"아니……"

갑자기 그는 중얼거렸다.

"무엇 때문에 내가 지금 울고 있는 거지? 나한테는 아직 포도주가 있지 않아?"

그는 단숨에 찻잔 반 컵의 포도주를 들이마셨다. 5분이 지나자 달콤한 액체가 효력을 발휘하기 시작했다. 왼쪽 관자놀이가 고통스럽게 아파오기 시작했다. 그리고 더 강렬하고 구역질 날 정도로 마시고 싶어졌다.

포도주 세 컵을 다 마시고 나자 까로뜨코프는 관자놀이를 때리는 고통 때문에 깔리소네르를 완전히 잊어 버렸다. 그는 신음하며 옷 상의를 벗어 버리고나서 괴로운 듯 눈을 치켜뜨더니 침대 위에 쓰러졌다.

'피라미돈이 있었으면…'하며, 그는 몽롱한 꿈속으로 빠져들기 전까지 오랫동안 중얼거리고 있었다.

7. 오르간과 고양이

다음날 아침 10시에 까로뜨코프는 서둘러 차를 끓여서는 입맛도 없이 1/4컵 가량을 마셨다. 어렵고 귀찮은 날이 자신 앞에 놓여 있다는 것을 직감하면서, 자신의 방을 그대로 내 팽개쳐 두고 안개가 자욱한 젖은 아스팔트 마당을 가로질러 내달렸다.

아파트 옆 동의 출입구 문 위에 <아파트 관리 사무소> 라는 표찰이 적혀 있었다. 까로뜨코프의 손이 문고리에 뻗침과 동시에 그의 눈은 이미 다음과 같은 글귀를 읽어 내려가고 있었다.

<증명서가 없는 경우는 접수 받지 않음>

"오, 맙소사," 까로뜨코프는 화가 나서 소리쳤다. "왜, 나는 가는 곳마다 항상 되는 일이 하나도 없지."

그리고는 다음과 같이 덧붙였다. "음, 그래, 그러면 다음에 신분증을 가지고 오고, 지금은 성냥 자재본부로 가자. 그 곳에서는 어떤 일이 어떻게 되어가고 있는지 알아야 하니까. 아마도, 지금쯤 체꾸쉰 국장이 이미 돌아와 있겠지."

돈 지갑을 모두 강탈당했기 때문에 까로뜨코프는 걸어서 성냥자재본부까지 다다랐다. 그는 현관을 통과하자마자 곧장 발걸음을 사무실 쪽으로 향하였다. 사무실 문턱에 도착한 그는 그만 멈추어 서서 입을 딱 벌리고 말았다.

사무실 안에는 아는 얼굴이 한 명도 없었다. 드로즈다도, 안나 예브그라포브나도, 한 마디로 말해서 한 명도 없었다.

철조망 위의 갈가마귀떼는 이미 회상할 수 없었으며, 마치 알렉세이 미하일로비치의 아름다운 세 마리의 매를 연상시키는 세 명의 젊은이가 책상에 앉아 있었다. 그들은 하나같이 아주 말끔하게 면도를 한 데다 머리는 똑같이 금발머리를 하고 있었으며, 바둑판무늬가 그려진 밝은 회색 양복을 입고 있었다. 또 한명의 젊은 여직원이 책상에 앉아 있었는데, 그녀는 눈을 게슴츠레 뜨고 있었고 귀에는 다이아몬드 귀걸이를 달고 있었다.

젊은이들은 까로뜨코프에게 아무런 관심도 보이지 않으면서 자신의 부기 장부에 피빅피빅거리며 펜으로 쓰는 일을 계속하고 있었으며, 여직원이 마침내 까로뜨코프에게 눈길을 주었다. 이에 대한 답으로 까로뜨코프가 당황하여 살짝 웃자, 그녀는 입가에 오만스런 웃음을 띠면서 얼굴을 획 돌려버렸다.

'이상하네.' 하고 까로뜨코프는 생각하며 문지방에서 헛발을 디딘 다음 사무실 밖으로 나왔다. 자신의 방 문가에 다다르자 까로뜨코프는 잠시 망설였다. 그는 크게 숨을 쉬고 나서, 예전부터 눈에 익은 사랑스런 표찰: <사무원>을 눈여겨 바라보며 문을 열고 안으로 들어갔다.

사무실 안의 조명은 즉시 까로뜨코프의 눈을 게슴츠레하게 만들어 버렸으며, 발아래 사무실 바닥이 약간 흔들리는 것 같았다. 까로뜨코프의 책상에는 금발머리 사무원 깔리소네르가 팔꿈치를 책상 위에 떡하니 대고는 펜으로 책상 위를 미친 듯이 두드리면서 제자리인 양 스스럼없이 앉아 있었다. 그의 곱슬곱슬하며 반짝이는 덥수룩한 털들이 가슴을 내리덮고 있었다.

까로뜨코프는 내내 한숨만 쉬고 있다가 푸른색 책상보 위에 반사되어 비쳐지고 있던 그의 반짝반짝 빛나는 대머리를 쳐다보았다. 깔리소네르가 먼저 침묵을 깼다.

"동무, 무엇이 필요하십니까?"

그는 약간 가성으로 정중하고 정답게 속삭이듯 물어왔다. 조급해진 까로뜨코프는 입속에 침을 삼키고 나서, '흐으—'하며 빼빼마른 가슴 속에 공기를 길게 쭈욱 들여 마신 다음, 약간 들릴 듯 말듯 하게 나직하니 말하였다.

"흐음… 동무, 내가 바로 이곳의 사무원 이였는데… 즉… 으음, 그래요, 만일 그 명령문을 기억하신다면……."

깔리소네르는 놀라움에 가득차서 얼굴 윗부분이 급격히 변하기 시작하였다. 그의 밝은 빛 눈썹이 추켜올려지더니 이마는 주름살이 잡혀 아코디언처럼 변하였다.

"미안합니다만, 이곳의 사무원은 접니다." 그가 정중하게 대답하였다.

잠시 동안의 침묵이 까로뜨코프에게 큰 충격을 주었다. 침묵이 지나가자 그는 다음과 같이 말하였다.

"물론이지요, 어제는 저였었습니다만, 오-오, 으음, 그래요. 미안합니다. 그렇지만, 제가 혼동했어요."

그는 엉덩이를 뒤로 빼며 뒷걸음쳐서 사무실 밖으로 나와서는 복도에서 쉰 목소리로 자기 자신에게 말하였다.

'까로뜨코프, 오늘이 며칠인지 기억하니?' 그리고는 스스로 자신에게 대답하였다. '화요일, 아냐, 금요일이야. 일천 구백.'

까로뜨코프가 뒤로 돌아섰다. 그러자 즉시, 까로뜨코프 바로 앞에서 복도 천정 위에 켜놓은 두 개의 전구가 깔리소네르의 하얀 대머리와 말끔히 면도된 그의 하얀 얼굴에 반사되면서 불빛을 확 뿜어내는 바람에 까로뜨코프의 온 시야를 가려 버렸다.

"좋소!" 하며 쇠대야가 바닥에 쾅하고 떨어지는 듯한 굉음이 울렸으며, 그 바람에 너무 놀란 까로뜨코프는 온몸에 경련을 일으켰다.

"내 당신을 기다리고 있었소. 잘 오셨소. 알게 되서 기쁘오."

이런 말과 동시에 그는 까로뜨코프 가까이로 다가와서는 손을 세게 잡아 악수를 하는 바람에, 까로뜨코프는 손이 너무 아픈 나머지 마치 지붕 위의 황새처럼 한 쪽 다리를 들고 서서 악수에 응하였다.

"난 정원을 다시 할당시켰소."

깔리소네르는 빠른 속도로 그리고 끊어졌다 이어졌다 하면서 무게 있게 말하기 시작했다.

"세 명은 저기에" 하면서 그는 손으로 사무실 문 쪽을 가리켰다.

"그리고 물론, 거기에 마네치까도 배치시켰지. 당신은 나의 조수로, 그리고 깔리소네르는 사무원으로 발령 냈소. 나머지 예전에 있던 자들은 모두 다 모가지 쳐 버렸지. 그 바보 멍텅구리 빤쩨레이몬 역시 파면시켰고. 왜냐하면, 그가 <알프스 장미> 레스토랑의 하인이었었다는 정보가 나한테 입수되었거든. 난 지금 부서로 급히 달려갈 거요. 그 동안에 조수 당신은 깔리소네르와 함께 지금 말한 모든 것에 대한 관련 서류를 작성하시오. 그리고 특히 그 자에 대하여, 아, 그치 이름이 뭐였더라… 아, 맞아 까로뜨코프, 그에 대해서도 특별히 관련 서류를 작성하시오. 그러고 보니 참, 당신이 그 파렴치한 놈하고 약간 비슷하게 생겼구만. 그치 눈두덩이가 퍼렇게 멍들어 부어오른 것만 빼고는 말야."

"내가 파렴치한이라고. 난 아냐," 까로뜨코프는 놀란 나머지 턱이 쭉 빠진 채, 고개를 설레설레 흔들며 말하였다. "나는 파렴치한이 아니야. 내 신분증을 모두 강탈당했을 뿐이라고. 모두 다."

"모두다라고?"

깔리소네르가 벌컥 소리 질렀다.

"어리석었구먼. 하지만, 더 좋아질 수도 있는 법이지."

그는 힘들게 숨을 몰아쉬고 있던 까로뜨코프의 팔에 착 달라붙어 겨드랑이를 끼더니 그를 끌고 복도를 따라 쏜살같이 내달려서는 비밀스런 사무실 안으로 끌어넣은 다음, 폭신폭신한 가죽 의자 위에 까로뜨코프를 내던지듯 앉혀 놓고서 자신도 그 앞의 책상에 앉았다.

까로뜨코프는 발아래 바닥이 이상하게 진동하는 것을 느끼면서 몸을 웅크렸다. 그리고는 눈을 꽉 감고 나서 다음과 같이 중얼거리기 시작했다

'20일은 월요일 이었었지, 말하자면, 화요일은 21일 이라는 얘기인데. 아니야. 난 뭐지? 21년도라. 발신 번호가 0,15, 사인을 위한 자리가 있었고. 횡선. 그리고 바르폴로메이 까로뜨코프. 이 사람은 말하자면 나인데. 화요일, 수요일, 목요일, 금요일, 토요일, 일요일, 월요일. 월요일은 약자로 뻬라고 쓰고 금요일도 역시 약자는 뻬이지. 그리고 일요일이라… 일요일…은 에스, 마치 수요일처럼…….'

깔리소네르는 찌지-직 소리를 내며 서류에 사인한 다음, 그 위에 쾅하고 도장을 찍어서 까로뜨코프에게 내밀었다. 순간 전화벨 소리가 요란하게 울리기 시작하였다. 깔리소네르는 수화기를 집어 들고 큰 소리로 외치기 시작하였다.

"아하! 그래. 그렇지. 지금 곧 갈께"

그는 옷걸이로 달려들어 그 곳에 걸려있던 챙 달린 모자를 벗겨서 그것으로 자신의 대머리를 덮었다. 그리고는 다음과 같은 말을 하면서 문 밖으로 사라졌다.

"사무원 깔리소네르 방에 가서 나를 기다리시오."

까로뜨코프는 직인이 찍혀져 있는 서류에서 다음과 같이 쓰여 있는 것을 읽었을 때, 그의 눈에는 모든 것이 결정적으로 흐릿하게 보이기 시작하였다.

<본 서류의 제출자는 실제로 나의 조수이며, 실제로 틀림없는 바실리 빠블로비치 까로브코프이다. 깔리소네르>

"오-오!" 까로뜨코프는 신음하면서 바닥에 서류와 모자를 떨어뜨렸다. "일이 지금 어떻게 되어가는 것인가?"

그 순간 문이 삐-익하며 열리더니 깔리소네르가 자신의 턱수염을 달고 돌아왔다.

"깔리소네르 벌써 퇴근했어?"

그는 가늘고 부드럽게 까로뜨코프에게 물었다.

불이 완전히 꺼졌다.

"아-아-아-아-아……"

순간 까로뜨코프는 더 이상 고통을 참지 못하고 자신을 잊어버린 채 울부짖었다. 그는 깔리소네르한테 달려들어 이빨을 드러내었다. 깔리소네르의 얼굴에 공포감이 서리더니 금방 얼굴이 노랗게 변했다. 그는 엉덩이를 뒤로하여 뒷걸음질로 재빨리 문가로 물러서더니, 덜커덩하고 문고리를 잡아 연 다음 복도 쪽으로 나 자빠졌다. 그는 감정을 억제하지 못하고 잠시 복도 바닥에 웅크리고 앉아 있었으나, 곧 일어나서는 다음과 같이 비명을 지르며 쏜살같이 달리기 시작하였다.

"문서전령! 문서전령! 도와줘!"

"거기서요. 서라고요. 동무, 멈춰 서세요……."

까로뜨코프가 냉정을 되찾고 나서 그의 발자국을 따라 뒤쫓아 가며 소리쳤다.

뭔가가 사무실 안에서 쿵하고 울리는 소리가 나더니 세 명의 젊은이들이 일제히 뛰쳐나왔다. 그리고는 여인의 표독스러운 눈빛이 타자기 주위에서 갑자기 번뜩 거렸다.

"쏘아 버린다! 쏘아 버릴 거야!" 하는 그녀의 히스테리한 외침 소리가 갑자기 울려 퍼졌다. 깔리소네르는 우선 오르간이 위치한 현관 바닥으로 뛰쳐나가서는 어디로 뛰어 달려야 할지 멈칫 멈칫 거리다가 모퉁이 옆의 샛길로 급히 가로질러 오르간 뒤로 사라졌다. 까로뜨코프는 그의 뒤를 따라 내달리다가 미끄러져 발을 헛디뎠다. 아마도, 노란색 벽면에 돌출해

나와 있던 검은색의 구부러진 커다란 손잡이가 아니었다면, 그는 난간에 들이 받쳐 머리가 깨졌을지도 모를 뻔하였다. 손잡이에 까로뜨코프의 외투 앞자락이 끼이면서 낡은 외투 기지가 찌-직하며 찢어졌다. 그 바람에 까로뜨코프는 차가운 마룻바닥에 살짝 엉덩방아를 찌며 주저앉았다. 오르간 뒤의 측면 통로 쪽으로 난 문 속으로 깔리소네르가 톡 튀어 들어간 뒤에, '쾅—' 하며 문이 세차게 닫혀 버렸다.

"하느님 맙소사…"

까로뜨코프는 앉아서 하소연을 늘어놓기 시작했으며 그칠 줄을 몰랐다. 먼지로 뒤덮인 구리 통 파이프가 붙은 거대한 상자 속에서 마치 컵 깨지는 것 같은 이상한 소리가 나더니, 이어서 먼지 낀 상자 뱃속의 으르렁 소리, 이상한 반음계의 빽빽소리 그리고 종소리가 울려 나왔다. 다음에 장조 음의 화음 소리, 원기 왕성한 낙천적 음(音)의 물결이 흘러 나왔으며, 이 누르스름한 색깔을 띤 3줄 건반의 거대한 상자는 그 동안 자신의 내부 휴경지 안에 오랫동안 사용치 않고 방치해 두었던 음(音)들을 한꺼번에 왕창 뿌리면서 연주를 해대기 시작했다.

떠들썩거렸네, 울려 퍼졌네, 모스크바 화재…

사각형의 각이 진 문 안의 캄캄한 어둠 속에서 갑자기 빤쩨레이몬의 창백한 얼굴이 나타났다. 순간 그에게도 변태가 발생해 있었다. 그의 눈은 승리감에 도취된 듯 섬광이 번뜩이며 번쩍번쩍 거리고 있었다. 그는 레스토랑 문 앞의 웨이터처럼 차렷 자세를 취하더니, 마치 오른 손으로 냅킨을 집어 왼 팔 위에 척 걸쳐 놓듯이, 오른 손으로 왼손 둘레를 몇 바퀴 돌리면서 손바닥으로 척 소리를 냈다. 그리고는 마치 찻잔이 가득한 쟁반을 날기라도 하듯이 양 팔을 둥그렇게 해 가지고, 트로이카의 곁말처럼 시선을 비스듬히 옆으로 두면서 자리에서 급히 내달리더니, 계단을 따라 쏜살같이 아래로 사라져 버렸다.

강가에 연기가 자욱이 퍼졌네.

“내가 무슨 일을 저질렀나?” 하며 까로뜨코프는 공포에 떨었다. 오르간은 처음에 오랫동안 사용치 않았던 음(音)의 물결을 한꺼번에 쏟아내고 나더니, 고르게 음을 내면서 수천 마리 사자들의 울부짖는 소리와 으르렁 소리로 성냥 자재본부 안의 텅 빈 홀 안을 가득 채워 나아갔다.

크레믈린 정문 안의 벽면에서…

고함치는 듯한 노래 소리, 굉음 소리 그리고 종소리 사이로 자동차 소리가 울려 퍼졌다. 그리고는 곧 깔리소네르가 정문 출입구를 지나 돌아왔다. 깔리소네르는 면도된 상태였으며 복수심에 불타는 무서운 모습을 하고 있었다. 음흉하고 푸르스름한 불빛 속에서 그는 계단을 따라 경쾌하게 걸어 올라가기 시작했다.

순간 까로뜨코프의 머리털은 주뼛주뼛하며 위로 곤두서고 있었다. 곧, 그는 오르간 뒤의 굽은 계단을 날듯이 뛰어 올라가더니 옆문으로 빠져나가, 벽돌 조각이 널려 있는 마당 밖으로 내 달린 다음, 거리를 향해 뛰쳐나갔다.

회색 프록코트를 입고 그는 서 있었지…

길모퉁이에서 마부는 채찍을 휘두르며 여윈 말의 고삐를 세게 잡아 당겼다.

“오, 하느님! 하느님!”

까로뜨코프는 격렬하게 흐느껴 울기 시작했다.

“또 다시 그가! 아니, 이게 무슨 변고람?”

턱 수염 붙은 깔리소네르가 2인승 사륜마차 옆의 포장도로에서 갑자기 나타나더니, 마차 속으로 뛰어 들어 마부의 등을 몹시 때리면서 가느다란 목소리로 다음과 같이 말하였다.

“달려! 달려가란 말야, 이 무뢰한아!”

여윈 말은 고삐가 잡아 당겨지고 나서 발로 땅을 걷어차더니, 매서운 채찍을 맞아가면서 마차 폭음 소리로 온 거리를 가득 채우며 쏜살같이 내달리기 시작했다.

막 쏟아져 내리는 눈물 사이로 까로뜨코프는 마부의 반짝반짝 빛나는 가죽 모자가 날아가는 것을 보았다. 가죽 모자 바로 밑에서 돈 수십 장이 펄럭이며 사방으로 흩어져 날아갔다. 소년들이 휘파람을 불며 돈을 잡으러 쫓아갔다. 마부가 뒤돌아보고 나서 급히 말고삐를 잡아 당겼다. 그러나 깔리소네르는 주먹으로 마부의 등을 맹렬히 때리며 다음과 같이 개탄 소리를 냈다.

"가아! 가라고! 그냥 가란 말야! 내가 그 돈 다 지불해 줄께."

마부는 자포자기 하여 소리 질렀다.

"에흐, 나으리, 아무렴요, 갑시다요, 가요?"

마부는 여윈 말을 매우 급하게 내몰아 댔다. 곧 마부도 말도 모두 길 모퉁이 너머로 사라져 버렸다.

까로뜨코프는 흐느껴 울면서 자신의 머리 위에서 급히 움직이는 잿빛 하늘을 쳐다보고 있었다. 그는 비틀비틀 거리면서 미친 듯이 소리치기 시작했다.

"아-아-, 정말 모르겠네! 나는 이렇게 가만있지 만은 않을 거야! 난 깔리소네르에게 설명하고 말거야."

까로뜨코프는 전차에 껑충 뛰어올라 전차의 아치형 손잡이에 간신히 매달리다시피 하며 가고 있었다. 아치형 손잡이는 그를 5분가량 뒤흔들더니 9층짜리 푸른색 건물 앞에 그를 내던지듯 내동댕이쳤다.

까로뜨코프는 현관으로 뛰어 들어가서는 나무로 된 칸막이에 뚫려져 있는 사각형 구멍 속으로 머리를 밀어 넣은 다음, 안에서 차를 마시고 있던 파란색 옷을 입은 거대한 체구의 남자에게 물었다.

"동무, 불만 접수 사무소가 어디에 있소?"

"8층, 9번째 복도, 아파트 41호, 방 번호 302" 하며 그 남자는 여자 목소리로 대답하였다.

"8번째, 9번째, 41번째, 삼백… 삼백… 그리고 또… 302라……."

까로뜨코프는 넓은 계단을 따라 뛰어 올라 가면서 중얼거렸다.

"8번째, 9번째, 8번째, 가만 스톱, 40… 아냐, 42… 아냐, 302"

까로뜨코프는 우물우물 거렸다.

"아, 맙소사, 잊어버렸네… 그래, 맞아 40번, 마흔 번째야……"

8층에서 그는 3개의 문을 지나쳐 4번째 문에 까만색 숫자 <40>을 보고서 안으로 들어갔다. 안은 원기둥이 군데군데 받치고 있는 무한히 넓은 홀이었으며, 두 개의 조명등이 켜 있었다. 홀 한 구석에는 한 두루마리의 종이가 걸려있는 종이 마름대가 놓여 있었고 바닥에는 온통 뭔가 가득 쓰인 종잇조각들이 여기저기 널려져 있었다. 멀리 타자기가 놓여 있는 조그만 책상이 바라다 보였다. 금빛 옷을 입은 여인이 나지막하게 노래를 흥얼거리며 주먹으로 뺨을 떠받치고서는 그 책상 앞에 앉아 있었다.

까로뜨코프는 당황하여 주위를 둘러보고 나서, 하얀 겉옷을 입은 묵직한 몸매의 사내가 무겁게 발걸음을 떼면서 원기둥 뒤의 무대에서 내려오고 있는 것을 발견하였다. 그의 대리석 같은 얼굴에서 희끄무레하게 늘어뜨려진 콧수염이 보였다. 그 사내는 범상치 않게 정중하면서 생기가 하나도 없어, 마치 기브스를 한 것 같은 웃음을 지어 보이면서, 까로뜨코프에게로 가까이 다가와서는 부드럽게 손을 내밀어 악수를 한 다음, 구두 뒤축을 부딪치며 차렷 자세를 하고는 말하였다.

"저는 얀 소베스키입니다."

"있을 수 없는 일이……"

깜짝 놀란 까로뜨코프가 대답하였다.

그 사내는 반갑게 웃음을 지었다.

"자신을 소개하십시오. 내 소개를 할 때면 많은 사람들이 놀라곤 하지요."

그는 액센트를 다르게 하며 말하기 시작했다.

"그러나 동무, 내가 그 강도와 뭐든지 공통점이 있다고는 생각지 말아주시오. 오, 안되지. 아주 불행한 일치일 뿐이에요. 그 이상 아무 것도 없어요. 나는 이미 나의 새로운 성—소쯔보스키의 승인을 요청하는 청원서를 제출해 놓은 상태 이지요. 이 성이 훨씬 더 아름답고 그렇게 위험하지도 않거든요. 그렇지만, 만일 당신이 기분 나쁘다면," 이때, 그 사내는 모욕적으로 입을 비죽비죽 거렸다. "난 당신을 귀찮게 강요하지는 않을 거요. 우리들은 항상 사람들을 발견하거든요. 사람들은 항상 우리 잡지사를 찾고 있으니까."

"미안합니다만,"

까로뜨코프는 이곳에서도 가는 곳 마다 그랬듯이 뭔가 이상한 일이 시작되고 있다는 것을 직감하면서, 미친 사람처럼 큰 소리로 고함쳤다,

"당신이 뭐지,"

그 사내는 면도된 얼굴의 대머리 사내가 어디에 선가 불쑥 나타날까봐 두려워하면서, 노련한 시선으로 주위를 둘러본 다음, 어설픈 말로 다음과 같이 덧 붙였다.

"저는 아주 기쁩니다, 그래요, 아주……"

그 사내의 대리석 같은 얼굴에서 현란한 색깔의 홍조가 살짝 스며 나왔다. 그는 까로뜨코프의 손을 상냥하게 들어 올린 다음, 그를 끌고 책상쪽으로 가면서 다음과 같이 말하였다.

"그래요. 나는 아주 기쁩니다. 그러나 바로 불 행이예요, 불행. 생각해보세요. 지금 우리 사무실에는 당신에게 권할 의자조차 없지 않습니까. 그들은 우리들이 아주 중요함에도 불구하고 우리들에 대하여 까맣게 잊어먹고 있어요. (그 사내는 종이 마름대를 손으로 흔들어 보였다.) 음모지요, 음모… 그러나 우리들은 일을 전개시켜 나아갈 거요. 너무 걱정하지 마시오… 으-음… 당신은 어떤 새로운 기사로 우리들을 기쁘게 해주실 거요?"

그는 창백한 까로뜨코프에게 부드럽게 질문하였다.

"아 그렇지요, 실례, 미안, 대단히 죄송합니다. 당신에게 우리들을 소개시켜 드리지요."

그는 하얀 손을 타이피스트 쪽으로 우아하게 흔들었다.

"겐리에따 뽀따뽀브나 뻬르심판스이에요"

여인은 즉시 차가운 손으로 까로뜨코프의 손을 잡은 다음, 지친 듯이 그를 쳐다보았다.

"자아, 그러면," 하고 그 주인은 달콤한 말을 계속해 나아갔다.

"당신은 무엇으로 우리를 기쁘게 해 주실 거요? 칼럼으로? 아니면, 르포?"

하얀 눈을 치켜뜨고 나서, 그는 말을 길게 늘이면서 천천히 말하였다.

"당신은 그러한 것들이 얼마나 우리들에게 필요한지를 아마 상상할 수도 없을 거요."

'오-오, 성모 마리아… 이게 또 어떻게 되가는 건가?'

까로뜨코프는 한 동안 멍청히 생각하고 나서, 불안하게 숨을 돌려 쉬면서 다음과 같이 말하기 시작했다.

"나한테는… 에… 아주 무서운 일이 발생했어요. 그가… 나는 이해할 수 없어요. 제발, 당신은 이게 환각 상태라고 생각지 말아 주세요… 으음… 하-카하… (까로뜨코프는 억지로 웃음을 지어 보이려고 애썼으나, 웃음이 안 나왔다) 그는 살아 있어요. 나는 단언합니다…… 그러나 난 아무 것도 이해할 수 없어요. 그는 턱수염이 붙었다가는 1분 후에 턱수염이 없어지고 하거든요. 나는 정확히 이해할 수 없어요… 그리고 목소리도 변하고… 그 외에도 난 모든 신분증을 강탈당했거든요. 하나도 남김없이. 그런데, 아파트 관리소장이 공교롭게도 죽었어요. 그 깔리소네르가……"

"아-아, 나는 이제 알겠어요."

잡지사 주인은 흥분하여 외쳐댔다.

"원인은 그들한테 있지요?"

"오, 맙소사, 아-암 물론이지요."

여인이 맞장구 쳤다.

"아, 그런 무시무시한 깔리소네르들."

"당신 아시겠어요?"

주인은 흥분하여 말을 가로 막으며 말하였다.

"나는 바로 그 인간 때문에 의자도 없이 이렇게 바닥에 앉게 된 거요. 자, 한번 보세요. 그래, 그가 잡지 문학에 대해 무얼 알겠어요?…"

주인은 까로뜨코프의 단추를 꽉 움켜쥐었다.

"부탁합니다, 말씀해 보세요, 그가 무얼 알겠어요? 그는 이틀 동안 이곳에 체류하면서, 완전히 나를 지치게 만들어 버렸어요. 그러나 생각해 보세요, 그나마 다행이었지요. 참다못해 나는 표도르 바실리예비치한테 다녀왔지요. 그랬더니 마침내 그는 그를 쫓아내 버리더라고요. 나는 표도르 바실리예비치한테 아주 날카로운 질문을 제기 하였거든요. 나입니까, 아니면 그 입니까 하고 말이에요. 그랬더니 그를 어떤 성냥 자재본부인가 하는 곳으로 전임시켰든가, 아니면 그 자가 다시 어디로 갔는지 알바 아니지만. 하여튼, 거기서 성냥 냄새나 실컷 마시라고 하지 뭐! 그러나 가구,

가구들을 그 자가 그 놈의 저주스런 사무소에 전달해 버렸단 말야. 몽땅다. 자-아, 어떻겠어요? 어디에다 올려놓고 내가 글씨를 써야 되는지 좀 알려주시오? 어디에다 놓고 기사를 쓰겠수, 당신은? 나는 당신이 우리 편 일거라고 의심하지 않기에 이런 말을 막 하는 거요, 오, 나의 소중한 동료. (이때, 주인은 까로뜨코프를 껴안았다) 아주 훌륭한 공단으로 만들어진 루이 까또르즈 가구들을 그 병신 같은 놈이 그래, 무책임하게, 당장 내일이면 문을 닫아 버릴 놈의 그 멍텅구리 사무소로 쫓아내 버린 거야. 젠장할."

"뭐, 사무소라고. 어떤 사무소?" 까로뜨코프가 분명치 않게 물었다.

"아아, 뭐 그 불만접수사무소 라나, 뭐라나"

주인은 울화가 치미는 듯이 말했다.

"뭐, 뭐라고?"

까로뜨코프가 소리쳤다.

"지금, 뭐라고 그랬소? 그게 어디에 있소?"

"저기에"

주인은 깜짝 놀라 대답하고는 손으로 바닥을 가리켰다. 까로뜨코프는 마지막으로 그 사내의 하얀 겉옷을 광기어린 눈으로 둘러보았다.

1분 후에, 까로뜨코프는 자신이 복도에 나와 있음을 알았다. 잠깐 생각하고 나서, 그는 아래로 향하는 계단을 찾으면서 왼쪽으로 급히 달려갔다. 약 5분가량 그는 변덕스럽게 이리저리 구부러진 복도를 따라 가며 달렸다. 그리고 다시 5분이 지나자, 그는 자신이 조금 아까 내달리기 시작했던 바로 그 자리에 서 있음을 알았다. 문에는 <40>이라고 쓰여 있었다.

"후-우, 젠장할!"

까로뜨코프는 한숨을 내 쉬었다. 그는 발로 바닥을 지지 밟더니 이번에는 오른쪽으로 내달렸다. 그리고 5분이 지나자 다시 마찬가지였다.

방 번호 <40>.

문을 확 잡아당기고 나서 까로뜨코프는 홀 안으로 뛰어 들어 갔다. 그는 홀 안이 텅 비어 있음을 확인하였다. 단, 타자기만이 책상 위에서 하얀 이빨을 드러내고는 소리 없이 웃고 있었다. 까로뜨코프는 원기둥이 쭉 서 있는 쪽을 향해 달려갔다. 그리고 여기서 그 주인과 마주쳤다. 그는 이미 웃지도 않고 화난 얼굴로 홀 안의 조금 높은 자리에 서 있었다.

"미안합니다, 제가 작별 인사도 하지 않았어요……."

까로뜨코프는 말을 시작해 놓고는 중간에 말꼬리를 흐리며 잠자코 있었다. 그런데 주인은 귀도 코도 없이 서 있었으며 왼쪽 팔은 아예 부러져 있었다.

까로뜨코프는 소름이 끼쳐 뒷걸음질 치면서 다시 복도로 내달렸다. 갑자기 눈에 띄지 않던 비밀스런 문이 맞은편에서 확 열리더니, 그 속에서 주름투성이의 갈색 얼굴을 한 할망구가 손잡이가 붙은 빈 양동이를 들고 밖으로 나왔다.

"할멈! 할멈!"

까로뜨코프는 불안하게 소리치기 시작했다.

"사무소가 어디에 있소?"

"몰라, 여보게, 모른다고, 이 양반아" 노파는 대답하였다.

"참, 넌 뛰어 다니지 좀 마라, 이 녀석아, 못 찾기는 매 한가지야.어떻게 찾는다는 거야, 한번 상상을 해 봐. 건물이 10층 까지 되어 있는데."

"우-우… 천치" 하며 입술을 삐죽삐죽 거리고 나서 까로뜨코프는 짐승처럼 으르렁 거렸다. 그는 문 속으로 돌진해 들어갔다. 그가 들어가자 문이 쾅하고 닫혀 버렸다. 그 바람에 까로뜨코프는 출구도 없는 흐릿하게 어두침침한 공간에 갇혀 버렸다.

그는 마치 채석장에서 석탄 가루를 흩뿌려 덮어 쓴 사람처럼 이리저리 몸을 부딪치며 벽을 마구 할퀴어 대기 시작했다. 마침내, 까로뜨코프는 아직 더듬지 않은 좀 밝고 하얗게 비치는 문짝을 향하여 몸을 내던졌다.

문짝은 곧 까로뜨코프를 어떤 계단 쪽으로 방출시켜 버렸다. 잔 발자국 소리를 내면서 그는 아래로 달려 내려갔다. 또 다른 발자국 소리가 그를 향하여 아래에서 들려왔다. 슬픈 불안감이 까로뜨코프의 심장을 억누르고 있었다. 그래서 까로뜨코프는 달리는 것을 멈추었다.

그 순간 반짝이는 챙모자가 보이더니 회색빛 담요와 긴 턱수염이 아른거렸다. 까로뜨코프는 비틀비틀 거리며 손으로 난간을 간신히 잡고 기대어 섰다. 그와 동시에 시선이 맞닥뜨리면서 두 사람은 공포와 고통의 가냘픈 소리를 내며 울부짖었다.

까로뜨코프는 엉덩이를 뒤로 빼고 계단 위쪽으로 물러나기 시작하였으며, 깔리소네르는 극도의 공포감에 사로잡혀 계단 아래쪽으로 뒷걸음치기 시작했다.

“거기서요.”

까로뜨코프는 쉰 목소리를 냈다.

“1분간만… 당신은 단 설명만 해 주시오……”

“구해줘요!”

깔리소네르는 울부짖기 시작했으며, 그의 가냘픈 목소리가 맨 처음 자신의 굵고 낮은 저음 소리로 바뀌었다. 그는 계단 아래로 물러나다가 그만 발을 잘못 디뎌 ‘꽈-당’하며 뒤로 넘어지며 뒤통수를 바닥에 부딪쳤다.

이 돌발적인 일격은 그냥 넘어가지 않았다. 갑자기 그가 눈에서 푸른빛이 흘러나오는 검은 고양이로 둔갑해 버렸다. 고양이는 반대 방향으로 날 듯 껑충껑충 뛰어 올라갔다. 고양이는 신속하고 부드럽게 층계참을 뛰어넘더니 작은 덩어리처럼 오므라들었다. 그리고는 창문턱으로 껑충 뛰어오르더니 깨진 유리창 사이에 쳐진 거미집을 뚫고 밖으로 사라져 버렸다.

순간, 하얀 천이 까로뜨코프의 대뇌를 가려 버렸다. 그러나 곧, 쓰러진 까로뜨코프의 뇌 속에 예전 같지 않은 분명한 윤곽이 그려져 왔다.

“아, 이제야 모든 걸 분명히 알겠군.”

까로뜨코프는 중얼중얼 거리더니 조용히 웃기 시작했다.

“아하, 알겠어. 바로 그거였어. 고양이! 모든 게 분명해. 고양이야.”

그는 더욱 더 크게 웃기 시작했다. 그리고 그 웃음소리는 더욱 더 커져 온 계단 안에 메아리치며 으르렁거리는 굉음 소리로 바뀌면서 홀 안을 가득 채워 나아갔다.

8. 두 번째 밤

황혼녘에 까로뜨코프 동무는 융단 침대 위에 앉아서 모든 것을 잊어버리고 진정하기 위하여 포도주 3병을 들이마셨다. 이제 그의 머리는 곳곳이 아파오기 시작했다. 오른쪽 그리고 왼쪽 관자놀이, 뒤통수, 심지어 볼따귀 까지 아팠다. 그리고 뱃속에서는 더러운 침전물이 올라와 속에서 파도치듯 우-욱 우-욱 하며 치밀어 댔다. 까로뜨코프 동무는 두 번이나 쇠대야에 대고 구토를 하였다.

"난 이렇게 하고 말거야."

머리를 아래로 숙이고 나서 까로뜨코프는 힘없이 중얼거렸다.

"내일은 그와 마주치지 않도록 해 봐야지. 그러나 그가 곳곳을 빙빙 돌아다니기 때문에 난 기다려야 돼. 모퉁이 골목이나 아니면 막다른 골목에서 기다려야지. 그는 내 옆을 그냥 지나쳐 지나갈 거야. 만일, 그가 내 뒤를 쫓아오면 난 도망가야지. 그는 저 멀리 뒤쳐지고 말거야. 너는 너의 길, 말하자면, 네 자신의 다른 길로 가라 이거지. 나는 이미 더 이상 성냥자재본부를 원하지 않아. 나한테는 뭐 이제 마찬가지야. 국장도 사무원도 혼자 다 해 먹어라. 전차비 같은 것, 난 원치 않아. 그런 것들 없이도 난 아무 상관없다고. 단지, 너는 나를 제발 가만히 좀 내 버려둬. 고양이가 너냐, 아니면 너는 고양이가 아니냐, 턱수염이 있는 너냐, 아니면 턱수염이 없는 너냐, 너한테는 너의 인생이 있고, 나한테는 나의 인생이 있는 법. 내 스스로 조그마한 다른 일자리를 찾아 거기서 조용하게 그리고 평화스럽게 근무 할 거야. 나는 누구도 건드리지 않을 것이고, 누구도 나를 건드리지 못하지. 나는 너에게 어떠한 불만 청구서도 제출하지 않을 거야. 내일 나한테 신분증만 바르게 정정해 줘라. 그럼 끝이야……."

멀리서 시계 종소리가 공허하게 울려오고 있었다.

때엥… 때엥…

'이건 뻬스뜨루힌의 집에서 나는 소리이군' 하고 생각하며 까로뜨코프는 종소리를 세기 시작했다.

열… 열하나… 자정, 열 셋, 열 넷, 열다섯… 마흔…

"시계가 40번을 쳤네."

까로뜨코프는 우울하게 웃기 시작했다. 그러더니, 이번에는 다시 울기 시작했다. 그리고 나서, 그는 아주 조급하고 심하게 교회용 포도주를 구토해 내기 시작했다.

"독하군, 오, 독한 포도주야" 라고 말하고 나서, 까로뜨코프는 신음소리를 내며 베개 위로 몸을 내 던졌다.

2시가 지났다.

아직 끄지 않은 램프불이 베개 위의 창백한 그의 얼굴과 헝클어진 머리카락을 비추고 있었다.

9. 타자기의 무서움

가을은 까로뜨코프 동무를 애매하고 이상야릇하게 맞이하고 있었다. 겁에 질려 계단 좌우를 둘러보며 까로뜨코프는 조심조심 8층으로 기어 올라갔다. 잘 생각해 보지도 않고 적당히 오른 쪽으로 방향을 바꾼 그는 기뻐서 가슴이 설렜다.

<호실 302—349> 라고 쓰인 표지판 위에 오른 쪽을 가리키는 손가락이 그려져 있었다. 표지판의 손가락이 가리키는 방향을 따라 까로뜨코프는 <302—불만 접수 사무소> 라는 표찰이 붙어 있는 문까지 다다랐다.

마주치지 말아야 될 사람과 부딪히지 않기 위하여 까로뜨코프는 조심조심 문 주위를 세심히 살펴 본 다음 안으로 들어갔다. 문 안으로 들어가자마자 타자기 앞에 앉아 있는 7명의 여자들이 그의 시야에 확 들어왔다. 잠시 머뭇머뭇 거리고 난 그는 맨 가에 앉아 있는 여자에게 다가갔다. 거무스름하고 윤기 없는 얼굴의 그녀에게 인사를 하고 나서 뭔가를 말하려 하였다.

그러나 갑자기 갈색 머리의 그녀는 그가 말하려는 것을 가로 막고 나섰다. 모든 여자들의 시선이 일제히 까로뜨코프에게로 집중되어 졌다.

"우리 복도로 나갑시다."

윤기 없는 얼굴의 그녀는 격하게 말하고 나서 서둘러 머리 모양을 매만졌다.

'하느님 맙소사, 또 다시, 다시 뭔가가…' 하는 생각이 까로뜨코프의 머릿속에서 슬프게 아른거리고 있었다.

무겁게 한숨을 쉬고 나서 그는 그녀를 따라 복도로 나섰다. 곧이어 나머지 여섯 명의 여자들은 두려움에 떨면서 쉬쉬하며 말하기 시작했다. 갈색 머리 여자는 까로뜨코프를 끌고 어두침침한 텅 빈 복도로 나오자 다음과 같이 말하기 시작했다.

"당신은 정말 너무해요… 당신 때문에 난 어제 한 잠도 못 잤어요. 그리고 마침내 마음을 정했어요. 당신이 원하시는 대로 하세요.나는 당신께 몸을 맡기겠어요."

까로뜨코프는 그녀의 커다란 눈과 거무스름한 얼굴을 쳐다보았다. 그녀의 얼굴에서는 은방울 꽃 냄새가 풍기고 있었다.

까로뜨코프는 뭔가 목구멍소리를 냈으나 아무 것도 말하지 못하였다. 갈색 머리 여자는 고개를 젖히더니 고통스러운 듯 이빨을 드러낸 다음, 까로뜨코프의 손을 덥석 잡아 자기 쪽으로 끌어당기면서 속삭이기 시작했다.

"무얼 그렇게 가만히 있어?, 유혹자. 너의 그 과감성에 난 반해 버렸어, 오, 나의 뱀 같은 악마. 내게 키스 해 줘, 으응, 빨리 키스 해 줘, 통제 위원이 아무도 없을 때, 얼른, 으응."

다시 이상야릇한 소리가 까로뜨코프의 입에서 흘러 나왔다. 까로뜨코프는 비틀비틀 거렸다. 그리고 뭔가 달콤하고 부드러운 촉감이 자신의 입술에 와 닿는 것을 느꼈다. 까로뜨코프의 눈 바로 앞에 그녀의 커다란 눈동자가 다가오고 있었다.

"내 몸을 맡길게 너한테…"

까로뜨코프의 입술 바로 앞에서 속삭이고 있었다.

"내겐 필요 없어" 쉰 목소리로 까로뜨코프는 대답했다.

"난 신분증을 강탈당했단 말야."

"옳지, 자-알 한다." 하는 소리가 갑자기 뒤에서 울려 퍼졌다.

까로뜨코프는 뒤를 돌아다보았다. 그리고 반들반들한 모직 옷을 입은 꼬부랑 노인을 발견하였다.

"아-아-앗!" 하며 갈색머리 여자는 비명을 질렀다. 그녀는 두 손으로 얼굴을 가리고 문 안으로 뛰어 들어갔다.

"히-히-힛" 하며 꼬부랑 노인은 말하기 시작했다.

"솜씨 좋아. 너는 어디를 가나, 역시 신사 까로브코프다워. 으음, 하지만 역시 덜렁이일 뿐이지. 그래, 저기서 키스를 하던, 하지 않던 그건 중요한 게 아니지. 당신은 아직 출장 티켓에는 키스를 못 했으니깐. 내가 바로 그 출장 티켓을 받아 버렸거든. 나는 출장 간다. 뭐, 불만 있어."

이런 말과 함께 그는 까로뜨코프에게 엄지손가락을 둘째와 가운데 손가락 사이에 끼어 내 보였다.

"그리고 내 너에 대한 고소장을 제출하마."

반들반들한 옷을 입은 꼬부랑 노인은 악의에 차서 말을 계속해 나아갔다.

"그래, 주무 부서에서는 세 명이나 강간을 해대고, 이제는, 그것도 모자라 그래, 그 밑의 과에까지 손을 뻗치니? 지금 그 귀여운 것들이 어떤 눈물을 흘리고 있는지나 아니? 너한테는 모두가 매 한가지겠지? 그 처녀애들은 지금 피눈물을 흘리고 있어, 야! 에그 그 가엾은 소녀들. 하지만, 이미 늦었지, 늦었어. 네가 처녀의 순결을 돌려줄 수도 없을 테고. 아암, 돌려주지 못하구 말구."

꼬부랑 노인은 오렌지 빛 꽃다발이 그려진 커다란 손수건을 꺼내 울면서 코를 풀기 시작했다.

"신사 까로브코프 씨, 이 노인네 손아귀에서 동전 몇 닢의 푼돈까지 알겨 가길 원하십니까? 뭐 어디…"

꼬부랑 노인은 몸서리치며 흐느껴 울기 시작했다. 그리고는 가방을 떨어뜨렸다.

"이것도 가지고 가. 가지고 가서 마저 잡숴. 공산당원도 아닌 불쌍한 이 노인네 굶어 죽게 내버려 둬… 내버려 두라고, 동정이나 받게. 그게 이 늙은 개가 가야 될 길이지. 으음, 하지만, 신사 까로브코프 씨, 이것만은 잊지 마시오."

꼬부랑 노인의 목소리가 갑자기 예언자 소리로 준엄하게 바뀌더니 종소리처럼 울려 퍼지기 시작했다.

"그 돈 당신한테 유익한 보탬은 안 될 걸. 그 돈에는 악마가 끼여 있거든. 아마, 그 돈이 당신 목구멍에서 말뚝처럼 걸리고 말 거야."

꼬부랑 노인은 분에 겨워 흐느끼며 눈물을 펑펑 쏟아 냈다. 마침내, 히스테리의 발작 상태가 까로뜨코프를 사로잡았다. 갑자기, 그리고 자신도 예기치 못하게 그는 발을 '타다닥 타다닥'하며 빠른 속도로 구르기 시작했다.

"으-으, 빌어먹을!"

그는 앙칼지게 소리치기 시작했다. 그의 다급한 소리가 아치형 천정을 따라 울려 퍼졌다.

"난 까로브코프가 아니야. 나한테서 꺼져 버려! 난 까로브코프가 아니라고. 난 출장 안가! 안 간다고!"

까로뜨코프는 자신의 칼라 옷깃을 잡아 찢기 시작했다. 꼬부랑 노인은 순간적으로 바싹 오므라들더니 공포감에 떨기 시작했다.

"다음!"

문 안에서 누군가가 소리쳤다. 까로뜨코프는 갑자기 잠잠해 졌다. 그리고는 문 안으로 돌진해 들어갔다. 왼 쪽으로 돌아 타자기들이 쭉 놓여 있는 옆을 지나쳐 갔다. 갑자기 정신을 차려 보니 파란색 양복을 입은 키 큰 금발머리의 멋진 사내 앞에 자신이 서 있음을 알아 차렸다. 금발의 사나이는 까로뜨코프에게 고개를 끄덕이더니 다음과 같이 말하였다.

"동무, 간단하게 말하시오. 한 마디로. 빨리. 뽈따바입니까? 아니면, 이르꾸츠크입니까?"

"신분증을 강탈당했어요."

미개인(未開人)처럼 좌우를 둘러보면서, 엉망진창이 된 까로뜨코프가 대답했다.

"그리고 고양이가 나타났어요. 고양이는 그럴 권한이 없어요. 평생토록 나는 결코 싸움을 하지 않았어요. 원인은 성냥이었지. 나를 괴롭힐 권한을 가지고 있는 것은 아냐. 나는 그 고양이가 깔리소네르라고 보지는 않을 거야. 나는 강탈당했어요. 하나도……"

"으응, 이게 무슨 잠꼬대 같은 소리야!"

파아란 양복의 사나이가 대꾸했다.

"군복을 지급하지, 그리고 루바쉬까도 수건도 줄께. 만일 이르꾸츠크로 간다면, 입어서 좀 낡기는 했지만 털가죽 반코트도 지급하지. 간단히 말해."

그는 자물쇠 속에 열쇠를 짤그랑 거리며 음악 소리를 내더니 책상 서랍을 잡아 뺀 다음, 서랍 속을 한 번 쳐다보고 나서 상냥하게 말하였다.

"세르게이 니콜라예비치, 부탁해요."

그러자 곧, 물푸레나무로 만들어진 서랍 속에서 곱게 빗겨진 밝은 빛깔의 하얀색 머리를 하고 눈알이 펄쩍펄쩍 뛰는 파아란 눈을 한 사람이 얼굴을 빼꼼히 내밀었다. 얼굴 다음의 목은 마치 뱀처럼 구부러져 꼬여져 있다가 펴지면서 보이기 시작하였으며, 이어서 풀 먹인 칼라가 바삭바삭 소리를 내며 와이셔츠가 보였고, 다음으로 신사복이 나타났으며, 곧이어 팔이 보이면서 마지막으로 그의 바지가 나타났다.

1초가 지나자, 그는 나무랄 데 없이 완전무결한 비서였다. 그는 "안녕하십니까" 하는 인사말을 가는 소리로 '빽—' 하고서는 빠알간 책상보 위로 기어 나왔다.

그는 마치 몸값을 지불하여 자유롭게 된 개처럼 몸을 가볍게 흔들고 나서 책상 아래로 뛰어 내린 다음, 긴 소매를 접어 안으로 밀어 넣더니 호주머니에서 이름난 외제 펜을 꺼냄과 동시에 그냥 마구 갈겨 써 대기 시작했다.

까로뜨코프는 멈칫하며 뒤로 물러서고 말았다. 그는 손을 내밀며 애처롭게 파아란 양복의 사나이한테 말했다.

"저기 좀 보세요, 저기 좀 봐, 어머, 사람이 서랍 속에서 기어 나오네. 뭐 이런 별일이 다 있어?…"

"당연하지요, 아암, 기어 나와야지."

파아란 양복의 사내가 대답했다.

"그 사람이라고 온종일 누워 있을 수만은 없잖아요. 기어 나올 때가 된 거요. 시간이 된 거야. 시계로 정확히 측정된 시간이지."

"그러나 어떻게? 어떻게 그렇게?"

까로뜨코프가 이상한 소리를 내며 물었다.

"오-오, 당신, 제발"

파아란 양복의 사내가 흥분하여 화를 내기 시작했다.

"동무, 꾸물거리지 좀 마시요."

이때, 갈색 머리 여인이 갑자기 문 밖에서 나타나더니 기뻐서 어쩔 줄을 몰라 하며 외쳤다.

"나는 이미 이 사람 서류를 뽈따바로 보내 버렸어요. 나는 이 사람과 함께 떠날 거예요. 내 아주머니가 위도 43도, 경도 5도의 뽈따바에 살고 계시거든요."

"으음, 놀랄만하군,"

갈색 머리의 파아란 양복 사내가 대꾸했다.

"하지만, 난 이렇게 꾸물꾸물 거리는 것에 이제 진절머리가 나."

"나는 출장가고 싶지 않아!"

까로뜨코프는 시선을 어디다 두어야 할지 몰라 하며 소리쳤다.

"이 금발머리 여인이 나한테 몸을 바칠 거야, 하지만, 난 이제 더 이상 참을 수 없어. 나는 원하지 않아! 신분증을 돌려주시오. 나의 신성한 성(性)도 원상복귀 시켜!"

"동무, 여기는 결혼상담부서예요."

비서가 빽빽거리며 이야기하기 시작했다.

"우린 아무 것도 할 수 없어요."

"오, 이 바보 멍충이!"

금발 머리 여인이 소리 지르더니, 다시 까로뜨코프를 쳐다보고 나서, "동의 해! 동의하라고!" 하며 프롬프터와 같이 속삭이는 소리로 외쳐 댔다.

그녀의 머리가 문 밖으로 숨겨졌다가 다시 나타났다.

"동무!" 하며 까로뜨코프는 얼굴에 눈물범벅을 해 가지고 흐느껴 울기 시작했다.

"동무! 내 제발 부탁한다, 신분증을 다오. 달리 생각해 줘. 부탁이야, 이렇게 온 마음으로 너에게 간절히 청할게. 이 청(請)만 들어주면 난 수도원으로 떠날 거야."

"동무! 발작하지 말고. 구체적으로 그리고 추상적으로 말하시오. 문어체로 그리고 구어체로 말하시오. 긴급하게 그리고 은밀하게 말하시오. 뽈따바입니까? 아니면, 이루꾸츠크입니까?

바쁜 사람 시간 뺏지 마시오! 복도로 다니지 말 것! 침 뱉지 말 것! 담배 피우지 말 것! 환전해 달라고 귀찮게 하지 말 것!"

금발머리 사내는 제 정신을 잃고 큰 소리로 뇌까려 대고 있었다.

"악수하는 것도 금지되어졌소!"

비서가 꼬-기오 하고 우는 소리를 내며 말했다.

"그럼, 포옹을 허용시켜!"

금발머리 여인이 열정적으로 속삭였다. 그리고 마치 바람이 쌩하고 불듯이, 까로뜨코프의 목 언저리에 은방울 꽃 냄새를 팍 끼얹더니 갑자기 방 안에 꽃냄새가 확 퍼졌다.

"열세 번째 계명에 쓰여 있지, 보고서 없이는 가장 친한 사람의 집에도 들어가지 말라고."

반들반들한 옷을 입은 꼬부랑 노인은 중얼중얼 거리더니, 망토 자락을 흔들면서 공중을 날아가듯이 쏜살같이 내달렸다.

"난 들어가지도 않지. 들어가지도 않는다고. 하지만, 결재 서류를 그래도 던져 놓아두지. 바로 이렇게 말이야, 퍽!… 아무 서류에나 서명하고 피고석에나 가 앉으라, 이거지 뭐."

그는 넓고 검은 소매에서 흰 종이 뭉치를 꺼내 내던졌다. 종이짝들은 마치 바닷가 절벽 위에서 갈매기 떼가 날듯이 사방으로 흩어지며 날다가 책상 위에 여기저기 뿌려졌다. 방 안이 뿌옇게 흐려지면서 창문이 흔들거리기 시작했다.

"금발머리 동무!"

몹시 지친 까로뜨코프가 울음을 터뜨렸다.

"차라리 나를 이 자리에서 쏴 죽여, 그러나 단, 아무 신분증이라도 좋으니 하나 내게 만들어 다오. 그러면 네 손에 입이라도 맞추마."

뿌연 안개 속에서 금발 머리 사내가 갑자기 부풀어 오르며 키가 커지기 시작했다. 그는 꼬부랑 노인이 뿌려놓은 종이짝 위에 엄청나게 빠른 속도로 미친 듯이 서명을 해서는 그것들을 연실 비서에게 집어 던져대기 시작했다. 그리고 비서는 마치 먹을 것을 받은 개처럼 꼬록꼬록 소리를 내가며 그 종이짝들을 붙잡았다.

"젠장할!"

금발 머리 사내가 우렁차게 소리치기 시작했다.

"젠장할. 헤이! 타이피스트들!"

그가 거대한 손을 한번 휘두르자 바로 까로뜨코프의 눈앞에서 커다란 벽이 무너져 내렸다. 그리고 곧이어 책상 위에 놓여 있던 30대의 타자기들이 탁탁 타다닥 소리를 내더니 일제히 폭스트롯을 연주 해대기 시작했다. 30명의 여자들이 넓적다리를 흔들면서 음탕하게 어깨 짓을 해 보인 다음, 담황색 스타킹을 신은 긴 다리짝을 무대 위의 하얀 아이스 거품 위로 내던지듯 쭉쭉 뻗으면서, 마치 서커스 시작 전에 인사를 하듯이 책상 주위를 한 바퀴 돌아 행진하였다. 하얀 종이짝들이 뱀처럼 길게 늘어지며 타자기의 주둥이 속으로 기어들어 가기 시작했다. 타자기 입 속으로 들어간 종이짝들은 둥그렇게 굽어지면서 마름질되어지고 촘촘히 박히기 시작했다. 곧이어 보라색의 세로 줄무늬 장식이 붙은 하얀색 치마가 타자기 밖으로 기어 나왔다. 그리고 치마에는 다음과 같이 쓰여 있었다.

<이 서류의 제출자는 어떠한 깡패가 아닌 실제로 제출자이다.>

"자, 받아!"

뿌연 안개 속에서 금발 머리 사내가 쾅 소리를 내며 서류를 내던져 떨어뜨렸다.

"이-이-이-이"

까로뜨코프는 가냘프게 훌쩍훌쩍 울기 시작하더니, 금발 머리 사내의 책상 모퉁이에다 머리를 들이 받기 시작했다. 순간 머리가 조금 가벼워지는 것 같더니 누군가의 얼굴이 까로뜨코프 앞으로 덤벼드는 게 눈물 사이로 보였다.

"신경안정제!"

누군가가 천정 아래에서 소리쳤다. 꼬부랑 노인의 망토 자락이 마치 까만 까마귀처럼 천정의 불빛을 가로 막아 버렸다. 꼬부랑 노인은 불안에 떨며 속삭이기 시작했다.

"이제 구조하는 길은 하나 예요. 제5과의 의사 드이르낀한테 가는 길이오. 빨리! 급히! 급하다고!"

에테르 냄새가 진동하였다. 곧이어 여러 사람의 손들이 까로뜨코프를 부드럽게 감싸 어두침침한 복도 밖으로 들어 내왔다. 망토를 입은 꼬부랑 노인이 까로뜨코프를 감싸 안아 끌고 가면서 히죽히죽 웃더니 속삭이기 시작했다.

"으음, 난 벌써 그치한테 민폐를 끼쳐 놓았지. 그렇게 책상 위에다 서류를 뿌려 놓았으니 서류 한 건당 최소한 5년은 실히 감옥에서 썩어야 할걸. 자, 빨리!, 서둘러, 서둘러!"

늙은이의 망토 자락이 이리저리 날리기 시작했다. 승강장 그물망 속에서 습기 찬 바람이 확 뿜어 올라왔다. 그리고 곧이어 승강기가 벼랑 밑으로 미끄러지면서 떠나갔다.

10. 무시무시한 드이르낀

사방이 거울로 장식된 승강기가 아래로 떨어지기 시작했다. 까로뜨코프와 거울 속의 까로뜨코프가 동시에 아래로 떨어져 내려가고 있었다. 본래의 까로뜨코프는 거울 속의 두 번째 까로뜨코프를 잊어버리고 홀로 승강기 밖으로 걸어 나와 서늘한 현관 쪽으로 향하였다. 매우 뚱뚱하고 장밋빛 얼굴에다 털모자를 뒤집어 쓴 사람이 다음과 같이 말하며 까로뜨코프를 맞이하였다.

"허, 놀랄만하군. 바로 내가 당신을 체포할거요."

"나를 체포할 수 없어."

까로뜨코프는 대답하고 나서 악마 같이 흉악스럽게 웃기 시작했다.

"왜냐하면, 내가 누구인지 아무도 모르거든. 물론이지. 나를 체포할 수도, 나를 결혼시킬 수도 없지. 그리고 난 뾜따바로 가지 않을 거야."

뚱뚱한 사람은 공포에 떨며 까로뜨코프의 동공을 쳐다보더니 멈칫멈칫 하며 뒤로 물러나면서 주저앉기 시작했다.

"체포해, 체포하라고."

까로뜨코프는 우는 소리를 낸 다음, 그 뚱뚱보에게 신경 안정제 냄새가 확 풍기며 바르르 떠는 창백한 혓바닥을 내 보였다.

"어떻게 네가 나를 체포한다는 거니, 신분증 대신에 이것 (엄지손가락을 둘째와 셋째 손가락 사이에 끼움) 밖에 없는데? 아마, 난 호겐쫄레른[6] 왕조의 후손 일거야."

"오, 주 예수!"

뚱뚱보는 떨리는 손으로 성호를 긋더니 장밋빛 얼굴이 노랗게 변해 버렸다.

"깔리소네르 못 만났지?"

까로뜨코프는 끊어졌다 이어졌다 하는 소리로 질문한 다음 주위를 둘러보았다.

"대답해, 이 뚱땡아."

---

6) 프러시아 왕조의 이름.

"아무도 못 봤어요."

뚱뚱보는 얼굴 색깔을 장밋빛에서 회색빛으로 바꾸면서 대답하였다.

"이제 어떻게 한담? 그러면?"

"드이르낀한테 가세요, 달리 방법이 없어요,"

뚱뚱보가 더듬더듬 거리며 겨우 말하였다.

"그한테 가는 게 가장 좋은 방법예요. 단, 무섭긴 하지만. 아아, 그는 무서워! 그러니깐 접근하면 안 돼요. 벌써 두 명이나 그의 사무실에서 위로 날라 가버렸지요. 지금은 전화도 고장 나 있어요."

"알겠어."

까로뜨코프는 대답하고는 용맹스럽게 침을 탁 뱉더니 말하였다.

"지금 나한테는 매 한가지야. 올라가자!"

"다리 다치시지 않도록 하십시오, 전권대사 동무"

뚱뚱보는 까로뜨코프를 승강기 안으로 태우면서 상냥하게 말하였다. 위 층계참에서 16살가량 되 보이는 조그만 소녀 애랑 맞닥뜨리자, 까로뜨코프가 무시무시한 목소리로 소리치기 시작했다.

"너는 어디로 가는 거야? 서지 못해!"

"때리지 마아, 으응, 우리 착한 아저씨야,"

뚱뚱보는 몸을 움츠리면서 손으로 머리를 감싸더니 말하였다.

"드이르낀한테 가는 손님이시다."

"지나가세요." 조그만 소녀애가 소리쳤다.

뚱뚱보가 조그만 소리로 속삭이기 시작했다.

"당신께서 직접 들어가십시오, 각하. 저는 여기 벤치에서 각하를 기다리고 있겠습니다. 아주 무시무시해서……"

까로뜨코프는 어두컴컴한 대기실 안으로 들어섰다. 대기실은 텅 빈 홀로 이어져 있었으며, 홀 안에는 푸른색의 깨끗한 카펫이 넓게 깔려져 있었다.

<드이르낀> 이라는 표찰이 붙어 있는 문 앞에 서서, 까로뜨코프는 잠시 망설였다. 그러나 곧, 그는 문을 팍 열고 안으로 들어갔다. 커다란 검붉은 색의 책상들과 벽에 걸린 시계들이 안락하게 잘 배치된 사무실이 나타났다.

조그맣고 살이 포동포동하게 찐 드이르낀이 책상 바로 뒤에 앉아 있다가

마치 용수철이 튀듯이 벌떡 일어나더니 콧수염을 곤두세우며 소리쳤다.

"자-잠자코 있어!"

하지만, 까로뜨코프는 아직 아무 말도 정말 하지 않고 있었다. 그 순간 사무실 안에 가방을 든 창백한 젊은이 한 명이 나타났다. 드이르낀의 얼굴이 순식간에 웃음 주름살로 뒤덮였다.

"아-아!" 하며 드이르낀은 미묘하게 소리쳤다.

"안녕하십니까, 아르뚜르 아르뚜르이치,"

"잘 들어, 드이르낀,"

젊은이는 째지는 듯한 날카로운 소리로 말하기 시작했다.

"네가 뿌즈이레프에게 이걸 썼지, 내가 퇴직금 관리 현금 출납 창구에 내 개인 경영의 독재권을 설립하려 했다고. 그래서 내가 5월 달 지급의 퇴직금을 몽땅 가로 채려 했다고? 네가 그랬지? 대답해, 이 나쁜 쌍놈아."

"내가…?"

드이르낀은 분명치 않게 웅얼웅얼 거리기 시작했다. 그렇게 무시무시하게 위협적이었던 드이르낀이 갑자기 착하고 온순한 드이르낀으로 요술처럼 바뀌었다.

"아르뚜르 즤따뚜르이치, 내가… 내가, 물론… 당신은 쓸데없이……"

"오-오, 이 파렴치한, 더러운 놈,"

젊은이가 명확하게 말하고 나서 머리를 흔들었다. 그리고는 가방을 휘둘러 드이르낀의 귀싸대기를 후려쳤다. 마치 접시 위에 팬케이크를 꺼내 놓을 때처럼.

까로뜨코프는 기계적으로 '오흐'하며 한숨을 내쉬더니 온몸이 굳어 버렸다.

"나의 일에 참견하는 무뢰한 놈들은 너 나 할 것 없이 모두 다 이렇게 될 것이다."

젊은이는 거창하게 연설을 하더니, 작별 인사로 까로뜨코프에게 붉은 주먹을 불끈 쥐어 내보이며 위협하고 나서 밖으로 나갔다.

약 2분 동안 사무실 안에는 조용한 침묵만이 흘렀다. 단지 가지 달린 촛대 위의 작은 갈고리들만이 어디에선가 달려가던 화물 자동차의 진동 때문에 달그락 달그락거릴 뿐이었다.

"허 참, 젊은 사람."

쓰디쓴 웃음을 지어 보이며 모욕당한 드이르낀이 말하였다.

"이게 바로 열심히 일한 대가이지. 밤에 잠도 안자고, 제대로 먹지도, 마시지도 못하면서 일하지, 하지만 결과는 항상 한 가지, 귀싸대기 얻어맞는 거야. 혹시, 당신도 귀싸대기 때리러 온 거 아냐? 뭐… 때리세요. 뭐, 드이르낀을 때려 버려요. 보다시피, 드이르낀의 상판대기는 뭐 국가 거니깐. 혹시, 당신은 손이 아플까봐 못 때리시나? 그럼 뭐, 저 가지달린 촛대를 잡으시지, 뭐."

이렇게 말하고 나서, 드이르낀은 책상 바로 뒤에서 포동포동한 볼 따귀를 유혹적으로 자랑스럽게 내보였다.

아무 것도 이해하지 못하면서 까로뜨코프는 의심쩍은 듯 수줍어하며 웃더니 가지 달린 촛대의 자루를 움켜잡았다. 그리고는 그 촛대들이 꽂혀 있는 곳으로 드이르낀의 머리를 '파싹' 하는 소리와 함께 내리쳤다.

드이르낀의 코에서 책상보 위로 핏방울이 떨어지기 시작했다. 드이르낀은 <살려 줘!> 하고 외마디 소리를 지르고 나서 사무실 안쪽 문을 지나 내달리기 시작했다.

이때, "쿠-쿠!" 하며 벽에 걸려 있던 시계 속의 뻐꾸기가 기쁨에 넘친 듯이 소리치더니, 아름답게 그려진 뉘른베르그의 작은 집 속에서 벽 위로 튀어 나왔다.

"큐 클락스 클랜!"7) 하며 뻐꾸기가 소리치더니 대머리로 바뀌면서 다음과 같이 말하였다.

"당신이 노동자를 몹시 때린다고 기입해 두겠소!"

맹렬한 분노와 발작이 까로뜨코프를 다시 사로잡았다. 그는 다시 촛대를 휘둘러 시계를 후려 쳤다. 시계는 와장창 하는 굉음과 금빛 시계 바늘의 파편 조각으로 대답하였다.

동시에 깔리소네르가 시계 밖으로 튀어 나오더니 하얀 수탉으로 변한 다음 <발신자> 라고 쓰인 푯말을 들고 재빨리 문 속으로 몸을 감추었다. 곧이어, 안쪽 문 너머에서는 드이르낀의 통곡 소리가 울려 나왔다.

7) 비밀결사의 이름.

"그 놈을 잡아, 강도야, 강도!"

곧 이어 사람들의 육중한 발자국 소리가 사방에서 날라 들었다.

까로뜨코프는 돌아서더니 도망치기 시작했다.

11. 추적 영화와 심연(深淵)

뚱뚱이 드이르낀이 층계참에서 승강기 객실 쪽으로 도망쳐 뛰어 가더니, 승강장 그물망을 그대로 내팽겨 둔 채 굉음을 내며 아래로 급히 달려 내려갔다. 그리고 여기저기가 패이고 낡아 더러워진 거대한 계단을 따라 사람들이 다음의 순서대로 달려 내려갔다.

맨 앞에 뚱땡이의 검은 털모자가, 그리고 그 뒤에 하얀 수탉의 <발신자> 푯말, 수탉 뒤에는 윗부분에 날카로운 하얀 초꽂이가 박혀 있는 가지 달린 촛대, 다음에 까로뜨코프, 이어서 손에 권총을 든 열여섯 살짜리 처녀, 그리고 또 저벅저벅 소리 나는 장화를 신은 익명의 사람들이 계단을 따라 아래로 달리고 있었다.

계단은 온통 청동기 쇠 부딪치는 소리로 신음하였으며, 층계참 옆의 문들은 놀라 불안에 떨며 쾅쾅하고 닫혔다.

누군가가 위층에서 몸을 길게 늘어뜨려 아래를 내려 보고나서 메가폰 모양으로 손을 만들어 소리쳤다.

"어떤 부서가 이사 가는 거냐? 금고는 그냥 두고 가!"

아래에서 여자 목소리가 응답하였다.

"강도야, 강도들!!"

거리로 향하는 거대한 문에 다다라 까로뜨코프는 털모자와 가지달린 촛대를 추월하며 제일 선두로 뛰쳐 나선 다음, 타는 듯이 달구어진 뜨거운 바깥 공기를 왕창 들이 마시고는 쏜살같이 거리를 따라 내달리기 시작했다.

하얀 수탉은 땅 틈 사이로 돌연 자취를 감춰 버렸으며, 유황 냄새가 확 풍기더니 갑자기 검은 망토 자락의 노인네가 공중에서 나타났다. 그는 까로뜨코프 옆을 나란히 겨우겨우 따라 걸으며 가냘프고 느릿느릿한 외침소리로 다음과 같이 말하였다.

"동무들, 이 자가 협동 조합원들을 때려요!"

까로뜨코프가 가는 길에 보행자들은 사방으로 방향을 틀며 흩어졌으며 몇몇 사람들은 급히 개구멍 속으로 기어 들어갔다. 어디선가 갑자기 호각 소리가 삐-엑 하고 나더니 금방 사그라져 버렸다. 누군가가 갑자기 미친 듯이 웃어대며 야유를 퍼 붓기 시작했다.

그리고는 <붙잡아> 하는 불안스런 쉰 목소리의 외침이 타오르기 시작했다. 철로 된 셔터 문이 자잘한 소음을 내며 내려졌으며, 누군가 절름발이 한 사람이 전차 철로 위에 앉아서 날카로운 소리로 외쳐댔다.

"뭔가 터졌구먼, 터졌어!"

드디어 까로뜨코프 뒤로, 마치 크리스마스트리 폭죽이 '빠바방 빵빵' 하고 터지면서 '삐용 삐용' 날아가듯이, 총탄 사격이 매우 빠르고 경쾌한 소리를 내며 날아들기 시작했다. 총알은 '픽픽 피-익' 거리며 옆으로, 위로, 할 것 없이, 마구 날아갔다.

으르렁 거리며 울부짖던 까로뜨코프는 숨을 헉헉 거리면서 거대한 거인—11층짜리 건물을 향해 돌진하였다.

건물은 측면이 거리 쪽으로 나와 있었고 건물 정면은 협소한 골목 쪽을 향하고 있었다. 건물 귀퉁이에 <레스토랑과 맥주>라는 글씨가 쓰인 유리제 간판은 별모양으로 금이 가 쪼개져 있었다.

중년쯤 돼 보이는 마부가 매우 지친 듯한 얼굴 표정으로 마부 자리에서 거리로 내려와 앉으면서 다음과 같이 말했다.

"허허, 이상하군! 여보게들, 어째서 닥치는 대로 마구 쏘아대는 겨, 그래?…"

한 사람이 골목에서 뛰어 나오더니 까로뜨코프를 잡으려고 그의 양복 자락을 움켜잡았다. 하지만, 그의 손에는 양복 자락만이 덜렁 남겨졌다.

까로뜨코프는 모퉁이 뒤로 돌아가더니 몇 미터를 쏜살같이 내달린 다음, 사방이 유리 거울로 장식된 현관 가운데로 뛰어 들어갔다.

갑자기, 레이스가 달리고 금도금 단추가 달린 옷을 입은 소년이 승강기에서 톡 튀어 나오더니 울기 시작했다.

"아저씨, 타요 타, 타라고!"

소년은 큰 소리로 말했다.

"단, 이 고아를 때리지는 마아, 으응!"

까로뜨코프가 성냥갑 같은 승강기 안으로 급히 뛰어 들어가, 또 다른 까로뜨코프 반대편의 푸른 소파에 앉더니, 모래사장 위로 갓 올라온 물고기 마냥 숨을 팔딱팔딱 내쉬기 시작했다.

조그만 소년은 흐느껴 울면서 까로뜨코프를 뒤따라 승강기 안으로 기어 들어간 다음, 문을 닫더니 승강기 안의 손잡이 끈을 잡아 당겼다.

곧이어 승강기는 위로 올라가기 시작했다. 그리고는 얼마 안 있어 승강기는 다시 아래로 내려왔다.

현관에서는 다시 사람들의 빗발치는 아우성 소리가 울려 퍼지기 시작하였으며, 현관 입구의 회전 유리문은 연실 뱅글뱅글 돌아가며 사람들을 안으로 집어넣고 있었다.

승강기는 부드럽게 출발하였다가 중간에 구역질이 나는 듯, 우욱우욱 거리며 위로 올라갔다. 소년은 안심하고 나서 한 손으로 코를 훔쳐 닦으면서 다른 한 손으로는 손잡이 끈을 잡았다.

"돈 훔쳤지, 아저씨?"

소년이 여기저기 갈기갈기 찢어져 엉망진창이 된 까로뜨코프의 모습을 눈여겨 살펴보면서 호기심 어린 눈빛으로 질문하였다.

"깔리소네르… 사람들이 공격하고 있어…"

숨을 몰아쉬며 까로뜨코프가 대답하였다.

"그래 그 놈이 이제 전면공세로 전환했다고…"

"아저씨, 아저씨한테는 옥상 위에가 가장 좋겠어요. 거기에 당구장도 있다구요." 소년이 충고해 주었다.

"그곳 지붕에는 요새처럼 몸을 숨길 수도 있다구요, 만일 모제르 총만 있다면 아주 그만이죠."

"위로 가자…"

까로뜨코프는 동의하였다.

1분 후에, 승강기는 경쾌한 소리를 내며 멈추어 섰다. 소년이 문을 세게 열더니 코로 킁킁 냄새를 맡고 나서 말하였다.

"기어 나가, 아저씨, 저 지붕 쪽으로 달려가."

까로뜨코프는 승강기 밖으로 펄쩍 뛰어 나가더니 주위를 둘러본 다음,

가만히 서서 귀를 기울였다. 아래에서 사람들의 왁자지껄하는 소리가 점점 커지면서 더 가까이 울려 왔으며, 옆의 유리 칸막이 너머에서는 뼈로 된 공들이 부딪치는 소리가 들려왔다. 유리 칸막이 안에서는 불안에 떨며 초초해 하는 사람들의 얼굴 모습이 아른거렸다. 소년은 승강기 안으로 재빨리 뛰어 들어가더니 문을 닫은 다음, 아래로 떨어지며 자취를 감추어 버렸다.

까로뜨코프는 독수리 같은 시선으로 맞은편 진지를 노려보더니 잠시 주저주저 하다가 <전진!> 하는 고함소리를 내지르며 당구장 안으로 달려 들어갔다.

반들반들 윤이 나는 하얀 당구공들이 놓여 있는 푸른색 당구대와 창백한 얼굴들이 뿌옇게 흐려 보이며 다가왔다. 귀를 찢는 듯한 아우성 소리의 울림이 바로 아래 아주 가까이에서 들려왔다. 어디에선가 '와장창' 하는 소리와 함께 유리 파편들이 비 오듯 쏟아져 내렸다.

마치 신호라도 한 듯, 당구 치던 사람들이 일제히 당구채를 집어 던지더니 일렬로 서서 저벅저벅 소리를 내며 벽 옆의 문 쪽으로 달려들었다.

까로뜨코프가 광분하여 그들 뒤를 쫓아 달려가더니 갈고리로 문을 걸어 잠갔다. 그는 계단에서 당구장으로 통하는 출입구 유리문도 우지직하는 소리를 내며 잠가 버렸다. 그리고는 순식간에 당구공으로 완전무장을 하였다.

그리고 몇 초가 흘러갔다.

승강기 옆의 유리문 바로 뒤에서 처음으로 사람의 머리가 조심스레 천천히 위로 올라왔다. 순간, 까로뜨코프의 손에서 당구공이 유리문을 향해 날아갔으며, 당구공은 '씨앵' 하는 소리를 내며 유리를 뚫고 밖으로 날아갔다.

순식간에 그 머리는 사라져 버렸다. 첫 번째 머리가 사라진 자리에 파리한 불빛이 번쩍 거리더니, 두 번째 머리가 올라왔고, 뒤이어 세 번째 머리가 올라왔다.

곧이어 까로뜨코프의 손에서 당구공이 연달아 날아갔으며, 칸막이의 유리창이 와장창 깨져 버렸다. 계단 안은 온통 왁자지껄하는 소음 소리로 뒤덮여 버렸다. 이에 대답이라도 하듯이 귀를 째는 진게로프스키[8] 재봉틀 돌아가는 소리와 같은 기관총 소리가 울부짖으며, 온 건물 안을 뒤흔들었다.

순간 창문 윗부분의 유리창과 창틀이 마치 칼로 도려내기라도 한 듯이 와장창 송두리째 날아가 버렸으며, 당구장 안에는 뿌연 가루 먼지가 검은 먹구름처럼 시커멓게 일면서 벽면 회반죽 가루가 뭉게뭉게 널리 퍼지며 날기 시작하였다.

까로뜨코프는 진지를 더 이상 고수하기가 불가능함을 알아차렸다. 그는 머리를 손으로 감싼 채 이리저리 사방으로 뛰어 다니더니 발로 세 번째 유리벽을 냅다 차 버렸다. 벽 너머로는 빌딩의 가파르지 않은 아스팔트 지붕이 이어져 있었다. 마침내, 벽에 금이 가기 시작하더니 와르르 무너지며 나가 떨어졌다.

까로뜨코프는 콩 볶듯이 들끓는 총탄 사격 아래서 피라미드식으로 쌓아 놓은 다섯 더미의 당구공들을 지붕 위로 내던지는데 성공하였다. 당구공들은 잘라진 머리통처럼 아스팔트 지붕을 따라 사방으로 흩어지며 쏜살같이 굴러갔다. 이어서 당구공들을 뒤따르며 까로뜨코프가 뛰쳐나갔다.

그는 매우 운 좋게 뛰쳐나갔다. 왜냐하면, 그가 지붕 쪽으로 뛰쳐나가자마자, 창문 아래 부분을 향하여 일제히 기관총 사격이 시작됐기 때문이다. 순식간에 아래 창문의 유리창과 창틀이 오간데 없이 사라져 버렸다.

"항복하라!" 하는 소리가 어렴풋하게 까로뜨코프에게 울려왔다.

까로뜨코프 머리 바로 위에서는 태양이 희미하게 지고 있었고 하늘은 파리하게 생기를 잃어 가고 있었으며, 그의 앞에 펼쳐져 있는 차디찬 아스팔트 지붕 위에는 바람이 스산하게 불고 있었다.

옥상 아래와 빌딩 밖의 도시에서는, 많은 사람들의 불안에 가득 찬 왁자지껄 소리가 좀 둔화된 채 계속하여 울려오고 있었다. 아스팔트 지붕 위로 껑충 뛰어 올라 사방을 둘러보고 당구공 3개를 움켜잡은 까로뜨코프는, 옥상 난간 쪽으로 펄쩍 뛰어 가서는 난간 밑으로 기어 들어가 아래를 내려다보았다. 순간 그의 가슴은 꽁꽁 얼어붙었다.

까로뜨코프 앞에 납작하게 된 조그만 집들의 지붕과 옥상이 쭉 늘어서 펼쳐져 있었다. 그리고 전차들이 기어가는 조그마한 광장과 딱정벌레만

8) '진게라'는 재봉틀 만드는 회사의 이름.

한 사람들의 모습이 저 멀리 보였다.

그리고 곧 까로뜨코프는 골목 틈을 따라 출입구 쪽으로 춤추듯 걸어가는 회색빛의 작은 형체들을 분별해 냈다. 그 조그만 형체들 뒤에는 금빛으로 번쩍번쩍 거리는 헬멧들이 여기저기 흩어져 붙어 있는 중형 고가 사다리 장난감 소방차가 보였다.

"완전 에워 싸 버렸군! 소방수 놈들이."

까로뜨코프는 한숨을 내쉬었다.

난간 위를 펄쩍 뛰어 넘은 까로뜨코프는 정조준을 하더니 연달아 당구공 3개를 내던졌다. 당구공들은 하늘 높이 날아오른 다음 둥글게 아치형을 그리고 나서 핑음 소리를 내며 아래로 떨어졌다. 까로뜨코프는 또 당구공 세 개를 한 손아귀에 움켜쥐고 나서, 다시 난간 밑으로 기어 나온 다음, 손을 위로 높이 쳐들더니 그것들도 몽땅 밖으로 내던졌다. 당구공들은 은빛으로 반짝이더니 이어 아래로 하강하면서, 검은 빛으로 바뀐 다음, 다시 반짝반짝 거리고 나서 이내 사라져 버렸다.

까로뜨코프에게는 딱정벌레들이 햇빛이 가득한 옥상 공간 위를 초조하게 뛰어 가는 것으로 여겨졌다. 까로뜨코프는 다시 탄환을 움켜잡기 위하여 몸을 비스듬히 돌리며 구부렸다. 그러나 이것은 성공할 수 없었다.

유리 조각이 와지직 부서지며 타다닥 튀는 소리와 함께 당구장의 뚫려진 구멍으로 사람들이 나타났다. 그들은 지붕 쪽으로 뛰쳐나오면서 완두콩 마냥 사방으로 떨어지며 흩어졌다. 회색빛 챙모자와 회색빛 외투가 날듯이 달려 나왔으며, 반들반들한 옷을 입은 꼬부랑 노인은 윗유리창을 통해 땅도 밟지 않고 번개 같이 날아서 나왔다.

곧이어 벽이 완전히 무너져 내리더니 면도를 한 무시무시한 깔리소네르가 손에 구식 총을 든 채 작은 롤러 바퀴를 타고서 위협적으로 굴러 나왔다.

"항복 하라!" 하는 소리가 앞에서, 뒤에서 그리고 위에서 소리 높여 울렸으며, 참기 어려울 정도로 기분 나쁘며 으스스한 베이스 소리가 귀를 멍하게 만들면서 온 건물을 뒤덮어 버렸다.

"물론이지,"

까로뜨코프는 힘없이 소리쳤다.

"물론이야. 전투는 패배 이다."

그는 입술로 "따-따-따아!" 하고 퇴각 나팔 소리를 냈다.

용감한 죽음이 까로뜨코프의 영혼 속으로 세차게 쏟아지고 있었다. 까로뜨코프는 난간 옆을 짚어 균형을 잡으면서 난간 기둥 위로 기어 올라갔다.

그리고는 난간 기둥 위에서 흔들거리더니 팔을 위로 쭉 뻗어 온몸을 늘리고서 소리쳤다.

"치욕보다 죽음이 낫다!"

그를 쫓던 추적자들은 두어 걸음 거리에 서 있었다. 이미 까로뜨코프는 두어 걸음 밖의 추적자들의 손이 일제히 자신이 서있는 위쪽을 향하여 뻗쳐지며 정조준 되는 것을 보았다. 그리고 이미 깔리소네르의 총구에서 불길이 튀어 나오는 것도 보았다.

따가운 태양 빛이 까로뜨코프를 유혹이라도 하듯 따갑게 내리 쬐었으며, 까로뜨코프는 눈을 부시며 끝없는 심연 속의 태양을 바라보았다.

까로뜨코프는 숨을 헐떡헐떡 거렸다.

마침내, 그는 귀청을 째는 듯한 가련한 외침 소리와 함께 공중 위로 펄쩍 뛰어 올랐다.

순간 그의 숨은 멈추었다.

폭발로 구멍이 뚫린 것 같은 까만 구멍의 창문이 달린 회색빛 집들이 분명치 않게, 아주 분명치 않게 보였다.

그리고 그 집들은 까로뜨코프 옆을 지나 위로 날라 올라가기 시작했다.

그러더니, 그 회색빛 집들이 갑자기 아래로 떨어지는데, 자신은 반대로 위로 올라가기 시작하는 것을 까로뜨코프는 아주 분명히 알았다.

저 멀리 보이는 빌딩과 빌딩이 맞닿은 골목의 좁은 틈바구니를 향하여 자신의 머리가 점점 더 위로 올라가고 있었으며, 그 골목 틈바구니는 바로 자신의 머리 위쪽 방향에 위치하고 있음을 아주 분명히 깨달았다.

그 후, 팍 소리와 함께 그의 머릿속에는 오로지 피투성이가 된 태양만이 보였으며, 그 외에는 정말 아무 것도 더 이상 알아 볼 수 없었다.

끝.

1924

비운의 달걀

제1장
빼르시코프 교수의 인생 경력

1928년 4월 16일 저녁, 제4국립대학교 동물학 교수이며 모스크바 동물학 연구소 소장인 빼르시코프는 게르쩬 거리에 위치한 동물학 연구소 내의 자신의 연구실로 들어갔다. 교수는 천장의 뿌연 젖빛유리 전구에 불을 켜고는 방안을 빙 둘러보기 시작했다.

이 무시무시한 사건의 발단은 바로 이 날의 이 불길한 저녁에서부터 비롯된 것으로 간주해야 한다. 그것은 바로 블라지미르 이빠찌예비치 빼르시코프 교수를 이 무시무시한 사건의 첫 번째 원인 제공자로 간주해야 되는 것과도 똑같다.

그의 나이는 꼭 58세였다. 그의 머리 모양은 아주 특이해서 양 옆이 불룩 튀어나오고 가운데가 확 뚫린 대머리였으며, 양 옆으로 한 다발씩 누르스름한 머리카락이 삐죽삐죽 뻗쳐 나와 있었다.

그의 얼굴은 번지르하게 면도되어져 있었으며 아래 입술은 앞 쪽으로 불룩하게 튀어나와 있었다. 바로 이런 점 때문에 빼르시코프의 얼굴은 스스로 몇 가지 색다른 특징을 항상 지니고 있었다. 빨간 콧잔등 위에 걸쳐진 옛날 구닥다리 모양의 조그만 은테 안경 너머에는 크지 않은 두 눈동자들이 반짝이고 있었으며, 키는 매우 커서 새우등 모양으로 앞으로 구부정하게 구부러져 있었다.

그는 깍깍 우는 개구리 울음소리와도 같은 가늘고 높은 목소리로 말을 하였는데, 한 가지 더 이상한 점은 그가 무엇이든지 단호하고 확실하게 말을 할 때면, 으레 그의 오른손 집게손가락이 갈고리처럼 휘면서 가늘게 실눈을 뜬다는 것이었다.

그런데, 그는 자신의 학문 분야에서 보기 드물게 박식하여 항상 확신에 차서 말을 했기 때문에, 그 갈고리는 뻬르시코프 교수의 주위 사람들의 눈에 아주 자주 등장하였다.

하지만, 뻬르시코프 교수는 자신의 분야 즉, 동물학, 발생학, 해부학, 식물학 그리고 지리학 이외에는 거의 아무 말도 하지 않았다.

뻬르시코프 교수는 신문도 읽지 않았으며 극장에도 다니지 않았다. 그의 아내는 1913년에 다음과 같은 내용의 쪽지를 하나 달랑 남기고서, 지민[1] 오페라의 테너가수와 함께 그의 곁을 떠나 멀리 달아나 버렸다.

<당신의 그 개구리들은 저에게 참기 어려울 정도의 혐오감을 불러일으킵니다. 저는 평생토록 그 놈의 개구리들 때문에 불행하고 말거예요>.

교수는 더 이상 결혼하지 않았으며 아이들도 갖지 않았다. 그는 성미가 매우 급하여 곧잘 성을 내었으나 곧 분노를 가라앉히곤 하였으며, 딸기즙을 탄 차를 마시기를 좋아하였고, 쁘레치스쩬까 거리에 있는 5개짜리 방으로 된 아파트에서 혼자 살았다. 그리고 이들 방 가운데 하나는 마치 유모처럼 교수를 돌보는 깡마른 노파 가정부 마리야 스쩨빠노브나가 차지하고 있었다.

1919년에 교수는 방 5개 가운데 3개를 빼앗겼다. 그 때 그는 마리야 스쩨빠노브나에게 다음과 같이 선언하였다.

"만일에 그들이 이 같은 추태를 멈추지 않는다면, 마리야 스쩨빠노브나, 난 외국으로 떠나버리고 말거야."

만일 그 때 교수가 이 같은 계획을 실행만 했더라면 그가 어딘가 외국의 대학교 동물학과에서 아주 쉽게 정착할 수 있었을 거라는 사실에는 의심의 여지가 없다.

왜냐하면, 학자로서 그는 완전히 초일류급이였으며, 수륙양서류이건 혹은 파충류이건 좌우간 이런 분야에 있어서, 그는 케임브리지 대학의 울

1) 지민: 여기서 '지민'은 오페라 극장을 소유하고 있는 임의의 사람 이름을 가리킨다.

리얀 벡클리 교수와 로마 대학의 쥐아코모 바르톨로메오 벡카리 교수를 제외하고는 자신과 견줄만한 사람이 없었기 때문이었다.

교수는 러시아어 이외에도 4개 국어를 하였으며 프랑스어와 독일어는 마치 모국어처럼 말하였다. 뻬르시코프는 외국으로 나가려는 자신의 계획을 얼마간 실행하지 않았으며, 그 사이에 1920년은 지난 1919년 보다 한층 더 나빠져 갔다.

사건들은 하나 둘 꼬리를 물며 계속하여 발생하였다. 니키트스카야 대로의 이름이 게르쩬 거리로 바뀌더니, 게르쩬 거리와 모호바야 거리가 마주치는 모서리에 위치한 건물 벽시계는 11시 15분을 가리키고는 멈춰서고 말았다.

그리고 급기야는 동물학 연구소 내의 동물사육장에도 이 유명한 한 해의 대혼란을 참지 못하겠다는 듯, 처음으로 8마리의 대형 청개구리들이 죽어 나가더니, 이어서 15마리의 중형 두꺼비들이 죽고, 드디어는 초대형 두꺼비 수리남스카야[2] 마저 죽어버렸다.

파충류의 제1목에 속하며, 더 정확히 말하자면 꼬리 없는 파충류라고 불리어지는 이들 두꺼비들이 바닥까지 드러내며 사육장을 텅 비우고 나자, 그 뒤를 바로 이어 연구소의 만년 수위 브라스 노인마저 파충류에 속하지도 않으면서 천상(天上)의 세계로 안주해 가셨다.

게다가, 그의 죽음의 원인이 가련한 파충류들과 같은 것이어서, 뻬르시코프 교수는 그의 죽음의 원인을 곧 다음과 같이 규명할 수 있었다. “사료부족!”

학자 뻬르시코프의 말은 완전히 옳았다.

브라스 노인에게는 밀가루 양식을 먹여야 했고 두꺼비에게는 구더기 벌레 양식을 먹여야 했다.

그러나 양식이 떨어진 만큼 노인도 두꺼비의 뒤를 이어 사라져 버린 것이었다. 뻬르시코프는 남은 20마리의 청개구리들에게 바퀴벌레로써 그 양식을 대체해 보려고 하였다.

그러나 바퀴벌레들도 전시공산주의[3] 체제에 대하여 악의적인 태도를

2) 수리남스카야: 수리남산 두꺼비를 가리킴.
3) 전시공산주의: 1917년 러시아 볼셰비키 혁명 후 1920년대 내란 시대의 비상경제 체제.

표명하고 나서는 어디론가 돌연 자취를 감춰버리고 말았다. 이리하여, 동물사육장의 마지막 표본들마저도 연구소 마당의 쓰레기 구덩이 속으로 던져지지 않으면 안 되는 신세가 되어 버렸다.

이 같은 연속적인 죽음, 특히나 수리남산 두꺼비의 죽음은 뻬르시코프에게 이루다 말로 할 수 없는 슬픔을 안겨다 주었다. 그는 이런 죽음을 두고 웬일인지 당시의 인민교육위원[4]을 격렬히 비난하였다.

뻬르시코프는 샤쁘카[5]를 쓰고 덧신을 신은 채, 점점 냉방이 되어가는 연구소의 복도에 서서, 자신의 조수이며 하얗게 꼬불꼬불한 턱수염을 뾰족하니 기른 멋진 신사 이바노프에게 다음과 같이 말하였다.

"뾰트르 스쩨빠노비치, 이런 작태를 보면 정말로 그 놈의 인민위원을 죽여도 시원치 않아! 도대체 그들은 뭘 하고 있느냐 말야? 정말로 그들은 이 연구소를 망칠 참인가! 그렇지 않다면야? 비할 데 없이 훌륭한 수놈으로 아메리카 특별산인 삐빠[6]마저도 그래, 그냥 죽게 내버려 둬! 거기다 그 놈은 길이가 13센티미터나 되었었는데 말야……"

상황은 점점 더 악화되어 갔다.

브라스 노인이 죽고 난 후, 연구소 안은 점점 더 꽁꽁 얼어붙기 시작하여, 마침내 안 창문 위쪽 유리에 하얀 꽃무늬의 성에마저 끼기 시작하였다. 토끼들, 여우들, 늑대들, 물고기들 그리고 율모기 한 마리 남지 않고 모조리 죽어 버렸다.

뻬르시코프는 종일 내내 아무 말 없이 멍하니 앉아 있기 시작하였다. 그러더니, 마침내 폐렴에 걸려 앓기 시작하였다.

그러나 그는 죽지 않았다.

건강을 다시 회복하자, 그는 한 주일에 두 번씩 꼬박꼬박 연구소에 나와서는, 바깥 거리의 기온이 몇 도이건 상관없이 항상 변하지 않고 영하 5도를 기록하는 원형 강의실에서, 발에는 덧신을 신고 머리에는 귀가리개가 딸린 털모자를 뒤집어쓰고 목에는 목도리를 둘러 완전무장을 한 채, 8명의 학생들에게 <열대지방의 파충류>라는 강의 테마를 가지고, 하얀

4) 인민교육위원: 현재의 교육부 장관에 해당하는 직책임.
5) 샤쁘카: 러시아 사람들이 겨울에 주로 쓰고 다니는 털모자.
6) 삐빠: 파충류의 이름(고유명사).

입김을 내뿜어 대면서 열띠게 코스 강의를 진행 하였다. 그리고 나머지 시간에는 내내 쁘레치스쩬카 거리에 있는 자신의 아파트에 처박혀서 천장까지 쌓아놓은 책들로 꽉 들어찬 자신의 방 소파 위에 드러누워서는, 망토를 뒤집어쓰고 기침을 콜록콜록 하면서, 마리야 스쩨빠노브나가 금색 걸상들을 부셔서 피워 놓은 난로 속의 활활 타는 아궁이를 물끄러미 바라보고는 수리남산 두꺼비를 회상하곤 하였다.

그러나 세상의 모든 일은 시작이 있으면 끝이 있게 마련이다. 1920년 그리고 21년도 지나가고, 1922년에는 뭔가 예전과 다른 움직임이 시작되고 있었다.

우선, 첫 번째로 이미 고인이 되신 브라스 노인을 대신하여, 그 자리에 '빤크라트'라는 사람이 나타났으며, 그는 아직 젊은 사람이었지만 연구소에는 커다란 희망을 주는 수위로서, 연구소 안은 조금 조금씩 덥혀지기 시작하였다.

그리고 이 해 여름에, 뻬르시코프 교수는 빤크라트의 도움으로 끄랴지마[7]에서 14마리의 야비한 두꺼비들을 잡을 수 있었다.

동물 사육장 안에는 다시 생기가 들끓기 시작하였고…

1923년에 들어서 뻬르시코프 교수는 이미 일주일에 8번씩이나 강의를 나가야 했으니, 즉 연구소에 3번 그리고 대학교에 5번 강의를 나갔다.

24년이 되어서는 노동자 예비대학의 강의를 제외하고도, 그는 일주일에 13번이나 강의를 나갔으며, 25년도 봄이 되어서는 명성이 더욱 더 유명하여져서, 기말고사에 76명이나 되는 학생들을 낙제시켰는데, 그것도 모두가 다 파충류에 대한 문제에서였다.

"여보게 학생, 어떻게 자네는 파충류와 파행충이 무엇으로 구별되는지도 모르는가?" 하며 뻬르시코 교수는 학생에게 질문하였다.

"이건 아주 간단하고도 우스운 문제야, 이 젊은 친구야. 파충류에는 골반에 신장이 없다고. 그런 것들이 아예 없단 말이야. 쯔쯧. 부끄러운 줄 알아요. 학생은 아마도 마르크스주의자가 맞지?"

"네, 마르크스주의자입니다."

---

7) 끄랴지마: 지명(地名), 모스크바 근교에 위치하고 있음.

다 꺼져가는 목소리로 곤경에 빠진 학생이 대답하였다.

"거 봐 맞지, 그러면, 자— 가을 학기에 다시 들으시오!"

빼르시코프는 정중하게 말하고 나서 힘찬 목소리로 빤크라트에게 소리쳤다.

"다음 학생 들여보내!"

오랜 가뭄 끝에 첫 단비를 흠뻑 맞은 양서류가 되살아나듯이, 1926년도에 빼르시코프 교수는 완전히 원기왕성해지기 시작하였다.

그것은 이 해에, 미-러 합작회사가 신문로 골목 모퉁이로부터 시작하여 트베르스카야[8] 거리에 이르기까지 건물을 짓기 시작하여, 모스크바 도시 한 가운데에는 15층짜리 건물을 지었으며, 변두리에는 8가구가 입주할 수 있는 노동자용 연립주택 300동을 지음으로써, 1919년에서 1925년 동안 그토록 모스크바 시민들을 괴롭혔던 무시무시한 주택난을 일거에 그리고 영원히 해소시켜 버렸기 때문이었다.

대체로 이런 일이 일어났던 1926년의 여름은 빼르시코프의 생애에 있어서 가장 멋진 여름이었다. 때때로, 그는 그 비좁은 방 2개에서 바싹 움츠리며 마리야 스쩨빠노브나와 살았었던 때를 회상해내고는, 입가에 조용히 만족스런 웃음을 머금은 채 손바닥을 비비곤 하였다.

이제, 교수는 모두 합쳐 5개의 방을 도로 돌려받는 바람에 생활공간이 넓어짐으로써, 2,500권의 책들과 여러 가지 박제들, 그리고 각종 도해그림들과 여러 가지 동물들의 조직표본들을 나란히 배치하였고, 자신의 서재에는 푸른 갓이 달린 램프등을 밝힐 수 있었다.

연구소 또한 알아 볼 수 없을 정도로 몰라보게 변하였다. 연구소 건물 벽은 담황색으로 말끔히 도색되어졌고, 특별 수도가 파충류실까지 놓여졌으며, 모든 유리들은 거울유리로 대체되었다. 또한, 5대의 신형 현미경과 유리로 된 조직표본용 탁자들이 들어왔으며, 약 2000개의 전구등을 켜놓은 것과 맞먹는 밝기의 대형 조명등들과 전열등들이 들어왔다. 그리고 여러 가지 물건들을 전시할 수 있는 기구장들은 연구소 내 박물관으로 보내졌다.

8) 트베르스카야 거리: 모스크바의 중심로에 위치한 거리로서 지금도 가장 번화한 거리 가운데 하나로 손꼽히고 있다.

뻬르시코프는 완전히 원기를 되찾기 시작하였다. 세상 사람들이 그의 존재에 대하여 갑자기 알게 된 것은, 1926년 12월에, 그의 다음과 같은 제목의 소책자가 세상에 나오고 나서였다.

«브랴쉬코노스느이 혹은 히톤들의 번식에 대한 문제» 126페이지. <제4 대학교 통보> 출판.

그리고 1927년 가을에는 일본어를 포함하여 6개의 언어로까지 번역되는 350페이지짜리 대 역작이 출판되어 나왔다.

«삐빠, 체스노츠니짜[9], 그리고 개구리들의 발생학». 정가 3루블. 국영 출판사.

그런데, 1928년 여름이 되어서 정말로 믿기 어려운 무시무시한 사건이 발생하고 말았으니……

제2장
총천연색의 머리채

뻬르시코프 교수는 대형 조명등을 켜고 주위를 빙 둘러보았다. 실험용 긴탁자 위의 전열등에도 불을 켠 다음, 하얀 가운을 입었다. 그리고는 탁자 위에서 뭔가의 실험기구들을 가지고, 달그락 달그락 소리를 내기 시작하였다…

1928년 한 해 동안, 모스크바 시내를 질주하였던 3만여 대의 많은 차들이 매끄러운 포장도로 위를 나지막한 소음을 내면서, 게르쩬 거리를 따라 쏜살같이 달려가고 있었으며, 매분마다 16번, 22번, 48번, 혹은 53번 노선의 전차가 게르쩬 거리에서 모호바야 거리 방향으로 기적소리를 내면서 덜커덩 덜커덩 달리고 있었다.

연구실 안의 거울유리 위에는 여러 가지 빛깔의 불빛이 긴 그림자를 드리우며 비춰지고 있었으며, 그 속에는 그리스도 사원[10]의 어둡고 묵직

9) 체스노츠니짜: 마늘냄새가 나는 개구리의 일종 (고유명사).

10) 그리스도 사원: 본래 이름은 '그리스도 구원의 사원(Храм Христа спастеля)'으로서 모스크바 '볼혼카(Волхонка)' 거리에 위치하였던 아주 유명한 사원이다. 1930년 스딸린 시대에

한 원형 돔과 나란히 음울하고 창백한 초승달이 저 멀리서 높다란히 빛을 발하고 있었다.

그러나 불빛도 기적소리도 모스크바 봄 거리의 그 어느 것도, 뻬르시코프 교수의 마음을 사로잡지는 못했다. 그는 삼각다리의 회전용 접의자 위에 앉아서는 담배 니코틴 때문에 누르스름하게 변해버린 손가락으로 멋진 쩨이소프스키 대형 현미경의 렌즈 조절나사를 돌리고 있었으며, 현미경 안에는 싱싱한 아메바들이 채색되지 않은 채, 보통 크기의 프레파라트로 만들어져 장착되어 있었다.

뻬르시코프가 배율을 5배에서 10,000배로 확대하는 순간, 사무실 문이 빠금 열리더니, 끝이 뾰족한 턱수염에 가죽 앞치마를 두른 그의 조수가 나타나 다음과 같이 말하였다.

"블라지미르 이빠찌이치, 제 현미경에 장간막(腸間膜)을 장착해 놓았는데 함께 보시지 않으실 런지요?"

뻬르시코프는 렌즈 조절나사 돌리는 것을 중도에 멈추고 나서, 의자 위에서 미끄러지듯이 재빠르게 내려와서는 손가락 사이의 담배를 천천히 돌리며 조수의 연구실을 향하여 걸어갔다.

그 곳에는 유리로 된 탁자 위에 공포와 고통으로 반쯤 질식되어 거의 다 죽은 개구리가 열십자로 뻗어서는 코르크제 삼각대 위에 놓여 있었고, 개구리의 맑고 투명한 내장은 피투성이가 된 배로부터 현미경 위로 꺼내어져 있었다.

"아주 좋았어!"

뻬르시코프는 말하면서 한 쪽 눈을 현미경의 대안렌즈 쪽으로 갖다 대었다. 마치 손바닥만 하게 보이는 개구리 장간막 안에서 뭔가 아주 흥미로운 것을 분명히 볼 수 있었으며, 혈관 줄기를 따라 생생한 혈구들이 활발하게 흘러가고 있었다.

뻬르시코프는 자신의 아메바에 대해서 까맣게 잊어 먹고 있었으며, 한 시간 반 동안이나 이바노프와 번갈아 가며 현미경 렌즈에 눈을 갖다 대었다.

이때, 두 학자들은 뭔가 활력이 넘치는, 그러나 보통 사람들은 이해할

강제로 철거되었으나, '페레스트로이카' 이후, 복원운동이 계속되어 1998년 옛날의 그 자리에 다시 건축되었다.

수 없는 말들을 서로 주고받았다. 마침내, 뻬르시코프는 다음과 같이 말하고 나서 현미경에서 떨어져 나왔다.

"피가 멈추고 있소. 아무 것도 하지 마시오."

개구리는 아주 고통스럽게 머리를 조금씩 움직이고 있었으며, 다 꺼져가는 그 눈빛 속에서는 다음과 같은 독기어린 말들이 명료하게 흘러나오고 있었다.

"이 무뢰한 상놈들아, 너희들 이게 뭐하는……"

쥐가 난 다리를 주무르면서 뻬르시코프는 자리에서 일어나 자신의 연구실로 돌아왔다.

그는 하품을 하면서 시종 충혈된 두 눈꺼풀을 손가락으로 비볐다. 그리고는 접의자 위에 다시 올라 앉아 현미경 안을 들여다보기 시작했다. 현미경의 렌즈 조절나사를 손가락으로 감싼 채, 그는 자신도 모르게 나사를 움직이려 하였다. 그러나 그는 나사를 움직일 수 없었다.

오른쪽 눈으로 하얀 원판이 흐릿하게 보이면서, 그 속에는 파리한 아메바들이 어렴풋하게 보이는 것이었다. 그리고 그 원판의 한 가운데에 마치 여자 머리타래와도 흡사하게 생긴 여러 가지 색깔의 빛들이 자리 잡고 있었다. 이러한 천연색의 머리타래 모양은 뻬르시코프와 같은 수많은 학자들에게는 그 동안 수없이 많이 보아왔던 것이었다.

하지만, 아무도 그것에 대하여 관심을 가지지 않았었고, 또한 관심을 가질 이유도 없었다. 현미경 속의 확대화면에 흔히 나타났던 머리타래와 같이 생긴 그 천연색의 다발들은 단지 관찰 시야만을 방해할 뿐이었으며, 동물 조직 표본들의 초점만을 흐리게 할 뿐이었다.

그러므로 이런 다발들은 단 한 번의 렌즈 조절나사 변환에 의하여, 확대화면이 모두 하얀 빛으로 바뀌면서 무자비하게 사라져 갔던 것이었다. 동물학자 뻬르시코프의 기다란 손가락들은 이미 렌즈 조절나사의 나선 위에 꼭 들러붙어 있었다.

그런데, 갑자기 그의 손가락들이 사시나무 떨리듯 떨리기 시작하더니 나사 위에서 미끄러지듯이 떨어졌다. 이것의 원인은 바로 뻬르시코프의 오른쪽 눈 때문이었는데, 그는 갑자기 경각심을 높이며 깜짝 놀란 표정을 짓더니 불안감마저 드러내기 시작하는 것이었다.

훗날 소비에트 연방 공화국한테는 불행이지만, 이 날 현미경 앞에는 무능한 보통의 평범한 동물학자가 앉아 있지 않았다. 절대로 무능하지 않았던 바로 뻬르시코프 교수가 앉아 있었으니……!

이제까지 평생토록 그의 모든 생각들은 오른쪽 눈에만 집중되어져 왔었다고 해도 과언이 아닐 것이다.

약 5분 동안, 완전한 침묵 속에서 프레파라트의 초점 밖에 존재하는 것들에 대하여 모든 시력을 쏟아 부우면서, 가장 높은 존재인 한 인간이 가장 낮은 존재를 관찰하고 있었다.

주위는 모두 잠잠하였다. 빤크라트는 이미 현관 옆의 자신의 방에서 깊은 단잠에 빠져들고 있었다.

오로지 실험기구장의 유리창들만이 음악적이고 부드러운 소리를 멀리서 단 한번 냈을 뿐이었다. 이것은 이바노프가 퇴근하면서 자신의 연구실을 잠글 때 나는 소리였다. 그가 밖으로 나간 후 출입문이 '삐-익'하며 신음소리를 내었다.

다음에는 이미 교수의 목소리를 들을 수 있었다. 그는 자신도 알아들을 수 없는 목소리로 누군가에게 묻고 있었다.

"이게 도대체 무어람? 아무 것도 이해 할 수 없으니……"

늦은 밤의 화물차 한 대가 연구소 벽의 낡은 담벼락을 뒤흔들어 놓으며 게르쩬 거리를 따라 달렸다. 그 바람에 몇 개의 핀셋이 걸쳐져 있던 목이 얕은 조그만 유리 찻잔이 탁자 위에서 딸그락 딸그락 소리를 내었다.

교수는 갑자기 얼굴이 창백해졌다. 그리고는 얼른 현미경 위로 양팔을 벌려서는, 마치 위험에 처한 아이를 보호하려는 어미와도 같이, 현미경을 감싸 안으려 하였다.

이제는 뻬르시코프가 렌즈 조절나사를 돌렸는지 안 돌렸는지에 대하여 이야기할 형편이 아니다. 그는 이미 어떤 외부의 힘이 자신이 본 것을 시야에서 밀어내 버리지나 않을까 전전긍긍하고 있었다.

교수가 마침내 현미경을 그대로 내버려두고 거의 마비가 되다시피 한 다리를 이끌고 창가로 다가갔을 때는, 이미 완전히 동틀 녘이 되어 황금색 한 줄기 햇빛이 연구소의 담황색 출입계단을 둘로 나누면서 비추고 있을 때였다.

그는 떨리는 손가락으로 버튼을 눌렀다.

곧 검은색의 두툼한 커튼이 아침 햇빛을 차단하여 버렸으며, 연구실 안에는 다시 지혜로운 학술의 밤이 되살아나기 시작하였다.

창백하게 누르스름한 얼굴에다 영감(靈感)으로 가득 찬 뻬르시코프는 두 다리를 버티고 서서 억지로 감겨지는 두 눈을 부릅뜨고 쪽나무 마룻바닥을 응시한 채 다음과 같이 말하기 시작했다.

"그러나 이게 도대체 어떻게 된 것인가? 정말로 이것은 기괴한 일이군!……. 이건 정말로 기괴한 일이야."

그는 반복하여 말하면서, 사육장 안의 두꺼비들을 쳐다보았다. 그러나 두꺼비들은 이미 깊은 잠에 빠져 있었고, 그에게 아무 대답도 하지 않았다.

그는 한동안 조용히 침묵하였다.

그리고 나서는 스위치 쪽으로 다가가 다시 커튼을 들어 올렸다. 전등불을 모두 끄고 나서 다시 현미경을 들여다보기 시작하였다. 바짝 긴장된 얼굴로 그는 누런 짙은 눈썹을 현미경의 대안렌즈 쪽으로 접근시키기 시작하였다.

"그래, 맞았어!"

그는 혼자 웅얼거리듯 말하였다.

"금방 사라져버렸군. 알겠어. 이제야 이해가 가는군."

그는 양팔을 들어 크게 기지개를 켜면서, 마치 무엇에라도 홀린 사람처럼 깊은 영감에 젖어서는, 고개를 젖혀 머리 위의 꺼진 조명등을 쳐다보았다.

"이건 간단한 일이지."

그리고 그는 다시 쉬쉬 소리 나는 커튼을 아래로 내렸다.

그리고는 또 다시 전등불을 켰다.

현미경을 들여다보면서 그는 기뻐 어쩔 줄 모르는 듯이 하얀 이를 드러내며 히죽히죽 웃기 시작하였다.

"내 그것의 초점을 맞추고야 말겠어."

손가락을 위로 들어 올리며 그는 장중하고 엄숙하게 말하였다.

"그까짓 초점쯤이야 맞추고야 말지. 아마도, 조금 전에는 햇빛 때문이었을 거야."

또 다시 커튼이 위로 날듯이 올라갔다. 이제 태양은 목전에 와 있었다.

태양은 연구소의 벽면을 내리 쬐기 시작하였고, 게르쩬 거리 보도(步道) 위에 비스듬히 걸쳐져 있었다.

교수는 창가를 바라보면서 낮이 되면 태양이 어디쯤 있게 될까를 상상해 보았다. 그는 춤을 추는 듯한 가벼운 발걸음으로 창가에 가까이 다가갔다가는 다시 떨어져 나오기를 반복하였다.

그리고는 마침내, 배를 창문턱 위에 쭉 깔고는 바깥을 내다보기 시작하였다.

이윽고, 뻬르시코프는 중요하고 비밀스런 일에 착수하기 시작하였다. 유리로 된 원추형 모양의 덮개로 현미경을 조심스럽게 덮었다. 버너의 푸르스름한 불꽃에 봉납 조각을 녹여서는 덮개와 탁자 사이의 틈새를 봉합하기 시작하였다. 덮개 밖으로 삐져나온 봉납 얼룩들은 자신의 커다란 손가락으로 밀어내 버렸다.

그리고 가스버너의 불을 끈 다음 연구실 밖으로 나갔다. 연구실 문을 굳게 닫은 다음에, 그는 아주 튼튼한 영국제 자물쇠로 연구실 문을 꼭 잠갔다.

연구소의 복도 안은 아직 어두침침하였다. 교수는 빤크라트의 방까지 다다라서는 오랫동안 방을 노크하였으나, 아무런 인기척이 없었다.

마침내, 문 뒤에서 사슬에 묶인 개 마냥 으릉으릉하는 소리가 들리더니 침 뱉는 소리가 들리고, 이어서 신음소리 비슷하게 기지개 켜는 소리가 들렸다.

그리고는 이윽고, 위에를 질끈 동여맨 줄무늬 팬티 바람의 빤크라트가 엉덩이 복사뼈를 다 드러내 보이며 환한 불빛 가운데 나타났다. 그의 거친 눈빛이 교수를 뚫어져라 노려보고 있었다. 그는 아직 잠에서 덜 깨인 듯 조금씩 코를 그릉그릉 거렸다.

"빤크라트!"

교수는 안경 너머로 그를 쳐다보면서 말하였다.

"잠을 깨어서 미안하네.

여보게, 내일 아침에 아무도 내 연구실 안으로 들여보내지 말게나.

내 거기다 절대로 움직여서는 안 되는 일을 해 놓았네, 알겠지?"

"아-아-아, 알겠어요."

아무 것도 모르면서 빤크라트가 대답하였다.

그는 비틀비틀 하면서 투덜투덜 거렸다.

"아니, 들어봐! 빤크라트! 잠을 깨라고,"

동물학자 뻬르시코프는 빤크라트의 옆구리를 가볍게 찌르면서 말하였다. 그 바람에 그의 얼굴에는 깜짝 놀라는 기색이 역력해지더니, 눈 속에서 뭔가 이해하겠다는 듯한 눈빛이 내비쳤다.

"연구실을 내 잠갔거든,"

뻬르시코프가 계속하여 말하였다.

"내일 아침, 내가 올 때까지, 연구실 안을 치워서는 절대 안 되네. 알았지?"

"알겠어요,"

빤크라트가 목쉰 소리로 말하였다.

"으-음, 그렇지, 아주 좋았어. 그럼, 가서, 더 자게나."

빤크라트가 돌아서서는 문 안으로 사라졌고, 곧이어 온 몸을 침대 위로 날리는 듯, 침대가 무너져 내리는 소리가 들려왔다.

교수는 현관에서 옷을 걸쳐 입기 시작하였다. 그는 회색 여름 외투를 걸쳐 입고 부드러운 털모자를 쓰고 나서, 갑자기 현미경 속의 그림을 생각하고는 꼼짝 않고 자기 덧신을 바라보기 시작하였다.

마치 그것들을 처음 보기라도 한 듯, 그렇게 몇 초 동안을 그는 아무 말 없이 덧신만을 물끄러미 쳐다보고 있었다. 그리고 왼쪽 발에 덧신을 끼우고 나서, 자꾸 덧신 오른짝을 왼쪽 발에 또 끼우려고 애를 쓰기 시작했다.

그러나 덧신은 또 들어갈리 없었다.

"아까 이바노프가 나를 제 방으로 불러들인 게 얼마나 기이한 우연인가," 학자 뻬르시코프는 중얼중얼 거리기 시작했다.

"만일에 내가 그의 말을 따르지 않았다면, 나는 이 기이한 현상을 알아내지 못했을 거야. 하지만, 이것이 나에게 무슨 이득을 가져다줄까? 정말로 이게 무슨 이득이 있을지, 제기랄, 도대체 알다가도 모르겠구먼!……"

교수는 혼자서 희득희득 웃었다.

그리고는 덧신을 노려보더니 왼쪽 발의 덧신을 벗어 버리고 오른쪽 덧신을 신었다.

“아니, 정말로 앞으로 벌어질 모든 사태를 상상할 수조차 없겠는걸…….”

교수는 오른쪽 발에 들어가려 하지 않으며 애를 먹이던 왼쪽 덧신을 노려보며 밀쳐 내버렸다. 그리고는 한 쪽 발에만 덧신을 신은 채 출구 쪽을 향하여 걸어갔다. 여기서 그는 또 손수건을 잃어버린 것도 모른 채, 육중한 출입문을 ‘꽝’ 하고 닫으며 밖으로 나갔다. 바깥 출입계단을 내려오며 그는 오랫동안 여기저기 주머니 속을 뒤지며 성냥을 찾기 시작하였다. 그러더니 마침내 성냥을 찾아서 거리를 따라 걷기 시작하였다. 하지만, 그는 불도 안 붙은 담배만을 입에 꽉 물고서 열심히 걷고 있었다. 마주치는 사람 하나 없이, 학자 뻬르시코프는 바로 그리스도 사원까지 다다랐다. 거기서 교수는 머리를 뒤로 제치고서, 한동안 그리스도 사원의 황금빛 돔을 뚫어져라 쳐다보기 시작하였다. 태양빛이 한 쪽 방향에서 그를 부드럽게 감싸며 비추고 있었다.

“전에는 어떻게 내가 그런 현상을 발견하지 못했을까? 정말로 기가 막힌 우연이구먼…ㅡ 그래, 난 바보였어,”

교수는 고개를 숙였다.

그리고는 서로 다른 모양의 신을 신고 있는 자신의 다리를 쳐다보면서 골똘히 생각에 잠기기 시작하였다.

“으음…….이게 또 어떻게 된 건가? 빤크라트에게 돌아갈까?

아냐, 그를 다시 깨워서는 안 돼. 더러운 덧신이지만, 벗어 던져버리는 것도 볼품없는 일이고. 젠장할, 손에 들고 다녀야 할 형편이구먼.”

그는 덧신을 벗어서는 손에 더러운 것을 묻히지 않으려는 듯, 엄지와 집게손가락 사이에 덧신을 집어서는 들고 다니기 시작하였다.

세 명을 태운 낡은 자동차 한 대가 쁘레치스쩬까 거리로부터 달려 나오고 있었다. 두 명은 술에 취한 남자들이였고, 그들의 무릎 위에는 요란하게 화장을 한 젊은 여자가 28년도의 유행인 승마용 명주 바지를 입고 앉아 있었다.

“헤-이, 중늙은이!”

그녀가 허스키한 목소리로 소리쳤다.

"어디다가 덧신 한 짝은 또 마셔버렸어!"

"뻔하지 뭐, <알리까자르> 술집에서 노인네가 또, 왕창 마셔버렸겠지, 뭐-."

왼쪽에 앉아 있던 취객이 소리 높여 말하였고, 이어 오른쪽에 앉아 있던 취객이 차창 밖으로 몸을 불쑥 내밀더니 다음과 같이 소리쳤다.

"헤-이, 어르신네, 발혼까 지역에는 심야 술집이 이미 시작됐소? 우리들은 지금 그리로 가는 중이거든!"

교수는 안경 너머로 매섭게 그들을 노려보다가, 그만 입에서 담배를 떨어뜨려 버렸다. 그 바람에, 그는 곧 그들의 무례함을 새까맣게 잊어먹고 말았다. 쁘레치스젠까 가로수 길에는 어느덧 아침 태양 빛이 길게 드리워지기 시작하였고, 그리스도 사원의 원형 돔은 태양빛에 반짝반짝 빛나기 시작하였다.

태양은 이제 완전히 떠올라 있었다.

제3장
뻬르시코프 초점을 잡아내다

그런데, 문제는 바로 다른 곳에 있었다. 교수가 자신의 천재적인 눈을 접안렌즈 쪽으로 가까이 갔다 대었을 때, 그는 마치 파마한 머리채 모양으로 얽히고설켜 있는 여러 가지 색깔의 빛들 가운데서, 유난히도 선명하고 굵은 빛깔을 띠며 빛나고 있는 하나의 광선에 난생 처음 눈길을 돌린 것이다. 이 광선은 짙은 붉은 색깔을 띠고 있었으며, 얽히고설킨 머리채 굴레에서 홀로 떨어져 나오면서, 마치 조그만 화살표와도 같이 바늘 모양의 날카로운 끝을 지니고 있어서, 쉽사리 여러 빛들 사이를 헤치며 내달리고 있었다. 이 광선이 단 몇 초 동안이나마, 이 방면에 능수능란한 명인(名人) 뻬르시코프의 눈에 꼼짝없이 붙들려 있었다는 것은 참으로 불행한 일이었다. 이 광선 안에서 교수는 광선 그 자체로서가 아닌, 그 보다 수 천 수 백 배 더 의미 있고 중요한 것으로서, 현미경의 반사경과 대물렌즈가 움직일 때 우연히 발생하게 된 광선, 즉 갓 태어나 아무 내구력이 없는 어린아이와도 같은 새로운 광선을 분별해 낸 것이다.

그의 조수가 그를 자신의 방으로 불러들인 덕택에 아메바들은 이 광선의 작용 하에 한 시간 반 동안이나 노출되어 있었고, 따라서 바로 다음과 같은 현상이 발생하였다. 즉, 이 새로운 빛이 통과하지 않는 곳에 위치한 제법 큰 아메바들이 시들시들해져서 힘없이 누워있는 반면에, 날카로운 칼날의 이 붉은색 광선이 지나간 곳에서는 이상한 현상들이 발생하고 있었다.

붉은색 광선이 한 번 지나간 지역 안에서는 그야말로 생기 있는 삶이 들끓고 있었다. 희끄무레한 아메바들이 자신의 위족들을 내저으면서, 온 힘을 다하여 붉은색 광선이 비추는 쪽을 향하여 뻗어 나가고 있었고, 그 붉은 지역 안에서는 마치 뭔가의 마력에라도 걸린 것 같은 활력이 넘치고 있었다. 어떤 뭔가의 힘이 그 아메바들에게 계속하여 활기를 불어넣고 있는 것 같았다. 그 아메바들은 떼를 지어서 기어오르고 있었으며, 붉은색 광선 안의 자리를 차지하기 위하여 서로 뒤엉켜 싸우고 있었다. 그리고 붉은색 광선 지역 안의 아메바들은 다른 말로 표현할 수 없을 정도의 맹렬한 속도로 번식되어 나아갔다. 뻬르시코프가 마치 자신의 손바닥을 들여다보듯이 자세히 알고 있던 모든 자연법칙들을 송두리째 뒤엎으면서, 아메바들은 그가 지켜보고 있는 가운데서 번개같이 빠른 속도로 번식해 가고 있었다.

아메바들은 붉은 광선 지역 안에서 몸을 쭉 펴며 늘어나더니, 매 2초마다 한 아메바씩 새롭고 싱싱한 유기체로 변모해 갔다. 유기체들은 순식간에 성장하고 성숙해지더니, 금방 새로운 세대를 탄생시키고 또 탄생시키고 하였다. 붉은색 지역 안에서, 그리고 다음에는 모든 원판 안의 다른 지역에서도 점차로 활동 공간이 비좁아지기 시작하더니, 마침내 피할 수 없는 살육투쟁이 시작되었다. 다시 새로이 탄생된 아메바들은 맹렬하게 서로가 서로에게 덤벼들었으며, 상대방을 잡아당겨 찢어서는 삼켜먹기 시작하였다. 존재를 위한 투쟁에서 전사한 시체들이 여기저기 아메바들 사이에 나뒹굴며 널려졌다. 강하고 힘센 아메바들이 승리하였다. 그리고 이 강한 아메바들은 무시무시하였다. 첫째, 그것들은 크기에 있어서 보통의 아메바 보다 약 2배를 능가하였고, 둘째, 뭔가 특별한 악의가 있어 보였으며, 원기 왕성한 것으로도 다른 것들과 구별되었다. 그것들의 움직임은 저돌적이었으며, 그것들의 위족은 보통의 것 보다 훨씬 더 길었다. 아메바들은 한마디로 다른 과장함 없이 꼭 문어발 같이 생긴 자신의 위족들을 가지고 거침없이 움직이고 있었다.

두 번째 날 저녁에도, 교수는 식사도 거르면서 오로지 두툼한 궐련만으로 흥분을 달랜 바람에 바싹 여위고 창백해진 얼굴을 하고는, 다시 아메바들의 새로운 세대를 연구하기 시작하였다. 그리고 셋째 날에는, 이 기이한 현상의 원천인 붉은색 광선에 대하여 연구하기 시작하였다.

가스가 램프버너에서 '쉬쉬'소리를 내며 조용히 타고 있었고, 거리를 따라 달리는 자동차 소리가 다시 들려왔다. 숱한 궐련에 중독된 교수는 눈을 지그시 반쯤 감고서 등받이 안락의자에 몸을 젖혔다.

"그래, 이제야 모든 게 분명해졌군. 그 광선이 아메바들에게 생기를 불어넣어 준거야. 이것은 아직까지 그 누구에 의해서도 연구된 적이 없는, 그야말로 그 누구도 밝혀내지 못한 정말로 새로운 빛이야. 우선, 이 빛이 오로지 전기에 의해서만 생겨난 것인지, 아니면 태양빛에 의해서도 생겨난 것인지를, 분명히 밝히는 것이 급선무인데……" 뻬르시코프는 혼자서 중얼중얼 거리고 있었다.

그리고 나서 또 하룻밤이 지나는 사이에, 마침내, 그것은 분명히 밝혀졌다. 3대의 현미경으로 뻬르시코프는 3개의 광선을 잡아냈는데, 태양 빛으로부터는 아무것도 잡아내지 못하였던 것이다.

그러자, 그는 다음과 같이 말하였다.

"태양의 스펙트럼에 그와 같은 광선은 없다고 봐야 돼…… 으음……한마디로 말해서, 그 빛은 오로지 전기 불빛으로부터만 얻을 수 있다고 결론을 내릴 수밖에 없어."

그는 정다운 눈빛으로 천장 위의 뿌연 젖빛 유리 전구를 쳐다보았다. 그리고는 잠시 영감에 젖어 뭔가를 생각하더니, 조수 이바노프를 자신의 연구실로 불러들였다. 그는 조수에게 모든 것을 이야기하고 나서 아메바를 보여 주었다. 시간강사 이바노프는 깜짝 놀라 완전히 정신이 멍해 있었다. 어떻게 이런 단순한 미생물이 정교한 화살과도 같이, 이렇게 빠르게 번식할 수 있는지 정말로 전혀 모르고 있었다니! 하기야, 이바노프가 아닌 그 누구라도 매한가지였을 것이다.

사실상, 이것은 기상천외(奇想天外)였다!

독자 여러분들도 앞으로 보시기만 하세요……

"블라지미르 이빠찌이치, 보세요."

바짝 긴장한 이바노프가 접안렌즈 쪽으로 눈을 갖다 대면서 말하였다.

"아니, 이게 어떻게 된 겁니까?!…… 아메바들이 지금 막 자라나고 있잖아요, 제 눈앞에서…… 보세요, 저기 저, 보세요……."

"이미 3일 동안이나, 나는 그것들을 자세히 보았다네."

패기만만하게 뻬르시코프가 대답하였다.

그 후, 두 학자들 사이에는 진지한 대화가 오고 갔으며, 대화의 주안점은 다음과 같은 결론으로 귀착되어졌다. 즉, 시간강사 이바노프가 렌즈와 반사경이 작동되는 특별상자의 설치에 착수한다는 것이며, 그러면 바로, 이 특별 상자에서 현미경에서 보다도 더 확대된 형태의 광선을 만들어낼 수 있다는 것이었다.

이바노프는 이러한 일들이 아주 지극히 간단한 일이라고 생각하였으며, 심지어 완전히 확신하기까지 하였다. 그가 그 광선의 초점을 맞추어낼 수 있을지에 대하여 뻬르시코프 교수는 의심하지 않았다. 그 후, 약간의 문제가 발생하였지만, 뻬르시코프 교수는 그가 그런 조그만 고장 정도는 반드시 해결할 수 있을 것이라고 확신하면서, "여보게, 뾰뜨르 스쩨빠노비치, 내가 말야, 이 실험을 나중에 책으로 펴 낼 때는 말야, 반드시 특별상자는 자네에 의해서 설치되었다고 쓰겠네" 라고 조수 이바노프에게 한마디 일침을 놓았다.

"아-아, 그것은 뭐 그리 중요하지 않아요… 하지만, 물론 이 정도의 고장쯤이야, 제가 충분히……"

마침내, 고장은 곧 해결되어졌다. 이때부터는 이제 조수 이바노프도 광선에 몰두하기 시작하였다. 여위고 쇠약해진 뻬르시코프가 낮부터 새벽녘까지 종일토록 현미경 앞에 앉아 있을 때에, 이바노프는 렌즈와 반사경을 조절하면서 물리 실험실의 전기램프에 꼬박 매달려 있었다. 그리고 광학기계 전문기사도 그를 열심히 도왔다. 그리고 마침내, 교육부를 통한 요청이 받아들여져, 독일로부터 뻬르시코프에게 3개의 소포물이 배달됨으로써, 양면 볼록 반사경, 양면 오목 반사경, 그리고 요철-요면 유리 반사경까지 도착하게 되었다. 이러한 모든 일은 이바노프가 특별 상자를 설치하고, 그 곳에서 실제로 붉은색 광선을 잡아냄으로써 끝이 났다. 그리고 이제는, 이 광선을 정말 아주 교묘한 솜씨로 잡아냈다는 것을 인정하지 않으면 안 되게 되었다. 광선은 직경이 약 4 센티미터 가량 되었으며 날카롭고 강하게 뻗어 나오고 있었다.

마침내, 6월 1일 뻬르시코프의 연구실에 특별 상자가 설치되었다. 그리고 곧, 뻬르시코프는 강한 호기심으로 개구리의 알에다가 이 광선을 비추어 보는 실험에 착수하였다. 이 실험은 뜻밖에도 놀라운 결과를 가져왔다. 이틀이 지나자, 하나의 알에서 수 천 마리의 올챙이들이 기어 나온 것이다. 하지만, 이것보다 더 놀라운 것은, 또 하루가 지나자, 올챙이들이 몰라보게 성장하여 개구리로 변해버린 것이었다. 또한, 이들 개구리들이 표독스러운 대식가로 변모하는 바람에, 거의 절반의 개구리들이 스스로 자신들의 먹이가 되어 버렸다. 반면 살아남은 개구리들은 보통의 정상적인 기간을 뛰어넘어 알을 산란해내기 시작하였으며, 이틀이 지나자 새로운 세대를 형성하여 그 수를 이루 헤아릴 수조차 없게 되었다.

뻬르시코프 교수의 연구실 안은 그야말로 개구리와 올챙이들의 난장판이 되어 버렸다. 올챙이들이 여기저기 연구실 밖으로 기어나가 온 연구소 안을 누비기 시작하였으며, 이미 사육장 안은 바닥이 안보일 정도로 개구리들의 북새통이 되어버렸다. 좁은 복도 안은 마치 조그만 연못처럼 개구리들의 합창소리로 귀가 따가울 정도였다.

뻬르시코프를 마치 불과 같이 두려워하던 빤크라트는 벌써 자신을 대하는 교수의 태도에서 이상하게 오로지 하나의 감정만을 느낄 수 있었는데, 그것은 바로 극도의 공포감이었다.

그리고 일주일이 지나자, 학자 뻬르시코프 자신도 자신의 머리가 화끈화끈 달아오르고 있는 것을 느끼기 시작하였다. 연구소 안에 에테르와 청산칼리 냄새가 코를 찌르기 시작했다. 마스크를 제때에 제대로 착용하지 않았던 빤크라트가 하마터면 중독될 뻔할 정도였다.

무섭게 번성하던 작은 연못의 개구리 세대들은 마침내 독극물에 의해서 말끔히 사라져 버렸으며, 연구실 안은 다시 맑은 공기로 가득차기 시작했다.

뻬르시코프는 이바노프에게 다음과 같이 말하고 있었다.

"여보게, 뾰뜨르 스쩨빠노비치, 만일에 이 광선이 말야, 난황과 같은 난세포에 작용한다면, 정말 놀라울 거야."

평상시에 늘 냉정하고 차분한 신사였던 이바노프가 갑자기 교수의 말을 가로막으며 범상치 않은 어조로 다음과 같이 말하기 시작했다.

"블라지미르 이빠찌이치, 선생님은 지금 아주 조그만 난황세포 따위에 대해서만 말씀하고 계십니다. 단도직입(單刀直入)적으로 말씀 드리자면, 선생님은 지금 예전에는 결코 들어볼 수조차 없었던, 무엇인가의 새로운 장을 열어 놓으신 것입니다."

여기서, 이바노프는 뭔가 적당한 미사여구를 끄집어내려는 듯, 목에 잔뜩 힘을 주었다.

"뻬르시코프 교수님, 당신께서는 생명의 광선을 발견해 내셨습니다!"

이 말에 면도도 안한 창백한 뻬르시코프의 광대뼈 언저리에 엷은 홍색조가 내비쳐졌다.

"뭐-뭘- 그리……"

뻬르시코프가 웅얼웅얼 거렸다.

이바노프는 계속해서 말하기 시작했다.

"선생님, 선생님은 아마 반드시 이…… 이런 이름을 얻으시게 될 것입니다. 아아, 제 머리에서 뱅뱅 돌기만 하고 얼른 나오지는 않습니다만, 선생님도 기억나시지요?"

이바노프는 계속해서 열정적으로 말하기 시작했다.

"블라지미르 이빠찌이치, 웨일즈[11]의 주인공도 선생님에 비한다면 그저 엉터리에 불과… 아, 하지만, 언젠가 기억했었는데요, 그 이야기를… 아, 맞아요, 선생님은 그의 저서 「신의 양식」을 기억하고 계시지요?"

"에이, 그건 소설이잖아,"

뻬르시코프가 대답하였다.

11) 영국의 작가, 환상적 소설 작가.

“오, 하느님 맙소사, 그 유명한!……”

“난 잊어 버렸어, 잊어 버렸다고.”

뻬르시코프가 대답하였다.

“읽긴 읽어서 기억은 나지, 하지만, 다 잊어버렸어.”

“어떻게 그렇게 선생님은 잊어버리셨다고 쉽게 말하십니까? 자아—, 보세요, 이 개구리를.”

이바노프는 유리 탁자위에서 배가 빵빵해져 죽은 거대한 몸집의 개구리 한 마리를, 뒷다리를 잡아 들어올렸다. 개구리의 흉측한 낯짝에는 죽어서까지도 다음과 같이 악의가 담긴 말이 쓰여 있었다.

“정말로 이건 무시무시하게 나쁜 일이야!”

제4장
사제의 아내 드로즈도바

여기서 왜 이바노프가 그 소문에 대하여 책임이 있는지는 오로지 하느님만이 아실 것이다. 그렇지 않다면야, 이 놀라운 광선에 대한 소문이 스스로 제 발로 공중을 날아 전달되었다는 이야기가 되기 때문이다.

하여튼, 조그만 소식에도 들끓는 거대한 도시 모스크바에서는 갑자기 광선과 뻬르시코프 교수에 대한 이야기로 술렁이기 시작했다. 사실상, 소문은 꼬리에 꼬리를 물며 알게 모르게 마치 뿌연 안개 속을 헤매듯 이리저리 퍼져 나아가고 있었다.

기적적인 발견에 대한 소문은 마치 총에 맞은 새처럼 온 장안을 껑충껑충 뛰어 다니기 시작하였고, 잠시 사라졌다가는 다시 높이 날아오르기를 반복하면서, 급기야 6월 중순에는 <이즈베스찌야> 신문 20면에 ‘과학과 기술의 새 소식’이라는 머리기사가 큼지막하게 나가면서, 그 밑에 광선을 설명하는 짧은 소기사가 실리기에 이르렀다.

제 4 대학교의 유명 교수 한 사람이 믿기 어려울 정도로 하등동물의 활동력을 상승시키는 광선을 발명해 냈으며, 이 광선은 지금 검사 단계에 있다는 이야기가 소리 없이 어렴풋하게 울려 퍼지고 있었다.

물론, 뻬르시코프 교수의 성은 왜곡되어 '뻬브시코프'로 잘못 쓰여 있었다. 이바노프가 신문을 가져와서는 뻬르시코프에게 그 기사를 보여주었다.

"흐응, 뻬브시코프라고?"

연구실 안의 특별상자에서 떨어질 줄 모르면서, 뻬르시코프가 투덜거렸다.

"그런데, 그 베짱이들은 어디서 그렇게 모두 알아낸다는 겁니까?"

아아, 하지만, 뻬르시코프 교수의 잘못 왜곡된 성이 그를 사건에서 구해주지는 못하였다. 그들은 바로 그 다음날로부터 뻬르시코프 교수의 모든 삶을 송두리째 망가뜨리기 시작하였던 것이다. 빤크라트가 미리 문을 노크하고 나서 교수의 연구실에 나타났다. 그리고는 뻬르시코프에게 커다랗고 삐까번쩍한 명함 한 장을 건네주었다.

"그 사람이 저기 바깥에 있습니다요."

빤크라트가 겁먹은 듯 교수의 눈치를 슬슬 살피면서 말하였다.

명함에는 멋진 활자체로 다음과 같이 쓰여 있었다.

알리프레드 아르까지예비치

브론스키

모스크바 잡지 <붉은 등불> <붉은 후추> <붉은 잡지>

<붉은 탐조등> 그리고 신문 <붉은 저녁의 모스크바>의 기자

"그를 마귀한테나 쫓아버리거라."

뻬르시코프는 대수롭지 않게 말하고 나서, 그 명함을 책상 밑으로 던져버렸다.

빤크라트가 돌아서서 밖으로 나가더니, 채 5분이 안 되서 다시 돌아왔다. 그는 몹시 고통스러운 얼굴을 하고는 아까와 같이 생긴 또 다른 명함 한 장을 들고 서 있었다.

"이번에는 또 뭐야, 누굴 놀리는 거야?"

뻬르시코프가 '빽'하는 소리와 함께 벌컥 화를 내었다.

"안기부에서 나왔다고 합니다요."

빤크라트가 얼굴이 창백해져서는 대답하였다.

뻬르시코프가 한 손으로 명함을 낚아채듯 잡아당기는 바람에 하마터면 명함이 반쪽으로 찢어질 뻔하였으며, 다른 한 손으로는 핀셋을 집어 탁자 위로 세게 던져버렸다.

명함에는 곱슬곱슬한 글씨체로 다음과 같이 쓰여 있었다.

<대단히 죄송합니다만, 공공적인 사건에 대한 출판 관계로 3분간만 존경하는 교수님을 직접 뵙게 되기를 간절히 청합니다. 안기부 소속 출판 풍자잡지 «붉은 갈가마귀» 편집기자 드림.>

"그를 이리로 불러와-봐"

뻬르시코프는 큰 소리로 말하면서 숨을 헐떡였다.

빤크라트가 돌아서면서 등을 보이자마자 기다렸다는 듯이 한 젊은이가 기름이 번질번질하고 말끔하게 면도한 얼굴을 하고는 뻬르시코프 앞에 황급히 나타났다.

마치 중국인처럼 바싹 치켜 올려진 눈썹하며, 눈썹 밑의 시꺼먼 두 눈동자는 한시라도 상대방을 똑바로 쳐다보지 않는 데에, 뻬르시코프는 우선 놀라지 않을 수 없었다.

젊은이는 아주 나무랄 데 없이 최신식의 복장을 하고 있었다. 통이 좁고 무릎까지 길게 내려오는 신사복에, 가운데가 펑퍼짐하게 넓은 종모양의 바지, 그리고 부자연스럽게 넓고 반질반질한 구두 앞 축은 말발굽 모양의 코를 하고 있었다. 손에 젊은이는 지팡이와 끝이 뾰족한 중절모, 그리고 수첩을 하나 들고 있었다.

"무슨 용건이요?"

뻬르시코프가 불쾌한 목소리로 묻자, 곁에 있던 빤크라트는 쏜살같이 문 뒤로 숨듯이 얼른 밖으로 나가 버렸다.

"내 당신한테 말했을 텐데요, 내가 바쁘다고?"

대답 대신에 젊은이는 교수에게 아주 정중하게 왼쪽으로 한번, 오른쪽으로 한번 인사를 하였다.

그 후 곧, 그의 두 눈동자는 마치 자갈밭에 수레바퀴 굴러가듯 교수 연구실의 구석구석을 굴러다니기 시작하였다. 그리고 나서 금방 젊은이는 수첩 위에다 뭔가를 체크하기 시작하였다.

"나는 지금 바쁩니다. 바빠요"

교수는 단호하게 말하고 나서, 혐오스러운 눈초리로 손님을 쳐다보기 시작하였다.

그러나 이런 눈초리도 그에게는 아무런 효과를 나타내지 못하였다. 왜냐하면, 젊은이의 시선은 하도 이곳저곳을 돌아다니고 있어서, 서로 마주치거나 포착되기가 거의 불가능하였기 때문이었다.

"수 백 번 아니, 수 천 번 실례를 청하고, 또 청하옵니다, 깊이 존경하옵는 교수님!"

젊은이가 가냘픈 목소리로 말하기 시작하였다.

"제가 불시에 들이닥쳐 교수님의 귀중하신 시간을 빼앗고 있습니다만, 온 세상을 떠들썩하게 만드신 교수님의 세계적인 발명에 대한 소식이 저희 잡지사로 하여금, 교수님께 무엇이든지 설명 말씀 한마디를 청해 올리지 않을 수 없게 만들고 있습니다요."

"온 세상이 떠들썩한 설명을, 뭐-어떻게 하라고?"

뻬르시코프가 창백한 안색을 하고는 불만 섞인 목소리로 날카롭게 대꾸하고 나섰다.

"나는 당신한테 설명을 해야 할 의무가 없소, 아-암 없고말고, 아무 설명도…… 그리고 난 지금 바빠요…… 정말로 바빠서 죽을 지경이오."

"교수님은 지금 무슨 실험을 하고 계신건가요?"

젊은이가 부드럽게 질문을 하더니 수첩 위에다 두 번째로 뭔가를 체크하였다.

"어허, 내 참…… 당신 뭐 하는 거야? 뭔가를 기사화해 보려고 그러는 겁니까?"

"네-."

젊은이는 대답하고 나서 갑자기 수첩에다 뭔가를 막 쓰기 시작했다.

"첫째, 나는 아무 것도 발표할 생각이 없소, 내가 이 일을 끝낼 때 까지는…. 더구나, 당신들의 신문에는… 둘째로, 도대체 당신은 어디서 이 모든 것을 알아냈습니까?……"

이렇게 말하고 나서 뻬르시코프는 갑자기 자신이 뭘 어떻게 해야 할지 모르고 있다는 것을 느꼈다.

"교수님께서 새로운 생명의 광선을 발명해 내셨다는 소식이 정말로 사실인가요?"

"어떤 새로운 생명을?"

교수가 노발대발하며 말하기 시작했다.

"당신 지금 무슨 터무니없는 소릴 하고 있는 거야! 내가 실험 중인 광선은 아직도 연구하려면 한 참 멀었다고, 아무 것도 아직 밝혀지지 않았어! 그 광선이 원형질의 활동성을 강화시켜 주는 것은 가능하지만……"

"몇 배나요?"

젊은이가 황급하게 물었다.

이 질문에 뻬르시코프는 그만 모든 것을 포기하고 말았다.

'정말 별종이군. 도대체 그걸 알아서 뭘 어쩌자는 거야!'

"이 무슨 난데없는 질문이요?… 뭐-, 말하자면, 예측컨대… 천 배 정도!……."

순간, 젊은이의 눈에서는 탐욕적인 기쁨의 눈빛이 번쩍이기 시작하였다.

"거대한 유기체들도 생겨났습니까?"

"그런 거 비슷한 것도 없소! 으-음, 하지만, 사실상, 나에 의해서 생겨난 유기체들은 보통의 것들 보다 좀 크기는 크지…… 그리고 몇 가지 새로운 특성들도 지니고 있기도 한데……. 하지만, 여기서 중요한 것은 크기가 아니라, 놀라운 번식 속도요."

유감스럽게도, 뻬르시코프는 이같이 말해버리고 나서는, 스스로도 놀라며 몸서리쳤다. 젊은이는 한 페이지를 빽빽이 다 쓰더니, 한 장을 넘겨서 다음 장을 촘촘히 써 내려가고 있었다.

"당신, 쓰지 말아요!"

이미 자신이 젊은이의 손아귀에 놀아나고 있다는 것을 직감하면서, 뻬르시코프는 절망감에 사로잡혀 목청을 돋우며 쉰 목소리로 소리쳤다.

"당신, 뭘 그렇게 써 대는 겁니까?"

"이틀 동안에 알에서 2백만 마리의 올챙이들이 생겨날 수 있다는 게 사실입죠?"

"뭐?, 몇 개의 알에서 나온다고?"

빼르시코프는 다시 격노하며 소리치기 시작했다.

"당신, 조그만 알젓 하나라도 보기나 했어…… 으음, 그래, 말하자면, 개구리 알이라도 말야?"

"반 푼트[12]의 알에서지요?"

젊은이는 조금도 당혹해 하지 않으면서 태연하게 질문하였다.

빼르시코프의 얼굴이 울그락불그락 해졌다.

"누가 그렇게 정확히 무게까지 잽디까? 젠장할! 당신, 도대체 뭘 알고 그렇게 얘기하는 거요? 으-음, 물론, 반 푼트의 개구리 알이라면야……. 그 때는, 뭐…… 제기랄, 으-음, 대체로 그 정도의 수치는, 아니, 아마, 그 보다도 훨씬 더 많겠지!"

순간 젊은이의 눈에서는 금강석과도 같은 섬광이 번뜩였다. 곧 그는 한 페이지나 되는 분량의 메모에 줄을 짝짝 그어 단숨에 지워버렸다.

"사실상, 이것은 축산학에서 세계적인 혁명을 불러올 수도 있는 것이지요?"

"그 무슨 신문 나부랭이 같은 질문이야,"

빼르시코프가 울부짖듯이 소리쳤다.

"나는 당신한테 그런 허무맹랑한 소리를 쓰라고 허락한 적이 없소. 당신의 표정을 보아하니, 지금 뭔가 비위 상하는 짓거리를 쓰고 있는 게 분명해!"

"교수님, 사진 한 장 있으시면, 간절히, 아주 간절히 청하옵니다."

젊은이는 말하고 나서 메모 수첩을 세게 닫았다.

"뭐라고? 내 사진을 달라고? 이게 당신들의 취재수법인가? 거기다 써 놓은 그 오합지졸의 기사와 함께 말인가. 아니, 안되지, 아-암, 안되고말고… 그리고 난 바쁘다고 바빠… 제발 이제 그만 나가주세요!……."

"그럼, 옛날 명함이라도. 그러시면, 저희들은 그 명함을 교수님께 곧 돌려드릴 것입니다."

"빤크라트!"

---

12) 푼트(фунт): 옛날 러시아의 중량단위, 0.41킬로그램.

교수는 미친 듯이 소리치기 시작했다.

"진심으로 경의를 표합니다, 교수님!"

젊은이는 말하고 나서 사라져 버렸다.

빤크라트 대신에 문 밖에서 마룻바닥을 교묘하게 두드리는 이상한 기계음이 삐걱삐걱 박자를 맞추며 들려왔다.

이윽고, 연구실 안에는 두터운 모직류 바지에다 잠바를 입은 아주 뚱뚱한 사람이 한명 나타났다. 그의 왼쪽 다리는 의족이었으며, 그가 움직일 때마다 둔탁한 굉음을 내고 있었다. 그의 한 손에는 가방이 들려져 있었다. 실룩실룩하니 퉁퉁한 그의 누르스름한 볼 따귀와 말끔히 면도된 그의 둥근 얼굴 위에는 반가운 미소의 빛이 나타나 있었다. 그는 교수한테 군대식으로 거수경례를 하고는 차렷 자세를 취하였으며, 그 바람에 그의 의족에서는 용수철이 튕겨지는 소리가 났다. 뻬르시코프는 그만 어안이 벙벙해졌다.

"신사 교수님"

불청객이 반색을 하며 약간 쉰 목소리로 말하기 시작했다.

"당신만의 시간을 빼앗아 버린 이 죽일 놈을 용서하십시오."

"당신 기자지요?"

뻬르시코프가 묻고서는 소리쳤다.

"빤크라트!!"

"절대로 그렇지 않습니다, 신사 교수님"

뚱뚱보가 대답하였다.

"제 자신을 소개해 올리겠습니다. 저로 말씀드리자면, 저는 원양어선의 선장이자, 인민위원회 소속 <산업통보> 신문의 기고자올시다."

"빤크라트!!"

히스테리에 걸린 것처럼 교수는 소리치기 시작했다. 그러자 곧, 구석에 걸려있던 전화기에서 붉은색 신호등이 번쩍번쩍 이더니, 곧 이어 전화벨이 부드럽게 울리기 시작했다.

"빤크라트!"

교수는 재차 빤크라트를 소리 높여 불러대고는 수화기를 들었다.

"네, 전화 받았습니다."

“심려를 끼쳐 드리게 되서 죄송합니다, 교수님,”

전화 속에서는 난데없이 독일말이 흘러나오고 있었다.

“저는 <베를린 타게브라트스>의 기자입니다.”

“빤크라트!”

교수는 마침내 수화기에다 대고 같은 독일말로 소리쳤다.

“나는 지금 무척 바빠서 당신의 전화를 받을 수가 없습니다……. 빤크라트!!…. 빤크라트 어딜 갔어!”

그리고 이때, 연구소 중앙 출입구의 현관 통로에 설치된 전화벨들도 일제히 울려대기 시작하였다.

***

“브론나야 거리에 악몽적인 살인 사건!!”

태양열에 후끈후끈 달아오른 모스토바야 거리에 차량과 가로등 불빛이 번쩍이는 가운데, 신문팔이 소년의 쉰 목소리가 하늘높이 맴돌며 울려 퍼지고 있었다.

“사제의 미망인 드로즈도바 부인의 양계장에, 악몽적인 닭전염병, 그녀의 사진도 함께 있어요!…… 뻬르시코프 교수의 악몽적인 생명광선 발견!!”

이리저리 허둥지둥 걷던 뻬르시코프는 하마터면 모호바야 거리 근처에서 자동차에 치일 뻔하였다. 그리고 나서 뻬르시코프는 격분하며 신문 한 장을 움켜잡았다.

“3 꼬뻬이까예요, 신사어른!”

어린 신문팔이 소년이 인도를 오가는 군중 속을 헤집고 들어가며 소리치기 시작했다. 소년은 울부짖듯 다시 큰소리로 외쳐댔다.

“<붉은저녁신문>이예요, X선 발견!!”

몹시 놀란 뻬르시코프는 신문을 펴 들고, 가로등 곁으로 다가갔다. 신문 제 2면 왼쪽 구석에, 어벙벙하고 흐리멍덩해 보이는 눈에다 축 쳐진 아래턱을 한, 대머리가 천연색의 테두리 속에서 뻬르시코프를 쳐다보고 있었다. 물론, 이것은 알리프레드 브론스키의 예술적 창작의 결실이었다.

초상화 밑에 있는 다음의 글귀가 그것을 말해주고 있었다.

<수수께끼 같은 붉은 광선을 발견한 뻬르시코프>

그리고 그 밑에는 <세계적인 수수께끼>라는 소제목 하에 다음과 같은 기사가 시작되고 있었다.

<'앉으십시오'하면서 존경스런 학자 뻬르시코프 교수는 반갑게 우리들을 맞이하고는……>

기사 밑에는 알리프레드 브론스키의 서명이 눈에 띄었다.

푸르스름한 불빛이 대학교 지붕 위를 비추고 있었으며, 하늘에는 전광판의 <말하는 신문>이 자신의 단어들을 불빛으로 내뿜고 있었다. 곧 모호바야 거리에는 군중들로 가득차기 시작했다.

"앉으십시오!!!"

갑자기 지붕 위의 메가폰에서 아주 듣기 싫은 가냘픈 목소리가 찢어지듯이 들려왔다. 목소리는 꼭 알리프레드 브론스키의 목소리를 수천 배 확대시켜 놓은 것과 아주 흡사하게 들렸다.

"존경스러운 학자 뻬르시코프 교수님께서는 우리들을 아주 반갑게 맞이하시면서 다음과 같이 말씀하셨습니다! 저는 오래전부터 모스크바 프롤레타리아 동지 여러분들께 저의 발견의 결과에 대하여 한 번 소개해 올리고 싶었습니다만……."

삐걱삐걱 거리는 기계음이 뻬르시코프의 등 뒤에서 조용히 들려왔다. 곧이어 누군가가 뻬르시코프의 소매를 잡아당겼다. 뒤를 돌아다 본 뻬르시코프는 그가 누르스름한 둥근 얼굴에 의족(義足)을 하고 있음을 알아차렸다. 그의 눈은 눈물로 축축이 젖어 있었으며 입술도 떨리고 있었다.

"신사 교수님, 당신은 저에게 당신의 놀라운 발견의 결과에 대하여 말씀해 주시기를 원하지 않으셨습니다."

그는 구성지게 말하였으며 깊게 한숨을 내쉬었다.

"저의 유충 1.5 푼트가 사라져 버렸습니다."

그는 눈에 보이지 않는 알리프레드가 검은색 메가폰으로 정신없이 떠들어대고 있는 대학교 옥상 위를 우울한 표정으로 쳐다보았다.

왠지 뻬르시코프는 그 뚱뚱보가 가엾어지기 시작했다. 뻬르시코프는 하늘을 쳐다보며 뭔가 증오심에 사로잡힌 듯 중얼중얼 거리기 시작했다.

"나는 그에게 어떤 앉으라는 말도 한 적이 없어요! 이건 순전히 특별한 특성을 지닌 철면피 같은 놈의 수작입니다! 당신은 저를 용서해 주시기 바랍니다. 하지만, 당연히, 누구든지 일에 몰두해 있을 때, 갑자기 누군가가 들이닥친다면…… 아아, 물론, 당신에 대해서가 아니라, 제가 말씀드리고자 하는 것은……"

"혹시, 신사 교수님, 저에게 당신의 특별 상자에 대한 조그만 기록이라도 하나 주시지 않으시렵니까?"

의족을 한 사나이가 아양을 떨며 애처롭게 말하였다.

"사실상, 교수님한테는 이제 모두가 매 한가지가 되지 않았을 런지요……."

"반 푼트의 알에서 3일 만에 이루 다 헤아릴 수조차 없을 정도의 올챙이들이 깨어 나옵니다."

보이지도 않는 누군가는 연실 메가폰을 통해 외쳐대고 있었다.

"뚜-뚜"

모호바야 거리의 자동차들이 둔탁한 경적을 연실 울려대었다.

"어-허, 어-어… 뭐라고… 어-허-허참… 그렇게 많이나……"

군중들은 메가폰 소리가 나는 쪽으로 머리를 쳐들면서 웅성웅성 거리기 시작했다.

"저런-저 파렴치한 놈, 저놈-저 파렴치한 아냐? 그렇지 않다면야, 어떻게 저렇게 새빨간 거짓말을……."

뻬르시코프는 격분하여 몸을 부르르 떨면서 의족의 사나이에게 카랑카랑한 목소리로 말하기 시작했다.

"당신은 그래 저렇게 거짓말을 지껄여대는 게 마음에 드시오? 난 저런 파렴치한 놈을 고소하고야 말겠소!"

"아주 선동적이군요!"

의족의 사나이 뚱뚱보가 맞장구를 쳤다.

갑자기, 어디선가 '펑'하는 소리와 함께 사진기 조명 불이 터지는 바람에 교수는 눈을 뜰 수 없을 정도로 눈이 부셨다. 조명 불이 번쩍이는 순간 주위의 모든 것들은 갑자기 타 올랐다. 주위의 가로등이 타 올랐고, 다리 난간, 누런 벽이 타 올랐으며, 호기심어린 군중들의 얼굴이 순간적으로 타 올랐다.

"이건 당신을 겨냥해서 찍는 모양이에요, 신사 교수님"

뚱뚱보는 귓속말로 감탄해 하면서, 마치 시계추처럼 교수 소맷자락에 매달리며 교수 곁에 바싹 기대어 섰다.

공중에서는 뭔가를 빠른 어조로 지껄여대는 소리가 메가폰을 통해 끊임없이 흘러나오고 있었다.

"저-저 저런 것들을, 그냥, 모두 귀신이나 물어가지!"

뻬르시코프는 군중 속을 간신히 헤집고 나오면서 우울한 목소리로 소리쳤다.

"헤이, 택시! 쁘레치스쩬까 거리로!"

군데군데 칠이 벗겨지고 낡은 자동차 한 대가 인도 가까이에 멈추어 서면서, 24년형 낡은 엔진을 '덜덜덜덜'거리며 돌리기 시작했다.

교수는 뚱뚱보로부터 떨어지려고 애를 쓰면서 택시 안으로 기어 들어갔다.

"당신은 나를 귀찮게 하고 있어요."

교수가 카메라 조명빛을 두 주먹으로 막으며 쉰 목소리로 말하였다.

"당신도 읽었어요?!… 무엇을 저렇게 소리치는지?… 브론나야 소로(小路)에서는 수많은 아이들을 거느린 뻬르시코프 교수가, 글쎄, 공개처형 당했대요!……."

군중들 사이에서 허무맹랑한 외침소리가 점점 더 멀리 퍼져 나아가고 있었다.

"나한테는 어떤 애새끼 한 마리도 없다, 이 개새끼들아."

뻬르시코프가 큰 소리로 외쳐댔다.

갑자기 검은 카메라 장비의 초점이 맞춰지기 시작하더니, '펑' 하면서 교수의 옆얼굴 쪽을 향하여 불이 번쩍거렸다.

순간 교수는 입을 딱 벌리고 노기등등하게 눈을 부릅떴다.

"으릉-으릉…… 부웅…… 으르릉……… 부웅-붕,"

택시가 심한 엔진 소리를 내기 시작하더니, 도로 한복판을 향하여 돌진해 들어갔다.

하지만, 이미 뚱뚱보는 택시 안에 앉아서 교수 옆자리를 따뜻하게 덥히고 있었다.

제5장
암탉의 사건

예전에 뜨로이짜[13] 군(郡)이였으나 지금은 스쩨끄로프스키 군(郡)의 카스트롬스키 현(縣)이 되어버린 군 단위 옛 소도시 스쩨끄로프스카 마을에 지금은 빼르소날리나야 거리로 이름이 바뀌어 버린 예전의 사보르나야[14] 거리를 지나다 보면 조그마한 양계장이 하나 있었다.

갑자기, 이 조그만 집안에서 꽃무늬 바탕의 회색 옷에다 스카프를 두른 여인이 밖으로 뛰쳐나오더니, 대성통곡하며 목 놓아 울기 시작하였다.

이 여인은 예전의 사원 사제 드로즈도프의 미망인 드로즈도바 부인이었는데, 여인이 너무나 큰 소리로 목 놓아 울자, 곧 길 건너 집의 창문이 열리더니 두터운 숄을 두른 한 여인이 머리를 밖으로 불쑥 내밀며 소리쳤다.

"스쩨빠노브나, 왜 그래, 으-응? 또 무슨 일이야?"

"벌써 17번째야!"

흐느껴 울면서 예전의 드로즈도바 사제부인이 대답하였다.

"에흐, 쯧-쯧-쯧"

숄을 두른 이웃집 여인이 고개를 설레설레 흔들며 의아하다는 듯, 구슬픈 목소리로 말하기 시작했다.

"그래 정말 이게 어떻게 된 일이냐? 으응? 신이 노여움을 사셨나 봐, 맞아, 틀림없어! 그래, 정말로 또 죽었어?"

"아니, 마트레나, 이리 와서 봐, 봐 보라니까,"

---

13) 뜨로이짜(троица)는 러시아어로 '삼위일체'라는 뜻을 지니고 있음.

14) 사보르(Собор): 대사원(大寺院), 수도원 내 대성당 등을 가리킴. 그러므로 '사보르나야 거리'는 '사원거리' 혹은 '성당거리' 정도의 뜻을 지닌다고 볼 수 있음.

사제의 아내는 큰 소리로 고통스럽게 흐느껴 울면서, 중얼중얼 거리기 시작했다.

"당신이 와서 한 번 직접 봐, 보라니까, 그것들한테 어떤 일이 일어났는지!"

비스듬히 걸려있던 회색빛 쪽문이 '쾅'하며 여닫히는 소리가 나더니, 곧이어 이웃집 여인의 맨발이 진흙탕 길을 '처벅처벅' 가로지르는 소리가 들리기 시작했다.

마침내, 눈물로 흠뻑 젖은 사제부인은 이웃집 여인 마트레나를 자신의 닭장 안으로 인도하였다.

그런데, 여기서 한 가지 말해 두어야 할 것이 있다.

26년도에 반종교적인 고뇌로 인하여 생(生)을 마감한 사제 사브바찌야 드로즈도프의 미망인인 그녀는, 남편의 죽음에 낙담하지 않고 오히려 당시에 가장 전도유망(前途有望)하다고 여겨지던 양계업을 창업하였다.

그런데, 이 미망인의 사업이 본궤도에 올라 한창 성업 중일 때, 갑자기 여인에게 거대한 세금이 부과되었던 것이다. 세금은 너무나 엄청나서, 만일에 그 때 주위의 선량한 사람들이 아니었다면, 그녀는 하마터면 양계장의 문을 닫을 뻔하였었다.

주위의 선량한 사람들이란 바로 미망인에게 다음과 같은 조언을 해 준 사람들이었다. 즉, 지방 관청에다 그녀가 양계노동조합을 설립하고 싶다는 청원서를 제출하라는 것이다.

마침내, 드로즈도바 자신은 물론, 그녀의 충실한 하녀 마트레쉬카, 그리고 미망인의 귀머거리 조카딸까지 조합원이 되었다.

곧 미망인에게 부과되었던 세금은 철회되었고, 그녀의 양계업은 다시 번창하기 시작하여, 28년도 경에 이르러서는 수 십 개의 닭장으로 빙 둘러쳐진 그녀의 거대한 양계장 앞마당에는, 먼지가 뽀약뽀약 나는 가운데 250마리나 되는 수탉들이 노닐고 있었으며, 그 속에는 값비싼 코우친 닭들조차 끼어 있게 될 정도가 되었다.

미망인의 달걀들은 매주 일요일마다 스쩨끄로프스키 시장에 출하되었으며, 멀리 떨어진 탐보프 지방에서 조차도 많은 상인들이 미망인의 달걀로 장사를 하였다.

심지어, 이 달걀들은 예전에 <모스크바 치츠킨의 치이즈와 버터>를 팔았던 상점의 유리 진열대 안에까지 전시되어지는 일이 빈번하여 졌다.

바로 이 날, 아침부터 전염병으로 죽는 닭의 수를 헤아릴 때, 17번째에 해당하는 그 브라마뿌트라 종의 사랑스런 암탉마당을 따라 이곳저곳을 거닐다가, 갑자기 하녀 마트레쉬카의 손아귀에 의해 세게 낚아채졌다.

"르르-으르… 꼬끼댁 꼬꼬꼬…… 꼬끼댁 꼬꼬꼬…… 고-고-고,"

암탉 푸드득 푸드득 거리며 날갯짓을 하더니 슬픈 눈을 치켜뜨며 하늘을 쳐다보았다.

마치 마지막으로 태양을 바라보기라도 하는 모양이었다.

조합원 마트레쉬카는 닭 앞에 바싹 웅크리고 앉아서는 물이 든 찻잔을 닭의 코 밑에 이리저리 갖다 대며 실랑이를 벌이기 시작하였다.

"나비야, 아이구 귀여운 것… 쭈-쭈… 그래, 조금만 마셔, 으-응"

마트레쉬카는 애원을 하다시피 하며, 암탉의 부리에다 찻잔을 바삐 갖다 대었다.

하지만, 암탉은 마시려 하지 않았다.

암탉은 부리를 넓게 쫙 벌리더니 머리를 위로 쳐들기 시작했다.

그리고는 곧 부리에서 피를 토해내기 시작하였다.

"오, 하느님, 맙소사!"

이웃집 여인이 자신의 넓적다리를 '퍽'치면서 외마디 소리를 질렀다.

"이게 도대체 어찌 된 일이야? 그래? 어디가 잘려나간 것 같은 피가 쏟아지네. 결코 본 적이 없는 일이야, 정말로, 암탉이 사람처럼 복통을 앓다니, 정말 알 수 없는 일이야."

하지만, 이웃집 여인의 이 같은 말은 가련한 암탉에 대한 마지막 임종 고별사가 되어 버렸다.

암탉이 갑자기 옆으로 나뒹굴더니 맥없이 부리로 땅바닥을 몇 번 찌른 다음, 눈을 감아 버렸던 것이다. 그런 다음, 암탉은 등을 땅바닥에 대며 몸을 뒤집더니, 두 다리를 공중으로 쳐들고는 꼼짝하지 않았다.

마트레쉬카는 찻잔의 물을 엎지르고 나서, 나직하니 울먹이기 시작했으며, 조합장인 사제 부인 자신도 울기 시작하였다.

이웃집 여인은 부인의 귀에 가까이 입을 가져가더니, 다음과 같이 속삭이기 시작하였다.

"스쩨빠노브나, 정말로, 너네 닭들이 저주를 받았나봐. 이런 일은 본 적이 없어-야! 정말로 이 같은 닭전염병은 없었다구! 이건 너네 닭들한테 누군가가 마술을 건거야."

"아-아! 내 인생의 불구대천지 원수들!"

사제 부인은 하늘을 향하여 큰 소리로 탄식하였다.

"이 원수들이 끝내 나를 이 세상에서 쫓아내려 하는구나!"

사제 부인의 이런 탄식 소리에 대꾸라도 하듯, 수탉의 긴 울음소리가 비명처럼 크게 들리기 시작하더니, 닭장 안에서 마치 선술집으로부터 방금 나온 인사불성의 술주정뱅이처럼 털이 여기저기 쥐어 뜯겨지고 홀쭉하게 바싹 마른 수탉 한 마리가 옆으로 비실비실 거리며 뛰쳐나왔다.

수탉은 흉악스럽게 눈을 부릅뜨며 사람들을 쳐다보더니, 땅바닥을 발로 짓밟으며 독수리와 같이 양쪽 날개를 쭈욱 폈다.

하지만, 수탉은 아무 곳으로도 날아가지 않았으며, 크게 원을 그리면서 마치 조마용 밧줄에 묶인 말 모양, 마당을 따라 달리기 시작하였다.

세 번째 원을 돌 때, 수탉은 갑자기 멈추어 섰으며 구토를 하기 시작하였다. 다음에 수탉은 각혈을 하면서 쉰 목소리를 내기 시작하였고, 자신의 주위에 피로 물든 얼룩 반점의 침을 여기저기 뱉어 내고 나서는 나뒹굴어졌다. 수탉의 양쪽 두 발은 마치 배 위의 양 돛대 마냥, 하늘을 향해 뻣뻣이 서 있었다.

여자들의 비명소리가 양계장 온 마당 안을 울리기 시작했다. 그리고 이 비명소리에 답장이라도 하듯, 닭장 안에서는 닭들의 불안한 울음소리와 푸드득 푸드득 날개 짓 하는 소리, 그리고 요란한 잡소리들이 울려 퍼져 왔다.

"으-음, 나병이 아닐까?"

이웃집 여인이 우월감에 가득차서 물었다.

"세르기예 신부를 불러서, 기도 좀 해 달라고 해."

태양이 저 멀리 어린 해바라기씨 밭의 추한 해바라기 낯짝들 사이에 낮게 자리하고 앉아 있을 때인 저녁 6시경에, 이미 양계장 앞마당에는 수도사원의 주임사제인 세르기예 신부가 짧은 기도를 마치고 나서, 승려복을 벗고 있었다.

호기심에 가득 찬 마을 사람들의 머리가 나무 울타리 담장 너머로, 그리고 울타리 틈바구니 사이로 여기저기 삐죽삐죽 나와 있었다.

슬픔에 가득 차 십자가에 입을 맞춘 사제부인은 갈가리 찢어진 담황색의 1루불짜리 지폐를 눈물로 축축이 적시고 나서, 신부가 한숨을 길게 쉬면서 하느님께서 격노하신 이유에 대하여 뭔지 모르지만 알아차린 대가로, 그 돈을 세르기예 신부에게 건네주었다.

이때, 세르기예 신부의 표정은 왜 하느님께서 격노하셨는지, 자신은 아주 잘 알고 있으나, 다만 말하지 않을 뿐이라는 것 같았다.

그 후, 울타리 주위에 모여들었던 군중들은 뿔뿔이 흩어졌다. 왜냐하면 암탉들이 모두 병들어 누워 있었기 때문이었다.

그 누구도 드로즈도바 사제부인의 이웃집 닭장에서 금방 3마리의 암탉과 수탉 1마리가 죽었다는 사실을 알지 못하였다.

이들 닭들도 드로즈도바 부인의 닭들처럼 똑같이 잡아 낚아채졌었다. 하지만, 죽음만은 잠긴 닭장 안에서 조용하게 맞이하였던 것이다.

수탉은 앉았던 홰에서 머리를 아래로 처박으며 떨어지더니, 바로 그 자세로 죽어 버렸다.

미망인의 암탉들에 관해 말하자면, 사실 그것들은 신부의 기도가 있은 후에 바로 죽어버렸던 것이다.

저녁 무렵에 미망인의 닭장 안은 모두가 죽어버려 아주 조용하였으며, 죽은 닭들의 시체만이 산더미처럼 쌓여 있었다.

다음날 아침, 도시는 온통 벼락에 맞아 놀란 것처럼 일어서기 시작했다. 왜냐하면, 이와 같은 사건은 아주 이상하고 기괴한 것으로 여겨졌기 때문이었다.

정오경이 되자, 뻬르소날리나야 거리에는 군청 재무 감독관이 세 들어 살던 맨 끝자리 조그만 집 안에 암탉 3마리만이 겨우 살아남아 있었을 뿐 이었다. 하지만, 이나마도 오후 1시경이 되자 모두 죽어버렸다.

저녁 무렵이 되자, 스쩨끄로프스크 소도시는 벌집을 쑤셔 놓은 것처럼 요란법석을 떨며 들끓기 시작하였다.

도시 이곳저곳으로 <페스트>라는 무시무시한 단어가 굴러다니고 있었다. 그리고 '드로즈도바'라는 성(性)은 지방신문 «붉은 전사»에, 대문짝만 한 머리기사 <정말로, 닭전염병인가?'> 바로 밑에, 큰 글씨로 쓰여 있었으며, 바로 여기에서부터 소문은 꼬리에 꼬리를 물며 모스크바를 향하여 펴져 나아가기 시작하였다.

***

빼르시코프 교수의 삶에 이상하고 불안하며 근심어린 색체가 드리워지기 시작했다. 한마디로 말해, 이런 환경 속에서 연구를 계속한다는 것은 거의 불가능하였다.

그가 알리프레드 브론스키로부터 자유로워진 바로 그 다음날, 그는 연구소 내, 자신의 연구실 전화를 끊고 수화기를 걷어치우지 않으면 안 되었다.

저녁 무렵 전차를 타고 '아호뜨니이 랴드' 거리 근처를 지나가던 교수는, 거대한 건물의 옥상 위에 <노동 신문>이란 까만색 폿말이 붙은 대형 전광판 신문에서, 자신의 모습을 보고 소스라치게 놀랐다.

전광판 신문 위에서 교수의 모습은 푸른빛을 깜박깜박 거리면서 차례차례 잘게 쪼개어지며 투사되고 있었는데, 그는 허리를 굽혀 택시 안으로 들어가고 있었고, 그의 뒤를 바싹, 소매에 매달리다시피 하면서 두꺼운 옷에다 의족을 한 둥근 얼굴의 사나이가 따라 들어가고 있었다.

전광판의 하얀 스크린 위에 비친 교수는 눈부신 보라색 조명빛을 두 주먹으로 열심히 가리고 있었다. 그리고 나서 다음과 같은 전광빛 자막이 번쩍이며 옆으로 흘러갔다.

<빼르시코프 교수님께서는 자동차 안으로 들어가셔서 우리 신문사의 유명한 리포터인 스쩨빠노프 선장에게 상세한 설명을 해주셨습니다.>

교수가 볼혼까 거리를 따라 그리스도 사원 옆을 막 지나려는 순간, 갑자기 자동차 한 대가 튀어나왔다. 교수는 순간 자동차를 피하려고 몸을 버둥버둥 거렸으며, 곧 그의 표정은 성난 늑대와 같이 변하였다.

"저런 악마 같은 놈들, 저것들이 사람이야."

동물학자 뻬르시코프는 이빨을 드러내며 중얼중얼 거리며 지나갔다.

이 날 저녁에, 쁘레치스쩬까 거리에 있는 자신의 집으로 돌아온 동물학자는, 가정부 마리야 스쩨빠노브나로부터 그가 없는 동안에 수없이 걸려왔던 전화번호들을 적은 17장의 메모쪽지를 건네받으면서, 쉴 새 없이 걸려오는 전화벨 소리에 미칠 지경이라는 그녀의 하소연을 들어야 했다.

교수는 그 메모 쪽지들을 당장 찢어 버리고 싶었으나, 그만 멈추고 말았다. 왜냐하면, 전화번호들 가운데 한 전화번호가 적혀있던 맞은편 쪽에 <보건후생부 인민위원>이란 글귀를 보았기 때문이었다.

"이건 또 뭐야?"

괴짜 학자인 뻬르시코프 자신도 정말 이해할 수 없다는 듯이 다음과 같이 말하였다.

"그들이 무얼 하려고 하는 거지?"

이 날 저녁 10시 15분경에, 초인종이 요란하게 울리는 바람에 교수는 삐까번쩍하게 차려입은 어느 신사와 이야기를 나누지 않으면 안 되었다.

교수는 그가 들여보낸 명함 때문에 그를 받아들였는데, 그 명함에는 이름도 성도 없이 <소비에트 공화국 산하 외국무역대표부 전권 대사>라는 직함이 적혀져 있었다.

"귀신이나 물어갈 그 놈의 직함들"

뻬르시코프는 투덜투덜 대면서 푸른색 책상보 위의 확대경과 어떤 동물 도해 그림이 있는 쪽으로 그 명함을 집어 던져 버렸다.

그리고는 마리야 스쩨빠노브나에게 다음과 같이 말하였다.

"그 사람 이리로 불러오시오.

이 서재의 완전한 전권을 부여받은 내게 말이오."

"제가 무엇을 도와드릴까요?"

뻬르시코프는 대사가 약간 얼굴을 찡그릴 정도의 비꼬는 어조로 물었다. 또한, 뻬르시코프는 이마의 양 눈썹 언저리까지 안경을 치켜 올렸다가는 도로 제자리에 놓으면서 방문객을 살펴보았다.

방문객은 온통 여기저기 값비싼 보석으로 치장하여 번쩍번쩍 빛나고 있었으며, 오른쪽 눈에는 외안경을 끼고 있었다.

'아주 꺼림칙한 낯짝이군.

빼르시코프는 웬일인지 그런 생각이 들었다.

손님은 이야기는 꺼내지 않고 담배 피우는 것을 허락해 달라고 바로 청하였다.

담배 피우는 것을 허락한 후에 빼르시코프는 아주 마지못해 하면서, 그에게 앉을 것을 권하였다. 손님은 한술 더 떠서, 자신이 늦은 시간에 방문한 것에 관하여 장황한 사과를 늘어놓기 시작하였다.

"하지만… 신사 교수님을 낮에 만나 뵙기란 거의 불가능한지라… 헤… 용서하십시오… 마침내, 이렇게 만나 뵙게 되어……."

(방문객은 마치 하이에나처럼 웃다가 울다 하였다.)

"자, 나는 바빠요!"

빼르시코프가 짧게 외마디 소리로 대꾸하자, 손님의 얼굴에는 재차 경련의 빛이 나타나기 시작하였다.

하지만, 놀라는 기색이 역력하면서도, 그는 거침없이 유명한 학자를 계속해서 불편하게 만들었다.

"시간은 곧 돈이라고들 하지요… 담배가 교수님을 방해하는 것은 아닙니까?"

"허-허-허, 참, 세상에… 기가 막혀서 내……"

빼르시코프는 대답 대신 말문이 막혀 버렸다.

방문객은 여전히 허물없이 말하기 시작하였다…….

"교수님께서 정말로 생명광선을 발견해 내셨습니까?"

"당치 않은 소리 말아요, 그게 그래, 어떤 생명 입니까?! 그건 순전히 신문쟁이들이 꾸며낸 이야기에 불과해요!"

빼르시코프가 갑자기 원기 왕성한 목소리로 대꾸하고 나섰다.

"아, 아녜요, 그냥 한번 해 본 소리예요……헤-헤-헤……."

그는 거의 대부분의 진정한 학자들이 학자다운 진실한 모습으로서 반드시 갖추고 있는 겸손에 대하여 아주 잘 알고 있었다…….

그리고 또 무엇에 관하여 말해야 할지도…….

오늘은 여러 가지 전보들이 있었는데…… 세계적인 도시들에서, 이를테면, 바르샤바와 로마 같은 도시들에서, 이미 모든 사람들은 그 광선에 대하여 알기 시작하였다.

이제, 뻬르시코프 교수의 이름은 전(全)세계에서 반복되고 있었다…….

전 세계는 숨을 죽이면서 뻬르시코프 교수의 연구 결과를 뒤쫓고 있었다. 하지만, 소비에트 러시아에서의 학자들의 상황이 얼마나 어려운지도 사람들은 모두 아주 잘 알고 있었다.

우리들끼리의 이야기이지만…… 여기 우리들 조국에서는 아무도 관심 있는 자 없으니…….

아아! 이놈의 땅에서는 학문적인 업적들을 제대로 평가할 능력이 없는 것이다. 그런데, 바로 이 불청객은 교수와 협상을 벌이고 싶어 하고 있으니……. 어떤 해외국가는 뻬르시코프 교수에게 아무 조건 없이 교수의 실험 연구 활동을 돕겠다는 제안까지 하고 있다. 무엇 때문에 이 나라에서는 마치 성경책 속에서나 이야기 되어지는 것처럼, 상대방이 이해할 수 없는 말들만 지껄여 대고 있는가.

소비에트 정부는 19년과 20년에 걸친 혁명 후의 소용돌이 속에서, 교수가 얼마나 어렵게 살아야 했었는지를 잘 알고 있을 터인데…….

으-음, 물론, 커다란 비밀거리이기는 하지만…….

교수는 정부에 연구결과를 발표할 것이고, 그렇게 되면 정부는 이 연구 활동을 위해 교수에게 재정적 지원을 할 것이다.

교수는 정말로 특별 상자를 만들었으니까.

하지만, 여기서 한 가지 흥미를 끄는 것은, 이 상자의 설계도가 원래의 계획대로 과연 소개되어질 수 있을는지……

바로 이때, 손님은 양복 안주머니에서 눈처럼 하얀 종이 뭉치를 꺼내고 말았으니……….

말하자면, 불청객의 표현을 빌려, 변변치 않은 돈이 자그마치 5,000루불이었다. 게다가 교수는 약조금(約條金)조로 당장 받을 수 있는 돈이었으니…… 그리고 영수증도 필요 없고……

하지만, 교수는 전권 대사가 영수증 어쩌구저쩌구 하며 말을 시작했었더라면, 그에게 심한 모욕조차 주었을 것이다.

"당장 꺼져!!!"

갑자기, 뻬르시코프가 무시무시한 소리로 고함을 지르자, 응접실에 놓여있던 피아노가 날카로운 소리를 내었다.

손님은 사라져 버렸다.

1분후 자신의 분을 못이긴 뻬르시코프는 그가 정말로 있었었는지, 아니면 자신이 잠시 헛것을 보았었는지, 의심하기 시작하였다.

“그 작자 덧신은?!”

현관 입구에서 뻬르시코프가 소리쳤다.

“잊어먹고 갔어요.”

마리야 스쩨빠노브나가 벌벌 떨며 대답하였다.

“당장 갖다 버려!”

“어디다 갖다 버려요. 곧 찾으러 올 텐데요.”

“그럼, 주택 관리위원회에나 갖다 제출해라. 인수증은 꼭 받아오고. 그런 덧신은 꼴도 보기 싫다! 그 놈의 위원회! 스파이 같은 덧신 치워 놓아야지!…”

성호를 긋고 난 마리야 스쩨빠노브나가 커다란 가죽 덧신을 집어 들고는 어두침침한 문 밖으로 나갔다. 거기서 그녀는 문 뒤에 바짝 기대어 서더니 덧신을 헛간 속에 감추어 버렸다.

“갖다 제출했니?”

아직도 화가 안 풀린 뻬르시코프가 소리쳤다.

“네, 갖다 주었어요.”

“인수증을 내게 다오.”

“한데요, 블라지미르 이빠찌이치, 그게 그러니까, 그가 글자를 전혀 모르는 위원장이 되나서!……”

“당장 가져와. 무슨 소릴 하고 있는 거야. 갔다 왔으면 인수증이 있어야지. 아무리 글자를 모르는 개새끼라도 인수증은 써 달라고 해!”

마리야 스쩨빠노브나는 연실 고개를 떨구기만 하더니, 밖으로 나갔다가 15분가량 지나서, 다시 다음과 같은 쪽지를 하나 들고 돌아왔다.

<뻬르시코프 교수로부터 덧신 한 켤레를 비축품으로 받음. 꼴레소프.>

“그런데, 이건 또 뭐야?”

“기념패지 뭐예요.”

빼르시코프는 기념패를 발로 짓밟아 버렸으며, 인수증은 인쇄기 밑에 숨겨 두었다.

하지만, 곧 무슨 생각이 들었던지 그의 가파른 이마에 어두운 그림자가 드리워지기 시작했다.

그는 황급히 전화기 옆으로 달려가더니, 연구소의 빤크라트에게 전화를 걸어 다음과 같이 물어보았다.

"아무 일 없나?"

빤크라트가 수화기에 대고 무언가를 연실 큰 소리로 지껄여 대고 있었으며, 그의 견해로 판단컨대 연구실 안의 모든 것들이 아무 일 없이 무사하다는 내용의 이야기임을 알아들을 수 있었다.

하지만, 빼르시코프는 단 1분간만 마음을 놓을 수 있었다. 다시 그는 얼굴을 찌푸리며 전화통을 꽉 붙잡고는 송화기에 대고 다음과 같이 말하기 시작하였다.

"어떻게 불러야 될지 모르겠습니다만 루뱐까[15] 좀 부탁합니다. 감사합니다… 당신들 가운데 누군가에게 이 사실을 말씀드려야 될 것 같아서… 여기 저희 집에 덧신을 신은 어떤 수상한 자가 다녀갔는데… 네… 제4대학교 교수 빼르시코프입니다……."

수화기에서 별안간 날카로운 굉음이 들리더니 갑자기 대화를 중도에 끊어 버렸다.

빼르시코프는 뭔가 심한 욕설을 퍼 부으면서 전화기 곁을 떠났다.

"블라지미르 이빠찌이치, 차드시겠어요?"

마리야 스쩨빠노브나가 서재를 쳐다보고는 슬슬 눈치를 보며 물어왔다.

"안 마실 거야, 그 어떤 차도… 후우-우-우, 이 빌어먹을 놈의 세상… 모두 귀신한테나 물려가서… 줄줄이 목매달아 죽어도, 매한가지일 텐데……."

정확히 10분이 지나자, 교수는 자신의 서재에서 다시 새로운 손님들을 맞이하고 있었다.

손님들 가운데 한 사람은 매우 인상이 좋아 보였으며 둥그스름한 얼굴

15) 루뱐까: 구소련의 KGB의 전신인 ГПУ(게뻬우)가 위치해 있던 거리 이름.

에 아주 정중해 보였다. 그는 국방색의 군복식 상의에다 승마용 바지를 차려입은 검소한 복장이었으며, 그의 코 위에는 마치 크리스탈 나비넥타이 같이 생긴 코안경이 하나 걸쳐져 있었다. 대체로 보아 그의 생김새는 반질반질한 구두를 신은 천사를 상기시켜 주고 있었다.

두 번째 사나이는 키가 작달막하였으며 아주 음울해 보이는 얼굴에다 문관 복장을 하고 있었다. 하지만, 그의 문관 복장은 어딘가 어색하게 보여 마치 그를 짓누르기라도 하는 것 같았다.

세 번째 손님은 아주 특이하게 행동하였다. 그는 교수의 서재에 들어가지 않고 어두침침한 현관입구에 서 있었다. 여기서 그는 자신이 연실 피워대는 담배 연기 사이로 서재 주위를 노려보기 시작하였다. 역시 문관 복장을 하고 있던 이 세 번째 사나이의 얼굴 위에도 연기색 코안경은 눈에 띄게 빛나고 있었다.

교수의 서재로 들어간 두 사나이는 불청객이 두고 간 명함을 자세히 살펴보고는, 그가 교수에게 건네주려 하였던 5000루불에 대하여 꼬치꼬치 캐어물으면서, 그리고 불청객의 외모에 대한 진술을 강요하면서 까지 뻬르시코프를 완전히 지치게 만들고 있었다.

"젠장할, 그걸 내가 어떻게 안단 말입니까,"

뻬르시코프는 불만에 가득 차 투덜거렸다.

"으-음, 반동적인 외모였소? 변절자 같기도 하고."

"그럼, 그 사람 눈빛은 유리같이 투명하지는 않았지요?"

작달막한 키의 사나이가 쉰 목소리로 물었다.

"아니, 그것까지 내가 어떻게 알아요. 모릅니다. 하지만, 유릿빛은 아니었던 것 같소. 눈동자가 사방팔방으로 굴러다니고……"

"그럼, 유태인?"

반질반질한 구두의 천사가 문관복장의 키 작은 사나이에게 다소 의심쩍은 소리로 나지막하게 물었다.

하지만, 키 작은 사나이는 얼굴을 찌푸린 채 고개를 좌우로 저으며 부정하였다.

"유태인은 그 어떤 경우에도 영수증 없이 돈을 건네주지 않습니다. 이건 유태인의 짓이 아네요. 여기에 누군가가 더 거물급이……."

마침내, 덧신에 대한 이야기가 두 사나이들의 관심을 갑자기 증폭시켰다. 반질반질한 구두의 천사는 주택 관리위원회에 전화를 걸어 다음의 몇 마디 말만을 하고 전화를 끊었다.

<국가 정치 보위부는 지금 당장, 주택관리위원회 비서 꼴레소프가 덧신을 지참하고 뻬르시코프 교수의 아파트로 출두할 것을 명령함>

그러자, 곧, 얼굴이 창백해진 꼴레소프가 손에 덧신을 든 채, 아파트 현관에 나타났다.

"바센까!"

반질반질한 구두의 천사가 현관 입구에 앉아있던 세 번째 사나이의 이름을 나지막하게 불렀다. 그러자, 그는 힘없이 일어나서는 마치 아주 기진맥진한 사람처럼 겨우겨우 걸어서 서재 안으로 들어왔다. 그가 쓰고 있던 연기색의 안경 때문에 그의 눈동자는 아예 보이지도 않았다.

"왜요?"

그가 약간 졸린 듯한 목소리로 간결하게 물었다.

"덧신인데…… 한 번, 확인해 봐."

연기색 안경 너머의 눈동자가 덧신 이곳저곳을 스쳐 지나가기 시작하였다. 이때, 전혀 잠에 취한 눈빛이 아니라, 오히려 놀라울 정도로 독기서린 눈동자가 안경유리 바로 밑에서 순간순간 번뜩이고 있는 것을, 뻬르시코프는 볼 수 있었다. 하지만, 곧 그 눈빛은 사라져 버렸다.

"으-음, 어떤가, 바센까?"

'바센까'로 불린 그 사나이가 축 늘어진 목소리로 다음과 같이 대답하였다.

"뭐-, 이건, 별거 아녜요. 유태인들의 덧신이지요, 뭐"

이렇게 해서, 주택 관리위원회 비축품 목록 가운데서 뻬르시코프 교수의 기증품 하나가 즉시 사라져 버리게 되었다.

덧신은 신문지에 싸여서 사라졌다. 아주 기분이 좋아진 국방색 프렌치 군복 차림의 천사는 벌떡 일어서더니, 교수와 악수를 하면서 다음과 같은 내용으로 요약되는 짧은 연설까지 하였다.

"이것은 교수님의 명예에 관한 문제라… 교수님은 이제 안심하셔도 됩니다…… 더 이상 아무도 교수님을 괴롭히지 못할 것입니다, 연구소에서도, 그리고 집에서도…… 교수님의 특별 상자를 가장 안전하게 보존하는 조치가 곧 취해질 것 입니다……."

"그런데, 그 기자 나부레기들 좀, 싹 총살시켜 버릴 수는 없는 거요?"

빼르시코프가 안경 위로 손님들을 쳐다보면서 질문하였다. 이 같은 질문은 순식간에 손님들의 마음을 즐겁게 해 주었다. 음울해 보이는 키 작은 사나이뿐만 아니라, 연기색 안경을 낀 사나이조차도 현관입구에 서서 웃기 시작하였다. 반질반질한 구두의 천사도 만면에 웃음을 머금은 채, 눈을 번쩍번쩍 거리며 열심히 설명하기 시작했다.

"그렇다면, 방금 내 집에 사기꾼이 왔다 갔단 말이요?"

여기서 모두들 웃음을 멈추었으며, 천사는 어떤 사기꾼 나부랭이한테도 관심을 기울이지 말 것을 점잖게 주문하였다……. 게다가, 그는 오늘 저녁에 있었던 일들에 대해, 극도의 비밀을 유지할 것을 교수에게 간절히 청하였다.

그리고는 모두들 가버렸다.

빼르시코프는 서재로 돌아와서는 도해 그림 옆에 앉았다. 하지만, 여전히 그는 연구에 몰두할 수 없었다. 전화통에서 연실 신호 불빛이 방출되고 있었던 것이다.

만일에 교수가 매력 있고 열정적인 과부와 결혼만 한다면 방이 7개나 되는 아파트 한 채가 그냥 교수의 것이 된다는 제안의 여자 목소리마저 전화 수화기 안에서 들리고 있었다.

빼르시코프는 송화기에 대고 소리쳤다.

"내 당신한테 충고 한마디 하겠는데, 로솔리모 교수한테나 가서 치료받으시오……."

그리고서도 교수는 또 한 차례 더 전화를 받아야 했다. 이번에는 빼르시코프도 약간 누그러지는 목소리로 전화를 받을 수밖에 없었다. 왜냐하면, 아주 유명한 사람이 크레믈린으로부터 전화를 걸어 왔기 때문이었다.

그는 아주 오랫동안 빼르시코프의 연구에 대하여 이것저것 캐어물으면서 관심을 나타내었으며, 한 번 실험실을 방문하고 싶다는 의사까지 표명하였다. 전화통에서 떨어지면서 빼르시코프는 이마의 땀을 닦았으며 수화기를 떼어내 버렸다.

이때, 아파트 위층에서는 무시무시한 나팔소리가 귀를 째며 들리더니, 오페라 발키리야의 외침소리가 날아들기 시작하였다.

나사 제조공장 협동조합의 조합장 아파트인 위층 아파트에서 라디오를 통하여 볼쇼이 극장의 바그너 협주곡이 연주되고 있었던 것이다.

뻬르시코프는 천장 위에서 쏟아져 내리는 고음과 폭음 소리를 참다못해, 마리야 스쩨빠노브나에게 강한 어조로 자신은 조합장과 재판에서 싸울 것이며, 그의 라디오를 박살낸 다음에, 반드시 모스크바를 떠날 것이라고 선언하였다. 왜냐하면, 분명히, 그는 뻬르시코프 자신을 아주 쫓아내버릴 심산이었기 때문이었다.

뻬르시코프는 확대경을 깨드려 버린 다음, 서재 소파에 누워 잠을 청하였다. 볼쇼이 극장에서 날아 들어온 유명한 피아니스트의 부드러운 손놀림 아래서 그는 잠시 잠에 빠져 들기 시작하였다.

다음날에도 뜻밖의 일은 계속되어졌다.

전차를 타고 연구소에 도착한 뻬르시코프는 엘리베이터 출입구 앞에서 녹색의 현대식 중절모를 쓴 낯선 신사와 마주쳤다. 그는 뻬르시코프를 주의 깊게 아래위로 훑어보았으나, 아무 말도 걸어오지 않았다. 그러므로 뻬르시코프도 그를 그냥 지나쳐 버렸다.

그러나 연구소 출입현관 앞에는 당황하여 어쩔 줄 몰라 하는 빤크라트 외에도, 중절모를 쓴 또 다른 사나이 한 명이 뻬르시코프를 향하여 벌떡 일어서더니 정중하게 교수를 맞이하고 있었다.

"안녕하십니까, 신사 교수님."

"무슨 일입니까?"

빤크라트의 도움으로 자신의 외투를 벗으면서, 뻬르시코프는 아주 퉁명스럽게 물었다.

하지만, 중절모 사나이는 아주 부드러운 목소리로, 자신은 교수님을 절대 불편하게 해드리려고 온 게 아니라고 속삭이듯 말하면서, 뻬르시코프를 급히 안심시키기 시작했다.

온갖 시끄러운 손님들로부터 교수를 구제하기 위하여, 앞으로 자신이 직접 이곳에 상주하게 될 것이라고, 중절모 사나이는 말하고…… 교수님은 앞으로 연구실 문 바깥뿐만 아니라, 창문 밖 까지도 조용해질 것이니, 안심하시고……. 그리고 나서, 낯선 사나이는 순간적으로 양복 옆자락을 뒤로 젖히더니 교수에게 어떤 뱃지를 하나 보여주었다.

“으-음… 하지만, 당신들은 아주 좋은 일들을 하시는군요.”

뻬르시코프는 중얼중얼 말하고 나서, 순진하게 한마디 더 덧붙였다.

“그런데, 당신들 여기서 식사는 어떻게 하죠?”

이 말에 중절모 사나이는 씩 웃더니, 자신들은 교대로 근무한다고 설명해 주었다.

이 일이 있은 후, 3일 동안은 아주 멋진 하루하루가 흘러갔다. 크레믈린으로부터 2번씩이나 교수를 방문하였고, 뻬르시코프에게 시험을 치르는 학생들이 1번 방문하였다.

학생들은 한 문제도 대답하지 못하고 모두들 시험에 떨어졌다. 그들의 얼굴 표정으로 보아, 이제 곧 뻬르시코프가 그들을 향하여 아주 무지막지한 공포감을 불러일으킬 차례였다.

“3류 기술자나 하러들 가세요! 당신들은 동물학을 공부할 수가 없는 사람들이야,”

학생들이 연구실에서 우르르 빠져나와 쏜살같이 줄행랑을 쳤다.

“아주 엄하신 모양이지?”

중절모 사나이가 빤크라트에게 물었다.

“우-우, 말도 마시오.”

빤크라트가 대답하였다.

“만일에 누구든지 한 번 시험에 합격하고 걸어 나올라치면, 그 학생, 완전 초죽음이 되어 제대로 걸어 나오지도 못한다우. 땀이 뒤범벅이 되는 건, 말할 것도 없고. 곧장 시원한 맥주집이라도 달려가지 않고서는…….”

이러한 잦은 일과 더불어 교수는 3일이 어떻게 지나가는지도 몰랐다. 그러나 4일째 되는 날 교수는 다시 현실 생활 속으로 돌아올 수밖에 없었다. 원인은 거리 밖에서 들려오는 가냘프고 째지는 목소리 때문이었다.

“블라지미르 이빠찌이치!”

목소리의 주인공은 게르쩬 거리로부터 교수 연구실의 열려진 창문을 향하여 소리치고 있었다.

목소리의 주인공은 운이 좋았다.

마침 뻬르시코프가 최근에 일로 매우 지쳐있을 때였다. 바로 이 순간에 뻬르시코프는 막 휴식을 끝내고나서 힘없이 축 늘어져, 저 멀리 비치는 붉은 태양을 멍하니 쳐다보며, 안락의자에 앉아 담배를 한 대 피워 물고 있었다.

뻬르시코프는 더 이상 창밖의 소리에 모른 채 할 수 없었다. 그러므로 약간의 호기심조차 생긴 뻬르시코프는 창문 밖을 쳐다보았으며, 마침내, 창밖의 인도에 서 있는 알리프레드 브론스키를 알아보았다.

교수는 끝이 뾰족한 모자와 기자수첩을 보고는 여러 가지 직함의 소유자였던 그를 곧 회상해 내었다. 브론스키는 연실 창문 쪽을 향하여 상냥하고 정중하게 여러 번 인사를 하고 있었다.

"아-하, 바로 그 때 당신 아닙니까?" 교수가 물었다.

이제 교수는 화를 낼 기운조차 없었다. 그러므로 교수는 앞으로 그와의 일이 어떻게 될 것인지, 궁금하기 조차 하였다. 창문이란 보호막에 의해 가려진 교수는 알리프레드의 어떤 공격으로부터도 자기 자신은 안전하다고 느꼈다.

교대도 없이 연구소 밖의 거리에 늘 상주해 있던 또 한 명의 중절모 사나이는 즉시 브론스키 쪽으로 귀를 기울이기 시작하였다. 브론스키의 얼굴에는 아주 귀여운 미소가 머금어지기 시작하였다.

"잠깐만요, 신사 교수님."

브론스키가 인도로부터 목소리의 톤을 높이며 말하기 시작하였다.

"저는 단지 한 가지만 질문 드릴게요, 그것도 순전히 동물학에 관한 것입니다. 질문하도록 허락해 주시겠습니까?"

"질문하시지요."

간결하고도 아이러니컬하게 대답하고 나서 뻬르시코프는 잠시 생각하였다.

'역시 이 찰거머리 같은 파렴치한 놈한테서는 뭔가 아메리카적인 냄새가 난다는 말씀이야.'

"존경하는 교수님, 작금의 닭에 대해서 어떻게 말씀하시겠습니까?"

브론스키가 팔짱을 끼고서 소리쳤다.

뻬르시코프는 몹시 놀라 했다.

창문턱에 기대어 앉더니, 다시 기어 내려와서는 벨을 눌렀다. 그리고는 손가락으로 창문 쪽을 가리키며 소리치기 시작했다.

“빤크라트, 인도에 서 있는 그 사람, 안으로 들여보내.”

마침내, 브론스키가 교수 연구실에 나타났을 때, 뻬르시코프는 자신의 부드러운 손을 내밀며 그에게 퉁명스럽게 말했다.

“앉으시오!”

브론스키는 감격하여 웃음을 머금은 채, 의자에 앉았다.

“내게 설명해 주시오.”

뻬르시코프가 말하기 시작하였다.

“당신이 거기, 그 당신들의 신문에다 썼습니까?”

“예, 바로 맞습니다.”

알리프레드는 정중하게 대답하였다.

“그런데, 난 한 가지 이해가 안되는 게 있어, 어떻게 당신은 러시아어도 잘 말할 줄 모르면서 기사를 쓸 수 있단 말이오. ‘빠라 미누또첵’, ‘자 꾸르’ 이게 도대체 무슨 말이오? 아마도, 당신은 ‘닭에 관해서’ 질문하고 싶었던 거지요?”

브론스키는 엷게, 그리고 공손하게 웃었다.

“발렌찐 뻬뜨로비치가 교정해 줍니다.”

“발렌찐 뻬뜨로비치가, 도대체 누구요?”

“저희 신문사의 문학팀장입니다.”

“으-음, 알겠군. 하지만, 난 문학자가 아니니까. 그건 뻬뜨로비치 쪽도 마찬가지 일거요. 그런데, 당신은 무엇을 그렇게 닭에 대하여 열정적으로 알려고 하는 거요?”

“대체로 모든 것을 알고 싶습니다. 무엇이든지 말씀해 주십시오, 교수님.”

이렇게 말하고 나서, 브론스키는 곧 펜을 꺼내 받아 적을 준비를 완료하였다. 뻬르시코프의 눈가에서는 고통의 빛이 역력해졌다.

“나한테 그래 봤자, 당신은 헛고생만 할 거요. 난 조류 전문가가 아니거든. 당신은 아마도 제1대학교에 있는 예멜리얀 이바노비치 뽀르뚜가로프한테 가보는 게 훨씬 나을 텐데. 나는 개인적으로 조금 알다 뿐이거든

……."

브론스키는 고귀하신 교수님의 농담을 알아차렸다는 듯이 감격의 미소를 지으며 소리쳤다.

"농담 마세요, 교수님!"

그리고 나서, 그는 자신의 기자수첩에 뭔가를 빨리 쓰기 시작하였다.

"하지만, 당신이 흥미 있어 한다니깐, 내 몇 마디만 말해주지. 닭들, 혹은 빗 모양의 벼슬을 가진… 새 종류로서 닭과에 속하지. 그리고 꿩 과에 속하는 것들 중에서……."

뻬르시코프는 브론스키를 쳐다보지 않고, 자신 앞에 마치 수 천 명의 청중이라도 있는 양, 어딘가 먼 곳을 바라다보면서 커다란 목소리로 말하기 시작하였다.

"꿩과에 속하는 것 중에서도…. 꿩 종류의 일종 같은 것인데… 두툼하게 살찐 벼슬이 달려있고, 아래턱뼈 밑에는 넓고 평평한 두 개의 날개가 달려있는 일종의 새라고 볼 수 있지… 으-음… 하지만, 이따금 중간에 턱이 하나 뿐인 것들도 있기는 하지……. 아-, 그리고 또 뭐가 있나… 날개는 대체로 짧고 둥그스름하고… 꼬리는 중간치 길이에다가 약간 계단 모양을 하고 있어, 마치 지붕 같아 보인다고도 말할 수 있지, 날개의 가운데 부분은 마치 낫이 휘듯이 가운데가 굽어져 있고… 빤크라트… 표본실에서 모델 넘버 705번, 무늬 있는 수탉을 이리 가져와… 아, 하지만, 당신한테는 그 표본이 필요하지 않지요?… 빤크라트, 그 모델 가져오지 마… 내 당신한테 거듭 말하지만, 나는 전문가가 아니요. 뽀르뚜가로프한테나 가보시오… 으음, 그렇지, 아-암,… 나는 그냥 개인적으로 야생닭 여섯 종류를 알고 있을 뿐이오… 으음… 뽀르뚜가로프가 훨씬 더 많이 알고 있지…. 인도에서, 말라이 군도에서… 그러니까, 예를 들자면, 반키프스키 수탉이나 까진투 같은 것을, 그는 기말라예프 산기슭을 돌아다니며, 전 인도를 샅샅이 뒤져서는 심지어 앗삼 그리고 비르마 지방까지 가서 찾아냈거든… 빌로흐보스 수탉이나 갈루스 바리우스 같은 것은 롬보크 지방 그리고 숨바프와 프로레스 지방산이지. 그리고 야프 섬에는 아주 훌륭한 수탉 종자로 갈류스 에녜우스 같은 것이 있고, 인도의 남동쪽에 가면 말야, 내 당신한테 추천할 수도 있는데, 정말로 아주 아름다운 수탉으로 존녜라또프 같은 종자가 있지… 내 다음에 당신한테 그것의 표본도감을 보여주겠네. 쩨이론 지방에 관해 말한다면, 그 곳에서 우리들은 수탉 스쩨느리를 만날 수 있지, 그 곳을 제외하곤 더 이상 아무 곳에서도 그 같은 수탉을 발견할 수 없다네."

브론스키는 앉아서 눈을 부릅뜨고는 열심히 내갈겨 쓰고 있었다.

"그리고 또, 무얼 당신한테 알려줄게 있나?"

"저는 닭의 전염병에 대해서 무엇이든지 알아보고 싶습니다만."

브론스키는 나지막이 중얼거렸다.

"으-음, 전문가가 아니라니까, 나는… 당신은 뽀르뚜가로프한테나 가서 물어봐야 되요…… 으-음, 하지만…… 그렇지, 리본 모양의 가늘고 긴 기생충, 흡충류, 옴 진디, 개 피부병, 새 진디, 암탉 이, 깃털에 끓는 이, 벼룩, 암탉 콜레라, 크루프성-드프테리아 각막염… 쁘녜프모노미코즈, 뚜베르쿨료즈, 암탉 옴… 아마, 이 정도도 적을지 모르지(뻬르시코프의 눈에서는 섬광이 번쩍이고 있었다)……. 중독, 예를 들면, 공수병 같은 것에 의한 독, 종양, 미국 병, 황달, 류머티즘, 아호리온 쉐느랴인 곰팡이… 아주 재미있는 병이야. 이 병에 한번 걸리기만 하면 벼슬 위에 마치 곰팡이와 비슷하게 생긴 조그만 반점들이 수없이 생긴다고……."

브론스키는 꽃무늬 손수건을 꺼내 이마의 땀을 닦았다.

"교수님, 교수님의 생각으론, 이번 참사의 원인이 무엇이라고 생각하십니까?"

"참사라니, 무슨 참사?"

"아이구 맙소사! 아니, 교수님! 교수님은 정말로 신문도 안 읽어보셨나요?"

브론스키는 깜짝 놀라하며 자신의 가방 속에서 다 구겨진 <이즈베스찌야> 신문 한 장을 꺼내었다.

"나는 신문 같은 것은 읽지 않습니다."

뻬르시코프가 대답하고 나서 눈살을 찌푸렸다.

"하지만, 교수님, 어째서지요?"

브론스키가 부드럽게 물었다.

"왜냐하면, 그들은 순전히 터무니없는 말들만 쓰기 때문이오."

빼르시코프는 생각도 해 보지 않고서 그냥 대답해 버렸다.

"그러나 교수님, 어떻게 이럴 수가……."

브론스키는 나지막하게 중얼거리고 나서 신문을 펼쳤다.

"이게 뭡니까?"

빼르시코프가 깜짝 놀라 물으며 자리에서 벌떡 일어났다.

이제는 브론스키의 눈에서 섬광이 번쩍이고 있었다.

그는 날카로운 손가락 끝으로 신문 전면을 대문짝만하게 뒤덮고 있는, 정말로 믿을 수 없는 머리기사 <공화국 전역에 닭전염병>이란 제목을 가리키고 있었다.

"아니, 어떻게 이럴 수가?"

빼르시코프가 안경을 이마 위로 치켜 올리면서 연실 놀라며 묻고 있었다…….

제6장
1928년 6월의 모스크바

모스크바는 번쩍이고 있었다.

사방에 불빛이 춤을 추듯 너울대고 있었으며, 이내 꺼졌다가는 다시 활활 타 올랐다.

극장 광장 앞을 빙 돌아가는 버스들의 하얀 불빛과 전차들의 푸른 불빛이 예전의 뮤르 상점과 메릴리즈 상점을 비추더니, 이내 그 곳 위에 새로 증축된 10층 위를 비추었다.

그 곳 10층 건물 옥상 위의 대형 전광판에서는 여러 가지 전기 불빛으로 형형색색 바뀌는 아가씨 한 명이, 역시 여러 가지 빛깔로 바뀌는 '노동자 신용카드'라는 글귀의 문자 하나하나를 집어 흔들면서, 껑충껑충 뛰고 있었다.

밤마다 형형색색의 분수가 용솟음치는 볼쇼이 극장 앞의 소공원에는 수많은 사람들이 서로 무리를 지어 떠밀고 떠밀리며 웅성웅성 대고 있었다. 볼쇼이 극장 옥상 위에서는 누군가가 대형 메가폰으로 다음과 같이 연실 소리쳐 대기 시작하였다.

<레포르토프스키 수의과 대학에서 개발된 닭전염병 퇴치 접종이 아주 뛰어난 결과를 나타내고 있습니다. 닭폐사율이… 오늘까지의 통계 숫자로 두 배 이상 크게 줄었습니다…….>

그리고 나서, 메가폰 전달자는 음색을 바꾸더니, 뭔가를 열심히 소리쳤으며, 극장 위에서는 푸른색 불빛이 갑자기 번쩍이고 나서 곧 사라져 버렸다. 이어서, 메가폰은 낮게 저음으로 깔며 다음과 같이 말하기 시작했다.

"닭전염병과의 투쟁을 위한 비상대책위원회가 구성되어 졌습니다. 그 구성 멤버로는 인민건강 위원회와 인민농림 위원회, 그리고 동물 관리청장 쁘따히-뽀로슈크 동무, 뻬르시코프 교수와 뽀르뚜가로프… 그리고 라비노비치 동무!… 닭전염병과의 관계에 있어서… 곧 새로운 간섭이 시도될 것이고!……."

메가폰 전달자는 마치 들개처럼 큰 소리로 너털대며 웃었다가는 곧 우는 것 같은 목소리로 말하였다. 극장거리와 녜그린 거리, 그리고 루뱐까 거리는 온통 하얀 색과 보랏빛의 네온사인으로 활활 타오르며, 형형색색의 빛을 연실 내뿜어 대고 있었고, 여기저기서 경적음이 울릴 때마다 전조등 불빛에 비친 먼지들이 소용돌이치며 위로 올라갔다. 사람들은 아주 환한 불빛의 반사등에 의해 비쳐지고 있는 커다란 벽신문의 공고문 주위에 빽빽이 모여 들고 있었다.

<금후, 닭고기와 달걀을 식품으로 사용하는 자는 법정 최고형으로 다스릴 것임. 시장에서 닭고기와 달걀을 팔려다가 적발되는 개인 상인은 전재산의 몰수와 함께 형사상의 책임을 지게 될 것임. 달걀을 소유하고 있는 시민은 모두 자신의 달걀을 시경 지역과에 조속히 제출하여야 함.>

지붕 위에 설치된 대형 전광판 <노동신문>의 화면에는 죽은 닭들이 산더미처럼 하늘 높이 쌓여 있었고, 푸르스름한 옷을 입은 소방관들이 스크린 위에서 잘게 부서졌다가는 다시 합쳐지기를 반복하면서, 고무호스로 연실 석유를 퍼 부어대는 모습이 비쳐지고 있었다.

그리고는 얼마 안 있어 시뻘건 불길이 마치 파도를 타듯이, 화면 이곳저곳으로 번져 나아가더니, 하얀 연기가 구름처럼 부풀어 오르면서 곧이어 실타래처럼 흩어진 다음, 화면을 따라 이곳저곳으로 물결처럼 흘러가고 나서, 곧이어 다음과 같은 자막이 화면 위에 스크린 되기 시작하였다.

<호드인까 들판[16]에서의 닭 시체들의 소각>

점심과 저녁의 두 휴식시간을 제외하고는 새벽 3시까지 영업을 계속하던 상점의 쇼윈도우는 각종 불빛에 반사되어 활활 타오르는 것 같았으며, 불빛 사이사이로 난 희미한 유리창 틈새를 통하여, 쇼윈도우 안쪽 창문이 닫혀져 있고 창문 위에는 다음과 같은 입간판이 걸려져 있는 것이 보였다.

<계란 판매함. 품질 보증>

요란한 경적음을 울려대며 육중한 버스들을 추월하면서 교통경찰관들 사이사이로 어디론가 황급히 달려가는 자동차들이 아주 자주 생겨났으며, 이들 자동차들의 문짝에는 다음과 같은 글씨가 적혀 있었다.

<모스크바 건강관리과. 응급처치>

"누군가가 또 썩은 달걀을 너무 많이 처먹었군."

군중들이 수군수군 거렸다.

녹색과 오렌지색의 가로등 불빛 아래 쭉 뻗어있는 뻬뜨로프스키 노선 방향에 위치한 이름난 레스토랑 <암뻬르>는 주변을 휘황찬란하게 비추면서 번쩍이고 있었고, 레스토랑 안의 이동전화 박스 옆에 놓인 조그만 탁자 위에는

16) 호드인까(Ходынка)들판: 러시아 모스크바 근교에 위치한 들녘으로 현재는 러시아 중앙공항이 자리 잡고 있다. 1896년 5월 니꼴라이 2세 황제의 즉위를 경축하기 위한 대규모의 인민축제가 이곳에서 열리게 되었는데, 50만 명에 달하는 인파가 한꺼번에 몰리는 바람에 2천명에 달하는 희생자를 낸 '비극의 들판'이기도 하다. 희생자들은 대부분 굶주림에 시달리던 부녀자와 아이들이였으며, 이들은 축제에서 먹을 것을 얻기 위해 모스크바 근교에서 달려왔던 빈민들이었다. 호드인까 들판의 비극을 시작으로 러시아는 급격히 혁명의 물결로 치닫게 된다.

조그만 마분지로 만든 알림판이 다음과 같은 내용을 전하고 있었다.

<모스크바 인민위원회의 지시에 따라, 오믈렛은 불가(不可). 싱싱한 굴 있음.>

말라죽은 나무들 사이에 중국식 가로등만이 애처롭게 비치고 있는 <에르미따즈> 공원의 한 모퉁이 야외무대에서는, 풍자 노래가수 쉬람스와 까르만치코프가 날카로운 무대 조명빛을 받아가며, 시인 아르도와 아르구예프가 작사한 꾸쁠렛트[17]를 열심히 불러대고 있었다.

"아-아, 마마, 나는 어떻게 하나요? 알 없이."

또한 이들은 노래를 부르면서 탭 댄스곡에 맞추어 연실 발을 쾅쾅 굴러대었다. 이미 잘 알려졌다시피, 1927년 뿌쉬낀의 희곡 <보리스 고두노프>의 상연 때, 무대 위의 대형 그네가 갑자기 무너져 내리는 바람에 죽은 감독 프세볼로드 고인의 이름을 딴 프세볼로드 메이예르홀리드 극장에서는, 작가 예렌도르그의 희곡 <닭털 외투>를 메이예르홀리드 감독의 수하생으로서, 지금은 그의 뒤를 이어 공화국 감독이 된 쿠흐쩨르만이 연출한다는 광고문이 여러 가지 색깔의 움직이는 전기불빛으로 연실 투사대고 있었다.

극장 옆에 위치한 레스토랑 <아크바리움>에서는 여러 가지 광고 불빛으로 주위를 요란스럽게 수를 놓으면서, 반나체 여성의 늘씬한 몸매가 연실 번쩍여 대고 있었으며, 멀리 야외 공연무대 쪽에서는 우뢰와 같은 박수갈채 속에, 작가 레니브쩨프의 총평 <닭의 아이들>이 이어지고 있었다.

그리고 뜨베르스카야 거리 양 옆에 쭉 늘어선 가로등을 따라서는, 서커스 공연을 알리는 당나귀들의 가장행렬이 지나가고 있었고, 당나귀 등짝에 매달린 대형 플랑카드 위에는, 번쩍번쩍이는 글씨로 다음과 같이 쓰여 있었다.

17) '꾸쁠렛트(Куплет)'의 노-한 사전 의미는 '(시사문제 따위를 다룬) 풍자적인 노래'로 되어 있으며, 러시아 사전에서는 'Смешные сатирические 4песенки исполняемые на эстраде в водевиле оперетте—즉, 에스뜨라다(경연극: 소규모의 음악이 곁들여진 극작품), 보드빌(간간이 노래가 섞인 통속적인 가극), 오페레타(소가극)에서 이용되어지는 우스꽝스러운 풍자 노래' 라는 의미이다.

<극장 '꼬르쉬'에서는 로스탄의 '샨쩨크레르'가 다시 공연됩니다.>

어린 신문팔이 소년이 자동차 바퀴 사이사이를 헤쳐 가며 아우성치듯 큰 소리로 외쳐대기 시작하였다.

"악몽 같은 발견은 지하 땅 속으로! 폴란드가 악몽의 전쟁을 준비하고 있습니다!! 뻬르시코프 교수의 악몽 같은 경험들!!"

퀴퀴한 냄새가 은은한 니키친 서커스장 안의 누리끼리한 얼룩이 진 무대 위에서, 생기 없이 창백한 어릿광대 봄(Бом)이 뚱뚱보 빔(Бим)에게 말하였다.

"나는 알지, 네가 무엇 때문에 그렇게 우울한지!"

"무엇 때문인데?"

빔(Бим)이 앙칼지게 되물었다.

"네가 알을 땅 속에 파묻었는데, 15구역 경찰이 그걸 찾아냈거든."

"하-하-하-하"

서커스장 안은 온통 웃음바다가 되어 버렸으며, 관중들은 너무 웃은 나머지 혈관 속의 피가 다 얼어붙는 것 같았고, 서커스장 위의 낡은 원형 돔 지붕 밑에 걸려있던 곡예 체조용 대형그네와 곡예사 거미집이 펄럭펄럭 거리며 나부끼기까지 하였다.

"이-야-얏!"

서커스 어릿광대들이 귀청을 째는 듯한 날카로운 소리로 외쳐대자, 살이 투실투실하게 찐 하얀색 말 한 마리가, 균형 잡힌 늘씬한 다리에다 몸에 짝 달라붙는 검붉은 색깔의 메리야스를 걸쳐 입은 요정같이 아름다운 여인 한 명을 등에 싣고 밖으로 나왔다.

아무도 쳐다보지 않고 또한 아무도 의식하지 않으며 때때로 마주치는 거리 창녀들의 가벼운 밀침이나 혹은 조용하고 상냥한 소리의 끈질긴 유혹에도 한마디 대꾸하지 않으면서, 갑작스런 명성으로 자신만만해진 뻬르시코프는 홀로 모호바야 거리를 따라 마네즈 광장의 야광 시계탑 쪽을 향하여 걸어가고 있었다.

여기서, 주위를 전혀 쳐다보지 않고 자신의 생각에만 몰두하며 걷던 그는 마주오던 사람의 허리에 찬 권총띠에 손가락을 몹시 아프게 부딪치고 나서, 이상한 구식양복 차림의 사나이와 다시 부딪쳤다.

"아-앗, 제기랄!"

빼르시코프는 외마디 소리를 지르며 투덜거렸다.

"미안합니다."

"미안합니다."

마주친 사나이가 불쾌한 목소리로 대답하였다. 그리고는 이들은 곧 서로 떨어져서, 오가는 사람들의 숲 속으로 파묻혀 버렸다. 그리고 교수는 쁘레치스쩬까 거리 쪽을 향하여 걸으면서, 자신이 방금 어떤 사나이와 부딪쳤는지 조차도 새까맣게 잊어버렸다.

第7장
러시아 공화국 적십자사

레포로또프 수의과 대학생들의 접종이 약효를 발휘했는지, 아니면 사마라 지역 재난구조대의 활동이 용감했거나, 혹은 깔루그 지방과 보로네즈 지방에서의 달걀 매점매석에 대하여 내려진 단호한 조치가 제때 적중해서인지, 아니면 모스크바 비상대책위원회가 성공적으로 활동을 해서인지, 이 모든 것들이 아직 정확히 알려지지는 않았지만, 하여튼, 빼르시코프 교수가 알리프레드 브론스키 기자를 만났던 날로부터 2주일이 지난 후 부터는 공화국 연방 내에서 닭에 대한 요란한 뉴스거리가 말끔하게 사라져가기 시작하였다.

지방의 조그만 시골마을 앞마당에는 여기저기 뽑혀진 닭 깃털이 처량하게 널려져 있는 가운데 사람들이 눈시울을 적시고 있었으며, 읍내 병원에서는 이제 막 설사와 구토 증세를 끝내가는 탐욕스런 닭들이 다시 건강을 되찾아 가고 있었다.

다행히도, 공화국 전역에 걸친 희생은 1000 이상을 넘지 않았다.

대혼란 역시 따르지 않았다.

사실상, 보로코람스카 지방에서 한 선지자가 나타나 닭전염병이 인민

대표위원 같은 자들에 의해서 저질러진 일이라며 성명서를 발표하였으나, 특별한 성공을 거두지는 못하였다.

보로코람스카 지방의 한 시장에서는 노파에게서 강제로 닭을 빼앗은 경찰관 몇 명이 몰매를 맞았으며, 지역 전신우체국 지서의 유리창이 깨지는 사태가 발생하였다.

하지만, 다행히도, 발 빠른 보로코람스카 주정부는 신속한 조치를 취하였으며, 그 결과 첫째로 선지자는 급히 자신의 활동을 중지하였고, 둘째로, 전신우체국의 유리창들은 모두 다시 끼워졌다.

닭전염병은 북극해의 아르한겔스끄와 슘낀-브이셀록 지방까지 퍼져 나아가더니, 스스로 더 이상 확산되지 않았다.

그도 그럴 것이 더 이상 갈 데가 없었던 것이다. 백해 부근에 다다르자, 아시다시피, 닭들은 더 이상 갈 수가 없었다. 닭전염병은 또한 블라디보스톡에서도 멈추어 섰다. 왜냐하면, 더 가면 그 곳은 태평양이었기 때문이었다.

멀리 남부지방에서는 오르두바트, 드줄리파, 그리고 카라부락 지역의 광대한 사막 어디에선가 완전히 소각되어진 후로 말끔히 사라져 버렸으며, 모두가 잠잠해져 버렸다.

그리고 서쪽에서는 놀랍게도 폴란드와 루마니아 국경 근처에서 멈추어서더니 더 이상 확산되지 않았다.

기후 때문이었는지, 아니면 이웃한 국가들의 국경경비대가 취한 조치들이 제 역할을 다 하였기 때문이었는지는 알 수 없으나, 좌우간 닭전염병은 더 이상 국경을 넘어가지 않았다.

국외 언론들은 역사상 유례가 없던 이 질병에 대하여 연일 대서특필하며 떠들어 대었으나, 소비에트 공화국 정부는 아무런 소음도 내지 않으면서 손 쉴 틈 없이 일만할 따름이었다.

닭전염병 퇴치 비상대책위원회는 공화국 양계업 부활 발전 비상위원회로 개명되어졌으며, 그 안에 비상대책 3인 위원회가 새로 발족되었고, 비상위원회 구성멤버로는 16명의 동무들이 대거 참여하였다.

도브로꾸르(Доброкур)[18] 회의가 창립되어졌으며, 존경할만한 동무들

18) 도브로꾸르(Доброкур): 러시아어로 '도브로'는 '선(善)', '좋은', '훌륭한' 등의 뜻이 있으며, '꾸르'는 닭을 가리킨다.

인 뻬르시코프 교수와 뽀르뚜갈로프 박사가 공동의장으로 취임하였다. 신문에 실린 이들의 사진 밑에는 다음과 같은 기사 제목이 눈에 띄었다.

<달걀의 대량수입 국외에서>

<미국인 유즈씨는 달걀 캠페인이 결렬되기를 원한다.>

그리고 다음과 같은 말로서 끝을 맺는 언론인 코레츠킨의 독기서린 칼럼기사가 모스크바 전역에 울려 퍼지고 있었다.

<미국신사 유즈여, 우리들 알을 탐내지 마시오, 당신네들한테는 당신네들의 알이 있지 않소!>

최근 3주일 동안에 뻬르시코프 교수는 완전히 기진맥진해진 상태로 일을 계속하고 있었다. 엄청난 닭사건이 그를 그의 정상적인 궤도로부터 이탈시켜 버렸으며, 나아가 그에게 이중고의 무거운 짐을 안겨다 주었던 것이다.

매일저녁마다 그는 닭 관계 위원회 대책회의에 참석하지 않으면 안 되었으며, 틈만 나면 시시때때로 찾아오는 알리프레드 브론스키 기자를 비롯하여, 의족을 한 뚱뚱보 기자 등과 장시간의 인터뷰로 많은 시간을 허비하지 않으면 안 되었다.

또한, 뽀르뚜가로프 교수와 강사 이바노프, 그리고 보르느가르뜨와 더불어 전염병의 간상균을 추출해내기 위하여 닭을 해부하고 현미경으로 관찰하지 않으면 안 되었으며, 심지어 3일 만에 날렵한 손을 놀려 <전염병에 걸린 닭의 간장 변화에 대하여>라는 소책자까지 만들어내야 했다.

이러한 닭 분야의 일들에 뻬르시코프는 특별한 열의 없이 그저 일상적으로 일할 뿐이었다. 그도 그럴 것이 그만한 이유가 있었음은 모두가 다 아는 일이다.

그의 머릿속은 다른 것, 즉 보다 근본적이고 중요한 다른 생각으로 가득 차 있었던 것이다. 그것은 붉은 광선에 대한 생각으로 뻬르시코프를 닭 재난으로부터 완전히 떼어놓고 있었다.

이미 쇠약해진 건강을 더욱 더 손상시키고, 수면과 식사 시간을 쪼개어 가며, 심지어는 때대로 쁘레치스쩬까의 자신의 아파트로 돌아가지도 않고, 연구실 소파 위에서 잠깐잠깐 새우잠을 자 가면서, 뻬르시코프는 밤새도록 특별 상자와 현미경에 매달려 씨름을 계속하였다.

7월 말경, 이러한 숨 가쁜 경쟁은 어느 정도 잠잠해졌다. 개칭된 이름의 위원회 활동들이 어느 정도 정상적인 궤도에 오르는 바람에, 뻬르시코프는 그 동안 많은 시간을 침범당한 자신의 연구로 돌아올 수 있었다.

현미경들에는 새로운 프레파라트들이 장착되어졌으며, 붉은 광선을 쪼이는 특별상자 안에는 정말 믿기 어려울 정도의 빠른 속도로 물고기와 개구리 알이 무럭무럭 자라나고 있었다.

특별 주문된 특수렌즈용 유리들이 다케니히스베르크[19]로부터 비행기로 속속 공수되어져 왔으며, 7월의 마지막 날에는 조수 이바노프의 감독하에 기계기사들이 새로 2개의 커다란 특별암상자를 더 설치하였다.

새로 설치된 이들 암상자 안의 붉은 광선은 저변 폭이 담뱃갑 하나 크기에다 깔때기 모양으로 퍼지면서 전체가 1미터가량 되는 길이로 내리비추기 시작하였다.

뻬르시코프는 기뻐서 어쩔 줄 몰라 하며 손을 비벼댔으며, 이 신비롭고 복잡한 경험들을 다시 준비하기 시작하였다.

무엇보다도 그는 교육인민위원[20]과 전화로 모든 것을 의논할 수 있게 되었다. 전화 속에서 인민위원은 가장 친절한 목소리를 내면서 가능한 모든 협력을 아끼지 않을 것을 약속하였다.

그리고 나서, 뻬르시코프는 전화로 최고회의 산하 축산관리국장 쁘따하-뽀로슈크 동무를 불렀다. 뻬르시코프는 쁘따하로부터 가장 따뜻한 관심을 들을 수 있었다. 그것은 뻬르시코프 교수를 위하여 국외로의 대량주문이 이루어진 것이다. 쁘따하 동무는 전화로 말하기를, 자신이 직접 베를린과 뉴욕으로 곧 타전하겠다고 하였다.

이런 일이 있은 후에, 크레믈린으로부터 뻬르시코프 교수의 일이 어떻

19) Кёнигсберг(다케니히스베르크): 옛 독일의 도시, 제2차 대전 후는 소련령으로 되어 현재는 깔리닌그라드(Калининград)로 불림.
20) 혁명 직후, 구 소련시대의 '인민위원'은 현재의 장관 정도에 해당하는 직위임.

게 진행되어 가는지를 묻는 전화가 걸려왔다. 위엄 있고 잔잔한 목소리의 그 주인공은 뻬르시코프에게 자동차가 한 대 필요하지 않은지 물었다.

"아니오, 감사합니다. 저는 전차 타고 다니는 게 더 좋습니다."

뻬르시코프가 대답하였다.

"그러나 어째서지요?"

비밀스런 목소리의 그 주인공은 이렇게 되물은 다음, 매우 관대한 척 너털웃음을 크게 웃어대었다.

대체로 뻬르시코프와 이야기할 때는 모두들 존경심을 가지고 바짝 긴장하며 이야기하든가, 아니면 좀 몸집은 크지만 마치 어린아이를 다루듯이 부드럽게 웃어 가면서 말하였다.

"전차가 더 빨리 갑니다."

뻬르시코프가 대답하였다.

그러자, 은은한 목소리의 그 주인공은 전화 속에서 목소리를 낮게 깔면서 다음과 같이 말하였다.

"으-음, 뭐 정 그러시다면, 원하시는 대로 하시오."

다시 1주일이 지나갔다.

이제, 뻬르시코프는 잠잠해져가는 닭 문제에서 점점 더 손을 떼면서, 광선 연구에만 완전히 매달릴 수 있었다.

잠 못 이루는 밤과 과로로 인하여 그의 머리는 밝아졌으며, 심지어 투명해지고 가벼워진 것처럼 보였다. 불충분한 수면으로 눈언저리가 빨갛게 부어올라 마치 빨간 고리반지 모양이 되었으며, 그 안의 눈동자는 이제 제대로 움직이지도 않았다.

거의 매일 밤을 뻬르시코프는 연구소에서 지새웠다. 딱 한번 그가 동물들로 가득 찬 자신의 은신처를 내버려 두고 밖으로 나간 적이 있었다. 그것은 자신이 발견한 붉은 광선이 난세포에 미치는 영향에 대해 강연하기 위하여, 쁘레치스쩬까 거리에 있는 거대한 '쩨쿠브'[21] 강당에 갔었을 때였다.

이것은 괴짜-동물학자에게 있어서 거대한 승리였다. 원기둥이 즐비하

21) 쩨쿠브(Цекуб): 여기서는 고유명사로 쓰이고 있으나, 본래 '쩨카(Цека)'는 '소련공산당 중앙위원회'의 약칭임.

게 늘어선 거대한 강당 안에서 우레와 같이 울려 퍼지는 박수소리는 금방이라도 천장에서 뭔가를 흩뿌리며 천장 자체를 무너뜨릴 것만 같았다. 아치형 천장 위에 매달려 쉬쉬 소리를 내는 대형 형광램프들이 쩨쿠브 회원들의 까만색 야회예복과 여자들의 하얀색 블라우스를 환하게 비추고 있었다. 무대 위 연단에는 연설용 대형 탁자가 놓여 있고, 그 옆에 나란히 위치한 유리탁자 위에는 고양이 크기 만한 커다란 개구리 한 마리가 축축이 젖은 상태로 대형접시 안에 앉아서는 힘겹게 숨을 몰아쉬면서 회색빛을 번쩍이고 있었다.

연단 위로 수많은 팬레터들이 던져졌다. 그 중에는 7명의 열성팬들의 메모편지도 끼어 있었다. 뻬르시코프는 그것들을 잡아 찢었다.

'쩨쿠브'의 의장이 뻬르시코프 교수를 인사소개 시키기 위하여, 억지로 끌다시피 하며 교수를 연단 위로 데리고 나왔다. 뻬르시코프는 매우 초조해하며 인사하였다. 너무 흥분한 나머지 그의 손은 땀으로 축축이 젖어 있었고, 까만색 넥타이는 턱 밑이 아닌 왼쪽 귀 밑에 걸려 있었다.

연단 위에 올라선 뻬르시코프의 눈에는 수백 명의 노르스름한 얼굴들과 하얀색 가슴들만이 뿌연 안개 속처럼 보일 뿐이었다.

갑자기, 어딘가 하얀색 기둥 뒤에서 허리에 가죽 권총띠를 두른 사나이 한명이 급히 나타났다가는 곧 사라져 버렸다. 뻬르시코프는 그 원기둥 쪽을 쳐다보고 어렴풋이 알았었으나, 곧 잊어버렸다.

그러나 강연이 끝나고 밖으로 나오면서 계단을 내려올 때, 뻬르시코프 교수는 갑자기 자신의 상태가 좋지 않음을 느꼈다.

입구 로비 위에서 휘황찬란하게 빛나는 샹들리에가 갑자기 검은색 천으로 뒤덮이는 것 같이 보이는 순간, 뻬르시코프는 갑자기 주위가 어렴풋해 지는 것을 느끼기 시작하였으며, 곧이어 속이 메스꺼워지더니……. 탄 냄새가 나는 듯하고, 이어서 끈적끈적하고 뜨근뜨근한 피가 양 볼을 따라 흐르기 시작하였다……. 떨리는 손으로 교수는 간신히 계단 난간을 잡았다.

"블라지미르 이빠찌이치, 어디가 안 좋으십니까?"

사방에서 걱정해하는 목소리들이 모여들기 시작하였다.

"아녜요, 아냐,"

빼르시코프는 다시 제정신을 차리며 대답하였다.

“그냥 좀 과로를 했을 뿐이에요… 맞아요, 과로예요……. 물 한 잔만 주시겠습니까?”

***

매우 화창한 8월의 오후였다. 햇볕이 교수를 방해하고 있었다. 곧이어 차광 커튼이 내려졌다. 탁자 다리 부분에 설치된 반사경이 각종 실험기구들과 유리기구들로 가득 찬 유리탁자 위를 날카로운 햇빛다발로써 비쳐주고 있었다.

안락의자 등받이를 뒤로 재치고 나서, 빼르시코프 교수는 안락의자 위에 앉아 힘없이 담배를 피워 물었다. 담배 연기 사이사이로 언뜻언뜻 보이는 특별암상자의 조금 열려진 문틈을, 그는 피로에 지쳐 동공이 풀려버린 듯한 힘없는 눈으로, 하지만 무척이나 만족스러워 하는 눈빛으로 물끄러미 쳐다보고 있었다.

특별암상자 안은 열을 받아 조금씩 조금씩 데워지면서 공기가 위로 상승하고 있었고, 그 빈자리로 연구실 안의 후덥지근하고 깨끗하지 못한 공기가 빨려 들어가고 있었으며, 상자 한 가운데에는 붉은 광선 한 다발이 조용히 내리비치고 있는 모습이 보였다.

밖에서 누군가가 문을 두드리는 소리가 들렸다.

“거—누구요?”

빼르시코프가 물었다.

문이 나지막하게 삐걱 소리를 내며 열리더니, 빤크라트가 안으로 들어왔다. 그는 양팔을 바지 재봉선에 바짝 갔다 대며 똑바로 부동자세를 취하더니, 마치 하느님 앞에라도 갔다 온 듯, 공포감에 사로잡혀 얼굴이 백짓장처럼 새하얗게 변하면서 다음과 같이 말하였다.

“교수님, 저기 록(Рокк)[22]이라는 사람이 찾아 왔습니다.”

이 말을 듣고 난 교수의 입가와 양 볼에는 엷은 웃음기가 살짝 보이기

22) 록(Рокк): 여기서는 ‘록’이라는 등장인물의 이름이지만, 러시아어에서 록(рок)은 ‘운명’을 뜻하며, 운명 중에서도 ‘비극적인 운명’을 뜻한다. 또한, 대문자 록(РОКК)은 ‘러시아 공화국 적십자사(Российское Общество Красного Креста)’의 약칭이기도 하다.

시작했다.

그는 가느다랗게 실눈을 뜨면서 다음과 같이 중얼거렸다.

"그거 참 재미있는 이름이구먼, 하지만, 단지 난 바쁠 뿐이야."

"크레믈린에서 보낸 비밀 공문서를 휴대하고 있다고 하던데요."

"허-참, 공문서를 지니고 있는 운명의 사나이라? 거―참, 묘한 결합이구먼,"

뻬르시코프는 중얼거리고 난 다음, 한 마디 더 덧붙였다.

"뭐-아-그럼, 운명인지 공문서인지, 으-음, 이리로 가져오든지, 데리고 오든지 한번 해 봐!"

"알겠습니다."

빤크라트는 대답소리가 끝나기가 무섭게 문 뒤로 사라져 버렸다.

약 1분이 지나자, 문이 다시 삐걱 소리를 내며 열리고 문지방 앞에 한 사나이가 나타났다. 뻬르시코프는 안락의자 밑의 나사를 삐걱거리면서 방금 들어온 사나이를 안경 너머로 뚫어지게 쳐다보았다.

뻬르시코프는 지금까지 시대적인 삶과는 아주 동떨어져서 살아온 사람이었다. 그에게 있어서, 그러한 주변 환경의 일상적인 삶 따위는 관심밖의 사항이었다. 하지만, 이와 같은 뻬르시코프조차도, 이때 연구실 안으로 들어온 사내의 근본적이고 주요한 특성에 눈길을 아니 줄 수가 없었다. 그는 이상하게도 아주 구식 모양새를 하고 있었던 것이다. 아마, 1919년에 이 사람이 이와 같은 복장을 하고 수도 모스크바의 한 복판에 나타났더라면 아주 잘 어울렸을지도 모를 일이다. 1924년 초까지만 하더라도 사람들은 아마 그냥 참아 주었을 것이다. 그러나 1928년인 요즈음은, 그는 완전히 구닥다리 사내였다. 프롤레타리아 중에서도 가장 뒤떨어진다고 하는 빵 굽는 사람조차도 신사복을 입고 다니며, 1924년 말에 이미 시대에 뒤떨어진 구식 옷으로 판가름 난 프렌치 군복도, 이제는 모스크바 거리에서 보기 힘든 이 세상에, 교수 연구실 안으로 성큼 들어온 그 사내는 두 줄로 단추가 달린 가죽자켓에다 녹색바지를 입고 발에는 각반과 각반구두를 신었으며, 옆구리에는 노란색의 깨진 권총 케이스에 커다란 구식형 마우제르 권총을 차고 있었다.

그 사내의 얼굴은 뻬르시코프에게 모든 면에서 아주 극도의 불쾌한 인상을 지워주고 있었다. 그의 조그만 눈동자는 쉴 새 없이 이리저리 굴러가며 놀랍게도 온 사방을 주시하고 있었으며, 그와 동시에 짧은 다리에다 평발 발걸음으로 주저 없이 성큼성큼 다가오는 모습이 뭔가 아주 예의 없어 보이고 저질스러워 보였다. 게다가 얼굴은 또 푸른빛이 돌 정도로 말끔히 면도되어져 있었다.

빼르시코프는 곧 얼굴을 찌푸리고 말았다. 빼르시코프는 이미 그 사내를 안경 너머가 아닌 안경 정 가운데로 뚫어져라 쳐다보면서, 낡은 의자 소리를 듣기 싫을 정도로 내고 나서는 다음과 같이 말하였다.

"당신이 크레믈린 공문서를 가지고 왔소? 그래, 그게 어디 있소?"

아마도, 그 사나이는 자신이 지금 보고 있는 연구실 안의 풍경에 너무 놀라 그만 넋이 나간 모양이었다. 대체로, 그는 웬만한 것 아니면 당혹해 할 줄 모르는 사람이었다. 하지만, 여기서는 달랐다.

그의 쉴 새 없이 돌아가는 눈동자로 판단하건대, 그는 무엇보다 먼저 12개의 선반 위에 책들이 천장까지 뚫고 나갈 정도로 빽빽이 꽂혀져 있는 책장에 깜짝 놀란 모양이었다.

그리고 다음에는 물론, 특별암상자에 그의 눈길이 멎었으며, 이때 상자 안의 유리 속에서는 마치 지옥 안에서처럼 검붉은 색의 광선이 희미하게 빛나고 있었다. 반사경에서 내비치는 바늘같이 날카로운 광선 주위의 어두침침한 그늘 속의 안락의자에 앉아 있는 빼르시코프 자신도, 그에게는 아주 경이롭고 위풍당당하게 보였다.

사나이는 교수에게 온 시선을 집중시키기 시작하였는데, 그 시선 속에는 분명히 스스로의 확신에 의해서 우러나오는 존경심이 불꽃처럼 번뜩이고 있었다. 그는 아무런 공문서도 내 주지 않고 다음과 같이 말하였다.

"저는 알렉산드로 세묘노비치 롞이라는 사람입니다!"

"아-아?……. 그래서요?"

"저로 말씀드리자면, 최우수 국영농장 <붉은 광선>의 책임비서로 임용된 사람올시다."

사나이가 자신의 신분을 분명히 하였다.

"으-음… 그래서요?"

"아-아, 뭐냐 하면, 바로 교수 동무한테, 아주 극도의 비밀스런 일로

해서…….”

“뭔지 모르지만 아주 흥미롭군요. 하지만, 가능하다면 아주 짧게 해 주시오.”

사나이는 자켓 앞섶 단추를 푸르더니 커다랗고 두툼한 종이 위에 인쇄된 명령서를 하나 불쑥 꺼냈다.

그리고 나서 그는 그 명령서를 뻬르시코프에게 비쭉 내밀었다.

그런 다음, 사나이는 앉으라는 말도 안했는데, 불쑥 옆의 의자를 끌어당겨 앉아 버렸다.

“건드리지 마세요, 책상!”

뻬르시코프가 몹시 증오감 어린 말투로 쏘아 붙였다.

사나이는 깜짝 놀라 책상 주위를 둘러보았다.

책상 맞은편 끝 모서리 쪽의 어두침침한 자리에서 마치 에메랄드 같은 눈동자가 생기 없이 희미하게 반짝이고 있었다. 눈동자에서는 쌀쌀한 냉기가 세차게 불어 나오고 있었다.

뻬르시코프는 명령서를 다 읽자마자 의자에서 벌떡 일어났다. 그리고는 쏜살같이 전화기가 걸려있는 벽 쪽을 향하여 달려갔다.

그리고 몇 초가 지났을까, 그는 이미 극도의 초조감 속에서 황급하게 다음과 같이 말하고 있었다.

“미안합니다만… 저는 도대체 이해할 수가 없군요……. 어떻게 그럴 수가 있습니까? 저는… 내 동의도 없이, 그리고 자문 한마디 구하지 않고서…… 정말, 무슨 일을 저지르든지, 나는 모릅니다!!”

이때, 아직 교수와 인사도 나누지 않은 그 사나이는 아주 무례하게도 교수 쪽으로 의자를 빙 돌려서는 다음과 같이 말하였다.

“말씀 중에 죄송합니다만,”

그 사내가 계속하여 말하였다.

“제가 농장장으로서……”

그러나 뻬르시코프는 그를 향해 갈고리 모양의 손을 내뿌리며 계속하여 말하였다.

“미안합니다만, 저는 도저히 이해할 수가 없군요……. 끝으로, 저는 단호하게 반대할 따름입니다. 나는 달걀에 관한, 그 어떤 실험도 절대로 재가할 수 없습니다……. 내 스스로 그런 것들을 요구할 때 까지는……"

수화기 속에서는 상대방이 뭔가를 계속 애원하는 듯한 소리가 들리기도 하고, 이따금 책상을 두드리는 것 같기도 한 소리가 들려왔다. 멀리서 들어도 수화기 속의 목소리는 마치 어린아이와 이야기하듯이 매우 관대하게 조용조용 말하고 있음을 알 수 있었다.

마침내, 통화가 끝나고 얼굴이 붉으락푸르락 되어버린 뻬르시코프는 수화기를 '쾅' 하고 집어던지듯이 걸어놓고는, 그 옆을 지나 벽을 바라보면서 말하였다.

"이제 나도, 이 일에서 손을 씻어야겠군."

그는 책상 쪽으로 돌아와서는 책상 위의 명령서를 집어 들어 다시 몇 번이고 읽고 또 읽기 시작하였다. 한 번은 안경너머로 위에서 아래로 훑으며 읽어 내렸고, 다음에는 안경 정 가운데로 눈을 똑바로 뜨고서는 아래에서 위쪽으로 읽어 올라갔다. 그리고 나서 갑자기 울부짖듯 큰소리로 고함을 쳤다.

"빤크라트!"

빤크라트가 마치 오페라에서 사다리 트랩을 한발 한발 밟으며 올라가듯이, 아주 조심스럽게 문 앞에 나타났다. 뻬르시코프는 그를 한 번 쳐다보더니 다시 벼락같이 고함을 내질렀다.

"저리 꺼져, 빤크라트!"

하지만, 빤크라트는 두 말 않고 얼굴에 놀라는 기색 하나 없이 문 밖으로 사라졌다. 그리고서, 뻬르시코프는 사나이 쪽으로 돌아서더니, 다음과 같이 말하기 시작하였다.

"좋습니다……. 명령에 따르죠. 내가 간섭할 일은 아니니까. 그럼, 그렇고말고, 나는 그런 일에 관심도 없어."

교수는 사나이가 깜짝 놀랄 만큼 무례하게 대하였다.

"말씀 중에 미안합니다만,"

사나이가 말하기 시작하였다.

"당신도 역시 동무 맞지요?……."

"당신들한테는 모든 게 다 <동무>로 보이지, 그래, 동무요, 동무……"

뻬르시코프는 잔뜩 얼굴을 찌푸리고서 한참을 투덜거리더니, 이내 잠잠해졌다.

하지만, 록의 얼굴에는 못마땅한 기색이 역력히 쓰여 있었다.

"미안합니다만……."

"자—, 됐어요, 됐어."

뻬르시코프가 사나이의 말을 가로막고 나섰다.

"이게 바로 아치형 전구요. 이 전구로부터 당신은 대물렌즈 이동 방식으로 광선을 만들어 낼 수 있는 거요."

뻬르시코프는 사진기와 유사하게 생긴 특별암상자의 뚜껑을 탁탁 치면서 계속하여 말하였다.

"이 광선 다발은 대물 이동 방식에 의해서도 모을 수 있소, 바로 이 1번 반사경을 통해서…… 그 다음에 2번 반사경으로……."

뻬르시코프는 암상자 안의 광선을 꺼트린 다음, 다시 석면으로 된 암상자 안의 바닥에 광선이 비추게끔 불을 당겼다.

"자—, 이 바닥에 비춰진 광선 안에다 당신 마음에 들고 또 당신이 실험하려고 하는 모든 대상 물체들을 쭉 늘어놓기만 하면 되는 거요. 사실상 아주 간단하지, 그렇지 않아요?"

이 말 속에서 뻬르시코프는 야유가 섞인 경멸감을 표현하려고 하였던 것이다.

하지만, 사나이는 그것도 알아채지 못하고, 휘둥그레진 두 눈으로 암상자 안을 주의 깊게 들여다 볼 뿐이었다.

"단, 한 가지만 내 미리 경고하겠소,"

뻬르시코프가 계속하여 말하였다.

"손을 절대로 광선 안으로 집어넣어서는 안 돼요. 왜냐하면, 내가 관찰한 바에 의하면, 광선은 표피세포의 증식을 불러일으키기 때문에…… 하지만, 이런 세포번식이 악성적인 것인지 아닌지는, 유감스럽게도, 아직 나는 확증할 수가 없었소."

이때, 그 사나이는 재빨리 자신의 손을 등 뒤로 감추는 것이었다. 이 바람에 그는 테 없는 가죽모자를 떨어뜨렸다. 그리고서, 그는 교수의 손을 쳐다보았다.

교수의 손은 요오드가 발라져 있었으며, 오른쪽 손끝에는 붕대가 감겨져 있었다.

"교수 동무, 어떻게 된 겁니까?"

"꾸즈녜쯔키 거리에 있는 쉬바브 가게에 가면 고무장갑을 살 수 있소."

교수는 화난 말투로 퉁명스럽게 대꾸하였다.

"나는 그런 일에까지 신경을 쓰며 걱정을 해야 할 의무는 없소이다." 여기서, 뻬르시코프는 사나이를 마치 확대경 보듯 뚫어지게 쳐다보았다.

"당신은 도대체 이걸 어디에서 알고, 이렇게 느닷없이 나타난 거요? 대체로, 짐작은 가지만…… 하지만, 왜, 어째서, 당신이?……."

마침내, 록은 심하게 모욕을 느꼈다.

"미안합니……."

"정말로, 어디에다 쓰려고 이렇게 야단인지 알아야겠소!… 어째서 당신은 이 광선에 그토록 집착하는 겁니까?……"

"왜냐하면, 이것은 가장 위대하고 중요한 사업으로서……"

"아하, 가장 위대하다고요? 그렇다면…… 빤크라트!"

하지만, 빤크라트가 나타났을 때, 뻬르시코프는 다음과 같이 말하였다.

"잠깐, 기다려, 내 생각 좀 해보고."

그러자, 빤크라트는 순순히 사라져 버렸다.

"나는, 정말이지, 그게 어떤 사업인지 이해할 수가 없소."

뻬르시코프가 계속하여 말하였다.

"무엇 때문에 이와 같이 시급을 요하며, 비밀스런 일이 필요하단 말입니까?"

"교수 동무, 당신은 또 저를 다시 당혹스럽게 만드시는군요."

록이 대답하였다.

"닭이 한 마리도 남지 않고 모두 죽어버렸다는 사실을 알고 계시지요."

"그래서 이걸 가지고 뭘 어떻게 하겠다는 겁니까?"

뻬르시코프가 큰 소리로 말하였다.

"당신은 그 닭들을 일순간에 부활시키기를 원하는 겁니까? 어째서, 아직 연구도 다 끝나지 않은 광선이 필요하단 말입니까?"

"교수 동무!"

록이 대답하였다.

“당신은, 솔직한 말로, 내 위신 따위는 완전히 땅에 떨어뜨려 버리는군요. 내 당신한테 말하지 않습니까, 우리나라는 지금 양계업을 부흥시키지 않으면 안 된다고……. 왜냐하면, 국외에서 우리들 보고 온갖 추악한 말들을 다 써 대고 있어요. 아시겠어요?”

“쓸 테면 써 보라고 그러지 뭐…….”

“으-음, 이제 아시겠지요.”

알 수 없는 묘한 여운을 남기며, 롹이 대답하고는 고개를 자유롭게 돌려 목운동을 하였다.

“그런데, 이 광선을 이용하여 알에서 닭을 부화시켜 길러낼 생각이 누구의 머릿속에서 나왔는지 궁금하군…….”

“제 머리 속에서요.”

롹이 대답하였다.

“아이구… 그럼, 그렇지… 으-음… 그러면, 왜 그런 생각을 하게 됐는지, 알 수 있습니까? 이 광선의 특성에 대해서 당신은 어디에서 알았습니까?”

“제가 말입니다, 교수님. 직접 교수님의 강연회에 갔었습니다.”

“나는 아직 달걀을 가지고는 아무것도 하지 않았어요!…… 단지 계획 중에 있을 뿐이에요!”

“반드시, 좋은 결과가 나올 겁니다.”

롹은 갑자기 확신에 차서 진심으로 말하였다.

“교수님의 광선은 아주 유명하여 병아리뿐만 아니라 코끼리도 길러낼 수 있을 겁니다.”

“알다시피, 당신은 동물학자가 아니지요? 그렇지요?”

뻬르시코프가 말하였다.

“정말 유감이군…… 당신들 가운데서 아주 용감한 실험가가 한 명 나오겠구먼……. 암, 그렇고말고… 오로지 당신은 위험을 무릅쓰고라도… 실패로 끝날 것은 뻔할 뻔자이고……. 그래서 결국은 내 시간만 빼앗는 결과가 될 거고…….”

“우리들은 그 특별암상자를 도로 돌려 드릴 겁니다. 무슨 문제가 있겠습니까?……”

“언제?”

"네, 바로 병아리 한 배를 까낸 다음에 말입니다. 즉시……"

"어떻게 당신은 그걸 확신있게 말할 수 있나! 좋소, 좋아. 빤크라트!"

"교수 동무, 그러실 필요 없습니다. 제게는 제 부하들이 있습니다. 경호원들도 있고……."

록이 말하였다.

저녁 무렵, 뻬르시코프의 연구실에는 적막감이 찾아들고 있었다……. 이미, 특별암상자가 놓여있던 탁자 위는 휑하니 텅텅 비워 있었다.

록의 사람들이 뻬르시코프 교수가 맨 처음 실험을 시작하였을 때 사용하였던 조그만 첫 번째 상자만 하나 달랑 남겨 놓고 나서, 커다란 특별암상자 3개를 몽땅 가져가 버린 것이었다.

7월의 땅거미가 밀려오고 있었다.

회색빛 어스름이 연구소 건물을 순식간에 집어 삼키더니, 연구소 안 복도까지 어두컴컴해지기 시작하였다. 연구실 안에서는 단조로운 발걸음 소리만이 쓸쓸하게 들리고 있을 뿐이었다.

그것은 뻬르시코프의 발걸음 소리였다. 그는 불도 켜놓지 않고 커다란 연구실 안을 이쪽 창에서 저쪽 문으로, 다시 저쪽 문에서 이쪽 창으로 왔다갔다 걷고 있었다.

이상한 일이었다.

바로 이날 저녁에, 연구소 안의 사람들도, 그리고 동물들도 뭐라고 설명할 수 없는 우울한 기분에 사로잡혀 있었던 것이다.

두꺼비들은 웬일인지 특히나 우울하게 들리는 콘서트를 열고 있었으며, 불길하고도 뭔가를 경계하는 듯한 짧은 소리를 연속적으로 내고 있었다.

빤크라트는 특별암상자 밖으로 나온 율모기 한 마리를 복도에서 잡지 않으면 안 되었다. 그가 율모기를 잡을 때, 율모기의 모습은 마치 눈길 닿는 대로 오로지 어디론가 달아나 버리려고만 하였다.

황혼이 짙어진 가운데 뻬르시코프 교수의 연구실로부터 초인종 소리가 울려 퍼졌다. 문지방가에 빤크라트가 나타났다.

그는 곧 뭔가 이상함을 직감할 수 있었다. 교수가 연구실 한 가운데 홀로 서서는 멍하니 탁자 위를 쳐다보고 있었던 것이다. 빤크라트는 기침을 아주 심하게 한 다음 멈추었다.

“자, 보게나, 빤크라트.”

뻬르시코프는 이렇게 말하고서, 텅 비워진 탁자 위를 가리켰다.

빤크라트는 몸서리치도록 놀랐다.

어스름 속에서 교수의 눈가에 눈물 자국이 보였던 것이다. 이것은 너무나도 범상치 않은 일이어서 소름이 끼칠 정도였다.

“정말 그러셨군요.”

빤크라트도 울음 섞인 목소리로 겨우 대답하고는 잠시 생각에 잠겼다.

‘차라리 나한테 호통 치시고 소리 지르시는 게 더 낫지!’

“자, 보게나.”

뻬르시코프가 다시 말하였다.

그의 입술은 마치 어린아이가 자신이 애지중지하던 장난감을 밑도 끝도 없이 빼앗겨 버렸을 때와 똑같이 떨리고 있었다.

“여보게 빤크라트, 자네는 알고 있지,”

뻬르시코프는 창 쪽으로 몸을 돌리며 계속해서 말하였다.

“내 아내 말일세, 15년 전에 집을 뛰쳐나가 오페라 극단에 들어간 내 아내 말이야……. 그런데, 얼마 전에 죽었다는군…… 이제 알게 되었지만… 사랑스런 친구 빤크라트! 이게 바로 인생인가 봐……. 나한테 편지를 보내왔더구먼…….”

두꺼비들이 슬피 울기 시작하였으며, 교수는 캄캄한 어둠 속에 파묻혀 버렸다.

바로 칠흑 같은 어둠이었고… 밤이었다……. 그리고 거기에 바로 모스크바가…….

어디에선가 창밖의 가로등이 하얀 불빛을 내비추며 타오르기 시작하였다…….

당황하여 어찌할 줄 모르며 우수에 잠겨있던 빤크라트가 다시 몸을 움츠리며 차렷 자세를 취하기 시작하였고…….

“빤크라트, 나가 보게.”

교수는 힘겹게 중얼중얼 거리면서 손을 내저었다.

"여보게, 그만 가서 자게나, 귀여운 친구 같으니……."

그리고 밤이 찾아 들었다.

빤크라트는 연구실에서 쏜살같이 달려 나왔다.

하지만, 웬일인지, 그는 발끝으로 살금살금 뛰었다. 자신의 조그마한 방에 도착하자마자, 그는 구석진 곳의 잡동사니 더미를 뒤지기 시작하더니, 그 속에서 러시아 보드카 한 병을 꺼내 새로 딴 다음, 한 컵 가량을 따라서는 단숨에 꿀꺽꿀꺽 마셔버렸다.

소금 뿌린 빵으로 안주를 하고나자, 금방 그의 눈빛이 조금씩 즐거워지면서 기분이 사뭇 달라지기 시작했다.

늦은 저녁, 이미 한 밤중이 가까이 되었을 때, 빤크라트는 희미한 불빛이 어스름하게 비추는 현관 로비 안의 벤치에 비스듬히 앉아서는, 이날 당직을 서던 중절모 사나이와 이야기를 나누고 있었다.

중절모 사나이는 잠을 설쳤는지 앞가슴이 다 드러나 보이도록 런닝셔츠를 위로 들어 올린 다음, 이곳저곳을 긁적거리기 시작하였다.

"차라리 나를 야단치시는 게 더 낫지, 정말 가엾어서… 쯧쯧……"

"정말로 울었어요?"

호기심에 가득 찬 중절모 사나이가 물었다.

"울고말고요… 정말 가엾어 죽겠소……."

빤크라트가 다시 확실하게 말해 주었다.

"역시, 위대한 학자이셔."

중절모 사나이가 대꾸하며 나섰다.

"그렇지 않고서야, 어떻게 개구리를 아내와 맞바꿀 수 있겠소."

"아암, 여부가 있나, 절대 그렇게 못하지."

빤크라트가 맞장구치며 말하였다.

그리고 나서, 빤크라트는 잠시 생각하더니 다음과 같이 덧붙여 말하였다.

"나도 내 마누라한테 이곳으로 와서 함께 살자는 편지를 쓰려고도 생각을 해 봤소만……. 참, 그 놈의 여자, 정말…… 내 어이가 없어서…… 그래, 그냥 시골구석에 앉아서는……. 절대로 그런 파충류들은 꼴도 보기 싫다는 거야."

"아-암, 여부가 있겠소, 두말하면 잔소리지. 더구나, 여자들한테는 가장 소름끼치는 더러운 동물들이지."

중절모 사내가 동감을 표시했다.

위대한 학자의 연구실에서는 아무 소리도 들리지 않고 있었다. 연구실 안에는 불도 켜 있지 않았다. 문 밑으로 한 줄기 빛도 흘러나오지 않고 있었다.

제8장
국영농장에서의 사건

비록 군(郡) 단위이긴 하지만 스몰렌스크 지방에서의 무르익은 8월 보다 더 좋은 최상의 때는 아마 없을 것이다. 아시다시피, 1928년, 그 해 여름은 간간히 제 때에 봄비도 오고 햇빛도 충분히 흠뻑 쬐이어서, 들판의 곡식은 더할 나위 없이 아주 잘 자라고 있었다…….

예전의 쉐레메쩨프가의 영지에는 사과가 주렁주렁 열리고……. 들판은 푸른 녹음으로 짙어진 가운데, 군데군데 노란색 물결의 곡식들이 황금빛을 발하며 너울대고 있었다.

인간이란 누구나 자연의 품 안에 안겨 있을 때가 더 좋아지는 모양이다. 알렉산드르 세묘노비치 록 역시 도시에 있었을 때처럼 그렇게 나빠 보이지 않았다.

그 꺼림칙스럽던 가죽 자켓도 이제 그에게서 찾아볼 수 없었다. 그의 얼굴은 구릿빛으로 검게 타 있었고, 단추 풀린 루바쉬까[23] 사이로 앞가슴이 훤히 들여다보이면서 까만 턱수염이 무성히 자라 있었으며, 다리에는 몸빼바지가 끼워져 있었다. 그의 눈빛은 한층 안정되어 보였고, 살도 약간 쪄 있었다.

알렉산드르 세묘노비치는 원기둥이 떠받치고 있는 2층 난간으로부터

23) 루바쉬까: 소매가 넓은 러시아식 상의-셔츠.

신바람이 난 듯 생기가 넘쳐 뛰어내려 오고 있었고, 그 원기둥 꼭대기에는 커다란 별이 하나 붙어 있었으며, 그 밑에는 다음과 같은 입간판이 나붙어 있었다.

<국영농장 붉은 광선>

생기가 넘쳐 뛰어내려온 록은 농장건물 앞에 멈추어선 화물자동차 쪽으로 곧장 뛰어갔다. 화물차 안에는 경비병들의 삼엄한 경호 속에 3개의 까만색 암상자들이 실려져 있었다.

온종일, 알렉산드르 세묘노비치는 자신의 일꾼들과 함께 바쁘게 움직였으며, 예전의 쉐레메쩨프가(家)의 겨울 궁전이었던 온실 안에 그 특별 암상자들은 설치되어졌다…….

저녁 무렵이 되자 모든 게 다 갖추어졌다.

유리로 된 온실 천장 바로 밑에서는 하얀색 전구가 빛을 발하며 타기 시작하였고, 벽돌 바닥위에는 특별암상자들이 견고하게 고정되어 졌다. 암상자들과 함께 따라온 기계기사가 번쩍번쩍이는 나사를 손가락 끝으로 한 번 튀긴 다음 한 바퀴 빙 돌리니까, 마침내 까만 암상자 안의 석면 바닥에 신비스러운 붉은 광선이 내비추기 시작하였다.

알렉산드르 세묘노비치는 혼자서 바쁘게 뛰어다녔으며, 자신이 직접 전선줄을 점검하느라 계단을 오르내리락 거렸다.

다음날, 역에서 또 똑같은 화물자동차 한 대가 돌아왔는데, 이번에는 매끌매끌한 베니어판으로 된 커다란 상자 3개를 부려놓았다. 상자 둘레에는 알 수 없는 상표가 붙어 있었고, 까만색 바탕에 흰색 글씨로 다음과 같이 쓰여 있었다.

취급주의: 달걀!!

"어째서 이렇게 조금 밖에 안 보내왔나?"

알렉산드르 세묘노비치가 깜짝 놀라하였다.

그러나 그는 곧 분주하게 상자 끈을 풀기 시작하였다. 포장 상자들은 모두 온실 안으로 날라졌다. 많은 농장 식구들이 달라붙어 이 일을 하였다. 알렉산드르 세묘노비치 자신은 물론이거니와 그의 뚱뚱보 아내 마냐, 그리고 예전의 쉐레메쩨프가(家)의 정원사였으나 지금은 농장 수위로 일하는 허리 굽은 노인, 또한 농장 안에서 기거하는 방호원과 청소부 두냐도 함께 참여하였다. 이곳은 모스크바가 아니었다. 모든 사람들이 여기서는 보다 순박하고 가족적이며 우호적인 성격을 지니고 있었다.

알렉산드르 세묘노비치는 온실 상층부 덮개 유리를 통하여 비치는 부드러운 석양 빛 아래에서, 마치 견고하고 치밀한 선물처럼 보이는 그 상자들을 정답게 쳐다보면서 이것저것을 명령하고 있었다. 방호원이 자신의 라이플총을 온실 문가에 조심스럽게 세워둔 다음, 커다란 집게 뺀치를 가지고 와서는 상자 가장자리의 꺽쇠와 금속 테두리를 부수기 시작하였다.

드디어, 상자 틈이 벌어지고…… 먼지가 쏟아져 내렸다. 알렉산드르 세묘노비치는 쓰레빠를 철썩철썩 거리며 분주하게 상자 주위를 쏘다니기 시작하였다.

"여보게, 좀 살살 다루게나,"

록이 방호원에게 말하였다.

"좀 더 조심스럽게 다루라니까, 당신, 저게 안보여, 달걀이란 말야, 달걀……"

"괜찮아유-."

순박한 시골 무사는 계속하여 상자에 구멍을 뚫으면서 쉰 목소리로 말하였다.

"아아, 이제 곧…… 워-워-워…… 비키세요, 먼지 떨어져요."

달걀은 아주 잘 포장되어져 있었다.

나무로 된 뚜껑을 열자 파라핀 종이층이 나왔고, 그 밑에 다시 흡수종이가 있었으며, 종이를 걷어 내자 대팻밥이 빽빽이 한층 쌓여 있었고, 그 밑에는 다시 톱밥이 있었으며, 이 톱밥 안에 달걀의 하얀색 윗부분이 군데군데 보이기 시작하였다.

"역시, 외제 포장이야."

톱밥을 이리저리 뒤적뒤적 거리면서, 알렉산드르 세묘노비치가 호의적으로 말하기 시작하였다.

"우리나라에 이런 포장은 없을 거야. 마냐, 당신 좀 조심해서 다뤄, 그러다가 달걀 깨뜨리겠어."

"알렉산드르 세묘노비치, 당신은 벌써 분별력도 잃으셨군요."

그의 아내가 대답하였다.

"마치 이걸 금덩어리라도 되는 것처럼 생각하는 모양이에요. 내가 달걀 한번 못 보았을까봐 그래요? 오-오!… 세상에…….이렇게 클 수가!"

"외제잖아"

알렉산드르 세묘노비치가 나무탁자 위에 달걀을 꺼내 놓으면서 말하였다.

"정말로, 이건 우리네 농부네들 붕알만하군…… 아마, 이게 모두 브라마뿌뜨라 종자 달걀이 아닐까… 제기랄!……. 그럼, 독일산 종자알……."

"맞아요, 맞아!…… 틀림없어요."

달걀에 도취되어 열심히 쳐다보고 있던 방호원이 확인시켜 주었다.

"단지 이해할 수가 없군, 왜 이렇게 달걀들이 더러운 거지."

알렉산드르 세묘노비치가 생각에 잠겨 말하였다…….

"마냐, 당신이 잘 감독하고 있어. 계속해서 다른 달걀들도 꺼내 놓도록 해. 나는 가서 전화를 해야겠어."

곧 알렉산드르 세묘노비치는 마당을 가로질러 농장 사무실 안의 전화통 쪽으로 향하였다.

저녁 무렵, 동물연구소 안의 교수 연구실에 전화벨 소리가 요란하게 울리기 시작하였다. 뻬르시코프 교수가 머리카락을 곤두세우며 전화기 쪽으로 다가갔다.

"네-에-."

교수가 수화기를 받았다.

"지금 곧 당신에게 지방으로부터의 시외통화가 있겠습니다."

수화기로부터 여자 교환원의 카랑카랑한 목소리가 조용히 울려 퍼져 나오고 있었다.

"예, 알겠소."

뻬르시코프가 전화기의 송화기에 대고 약간 못마땅한 듯하게 대꾸하였다…….

얼마 안 있어, 뭔가가 탁탁하고 울리는 소리가 들리더니, 이어서 감이 먼 남자 목소리가 매우 초조하게 귓전을 때리기 시작하였다.

"달걀을 닦아야 되요, 교수동무?"

"뭐라고요? 뭐라고? 무얼 물으시는 겁니까?"

빼르시코프가 벌컥 화를 내었다.

"어디에서 전화하는 거요?"

"스몰렌스끄 현의 니콜리스키 지방이에요,"

수화기에서 대답하고 있었다.

"아무 것도 이해할 수가 없군. 어떤 니콜리스키 지방도, 나는 모릅니다. 당신은 누구요?"

"록이요."

수화기 속에서 거칠게 대답하였다.

"어떤 록? 아하, 그래 맞아…… 바로, 당신이었군…… 그런데, 무얼 묻고 있는거요?"

"그것들을 닦아야 됩니까, 아니면 말아야 됩니까?… 해외로부터 내게 달걀 한 무리가 배달되 왔는데 말입니다……"

"아, 그래요?"

"……그런데, 그것들이 아주 더러워서, 어떤 것은……."

"뭔가를 혼동하고 있군요… 그것들이 어떻게 더러울 수가 있습니까? 그리고 어떻게 그렇게 더럽다는 표현을 쉽게 하는 겁니까? 물론, 아마 약간 더러울 수도 있겠죠… 오물이 말라서 달라붙었든가… 아니면, 무엇이든지 또 달라붙어 가지고……"

"그러면, 닦지 않아도 되요?"

"물론이지요, 닦을 필요까진 없어요…… 당신, 벌써 달걀을 특별암상자 안에다 장전시키려고 하는 겁니까?"

"이미 장전하고 있소."

수화기에서 대답하였다.

"흐-음"

빼르시코프가 약간 놀라하며 유감 섞인 소리를 냈다.

"그럼, 이만 끊겠소."

수화기에서 찰칵하는 소리가 나면서 이내 곧 잠잠해졌다.

"그럼, 이만……."

빼르시코프 또한 약간 증오감 어린 말투로 인사말을 되놓은 다음, 자신의 조수 이바노프에게 다음과 같이 말하였다.

"뾰뜨르 스쩨빠노비치, 자네는 이런 유형의 인간이 마음에 드나?"

이바노프는 큰 소리로 웃기 시작하였다.

"아하, 바로 그 사람이지요? 상상이 가네요, 그가 그 곳에서 상자를 가지고 달걀을 열심히 만들어 내고 있을 모습이 말이에요."

"쯔-쯧… 쯔…… 쯧쯔……"

뻬르시코프가 못마땅한 듯 혀를 차며 말하기 시작하였다.

"자네는 상상이 가는가, 뾰뜨르 스쩨빠노비치……. 으음, 그래…. 아주, 훌륭한 상상이군……. 파충류의 원형질에서와 같이 그 광선이 암탉의 이중원형질에도 똑같은 작용을 나타낼 것이라는 사실은 아주 가능한 일이지. 그의 암탉들이 알을 깔 수 있게 된다는 것도, 또한 아주 가능한 일이야. 그러나 정말로 자네도 그리고 나도 확실하게 말할 수가 없어……. 그게 어떤 암탉들이 될 것인지 말이야……. 아마, 전혀 쓸모없는 암탉들이 될지도 몰라. 혹은, 암탉들이 이틀만 지나면 모두 다 죽어버릴지도 모르지. 또는, 암탉들을 식용으로 사용하기엔 전혀 불가능할 거야! 그리고 내가 과연 그 암탉들이 두 발로 서게 될 것이라고 책임질 수 있을까. 아마도, 암탉들의 뼈는 부서지기 쉬운 연골이 되고 말거야."

뻬르시코프는 자신의 이야기에 너무나 열중한 나머지 손바닥을 흔들면서 손가락들을 갈고리 모양으로 접기 시작했다.

"아주 옳으신 말씀이십니다."

이바노프가 교수의 말에 동의하였다.

"뾰뜨르 스쩨빠노비치, 자네는 그 암탉들이 다음 세대를 이어 갈 거라고 책임질 수 있겠나? 아마도, 그 인간은 생식력 없는 암탉만을 만들어 낼 거야. 그리고는 그것들을 개 만하게 크게 키우고 나서, 다음 세대의 병아리가 나오기를 하염없이 기다리겠지."

"그렇지요, 그러한 것을 책임지기란 불가능하지요."

이바노프가 동의하였다.

"정말, 앞뒤도 안 가리고 무조건 밀어붙이는 작자들이군."

뻬르시코프가 혼잣말처럼 중얼거리기 시작했다.

"그리고 급하기는 왜들 그렇게 또 급해! 그래, 그런 미련 곰탱이 같은 인간한테 암상자를 인도하라는 교시가 내려졌다는 것이, 과연 이해나 될 법한 일이냐고…….”

빼르시코프는 록에게서 받은 공문서를 가리키고 있었다. (공문서는 실험용 탁자 위에 널려져 있었다.)

“그리고 어떻게 내가 그 인간, 그 무식꾼한테 설명을 할 수 있겠어, 내 자신이 아직 그 문제에 대하여 아무것도 책임질 수가 없는데 말이야.”

“그런데, 공문서의 지령을 거절하기란 불가능 했었습니까?”

이바노프가 질문하였다.

빼르시코프는 얼굴이 약간 붉어지더니, 공문서를 집어 들어 이바노프에게 보여 주었다.

이바노프는 공문서를 처음부터 끝까지 다 읽고 나서는 공문서를 내던지며 비웃음을 쳤다.

“으-음, 어디 한번 해 보라지요….”

이바노프가 의미심장하게 말하였다.

“그래, 자네는 과연 이해가 되는가……. 나는 말이야, 벌써 주문을 해 놓고 두 달째 기다리는 중이야, 그런데, 내 주문에 대해선 아직 아무런 소식도 없으면서…. 그 작자한테는 글쎄, 즉각 달걀이 배달되었다니……. 그리고 각양각색의 지원이 뒤따르고….”

“블라지미르 이빠찌이치, 그 인간한테선 아무런 결과도 나오지 못할 거예요. 그냥 단순히 암상자들을 교수님께 되돌려주는 것으로 끝나고 말 겁니다.”

“그렇게라도 해서 빨리 되돌려주기만 한다면야, 그들은 단지 나의 실험을 잠시 연기시켜 놓는 결과만 초래할 뿐이겠지만…….”

“그들의 짓거리는 아주 추악하기 이를 데 없어요. 하지만, 저는 이미 모든 게 준비되어 있습니다.”

“아! 참, 자네는 그래, 잠수복을 받았는가?”

“예, 오늘 받았습니다.”

빼르시코프는 약간 안정을 되찾은 다음, 다시 생기발랄해졌다.

“그래, 그럼…… 우리 이렇게 해야겠네…… 실험실 문을 빈틈없이 꼭 잠그고 말야, 대신에 창문은 열어놓고…….”

"물론이지요."

이바노프가 동의하였다.

"헬멧은 3개 인가?"

"예, 3개입니다."

"으-음, 그래…… 그럼, 자네와 나, 그리고… 학생들 중의 하나, 누구든지 불렀으면 좋겠는데……. 그래서 그 학생한테 3번째 헬멧을 주도록 하지."

"그린무트 학생을 부를 수 있습니다."

"아, 자네 방에서 요즘 도롱뇽에 대해서 연구하고 있는 그 학생 말인가?……. 으-음…… 그 학생이라면 아무 것도 할 줄 모를 텐데……. 지난 봄 학기에 파행충의 부레가 어떻게 생성되었는지도 대답하지 못하고……"

뻬르시코프가 학생에 대해 좋지 않게 평하기 시작하였다.

"네, 그 학생이 아무 것도……. 하지만, 아주 착한 학생이에요."

이바노프가 학생을 변호하였다.

"하룻밤을 거의 새다시피 해야 할 텐데."

뻬르시코프가 계속하여 말하였다.

"단, 뾰뜨르 스쩨빠노비치, 가스는 꼭 점거해 놓도록 하게, 요즈음은 하두 어수선한 세상이라…….

그게 '도브로힘'[24] 회사의 것인지…… 알 수가 있어야지……. 그 작자들이 또 어떤 질 나쁜 이상한 가스를 배달시킬지 알 수 없는 노릇이야."

"아닙니다, 아녜요, 그렇지 않아요."

이바노프가 손을 내젓기 시작했다.

"제가 어제 이미 시험해 보았어요. 이번 것은 품질을 인정하셔도 되겠습니다, 블라지미르 이빠찌이치, 아주 질 좋은 가스 입니다."

"자네가 무엇에 실험을 해 보았는데?"

"중간치 크기의 두꺼비한테요. 아주 조금 뿜어 댔는데, 금방 죽겠다고 아우성치더라고요. 블라지미르 이빠찌이치, 우리 이렇게 하시면 어떻겠습니까? 교수님께서 직접 국가정치보위부에 편지를 쓰시는 겁니다. 교수

---

24) 도브로 힘(Доброхим): 러시아어에 있어, '도브로'는 '양질의', '좋은', '선량한' 등의 뜻이 있고, 힘(Хим)은 '화학'이라는 뜻의 '히미까(химика)'에서 나온 약칭어로서 생각해 볼 수 있다.

님께 전기 권총을 보내오도록 말입니다."

"나는 전기 권총을 다룰 줄도 모르고……."

"제가 다룰 줄 압니다."

이바노프가 대답하였다.

"우리들이 끄랴지마 별장지에 있을 때, 전기 권총으로 사격을 한 번 해 보았는데 말입니다……. 그냥 목표물도 없이, 장난으로요……. 그 때 거기에, 한 국가정치보위부 요원이 우리 별장지 옆에 함께 살고 있었는데…… 정말, 기가 막힌 장난이였어요. 그야말로, 굉장한 솜씨라고 밖에는…….그냥, 소리도 없이 쏘는데, 백발백중인 거예요……. 그 때, 우리들은 갈가마귀도 쏘았었지요……. 제 생각에는, 그렇게 되면 가스도 필요 없을 것 같습니다."

"으-음… 그것 참 기발한 생각이구먼……. 아주 기상천외한 발상이야,"

뻬르시코프는 구석진 곳의 전화통으로 가서 수화기를 집어 들더니 깍깍 우는 듯한 개구리 목소리로 말하기 시작했다…….

"아, 저기 좀 대 주시오, 거—뭐라고 불러야 하나……. 아, 루뱐까 거리의……. 어, 그러니까, 국가정치보위부……."

***

한 낮은 엄청나게 더웠다.

저 멀리 들녘 위의 하늘은 맑고 화창하게 빛나고 있었다.

마치 하늘 안에 맑고 깨끗하며 포동포동하게 살찐 무더위를 옮겨놓은 것처럼 태양은 내리쬐고 있었다.

하지만, 밤은 언제 그랬었느냐는 듯, 더할 나위 없이 아름다운 녹음을 짙게 드리우며 찾아들었다.

달빛이 쉐레메쩨프가(家)의 예전 영지를 형형색색의 물감으로 채색하듯 이곳저곳을 비출라치면, 정말 이루다 말로 표현할 수 없는 아름다움이 극치를 이루어 갔다.

마치 궁전같이 생긴 국영농장 본관 건물이 달콤한 달빛아래 젖어들면서, 공원에는 그림자가 가물가물 거리기 시작하였고, 연못은 두 가지 색깔로 양등분 되어, 절반은 비스듬하게 비치는 달빛 기둥 아래 훤히 빛나고,

나머지 절반은 끝없는 어둠의 심연 속으로 떨어져 들어갔다.

얼룩무늬 달빛 아래에서도 서양장기 코너를 제외하고, 작은 활자로 인쇄된 <이즈베스찌야> 신문 정도는 자유롭게 읽을 수 있었다.

그러나 이 같은 밤에 아무도 <이즈베스찌야> 신문을 읽지 않았으리라 하는 것은 자명한 일이였고…….

청소부 두냐는 농장건물 뒤 숲 속에 있었다. 그리고 그 곳에는 또한, 약속이나 한 듯, 너덜너덜한 옷차림에 붉은 콧수염을 기른 농장 화물차 운전기사가 있었다. 그들이 거기서 무엇을 하였는지는 알 수 없는 노릇이다. 다만, 그들은 느릅나무 그늘 아래, 운전기사가 자신의 가죽외투를 넓게 펴서 깐 자리 위에서 그들만의 안식처를 마련하고 있었던 것은 분명한 것 같다.

부엌에서는 백열등이 밝게 빛나고, 채소밭 일꾼 두 명이 저녁식사를 하고 있었다. 록의 부인은 하얀색의 부인용 실내복 상의를 걸치고 원기둥 베란다 위에 걸터앉아서는 아름다운 달 미인을 쳐다보며 공상 속에 빠져 들고 있었다.

밤 10시 경, 국영농장 곁에 위치한 깐쪼브까 시골마을이 쥐죽은 듯 조용해졌을 때, 어디선가 매혹적이며 부드러운 플룻 소리가 농장 안을 울리기 시작하였다.

저 멀리 숲 위를 퍼져 나아가는 플룻 소리는 예전의 쉐레메쩨프가(家)의 고풍스런 궁전기둥과 서로 어우러지면서, 그냥 말로 표현하기엔 너무나도 아름다운 조화를 이뤄 나아가고 있었다.

<스페이드의 여왕> 속에 나오는 연약한 리자가 열정적인 뽈린의 목소리에 자신의 목소리를 듀엣으로 섞어가듯, 플룻 소리는 달빛을 타고 하늘 높이 올라가기 시작하였으며, 마치 한없이 평화로웠던 옛 왕조의 황홀했던 시절이 환영으로 되살아나는 듯하였다.

사라져 버리고……. 사라져 버리고……—

플룻 연주자는 길게 숨을 내 쉬면서 음조를 변색하더니 휘파람 소리를 내기 시작하였다.

숲 속은 쥐죽은 듯 고요하였다.

두냐도 마치 숲속의 요정처럼 자신의 볼을 운전기사의 뻣뻣하고 불그스레하며 남성다운 볼다귀 위에 포개어 놓고서 조용히 플룻 소리를 듣고 있었다.

"개새끼, 정말 잘 불어재끼는군."

운전기사가 자신의 강직한 팔로 두냐의 허리를 감싸 안으면서 말하였다. 플룻은 국영농장장 알렉산드르 세묘노비치 록 자신이 직접 불고 있었다.

그런데 여기서, 그의 플룻 연주 실력이 아주 뛰어나다는 것을 인정하지 않으면 안 된다. 그것은 플룻이 한 때 알렉산드르 세묘노비치의 전문직업이였었다는 사실에 있다.

1917년 바로 전까지 록은 매일 저녁마다 예까쩨리노스라브시(市)에 있는 <마법의 환상> 영화관의 쾌적한 로비 안을 세련된 음악소리로 가득 채우던 음악가 뻬뚜호프의 유명한 콘서트 연주단에서 함께 일하였었다.

그러나 많은 사람들의 운명을 뒤바꿔 놓은 위대한 1917년은 알렉산드르 세묘노비치도 새로운 길로 접어들게 만들었다. 그는 먼지투성이의 별 모양 뺏지와 연주복을 로비 안에 벗어두고 <마법의 환상> 문을 박차고 나와서는, 전쟁과 혁명의 드넓은 바다 속으로 뛰어 들어갔다.

부드러운 플룻 악기를 치명적인 마우제르 총으로 바꿔버린 것이다. 그는 오랫동안 끄림지방으로, 모스크바로, 그리고 뚜르케스탄으로, 심지어 블라디보스톡까지도 여러 차례 쏘다니면서, 운명의 심한 파도 속을 헤쳐 나아갔다.

알렉산드르 세묘노비치 같은 사람을 완전히 드러내 보이기 위하여, 바로 혁명은 필요하였었던 모양이다. 그가 전적으로 아주 위대하다는 것이 분명히 밝혀진 것이다. 물론, <마법의 환상> 로비 안의 한 구석진 곳에 앉아 있던 옛날의 그가 아니었다.

그에 대한 오랜 세세한 이야기는 차치하고라도 간략히만 말하자면, 최근 1927년과 1928년 초에 우리는 뚜르케스탄에서 알렉산드르 세묘노비치를 우연히 만날 수 있었는데, 이미 그는 그 곳에서 거대한 신문을 발행하고 있었다.

그 후, 그는 최고경제위원회의 지방위원으로서 뚜르케스탄 지방의 관개수로(灌漑水路) 사업에 대한 놀라운 업적으로 명성이 자자해지기 시작하였다. 1928년에 록은 모스크바로 돌아와 아주 커다란 명예훈장과 공로휴가를 받았다.

이 촌스럽고 구닥다리 옷차림의 사나이가 늘 주머니 속에 지니고 다니면서 자랑스럽게 여기는 회원증을 발행한 거대한 조직의 최고회의는, 그의 업적을 높이 평가하여 평온하고 명예로운 직책에 그를 임명하였다.

그러나 아아!……

아아!, 정말 유감스럽게도……

이것은 공화국 전체로 볼 때도 유감스러운 일이요…….

슬픔이며, 비극의 시작이었다.

알렉산드르 세묘노비치의 빠싹빠싹한 머리가 아직 꺼지지 않고 계속해서 돌아가고 있었던 것이다.

모스크바에서 록은 뜻밖에도 뻬르시코프의 발명품과 마주쳤다.

뜨베르스카야 거리의 <붉은 파리> 호텔의 한 방 안에서 알렉산드르 세묘노비치 머릿속에는 뻬르시코프 광선의 도움으로 한 달 안에 공화국 내 양계업을 부활시키는 방안이 떠오르고 있었다.

축산 위원회는 록의 방안에 대하여 자세히 듣고는, 곧 그의 계획에 동의해 주었다. 그리하여, 록은 두툼한 공문서를 들고는 괴짜 동물학자를 찾아왔던 것이었다.

유리 같이 투명한 수면 위와 숲 그리고 공원 위에 울려 퍼지던 플룻 연주도 이미 다 끝나가고 있었다. 갑자기, 뭔가의 소리가 크게 들려오기 시작하였다. 이런 소리는 벌써 훨씬 이전 시간부터 간헐적으로 들려오고 있었다. 바로, 이웃 깐쪼브까 마을에서 벌써 시간상으로 볼 때, 이미 잠들어 있어야 할 개들이 갑자기 요란스럽게 짖어대고 있었던 것이다.

개 짖는 소리는 점차 고통스러운 울부짖음으로 변해갔다. 울부짖음은 점점 더 확산되면서 들판을 따라 번져 나아갔다. 울부짖음에 대답이라도 하듯 갑자기 연못 안의 수백만 마리 개구리들이 찢어지는 듯한 소리의 요란한 음악회를 열기 시작하였다. 이 모든 소리들은 너무나 으스스하게 들린 나머지 순식간에 비밀스런 마법의 밤이 닥쳐올 것 같아 보였다. 알렉산드르 세묘노비치는 플룻을 내던져 두고 베란다로 나왔다.

"마냐, 당신도 들었지? 저 망할 놈의 개새끼들이 짖어대는 소리말야…… 저것들이 왜 그럴까…… 당신은 어떻게 생각해? 혹시 광견병에 걸려서 저러는 것 아닐까?"

"제가 어떻게 알겠어요?"

달을 쳐다보며 마냐가 대답하였다.

"그럼, 여보, 우리 달걀들이나 보러 갑시다."

알렉산드르 세묘노비치가 제안하였다.

"오! 하느님 맙소사, 알렉산드르 세묘노비치, 당신은 아주 달걀과 닭한테 미쳐 버렸군요. 당신은 이제 좀 쉬세요!"

"아냐, 여보, 난 괜찮아. 한번 가 봅시다."

온실 안에 새빨간 전구알이 활활 타고 있었다. 두냐도 어디선가 확 달아오른 얼굴에다 번쩍이는 눈을 해가지고는 온실 안으로 들어왔다.

알렉산드르 세묘노비치가 개폐 유리창을 조심스럽게 열었다. 그리고는, 모두들 특별암상자 안을 들여다보기 시작하였다. 상자 안의 하얀색 석면 바닥 위에 여기저기 얼룩진 달걀들이 선명하고 빨간 불빛을 받으며 질서정연(秩序整然)하게 놓여 있었다.

그리고 상자 안은 아무 소리도 들리지 않았으며…….

단, 천장 위에 매달린 15,000촉짜리 전구만이 쉬쉬 소리를 내며 조용히 타고 있었다…….

"에헴, 어디 두고 봐, 내 병아리를 까내고 말테니!"

알렉산드르 세묘노비치가 열려진 유리문 구멍을 통해 옆에서 들여다본 다음, 다시 좀 넓은 환기구멍을 통해 위에서 들여다보면서, 열정적인 어조로 말하였다.

"자, 저기들 좀 봐…… 뭐라고? 내가 병아리를 못 깔 거라고?"

"하지만, 알렉산드르 세묘노비치, 아시고 계세요?"

두냐가 웃으면서 말하기 시작했다.

"깐쪼브까 마을의 농부들이 말하기를, 당신이 반(反)그리스도래요. 그리고 말들이 많아요, 당신의 달걀들이 악마적이라고요. 죄를 기계처럼 뽑아낼 거래요. 당신을 죽이고 싶었대요."

알렉산드르 세묘노비치는 몸서리치며 몸을 떨기 시작하였다. 그리고는 아내 쪽으로 얼굴을 돌렸다. 그의 얼굴은 노랗게 변해 있었다.

"으-음, 지금 뭘 이야기하고 있는 거야? 그게 바로 무지한 인민들이지! 그런 인민들을 가지고 무얼 하겠어? 그렇지 않아? 마냐, 그들을 당장 회의에 소집해야겠어……. 내일 내, 지역 안의 모든 노동자들을 소환할 거야. 내가 그들한테 직접 연설을 한 번 해야겠어. 대체로 여기에서 일을 하지 않으면 안 될 것이고……. 전혀들 이해들을 못하고 있으니, 참, 나 원……."

"캄캄하군."

온실 문가에 자신의 외투를 펼쳐놓고 앉아있던 방호원이 중얼중얼 거렸다.

다음날은 가장 무시무시하고 도저히 설명이 안 되는 사건이 발생한 날로서 기념되고야 말았다. 아침에 태양이 처음으로 빛을 발할 때, 보통 여느 때 같으면 새들의 연속적이고 시끄러운 지저귐으로 밝고 환하게 인사하던 숲이, 이 날은 웬일인지 완전한 침묵으로 일관하고 있었다.

그리고 이것은 모든 사람들에 의해서 감지되고 있었다. 마치 폭풍전야와 같이 고요하였다. 그러나 그 어떠한 폭풍도 번개도 없이 조용하기만 하였다.

국영농장 안에 떠도는 소문은 알렉산드르 세묘노비치에게 이상하고 야릇한 뉘앙스만을 풍겨주고 있을 뿐이었다. 그것은 특히, 이웃 깐쪼브까 마을 출신의 유명한 선동가이자 현인으로서 코지이-조브라는 별명의 농군 한명이 한 말이 온 농장 안에 퍼졌기 때문이었다.

그의 말에 의하면, 아침 새벽녘에 모든 새들이 떼를 지어 모이더니 쉐레메쩨프 영지 쪽 어디론가로 물러간 다음, 다시 북쪽으로 날아가더라는 것이다.

하지만, 이런 소문은 단순히 바보 같은 이야기로 들렸다. 알렉산드르 세묘노비치는 아주 실망하였다. 그는 그라체브까 도시와 서로 전화를 주고받는데 하루를 거의 다 탕진하였던 것이다. 하루가 다 지나서야 그 쪽으로부터 알렉산드르 세묘노비치에게 두 가지 테마—즉, '국제정세'와 '도브로꾸르[25])에 대한 문제'—에 관한 두 명의 연사를 보내 주겠다는 답변이 왔다.

저녁때가 되어서도, 또한 낮과 같이 이상야릇한 뜻밖의 사건이 없지 않았다. 즉, 아침에 나뭇가지 사이마다 이상야릇하고 불쾌한 적막감이 휩싸이며, 숲이 완전히 밝게 보이면서 아주 쥐죽은 듯 조용하였고, 오후에는 참새 떼가 국영농장 마당으로부터 어디론가 날아가 버렸다면, 저녁 무렵에는 쉐레메쩨프 영지 안의 큰 연못이 완전히 침묵 속에 가라앉아 버린 것이다.

이와 같은 현상은 정말로 놀라운 일이었다. 왜냐하면, 쉐레메쩨프 연못 개구리들의 아주 요란한 울음소리는 40베르스따[26])나 떨어진 근방의 모든 사람들도 누구나 다 알 정도로 아주 유명하였기 때문이었다.

하지만, 지금 개구리들은 마치 모두 꽁꽁 얼어 죽은 것처럼 아주 조용하였다. 연못으로부터 아무 소리도 들려오지 않았으며, 다년초 풀만이 소리 없이 서 있었다.

여기서, 알렉산드르 세묘노비치가 완전히 혼동에 빠져 있었다는 사실을 인정하지 않으면 안 된다. 그는 이들 이상야릇한 사건들에 대하여 자기 나름대로 해석하기 시작하였는데, 이를테면, 자신의 어깨 너머로 다음과 같이 아주 서투른 방식의 해석을 하고 있었다.

"실제로, 이건 정말 이상하네."

알렉산드르 세묘노비치가 식사 중에 자신의 아내에게 말하였다.

"난 이해할 수가 없어, 어째서 그 새들이 날아가야 할 필요가 있었을까?"

"어떻게 내가 그걸 알아요?"

아내 마냐가 대답하였다.

"혹시, 당신의 그 광선 때문이 아닐까요?"

"뭐라고? 마냐! 당신, 정말 아주 바보 중의 천치 바보로군,"

알렉산드르 세묘노비치가 숟가락을 집어 던지고 나서 대답하였다.

"당신마저 그 무식한 농사꾼 놈들 같은 소릴하고 있는 거야. 무엇 때문

25) 도브로꾸르(доброкур): 러시아어에서, '도브로'는 '선량한', '착한', '질 좋은' 등의 뜻을 지닌 형용사 '도브르이'에서 나왔고, '꾸르'는 '닭'을 가리킨다.

26) 베르스따(верста): 미터법 시행 전 러시아의 거리 단위 = 1,067 킬로미터.

에 여기서 그 광선 이야기가 나오나?"

"하지만, 저는 정말 모르겠어요. 그러기에 그냥 저를 편안하게 내버려 둬요."

저녁이 짙어가면서 또한 세 번째 뜻밖의 사건이 발생하였다. 다시 깐쪼브까 마을의 개들이 짖어대기 시작하였던 것이다.

정말로 대단한 울부짖음이었다!

달빛이 스산한 들판 위에 신음소리가 끊이지 않고 들리기 시작하였으며, 적의에 가득 찬 슬픈 탄식이 메아리쳐 나아갔다.

알렉산드르 세묘노비치는 이상야릇한 뜻밖의 사건으로 상한 기분을 바로 온실 안에서 어느 정도 보상받을 수 있었다. 특별암상자 안의 붉은빛 달걀들에서 끊이지 않는 노크소리가 계속해서 들리기 시작하였던 것이다.

"톡… 톡… 톡… 톡……"

한 달걀 안에서, 또 그 옆의 다른 달걀 안에서, 그리고 세 번째 달걀 안에서도 계속하여 노크소리는 이어져 나아갔다.

달걀 안의 노크소리는 알렉산드르 세묘노비치에게 있어서 개선장군의 노크소리와 같았다.

숲과 연못에서의 이상한 사건들은 곧 잊혀졌다. 온실 안의 모든 사람들도 모두가 하나같았다. 마냐도, 두냐도, 그리고 수위와 방호원까지도 라이플총을 문가에 내팽개쳐 두고 흥분하기 시작하였다.

"자, 뭐라고들 했어? 뭐라고 말들을 했냐 말이야?"

우월감에 가득 찬 알렉산드르 세묘노비치가 큰소리치며 물었다. 모두들 호기심에 가득차서는 첫 번째 암상자 문 쪽에 귀를 가까이 대고 있었다.

"이게 바로 병아리들이 제 부리를 가지고 달걀 벽을 두드리고 있는 소리란 말야."

알렉산드르 세묘노비치가 눈을 번쩍이며 계속해서 말하였다.

"내가 병아리를 못 깐다고, 말들을 했었지? 천만에, 여보게들, 자! 보라구."

알렉산드르 세묘노비치는 있는 기분을 다 내기라도 하듯, 방호원의 어깨를 철썩 후려 갈겼다.

"자, 병아리를 깐다고…… 뭘 그렇게 감탄들을 하는 거야. 이제, 내가 자네들 둘을 감시해야겠어."

알렉산드르 세묘노비치가 갑자기 정색을 하며 말하기 시작했다.

"알까기가 시작되자마자, 즉시 나한테 알려 주도록."

"알겠습니다!!"

수위, 두냐, 그리고 방호원이 합창을 하듯이 일제히 대답하였다.

"탁…… 탁…… 탁……"

첫 번째 암상자의 한 달걀 안에서, 그리고 또 다른 달걀 안에서 노크소리는 점차 활기를 띠며 커져갔다.

사실상, 바로 눈앞에서 반짝반짝 빛나는 얇은 껍질 안에 새로운 생명들이 탄생되고 있는 광경이 너무나도 흥미로운 나머지, 모두들 뒤엎어 놓은 빈상자 위에 걸터앉아서는, 어떻게 검붉은 색의 달걀들이 수수께끼처럼 희미하게 빛나는 불빛 안에서 성숙되어 가는지를 바라보며 오랫동안 앉아 있었다.

국영농장과 근처 들녘에 푸르스름한 밤이 완전히 짙어진 아주 늦은 시각이 되어서야 사람들은 모두들 잠을 자기 위해 제각기 흩어져 갔다.

수수께끼 같이 알 수 없는 이상한 밤이었다.

심지어, 으스스하며 무서운 밤이었다고도 말할 수 있다.

확실히, 이것은 이웃 깐쪼브까 마을에서 아주 슬프고 불만스럽게 짖어대는 개들의 울부짖음이 끊임없이 밤의 적막을 깨뜨리고 있었기 때문이었다. 저주스러운 개들이 무엇에 미쳐버렸는지, 아무도 전혀 알 수가 없었다.

다음날 아침, 좋지 않은 일이 알렉산드르 세묘노비치를 기다리고 있었다. 방호원은 아주 어쩔 줄을 몰라 하며 자신의 손을 가슴에 얹고는, 자신은 결코 자지 않았으나 아무 것도 몰랐다면서, 맹세하고 또 맹세하며 단언하였다.

"정말 알 수 없는 일 이예요."

방호원이 다시 확신시키며 말하기 시작했다.

"저는 정말이지 죄 없어요, 롹동무."

"정말이지 고맙구먼, 고마워, 내 너무 고마워서 눈물이 다 날 정도야, 이 사람아!"

알렉산드르 세묘노비치는 방호원을 몹시 책망하기 시작했다.

"동무, 당신은 무얼 생각하고 있는 거야? 당신을 왜 여기에다 붙여 놓았어? 감시하라고 붙여 놓았어! 그 병아리들이 어디로 사라져 버렸는지, 어디 한번 나한테 이야기 할 수 있겠어? 정말로, 그것들이 알에서 기어 나왔던가? 그리고 나선, 말하자면, 급히 도망쳤다, 이 말이지. 말하자면, 당신이 문이 열린 채 방치해 놓는 바람에, 스스로들 도망가 버린 거지? 그게 나한테 얼마나 소중한 병아리들인지 아는가!"

"나는 아무 데도 돌아다니지 않았습니다. 정말이지, 나는 이 일에 대해 전혀 모르겠다고요."

마침내, 무사-방호원은 화를 내기 시작하였다.

"당신은 어떻게 저를 그렇게 아무 증거도 없이 비난하시는 겁니까, 록 동무!"

"그럼, 그것들이 어디로 숨었어?"

"제가 그걸 어떻게 알아요."

마침내, 무사는 격노하기 시작했다.

"무엇하려고 내가 정말, 그것들 곁에 꼭 붙어 서서 지키고 있었겠습니까? 어째서 내가 거기에 꼭 붙어 있었겠냐고요. 아무도 상자를 훔쳐가지 못하도록 꼭 지키고 있었다고요. 저는 저의 직무를 충분히 이행하였을 뿐입니다. 자, 여기 당신의 암상자들이 버젓이 있잖아요. 그리고 법에 따르면 당신의 병아리들을 낚아채 가든 말든, 그것은 저의 의무사항이 아니라고요. 누가 그걸 알겠습니까? 당신한테 어떤 병아리들이 부화될 것인지 말입니다. 그리고 병아리들이 나왔다면 자전거를 타고는 못 쫓아가겠습니까!"

알렉산드르 세묘노비치는 약간 수그러들며 입을 다물기 시작했다. 그리고는 약간 뭐라고 중얼중얼 거리더니, 갑자기 깜짝 놀라기 시작하였다. 그것은 정말로 이상한 일이 목격되었기 때문이었다. 다른 것들 보다 제일 먼저 설치한 첫 번째 특별암상자 안에서, 광선의 가장 한가운데에 놓여있던 달걀 2개가 부서져 있었던 것이다. 그리고 달걀들 중의 하나는 옆쪽으로 굴러가 있기 조차 하였다. 광선이 비춰지는 석면 바닥 위에 깨진 달걀 껍질이 널려져 있었다.

"이게 도대체 어떻게 된 거야, 알다가도 모르겠구먼."

알렉산드르 세묘노비치가 투덜투덜 대기 시작했다.

"창문도 굳게 닫혀져 있고, 지붕이 뚫린 것도 아닌데, 밖으로 날아가 버리다니! 참, 세상에!"

그는 고개를 들어 지붕 위의 유리창살 사이에 넓은 구멍이 몇 개 뚫려져 있는 것을 바라보았다.

"아니, 무슨 말씀을 하시는 거예요, 알렉산드르 세묘노비치,"

두냐가 아주 놀라하며 말하였다.

"당신 병아리들이 벌써 날아가기 시작하다니요. 여기 어딘가에 있을 거예요…… 고… 고… 고……."

두냐는 큰 소리로 병아리를 부르면서, 먼지투성이의 꽃병과 선반 그리고 잡동사니가 가득한 온실 구석구석을 샅샅이 쳐다보기 시작하였다.

그러나 아무데서도 병아리는 한 마리도 대꾸하지 않았다.

모든 일꾼들이 민첩한 병아리를 수색하느라 거의 2시간 동안이나 국영농장 앞마당을 이리저리 뛰어다녔지만, 그 어디에서도 병아리는 발견할 수 없었다.

이렇게 극도로 흥분된 상태에서 하루가 지나가고 있었다. 그리고 상자 감시 인력이 증강되어, 수위까지 가담하게 되었으며, 이들에게 가장 엄격한 명령이 떨어졌다. 즉, 매 15분마다 상자 안의 창문을 들여다 볼 것이며, 뭔가 조금이라도 이상이 있으면, 즉시 알렉산드르 세묘노비치를 부르라는 것이었다.

방호원은 눈살을 찌푸리고 온실 문가에 앉아서는 무릎 사이에 라이플총을 꼭 쥐고 있었다. 알렉산드르 세묘노비치는 걱정스러운 얼굴로 분주하게 이리저리 뛴 나머지 완전히 지쳐서는, 오후 2시가 되어서야 겨우 점심식사를 할 수 있었다.

식사 후, 그는 시원한 그늘 밑에 놓여있던 예전의 쉐레메쩨프가(家) 소파 위에서 한 시간 가량 낮잠을 잤다.

낮잠을 자고 난 그는 국영농장의 나맥 건빵으로 만든 크바스를 한 모금 쭉 들이키고 나서는 부리나케 온실을 갔다 와서는, 이제 온실 안은 아무 이상이 없다고 확신하게 되었다.

수위 노인은 눈을 껌벅껌벅 이며 멍석 위에 동물처럼 누워서는 첫 번째 상자의 개폐 유리창을 주시하고 있었다. 방호원은 온실 문가에서 한 발짝도 움직이지 않으면서, 한시도 방심하지 않고 있었다.

하지만, 새롭게 달라진 소식도 있었다. 즉, 가장 늦게 설치된 세 번째 상자 안의 달걀들이 뭔가 입맛을 다시는 것 같은 소리와 쨍하는 소리를 연거푸 내기 시작하였으며, 달걀 안에서는 마치 누군가가 흐느껴 우는 것 같은 소리가 들리기 시작하였다.

"야, 이제 막 자라나고 있는 모양이군."

알렉산드르 세묘노비치가 말하였다.

"바로 이게 막 자라나고 있는 소리야, 이제야 알 것 같군. 알겠어?"

알렉산드르 세묘노비치가 수위를 쳐다보며 말하였다.

"네, 정말 놀라운 일이군요."

고개를 흔들면서 아주 애매한 어조로 수위가 대답하였다.

알렉산드르 세묘노비치는 상자 주위에 잠깐 앉아 있었다. 그러나 그가 앉아 있을 동안에 아무 병아리도 밖으로 기어 나오지 않았다.

그는 웅크리고 있던 몸을 일으켜 세우며 굳어진 근육을 푼 다음, 자신은 농장 저택으로부터 아무데도 안 갈 것이고, 단지 잠깐 미역 감으러 연못에나 갈 것이니, 무슨 일이 생기면 즉시 자신을 부를 것을 명령하였다. 그리고 나서, 그는 마당을 가로질러 침실 쪽으로 뛰어갔다.

침실에는 폭이 좁은 용수철 침대가 2개 놓여 있었고, 침대 위에는 구겨진 시트가 깔려 있었으며, 침실 바닥에는 푸른 사과 한 더미와 보드카를 만들려고 준비해 놓은 수수가 수북이 쌓여 있었다.

그는 보풀이 거칠거칠하게 난 수건을 하나 꺼내 목욕 준비를 하더니 잠깐 뭔가를 생각한 다음, 플룻을 손에 움켜쥐었다. 목욕을 하고 나서 한가한 시간에 이 플룻을 가지고 연못의 넓고 평평한 수면 위에서 멋진 연주를 할 작정이었다.

그는 궁전 같은 농장저택을 한걸음에 뛰어나와서는 농장마당을 가로질러 버드나무 오솔길을 따라 연못 쪽을 향하여 갔다.

록은 플룻을 겨드랑이 밑에 바짝 끼우고 수건을 흔들면서 활기차게 걷기 시작하였다. 하늘은 버드나무 사이로 폭염을 토하며 내리 쬐고 있었으며, 몸은 몹시 끈적끈적하여 물속으로 뛰어 들어가기에 꼭 알맞았다.

록의 오른손 쪽에는 우엉잎 풀숲이 시작되고 있었다. 그는 풀숲 옆을 지나가면서, 그곳에 무심코 침을 뱉었다. 그러자 곧, 풀숲 밑바닥에서 손바닥 모양의 잡초들이 중구난방으로 서로 마구 부딪치면서 바스락 거리는 소리가 들리기 시작하였는데, 이것은 마치 누군가가 숲 속에서 커다란 통나무를 질질 끌고 가는 것 같았다. 순간적으로 가슴이 철렁하며 좋지 않은 예감을 느끼고 난 알렉산드르 세묘노비치는 고개를 풀숲 쪽으로 돌렸다.

그리고는 그만 기겁을 하며 멍하니 주위를 쳐다보기 시작하였다. 연못은 벌써 이틀 동안이나 아무 소리도 나타내지 않고 있었다. 바스락 소리는 이내 잠잠해졌으며, 우엉잎 수풀 위로 연못의 잔잔한 수면과 저 멀리 탈의장의 회색 지붕이 매혹적으로 번쩍이고 있었다. 길 잃은 잠자리 몇 마리가 바로 알렉산드르 세묘노비치 앞에서 뱅뱅 돌며 맴돌기 시작하였다. 그는 이미 목재 나무다리 쪽으로 돌아가고 싶었다.

그러나 그 순간 갑자기 숲속에서 바스락 소리가 다시 나기 시작하였다. 이 소리는 마치 기관차에서 기름과 수증기가 솟구쳐 나오는 것 같은 쌕쌕 소리와 합해지며 들려오기 시작하였다.

알렉산드르 세묘노비치는 경각심을 높여 잡초로 무성한 풀숲을 세심하게 살펴보기 시작하였다.

"알렉산드르 세묘노비치,"

순간, 록의 아내 목소리가 사방에 울려 퍼졌다.

그녀의 하얀색 자켓이 산딸기 숲 속에서 번쩍하고 보였다가는 사라지고 다시 번쩍하며 나타나고 하기를 반복하고 있었다.

"기다려요, 나도 목욕하러 갈래요."

록의 아내가 연못 쪽으로 서둘러 달려오고 있었다.

그러나 알렉산드르 세묘노비치는 아무 것도 그녀에게 대답할 수 없었다. 그의 온 시선은 우엉잎 쪽에 완전히 고정되어 꼼짝달싹 못하고 있었던 것이다.

희끗희끗한 올리브 색깔의 통나무 하나가 점점 커지면서 숲 속으로부터 서서히 올라오기 시작했다.

알렉산드르 세묘노비치가 보기에 통나무 위에는 물에 젖은 누르스름한 얼룩 반점들이 가득 뿌려져 있는 것 같이 보였다. 통나무는 길게 쭉 늘어나더니 굽이치면서 흔들거리기 시작했다.

그리고는 갑자기 쭉 늘어나서는 작은 버드나무 키를 능가할 정도로 높게 솟아올랐다. 그리고 나서 통나무의 상층부는 꺾여 구부러지면서 약간 밑으로 내려왔다.

알렉산드르 세묘노비치 머리 위에 모스크바 전선주(電線柱)만한 높이의 뭔가가 갑자기 나타난 것이었다.

그러나 그것은 둘레가 전선주의 세 배는 되었으며, 표면에 새겨진 비늘 모양의 문신 덕택에 훨씬 더 아름다워 보였다.

아직 아무것도 이해하지 못하면서, 하지만 이미 등골이 오싹해질 대로 오싹해진 알렉산드르 세묘노비치는 갑자기 나타난 무시무시한 기둥의 꼭대기를 쳐다보았다.

그리고는 몇 초 동안 심장이 멎는 것 같았다.

그는 8월 한여름에 갑자기 된서리를 맞은 기분이었다.

갑자기 눈앞이 캄캄해지면서 어둑어둑해지기 시작하였다.

그는 태양을 똑바로 쳐다보았다.

그러나 한 여름 대낮에 빨랫줄에 널린 바짓가랑이에 가려서 안보이듯이 눈앞은 캄캄하기만 하였다.

통나무 꼭대기 끝에 커다란 뱀머리가 보였다.

뱀머리는 앞부분이 눌려진 것처럼 납작하니 날카롭게 튀어나와 있었고, 전체가 올리브색 바탕에 둥그스름한 노란 반점들로 채색되어 있었다.

머리 윗부분에는 옆으로 길게 찢어진 모양에 눈꺼풀도 없는 눈이 날카롭게 노려보고 있었다. 눈 속에서는 아주 기괴한 악의가 번뜩이며 흘러나왔다.

뱀머리는 마치 공기를 쪼아 먹듯이 앞뒤로 크게 움직이더니, 전체 몸기둥을 우엉잎 풀숲 속으로 깊숙이 스며들게 하고는, 오로지 눈 한쪽만 밖에 남겨 놓은 채, 눈 하나 까딱하지 않고서 알렉산드르 세묘노비치를 노려보기 시작하였다.

온 몸이 식은땀으로 뒤덮인 알렉산드르 세묘노비치는 공포감에 사로잡혀 완전히 제 정신을 잃은 채, 간신히 네 단어의 발음만을 겨우 입 밖에

낼 수 있었다. 우엉잎 사이의 뱀 눈은 어느 정도 진정되어 있었다.

"농담이 아니라면 이게 뭔가……"

그리고 나서 록의 머릿속엔 인도의 고행승이 회상되었다…….

'그래… 맞아… 인도의…… 뜨개질한 바구니와 그림을 팔며……. 뱀을 가지고 이리저리 돌리던……'

뱀의 머리가 다시 하늘 높이 튀어 오르면서 몸통 전체를 밖으로 드러내기 시작하였다.

알렉산드르 세묘노비치는 플룻을 입술 쪽으로 가져간 다음, 쉰 목소리처럼 삑삑 소리를 내고 나서 급히 연주를 해대기 시작했다.

매초마다 숨을 헐떡이면서, 그는 <예브게니 오녜긴>의 왈츠를 연주하였다. 숲 속의 뱀 눈이 곧 왈츠곡에 대한 증오와 적개심으로 불타오르기 시작했다.

"뭐예요 여보! 당신, 바보예요, 이 삼복더위에 무슨 연주를 하고 있는 거예요?"

마냐의 쾌활한 목소리가 들려왔다.

순간, 알렉산드르 세묘노비치는 자신의 시선 오른쪽 끝 부분 어딘가에 하얀 반점의 뱀 한 마리가 더 있는 것을 포착하였다.

곧 이어, 찢어지는 듯한 쉿소리가 온 국영농장을 꿰뚫어 버리듯이 울려 퍼지더니, 커다란 원기둥이 하늘 높이 치솟으며 날아올랐다.

왈츠곡은 부러진 다리처럼 껑충껑충 뛰며 연주되고 있었다.

숲 속의 뱀머리는 갑자기 앞 쪽을 향하여 쭉 뻗어 나갔다. 뱀의 날카로운 시선은 록의 혼까지 완전히 속 빼놓고 나서는, 못 본채 내버려 두고 다른 곳을 향하기 시작했다.

뱀은 길이가 약 15 아르신[27] 정도 되어 보였으며, 굵기는 사람 몸통만 하였고, 마치 용수철이 튀듯이 우엉잎 풀숲에서 튀어 나왔다.

길에서 먼지가 먹구름처럼 뿜어 올라왔으며 왈츠곡은 곧 멈추었다.

뱀은 국영농장장 옆을 단숨에 지나서 곧바로 길 위의 하얀색 자켓 쪽으로 내달았다.

27) 아르신: 구 러시아의 척도 단위, 약 71.12 센티미터.

록은 마냐의 얼굴이 샛노랗고 하얗게 변해 버리고, 그녀의 긴 머리카락이 마치 철사처럼 쭈뼛쭈뼛 서더니, 머리 위로 반 아르신은 더 되게 솟구쳐 오르는 것을 아주 분명히 보았다.

록의 목전에서 뱀은 일순간에 커다란 입을 크게 벌리더니, 입속에서 마치 포크 비슷하게 생긴 뭔가가 밖으로 급히 뻗쳐 나오고 나서, 먼지 속에 휩싸여 있던 마냐의 어깨를 날카로운 이빨로 꽉 물어서는 지상에서 1아르신 정도 들어올렸다.

이때, 마냐는 죽기 직전의 날카로운 외마디 비명 소리만을 연거푸 지르고 있을 뿐이었다.

뱀은 몸을 뒤로 움츠려 자신의 몸통을 약 5싸젠[28] 정도 나사모양으로 쭈글쭈글하게 만들더니, 꼬리를 흔들어 맹렬한 회오리바람을 일으킨 다음, 마냐를 압축하기 시작했다.

마냐는 더 이상 한마디 소리도 내지 못하였다. 오로지 록만이 그녀의 뼈가 으스러지는 소리를 들을 뿐이었다. 뱀의 볼 따귀 부드럽게 꽉 움켜잡은 마냐의 머리가 땅 위에서 하늘 높이 날아올랐다. 마냐의 입에서 피가 철철 쏟아져 나왔으며 부러진 팔이 튕겨져 나왔고 손톱 밑에서는 피가 조그만 분수처럼 뿌려지기 시작했다.

그 후, 뱀은 턱을 아래로 쭉 떨어뜨리며 입을 크게 벌리더니 단숨에 마냐의 머리를 자신의 머릿속으로 집어넣어 버렸다.

마냐의 머리는 마치 장갑 속에 손가락이 들어가듯이 꿈틀꿈틀 대며 뱀 몸통 속으로 기어 들어가기 시작했다.

뱀으로부터 나오는 뜨거운 입김이 사방으로 퍼져 나갔으며, 그것은 곧 록의 얼굴에도 와 닿았다. 뱀의 꼬리가 코를 찌르는 듯한 자극적인 먼지를 휘날리며 하마터면 길에서 록을 쓸어 내버릴 뻔하였다.

바로 여기서 록의 머리는 하얀 먼지를 뒤집어쓰면서 백발이 되어갔다. 먼저 왼쪽 머리가 하얗게 변했으며 다음의 오른쪽 반은 아직 장화처럼 까맣게 남아 있더니, 이내 곧 머리 전체가 은색으로 뒤덮여 버렸다.

심한 구역질을 해대며 록은 간신히 길에서 떨어져 나왔다. 그는 아무것

28) 싸젠: 미터법 채용 이전의 길이의 단위, 3 아르신, 약 2.134 미터.

도 그리고 아무도 보지 않고 오로지 근처 사방을 향하여 짐승같이 울부짖으면서 내달리기 시작하였다…….

제9장
살아 움직이는 죽

국가정치보위부 두기노 지청의 정보요원 슈낀은 매우 용감한 사람이었다. 그는 곰곰이 생각하고 나서 자신의 동료 붉은 머리 빠라이찌스에게 다음과 같이 말하였다.

"그럼, 뭐, 가 봅시다. 그렇지 않소? 모터카로 가지, 뭐."

이렇게 말하고 나서 한동안 침묵을 지키다가, 벤치에 앉아있는 사나이에게 다음과 같이 한마디 더 덧붙였다.

"그 플룻 좀 내려놓으시오."

그러나 보위부 두기노 지청 안의 벤치에 앉아 온 몸을 사시나무 떨듯이 덜덜 떨고 있던 백발의 사나이는 플룻을 손에 꼭 붙들고는 절대 내려놓지 않았다.

그는 울고 있었으며 곧 울부짖기 시작하였다.

이때, 슈낀과 빠라이찌스는 플룻을 그의 손아귀에서 빼낼 필요가 있다는 것을 알아차렸다.

손가락들이 플룻에 찰싹 달라붙어 있었다.

거의 서커스단 수준으로 손아귀 힘이 대단히 센 슈낀이 손가락을 하나하나씩 바로 잡기 시작하여 곧 손가락 모두를 똑바로 폈다. 그러자 곧, 플룻이 탁자 위에 떨어졌다. 이 일은 마냐가 죽은 그 다음날 햇볕이 쨍쨍한 이른 아침의 일이었다.

"당신도 우리와 함께 갑시다."

슈낀이 알렉산드르 세묘노비치보고 말하였다.

"함께 가서, 우리에게 어디에서 무슨 일이 일어났는지 보여 주시오."

그러나 록은 극도의 공포감에 사로잡혀 마치 무시무시한 광경을 피하듯이 그의 시선을 피하며 두 손으로 자신의 얼굴을 가려 버렸다.

"보여 주어야 합니다."

빠라이찌스가 엄격하게 말하였다.

"아냐, 그냥 그를 내버려 둬. 보다시피, 이 사람 지금, 제 정신이 아니야."

"저를 모스크바로 보내 줘요,"

알렉산드르 세묘노비치가 울면서 청원하였다.

"당신, 정말 국영농장으로 아예 돌아가지 않을 작정이요?"

그러나 록은 대답 대신에 다시 손으로 얼굴을 가렸다. 극도의 공포감이 그의 눈빛에서 흘러나오고 있었다.

"으음, 알겠소,"

슈낀은 결단을 내렸다.

"당신은 사실상 제 힘으로 가기는 불가능할 테고……. 알겠소. 곧 급행열차가 지나가면, 그 차편으로 가도록 하시오."

그 후, 슈낀과 빠라이찌스가 뭔가를 협의하는 동안, 지청 수위 노인이 알렉산드르 세묘노비치에게 물을 먹이자, 그는 이가 따 빠진 푸른색 컵의 언저리에 딱딱 소리를 내며 자신의 이빨을 부딪쳤다.

빠라이찌스는 추측하기를, 대체로 아무 일도 일어나지 않았으며, 순전히 록이 정신병에 걸려 무서운 환각상태에 빠졌다고 생각하였다.

슈낀은 추측하기를, 요즈음 그라체브까 도시에서 서커스 공연이 한창인데, 마침 공연 도중에 갑자기 큰뱀-이무기 한 마리가 뛰쳐나온 게 아닌가 하고 생각하였다.

이들의 의심스러운 귓속말을 듣고 난 록은 슬며시 일어섰다. 그는 어느 정도 제 정신을 차려서는 마치 성경에 나오는 예언자처럼 양팔을 쭉 뻗치더니 다음과 같이 말하였다.

"제 말을 들으세요, 제 말을 잘 들어 보세요. 무엇 때문에 당신들은 제 말을 믿지 않으시는 겁니까? 뱀은 있었습니다. 그럼, 저의 아내는 어디에 있다는 얘기입니까?"

슈낀은 잠시 침묵에 빠지기 시작하더니 심각하게 뭔가를 생각하였다. 그리고는 즉시 그라체브까 도시로 뭔가 급히 전보를 타전하였다.

슈낀의 명령에 따라, 세 번째 보위부 요원이 알렉산드르 세묘노비치 주위에 찰싹 같이 들러붙어 있기 시작하였으며, 그는 알렉산드르 세묘노비치를 모스크바까지 호송해야만 하였다.

슈낀과 빠라이찌스는 원정을 준비하기 시작하였다. 이들한테는 전자 권총이 하나 있었다.

그러나 이것 하나만으로도 이미 훌륭한 방어수단이 되었다. 50개의 탄알을 장착할 수 있는 27년형 모델로서 근거리 사격을 위해 개발된 프랑스 기술의 자존심이었다. 권총은 백보 이내에 있는 사물만을 맞출 수 있었으나, 직경 2미터 이내에 있는 모든 동물은 단 한발의 사격으로 살상이 가능하였다. 또한, 이 권총으로 표적이 빗나가기란 아주 드문 일이었다.

슈낀은 번쩍이는 전자 권총을 허리에 차기 시작하였으며, 빠라이찌스는 25연발 기관총을 허리띠에 둘러멨다. 한 모터카에 동승한 이들은 아침 이슬과 추위를 헤치며 포장도로를 따라 국영농장 쪽으로 달렸다.

모터카는 요란한 소리를 내며 달린 끝에 1시 15분이 되어서야 보위부로부터 20베르스따 떨어진 국영농장 근처에 당도할 수 있었다. (록은 여전히 자기 생각을 꼭 숨긴 채, 극도의 공포감 속에서 이따금 발작을 일으키며, 길 옆 잔디밭에 누워 온 밤을 지샜다.)

보위부 요원들이 국영농장 근처에 도착했을 때는 이미 태양이 강하게 내리쬐기 시작하여, 저 멀리 농장 언덕이 훤히 보였으며, 언덕 밑으로 '또삐' 강이 굽이치며 흐르는 가운데, 초록빛 풀숲에 가려진 원기둥과 그 위의 높다랗게 우뚝 솟은 궁전이 기분 좋게 다가오고 있었다.

죽음과 같이 고요한 적막감이 주위를 맴돌기 시작하였다. 국영농장 쪽으로 막 접어드는 길목에서 요원들은 달구지를 몰고 가는 한 농부를 추월해 갔다. 뭔가 여러 개의 자루들을 가득 실은 달구지는 서두르지 않고 천천히 가고 있었으며, 곧 모터카 뒤에 뒤쳐져서 남겨졌다.

마침내, 모터카는 다리 위를 통과하여 질주하였고, 빠라이찌스는 누구든지 불러내기 위하여 경적을 울려댔다.

그러나 아무도 그리고 어디에서도 반응 하나 없었다. 단지, 저 멀리 깐쪼브까 마을의 개들만이 요란스럽게 짖어댈 뿐이었다. 모터카는 천천히 움직이면서 녹색 사자상이 붙어있는 정문 쪽으로 다가갔다.

먼지를 뽀얗게 뒤집어쓰고 노랗게 변해버린 각반을 신은 요원들은 모터카에서 껑충 뛰어 내려서는, 울타리 창살에다 자물쇠 달린 쇠사슬로 모터카를 단단히 잠그고 나서, 정원 안으로 들어갔다.

하지만, 뒤 죽은듯한 고요함에 요원들은 놀라지 않을 수 없었다.

"헤이, 누구 거기 없어요!"

슈낀이 큰 소리로 외쳐댔다.

그러나 아무도 그의 외침소리에 대꾸하지 않았다.

요원들은 한층 더 놀라면서, 마당 주위를 빙 돌아갔다.

빠라이찌스는 얼굴을 찡그리기 시작하였다. 슈낀은 연한 빛의 눈썹을 한층 더 찌푸리면서 심각하게 여기저기를 쳐다보기 시작하였다.

잠긴 창문을 통해 부엌 안을 들여다보고는 그 곳에 아무도 없음을 알아차렸다. 하지만, 부엌 바닥에는 온통 하얀색 식기 조각들이 깨진 채 여기저기 널려져 있었다.

"정말로 무슨 사건이 일어났었던 게 아닐까.

이제야 알겠어, 분명 대참사(大慘事)가 발생한 거야."

빠라이찌스가 중얼거렸다.

"헤이, 거기 누구 없어요! 헤이!"

슈낀이 소리쳤다.

그러나 공허한 메아리만 부엌 아치 천장 밑에서 울려 퍼져 나왔다.

"젠장할!"

슈낀이 불만 섞인 목소리로 말하였다.

"정말로 뱀이 한꺼번에 모두 다 처먹어 버린 건가. 그렇지 않으면, 모두 다 도망가 버린 건가. 하여튼, 집 안으로 들어가 봅시다."

원기둥 베란다가 딸려 있는 궁전 안으로 들어가는 문은 활짝 열어 젖혀져 있었다.

그리고 집 안은 완전히 텅 비어 있었다.

요원들은 다락방까지도 뒤지며 이 방 저 방 노크하면서 모든 방문을 열어 젖혔다. 그러나 결과적으로 아무 것도 발견할 수 없었다.

결국, 요원들은 죽음같이 고요한 출입계단을 통하여 다시 정원 쪽으로 나왔다.

"돌아 가 보자. 온실 쪽으로."

슈낀이 명령하였다.

“남김없이 샅샅이 찾아보자고. 그리고서 저쪽 어딘가에서 전화로 보고 하자고.”

요원들은 벽돌로 된 좁은 길을 따라 걸어서, 화단 옆을 지나 뒷마당 쪽으로 갔다. 뒷마당을 가로질러 가자 번쩍번쩍이는 유리로 된 온실이 보였다.

“잠깐, 기다려.”

슈낀이 속삭이며 말한 다음, 허리에서 권총을 끌렀다. 빠라이찌스도 바짝 긴장하며 기관총을 끌렀다.

아주 잘 울리는 이상한 소리가 온실 안에 그리고 온실 뒤 어디에선가 계속하여 퍼지기 시작하였다. 마치 어디에서 기관차가 쉬쉬 소리를 내며 달려오는 것 같았다.

“자우-자우…… 자우-자우…… 스-스-스-스-스……”

온실은 계속하여 쉬쉬 소리를 내고 있었다.

“아, 잠깐, 조심해.”

슈낀이 발뒤꿈치로 소리 나지 않게 걸으려고 애쓰면서 속삭였다. 요원들은 바로 유리창 쪽으로 다가 가서는 온실 안을 쳐다보기 시작하였다.

곧 빠라이찌스는 몸을 뒤로 젖히고 말았다. 그의 얼굴은 백짓장처럼 창백해지기 시작했다. 슈낀은 입을 딱 벌리고 말았다. 그는 권총을 손에 움켜쥔 채, 그 자리에서 온 몸이 꽁꽁 얼어붙기 시작했다.

온실은 마치 구더기 죽(鬻)처럼 온통 들끓고 있었다.

거대한 뱀들이 실타래처럼 서로 얽히고설켜서는 쉬쉬 소리를 내면서 이리저리 꿈틀대고 있었으며, 머리를 여기저기 설레설레 흔들며 온실 바닥을 기어 다니고 있었다.

깨진 달걀껍질들이 바닥에 여기저기 널려져 있었으며, 뱀 몸통 밑에서 와지 와지직 소리를 내며 부서졌다.

천장 위에서는 강한 빛의 전구 백열등이 창백하게 타고 있었고, 전구로부터 나오는 이상한 영사기 불빛은 온실 안 전체를 훤히 비추고 있었다.

바닥에는 마치 영사기와 같이 생긴 거무스름한 커다란 상자 3개가 위로 솟아나 있었는데, 이들 중 2개는 약간 옮겨져 비스듬히 옆으로 누워 있었고, 상자 안의 불은 꺼져 있었다. 하지만, 3번째 상자 안에는 검붉은 색의 환한 불빛이 바닥에 조그만 원형 반점을 만들며 활활 타고 있었다.

어마어마한 크기의 뱀들이 전선줄을 타고 기어 다니고 있었으며, 문틀과 창살을 따라 기어 올라가서는 지붕 위의 구멍을 통해 밖으로 기어 나가기 시작했다.

바로 전구 백열등 위에 아주 새까만 얼룩무늬 반점에 길이가 몇 아르신은 실히 되어 보이는 거대한 뱀 한 마리가 거꾸로 매달려 있었다. 뱀의 머리는 마치 시계 추 마냥 백열등 주위에서 이리저리 왔다 갔다 했다. 뱀이 뒤얽히며 나는 쉬쉬 소리 가운데, 어디에선가 짤그랑 짤그랑거리며 방울소리가 나기 시작하였고, 온실 안으로부터 꼭 연못 냄새와 같이 썩은 이상한 냄새가 확 풍겨 나왔다.

그리고 또한, 요원들은 먼지투성이의 구석진 곳에 여기저기 쌓여있는 하얀 달걀 더미들과 상자 주위에서 꼼짝 않고 누워있는 종아리가 이상하게 긴 거대한 새, 그리고 라이플총을 곁에 두고 온실 문가에 누워있는 회색빛 시체 한 구를 어렴풋이 보았다.

"뒤로 물러나."

슈낀이 소리쳤다.

그리고 그는 왼손으로 빠라이찌스를 밀어젖히고, 오른손으로는 권총을 들어 올리면서 뒷걸음질 치기 시작하였다.

그는 온실 주위에 번쩍하는 푸르스름한 불빛을 내고 나서, 9번 정도 사격을 가하였다.

사격 소리는 무시무시할 정도로 강력하였다.

그리고 슈낀의 사격소리에 대답이라도 하듯이, 곧 온실 안은 광적인 움직임으로 들끓기 시작했다.

모든 구멍마다 납작하게 생긴 뱀머리들이 번쩍거리며 아른거리기 시작했다. 곧 천둥 같은 소리가 온 국영농장 안에 울려 퍼져 나아갔으며, 이내 벽에 부딪쳤다가 메아리치며 되돌아오기 시작하였다.

"차흐-차흐-차흐-타흐."

빠라이찌스도 뒤로 물러나면서 연실 사격을 가하였다.

갑자기, 네 발 달린 짐승의 발자국 소리 같은 이상한 소리가 사각사각하며 뒤에서 들려왔다. 무심결에 고개를 뒤로 돌린 빠라이찌스는 갑자기 큰소리로 비명을 지르고 말았다.

발바닥은 비틀어져 있고 비늘은 갈색과 푸르스름한 색깔을 띠었으며, 거대한 주둥이가 앞으로 쭉 뻗어 있고, 뒤에는 수탉 벼슬 모양의 긴 꼬리가 달려있는 것으로 보아 무시무시하게 커다란 도마뱀 같이 생긴 동물 한 마리가, 헛간 구석에서 바로 튀어나와서는 빠라이찌스의 발을 콱 물어뜯어 땅바닥에 쓰러뜨려 버렸다.

"도와줘."

빠라이찌스가 큰소리로 외쳐댔다.

하지만, 곧 그의 왼손은 뱀의 입속으로 빨려 들어가기 시작하였으며, 오른 손으로 그는 왼손을 빼내려고 안간힘을 써 보았지만, 아무 소용이 없었고, 그 바람에 권총만 땅에 떨어뜨렸다.

슈낀은 빠라이찌스를 물은 뱀 쪽으로 급히 몸을 돌려 이리저리 권총을 겨누기 시작하였다.

마침내, 그는 한 번 사격하는데 성공하였다.

그러나 자칫하면 동료를 죽일 수도 있다는 두려움 때문에, 측면 쪽으로 총구 방향을 틀었다.

두 번째로 그는 온실 쪽을 향하여 사격하였다.

왜냐하면, 그 곳으로부터 조그만 뱀머리들 가운데 어마어마하게 큰 황록색 뱀 한 마리가 머리를 불쑥 내밀더니, 금방 거대한 몸통을 드러내며 빠라이찌스 쪽을 향하여 곧장 튀어나왔기 때문이었다.

이 사격으로 그는 거대한 뱀을 죽일 수 있었다.

다시 그는 껑충 뛰어, 이미 악어의 입 속에서 초죽음 상태가 되어버린 빠라이찌스 주위를 빙 돌며, 자신의 동료 요원을 건드리지 않고 무시무시한 파충류를 한 방에 죽일 수 있는 적당한 사격 장소를 선택하였다.

마침내 사격은 명중하였다.

전자 권총으로부터 푸르스름한 불꽃이 번쩍하며 주위를 환하게 비추더니, 곧이어 '타당-탕' 하는 소리가 연이어서 두 번 울려 퍼졌다.

곧 악어는 위로 껑충 뛰어 오르고 난 후, 몸을 길게 쭉 늘어뜨리면서 뻣뻣해지더니, 빠라이찌스를 해방시켰다.

빠라이찌스의 손목으로부터 피가 흘러나왔고, 그의 입 속에서도 피가 솟구쳐 나왔다.

그는 자신의 오른쪽 성한 팔을 굽혀서 왼쪽 부러진 다리를 끌어 당겼다. 그의 눈빛은 이미 꺼져가고 있었다.

"슈낀… 도망가……."

그는 흐느껴 울면서 분명치 않은 목소리로 말하였다.

슈낀은 온실 쪽을 향하여 몇 번 사격을 가하였다. 온실 창문이 깨지면서 유리 조각들이 밖으로 날라 나왔다.

그러나 올리브 색깔의 거대한 뱀 한 마리가 마치 용수철 같이 튕겨지며 구부러졌다 펴지면서 지하실 창문으로부터 튀어나오더니 미끄러지듯이 마당을 가로지르기 시작했다.

곧 5 싸젠이나 되는 자신의 긴 몸통으로 마당 전체를 거의 다 차지한 뱀은 순식간에 슈낀의 다리를 물어 버렸다.

슈낀은 땅으로 곤두박질치며 나가 떨어졌다. 그의 번쩍이는 전자권총은 옆으로 내동댕이쳐졌다.

슈낀은 큰소리로 비명을 질렀다. 그리고는, 곧 숨을 헐떡이기 시작했다. 이어서, 거대한 가락지 모양의 뱀 몸통은, 그를 머리만 남겨놓고 완전히 감추어 버렸다.

이윽고, 거대한 가락지는 남은 머리마저도 집어 삼켜 버렸으며, 머리가죽은 벗겨져 밖으로 나뒹굴어 졌다. 곧이어 머리뼈가 으스러지는 소리가 들렸다.

국영농장 안에는 더 이상 한 발의 사격소리도 들리지 않았다. 쉬쉬쉬하는 소리가 농장 안의 모든 소리를 뒤덮어 버렸다.

이 소리에 응답이라도 하듯, 깐조브까 마을로부터의 개 짖는 소리가 이따금 바람을 타고 아주 멀리 들려왔다.

그러나 이제는 이미 그것이 누가 짖는 소리인지, 즉 개가 짖는 소리인지, 아니면 사람이 짖는 소리인지, 분간해 내기란 정말 불가능하게 되었다.

제10장
파 국

<이즈베스찌야> 신문의 야간 편집국 안에 불이 환하게 켜져 있었다. 뚱뚱한 편집국장은 구리빛 책상 위에 <공화국 연방에 대하여> 라는 텔레팩스를 펼쳐놓고 신문 2면 판본을 정판하고 있었다.

한 활자판이 우연히 그의 시선과 마주쳤다. 그는 코안경 너머로 활자판을 자세히 들여다보기 시작하였다. 그리고는 큰 소리로 웃기 시작했다. 곧 그는 자신의 주위로 교정계 수정공들과 정판공들을 불러 모은 다음, 그 활자판을 모두에게 가리켜 보였다. 눅눅한 종이 위에 좁다란 줄의 글씨가 다음과 같이 인쇄되어 있었다.

<스몰렌스크 현의 그라체브까시(市), 한 시골마을에 말만한 크기의 암탉이 나타나, 말처럼 닥치는 대로 걷어차고 있다. 이 암탉에게는 꼬리 대신에 부르주아 부인네들의 모자 깃털이 달려있다.>

식자공들이 목이 터져라 큰 소리로 웃기 시작했다.

"요즘 세상에도……,"

편집국장이 히득히득 웃으며 말하기 시작했다.

"내가 바냐 스이찐이 운영하던 <러시아 말> 지(紙)에 근무할 당시, 너무 마시는 바람에 코끼리까지 마셔버렸다는 얘기는 들었어. 그건 그런대로 믿을만해. 하지만, 그렇다고 요즈음 세상에 타조까지 들먹이고 나와서야……."

식자공들은 다시 큰소리로 웃어댔다.

"하지만, 정말로 타조인지도 모르죠,"

정판공이 말하기 시작했다.

"하여튼, 좋습니다, 이반 보니파찌예비치, 어떻게 판본에 실을까요?"

"뭐, 당신 지금 무슨 소리하고 있어. 멍청해 가지고는……."

편집국장이 대답하였다.

"나는 지금 비서가 어떻게 이런 술 취한 텔레팩스를 그냥 통과시켰는지, 그저 놀라울 뿐이야."

"그냥, 장난으로 한 걸 거예요, 틀림없어요."

식자공들이 이구동성으로 동의하였으며, 정판공은 타조에 대한 소식을 탁자에서 집어 치워 버렸다.

이리하여, <이즈베스찌야> 신문은 여느 때와 같이 대량의 흥미 있는 기사를 가득 실은 채, 다른 날짜에 발행되어 나왔다.

그러나 그라체브까시(市)의 타조에 대한 기사는, 그 어디에도 실리지 않았으며 암시조차 되지 않았다.

<이즈베스찌야> 신문을 주의 깊게 구독하던 시간강사 이바노프는 자신의 연구실에서 신문을 이리저리 뒤척이며 펼쳐 보더니, 길게 하품을 하고나서는 다음과 같이 말하였다.

"아무 것도 흥미로운 건 없네."

그리고 그는 하얀색 가운을 걸쳐 입기 시작했다.

얼마 후, 그의 연구실 안에서는 버너가 활활 타오르기 시작하였으며, 개구리들이 개골개골하며 울기 시작하였다.

같은 시간, 뻬르시코프 교수의 연구실 안은 훌렁 뒤집어지고 있었다. 교수의 성난 목소리가 복도 밖에 까지 울려 퍼져 나왔으며, 놀란 표정의 빤크라트가 똑바로 서서는 부동자세를 취하고 있었다.

"알겠습니다……. 네…… 알겠습니다."

빤크라트의 다 기어들어가는 목소리가 계속하여 이어졌다.

뻬르시코프가 활자체가 인쇄되고 봉납으로 밀봉된 서류봉투를 그에게 넘겨주며 다음과 같이 말하였다.

"동물 관리과의 그 과장 쁘따흐한테 곧바로 가서, 내가 돼지 같은 더러운 놈이라고 그러더라고, 그 놈한테 직접 말하게.

내가 지금 말한 것처럼, 뻬르시코프 교수가 그렇게 말하더라고 전하란 말야. 그리고서, 그 놈한테 이 서류봉투를 전해, 알겠어?"

"예, 알겠습니다……."

얼굴이 창백해진 빤크라트가 잠시 머뭇거리며 생각하더니 서류봉투를 받아들고 밖으로 물러갔다.

뻬르시코프는 제 성을 못 참은 듯, 계속하여 소리치기 시작했다.

"젠장할, 세상에 이런 일이 어디 있겠어,"

그는 장갑 낀 손을 문지르며 연구실 안을 이리저리 왔다 갔다 하면서 우는 소리로 말하였다.

"이건 생전 듣지도 보지도 못한 나에 대한 조롱이요, 동물학에 대한 모독이야. 그놈의 저주스러운 달걀들은 산더미처럼 가져오면서, 진작 꼭 필요한 것은 오히려 두 달 씩이나 얻지 못하고 있으니…… 그 실험용 동물알 몇 개 구하자고 그래, 멀리 아메리카라도 갔다 오나!

원, 이놈의 세상, 정말 막 가는 세상이야.

모든 게 뒤죽박죽에다 꼴불견들이야."

그는 손가락으로 세기 시작했다.

"그 알들을 찾아내서 그래……. 으-음, 크게 잡아 열흘이면…… 으-음, 그래, 보름이라고 치지……. 으-음, 그래, 좋아, 아예 20일 걸린다고 하지, 그래도, 이틀이면 런던에서 베를린까지는 날아 올 테고…… 베를린에서 우리한테 까지는 길게 잡아 6시간……. 정말, 이건 도저히 뭐라고 말할 수도 없는 꼴불견이야……."

그는 격분하여 전화통 쪽으로 돌진해 가더니, 어디론가 급히 전화를 걸기 시작했다.

그의 연구실 안에는 어떤 비밀스럽고 위험해 보이는 실험도 모두 다 할 수 있는 준비가 완벽하게 갖추어져 있었다. 문 틈새를 아교풀로 메울 때 사용하는 줄띠 무늬 종이가 잘라져 놓여 있었고, 배수통이 붙어있는 잠수용 헬멧이 놓여 있었다.

수은처럼 번쩍이는 몇 개의 플라스크 겉면에는 <화학국방위원회, 접촉불가>라고 쓰인 레테르와 십자가 모양으로 교차된 뼈다귀 위에 해골바가지가 그려진 그림이 붙어 있었다.

교수가 안정을 되찾고 자신의 일상적인 일에 매달리기 시작하는데 최소한 3시간이 필요하였다. 그는 여느 때와 같이 그렇게 자신의 일에 몰두하고 있었다.

연구실 안에서 그는 밤 11시까지 실험에 몰두하였다.

그러므로 연구소 담황색 담장 밖에서 일어나고 있던 일들에 대하여, 그는 아무 것도 몰랐다. 뱀에 대한 괴상망측한 소문이 전(全)모스크바 시내를 날아다니고 있는 것도, 저녁 신문에 아우성치며 쏟아져 들어오는 이상한 전신전보에 대한 이야기도, 그에게는 펑 뚫린 소식이었다.

왜냐하면, 조수 이바노프가 예술극장으로 <표도르 요안노비치>를 관람하러 가는 바람에, 교수에게 소식을 전해 줄 사람이 아무도 없었기 때문이었다.

뻬르시코프는 자정이 다 되서 쁘레치스쩬까 자신의 아파트로 돌아왔다. 그는 런던에서 받은 <동물학 통보> 잡지에 실린 어떤 영어 논문 한 편을 침대에 누워 밤새도록 다 읽고 나서 잠자리에 들었다.

그는 곤한 잠에 빠져 들었다.

그리고 모스크바 거리를 밤늦게까지 빈둥거리던 사람들도 모두 잠자리에 빠져 들었다.

오로지, 뜨베르스카야 거리에 위치한 거대한 회색 건물만이 잠자리에 들지 못하고 있었다.

<이즈베스찌야> 신문의 대형 윤전기가 온 건물 안을 뒤 흔들며 윙윙 소리를 내면서 무시무시하게 돌아가고 있었던 것이다.

편집국의 사무실 안에서는 도저히 믿을 수 없는 혼잡과 혼란이 계속해서 발생하고 있었다.

빨갛게 충혈된 눈으로 완전히 정신이 나간 편집국장은 어떻게 해야 될지를 모르면서 허둥대고 있었다. 그는 모든 것을 악마의 짓으로 돌렸다. 정판공은 국장 뒤를 쫓아다니며, 긴 한숨을 내쉬면서 다음과 같이 말하였다.

"이제 어떻게 할까요, 이반 보니파찌예비치, 이건 단순한 재난이 아녜요. 내일 아침 신문으로 호외(號外)를 발행시켜야 해요. 계속해서 쏟아져 나오는 텔레팩스들을 찢어버리는 것도 이젠 한계가 있어요."

식자공들은 집으로 돌아가지 않고 있었다. 그들은 삼삼오오 서성이거나 혹은 떼를 지어 이리저리 왔다 갔다 하면서, 계속해서 쏟아져 들어오는 텔레팩스들을 읽고 있었다. 텔레팩스는 이제 매 15분마다 점점 더 이상하고 괴상망측해 지면서 밤새도록 계속하여 쏟아져 나오기 시작하였다.

갑자기, 알리프레드 브론스키의 뾰족한 중절모가 신문사 인쇄실 안의 눈부신 장밋빛 조명을 받으면서 번뜩이고 나타났으며, 이어서 의족을 한 뚱뚱보 사나이도 삐걱삐걱 기계음을 내며 다리를 절뚝절뚝 거리면서 이곳저곳 모습을 드러내기 시작하였다.

신문사 출입구 문은 쾅쾅거리며 계속해 여닫혔고, 기자들은 밤새도록 들락날락 거리기 시작했다.

인쇄실 안의 12대 전화가 모두 끊임없이 울리고 있었다. 전화 교환소는 거의 기계적으로 <통화중> <통화중> 이라는 응답 메시지만을 전달하고 있었다.

교환소 내의 당직 아가씨 앞에서는 신호음만 계속해서 울려댔다.

뚜-뚜-뚜-………

식자공들은 의족의 뚱뚱보 사나이 곁에 착 달라붙어 주위를 가득 에워싸고 있었다. 이윽고, 왕년의 원양어선의 선장이었던 그 뚱뚱보 기자는 식자공들에게 다음과 같이 말하기 시작하였다.

"곧 가스를 실은 비행기가 급파되어 도착할 겁니다."

"정말, 사실이었군요."

식자공들이 대꾸하였다.

"이게 정말 무슨 날벼락이란 말입니까?"

그리고서, 곧 여기저기서 상스러운 욕들이 터져 나오기 시작했다.

누군가가 째지는 목소리로 다음과 같이 외쳐댔다.

"그 빼르시코프라는 작자를 총살시켜야 합니다."

"여기서, 웬 빼르시코프가 나오나."

군중 속에서 누군가가 대꾸하고 나섰다.

"국영농장의 그 개새끼, 바로 그 놈을 총살시켜야 해."

"경비 보초를 세워두어야 했었어."

누군가가 또 큰소리로 고함을 질러댔다.

"그래, 맞아, 그것은 전혀 달걀이 아니었다는군."

건물 전체가 대형 윤전기 돌아가는 소리에 윙윙거리며 뒤흔들리고 있었다. 마치 보기흉한 회색빛 건물이 전기 불로 활활 타오르고 있는 것 같이 환하게 빛나고 있었다.

대낮 같이 환한 밤은 멈추지 않고 새벽녘까지 계속되어, 비록 전기불이 하나 둘 꺼져 갔어도, 오히려 반대로 점점 더 환해져 갈 뿐이었다.

모터카들이 줄지어서 아스팔트로 포장된 신문사 앞마당으로 굴러들어

왔으며, 이따금 자동차들이 번갈아 들어왔다.

온 모스크바 시내가 벌집을 쑤셔놓은 듯, 벌떼같이 일어나기 시작하였다. 하얀색 신문 조각들이 마치 새가 내려앉듯이 시내 곳곳에 뿌려졌다. 모스크바 시내 전체가 신문 조각으로 된 옷을 입고 있는 것 같았다.

신문 조각들이 시내 곳곳에 뿌려졌으며, 여기저기 사람들의 손아귀 속에서 신문 뒤척이는 바스락 소리가 계속해서 나기 시작하였다.

<이즈베스찌야> 신문의 한 달 판매부수인 150만부가 발행되었음에도 불구하고, 11시경에 이미 신문은 부족하기 시작했다.

뻬르시코프 교수는 쁘레치스쩬까 거리에서 버스로 연구소에 도착하였다.

그 곳에서 새 소식이 그를 기다리고 있었다.

출입구 현관 안에 금속 테두리를 두른 나무 상자들이 가지런히 놓여 있었다. 상자는 모두 3개로서, 겉 표면에 쓰인 독일어는 여기저기 외제 풀이 묻어 얼룩이 져 있었고, 그 위에는 다음과 같은 러시아어 글씨 하나가 백묵으로 커다랗게 쓰여 있었다.

<주의! — 달걀>

펄펄 날 것 같은 기쁨이 교수를 사로잡기 시작하였다.

"드디어 왔어,"

뻬르시코프는 소리쳤다.

"빤크라트, 저 상자들을 즉시 뜯어내 봐, 안에 들어있는 알 깨지지 않게 조심해서 말야. 그리고 내 연구실로 가져오도록 해."

빤크라트는 즉시 명령을 수행하였다.

15분 정도 지나 교수의 연구실 안에는 톱밥과 종잇조각들이 여기저기 뿌려졌으며, 교수의 울부짖는 목소리가 복도 밖까지 울려 퍼지기 시작하였다.

"그래, 이놈의 새끼들, 또 나를 놀려, 이게 뭐야."

교수는 두 주먹을 불끈 쥐고 부르르 떨면서, 그리고 손아귀 안에 달걀을 이리저리 돌리면서 큰 소리로 울부짖듯 말하였다.

"그 놈 쁘따하인지 뭔지, 정말 나쁜 개새끼네. 나를 조롱하는 것도, 이제 더 이상 못 참겠어. 빤크라트, 이게 뭔가?"

"달걀인데… 요…."

빤크라트가 슬픈 목소리로 대답하였다.

"암탉 알이야, 암탉 알, 자네도 알다시피… 이런 쳐 죽일 놈들이 있나! 도대체 이런 달걀이 나한테 왜 필요해. 그 국영농장의 무식한 놈한테나 다 보내버려!"

뻬르시코프는 구석의 전화통 쪽으로 달려갔다.

그러나 전화가 걸리지 않았다.

"블라지미르 이빠찌이치! 블라지미르 이빠찌이치!"

이바노프의 다급한 목소리가 연구소 복도 안을 울리기 시작하였다.

뻬르시코프는 전화통에서 급히 떨어져 나왔으며, 빤크라트는 재빨리 옆으로 물러나며 이바노프에게 길을 비켜 주었다.

이바노프는 자신의 평상시 신사다운 행동거지와는 정반대로 뒤통수에 걸쳐 쓴 회색 중절모도 벗지 않은 채, 손에 신문 조각 하나를 들고는 연구실 안으로 급히 뛰어 들어왔다.

"블라지미르 이빠찌이치, 밖에서 무슨 일이 일어났는지, 아직 모르세요?"

이바노프는 큰소리로 말하면서, 뻬르시코프의 얼굴 앞에 신문을 흔들어 보였다.

<특별호> 라는 표제가 붙은 신문의 한 가운데에 선명한 천연색 그림이 눈에 띄었다.

"아니, 모르겠는데……. 그건 그렇고, 그들이 어떤 짓을 했는지, 한 번 들어 보실래?"

뻬르시코프는 이바노프의 말은 듣지도 않은 채, 대답 대신에 큰 소리로 외쳐대기 시작했다.

"그래, 그 놈들이 나를 암탉 달걀로 놀라게 하려고 오랫동안 궁리들을 한 모양이야. 그 쁘따하인가 뭔가 하는 놈, 정말 진짜 바보 천치야. 자, 보게나!"

이바노프는 완전히 망연자실해졌다. 그는 두려움에 가득 찬 채, 열어젖혀져 있는 달걀 상자들을 쳐다 본 다음, 다시 신문 한 가운데를 꼼짝 않고 바라보기 시작했다. 이미, 그의 눈은 놀란 토끼 눈 마냥 앞으로 거의 툭 튀어나와 있었다.

"아아, 바로 그랬었군요."

숨을 헐떡이며 이바노프가 더듬더듬 말하기 시작했다.

"이제 이해할 것 같군요…… 하지만, 그게 아니고, 블라지미르 이빠찌이치, 여기를 똑바로 보세요, 제발!"

그는 순식간에 신문을 펼쳐 보였다. 그리고는 떨리는 손가락으로 뻬르시코프에게 신문 한가운데 칼라사진을 가리켰다.

사진 속에는 마치 기다란 소방차 호스관 같이 생긴 무시무시한 뱀이 하나 찍혀져 있었다.

올리브색 바탕에 군데군데 노란색 얼룩무늬 반점이 박혀있는 거대한 뱀은 희미하게 보이는 초록빛 풀숲 가운데에 몸을 도사리고 있었다. 뱀은 지상 위를 낮게 떠서 나는 경비행기 위에서 촬영된 것이 분명하였다.

"블라지미르 이빠찌이치, 교수님 생각엔, 이게 뭔지 아시겠어요? 네?"

뻬르시코프는 안경을 이마 위로 치켜 올렸다가 다시 쓰고는 사진 속을 주의 깊게 들여다보기 시작했다. 그리고는 곧, 소스라치게 놀라며 다음과 같이 말하였다.

"아니, 이게 뭔가, 이건…… 그래, 맞아, 아나콘다[29]야, 이무기과(科)에 속하는 것으로서……."

이바노프는 중절모를 벗어 던지고 의자에 털썩 주저앉아서는, 한 마디 한 마디 말할 때 마다 주먹으로 책상 주위를 두드리며 다음과 같이 말하였다.

"블라지미르 이빠찌이치, 이건 스몰렌스크 현의 아나콘다란 말예요, 아시겠어요? 세상에 정말, 이런 불가사이한 일이…… 교수님, 아시겠어요, 그 불한당 같은 무식한 놈이 글쎄, 닭 대신에 뱀을 만들어 냈다고요.

교수님, 아직도 이해가 안 가십니까, 그 무식쟁이들이 개구리처럼 아주 기상천외한 산란을 시켰다니까요!"

"그게 무슨 소리야?"

뻬르시코프가 대답하였다. 그리고 그의 얼굴은 이미 울그락불그락 거

29) 아나콘다: 남미산 큰뱀의 이름.

리며 떨리고 있었다…….

"뾰뜨르 스쩨빠노비치, 자네 농담하고 있나……. 어디서 그런……?"

이바노프는 순간 할 말을 잃고 멍하니 있기 시작하였다.

그리고서, 그는 할 말이 생각난 듯, 노란색 톱밥 위에 하야스름한 달걀이 볼록볼록 튀어나와 번쩍이고 있던, 열어 젖혀진 달걀상자를 손가락으로 가리키며 다음과 같이 말하였다.

"바로 이게 증거입니다."

"뭐라고?!"

뻬르시코프는 울부짖듯이 소리쳤다. 그리고는, 뭔가를 헤아리며 생각하기 시작했다.

이바노프는 두 주먹을 꽉 쥔 채 부르르 떨며 아주 확신있게 소리쳤다.

"진정하십시오, 교수님. 그 작자들이 교수님께서 실험용으로 주문하신 뱀알과 타조알을 국영농장으로 잘못 배달하고, 대신에 달걀을 이곳으로 바꿔 보냈다니까요."

"오, 맙소사……. 하느님, 맙소사."

뻬르시코프가 연거푸 외쳐댔다.

그는 얼굴이 파랗게 질려서는 회전의자에 털거덩 주저앉아 버렸다.

빤크라트는 문가에 아주 바보처럼 멀뚱하게 서서는 창백한 얼굴로 멍하니 있었다.

이바노프가 벌떡 일어나더니, 신문을 잡아 펼쳤다. 그는 뾰족한 손톱으로 신문에 난 글귀들을 가리키며, 교수에게 다음과 같이 소리치기 시작했다.

"이제 그 작자들은 정말 지겹도록 신바람 나는 사건을 맞게 되었다고요!…… 이제, 앞으로 어떤 사태가 발생할는지, 저는 상상도 안 돼요. 블라지미르 이빠찌이치, 자-아, 보세요."

그는 울먹이며 소리쳤다.

그리고는 구겨진 신문에서 그냥 눈에 띄는 한 대목을 소리 내어 읽기 시작했다…….

<뱀들이 떼를 지어 모자이스크 방향을 따라 이동 중…… 믿기 어려울 정도로 수많은 알을 산란하면서…… 알들이 두호브스키 지역에서도 발견되었다. 악어들과 타조들이

출현하였다. 특무부대……. 국가안전관리부대는 파충류들의 이동을 저지시키기 위하여 시외곽의 숲을 완전히 불태워 버림으로서 뱌짐시(市)에서의 대공황을 막았다.>

얼굴색이 울그락불그락해지고 약간 푸른빛이 돌 정도로 창백해진 뻬르시코프는 미친 듯한 눈으로 의자에서 벌떡 일어났다. 그는 숨을 헐떡이면서 다음과 같이 소리치기 시작했다.

"아나콘다…… 아나콘다……. 이무기! 오, 하느님 맙소사!"

그의 이런 정신 상태는 아직까지 이바노프도, 그리고 빤크라트도 결코 본 적이 없었다.

교수는 단번에 넥타이를 찢어 버렸으며, 와이셔츠 단추를 모두 잡아 떼내 버렸다. 그는 아주 멍청한 눈빛으로 온 몸을 부들부들 떨면서 전신마비 증세가 오는 듯 얼굴색이 적자색으로 변하기 시작하였다. 그는 어디론가를 향하여 마구 돌진해 나가기 시작했다. 통곡소리가 연구소 아치천장 밑을 울리며 사방으로 퍼져 나가고 있었다.

"아나콘다…… 아나콘다……"

메아리가 울려 퍼지기 시작했다.

"교수님을 잡어!"

이바노프가 빤크라트에게 소리쳤다.

빤크라트는 두려움에 가득차서 멍하니 서 있었다.

"물, 물을 드려, 교수님한테…… 교수님이 충격을 받으셨어."

제11장
전투와 죽음

모스크바 시내 전체가 온통 전기불로 불야성을 이루는 광적인 밤이 활활 타오르기 시작했다. 불이란 불은 모두 켜져 번쩍이고 있었다. 아파트마다 갓 달린 램프 불이 번쩍이지 않는 곳이 없었다.

400만 인구를 헤아리는 모스크바시의 어느 아파트에도 생각 없는 아이들만을 제외하고는 한 사람도 자지 않고 있었다. 아파트 안에서 사람들은 닥치는 대로 먹고 마셔댔다. 사람들은 뭔가 큰소리로 비명을 질러댔으며, 아파트 각층마다 얼굴을 찡그린 사람들이 하나 둘씩 연이어서 창문으로 목을 길게 쭉 빼고는 하늘 이곳저곳을 쳐다보기 시작하였다. 밤하늘에는 여기저기 사방으로 탐조등 불빛이 투사되고 있었다.

갑자기 하얀색 불꽃이 타오르면서 하늘 높이 치솟아 올라가더니, 모스크바시 전체에 원추형 고깔모자를 뒤집어씌우듯이 번쩍이고 나서 눈 녹듯이 사그라지며 꺼져 버렸다.

아주 낮게 떠가는 비행기 소리가 계속해서 윙윙거리며 밤하늘을 울리고 있었다. 특히, 뜨베르스까야-얌스까야 거리 쪽은 무서운 긴장감이 감돌고 있었다. 알렉산드로프스키 역으로 매 10분마다 기차들이 들어왔다.

도착한 기차의 3등칸은 말할 것도 없고 화물칸에서도 사람들이 인산인해를 이루며 쏟아져 나왔으며, 심지어 물탱크 꼭대기에까지 분별력을 잃은 사람들로 가득하였다.

엄청난 혼란이 뜨베르스까야-얌스까야 거리를 따라 점점 더해 갔다. 어떤 사람들은 버스를 타고 갔으며, 또 다른 어떤 사람들은 전차 지붕 위에까지 올라갔다. 사람들은 서로가 서로를 짓누르며 밀치다가 몇몇은 차바퀴 밑으로 떨어졌다.

갑자기, 역 광장 쪽에서 콩 볶는 듯한 사격 소리가 나더니 군중들 머리 위로 총알이 날라들기 시작했다.

이런 군부대의 발포는 스몰렌스크 현에서 모스크바로 진입하는 철길을 따라 물밀 듯이 달려오며 미친 듯 날뛰던 성난 군중들의 대혼란을 어느 정도 정지시킬 수 있었다.

또한 역에서는 계속하여 유리창이란 유리창은 모두 공중으로 튀어 올라가 박살이 나면서 흐느껴 우는 듯한 소리를 냈으며, 역으로 들어오는 기관차들은 하나같이 큰소리로 경적을 울려댔다.

거리에는 온통 찢겨지고 짓밟아 뭉개진 프랑카드들이 여기저기 널려져 있었다. 이런 프랑카드들은 타는 듯이 날카롭게 내리비추는 검붉은 색의 반사경 불빛 아래, 여기저기 벽에서도 볼 수 있었다.

프랑카드들은 이미 모든 사람들에게 잘 알려져 있었다. 하지만, 누구도 그것들을 눈여겨 읽지 않았다. 프랑카드 속에서 모스크바는 이미 비상계

엄이 선포되어졌다.

그리고 또한, 프랑카드 속에서 대혼란에 대하여 경고하는 메시지와 스몰렌스크 현을 향하여 이미 가스로 무장한 붉은 군대가 속속 투입되고 있다는 내용이 전달되고 있었다.

그러나 이런 프랑카드들도 들끓는 광란의 밤을 멈추게 할 수는 없었다. 아파트 안에서는 식기와 꽃병들이 연이어 떨어지고 깨지고 하였으며, 사람들이 여기저기 모서리에 부딪치면서 갈팡질팡 하였다.

사람들은 뭔가의 보따리와 트렁크들을 연실 풀렀다 감았다 하였으며, 헛된 희망에 혹시나 하고 까란체프스카야 광장으로, 혹은 야로슬라브스키 역이나 니콜라예프스키 역 안으로 몰래 잠입해 들어갔다.

북쪽과 동쪽으로 향하는 모든 역들은 보병들에 의해 몇 겹으로 포위되어졌다. 끝이 뾰족한 헬멧을 쓰고 사방으로 총검을 겨눈 군인들이 올라탄 대형화물차들이 위에까지 상자들을 가득 싣고는 쇠사슬을 쨍그렁쨍그렁 거리며 재정인민대표부를 빠져나갔다.

이들은 지하창고로부터 금괴와 돈이 가득 들어있는 주머니들을 밖으로 반출시키고 있는 중이였으며, 커다란 상자 몇 개의 표면에는 다음과 같은 글씨가 나붙어 있었다.

<조심. 뜨레찌야꼬프 미술관.>

자동차들은 계속하여 큰소리로 경적을 울려대며 모스크바 전역으로 질주하였다. 하늘 저 멀리 아주 먼 곳에서 치솟은 불길이 아른아른 거리며 비추기 시작했다.

곧이어, 8월 하늘의 짙은 어둠을 뒤흔들며 대포소리가 끊이지 않고 들려왔다.

뜨베르스까야 거리 위쪽까지 불 한등 꺼지지 않고 완전히 날밤을 지새운 모스크바는 다음날 아침을 맞고 있었다.

아침이 밝아오자, 거대한 기마 부대의 행렬이 마치 뱀처럼 길게 늘어서며 뜨베르스까야 거리를 따라 행진하기 시작했다.

기마부대의 긴 행렬이 거리에 깨진 채 나뒹굴던 유리조각들을 말발굽으로 짓밟으면서, 아파트 출입구와 상점 쇼윈도우 근처에서 몸을 움츠리고 구경하는 군중들 한 가운데를 지나가기 시작했다.

수천마리의 말들이 요란하게 울려대는 말발굽 소리가 뜨베르스까야 포장도로를 따라 이어져 나아갔다.

말들이 움직일 때마다 회색빛 말잔등 위에 올라탄 기마병들의 검붉은색 두건들이 흔들렸으며, 옆구리에 찬 기다란 창끝은 계속하여 하늘을 찌르기 시작했다.

몸부림치며 아우성치는 군중들은, 마치 여기저기 엎질러져서 보글보글 들끓는 뜨거운 수프 사이를 이리저리 헤치며 뚫고 나아가듯이, 길게 굽이치며 앞으로 전진하는 기병대의 긴 행렬을 보자, 곧 원기를 되찾은 듯, 환호하기 시작하였다.

인도에 서 있던 군중들은 호소하듯 희망 섞인 목소리로 소리치기 시작했다.

"기마부대 만세!"

흥분된 여자 목소리가 울려 퍼졌다.

"만세!"

남자 목소리도 응답하였다.

"질식시켜 죽여 버려!….압살시켜!……"

어디에선가 또 외치는 소리가 들렸다.

"잘 도와주시오!"

인도에서 군중들은 연실 외쳐대었다.

담뱃갑, 은전화폐, 시계 등이 인도로부터 대열 속으로 날아들기 시작했다. 어떤 여자들은 말발굽에 부딪치는 위험을 무릅쓰고 포장도로로 뛰어들어가서는, 말 옆구리에 달라붙어 걸으면서 말고삐를 잡으며 기마병들에게 키스 세례를 퍼부었다.

끊임없이 이어지는 말발굽 소리 가운데 총노리쇠 뭉치의 전후진 소리가 이따금 하늘높이 날아올랐다.

"말고삐 당겨!"

어디선가 경쾌하고 원기 왕성한 목소리가 쩌렁쩌렁하게 울리기 시작했다. 희미한 길가 광고판 불빛 속에 검붉은 색의 털모자를 비딱하게 쓴 사람의 얼굴이 아른아른 보였다.

기마부대 대열 사이사이에, 마치 회교도 부인네들이 입는 베일과 같은 것을 뒤집어 쓴 이상한 복장에다, 등 뒤에는 원통형 모양의 이상한 기구를 짊어진 기마병들이 쉴 새 없이 계속하여 지나갔다.

그리고 곧, 마치 소방차에서와 같이 기다란 호스와 밧줄통이 딸려있는 거대한 탱크차들이 연이어 지나갔으며, 그 뒤로, 차체가 완전히 폐쇄된 육중한 탱크가 포문을 앞쪽으로 길게 열고는 자신의 무한궤도 발톱으로 도로 위의 벽돌을 짓밟아 깨뜨려 버리면서 지나갔다.

기마부대 대열이 완전히 끝나고, 자동차의 행렬이 계속 이어졌다. 자동차들은 육중한 회색빛 철판으로 빈틈없이 밀폐되어 있었고, 철판 위에는 몇 개의 원통형 파이프들이 밖으로 돌출되어 있었으며, 철판 옆에는 <가스>, <화학국방> 이라는 글씨와 더불어 하얀색 두개골이 그려져 있었다.

"형제들을 구원하시오,"

인도에서 군중들이 소리치기 시작했다.

"파충류들을 무찌르시오…… 모스크바를 구원하시오!"

"어머니…… 어머니…… 어머니……"

병사들의 소곤거리는 소리가 대열 밖으로 흘러나왔다.

담뱃갑들이 환하게 밝은 밤의 공중 속을 뚫고 대열 속으로 날라 들어가자, 곧 말 위에 멍청하게 앉아있던 병사들에게서 하얀 이빨이 드러나기 시작했다.

갑자기, 대열 속에서 심금을 울리는 공허한 군가 소리가 우렁차게 흘러나오기 시작했다.

에이스도, 여왕도, 잭도 아닌,
우리들은 무찌른다 파충류들을, 반드시!
파충류를 죽이면, 당신의 적은 없어지고……

갑자기 굉음과 같은 <만세> 소리가 왁자지껄하는 군중들의 혼란스러운 목소리를 압도하며 울려 퍼지기 시작했다.

왜냐하면, 10년 전의 전설 같은 인물 기마부대 총사령관이 백발을 휘날리며 마치 청동기사와 같이 검붉은 색 두건을 매고 말을 탄 채, 대열 앞쪽에 가고 있다는 소문이 퍼졌기 때문이었다.

군중들의 함성소리는 그 동안의 걱정스러웠던 마음을 하늘높이 날려버리기라도 하듯이, 점점 더 우렁차게 울려 퍼지기 시작했다.

<만세⋯⋯ 만세⋯⋯.>

***

연구소 안은 어두침침하였다. 밖에서의 사건은 공허한 메아리처럼 이따금씩 어렴풋하게만 연구소 안으로 날라 들어왔다. 마네즈 광장 한가운데 번쩍이는 시계탑 아래에서 한번 콩을 볶는 듯한 일제사격이 천지를 진동하며 사방으로 퍼져 나아갔다. 이것은 볼혼까 지역의 아파트를 강탈하려 하였던 약탈병들을 그 자리에서 즉결처분하는 사격소리였다.

광장 근처의 거리에는 자동차의 움직임도 뜸하였다. 자동차란 자동차는 거의 모두 역 쪽으로 모이고 있었던 것이다.

책상 위에 희미한 그림자를 드리우며 램프불 하나만이 어슴푸레하게 타고 있는 연구실 안에서, 뻬르시코프 교수는 팔짱 위에 고개를 뚝 떨구고는 아무 말 없이 앉아 있었다. 짙은 담배 연기만이 층을 이루며 그의 주위를 맴돌고 있었다.

상자 안의 광선은 이미 꺼져 있었다. 사육장 안의 개구리들도 이미 잠이 들었는지 잠잠하였다. 교수는 일도 하지 않고 있었으며, 독서도 하고 있지 않았다.

그의 왼쪽 팔꿈치 밑에는 저녁에 도착한 전보가 하나 놓여 있었다. 전보의 좁다란 한 페이지는 현재 스몰렌스크 도시 전체가 불에 타고 있으며, 포병부대가 주위의 모든 협곡과 습지에 퍼져있는 악어 알을 분쇄하면서, 모자이스크 숲 주위 수평방 킬로미터에 무차별 포격을 가하고 있다는 소식을 전하고 있었다.

또한, 1개 비행중대가 뱌짐 지방 근처에서 주위의 거의 모든 마을에 가스를 살포하는 작전을 성공리에 마쳤으나, 주민들이 철수 행동지침에 따라 질서 있게 마을을 떠나지 않고, 두려움과 공포 속에서 어디로 가야할지를 몰라 허둥지둥 대며, 몇몇 그룹별로 분산되어 허위적 거리는 바람에, 이 지역 안에서 수많은 인명피해가 발생했다는 소식도 전하고 있었다.

또한 전보에는, 까프까즈 기병여단이 타조 알의 거대한 산란지를 급습하여 모든 타조들을 남김없이 참살시킨 후, 모자이스크 방향에서 벌어진 타조 떼와의 일대 전투에서 찬란한 승리를 거두었다는 내용도 타전되어 있었다. 하지만, 이 전투에서 여단도 가벼운 손실을 입어야 했다.

만일 수도 모스크바로부터 200베르스따 떨어진 지역에서 파충류들을 저지시키는데 실패한다면, 수도를 완전히 철수시킬 수밖에 없다는 정부 소식통의 말도 전하고 있었다.

공무원들과 노동자들은 아주 태연하게 공공안녕과 질서를 지켜야 했다. 정부는 스몰렌스크와 같은 사건이 다시 일어나지 않도록 하기 위하여 가장 강도 높은 조치를 취하기로 하였다.

스몰렌스크에서는 수천마리의 뱀이 갑작스레 나타나 예기치 않은 공격을 해오자, 당황한 주민들이 타고 있던 스토브를 집어던지는 바람에 사방에서 화재가 발생하면서 도시 전체가 불에 타기 시작하였으며, 그 결과 절망적인 최후를 피할 수 없었다.

모스크바 전체 시민이 적어도 반년간은 먹을 수 있는 비상식량이 이미 확보되어 있으며, 총사령관 소속의 소비에트 위원회는 만일에 붉은 군대와 항공부대 그리고 비행중대가 파충류의 침입을 저지시키는데 실패할 경우, 수도 한복판에서 벌어지게 될 파충류와의 시가전에 대비하여, 아파트 보호를 위한 비상 대책을 세우고 있다는 내용도 전하고 있었다.

하지만, 교수는 이와 같은 내용을 아무 것도 읽지 않았다. 그는 생기 없는 눈동자를 희미하게 뜨고는 멍하니 자신의 앞만 쳐다보면서 연실 담배만 피워대고 있었다.

교수 외에 연구소 안에는 오로지 두 명의 사람만이 있었다. 빤크라트와 끊임없이 눈물을 흘리고 있는 가정부 마리야 스쩨빠노브나였다. 그녀는 벌써 3일 밤을 지새우고 있었다.

교수가 하나 남은 자신의 유일한 특별 상자를 광선이 꺼진 채 그대로 버려두지 못하고 연구실에 남아 있자, 그녀도 또한 교수의 연구실에 나와 3번째 밤을 지새우고 있었다.

마리야 스쩨빠노브나는 어두침침한 구석의 소파 위에 자리를 잡고 앉아서는, 교수에게 줄려고 올려놓은 차 주전자가 가스버너 삼각대 위에서 잘 끓고 있는가를 눈여겨 바라보면서 조용히 시름에 잠겨 있었다.

연구실 안은 잠잠하였었다.

그리고 모든 것은 갑자기 일어났다.

인도로부터 갑자기 증오에 가득 찬 함성소리가 들리기 시작하여, 마리야 스쩨빠노브나가 자리에서 벌떡 일어났다.

그리고는 곧, 그녀는 소스라치게 놀라며 큰소리로 외치기 시작했다. 거리에는 가로등 불이 희미하게 번쩍거리고 있었으며, 출입구 현관에서 뭔가 외치는 빤크라트의 목소리가 메아리치며 들려왔다.

하지만, 교수는 이 같은 밖의 소음에 별로 대수롭지 않게 반응하고 있었다. 그는 한번 고개를 쳐들고는 다음과 같이 중얼거릴 뿐이었다.

"어허, 발광들을 하고 있구먼……. 이제 와서 내가 무얼 하겠어……."

그리고서, 연구실 안은 다시 침묵 속으로 빠져 들어갔다.

그러나 침묵은 곧 깨지고 말았다.

게르쩬 거리로 나가는 출입문에 걸어놓았던 쇠고리가 무시무시한 소리를 내며 울려댔으며, 연구소 전체의 벽면이 막 흔들리기 시작했다. 그리고서 곧, 옆방 연구실 안에서 유리거울이 깨지는 소리가 연이어서 들려왔다.

갑자기, 교수의 연구실의 유리창이 쨍그랑하고 깨지더니 유리조각들이 와르르 쏟아져 내리면서 회색빛 돌멩이 하나가 날라 들었다. 돌멩이는 곧 유리로 된 탁자를 박살내 버렸다.

사육장 안의 개구리들이 깜짝 놀라 뒤로 물러나면서 일제히 개골개골 울어대기 시작했다.

날카로운 비명을 지르며 몸부림치던 마리야 스쩨빠노브나가 교수한테 달려들어 그의 팔을 잡아끌면서 다음과 같이 소리쳤다.

"도망가세요, 블라지미르 이빠찌이치, 도망가세요."

교수는 의자에서 벌떡 일어서더니 손가락을 갈고리 모양으로 접고는 똑바로 차렷 자세를 취하고 나서 대답하기 시작했다.

이때, 순식간에 그의 눈동자에서 예전의 날카로운 섬광이 번뜩이기 시작하는 것이, 창조적 의욕에 가득차서 패기만만하였었던 예전의 빼르시코프를 회상시키기에 충분하였다.

"어디로도 나는 가지 않을 거다."

빼르시코프는 계속하여 단호하게 말하였다.

"이건 순전히 우매한 짓들이야, 그들은 지금 이리저리 날뛰고 있다고, 마치 미친놈들처럼……. 으음, 그리고 만일에 모스크바 전체가 미쳐버린다면, 나 역시 어디로든 떠나지. 그리고 제발 좀 소리치지 마세요. 여기 내가 있지 않습니까. 빤크라트!"

교수는 '빤크라트'를 크게 부르고 나서, 책상 위의 초인종을 눌렀다.

분명히, 그는 자신이 결코 좋아한 적이 없었던 소란을 빤크라트가 중지시켜 주기를 바랐었다.

하지만, 빤크라트는 이미 아무것도 할 수 없었다.

굉음소리가 끝나더니 연구소 문이 활짝 열려졌으며, 곧이어 아주 멀리서 사격소리가 연거푸 들려왔다.

그리고는 얼마 안 되어서, 연구소 석조건물 안은 발자국소리, 외침소리, 유리창 깨지는 소리들로 사방이 요란스럽게 울려대기 시작하였다.

마리야 스쩨빠노브나는 빼르시코프의 소매에 바싹 달라붙어서는, 그를 어디론가 마구 끌고 가기 시작했다.

하지만, 그는 그녀의 손을 뿌리치고는 예전처럼 몸을 똑바로 세운 다음, 하얀색 가운을 입은 채 복도로 나갔다.

"뭔데 그래?"

그가 물었다.

복도 층계문이 활짝 열리더니 첫 번째로 문 앞에 한 사람이 나타났다. 검붉은 색의 완장을 차고 왼쪽 소매에는 별이 하나 그려진 군복의 등 뒤 모습이 보였다.

그는 문으로부터 물러서며 급히 뒷걸음질 치고 있었다. 성난 군중들이 그를 향하여 물밀 듯이 밀려들어 오고 있었다. 그는 급히 권총을 꺼내서는 복도 위쪽을 향해 발사하였다.

그리고 나서, 그는 빼르시코프 옆을 지나 복도 반대편 끝 쪽으로 뛰어 도망가면서 다음과 같이 교수에게 소리쳤다.

"교수님, 어서 몸을 피하십시오. 저는 이제 더 이상 아무것도 할 수 없습니다."

그의 이런 말에 마리야 스쩨빠노브나는 비명소리로 대답하였다.

군복의 사나이는 하얀 석고상처럼 서 있던 뻬르시코프 옆을 쏜살같이 뛰어 지나가더니, 구불구불한 복도의 반대편 끝 쪽의 어둠 속으로 사라져 버렸다.

군중들은 문쪽으로부터 교수를 향하여 삽시간에 날라 들어오면서 다음과 같이 고함치기 시작했다.

"그 놈을 때려 죽여! 죽여 버려……"

"세계적인 악질 반동!"

"네가 파충류들을 퍼뜨렸지!"

옷이 찢겨지고 얼굴이 일그러진 사람들이 복도 위를 껑충 뛰어 올라왔다.

누군가가 총을 쏘았다.

몽둥이가 여기저기서 번쩍거렸다.

뻬르시코프는 약간 주춤거리며 뒤로 물러섰다.

그리고는 연구실로 들어오는 문을 얼른 닫아 버렸다.

연구실 안에서 마리야 스쩨빠노브나는 바닥에 무릎을 꿇은 채 공포에 떨고 있었다.

그녀는 양 손을 크게 벌리고 있었다. 마치 십자가 위에 못 박히기라도 한 듯이…….

교수는 군중들이 복도 안으로 그냥 밀려들어 오는 것을 그대로 방치하고 싶지 않았다. 그는 흥분된 목소리로 다음과 같이 외쳐대기 시작했다.

"이건 진짜 미친 짓이야…… 당신들은 완전히 사나운 짐승들이라고. 당신들 지금 뭘 원하는 겁니까?"

교수는 울부짖듯이 큰 소리로 고함을 지르기 시작했다.

"당장 여기서 나가!"

그리고는 누구에게나 다 알려진 날카로운 외침소리로 말을 맺었다.

"빤크라트! 저 사람들 빨리 쫓아내!"

그러나 빤크라트는 이미 아무도 쫓아낼 수 없었다.

머리가 깨진 빤크라트는 온 몸이 짓밟히고 잡아 찢겨진 채, 출입구 현관에 꼼짝 않고 누워 있었다.

점점 더 많은 군중들이 거리 밖에서 들려오는 경찰의 사격에도 아랑곳하지 않고 빤크라트 옆을 지나 연구소 안으로 물밀 듯이 밀려들어 왔다.

찢겨진 신사복에 와이셔츠의 가슴부분이 너덜너덜하여 옆으로 삐져나와 있고, 다리는 원숭이 다리처럼 휘어진 다리를 한 땅딸보 한 사람이 다른 사람들을 앞질러 뻬르시코프에게로 접근하여 가더니, 몽둥이로 교수의 머리를 피가 나도록 무섭게 내리쳤다.

뻬르시코프는 비틀비틀 거리더니 옆으로 나가 떨어졌다.

그의 마지막 말은 짧은 외마디 소리였다.

"빤크라트…… 빤크라트……."

성난 군중들은 아무 죄 없는 마리야 스쩨빠노브나까지도 죽였다.

군중들은 이미 광선이 꺼져버린 연구실 안의 암상자를 짓밟아 뭉갠 다음, 갈기갈기 찢어 버렸다.

사육장 안에 멍하니 있던 개구리들을 때려죽이고 짓밟아 죽인 다음, 사육장을 완전히 조각조각 내 버렸으며, 유리로 된 탁자를 박살내 버리고, 반사경이란 반사경은 모두 깨뜨려 버렸다.

한 시간이 지나서 연구소는 활활 타고 있었고, 그 주위에는 시체들이 널려져 있었으며, 시체들은 전자 권총으로 무장한 대열에 의해 포위되어 있었다.

소방차들이 수도 밸브에서 물을 빨아들여서는 연구소 창문 안으로 길게 뿌려댔으며, 창문 안쪽에서는 계속하여 시커먼 연기와 불길이 하늘 높이 치솟아 올랐다.

第12장

자동차를 타고 온 추위의 신(神)

1928년 8월의 19일에서 20일 사이, 밤의 기온이 갑자기 영하로 뚝 떨어졌다. 8월의 기온이 이렇게 영하로 뚝 떨어지기는 들어본 적이 없는 일이였으며, 마을에서 가장 오래 살은 고령자들 가운데서도 이렇게 추운 날씨는 결코 겪어 보지 못했다는 것이다.

추위는 갑자기 찾아와서는 꼬박 이틀 동안을 머무르며 지속되었으며, 한 때, 밤의 기온이 영하 18도까지 내려가기도 하였다. 성난 파도처럼 들끓던 모스크바는 모든 창문을 내려 닫았으며 모든 문을 걸어 잠갔다.

3일째가 다 지나가고 나서야 사람들은 이 추위가 수도 모스크바와 모스크바가 지배하던 끝없이 넓은 대지를 구원하였다는 것을 깨달았다.

하마터면, 28년의 그 무시무시한 재앙 속으로 완전히 떨어질 뻔하였던 대지를 추위 하나가 구원해 낸 것이었다.

모자이스크 방향으로 출동하였던 기마부대는 거의 3/4에 해당하는 자체 병력을 잃고 기진맥진하기 시작하였었으며, 가스 비행중대도 서쪽과 남서쪽 그리고 남쪽에서 모스크바 쪽을 향하여 반쪽 원모양을 그리며 포위 공격해 들어오는 징그러운 파충류들의 대이동을 저지시킬 수가 없었었다.

그러나 마침내, 추위가 그 혐오스러운 파충류들을 모조리 질식시켜 죽여 버렸다. 이틀간 지속된 영하 18도의 혹한 속에서 혐오스러운 파충류 떼들도 더 이상 견뎌 낼 수가 없었던 것이다.

8월 20일, 여기저기 습기와 물기만을 남기면서 공기 중의 습도를 한층 높여 놓고 나서 갑자기 추위가 사라져 버리자, 나무로 울창했던 푸른 숲은 예기치 않은 추위로 완전히 못쓰게 망가져 버렸으며, 싸울 상대는 더 이상 나타나지 않았다.

재앙은 이제 완전히 끝났다.

하지만, 아직 숲이고, 들이고, 아득한 늪지고 할 것 없이, 온통 여러 가지 색깔의 각종 알들이 지천으로 널려져 있었다.

이런 알들의 표면에는, 아무도 모르게 사라져 버린 록이 한 때 더럽다고 얘기했던, 알 수 없는 이상한 무늬가 군데군데 덮여져 있었다.

하지만, 이런 알들도 이제는 완전히 해롭지 않게 되었다. 그것들이 꽁꽁 얼어 죽는 바람에 그 속의 태아도 생명력을 상실하였기 때문이었다.

한 때, 게르쩬 거리의 천재적인 눈에 의해서 태어난 신비스러운 광선으로 생명력을 얻게 된 수많은 악어들과 뱀들의 시체 때문에 상상할 수 없이 드넓은 대지는 오랫동안 썩고 또 썩어갔다.

그러나 대지는 아직 그렇게 위험하지 않았다. 부패한 뜨거운 열대 늪지

속의 약한 생물들도 무시무시한 악취와 부패물 그리고 고름만을 남겨놓고 나서, 이틀 동안에 모조리 죽어 버린 것이다.

오랫동안 유행성 전염병이 번졌으며, 또한 파충류와 사람들의 시체로부터 나온 돌림병이 한동안 나돌았다.

또한 오랫동안 군대가 곳곳에 상주하였다. 그러나 군대는 그 전과 같이 가스를 살포하는 군대가 아니라, 석유 탱크와 호스 등의 필요장비를 갖추고 더럽혀진 땅을 정리하는 공병부대였다. 곳곳이 정리되고 정화되어 졌다. 이 모든 것은 29년 봄 무렵 완전히 끝났다.

그리고 29년 봄에 모스크바는 다시 너울너울 춤을 추어 대기 시작했고, 뜨겁게 달아오르기 시작하였으며, 여기저기 굴뚝에서는 연기가 빙빙 돌며 하늘 높이 솟아오르기 시작했다. 다시 예전과 같이 거리를 오가는 교통수단들의 기계음 소리가 여기저기서 들리기 시작하였다.

저 멀리 그리스도교 사원의 원형 돔 지붕 꼭대기에는 마치 실오라기처럼 초승달이 하나 매달려 있었으며, 28년 8월에 완전히 타버린 연구소 2층 건물이 있었던 자리에는 새로운 동물학 회관이 세워졌다.

이 회관은 조수 이바노프가 관리를 맡고 있었다.

하지만, 뻬르시코프는 이미 없었다.

항상 자신만만하게 흔들던 손가락 갈고리는 이제 더 이상 사람들의 눈앞에 보이지 않았으며, 깍깍거리는 개구리 울음소리와 같은 목소리도 더 이상 아무도 듣지 못했다.

28년의 그 광선과 대참사에 대하여 세상 사람들은 오랫동안 이야기하고 글로 썼다.

그러나 그 후, 블라지미르 이빠찌예비치 뻬르시코프 교수의 이름 석자는 안개 속에 가려지기 시작하였으며, 4월 어느 날 밤 그에 의해서 발견된 붉은 광선이 꺼진 것처럼, 그렇게 꺼져 갔다.

한 때는 이따금씩 우아한 신사였으며, 지금은 보통의 평범한 교수인 뾰뜨르 스쩨빠노비치 이바노프가 아무리 애를 써 보았지만, 그 광선을 다시 받아내는 데는 실패하였다.

뻬르시코프가 살해당하던 날 밤에 성난 군중들은 첫 번째 상자를 완전히 박살내 버렸었다.

그리고 나머지 상자 3개도 비행중대와 파충류와의 첫 번째 교전이 벌어졌을 때, 국영농장 <붉은 광선>에서 발생한 화재에 의해 완전히 전소되어 버렸었으며, 그것들을 다시 복구시키는 데는 실패하였던 것이다.

이바노프의 노력에도 불구하고, 반사경 불빛과 유리통과 불빛이 쉽게 합성되듯이, 그와 같은 합성은 두 번 다시 결합되지 않았다.

분명히, 이 일을 위해서는 단순한 지식 이외에 뭔가 특별한 것이 필요했었다.

그리고 그것은 이 세상에서 오직 한 사람만 소유하고 있었던 것이다. 바로, 고인 블라지미르 이빠찌예비치 뻬르시코프 교수 한 사람뿐이었었다.

모스크바, 1924년, 10월.

개의 심장

그로테스크한 이야기

1

우-우-우-우-우-우-구-구-구구-우우! 아, 나를 좀 보세요, 내가 죽어갑니다!

눈보라가 개구멍 밑으로 불면서 내게 마지막 임종기도를 해 주고 있어요.

나도 눈보라와 함께 울부짖습니다. 끝장이야, 난 끝장!

그 더러운 원통형 모자를 뒤집어 쓴 무용지물의 인간, 인민경제 중앙회의 공무원들의 표준식사 보급 식당에 근무하는 그 요리사 놈이 내게 펄펄 끓는 물을 끼얹는 바람에 그만 왼쪽 옆구리에 화상을 입고 말았지.

아아, 그 파충류 같은 악당 놈,

게다가, 자기가 뭐 프롤레타리아라고!

오, 하느님 맙소사, 아이구 아파라!

뼈 속까지 끓는 물이 스며드는구나.

나는 지금 울부짖습니다, 울부짖어요, 우-우-우-우-우-우, 울부짖는다고요,

그래, 네가 지금 이렇게 울부짖는다고 네 자신한테 좋아질 게 뭐 있니?

무엇으로 내가 그를 방해했단 말인가? 무엇으로?

그 구정물 쓰레기통을 좀 파헤치며 뒤적였다고, 그래, 인민경제 회의 몫의 음식까지 내가 정말 다 말아 먹니?

탐욕스러운 인간. 여러분도 그 놈 같은 낯짝은 어디서든지 볼 수 있을 거예요. 하늘 높은 줄은 모르고 세상 넓은 줄만 아는 인간! 누르스름한 낯짝을 한 도둑놈.

아아, 인간, 인간들!

정오에 그 원통형 모자를 쓴 요리사 놈이 펄펄 끓는 물로 나를 접대했고, 이제 어둑어둑 하니 쁘레치스쩬스키 소방대에서 파 냄새가 풍기는 것

으로 보아 대충 오후 4시경은 되었겠구먼.

여러분도 알다시피 소방대원들은 보통 죽으로 저녁 식사를 때우거든. 그러나 죽은 내게 있어 버섯과 마찬가지로 최근에서야 어쩔 수 없이 먹는 가장 맛없고 나쁜 음식이지.

그렇지만, 내 아는 쁘레치스쩬까 출신의 동료 개들은 네글린 거리에 있는 레스토랑 <바르>에서 매운 소스가 발라져 있는 3루불 75 꼬뻬이까 정도 해당되는 분량의 버섯을 싹싹 핥아 먹어 치웠다고들 말하더구먼.

버섯도 애호가한테는 좋은 음식이지. 하기야 덧신을 핥아 먹어도 자기만 좋으면 되니깐… 우-우-우-우…

옆구리가 참을 수 없이 아프군, 내 창창한 앞날이 아주 훤히 보여.

내일이면 분명히 위궤양이 나겠지. 무엇으로 그걸 치료한담?

여름 같았으면 소콜리니키 공원으로 도망이나 칠 수 있지. 거기 가면 아주 좋은 풀들도 있고, 게다가 잘만 하면 소시지 머리 토막까지 공짜로 배불리 먹을 수 있을 텐데. 사람들이 소시지를 쌌던 기름진 종이를 버리면 그거라도 실컷 핥아 먹을 수 있지.

게다가 공원에서 달밤에 사람들한테 삐잉 둘러싸인 채 <사랑스런 아이다> 노래를 늘 부르는 그 잔소리장이 여가수, 우우 생각만 해도 기분이 나쁘군, 그 노파만 없다면 또한 금상첨화지.

그런데, 이제 어디로 가야 하나?

인간들이 장화 짝으로 안 때릴까?

때릴거야.

갈비뼈가 부러지도록 벽돌 세례는 안 받을까?

그 동안도 수 없이 얻어맞았지.

모든 게 내 운명이러니 하고 참고 견디어 온 세월이었어.

만일 내가 지금 운다면, 그건 오로지 육체적 고통과 배고픔 때문일 거야. 왜냐하면, 내 혼과 정신만은 아직 꺼지지 않았……

아, 영원히 꺼지지 않을 개의 혼이여!

그러나 나의 몸은 이리저리 채이고 두들겨 맞아 완전히 쇠약해져 버렸어. 사람들은 내게 욕설을 퍼 부으며 심하게 모욕을 주었지. 하지만 정말로 더 심한 것은 그놈이 벽돌을 집어 던져 때리는 바람에 털 밑에 구멍이

뻥 뚫려 버린 거야. 그래서 지금 내 왼쪽 옆구리는 돌팔매를 막아 낼 털 하나 남아나 있지 않다니까.

나는 아주 쉽게 폐렴에 걸릴 수 있을 거야. 여러분, 폐렴에 한 번 걸리고 나면 나 같은 건 굶어 죽기 꼭 십상이요. 폐렴에 걸려 정문 계단 밑에 하루 종일 아무 것도 못 먹고 누워 있는 게 당연하지. 그러면, 누가 이 누워 있는 미혼 독신의 수캐를 대신하여 여기 저기 뛰어 다니며 쓰레기통을 뒤져 식사를 챙겨다 주겠어?

마침내, 폐렴이 온 몸에 퍼지면 배를 땅에 대고 겨우겨우 기어가다가 힘이 빠져 숨만 할딱할딱 쉬고 있겠지. 그러면, 어떤 개장사가 와서 몽둥이로 나를 죽도록 패서 죽이고 말거야. 그리고는 청소부 영감들이 내 발에 금속판으로 된 번호표를 매단 다음 수레바퀴 짐마차 위로 던져 버리겠지…….

프롤레타리아 중에서도 청소부들은 가장 추악하고 쓸모없는 인간들이지. 가장 더럽고 가장 낮은 부류의 프롤레타리아.

요리사들은 그래도 좀 낫다고. 이따금 다른 부류의 착한 사람도 눈에 띄거든. 예를 들면, 이미 고인이 되신 쁘레치스쩬까 거리의 브라스 노인 같은 분 말야.

그가 얼마나 많은 우리들 개의 목숨을 구원했던가!

가장 중요한 것은 그 요리사 노인께서 우리 개들이 아플 때, 고기 뼈다귀를 흔들며 던져 주었기 때문이지. 그래, 맞아, 늙은 개들이 말하는데, 한번은 브라스 노인이 뼈다귀를 흔들며 던져 주었는데 글쎄, 그 뼈다귀에 1/8 가량의 고기가 붙어 있곤 했다는 거야.

그는 표준식사 배급 쏘베트[1)] 출신의 요리사도 아니고, 똘스또이 백작댁 안의 지주 귀족 요리사로서 진정한 인품을 지녔던 대가로 분명히 천당에 가셨을 거야.

그 쏘베트에 근무하는 요리사 놈들이 거기서 어떤 이상한 장난을 치는지, 이 개의 두뇌로는 전혀 모르겠어!

그 파렴치하고 더러운 요리사 놈들이 정말로 악취가 진동하는 썩은 고기

1) 표준식사 배급 쏘베트: 볼셰비키 혁명 후 인민들의 식사를 해결하기 위하여 만든 상설 기구.

로 양배추 수프를 끓여 대는 것을, 불쌍한 민생들은 아무 것도 모르다니!

그 더러운 수프를 다 먹어 치우고 또 혀로 핥아 먹기까지 한다고!

타이피스트로 일하는 어떤 한 처녀는 9급 사무직으로 한 달에 45루블을 받지.

으음, 하지만 정말로, 그녀의 정부(情夫)는 비단으로 짠 스타킹을 그녀에게 선물하는 거야. 그래, 과연 그 비단 스타킹을 받으려고 그녀가 얼마나 많은 조롱을 당해야 했을까!

저기 그녀가 달려오고 있군.

45루블짜리 월급쟁이니 레스토랑 <바르>에는 가지 못하겠구나!

그녀는 영화도 충분히 보지 못할 테고,

영화 구경은 여자들 삶에 있어서 유일한 즐거움이지.

그래, 맞아, 그녀는 제대로 입지도 먹지도 못하고 그냥 그렇게 살아온 거야.

생각만 해도 정말 놀라운 일이지. 요리 두 접시에 40 꼬뻬이까라니. 두 접시를 다 합해도 15 꼬뻬이까 어치도 안 될 텐데. 왜냐하면, 나머지 25 꼬뻬이까어치는 지배인 놈이 이미 훔쳐 먹었기 때문이지.

정말, 그녀에게 그렇게 형편없는 식사가 필요하단 말인가?

벌써, 그녀의 오른쪽 폐첨에 이상이 생기고 여성병까지 걸려 있다고.

직장에서는 봉급이 그 만큼 공제당하고, 식당에서는 썩은 음식을 먹여 대고, 오오, 바로 그녀, 그녀가 바로 앞에 다가왔네!!

그녀가 그 정부가 선물한 스타킹을 신고 개구멍 같은 문 속으로 달려가는 군. 그녀의 다리는 추워 보이고 배로 바람이 술술 들어가는 것 같아.

왜냐하면, 그녀의 털옷이나 내 개털이나 비슷하거든. 바지는 군데군데 구멍이 뚫려, 마치 망사 안을 들여다보듯이 안이 훤히 들여다보이는군.

그 놈의 정부(情夫) 좋으라는 누더기이구먼.

그녀가 만일 두꺼운 플란넬로 만들어진 옷을 한번 입어 보라지.

그러면, 그 정부라는 놈이 아마 이렇게 호통치고 말걸.

"뭐, 옷 모양새가 이 따위야! 내 마누라 마뜨료나한테도 싫증났어, 그 놈의 플란넬 바지는 이제 지겹다고. 지금은 나의 시대야. 지금은 내가 바로 위원장이라고. 그동안 내 얼마나 많은 돈을 훔쳐서, 너한테 화장품 이란 화장품은 모두 다 사주고 새우 목 요리에다 <아브라우-듀르소>2) 까지 사주었는가! 왜냐하면, 난 젊어서 오랫동안 굶주림에 시달렸어. 그 때 받은 고통만으로도 충분해. 하지만, 이제는 나의 세상이야, 자아, 나와 함께 가는 거야. 죽고 난 다음의 저 세상은 존재하지 않는다고."

오, 그녀가 가엾고, 안됐어.

그러나 내 자신은 더 가엾고 불쌍하지.

이기주의에서 내가 이렇게 말하는 게 아냐,

오, 절대 아니지,

그녀와 나는 사실상 공평하지 못한 조건에 있기 때문이야. 그녀에게는 따뜻한 집이라도 있지만, 으으음, 내게는, 나한테는!

어디로 내 가야 하나?

가는 곳 마다 돌팔매로 얻어맞고, 펄펄 끓는 물세례나 받고, 그것도 모자라 실컷 모욕당하고, 아, 어디로 나는 가야 하는가? 우-우-우-우!…

"쿠찌-쿠찌, 쿠찌, 쿠쿠! 샤릭, 샤릭! 뭘 그렇게 훌쩍훌쩍 우니?, 어이구, 이 가엾은 것. 우으으? 그래, 그래. 누가 널 모욕 줬어?, 그래…… 우흐……"

매서운 눈보라가 몰아쳐 문이 저절로 쾅쾅하고 닫혔다 열렸다 하기 시작했다.

문 앞에서 항상 빗자루를 들고 서있는 마녀처럼, 눈보라는 사납게 몰아치며 빗자루로 타이피스트 아가씨의 귀싸대기를 후려 쳤다. 눈보라에 그녀의 치마가 무릎 정강이까지 펄렁펄렁 거리고, 담황색 스타킹에 잘 세탁되지도 못하고 촘촘한 줄무늬가 그려진 레이스제 팬츠가 드러나 보였다.

눈보라는 그녀가 한 말이 무슨 말인지 알아들을 수 없게 방해하더니, 문 앞에 쭈그리고 엎드려 있는 개를 덮어 버렸다.

'오, 맙소사… 날씨, 한번 고약하구먼… 우흐…… 배가 아프네. 그 소금에 절인 고기 때문에, 아, 그 놈의 절인 고기! 언제나 이 모든 게 끝이 날까?'

고개를 숙이고 나서 타이피스트 아가씨는 문 밖으로 빠져 나오며 눈보라 속을 정면 돌파하기 시작했다.

2) 아브라우-듀르소: 아주 비싼 샴페인 이름.

그녀가 거리에 나타나자 눈보라는 그녀 주위에서 빙빙 돌고 그녀를 잡아당기며 위 아래로 흘겨보기 시작하더니, 회오리바람으로 그녀의 온몸을 감싸 버렸다.

그리고 나서 그녀는 어디론가 사라져 버렸다.

하지만, 개는 이미 불구가 되어 버린 옆구리의 통증에 고통스러워하며 홀로 개구멍에 남겨졌다. 개는 차디차고 딱딱한 벽에 바싹 기대어 한 가닥 숨만을 헐떡이고 있었다. 그리고 개는 이곳에서 더 이상 아무데도 가지 않고 이 개구멍에서 그냥 죽어 버리기로 굳게 결심하였다. 마지막 절망만이 개에게 밀려오고 있었다.

그의 마음속은 천 갈래 만 갈래 찢어지듯 아프고 슬퍼 왔으며 너무도 쓸쓸하고 무서워 조그만 부스럼 뾰도락지 만한 눈물방울이 눈에 아롱져 흘러 내렸으나, 이제 그나마도 아주 말라 버렸다.

돌에 얻어맞아 엉망진창이 된 옆구리에는 꽁꽁 얼어붙은 응어리들이 개털에 뒤얽혀 여기저기 비쭉비쭉 나와 있었고, 응어리 사이사이로 뜨거운 열기 때문에 빨갛게 달아 오른 화상 자국이 흉측스럽게 보였다.

이러 짓이 얼마나 무의미한 작태인가, 어리석은 사람들, 잔인한 요리사!

<샤릭>

그녀가 개를 불렀다!

젠장할, 그 개가 지금 어떤 상태인데, 샤릭이라니?

샤릭, 이것은 고귀한 종자의 어미와 아비개를 만나 매일 귀리죽을 먹어치워, 둥그스름하게 살이 포동포동 찐 귀여운 아들개를 부르는 말인데.

하지만, 그 개는 털북숭이에 비쩍 말라 가늘고 긴 몸뚱어리를 하고 군데군데 상처가 난데다가 빈둥빈둥 할 일 없이 돌아다니는 집 없는 개가 아닌가.

그렇기는 하나, 그렇게라도 좋은 말로 불러주니 그녀에게 고마운 일이지.

환하게 불이 밝혀진 상점 문이 쾅하고 열리더니 문 안에서 시민이 한명 나타났다. 바로 시민 인지, 아니면 단순히 동무는 아닌 것 같고, 신사라고 하는 게 더 정확해.

가까이 다가오면 올수록 신사인 것이 더욱 더 분명해.

여러분들은 그가 입고 있는 외투를 보고 내가 그렇게 판단하고 있다고 생각하십니까? 천만에 말씀. 요즈음의 외투는 아주 흔해 빠져 프롤레타리아들도 입고 다니는 게 외투입니다.

사실상, 하얀 와이셔츠 칼라라면 그렇게 말할 수는 없지. 칼라가 보이는 데도 프롤레타리아라고는 말할 수 없거든.

그러나 멀리서는 모든 게 혼동될 수 있는 법이지.

하지만, 바로 눈을 가지고 사람을 판단한다면 그건 또 다른 문제야. 눈을 가지고 판단하면 가까이서든 혹은 멀리서든 혼동되는 법이 전혀 없지 않은가!

오, 눈!

이것은 뜻이 담겨져 있는 물건이야! 마치 바로미터계 같이.

눈을 보면 모든 게 다 보여, 누가 메말라 비틀어진 정신을 가지고 있고, 누가 아무 의미도 없이 뾰족한 구두코로 갈비뼈를 찰 준비가 되어 있는지, 그리고 누가 개라면 벌벌 떨며 두려워하는지, 눈을 통해 훤히 보이게 마련이야.

바로 그 녀석이 마지막 경우에 해당되는 경우였어.

그래서 내 그 놈의 복사뼈를 콱 물어 주곤 했었지.

개를 두려워하면, 그렇게 당하는 거야!

개를 두려워했으니 뭐, 말하자면, 제 값을 치른 거야…… 으르-르-르…멍-멍.

신사는 확실히 전봇대 옆을 지나 눈보라 치는 거리로 나서더니 개구멍 쪽으로 발걸음을 옮기고 있었다.

그래, 맞아, 이 사람한테서도 모든 게 훤히 보이는군.

이 사람은 소금에 절인 썩은 고기는 절대 먹지 않을 사람이야.

만일 그에게 어디서든지 간에 썩은 고기가 나온다면, 커다란 소란이 일어나고야 말걸. 아마, 그는 신문에까지 투고할 거야.

나—필립 필립뽀비치를 너무 많이 먹였다! 라고.

오, 그가 바로 점점 더 가까이, 가까이 다가오네.

이 사람은 넉넉히 먹고 사는 사람일 테니 남의 것을 훔치지는 않을 것이고.

이 사람은 발로 차지도 않을 거야, 하지만, 자신도 아무도 두려워하지 않겠지,

하기야 항상 배가 부르니 두려울 게 뭐 있겠어.

그는 분명 정신적 노동에 종사하는 신사야, 교양 있어 보이는 긴 턱수염이 끝이 뾰족하게 나 있는데다가 하얀 콧수염에 부드러운 털로 감싸져 있는 모습이 마치 프랑스 기사처럼 위풍당당해 보여.

하지만, 눈보라 사이사이로 그한테서 나는 냄새는 어찌 좀 꺼림칙한 것이,

병원 냄새와 여송연 냄새가 풍기는 군.

이 조합 일용품 상점에 그가 뭣 하러 왔을까?

오, 그가 저기 바로 옆에서… 뭘 찾고 있을까? 우-우-우-우……

이 조그맣고 더러운 상점에서 그가 뭘 살 수 있을까,

정말로 아호뜨니이 랴드[3] 지역 가지고도 그한테는 성이 안 찬단 말인가?

아, 저게 뭐야?! 저건 소-세-지 아냐.

여보시오 신사 양반, 만일 당신이 그 소시지를 무엇으로 만들었는지 한번 보신다면, 아마 놀라 기겁을 하고 다시는 이 상점 근처에도 오지 않을 걸요. 그 소시지 나한테나 던져 주시오!

개는 남은 힘을 있는 대로 다 내어 개구멍에서 사람이 다니는 인도 위로 미친 듯이 겨우겨우 기어 나왔다. 눈보라는 마치 총알이 날아가듯이 머리 위에서 우-우-윙윙 거렸고 아마포 천으로 만들어진 프랑카드 위에 쓰인 커다란 글자들: <젊어지는 방법이 가능한가, 불가능한가?>를 불어서 들어 올렸다 내렸다 하고 있었다.

물론, 가능하지.

냄새가 나를 젊어지게 했어.

냄새가 나로 하여금 배를 들고 일어나게 했지. 쪼로록쪼로록 요동치며 이틀 동안 텅 비어 있던 뱃속을 짓누르기 시작했어.

병도 물리쳐 버린 냄새.

암말 고기를 잘게 썬 다음, 마늘과 후추를 적당히 뿌린 그 유혹적인 냄새.

3) 아호뜨니이 랴드: 당시 모스크바에서 질 좋고 값비싼 물건을 파는 상점들이 가장 많이 모여 있는 살기 좋은 지역.

그의 오른 쪽 외투 주머니에 소시지가 들어 있음을 나는 몸으로 느끼며 이미 알고 있지. 그 소시지는 나 같이 굶주린 개가 먹어야 하는데.

오오, 나의 구세주!

나를 좀 쳐다 봐 다오.

내가 죽어가고 있잖아.

아아, 비열한 우리 개들의 영혼, 비굴한 개 팔자!

개는 눈물이 가득 고인 채, 배를 땅에 대고 엎드려 뱀처럼 기었다.

자아, 주의 깊게 보세요, 그 요리사 놈이 저지른 작태를.

하지만, 당신은 정말 아무 뜻 없이 제발 그렇게 하시지는 마십시오. 오오, 저는 알아요, 저는 부유한 사람들이 어떤지 아주 잘 안다고요.

하지만, 사실상, 당신 같은 부자들한테 그 소시지가 뭐에 쓰겠어요? 뭐 하려고 당신 같은 사람한테 병든 말고기 소시지가 필요하단 말입니까?

아마, 모셀리쁘롬[4]을 제외하고는 그렇게 해로운 독극물은 만들지 못할 겁니다.

하지만, 당신은 오늘도 무심코 아침 식사를 하셨습니다. 당신 같이 남성분비관에 대한 연구 덕택에 세계적인 권위자가 되신 분께서…… 우-우-우-우……

이 밝은 세상 천지에 난 어떻게 되어 가는 것인가?

아마, 내가 지금 여기서 죽어 간다면, 그건 너무 이를 거야,

그렇다고, 이렇게 자포자기하고 있는 거, 이것도 진짜 죄악이 아닐까?

그래, 그의 손이라도 핥아보자, 더 이상 할 수 있는 것이라고는 아무것도 내게 남아 있지 않잖아.

알 수 없는 수수께끼의 신사가 개한테로 다가서더니 금테 안경 너머로 눈을 번쩍 거린 다음, 오른 쪽 호주머니에서 가늘고 긴 하얀 꾸러미를 꺼냈다. 그가 갈색 장갑도 벗지 않은 채, 꾸러미로 싼 종이를 풀자 곧 눈보라가 사납게 종이 위로 날라 들었다. 그리고 그는 소위 말하여 <특별한 끄라코프산 소시지>[5]라 불리는 소시지 조각을 하나 부러뜨렸다.

4) 모셀리쁘롬: 모스크바 농축산물 가공 관리청.
5) 끄라코프산 소시지: '끄라코프'는 폴란드 남부 도시의 이름으로, 당시의 러시아에서 끄라코프산 소시지는 아주 질이 좋은 소시지로 통하였다.

마침내, 개에게도 그런 소시지 조각이!

오오, 역시 사심이 전혀 없는 청렴한 인품의 신사이군. 우-우-우-우!

"휘-익-휘-익" 신사가 휘파람으로 개를 부르고 나서 단정한 목소리로 덧붙였다.

"집어 먹어라! 샤릭, 샤릭!"

또 다시 <샤릭>!

이제 아주 이름이 지어져 버렸군!

그래요, 마음대로 부르세요. 오로지, 다른 사람 같지 않게 특별히 뛰어난 당신의 그 선행을 위해서라면…….

개는 순식간에 두꺼운 종이 껍질을 잡아 뜯더니 흐느껴 우는 소리를 내면서, 끄라코프산 소시지를 덥석 물자마자 단숨에 먹어치워 버렸다.

이때, 개는 너무나 식탐이 강했던 나머지 끈 까지 삼켜 버릴 뻔했기 때문에, 소시지 조각과 눈 덩어리가 목에 걸려 눈물이 나왔다.

또 더, 좀 더 줘, 당신 손이라도 더 핥을게.

바지에 입 맞추마, 나의 은인(恩人)이여!

"네게 소시지를 더 줄 거다, 하지만, 현재로서는 이것만 먹고 잠시 후에 다시,"

그 신사는 끊어졌다 이어졌다 하는 소리로 말하면서 또박또박 명령하기 시작했다. 그는 샤릭에게 가까이 다가가더니 뭐든지 알아내고 싶은 듯이 개의 눈 속을 자세히 들여다 본 다음, 예기치 않게 장갑 낀 손으로 샤릭의 배를 친근감 있고 사랑스럽게 쓰다듬었다.

"아하," 의미심장하게 그는 말했다.

"개 목걸이가 없구나, 으음, 내겐 아주 잘 됐어. 나한텐 너 같이 주인 없는 개가 반드시 필요해. 내 뒤를 따라 오너라," 그는 손가락을 입에 넣어 "휘-익-휘익!" 하는 소리를 냈다.

당신 뒤를 따라 가라고?

좋아, 이 세상 끝이라도,

만일 당신이 그 질 좋은 펠트[6] 덧신 신발로 내 낯짝을 차더라도, 난

6) 펠트: 질이 좋은 모전(毛氈).

한마디도 불평하지 않을 거야.

쁘레치스쩬까 거리를 따라 가로등이 반짝반짝 빛나고 있었다. 옆구리가 참을 수 없이 아파왔다. 하지만, 샤릭은 혼잡하게 오고 가는 사람들의 틈바구니에서, 모피 외투를 걸친 그 신사의 멋진 모습을 놓치지 않으려는 생각과 무엇으로든지 그에게 자신의 사랑과 충성심을 표현해야겠다는 일념만으로 가득차서, 옆구리의 통증도 순간순간 잊어 먹었다.

그래서 샤릭은 쁘레치스쩬까 거리에서 아부호브 골목까지 걸어가는 동안에 거의 7번씩이나 자신의 충성심을 표현하였다. 먼저 묘르뜨브이 골목 근처를 지날 때 신사의 덧신에 입을 맞추었고, 거리를 여기저기 청소하며 걸으면서 사납게 으르렁 대어 누군가 길 가던 부인이 깜짝 놀라 길옆 둔두덕 위로 급히 올라앉게 만들었으며, 이어서 자신에 대한 동정심을 계속 유지하기 위하여 두 번 가량 더 으르렁 댔다.

눈보라가 휘몰아치는 데도 불구하고, 시베리아 고양이처럼 털이 덥수룩하고 더러운 떠돌이 고양이 한 마리가 낙수받이 홈통 바로 뒤에서 급히 나타나더니, 끄라코프 산(産) 소시지의 냄새를 맡기 시작했다.

순간 개 샤릭은 개구멍에서 다 죽어가는 부상견을 수용할 정도로 괴짜인 이 부자 기인(奇人)이, 만일 저놈의 도둑고양이를 자신과 같이 데리고 간다면, 어쩔 수 없이 그 모셀리쁘롬 제품을 나눌 수밖에 없을 거라는 생각이 들자, 울화통이 치밀어 눈앞이 캄캄해졌다.

그러므로 개 샤릭은 고양이를 향하여 아주 위협적으로 딱딱 소리를 내며 이빨을 떨었으며, 그러자 그 고양이는 구멍 뚫린 호스관에 김빠지는 것 같은 쉬쉬 소리를 내면서 단숨에 홈통을 타고 2층 까지 도망가 버렸다.

으르릉-르-릉… 멍멍… 저리 꺼져!

쁘레치스쩬까에서 할 일 없이 돌아다니는 누더기 거지에게 주려고 모셀리쁘롬 소시지를 준비해 두지는 않았다구!

마침내, 그 신사는 바로 소방서를 지나 프렌치 호른의 즐거운 멜로디가 들려오는 어느 창가 옆을 지날 때, 개 샤릭에게 5 조로뜨닉[7]이 약간 모자라는 소시지 조각으로 두 번째의 포상을 내려 주었다.

7) 조로뜨닉: 옛 러시아의 중량 단위 (=4.266 그램).

에흐, 기인이군, 괴짜야. 소시지로 나를 유혹하고 있어.

걱정하지 마십시오, 내 스스로 아무데도 안 갈 테니. 이렇게 당신 뒤에서 당신이 지시하는 곳으로 움직여 갈 거예요.

"휘-익—휘-익—휘-익, 이리로!"

아부호브 골목으로? 친절도 하시네요. 이미 이 골목은 우리 개들한테 아주 잘 알려져 있다고요.

"휘-익—휘-익!"

이리로?

기꺼이……

에, 안 돼! 안 된다구요. 갈 수 없어요!

거기 수위 영감태기가 서 있잖아요. 수위 보다 더 나쁜 놈은 이 세상에 아마 없을 거예요. 수위는 청소부 보다 수십 배 더 위험하다고요.

으으, 아주 혐오스런 종자.

고양이보다도 더 혐오스럽지요.

장식끈 무늬 복장의 도살자!

"그래, 겁내지 말고 이리 들어오렴!"

"안녕하십니까, 필립 필립뽀비치."

"안녕하시오, 표도르."

오호, 이게 바로 신사 양반의 인품이었던가!

맙소사, 누구한테 이 개의 운명을 맡기려고 나를 여기까지 데려 오셨단 말인가?

개를 거리로 부터 수위 옆을 무사히 지나 주택 공영 아파트 안으로 데리고 들어갈 수 있다고 생각하시는 저 신사는 도대체 어떤 인물이실까?

신사 양반, 보세요, 저 비열한 수위 놈이 아무 소리도 안하고, 요동도 하지 않으면서 저렇게 서 있는 모습을.

사실상, 저 놈의 눈빛이 흐릿해 보이지만, 저 금빛 실테가 둘려 쳐진 모자 밑에는 차디찬 살기가 번뜩이고 있다고요. 일부러 태연한 척 하는 거라고요.

신사 여러분, 저 것 좀 보세요, 저 수위 놈이 존경을 표하고 있는 꼴을, 아주 깍듯하게 대하시는구먼!

그렇다면, 나는 저 신사 양반과 함께 바짝 뒤에 따라 붙어 들어가야지.

뭐, 나를 건드린다고?

그럼, 그냥 물어버려.

굳은살이 박인 프롤레타리아의 딱딱한 발을 그냥 꽉 물어 버리는 거야. 당신들 인간들이 우리들에게 퍼부은 조롱과 야유의 대가라 생각하라고.

그 빗자루 솔로 얼마나 많이 내 낯짝을 후려쳤는지, 너는 알기나 하니, 으응?

"이리 들어와, 들어와."

안다고요, 안다니까요, 걱정하지 마세요.

당신이 가는 곳으로 따라 간다고요. 당신은 단지 길만 가리키기만 하십시오, 그러면, 난 내 옆구리가 지금 몹시 아프기는 하지만 여기 그냥 남아 있지만은 않을거니깐요.

계단 위에서 아래를 보고 그 신사 양반이 다음과 같이 말했다.

"표도르, 나한테 편지 온 것 없었소?"

계단 아래에서 위를 보고 문지기 영감이 정중하게 대답했다.

"아무 것도 없었습니다, 필립 필립뽀비치. (친밀하게 속삭이듯이 뒤따라가며) 그런데, 아파트 3호실에 주택 공영 동무들이 입주했습니다."

우리의 중요하신 개자선 사업가께서는 가파른 계단을 한 칸 두 칸 올라가시더니 난간을 지나 꺾어지시며 놀란 표정으로 물으셨다.

"으음, 으으?"

그의 눈은 동그래졌으며 콧수염이 곤두 서 있었다.

수위는 아래에서 위쪽으로 머리를 치켜들고는 손바닥을 입술 쪽으로 갖다 대면서 확신있게 다시 강조하였다.

"정확히, 모두 4명이 입주했습니다, 교수님."

"맙소사! 이제 이 아파트가 어떻게 되어갈 것인지, 상상이 가는군. 으으음, 그들은 그래 지금 뭣들을 하고 있소?"

"뭐, 아무 것도!"

"그러면, 표도르 빠블로비치는?"

"병풍하고 벽돌을 사러 가셨어요. 칸막이를 세운다고 합니다."

"그게 뭐 하는 거요!"

"필립 필립뽀비치, 당신의 아파트만을 제외하고 모든 아파트에 사람들을 새로 입주 시킨다고 합니다요. 방금 집회가 있었는데 거기서 아파트의 새로운 공동주거령이 채택되었지요. 그리고 예전에 살던 사람들은 모두 다 쫓겨났어요."

"무슨 놈의 이런 일이!

에구머니, 쯔즛, 쯔즛……

휘-익-휘-익…"

가요, 간다고요, 서둘러 가는 중이라고요.

옆구리에 상처 난 게 안 보이세요.

당신의 장화라도 핥게 허락해 주시라고요.

이제 수위 영감의 모자가 계단 아래쪽으로 자취를 감춰 버렸다.

대리석으로 된 층계참에는 스팀에서 따뜻한 바람이 나오고 있었다. 다시 한 번 층계를 돌아 올라갔다.

그리고 나자, 가장 좋은 특등석이 보였다.

2

1베르스타[8] 밖에서 언제 고기 굽는 냄새가 나는 지를 일부러 배우거나 익힐 필요는 없다. 더구나, 여러분이 모스크바에 살고 있고 여러분 머릿속에 어떤 형태이든지 간에 뇌만 들어 있다면, 여러분이 싫든 좋든 간에 글자를 배워 알게 될 것이고, 게다가 이것은 무슨 특별한 과정이 없이도 자연스레 배워지게 되는 것이다.

약 4만에 달하는 모스크바 개들 가운데 아주 완전한 백치가 아닌 바에야 <소시지> 단어의 각 글자를 조립하지 못하는 그런 바보 천치는 아마 없을 것이다.

샤릭은 색깔에 따라 구별하는 법을 배우기 시작했다.

단지, 모스크바의 거리 마다 <엠. 에스. 뻬. 오. 고기 매매> 라고 쓰인

8) 베르스따: 미터법 시행 전 러시아의 거리 단위로서 약 1,067 킬로미터, 500 싸젠에 해당 함.

푸르스름한 담청색의 간판들이 여기 저기 내걸려 있는 바람에 꼬박 4개월이 걸렸을 따름이다. 다시 반복하여 말하지만, 그가 뭐 '고기' 하는 소리가 귀에 들리기 때문에 이 모든 것을 익히게 된 것은 아니었다.

그렇지만, 한 번의 혼동은 일어났었다. 자동차 엔진의 휘발유 연기로 후각에 타박상을 입은 샤릭은 푸르스름하고 자극적인 색에 견주어 비교하는 바람에, 고기 상점 대신에 먀스니쯔까야 거리에 있는 골루비즈네르 형제의 전기 부속품 상점으로 머릿속에 잘못 입력시켜 버렸던 것이다.

거기 그 형제 상점에서 개는 예전에 전깃줄을 핥아 맛을 본 적이 있었다. 그 때, 그 전깃줄로 한 번 맞았더라면 아마 마차의 채찍 보다 더 아팠을 것이다.

바로 이 주목할 만한 순간이 샤리코프적인 교육의 시초로 간주 되어야 한다.

이미 인도(人道)에서 샤릭은 <푸른색>이 항상 <고기>를 뜻하지는 않는다는 것을 터득하기 시작했다. 그는 찌르는 듯한 아픔 때문에 뒷발 사이에 꼬리를 꽉 파묻고는 멍멍 짖으면서, 모든 고기 상점의 간판에는 처음에 썰매와 비슷하게 생기고 금색이나 혹은 불그스레한 색의 안짱다리 모양을 한 글자—<M>—가 왼쪽부터 시작되고 있다는 것을 생각해 냈다.

갈수록 이런 식의 글자 터득은 보다 더 성공적이었다.

<A>자를 샤릭은 모호보이 골목에 있는 <어업국> 간판에서 습득하였다.

그리고 그 다음에 <б>자를 깨우쳤다. (그가 간판 쪽으로 다가서며 글자를 읽을 때, 그에게는 간판의 글자를 꼬리 쪽에서 부터 거꾸로 거슬러 올라가며 읽는 것이 더 용이하였다. 왜냐하면, 간판의 글자가 시작되는 처음의 왼쪽 부분 근처에 경찰이 서 있었기 때문이다).

모스크바에서 모서리 진 곳에 사각형의 타일이 붙여져 있는 집은 항상 어김없이 <치-이-즈> 상점을 뜻하였다.

단어의 선두에 나타나 있는 사모바르 꼭지 밸브는 예전 주인 치츠낀의 상점을 뜻하였다.[9] 그의 상점에는 화란식의 빨간 소시지가 산더미 같이 쌓여 있었고, 개를 아주 미워하는 짐승 같은 점원 놈들과 바닥에 어지러이

9) 사모바르의 물이 나오는 꼭지 밸브는 마치 '치츠낀'의 ' Ч '자와 비슷하게 생겼음.

흩어져 있는 톱밥, 그리고 추악하고 고약한 냄새를 풍기는 바크쉬쩨인[10]이 있었다.

만일 <사랑스런 아이다> 보다 좀 더 멋진 하모니카 연주 소리가 들려오고 비엔나 소시지 냄새가 풍긴다면, 그 레스토랑에 걸려있는 하얀 프랑카드 위의 첫 번째 글자들은 보나마나 다음의 글귀를 뜻하는 단어들임이 아주 쉽게 연상되어졌다.

<무례한 말투 사용하지 말 것, 그리고 잡상인 상대하지 말 것.>

이런 레스토랑에서는 금방 주먹다짐이 일어나, 사람들은 주먹으로 낯짝을 얻어맞기도 하지, 그러나 사실상, 그런 일도 아주 드물게 일어나지만, 우리 개들은 하고 한 날 항상 냅킨 아니면 구두짝으로 두들겨 맞는다고.

만일 상점의 쇼윈도우에 신선하지 않은 허벅지살의 햄이 걸려있고 귤이 놓여 있다면, 멍멍-멍멍… 멍… 가우-가우… 가… 스뜨로노미야.[11]

만일 어두운 색깔의 병에 나쁜 액체가 들어 있다면… 붸-이 그래서 비, 다음에는, 아, 그래서 비나[12]… 예전의 옐리세예프[13] 형제들 상점에…….

가장 좋은 층에 자리 잡고 있는 자신의 화려한 아파트 문으로 개를 끌고 간 정체불명의 신사가 초인종을 눌렀다. 개는 곧 눈을 치켜들어 위에는 금빛 문자의 문패가 옆으로 폭넓게 걸려있고, 파도 모양 무늬의 장미 빛을 띤 유리가 끼워져 있는 커다란 검은색 문을 쳐다보았다.

문패에 쓰인 처음의 세 글자는 금방 읽어 나아갈 수 있었다.

뻬-에르-오 — <쁘로…>.

그러나 그 다음에 올챙이배가 양면으로 튀어 나온 것 같이 생긴 글자가 나오는 바람에 무엇을 의미하는지 더 이상 알 수가 없었다.

'정말 프롤레타리아[14]인가?' 샤릭은 놀라서 생각하였다.

10) 바크쉬쩨인: 폴란드산 치즈의 일종.
11) 가스뜨로노미야: 러시아어로 '가공 식료품 점' 이라는 뜻 임.
12) 비나: 러시아어로 '포도주'를 뜻하는 '비노'의 복수 형태.
13) 옐리세예프 상점: 당시의 아주 유명하고 아름다운 상점 이름.
14) '프롤레타리아'의 러시아식 발음은 '쁘롤레따리아'이며, 개는 러시아어로 '교수'를 뜻하는 '쁘로페서르'를 보고 혼동하고 있다. 러시아어의 '쁘로페서르' 단어의 세 번째 글자는 'ф'자 이다.

'아마, 그런 일은 있을 수 없을 거야.'

그는 코를 위로 쳐들어 다시 한 번 신사 외투의 냄새를 맡아 보았다. 그리고는 확신에 차서 다음과 같이 생각하였다.

'아니야, 여기서는 프롤레타리아 같은 냄새는 나지 않아. 아마, 그건 학문적인 용어라서, 하느님이나 아실 거야, 그 문패가 무엇을 뜻하는지.'

장밋빛 유리문이 확 열리더니 안의 불빛이 문패 위에 검은 그림자를 한층 더 짙게 드리우고 나서, 갑자기 기쁨에 넘치듯이 쏟아져 나왔다.

문은 아무 소리도 없이 활짝 열렸으며, 머리에 하얀 레이스 제 장식 핀을 꽂은 젊고 아름다운 여인이 하얀 앞치마를 두르고 개와 신사 앞에 서 있었다. 개는 처음으로 천국의 따뜻한 온기를 피부로 느꼈으며, 여인의 치마에서는 은방울 꽃내음이 풍겨 나오고 있었다.

'오오, 야, 이것 봐라, 정말, 굉장하네.' 하고 개는 생각하였다.

"어서 들어 오십시요, 신사 샤릭 씨."

아이러니컬하게 신사는 개를 아파트 안으로 인도하였다.

그래서 샤릭 신사는 꼬리를 흔들어 돌리면서 경건하게 안으로 들어가셨다.

이루 헤아릴 수 없이 많은 물건들이 휘황찬란한 현관 안에 풍부히 쌓여 있었다.

이때, 샤릭은 천정까지 온통 거울로 뒤덮여 있음을 알았으며, 즉시 거울 속에 비쳐진 남루한 차림의 군데군데 상처 난 제2의 샤릭을 발견하였다.

벽 위의 높은 위치에는 무시무시한 사슴뿔이 놓여 있었고, 옷장에는 무수히 많은 털외투가 걸려 있었으며, 그 밑에는 수많은 덧신들이 놓여 있었다.

그리고 천정에는 튜울립 모양의 단백석으로 된 샹들리에가 휘황 찬란히 빛나고 있었다.

"어디서 이런 더러운 개를 붙들어 오셨어요, 필립 필립뽀비치?"

여인은 상냥히 웃으면서 물었다. 그리고는 신사가 무거운 모피외투와 모자를 벗는 것을 얼른 도왔다.

곧, 둘레는 새까맣고 가운데는 하얗게 뺑 뚫려 정수리 부분에서 푸르스름한 불꽃이 번뜩이는 신사의 속알머리 없는 대머리가 보였다.

"어머나, 추악해라!"

"쓸데없는 소리. 그 개가 어디가 추악하니?" 엄하고 단호하게 신사가 물었다.

그가 모피 외투를 벗자 영국제 양복지로 만든 까만 신사복이 보였으며, 배에는 금빛 혁대가 기쁨에 넘친 듯 번쩍번쩍 거리면서 은은한 빛을 발하였다.

"어디 보자, 으응, 빙빙 돌지 말고, 이리로 휘-익…… 그래, 돌지 말라니까, 아, 이런 바보. 으으음… 이 개는 더러운 개가 아니야…… 그래, 거기 서, 젠장… 으음… 아-아! 여기 화상을 입었구나. 어떤 무뢰한 놈이 그래 네게 끓는 물을 끼얹었어, 으응? 아, 그랬어? 그래, 거기 온순히 서라니까!"

'그 악당 같은 요리사 놈이 그랬다고요. 요리사가요!' 개는 애처로운 눈빛으로 말하면서 가볍게 짖어댔다.

"지나,"

신사가 명령하기 시작했다.

"관찰실로 개를 당장 데려가고 내게는 실내가운을 다오!"

여인이 휘파람으로 개를 부르고 나서, 엄지손가락을 가운데와 둘째손가락에 연거푸 부딪쳐 튕기는 손동작으로 톡톡 소리를 냈다.

개는 잠시 머뭇머뭇 거리고 나서 그녀 뒤를 따라갔다.

그녀는 개를 데리고 좁고 어두컴컴한 복도로 들어서더니, 반짝반짝 빛나는 문을 하나 지나 복도 끝에 다다라서 왼쪽으로 돌아섰다.

그녀가 왼쪽으로 돌아서자 어두침침한 방이 나타났으며, 순간 예감이 좋지 못한 냄새가 확 풍기는 게, 개한테는 마음에 들지 않았다.

방 안에 어둠이 싹 가시면서 눈이 부실 정도의 대낮으로 바뀌더니, 사방에서 번쩍 번쩍 거리며 가구들이 선명하게 보이기 시작했다.

'아니… 안 돼……' 마음속으로 개는 울부짖었다.

'미안하지만, 내 몸을 통째로 너희들한테 갔다 바치지는 않을 거야! 이제야, 이해가 가는구나! 오오, 젠장할, 내가 왜 그놈의 소시지를 덥석 집어 먹었던가! 그 소시지를 집어 먹는 바람에, 나는 이 곳 개병원으로 유인당한 거야. 곧, 피마자기름을 내게 강제로 먹인 다음, 내 옆구리를 온통 칼로 도려내겠지. 하지만, 내가 마취 당하기 전 까지는 내 몸에 털 끝 만치도

절대로 손 댈 수 없어!'

"아니, 안 돼! 어디로 가는 거야?!"

지나(Зина)라고 불린 그 여인이 소리치기 시작했다.

개는 여인에게서 몸을 빼더니 용수철처럼 튀어 오른 다음, 아직 성한 오른 쪽 옆구리로 갑자기 문짝을 냅다 들이 받고나서, 아파트 방 안을 이리저리 헤집고 돌아다니며 여기저기 부딪치기 시작했다.

다음에, 다시 뒤쪽으로 쏜살같이 뛰어 오더니 마치 팽이채 밑의 팽이처럼 한 곳에서 빙글빙글 원을 그리며 돌기 시작했다. 그 바람에 하얀색 탈지면(脫脂綿) 통이 바닥에 넘어지면서, 그 속에서 솜뭉치가 사방으로 날기 시작했다.

마침내, 개는 빙빙 돌면서 뛰어 다니다가 번쩍번쩍 빛나는 기구들이 놓여 있는 장식장 위의 벽 쪽으로 뛰어 올랐다가는, 다시 여인의 하얀 앞치마 위로 껑충 뛰며 달려들었다.

순간, 여인의 얼굴은 일그러지기 시작했다.

"어디로 가는 거야, 빌어먹을 놈의 털 복숭이?!" 지나(Зина)가 소리쳤다.

"이런 저주받을 놈의 개!"

'어디 빠져 나갈 구멍이 없나?…….' 하고 개는 생각하였다.

개는 앞발을 들어 올리더니 덩어리처럼 몸을 웅크리고 나서, 혹시 옆문일지도 모른다는 희망에 유리창을 무분별하게 공격하였다.

곧, 우뢰와 같은 와장창 소리와 함께 유리 파편 조각들이 쏟아져 나왔으며, 이어서 불그스레한 색깔의 더럽고 보기 싫은 물건들이 가득 들어 있는 배가 볼록한 병이 밖으로 튀어 나오면서, 바닥에 온통 오물을 쏟아내는 바람에 악취가 진동하기 시작했다.

마침내, 진짜 문이 활짝 열렸다.

"멈춰! 이 빌어먹을 놈의 개새끼!" 가운에 한 쪽 팔만 겨우 끼운 채 뛰어 나오면서 신사가 소리쳤다. 그는 개의 다리를 붙잡으려 하였다.

"지나, 그 놈의 목덜미를 잡아, 더러운 놈!"

"어머…머, 어머나!… 바로 이렇다니까요, 저 개가!"

문이 한층 더 넓게 활짝 열리더니 가운을 걸친 남자가 한 명 급히 들어왔다. 깨진 유리 조각을 밟으면서 그 남자는 개가 아닌 장식장이 있는 쪽으로 급히 뛰어 가더니 장문을 열었다.

그러자, 방 안이 온통 달콤하면서 구역질나는 냄새로 가득 찼다.

곧, 그 남자는 개의 배를 향하여 위쪽에서 아래로 달려들었으며, 그러자, 개는 그 남자의 구두 끈 위를 기꺼이 덥석 물어 버렸다.

남자는 크게 숨을 몰아쉬었으나, 들고 있던 것을 떨어뜨리지는 않았다.

갑자기, 구역질나게 하며 비위를 상하게 하는 물체가 개의 호흡을 중지시켜 놓았으며, 개의 머리는 속에서 빙빙 돌기 시작했다.

그리고 나서, 개의 네 다리에 힘이 쭉 빠지더니, 개는 비스듬히 옆으로 쓰러졌다.

'감사합니다, 물론 감사해야지요.'

개는 날카로운 유리 조각 위로 곧장 넘어지면서 비몽사몽간에 생각하였다.

'안녕, 모스크바여!

이제, 난 더 이상 치츠낀도, 프롤레타리아도, 끄라코프 산 소시지도 보지 못하게 되었구나!

개답게 잘 참고 살았으니 천당으로 갈 거야.

동물을 학대하는 도살자 인간들이여,

무엇을 위해 당신들은 나를 이렇게 만드는가?'

그리고 나서, 개는 완전히 옆으로 나뒹굴어 졌으며,

마침내, 숨을 거두었다.

* * *

그가 부활 하였을 때, 그의 머리는 가볍게 빙빙 돌며 현기증이 나고 있었으며 뱃속은 조금 거북한 게 구역질이 날 것 같았다.

하지만, 옆구리는 예전 같이 아프지 않고 편안 하였다. 개는 몹시 지친 오른쪽 눈을 떠서 흘끗흘끗 눈길을 돌려 자신을 돌아보았다. 그리고는 자신의 옆구리와 배에 빵빵 돌려가며 붕대가 단단히 감겨져 있음을 알았다.

'역시 인간들의 짓이로군, 개자식들.'

그는 어렴풋하게 생각하였다.

'하지만, 교묘하게 잘도 꾸며 놓았어, 잘한 것은 잘했다고 정당하게 인정하지 않으면 안 되지.'

"<세빌리아에서 그레나다까지… 조용한 밤의 어스름 속에서…….>"

개가 엎드려 있는 머리 위로 노래 소리가 분산되며 부자연스럽게 들려왔다.

개는 깜짝 놀라 두 눈을 크게 떴다.

두어 걸음 거리에 등받이 없는 흰색 의자 위에 남자 다리가 올려 있는 것이 보였다. 의자 위의 바지와 속옷은 정강이 위로 걷어 올려 있었으며, 맨살의 노란 종아리에는 말라붙은 피와 요오드가 발라져 있었다.

'저 알랑알랑 거리는 간신!' 하고 개는 생각하였다.

'그렇기 때문에 내가 그를 덥석 물어 버린 거야, 저건 나의 작품이지. 으으음, 곧 나는 두들겨 맞겠구나!'

"<우-울려 퍼지네 세레나다, 울려 퍼지네 칼의 노크소리!…> 이 부랑자야, 넌 무슨 목적으로 의사 선생의 다리를 덥석 물었니, 으응? 아아? 뭐하려고 유리는 또 왕창 깨놓았니, 으응? 아아?……"

"우-우-우-우," 개는 구슬프게 울기 시작했다.

"으음, 알았어. 이제야 제정신이 돌아왔구먼, 그래, 누워 있거라, 바보 같으니."

"필립 필립뽀비치, 어떻게 저런 신경과민의 개를 유인하실 수 있었어요?"

귀에 익은 남자 목소리가 묻고 있었다. 그리고는 위로 접혀져 있던 그의 메리야스 속바지 가랑이가 아래로 구르며 흘러 내려왔다.

연초 담배 냄새가 났으며, 장식장 안에서는 작은 유리병들이 부딪치는 소리가 나기 시작했다.

"친절하게 대해 주었지. 살아있는 존재를 대하는 데 있어 가능한 유일한 방법으로 말이야. 동물을 다루는 데 있어서도, 그 동물이 어떤 발달 단계에 있는 동물이든지 간에, 테러 가지고는 아무 것도 할 수 없어. 나는 이것을 예전에 이미 주장하였고, 지금 다시 주장하며, 앞으로도 주장할 거야. 그들은 지금 테러가 자신들을 도와주고 있는 줄 알고 헛된 생각에들 빠져 있다고. 아냐, 아니라고, 절대 아냐, 테러는 절대 도움이 안 돼. 인간이건 동물이건, 생명이 있는 어떤 존재한테도 테러는 절대 도움이 안 돼.

그가 백군이건, 적군이건 간에, 아니면 갈색군조차도! 테러는 신경계통을 완전히 마비시켜 놓는다고. 지나! 내 이 병신 같은 놈을 위해 끄라코프산 소시지를 1루불 40 꼬베이까 주고 사왔다. 이놈의 개가 속이 좀 편안해지거들랑 먹여 보도록 해라.”

깨진 유리 조각들을 쓸어 내면서 유리 조각이 부딪치는 소리가 나기 시작하더니, 여자의 아양 떠는 소리가 들려왔다.

“오오흐, 끄라코프산 소시지! 맙소사, 개한테는 20 꼬뻬이까짜리 고기 조각 하나 사주면 충분한데 그러셨어요. 끄라코프산 소시지는 차라리 제가 먹는 게 더 나을 텐데요.”

“너 그거 먹기만 해 봐! 내 너를 먹어 버릴 테니. 그건 사람의 위장에는 독극물이나 진배없다고. 다 큰 처녀가 어린애처럼 그 더럽고 보기 흉한 물건을 입에다 쭉쭉 빨고 다니니. 절대 안 돼! 내 미리 경고하는데, 만일 그걸 먹고 네가 배탈이 나더라도, 나든, 의사 보르멘딸리든 간에 아무도 너를 치료해 주지 않을 테다. 다른 처녀를 여기 너와 비교해서 말하는 사람은 누구든지, 내!…….”

이때, 부드럽고 자잘한 초인종 소리가 온 아파트 안에 쏟아져 내렸으며, 좀 떨어진 현관 쪽에서 목소리가 끊임없이 들려왔다.

그리고 전화벨이 울렸으며, 지나는 밖으로 사라졌다.

필립 필립뽀비치는 쓰레기통 속으로 담배꽁초를 던져 버리고 나서, 가운의 단추를 채우더니 벽에 걸려있는 거울 앞에 서서 부드러운 콧수염을 가지런하게 편 다음, 소리 내어 개를 불렀다.

“휘-익, 휘-익… 으음, 괜찮아, 괜찮다고! 자, 환자나 진찰하러 가자.”

개는 비틀거리는 다리를 딛고 일어선 다음 흔들흔들 거리더니 벌벌 떨기 시작했다. 하지만, 곧 자세를 고쳐 잡고 나서 필립 필립뽀비치의 펄럭이는 옷자락 뒤를 바짝 따라 걷기 시작했다. 개는 다시 좁은 복도를 가로질러갔다.

하지만, 이번에는 천정 위에 매달려 있는 꽃무늬 전등갓에 의해서 자신이 밝게 비춰지고 있음을 알았다.

반짝반짝 빛나는 문이 활짝 열리고 개는 필립 필립뽀비치와 함께 진찰실 안으로 들어갔다. 방 안의 실내장식이 개의 눈을 멀게 하였다.

무엇보다도, 방 안은 온통 조명빛을 받아 번쩍번쩍 빛나고 있었다. 조형으로 치장된 천정 밑이 휘황찬란하게 빛나고 있었으며 책상 위가 번쩍이고 벽이 빛을 발하며 의료기구장의 유리창이 빛을 반사하고 있었다. 조명빛은 무수히 많은 방 안의 가구와 물건들 위에 가득 내리 쬐고 있었으며, 특히 벽면 위쪽에 붙어 있는 굵은 통나무 가지 위에 앉아 있는 거대한 부엉이가 가장 많은 빛을 받아 돋보이고 있었다.

"누워 있거라," 필립 필립뽀비치가 명령하였다.

반대편 쪽의 아름답게 조각된 문이 열리더니, 개한테 다리를 물린 사람이 들어왔다. 선명한 불빛에 보니 그는 아주 미남이고 젊었으며 까맣고 끝이 날카로운 구레나룻 수염을 한 의사였다. 그는 교수에게 종이쪽지를 건네면서 다음과 같이 말했다.

"예전에 왔던 환자입니다……."

그리고는 곧 조용히 사라졌으며, 필립 필립뽀비치는 가운 자락을 크게 넓히고 나서 거대한 책상 앞에 앉더니, 곧 유난히도 위엄 있고 위풍당당하게 집무를 하기 시작했다.

'아냐, 이곳은 진료소는 아니야…… 난 어디론가 다른 곳으로 떨어진 거야.' 하고 개는 당황하여 생각하였다.

그리고는 육중한 가죽 소파 옆의 카펫 무늬 위에 몸을 기대고 엎드렸다.

'저 부엉이는 무얼까……'

문이 살며시 열리더니 누군가가 안으로 들어섰다. 그가 개를 아주 놀라게 하는 바람에 개는 겁먹은 듯이 아주 가볍게 짖어댔다.

"잠자코! 바-바-아는 사람이잖아, 아는 사람이라고! 하지만, 당신을 알아보기란 불가능하군, 귀여운 친구!"

방 안으로 들어온 사람은 어찌할 줄 몰라 쩔쩔매면서 아주 정중히 필립 필립뽀비치에게 인사하였다.

"히-히… 교수님, 당신은 마술사이시고 마법사이십니다."

그가 당혹하여 어쩔 줄 몰라 하며 말하였다.

"바지를 벗으시오, 귀여운 친구"

필립 필립뽀비치가 명령하고는 자리에서 일어섰다.

'오오, 맙소사!' 개는 생각하였다.

'이런 인간이 다 있다니!'

그의 머리에는 아주 푸른색의 머리카락이 자라나 있었으며 뒤통수 쪽의 머리카락은 노리끼리한 황갈색으로 반짝이고 있었다. 그의 얼굴은 사방으로 주름살이 잡혀져 있었으나, 얼굴색은 젖먹이 어린애처럼 장밋빛을 띠고 있었다. 그의 왼쪽 다리는 굽혀지지가 않아 카펫 위로 질질 끌고 다닐 수밖에 없었으며, 때문에 마치 어린 방아벌레처럼 오른쪽 다리를 껑충껑충 뛰며 걸었다. 그리고 그의 커다란 양복상의 옷깃에는 마치 눈알 같은 값비싼 보석이 붙어 있었다.

그의 모습이 너무도 흥미로워 개는 구역질이 나기조차 하였다.

"쨔우, 쨔우…" 개가 가볍게 짖었다.

"잠자코! 이 귀여운 것아, 무슨 잠꼬대냐?"

"헤-헤…… 교수님, 우리들 밖에 없지요? 이건 도저히 말로 다 형언할 수 없습니다,"

방문객은 수줍어하며 말하기 시작했다.

"틀림없습니다. 25년 동안 이와 같은 환상은 전혀 없었다구요!"

그 사람이 바지 단추를 잡았다.

"믿으시겠지요, 교수님, 매일 밤 꿈에 발가벗은 처녀들이 무리를 지어 나타나는 게…… 전 완전히 매혹 당했습니다. 교수님은 마법사이십니다, 마법사!"

필립 필립뽀비치는 환자 손님의 동공을 들여다보면서 근심에 젖은 눈빛으로 "흐음" 하고 우려의 소리를 냈다.

환자는 마침내 바지 단추를 아래로 내려 줄무늬 바지를 벗었다. 바지가 아래로 내려가자 아주 특이한 속바지가 보였다. 속바지는 담황색이었고, 그 위에는 비단실로 검은 고양이가 수놓아져 있었으며 향수 냄새가 풍겼다.

개는 고양이를 참을 수 없었다.

그래서 개는 큰 소리로 짖기 시작하였으며, 그 사람은 놀라 펄쩍 뛰었다.

"아이!"

"내 너를 때려 주고 말거야! 두려워하지 마시요, 저 개는 물지 않습니다."

'내가 물지 않는다고?……' 개는 깜짝 놀랐다.

방문객 환자의 바지 주머니에서 조그만 봉투가 카펫 위로 떨어지면서, 넓게 풀어 헤친 헤어스타일의 미녀 사진들이 바닥에 쏟아지며 흩어졌다.

환자는 깜짝 놀라 움찔하더니 얼른 아래로 허리를 굽혀 그 미녀들을 주워 모은 다음, 얼굴이 새빨개졌다.

"그러나 당신 조심하셔야 됩니다."

필립 필립뽀비치는 얼굴을 찌푸리고는 손가락으로 위협하면서 다음과 같이 경고하였다.

"그래도 역시, 조심 하시오, 악용해서는 안 돼요!"

"전 악용하지 않을……"

그는 옷을 계속하여 벗으면서 당황하여 허둥지둥 거리며 중얼거리기 시작했다.

"친애하는 교수님, 전 단지 경험한 상태에서……"

"그래 그것이 어쨌단 말입니까, 어떤 결과를 얻었습니까?"

필립 필립뽀비치가 엄하게 물었다.

그는 황홀에 빠져 손을 위로 들어 흔들면서 옛날을 회상하기 시작했다.

"25년 전, 신을 두고 맹세 합니다만, 교수님, 그런 성적 희열은 결코 없었어요, 아아! 내 마지막으로 1899년 파리에서, 아아, 그 류-데-라-뻬 거리에서."

"어떻게 하다가 또 머리카락은 파랗게 되었습니까?"

바람둥이 괴짜의 얼굴빛이 어두워지기 시작했다.

"그 놈의 저주스런 염색약! 때문이지요. 교수님, 아마 교수님은 그 불량배 놈들이 내게 염색물감 대신에 무엇을 안겨주었는지 상상도 못하실 겁니다. 교수님, 자, 이걸 보시기만 하세요."

그는 눈으로 거울을 찾으면서 중얼거렸다.

"아, 정말 이건 심하구나! 그 놈들 낯짝을 한번 두들겨 주어야 하는 건데,"

그는 거칠게 성을 내면서 다음과 같이 덧붙였다.

"교수님, 이제 전 어떻게 하면 될까요?"

그는 거의 울다시피 하며 물었다.

"흐음……머리를 빡빡 깎으시오."

"교수님!"

방문객은 불만에 가득 차 소리쳤다.

"이제 그 파란 머리카락이 다시 희끗희끗하게 자라날 거라고요! 그 외에도, 전 창피해서 직장에 코빼기도 한번 내밀 수 없었다고요. 그렇게 직장에 못 나간지가 벌써 3일째예요. 자동차가 날 데리러 와도, 전 그냥 돌려보낼 수밖에 없는 실정이라고요. 에흐, 교수님, 만일 교수님께서 머리카락도 젊어지게 할 수 있는 방법을 발견하시기만 한다면!"

"당장은 안 돼, 지금 당장은 안 된다고, 사랑스런 친구!"

필립 필립뽀비치가 중얼중얼 거렸다. 교수는 고개를 숙여 번쩍이는 눈으로 환자의 발가벗은 배 부분을 조사하였다.

"으음, 뭐, 매혹적이군, 모두가 완전하게 제대로 되어 있구먼··· 사실대로 말하자면, 나도 이런 결과를 예기치 못했다고······. <많은 피, 많은 노래!···.> 자, 옷 입으세요, 귀여운 친구!"

"<나 역시 가장 매혹적인!······>"

환자는 안경을 번쩍번쩍 거리며 옷을 주섬주섬 입으면서, 가래가 거렁거렁 끓는 목소리로 교수의 노래를 따라 불렀다.

옷매무새를 정돈하고 난 그는 필립 필립뽀비치가 앉아 있는 책상 쪽으로 조금 뛰듯이 펄쩍펄쩍 거리며 다가오면서 향수 냄새를 퍼뜨린 다음, 하얀 종이 다발 속에서 한 장 두 장 돈을 꺼내 그의 책상 위에 올려 으면서 진찰비를 계산하기 시작하였다. 그리고는 교수에게 두 손을 내밀어 상냥하게 악수하였다.

"2주일 동안은 보여주지 않아도 되오," 필립 필립뽀비치가 말하였다.

"그러나 내 제발 부탁하건대, 그래도 역시 당신은 절대 조심해야 됩니다."

"교수님,"

그 손님 환자는 문 바로 뒤에서 기쁨에 넘쳐 소리 높여 말하였다.

"아주 평안하십시오."

그는 매우 유쾌하게 히힉거리며 밖으로 사라졌다.

짤막한 벨 소리가 아파트 안에 울려 퍼지더니 반짝반짝 빛나는 문이 활짝 열리면서, 개한테 다리를 물렸던 그 젊은 의사가 안으로 들어와서는,

필립 필립뽀비치에게 조그만 종이쪽지를 건네고는 다음과 같이 말하였다.

"나이가 잘못 제시되어 있습니다. 아마도, 54세에서 55세 정도는 되어 보입니다. 심장의 고동이 시원치 않습니다."

젊은 의사는 사라지고 대신에 중년 부인이 위세당당 하게도 모자를 옆으로 비딱하니 살짝 눌러 쓰고, 씹어서 뱉어 놓은 것 같이 쭈글쭈글한 목에는 반짝이는 보석 목걸이를 축 늘어뜨리고서, 바스락 바스락 소리를 내며 걸어 들어 왔다.

그녀의 눈 바로 밑에는 검은 빛의 눈두덩이가 무시무시하게 축 내려앉아 있었으며, 볼 따귀는 마치 인형의 연지처럼 빨간색으로 화장되어 있었다.

그녀는 매우 강하게 흥분하고 있었다.

"부인! 당신은 몇 살이십니까?"

매우 준엄하게 필립 필립뽀비치는 그녀에게 물었다.

중년 부인은 깜짝 놀라 빨간 볼 밑이 창백해지기까지 하였다.

"교수님, 전… 맹세합니다만, 만일 교수님께서 저에게 어떤 드라마가 있었는지 아셨다면……"

"몇 살 가량 되셨습니까, 부인?"

한층 더 준엄하게 필립 필립뽀비치는 반복하여 물었다.

"틀림없습니다…… 그래요, 45세입니다."

"부인!"

필립 필립뽀비치가 절규하기 시작했다.

"많은 환자들이 나를 기다리고 있어요! 제발, 시간을 지체시키지 마십시오, 당신만이 혼자서, 나의 환자가 아닙니다!"

부인이 깜짝 놀라 한숨을 크게 들이 쉬는 바람에 그녀의 젖가슴이 급격하게 부풀어 오르기 시작했다.

"저는 오로지 대학자이신 당신께만, 그러나 맹세합니다만, 이건 아주 무시무시……"

"당신은 몇 살입니까?" 필립 필립뽀비치는 격분하여 째지는 듯한 목소리로 물었으며, 그의 안경이 번쩍번쩍 거렸다.

"쉰 한 살이에요," 두려움 때문에 얼굴에 경련을 일으키면서 중년 부인이 대답하였다.

"바지를 벗으시오, 부인," 필립 필립뽀비치는 가볍게 말하고 나서, 구석에 있는 하얀색의 높은 진찰대 쪽을 가리켰다.

"교수님, 전 맹세한다고요," 부인은 떨리는 손가락으로 혁대 어느 곳인가의 단추를 풀면서 중얼거렸다.

"그 모릿쯔는… 내 당신께 솔직하게 고백합니다만, ……"

"<세빌리아에서 그레나다까지……>"

필립 필립뽀비치는 무관심하게 노래 부르기 시작하면서 대리석 세면대 밑의 페달을 발로 밟았다. 곧, 물이 쏴-악 소리를 내며 수도꼭지에서 흘러 나왔다.

"신을 두고 맹세한다고요!" 중년 부인이 말했다.

그녀의 양쪽 볼 따귀에는 화장된 부분 사이로 화장 안 된 맨 살갗이 마치 구멍 난 것처럼 군데군데 보였다.

"전 안다고요, 이게 저의 마지막 열정이라는 것을……. 정말로, 그가 이렇게 무뢰한 일수가! 오오, 교수님! 그는 전문적인 도박 사기꾼이라고요, 아마, 이건 전(全)모스크바 시민들이 알고 있다고요. 그는 유행 따라 옷을 바꿔 입어, 좀 예쁘게 보이며 꼬리를 친다 싶은 젊은 처녀란 처녀는, 그냥 놓아두는 법이 없어요. 정말로 그는 그렇게 정욕이 철철 넘칠 수가!"

부인은 계속하여 중얼중얼 거리더니 치마 바로 밑에서 꾸겨진 레이스제 팬츠를 똘똘 뭉쳐 내던졌다.

개는 완전히 정신이 몽롱해지기 시작했다.

그의 머릿속에서는 모든 것이 거꾸로 곤두박질치고 있었다.

'으음, 젠장할,' 개는 몽롱한 상태에서 생각하였다. 그리고는 부끄러움 때문에 앞발 위에 머리를 푹 파묻고는 잠시 졸기 시작했다.

'저 돌돌 말려진 레이스 덩어리가 무엇에 쓰는 것인지 난 알려고도 하지 않을 거야, 어쨌든 난 이해하지도 못 할 테니까.'

개는 전화 벨 소리에 잠을 깼다. 그리고는 필립 필립뽀비치가 쇄대야 속으로 뭔가 번쩍번쩍 빛나는 원통형 도구를 집어 던지는 것을 보았다.

얼굴에 군데군데 얼룩 반점이 진 중년 부인은 손으로 젖가슴을 여미면서 기대에 가득 차 필립 필립뽀비치를 쳐다보았다. 교수는 의미심장하게 얼굴을 찌푸리더니 책상 앞에 가 앉은 다음, 뭔가를 쓰기 시작했다.

"부인, 내 당신에게 원숭이의 난소를 끼워 넣어 주겠소." 하고 교수는 선언하듯이 말하고 나서는 냉엄하게 부인을 쳐다보았다.

"아흐, 교수님, 정말로, 원숭이를요?"

"네," 강한 어조로 필립 필립뽀비치가 대답하였다.

"수술은 언제지요?"

얼굴이 창백해지면서 거의 기어 들어가는 목소리로 부인은 질문하였다.

"<세빌리아에서 그레나다까지….…> 우흠… 월요일에. 아침부터 부속 병원에 가 누워 계시오, 나의 조수가 당신의 수술을 준비할 겁니다."

"아아, 전 부속병원으로 안 갈래요. 교수님, 당신한테서 수술 받을 수는 없나요?"

"아시다시피, 내 개인 병원에서는 아주 드물게만 수술을 합니다. 그리고 수술비가 엄청 비싸, 500루블이나 들을 겁니다."

"전 동의해요, 교수님!"

다시 수돗물 소리가 울려 퍼지기 시작하고, 중년 부인이 깃털 달린 모자를 펄럭펄럭 거리며 밖으로 사라진 다음에, 마치 접시 같이 생긴 누군가 대머리의 사나이가 나타나더니 필립 필립뽀비치를 포옹하며 인사하였다.

개는 꾸벅꾸벅 졸았다.

이제 구역질도 멈추었다.

개는 평온해진 옆구리 통증과 방안의 따뜻한 공기를 만끽하며 잠깐 눈을 부쳤으며, 잠깐 동안의 단잠 속에 꿈까지 꿀 수 있었다.

꿈에 그는 부엉이의 꼬리에서 한 다발이나 되는 깃털을 입으로 물어뜯고 있었고…….

두려움에 떠는 듯한 흥분된 목소리가 잠결에 개의 머리 위에서 왕왕거렸다.

"저는 유명한 사회사업가 입니다, 교수님! 이제, 어떻게 해야 합니까?"

"맙소사!" 필립 필립뽀비치가 격분하여 소리쳤다.

"그래서는 안 돼! 자제하지 않으면 안 돼요! 그 여자가 몇 살 입니까?"

"열 네 살인데요, 교수님…… 당신은 이해하시겠지요, 이 일이 조금이라도 밖으로 새 나가는 날엔 전 끝장이라고요. 며칠 사이에 전 런던으로 출장 가야만 한다고요…….”

“이보게 귀여운 친구, 난 정말로 법률가가 아닐세… 으음, 2년만 기다리시오, 그리고 나서 그녀와 결혼하시오.”

“전 결혼했어요, 교수님!”

“오오, 맙소사, 하느님!…”

문이 활짝 열리더니 다른 사람의 얼굴로 교체되었다.

의료기구장 안에서 여러 기구들이 부딪치는 소리가 울려 퍼졌다.

필립 필립뽀비치는 한시도 손을 놀리지 않으면서 계속하여 일을 하였다.

‘더럽고 추잡한 아파트로군.’

개는 생각하고 있었다.

‘그러나 좋긴 좋구나! 그런데, 저 교수는 나를 무슨 목적으로 필요했을까? 정말로, 나를 여기 계속 살게 내버려둘까? 오, 바로 기인이야! 그래, 그는 정말 눈만 한번 깜박 거려 가지고, 이런 개까지 갖추어 놓고, 참으로, 경악을 금치 못하겠구나! 그런데, 혹시 내가 잘 생겨서 그런 건 아닐까. 반드시, 나의 행운일거야, 행운! 그런데, 저 부엉이란 놈은 건달 같이 생겨가지고. 파렴치한 같으니.’

아주 늦은 저녁이 되어서야 개는 완전히 잠에서 깨어났다.

이때는 이미 방문객 환자들의 벨 소리도 멈추어 있었다.

그런데, 바로 그 순간, 특별한 방문객들이 문 안으로 들어섰다.

그들은 금방 4명이 되었다.

모두들 젊은 사람들이였으며, 모두들 아주 검소하게 옷을 입고 있었다.

‘이 사람들은 또 무슨 용건일까?’

개는 적의를 품으며 놀라 생각하였다.

필립 필립뽀비치는 훨씬 더 적의를 품고 불청객들을 맞이하였다. 그는 책상 근처에 서서 마치 적군을 노려보는 사령관처럼 그들을 쳐다보고 있었다.

그의 매부리코 콧구멍이 팽창되고 있었다. 방 안으로 들어온 불청객들은 카펫을 발로 짓밟고 있었다.

“교수님, 우리들은 당신께,” 그들 가운데 한 사람이 말하기 시작했다.

그의 머리에는 무성히 자란 까만 곱슬머리털이 더부룩하게 1/4 아르신[15]이나 위로 치솟아 있었다.

"바로 이러한 일로…"

"여보시오 신사 양반들, 당신들은 이런 날씨에 덧신도 신지 않고 쓸데없이 돌아다닙니까,"

그의 말을 가로막으면서 필립 필립뽀비치가 교훈적으로 말하였다.

"그러면, 첫째, 당신들은 감기에 걸릴 것이고, 둘째, 당신들은 이미 내 카펫 위에 더러운 흔적을 남겼습니다. 내 아파트의 모든 카펫은 페르시아제(制)란 말이오."

더부룩한 머리털의 사내는 그만 입을 다물고 잠자코 있었으며, 나머지 사람들도 모두 놀라서 필립 필립뽀비치를 꼼짝 않고 쳐다보았다.

침묵은 몇 초간 계속되었다.

책상 위의 무늬 그려진 나무접시를 가볍게 두드리는 필립 필립뽀비치의 손가락 장단 소리만이 이따금 침묵을 중지시키고 있었다.

"첫째로, 우리들은 신사가 아닙니다."

마침내 4명 가운데 가장 앳되어 보이며 빨간 복숭아 빛의 볼을 한 사람이 입을 열었다.

"첫째,"

필립 필립뽀비치는 그의 말도 가로막으며 나섰다.

"당신은 남자입니까, 아니면 여자입니까?"

4명은 다시 잠잠해 졌으며 입을 딱 벌렸다.

이번에는 처음에 입을 열었던 그 더부룩 머리의 사내가 정신을 가다듬고 말하였다.

"동무, 남자이건 여자이건, 어떤 차이가 있습니까?"

그는 오만불손하게 질문하였다.

"나는 여자입니다."

가죽 자켓을 입은 애송이 젊은이가 스스로 자백하고는 얼굴이 새빨개졌다. 곧 이어 4명 가운데 한사람으로 털모자를 쓴 금발머리 사내가 웬일

15) 아르신: 구 러시아의 척도 단위 = 71.12 센티미터.

인지 얼굴색이 아주 짙어지며 새빨개졌다.

"이런 실내에서 당신들은 전투모를 쓴 채로 있을 수 있지요,

그렇지 않다면, 귀하, 당신께 청하옵건대 모자를 좀 벗으시지요," 필립 필립뽀비치가 거창하게 말했다.

"저는 <귀하>가 아닌뎁쇼." 당황하여 털모자를 얼른 벗으면서 금발머리 사내가 중얼거렸다.

"우리들이 당신한테 온 용건은," 더부룩한 머리털의 사내가 다시 말하기 시작했다.

"먼저, <우리>라니 그게 누굽니까?"

"우리는 우리들 아파트의 새로운 주택 관리소를 말합니다," 그 사내는 끓어오르는 분노를 억지로 삼키며 말하기 시작했다.

"나는 쉬본제르, 이 여자는 뱌젬스까야, 이 남자는 뻬스뜨루힌, 그리고 자로브낀 동무입니다."

"그 주택관리소가 당신들을 표도르 빠블로비치 사블린의 아파트에 입주시켰습니까?"

"우리들이지요," 쉬본제르가 대답했다.

"맙소사! 이제, 우리 칼라부호브스키 아파트는 망했구나!"

절망에 가득차서 필립 필립뽀비치는 두 손을 위로 들었다가는 아래를 탁 치며 소리쳤다.

"교수님, 당신은 무엇을 그렇게 비웃으십니까?" 하며 쉬본제르가 화를 내기 시작했다.

"내가 웃는다고! 난 지금 완전히 절망에 빠져 있다구!" 필립 필립뽀비치가 소리쳤다.

"이제 증기난방은 또 어떻게 되어 갈 건고!"

"당신은 지금 우리들을 조롱하는 군요, 쁘레오브라젠스키 교수!"

"어떤 일로 당신들은 내게 오셨소, 가능한 빨리 말하시오, 나는 곧 식사하러 가야 하오."

"우리들 주택관리소는," 증오심에 가득 찬 눈빛으로 쉬본제르가 말하기 시작했다.

"우리들은 아파트 전체 주민회의 후에 당신한테 왔습니다. 이 회의에

서 아파트 각 호실의 다세대 입주에 대한 문제가 있었습니다."

"누가 누구 위에 있었다고?" 필립 필립뽀비치가 소리쳤다.

"당신의 말뜻을 좀 더 분명하게 말해주시오."

"문제는 다세대 입주에 대하여 있었는데……"

"됐어요! 이제 알아들었어요! 당신들은 올 8월 12일자 법령에 의하여, 내 아파트는 그 어떤 다세대 입주나 혹은 이주 문제로 부터 면제되어 있다는 것을 아시고 계시겠지요?"

"알고 있습니다," 쉬본제르는 대답하였다.

"그러나 전체회의는 당신 문제를 검토하고 나서, 대체로 당신은 혼자서 과도한 면적을 차지하고 있다는 결론에 도달하였습니다. 아주 지나치게 과도한 면적을 차지하고 있습니다. 당신은 혼자서 방 7개짜리 아파트에 살고 있습니다."

"그래요, 7개의 방에서 나는 혼자 삽니다. 하지만, 나는 7개의 방에서 일을 합니다, 일을,"

필립 필립뽀비치가 대답하였다.

"그래서 나는 8번째의 방이 하나 더 있었으면 한다고요. 그 방은 내게 있어 도서실로 꼭 필요한 방이요."

4명의 불청객들은 어이가 없는 듯이 멍하니 벙어리가 되어 있었다.

"8번째의 방이라고요? 에-헤-헤," 모자를 벗은 금발머리 사내가 말하였다.

"하지만, 아, 그건 좋을-거-야!"

"그건 정말 말로 형언할 수도 없지요!"

여성으로 판명 난 젊은이가 감탄의 소리를 냈다.

"잘 기억해 두시오, 내 아파트에는 환자 대기실이 있고, 이 방은 현재 도서실이기도 하지요, 식당, 그리고 나의 집무실, 자, 이렇게 셋이지요! 다음에 관찰실, 그래서 넷, 수술실이 다섯, 그 다음 나의 침실, 그래서 여섯, 그리고 하녀들의 방, 모두 일곱이요. 대체로, 충분하지는 않은데…… 그래요, 그렇지만, 이건 중요하지 않지. 나의 아파트는 면제되어 있어요, 자, 이것으로 대화는 끝. 이제, 나는 식사하러 갈 수 있습니까?"

"죄송합니다,"

단단한 딱정벌레 같이 생긴 네 번째 사내가 말하였다.

"죄송합니다만," 쉬본제르가 그 사내의 말을 가로채며 나섰다.

"바로 그 식당과 관찰실에 대하여 말하려고 우리들이 온 것입니다. 전체회의는 노동규율에 입각하여 당신이 자발적으로 식당을 내어 줄 것을 요구합니다. 식당은 모스크바의 그 누구한테도 없습니다."

"심지어 아이세도라 둔칸[16]에게도!"

여성 동무가 높고 날카로운 목소리로 소리쳤다.

순간, 움찔하며 필립 필립뽀비치에게 뭔가의 큰 변고가 발생했나 싶더니, 그 결과로 그의 얼굴이 빨갛게 달아오르기 시작했다.

그러나 그는 한 마디 말도 내 뱉지 않으면서, 다음 말이 나오기를 기다렸다.

"그래요, 관찰실을 반납하고," 쉬본제르가 계속하여 말하였다.

"관찰실을 집무실과 병합하여 최상으로 사용할 수가 있습니다."

"그렇지," 필립 필립뽀비치는 어딘가 이상한 목소리로 말하였다.

"그러면, 나는 어디에서 식사를 해야만 하지요?"

"침실에서요."

4명의 불청객들이 마치 합창이라도 하듯이 동시에 일제히 대답하였다.

필립 필립뽀비치의 빨갛게 달아올랐던 얼굴에 약간 회색빛을 띤 그림자가 드리워졌다.

"침실에서 식사를 하고," 그는 약간 짓눌린 듯한 낮은 목소리로 말하기 시작했다.

"관찰실에서 독서하고, 환자 대기실에서 옷 갈아입고, 하녀들 방에서 수술하고, 식당에서 관찰을 한다?! 아주 아주 가능한 이야기지, 아이세도라 둔칸 같으면 그렇게 할지도 모르지. 아마도, 그녀는 집무실에서 식사하고 욕실에서 토끼를 자를 수도 있을 거야. 그럴지도 모르지. 그럴 수도 있을 거야. 하지만, 나는 아니야 아이세도라 둔칸이!!" 하고 그는 갑자기 고함쳤다.

그리고는 그의 빨간 얼굴색이 노랗게 변하기 시작했다.

"나는 식당에서 식사를 할 것이고, 수술은 수술실에서 할 거야! 이것을

16) 아이세도라 둔칸: 미국 출신의 유명한 발레리나로서, 러시아의 유명한 시인 예세닌과 결혼하였다가 이혼하였으며, 모스크바에 무용학교를 개설하였었음.

가서 전체회의에 전하시오, 그리고 이제 그만 당신들 자신의 일로 돌아가 줄 것을 제발 부탁드립니다. 내게도 정상적인 모든 사람들이 식사하는 곳에서, 바로 현관도 아니고 아이들 방도 아닌 식당에서 식사할 수 있도록 허락해 주시기를 삼가 부탁합니다."

"그렇게 되면, 교수님, 당신의 완강한 반동적 행위 때문에,"

몹시 흥분한 쉬본제르가 말하였다.

"우리는 당신을 상부기관에 고소할 것입니다."

"아하," 필립 필립뽀비치가 말했다.

"그렇지요?" 그의 목소리에는 미심쩍게도 정중한 뉘앙스가 베여 있었다.

"잠깐만 기다려 주시기 바랍니다."

'오오, 좋았어, 좋아, 아주 멋져.'

개는 환희에 차서 생각하였다.

'그도 나와 성격이 아주 비슷하다고. 오, 이제 그가 곧 그들을 물어 버릴 거야, 오, 물어버린다고! 어떤 방법으로 물어 버릴지 아직은 모르지만, 그러나 이렇게 물어버릴 거야!…… 그들을 그냥 꽉 물어버려! 저 장화 위의 정강이 아래 종아리에 솟은 힘줄을 당장 콱 물어뜯으라고… 으르-르릉-르!…….'

필립 필립뽀비치가 철거덕 소리를 내고 나서는 전화통으로 부터 수화기를 벗겨 잡았다. 그리고는 송화기에 대고 다음과 같이 말하였다.

"부탁합니다…… 네…… 감사합니다. 비딸리 알렉산드로비치 좀 바꿔 주십시오. 이 사람은 교수 쁘레오브라젠스키입니다. 아, 비딸리 알렉산드로비치 세요? 당신과 통화하게 되서 아주 기쁘군요. 감사합니다, 건강합니다. 비딸리 알렉산드로비치, 당신의 수술은 취소되었습니다. 뭐라고요? 아니오, 아주 취소되었어요, 나머지 다른 수술도 모두 취소되었습니다. 왜냐하면, 나는 전(全)모스크바에서 모든 활동을 중지할 것입니다. 그리고 대체로 전(全)러시아에서도… 지금 나한테 4명의 불청객이 쳐들어 왔는데, 그 중의 하나는 남자 복장을 한 여자이고, 두 명은 군사용 권총을 찼어요. 이들이 나의 아파트에서 테러를 자행하면서, 아파트의 한 부분을 탈취할 목적으로……."

"잠깐만요, 교수님," 얼굴색이 변하면서 쉬본제르가 말하기 시작했다.

"미안합니다……. 저는 이들이 한 말을 모두 반복할 수가 없습니다, 전

그런 엉터리 말까지 모두 기억해 두는 애호가는 아니니까요. 이들이 나에게 나의 관찰실을 내어 줄 것을 명령하였다는 것으로도 충분합니다. 달리 말하면, 이들은 지금까지 내가 집토끼의 배를 갈랐던 그런 장소에서, 이제 당신을 수술하지 않으면 안 되는 상태로 나를 만들어 놓았습니다. 이런 상황에서는 난 의료 활동을 계속할 수 없을 뿐만 아니라, 그럴 권한도 없습니다. 그러므로 나는 모든 활동을 중지하고, 아파트를 폐쇄하고, 소치로 떠나렵니다. 아파트 열쇠는 쉬본제르에게 전달 할 수 있으니, 그 사람보고 수술하라고 하십쇼."

4명의 얼굴 표정이 갑자기 굳어지기 시작했다. 그들이 신고 있던 장화에서는 눈이 녹아 흐르고 있었다.

"지금 무엇을 하겠습니까?… 나는 지금 아주, 아주 기분이 나빠서… 어떻게 하라고요? 오, 아닙니다, 비딸리 알렉산드로비치! 오오, 아녜요! 더 이상 그렇게 동의할 수는 없어요. 그 동안 참아온 분통은 이미 터져 버렸어요. 이게 벌써 8월부터 두 번째라고요. 어떻게? 으으음…… 편하신 대로. 비록 그렇기는…… 그러나 계약상의 조건은 단 하나 입니다. 누구에 의해서든지 간에, 무엇이든 좋을 대로, 언제든지 좋을 때에 약정을 했더라도 동일해야 합니다. 쉬본제르이든, 아니면 다른 그 누구든지 간에, 문서 앞에서는 내 아파트의 문에 조차도 가까이 접근할 수 없어야 하는 것이, 바로 이 계약 문서입니다. 최후의 결정적인 문서. 실제로 사실상의 문서. 참된 진짜의 문서. 사용 금지 구역! 내 이름조차도 다시는 거론되지 않았으면 합니다. 물론이지요. 내 이름은 이미 그 명단에서 죽어 있다고요. 네, 네. 그러시지요. 누구하고요? 아하…. 으음, 그렇다면, 그건 별개의 문제군요. 아하. 좋습니다. 당장 수화기를 바꿔 드리죠. 자, 수화기를 받으쇼."

약간 교활하며 아주 약삭빠른 목소리로 필립 필립뽀비치는 쉬본제르를 향하여 말하였다.

"지금 곧 당신과 이야기하실 겁니다."

"잠깐만요, 교수님,"

얼굴색이 붉으락푸르락 하면서 쉬본제르가 말하였다.

"당신은 우리들의 말을 왜곡하셨습니다."

"내 앞에서 그런 표현은 사용치 마시기 바랍니다."

쉬본제르는 당황하여 어쩔 줄을 몰라 하면서 수화기를 받아 들고 말하였다.

"여보세요. 네… 주택 관리소 위원장입니……. 우리들은 지금 법령에 따라 행동하고 있었습니……. 그러면, 교수님의 경우는 아주 특별한 예외적인 상황이…… 우리도 그의 활동에 대하여 알고는 있습니다……. 그래서 방 5개를 전부 그에게 남기려고 했습니다만…, 으음, 좋습니다… 그렇게 꼭…… 알겠습니다… 분부대로……."

얼굴이 완전히 홍당무가 되어 버린 쉬본제르가 수화기를 전화통 위에 걸었다. 그리고는 돌아섰다.

'아주 신나게 모욕 주었구나! 오, 아주 멋져!' 하고 개는 감탄하며 생각했다.

'그가 어떤 주문을 외어 댄 건가? 으음, 이제 잘하면 나를 때릴 수도 있겠군, 뭐, 원하면 때리세요, 하지만, 나는 여기서 한 발자국도 안 나갈 거니까!'

입이 딱 벌어진 나머지 3명은 모욕 받은 쉬본제르를 조심스럽게 쳐다보았다.

"이게 무슨 치욕…"

그는 힘없이 중얼거렸다.

"만일 지금 이 자리에서 토론이 열린다면,"

흥분하여 빨갛게 볼을 달구면서 여성 동무가 떨리는 목소리로 말하기 시작했다.

"나는 비딸리 알렉산드로비치에게 증거를 댈 수 있을 텐데…"

"실례합니다만, 당신은 지금 여기서 당장 토론회를 열기를 원하시는 것은 아니겠지요?"

필립 필립뽀비치가 정중하게 질문하였다.

여인의 눈빛이 타기 시작했다.

"저는 당신이 야유하고 있음을 알고 있습니다, 교수님, 우리들은 지금 나갈 겁니다……. 하지만, 단… 저는 주택관리소의 문화부장으로서……."

"여성 문화부장이겠지요," 하고 필립 필립뽀비치가 그녀의 말을 정정해 주었다.

"…당신에게 이것을 제안하고 싶습니다," 하면서 그 여인은 품속에서 눈에 젖어 반짝이는 몇 권의 잡지를 꺼냈다.

"프랑스 어린이들을 위한 기금으로, 잡지 몇 권 좀 구독하시죠. 한 권당 50꼬뻬이까입니다."

"아니오, 난 구독 안합니다," 필립 필립뽀비치가 그 잡지들을 곁눈으로 흘겨보고 나서 온순한 목소리로 대답하였다.

순간 불청객들의 얼굴에는 아주 놀라는 표정들이 역력히 나타났으며, 여인의 얼굴은 엷은 암홍색 층으로 뒤덮였다.

"왜 당신은 거절하시는 거지요?"

"원하지 않아요."

"당신은 프랑스 어린이들을 동정하지도 않습니까?"

"아니오, 동정해요."

"50 꼬뻬이까씩이 아깝습니까?"

"아니오."

"그러면 왜지요?"

"원하지 않아요."

모두들 잠자코 있었다.

"교수님, 아실런지 모르지만,"

그 처녀는 무겁게 한 숨을 쉬고 나서 말하기 시작했다.

"만일 당신이 전(全)유럽의 대학자가 아니었고, 내가 확신하는 그 고위 인사께서 가장 격분한 모습으로 당신을 편들지만 않았더라도(이때, 금발머리 사내가 그녀의 자켓 자락을 갑자기 잡아 당겼으나, 그녀는 뿌리쳤다), 우리는 좀 더 분명히 상황을 설명하고 당신을 체포할 수도 있었을 텐데!"

"그런데, 무슨 명목으로?"

필립 필립뽀비치가 호기심에 가득차서 질문하였다.

"당신은 프롤레타리아의 증오자입니다,"

여인이 격렬하게 말하였다.

"그래요, 나는 프롤레타리아를 좋아하지 않아요,"

필립 필립뽀비치는 슬픔에 잠긴 듯이 우울한 어조로 동의하고는 단추를 눌렀다. 어디에선가 벨소리가 울렸다. 곧 복도로 이어지는 문이 활짝 열렸다.

"지나!"

필립 필립뽀비치가 소리쳤다.

"식사를 다오. 이제 나가 주시겠습니까, 여러분들?"

4명은 잠자코 집무실 밖으로 나갔다.

그리고 이들은 잠자코 환자 대기실 옆을 지나서, 또한 잠자코 현관으로 나갔다.

그들이 나간 뒤로 아파트 출입문이 닫히는 소리가 육중하게 울려 퍼지며 들려왔다.

개는 뒷발을 딛고 일어서더니 필립 필립뽀비치 앞에서 마치 회교도들의 정시 기도와 같은 자세를 취하며 절을 하였다.

3

매혹적인 색의 무늬가 그려지고 까만색의 테가 넓게 둘려 쳐진 접시들 위에 얇게 썰어진 연어와 식초에 담근 장어가 놓여 있었다. 두툼한 나무판 도마 위에는 치즈 조각이 물방울이 아롱진 채 놓여 있었으며, 가장자리에 눈이 그대로 묻어있는 작은 은제 통 안에는 이끄라가 들어 있었다.

접시들 사이사이로 매우 얇고 작은 보드까 잔이 몇 개 놓여 있었고, 여러 가지 색깔의 보드까가 담겨진 목이 긴 크리스탈 유리병이 3개 있었다.

그리고 이 모든 물건들은 참나무로 조각된 거대한 찬장 옆에 나란히 쾌적하게 위치한 조그만 대리석 탁자 위에 자리 잡고 있었으며, 투명한 은색 조명빛이 찬장 위를 내리 쬐고 있었다.

방 한 가운데에 하얀 식탁보가 깔려진 육중한 큰 식탁이 마치 거대한 고분처럼 자리 잡고 있었고, 식탁보 위에는 2인분의 식기 세트와 로마 법왕의 왕관이 그려진 냅킨 2벌이 말려져 꼬여 있었으며, 검은색의 병이 3개 놓여 있었다.

지나가 뚜껑이 덮인 은빛 접시를 가지고 들어 왔으며, 접시 속에서는 뭔가가 보글보글 끓고 있었다. 접시 속에서 나는 냄새에 개의 입은 곧 멀건 침으로 가득 찼다.

'오, 세미라미다[17]의 정원이구나!' 하고 개는 생각하고는 마치 지팡이처럼 꼬리로 쪽나무 바닥을 탁탁 두드렸다.

"그것들을 이리로!" 하면서 필립 필립뽀비치는 탐욕스럽게 명령하였다.

"의사 보르멘딸리, 내 간곡히 부탁하네만, 이끄라는 먼저 가만히 놓아두시오! 그리고 만일 내 좋은 충고를 따르고 싶으시다면, 영국산이 아닌 평범한 러시아 보드까를 먼저 따르시오."

개에 물린 그 미남자는 (그는 이미 가운을 벗고 고상한 검은색 양복을 입고 있었다.) 넓은 어깨를 가볍게 뒤흔들고 나서 살짝 웃음을 짓더니 맑고 깨끗한 보드까를 따르기 시작했다.

"노보블라고슬라벤나야[18]예요?" 하고 그는 질문하였다.

"오허, 천만의 소리를, 귀여운 제자."

주인께서 즉각적인 반향을 보이셨다.

"이건 스삐르뜨[19]야. 다리야 뻬뜨로브나는 스스로 보드까를 아주 잘 만드는구먼."

"그렇게 말씀하시지 마십시오, 필립 필립뽀비치, 노보블라고슬라벤나야도 아주 만족할 만하다고 모두 확언들을 하던 데요. 도수가 30도예요."

"하지만, 보드까는 30도가 아닌 40도 이어야 해. 이게 첫 번째이고," 하면서 필립 필립뽀비치가 그의 말을 가로채며 교훈적으로 이야기하기 시작했다.

"둘째로, 그들이 거기다 무얼 타는지, 아무도 모른다고. 그들이 머릿속으로 무얼 생각하고 있는지, 당신 같으면 말할 수 있겠어?"

"모르지요." 의사가 확신있게 말하였다.

"나도 그런 생각이오." 필립 필립뽀비치가 덧붙여 말하였다.

그리고 나서, 그는 작은 유리잔 속의 보드까를 한 입에 털어 넣었다.

"에…… 므므… 의사 보르멘딸리, 간곡히 부탁하네만, 순간적으로 이 스

17) 세미라미다: 고대 앗시리아의 반전설적인 여제.
18) 노보블라고슬라벤나야: 보드까의 상표 이름. 우리말 뜻은 '새롭게 축복받은'의 뜻임.
19) 스삐르뜨: 보드까의 주정(酒精).

빼르뜨를 가지고 말야, 만일 당신이 이게 뭐 어떻다고 말한다면…… 나는 평생 당신의 철천지원수다! <세빌리아에서 그레나다까지…>”

이러한 말을 하면서, 그는 물갈퀴가 달린 은제 포크로 뭔가 작고 거무스름한 빵조각 같은 것을 찍어 올렸다.

곧이어, 의사도 교수가 한 것처럼 따라하였다.

필립 필립뽀비치의 눈이 반짝반짝 빛나기 시작하였다.

“이게 나빠요? 나쁩니까?”

필립 필립뽀비치가 씹으면서 물었다.

“나빠? 대답하시오, 존경하는 의사 선생.”

“비할 데 없이 아주 좋은데요,” 의사는 솔직하게 대답하였다.

“그리고 하나 더…… 똑똑히 알아두시오, 이반 아르놀리도비치, 차가운 자꾸스까[20]와 수프는 오로지 볼셰비키들에 의해 아직 처형 안 된 지주(地主)들만이 먹는다는 것을. 만일 조금이라도 자신의 건강을 생각하는 사람이라면, 두꺼운 자꾸스까를 먹을 것이오. 모스크바의 뜨거운 자꾸스까 가운데, 이게 최고요, 최고. 언젠가, 레스토랑 <슬라브인의 시장>에서 자꾸스까를 아주 훌륭하게 요리한 적이 있었지. 그래, 그 때는 아주 쉽게들 사먹을 수 있었지!”

“개는 식당에서 먹이게 하세요.” 하는 여자 목소리가 들려왔다.

“그리고 흰 빵으로 개를 이곳에서 유인해 내지들 좀 마세요.”

“괜찮아……. 그 불쌍한 개는 오랫동안 굶주렸어” 라고 말하고 나서, 필립 필립뽀비치가 포크 끝에 자꾸스까를 끼어 개에게 주자, 개는 마치 요술을 부리듯이 잽싸게 받아먹어 치웠으며, 그는 포크를 자싯물 통으로 굉음 소리를 내며 던져 넣었다.

그 후, 접시에서는 왕새우 냄새가 나면서 김이 모락모락 올라오고 있었다. 개는 마치 화약 창고의 보초병 모습처럼 그늘이 진 식탁보 그림자 속에 앉아 있었다. 필립 필립뽀비치는 빳빳한 냅킨의 한 쪽 꼬리 끝을 옷깃 속에 집어넣고 나서, 다음과 같이 말하기 시작했다.

“음식도 말일세, 이반 아르놀리도비치, 알아서 올바르게 잘들 먹어야

20) 자꾸스까: 우리말 번역으로는 ‘경식’, ‘간식’, ‘술안주’에 해당하는 가벼운 식사를 가리키며, 대개 본식사나 혹은 그날의 메인 요리가 나오기 전에 조금 가볍게 먹는 식사를 말한다.

해. 먹는 것도 능력이 필요하다고. 한번, 생각해 보게나, 대다수의 사람들은 전혀 먹을 능력들이 없어요. 무엇을 먹어야 하는지 알아야 할 뿐만 아니라, 또 언제 어떻게 먹어야 하는지도 알아야 하거든. (필립 필립뽀비치는 의미심장하게 숟가락을 휘둘렀다.) 그러면, 여기서 무얼 이야기 해 줘야 할까, 그래, 옳지! 만일 당신이 자신의 소화에 대해 조금이라도 신경쓸 마음이 있다면, 바로 이 충고를 잘 들으시오. 식사 중에는 볼셰비즘에 대하여, 그리고 의학에 대하여, 절대 말하지 마시오. 그러면, 하느님께서 당신을 보호하신다고, 그리고 식사 전에 소비에트 신문은 절대로 읽지 마시오!"

"음…… 하지만, 요즈음 다른 신문은 정말로 없잖아요."

"그러니까, 더구나 아무 것도 읽지 마시오. 당신 아시겠어요, 내 클리닉에서 임상으로 30명의 환자를 관찰했어요. 그래, 당신은 어떻게 됐겠다고 생각해요? 신문을 읽지 않은 환자는 아주 뛰어나게 건강이 좋아졌습니다. 그리고 내가 특별히 <프라우다>지[21]를 읽도록 강요한 환자들은, 글쎄, 몸무게가 다 빠졌더라니까!"

"그래요?……"

수프와 포도주에 얼굴이 발그스레해진 의사가 흥미 있어 하며 대꾸하였다.

"그건 아무 것도 아니라고! 쓸개반사가 둔화되고, 식욕이 감퇴되며, 침울한 기분 상태가 지속되는 등…."

"오, 정말 그래요?"

"그럼, 그렇고말고. 그렇다 치고, 난 이게 또 뭐야? 내 스스로 의학에 대하여 말해 버리고 말았네. 먹읍시다. 먹는 게 더 낫겠어."

필립 필립뽀비치가 돌아서서 방울종을 울리자, 암적색의 커튼 뒤에서 지나가 나타났다.

개는 용갑철상어 고기의 파리하고 두툼한 조각을 물었다. 그러나 그의 마음에 들지 않았다. 개는 즉시 피투성이의 로스트비프 조각을 물었다. 그것을 다 먹고 난 개는 갑자기 자신의 눈이 스르르 감겨지며 잠이 쏟아져

21) <프라우다>지: 러시아어로 '참', '진리', '정의' 라는 뜻이며, 소연방 공산당 기관지의 이름 (1912년 5월 5일 발간).

더 이상 어떤 음식물도 볼 수 없다는 것을 느꼈다.

'거 이상한 느낌도 다 있네,'

천근만근 같이 무거워진 눈꺼풀이 쾅하고 닫히면서 개는 생각하였다.

'이제 나의 눈은 어떤 식품도 볼 수 없게 되었군. 하지만, 식후에 담배 피우는 것은 바보 같은 짓들이지…….'

식당 안은 불쾌한 푸른색 여송연 연기로 가득 찼다. 개는 앞발 위에 머리를 길게 누이고서 졸고 있었다.

"<센-쥴리엔>은 역시 좋은 포도주야," 하는 소리를 개는 잠결에 들었다.

"하지만, 정말 요즈음에야 말로 그만한 포도주는 없지."

어디에선가, 공허한 합창소리가 천정과 카펫에 의해 약간 누그러진 상태로, 위에서 그리고 옆에서 들려왔다.

필립 필립뽀비치가 종을 울리자 지나가 들어왔다.

"지나, 저게 무슨 소리인가?"

"다시 전체회의가 열렸어요, 필립 필립뽀비치," 하고 지나가 대답하였다.

"다시!"

필립 필립뽀비치가 슬픔에 가득 차 소리 질렀다.

"으음, 이제, 일은 이미 터져 버렸군! 이제 칼라부호프스키 아파트는 망했구나! 떠나야 한다, 그러나 어디로, 물어나 보자구? 모든 게 술술 잘 되어가겠군. 처음에는 매일 저녁마다 노랫소리가 들리고, 그 다음에는 변소의 스팀이 꽁꽁 얼어붙기 시작할 것이고, 또 다음에는 증기난방 장치의 보일러 통이 터지는 등등 난리가 나고 말겠지. 이제, 칼라부호프 아파트는 끝장났어!"

"마음 상하시겠어요, 필립 필립뽀비치" 지나가 웃으면서 말하고는 접시 더미를 모아들고 밖으로 나갔다.

"그래 과연 어떻게 마음이 안상할 수 있겠나?!" 필립 필립뽀비치가 절규하기 시작했다.

"정말로 이게 어떤 아파트였었는데! 당신은 아시겠지!"

"선생님은 너무도 음울하게 사물을 바라보시는군요, 필립 필립뽀비치," 미남 의사가 다른 의견을 말하였다.

"그들은 요즈음 아주 급격하게 변하였습니다."

"귀여운 제자, 당신은 나를 알고 있지요? 그게 진실이 아닙니까? 나는 모든 사물을 사실에 바탕을 두고 보는 사람이며, 또한 사물을 관찰에 근거하여 판단하는 사람이란 말이오. 나는 근거가 없는 불확실한 가설이나 억측은 아주 싫어하는 사람이오. 그래서 이런 나라는 사람은 러시아에서 뿐만 아니라 유럽에서도 아주 잘 알려져 있소. 말하자면, 내가 만일 무엇이든지 간에 그것에 대하여 말을 한다면, 그 바탕에는 반드시 내가 결론을 도출해 낸 어떤 사실이 있게 마련이오. 자, 당신한테 사실을 얘기하지, 우리들 아파트에는 외투걸이와 덧신 신발장이 있었소."

"그거 흥미롭군요……."

'덧신은 아무 것도 아냐, 행복은 덧신한테 있는 게 아니라고' 하며 개는 생각하였다.

'하지만, 인물은 탁월한 인물이야.'

"예를 들면, 덧신 신발장만 해도 그렇소. 1903년부터 나는 이 아파트에 살고 있소. 자, 그 동안 말이오, 1917년 4월 전까지만 해도, 저 아래 아파트 정문 현관에 공동 사용문이 잠겨 지지 않은 채 있어도 덧신 한 짝 없어지는 경우는 한 번도 없었다구, 내 다시 재차 강조하네만, <한 번도>! 잘 기억해 두시오, 여기 우리 아파트에 12호가 삽니다. 그리고 내 아파트에는 환자 대기실이 있어요. 17년 4월, 어느 날, 덧신이 모두 사라져 버렸어요, 그 속에는 내 덧신 두 짝과 지팡이 3개 그리고 외투도 포함되어 말이오. 심지어 수위실에 놓아둔 사모바르[22)]까지 감쪽같이 사라져 버렸다고. 그리고 그 때부터 덧신 신발장은 더 이상 볼 수도 없이 아예 없어져 버렸어. 귀여운 제자! 나는 이미 증기난방에 대해서는 말도 하지 않는다구! 말 안 해! 그냥 내버려 두자고. 사회적 혁명이 한 번 일어나면 그래, 방을 덥게 할 필요도 없는가! 비록 언제가 될는지 모르겠지만 말야, 나에게 자유로운 시간이 주어진다면, 나는 뇌 연구에 종사할 거야. 그래서 이 모든 사회적 무질서가 단지 병든 헛소리에 불과하다는 것을 증명하고 말테니……. 나는 이렇게 말하고 싶어, 왜, 언제 이 모든 사건들이 시작되었는지, 그래, 언제부터 모두들 그 더러운 덧신과 장화를 신고서 대리석 계단을 오르락

22) 사모바르: 안에 숯불을 넣는 러시아 특유의 물 끓이는 그릇, 신선로(神仙爐)와 유사함. 요즈음은 숯불 대신에 전기로 물을 끓이는 사모바르(Самовар)가 쓰임.

내리락 거리기 시작했는가! 어째서 지금까지도 덧신을 그 누군가가 끌고 가지 못하도록 하기 위해서 자물쇠로 잠가 놓아야 하고, 게다가 보초병까지 딸려 붙여 놓지 않으면 안 되냐 이 말이야? 왜 정문 계단에 깔아 두었던 카펫은 몽창 훔쳐 갔는가? 과연 칼 막스가 계단에 카펫을 그냥 놓아두지 못하도록 금지시켰을까? 칼 막스의 그 어디에든지 간에, 쁘레치스쩬까 거리에 있는 칼라부호프스키 아파트의 두 번째 출입구는 널빤지로 때려 박고, 빙 돌아서 뒷마당을 가로 질러 다녀야만 한다고 정말 적혀 있던가? 이게 도대체 누구한테 필요하단 말인가? 억압당한 아프리카 흑인들한테? 아니면, 포르투갈의 노동자한테? 어째서 프롤레타리아들은 자신의 덧신을 아래에 남겨 두지 못하고 대리석 계단을 더럽히는가?"

"하지만, 필립 필립뽀비치, 그들한테는 원래부터 덧신이 아예 없었지 않아요……." 말을 더듬거리며 젊은 의사가 말했다.

"어림 반 푼어치도 없는 소리!"

우뢰와 같은 소리로 필립 필립뽀비치가 대답하고는 컵에 포도주를 따랐다.

"으음…… 난 식후에 리퀴르는 좋아하지 않아, 그것들은 간장을 살찌게 하고 나쁘게 작용하거든…… 어림도 없는 소리! 그들에게는 지금 덧신이 있다고, 그리고 그 덧신들은…… 내 것이야! 그게 바로 1917년 4월 13일에 사라져 버렸던 덧신들과 똑같은 것들이라고. 어디, 한 번 물어나 봅시다, 그래 누가 그 덧신들을 훔쳐 갔습니까? 내가? 그건 있을 수도 없는 일이지! 부르조아 싸블린이? (필립 필립뽀비치는 손가락으로 천정을 가리켰다.) 그렇게 추정하는 것조차도 우스꽝스럽군! 설탕 공장주 뽈로조프가? (필립 필립뽀비치가 옆을 가리켰다.) 천만에 말씀! 이건 분명히 저기 저 노래 애호가들이 한 짓이야! 아암 그렇고말고! 그러나 그들이 훔쳐다 신는다고 하더라도 말야, 계단에서는 그걸 벗어 놓고 다니기라도 할 것이지! (필립 필립뽀비치의 얼굴이 붉은빛으로 변하기 시작했다.) 무슨 목적으로 층계참의 꽃들은 죄다 치워 버렸습니까? 어째서, 20년 동안에, 기억이 가물가물 하네만, 2번인가 꺼졌을까 말까 한 전기불이 근래에 와서는 정확하게 한 달에 1번씩 나갑니까? 의사 보르멘딸리! 통계는 몰인정하고 엄한 사물이야. 나의 최근의 일에 대하여 잘 알고 있는 당신한테는 이런 사실이 다른 그 누구에게 보다도 더 잘 알려져 있을 거야!"

"붕괴예요, 필립 필립뽀비치!"

"아니오,"

필립 필립뽀비치가 아주 확신있게 반박하였다.

"아닙니다. 사랑스런 이반 아르놀리도비치, 당신부터 먼저 바로 그러한 단어의 사용을 자제하시오. 이건 환상이에요, 연기라고요, 허구입니다!"

필립 필립뽀비치가 짧은 손가락들을 넓게 펼쳐 보이자, 손가락들에서 두 개의 그림자가 지면서 거북이 모양과 흡사하게 되었으며, 그림자 거북이는 식탁보 위에서 움죽움죽 거리고 있었다.

"붕괴라니 도대체 그게 뭡니까? 목발 짚고 다니는 노파요? 유리란 유리는 모두 때려 부수는 마녀가 전등을 모두 삶아 먹었습니까? 그래요, 마녀는 이제 전혀 존재하지도 않는다구! 당신은 그 단어 밑에 무엇을 암시하고 계신가요?"

찬장 바로 옆에 불행하게도 거꾸로 매달려 있는 가짜 종이 오리 가까이에서 필립 필립뽀비치가 격분하여 질문하고는, 스스로 자신의 질문에 대답하였다.

"그건 바로 이럴 때 쓰는 말이오. 만일 내가 수술은 하지 않고, 그 대신에 매일 저녁마다 내 아파트에서 합창으로 노래나 부르기 시작한다면, 그게 바로 내게 있어서 붕괴가 시작된 거요! 만일 내가 말이오, 화장실로 용무를 보러 다니면서, 미안합니다. 이런 표현을 써서, 변기 옆에다 방뇨하기 시작하고, 지나와 다리야 뻬뜨로브나도 나와 똑같이 그렇게 한다면, 화장실은 붕괴로 판명 납니다. 따라서 붕괴는 변소에 있는 게 아니라, 이 머릿속에 있다고! 요컨대, 저 바리톤들이 <때려 부숴라 붕괴를!> 하고 외치고 돌아다닐 때, 나는 속으로 웃고 있지. (필립 필립뽀비치의 얼굴은 심하게 찡그려 졌으며, 의사는 입을 딱 벌리고 말았다.) 내 당신에게 맹세하건대, 그건 나한테 우스운 이야기일 뿐이라고! 이건 무얼 의미하냐 하면 말야, 붕괴의 원인은 그들에게 있으니, 그들 각자가 붕괴를 때려 부수기 전에 자신의 뒤통수부터 먼저 때려 부숴야 한다고! 그래서 뒤통수를 한 번 칠 때마다, 세계 혁명 튀어나오고, 엥겔스 튀어나오고, 니콜라이 로마노프 튀어나오고, 핍박 받은 말레이족 튀어나오고, 그 외 비슷한 환상들다 튀어 나온 다음에, 본래 자신들의 일로 곧장 돌아가서 헛간부터 말끔하게 청소하고 나면, 붕괴는 자기 발로 스스로 사라져 버려. 두 신을 함께 섬길 수는 없는 법이여! 전차 레일을 청소하는 똑같은 시간에, 어떤 스페인 부랑자들의 운명을 안정시키기는 불가능하다고! 이건 그 누구도 성공하지 못할 거라고, 의사 선생, 더구나 유럽인들 때문에 대체로 200년가량이나 발달에서 뒤쳐져서, 지금까지도 아직 자신의 바지에 단추 하나 아주 확실하게 제대로 채우지 못하는 사람들에게는!"

필립 필립뽀비치는 흥분하였다.

그의 매부리코 콧구멍은 연실 팽창되고 있었다. 진수성찬에 배불리 식사한 후 라서 힘이 있는 대로 다 모아진 그는 마치 고대 선지자와 흡사하게 목소리를 쩌렁쩌렁 울렸으며, 그의 대머리는 은빛으로 번쩍번쩍 거렸다.

꼭 공허한 땅울림 소리와 같은 그의 말소리가 꿈속에 빠진 개의 귓전에 떨어지고 있었다.

때로는 바보 같은 노란색 눈이 달린 부엉이가 꿈속의 환영에서 뛰어나왔으며, 때로는 하얀색의 더러운 원통형 모자를 쓴 사형 집행인의 추악한 낯짝이 보였고, 때로는 램프 갓에서 흘러나오는 강렬한 전등 빛에 비추어진 필립 필립뽀비치의 위세 당당한 콧수염이 보였으며, 때로는 꿈속의 썰매가 삐걱빼걱 소리를 냈다가는 어디론가 사라져 버렸다.

그리고 개의 뱃속에서는 연실 로스트비프의 갈기갈기 찢어진 조각 하나가 즙 속을 헤엄치면서 부글부글 끓고 있었다.

'그가 곧바로 집회에 나가 연설한다면 돈을 엄청 많이 벌 수 있을 텐데.'

개는 몽롱한 상태에서 염원하였다.

'1류 사업가가 될 거야. 그렇지만, 그에게 돈이 엄청 많아져서, 아마, 닭이 다 쪼아 먹지도 못할 정도로……'

"순경!"

필립 필립뽀비치가 소리쳤다.

"순경!!"

"우구-구-구-구!" 개는 꾸벅꾸벅 졸기 시작했다.

"순경! 순경은 단지 순경일 뿐이야! 그가 번쩍번쩍이는 빠클을 차고 다니든, 혹은 빨간색의 차양 달린 케피모를 쓰고 다니든, 하나도 중요하지 않다고. 사람들 하나하나 사이마다 순경을 하나씩 세워 붙여놓고, 그 순경보고 저 사람들의 성악적인 발작을 한 번 조용히 시켜보라고 강요해 보시오. 당신은 붕괴라고 말했지요, 붕괴! 의사 선생, 내 당신에게 말해 주겠소, 우리 아파트에 더 좋아지는 쪽으로는 아무 것도 변하지 않을 거요, 그래요, 저 가수들을 진압하기 전 까지는 다른 아파트도 모두 매한가지야! 오로지 그들이 자신의 연주회를 그만 중지하기만 하면, 상태는 저절로 더 좋게 변화한다고!"

"반혁명적인 사실을 말씀하십니다, 필립 필립뽀비치," 하고 익살맞게 의사가 말하였다.

"누구든 선생님의 얘기를 엿들으면 안 될 텐데요!"

"하나도 안 위험해!"

필립 필립뽀비치가 흥분하여 반박하였다.

"반혁명적인 것은 하나도 없어! 그래서 더구나 그 말은 내가 더 이상 참을 수가 없어! 그 말 속에 무엇이 숨겨져 있는지, 그 누구도 절대로 모른다고! 이렇게 나는 말하지, 나의 이야기 속에 그 반(反)혁명적이라는 것은 하나도 없다고. 나의 말 속에는 오로지 합리적인 의미와 생생한 경험만이……"

여기서 필립 필립뽀비치는 옷깃 속에서 반짝반짝 빛나는 구겨진 냅킨 꼬리를 꺼낸 다음, 구겨서 아직 다 마시지 않은 빨간 포도주 컵 옆에 놓았다.

의사는 곧 일어서서 사의를 표하였다: <메르시>.

"잠깐만, 의사 선생!"

필립 필립뽀비치가 바지 주머니에서 돈을 꺼내면서, 그를 잠시 멈춰 세웠다. 그는 실눈을 뜨고는 돈을 세워서는 다음과 같이 말하면서 의사에게 내밀었다.

"이반 아르놀리도비치, 오늘 당신에게 40루불이 지불됩니다. 받으시오!"

개 때문에 고통을 당한 의사는 예의 바르게 사의를 표한 다음, 얼굴을 붉히면서 돈을 양복 호주머니에 밀어 넣었다.

"전 오늘 저녁 당신께 필요치 않나요, 필립 필립뽀비치?" 하고 그는 물었다.

"네, 필요치 않아요, 고마워요, 귀여운 제자. 오늘은 아무 것도 하지 않을 것입니다. 첫째로, 집토끼가 죽었기 때문이고, 둘째로는 오늘 볼쇼이 극장에서 <아이다>가 있거든. 나는 벌써 오랫동안 <아이다>를 못 들었어. 나는 사랑해… 기억나요, 그 이중주…… 따라-라-라….라-림……"

"어떻게 시간에 늦지 않으시고 가실 수 있으시겠어요, 필립 필립뽀비치?" 하고 의사가 조심스럽게 물었다.

"아무 데도 서두르지 않는 사람은 어느 곳이나 늦지 않는 법이라고," 필립 필립뽀비치가 교훈적으로 설명하기 시작했다.

"물론이지, 만일 내가 직접적인 내 자신의 일을 하는 대신에 회의 마다 뛰어 다니면서 마치 꾀꼬리처럼 온종일 노래 부르며 보내기 시작한다면, 나는 어느 곳이나 제 시간에 당도하지 못하겠지,"

필립 필립뽀비치가 주머니 속에서 시계를 살짝 꺼내자, 그의 손가락 밑에서 시간을 알리는 아름다운 멜로디가 연주되기 시작했다.

"시작이 9시이고…… 2번째 막 즈음에 도착을 한다… 나는 분업 지지자야. 볼쇼이 극장에서는 가수보고 노래 부르라고 하고, 의사인 나는 수술을 하는 거야. 그럼, 자, 얼마나 좋아, 여기에 어떤 붕괴도…… 아 참, 이반 아르놀리도비치, 주의 깊게 지켜보시다가, 금방 죽은 사람이 생기자마자 곧바로 병상 위에서 방부액을 주사한 다음, 즉시 내게!"

"걱정하지 마십시오, 필립 필립뽀비치, 병리해부학자들이 제게 약속했습니다."

"아주 잘 했소. 그리고 우리는 한동안 이놈의 거리 신경쇠약 환자를 관찰하면서 상처나 잘 치료해 줍시다. 그의 옆구리 상처가 아물도록 하고……"

'둘이서 나를 염려해 주고 있구나.'

개는 생각하였다.

'아주 좋은 사람. 나는 안다고, 그가 어떤 사람인지! 그는 선량한 마법사에다 마술사, 그리고 개의 전설에 나오는 요술쟁이… 정말로, 꿈속에서 내가 본, 그 모든 것들은 있을 수 없는 일인가? 그런데, 갑자기 꿈 이라니! (개는 꿈속에서 몸을 떨었다.) 바로 잠을 깨면 아무 것도 없겠지. 견직물의 램프도, 따뜻한 온기도, 흡족한 배부름도. 그리고 다시 시작되겠지, 개구멍, 무지무지한 냉기, 얼어붙은 아스팔트, 배고픔, 악한 인간들… 음식점,

눈…. 하느님, 얼마나 더 고통을 받아야 합니까!…….'

4

그러나 그런 일은 아무 것도 일어나지 않았다.

마치 악몽을 꾸었던 것처럼, 바로 그 개구멍은 오간데 없이 사라져 버리고 더 이상 나타나지 않았다.

아마도, 그 붕괴는 이미 그렇게 까지 무시무시하지는 않았나보다!

붕괴에도 불구하고 매일 두 번씩 창문턱 밑의 회색 아코디언은 하얀 증기로 가득차면서 아파트 방 안에 따뜻한 공기를 사방으로 뿜어 대고 있었다.

이제 모든 것이 아주 분명해졌다.

개는 가장 주요한 행운에 당첨된 것이었다.

개의 눈은 이제 적어도 하루에 두 번 이상은 쁘레치스쩬까 거리의 성현 앞으로 감사의 눈물을 흘려보내기 시작했다.

그 외에도 응접실 겸 환자대기실 안의 장식장 사이에 걸려있는 큰 거울은 이 행운의 미남자 개 샤릭을 내 비추고 있었다.

'나는 미남이야. 아마도, 아직 세상에 알려지지 않은 익명의 개황태자일지도 몰라.'

개는 묵상하면서, 거울 속 저 만치에서 왔다 갔다 하며 폼을 잡고 있는 커피색 털북숭이 개의 만족스런 낯짝을 쳐다보았다.

'나의 할머니가 뉴펀들랜드 산(産)의 개와 눈이 맞아 잘못을 저질렀을 수도 있는 다분한 일이지. 바로 그래서 내가 지금 보고 있듯이, 내 낯짝에는 하얀 반점이 있잖아. 그렇지 않다면 그 반점이 어디에서 생겨났는가 하는 데에 문제는 있지 않겠어? 필립 필립뽀비치는 대단한 미적 기호를 가진 사람이라고, 첫 눈에 보아 그냥 아무 개나 집 없는 떠돌이 개를 데려오지는 않았을 거야.'

1주일 동안에 개는 최근 한 달 반 동안 거리에서 굶주리며 먹은 양만큼을 먹어 치웠다.

그러나 물론, 이것은 무게로만 따져서 그런 것이었다. 음식의 질에 대해서는 필립 필립뽀비치의 아파트에서 더 이상 이야기조차 할 필요가 없었다.

매일 같이 다리야 뻬뜨로브나가 스몰렌스크 시장에서 18 꼬뻬이까씩 주고 자른 부스러기 고기 더미들을 사오는 것에 관심을 기울이지 않더라도, 식당에서의 저녁 7시 식사를 회상하는 것으로 충분하였다.

개는 우아하게 생긴 지나의 강력한 거절에도 불구하고 항상 그 시간에 식당 안에 들어가 있었다.

그리고 식사가 진행되는 동안에 필립 필립뽀비치는 완전히 신(神)의 칭호를 받고 있었다. 개는 뒷발로 일어서서 신사복을 씹곤 하였다.

개는 필립 필립뽀비치의 벨소리—단속적으로 두 번 잘 울리는 자상한 소리—를 잘 익혔다.

벨이 울리자 개는 멍멍 짖으면서 주인을 맞이하러 현관으로 쏜살같이 달려 나갔다. 거무스름한 갈색의 여우털 외투를 입은 주인이 안으로 쑥 들어왔다. 외투 위에 수북이 쌓인 눈들이 번쩍번쩍 이며 섬광을 발하고 있었으며, 귤, 담배, 향수, 오렌지, 벤진, 오드콜로뉴(화장수), 양복지 냄새가 풍겨 나왔다.

그의 목소리가 마치 구령 나팔소리처럼 온 집안에 울려 퍼지고 있었다.

"이 더러운 놈아, 무슨 목적으로 너는 부엉이를 잡아 찢어놓았냐, 으응? 그래, 부엉이가 너를 못 살게 굴더냐? 못 살게 굴었어, 내 너에게 묻고 있다? 무슨 목적으로 또 메츠니코프 교수의 초상화는 박살내놓았니, 으응?"

"필립 필립뽀비치, 그 개를 한 번 만이라도 채찍으로 마구 때려 주어야 해요,"

지나가 흥분하여 말했다.

"응석을 마구 받아 주어 개가 아주 버릇이 나빠졌어요. 한 번 보세요, 개가 당신의 덧신을 어떻게 해 놓았는지요!"

"누구라도 때리는 것은 안 돼,"

필립 필립뽀비치는 흥분하며 말했다.

"이건 항상 기억해 둬라, 영원히! 사람이건 동물이건 오로지 훈계 가지고만 움직일 수 있어! 개한테 오늘 고기는 주었니?"

"오, 맙소사! 개가 온 집안을 몽땅 말아 먹었어요! 무얼 질문하시고 계신 거예요, 필립 필립뽀비치? 그렇게 먹고도 배가 터지지 않는 게 놀라워요!"

"으음, 그래, 그냥 먹게 내버려 둬라, 건강을 위해서!…. 이 불량배야, 그래, 부엉이가 무엇으로 너를 방해했니, 으응?!"

"우-우!"

아첨장이 개가 구슬프게 우는 소리를 내고는 발을 비틀어 올리더니 엎드려 기었다.

그 후, 개는 목덜미를 잡힌 채 요란한 소리를 내며 응접실을 지나 집무실까지 질질 끌려갔다. 개는 멍멍 짖으면서 으르렁 댔다. 그리고는 카펫 위에 착 달라붙어 매달리는 바람에, 마치 서커스에서처럼 엉덩이를 카펫 위에 대고 미끄럼 타듯이 달렸다.

방 한가운데 카펫 위에 유리 눈을 한 부엉이가 배가 찢어진 채 누워있었으며, 그의 찢어진 배에서는 어떤 빨간색의 넝마조각들이 어지럽게 터져 나와 나프탈렌 냄새를 풍기고 있었다. 탁자 위에는 깨워진 초상화가 산산조각으로 여기저기 널려져 있었다.

"당신께 보이려고 일부러 안 치웠어요,"

지나가 낙담하여 보고하기 시작했다.

"책상 위로 튀어 오르더니, 오, 정말로 그런 파렴치한 개는! 그리고 나서, 부엉이의 꼬리를 꽉 물어뜯더라고요! 제가 정신도 차리기 전에 개는 부엉이를 갈기갈기 찢어 버렸다고요! 필립 필립뽀비치, 그가 물건들을 어떻게 못 쓰게 망가뜨려 놓았는지 알도록 그의 낯짝을 부엉이 바로 앞에 갖다 들이대셔야 해요!"

그리고 개 짖는 소리가 시작됐다.

카펫에 착 달라붙은 개를 강제로 잡아끌어 부엉이를 직접 보도록 강요하고 있었다.

그리하여, 개는 비탄의 눈물을 흘리기 시작하였다.

그리고는 다음과 같이 생각하였다.

'때리세요, 단지 아파트에서 저를 내쫓지만 마십시오!'

"부엉이는 박제사한테 오늘 당장 보내거라. 그리고 네게 전차비로 8루불 16꼬뻬이까를 주마, 뮤르 상점에 가서 좋은 개 사슬 목걸이를 하나 사오너라."

다음 날, 개는 넓고 번쩍이는 목걸이를 하나 걸었다.

목걸이를 매고 거울 앞을 처음 본 순간, 개는 아주 실망하여 꼬리를 밑으로 축 늘어뜨리고, 마치 그 목걸이를 트렁크나 혹은 상자 같은 것에 비벼대 벗겨내기라도 할 생각에 욕실로 갔다.

그러나 아주 빨리 개는 그렇게 생각한 자신이 정말 바보였다는 것을 깨달았다.

지나가 그를 사슬로 채워 산책하러 데리고 나섰다. 아브호브 골목을 따라 가면서 개는 강한 수치심에 사로잡혀 마치 포로처럼 걸어갔다.

그러나 쁘레치스쩬까 거리를 따라 그리스도 성당 까지 가면서 개는 목걸이가 삶에 있어서 무엇을 의미하고 있는 지를 멋지게 생각해 냈다.

지나가며 만난 모든 개들의 눈에서는 엄청난 질투의 빛이 역력히 나타나고 있었으며, 특히 묘르뜨브이 골목을 지날 때는 꼬리가 짤린데다 비쩍 마른 어떤 청소부 개 한마리가 샤릭을 보고 <지주 귀족의 상놈>이니 <하인 같은 녀석>이니 하면서 욕설을 퍼부었다.

전차 레일을 가로질러 건널 때, 경찰이 사슬 목걸이를 보고는 만족과 존경의 눈초리를 보였으며, 아파트로 돌아 왔을 때는 샤릭의 생애에 있어서 이제껏 한 번도 보지 못했던 일이 일어났다.

수위 표도르가 자신의 손으로 직접 정문의 빗장을 벗기더니 샤릭을 안으로 통과시켜 주었던 것이다.

그리고 나서, 그는 지나에게 다음과 같이 말했다.

"아니, 이런 멋진 털북숭이를 다 갖추어 놓으셨네, 필립 필립뽀비치께서는! 어어, 그 참 놀랍게도 살쪘다."

"그렇고말고요! 6인분을 먹어 치운다니까요!"

추위에 볼이 빨개진 아름다운 지나가 분명하게 말하였다.

'아아, 목걸이는 손가방과 똑같군' 하고 생각하면서, 귀를 쫑긋 세우고 난 개는 엉덩이를 흔들면서 마치 귀족이나 되는 듯이 특등석을 향하여 따라 올라갔다.

목걸이의 가치를 충분히 평가하고 난 개는 지금까지 자신에게 출입이 단호하게 금지되었던 곳—바로, 요리사 다리야 뻬뜨로브나의 제국—천국의 주요한 지부(支部)를 처음으로 방문하였다.

두 뼘도 안 되는 다리야의 제국이지만, 개 샤릭한테는 아파트 전체보다도 더 귀중하고 값이 나가는 장소였다.

타일이 붙여진 뻬치까 위의 검은 쁠리따23)에서는 온종일 사격소리가 나면서 불길이 맹렬히 타오르고 있었다. 두호보이 쉬까프24)속에서는 계속하여 딱딱 소리가 났다.

다리야 뻬뜨로브나의 얼굴은 약간 푸른기를 띤 새빨간 불기둥 속에서 뜨거운 화기로 인한 고통과 불만스러운 열정으로 활활 타오르고 있었다. 그녀의 얼굴은 기름이 번지르하게 윤이 나면서 여러 가지 광택과 색체를 발하고 있었다.

그녀는 하얀색 머리를 따아서 귀 위로 빙빙 틀어 올린 최신 유행의 조발 형태를 취하고 있었는데, 뒤통수 부분에서는 22개의 인조 다이아가 반짝반짝 빛나고 있었다.

사방 벽에 박혀 있는 갈고리못에는 금빛 냄비들이 걸려 있었으며, 부엌 안은 온통 냄새로 으르렁 거렸고, 뚜껑이 덮인 식기들 안에서는 연실 뭔가가 끓어오르며 보글보글 소리를 내고 있었다.

"저리 가!"

다리야 뻬뜨로브나가 소리 질렀다.

"저리 꺼져, 이 부랑견 소매치기야! 여기서 너는 필요 없어! 내 너를 이 부젓가락으로 그냥……"

'무슨 소리야, 너는? 으응, 뭐라고 지껄이는 거야?'

개는 약간 알랑거리는 듯하게 눈을 가늘게 떴다.

'내가 어째서 소매치기냐? 이 목걸이가 네 눈에는 정말 안 보이니?' 하면서 개는 옆으로 슬금슬금 피해 문 쪽으로 낯짝을 들이밀면서 부엌

23) 쁠리따: 러시아 가정의 부엌에서 요리하는 데 사용하는 것으로, 요즈음은 가스를 사용하여 우리의 가스렌지나 메직쉐프 같이 생겼지만, 예전에는 이 쁠리따가 뻬치카 위에 설치되어 있었다.

24) 두호보이 쉬까프: 옛날 러시아의 뻬치카 속에 장착 할 수 있게 만들어진 통. 이 통 속에 빵이나 또르트(케이크)를 구워 먹기도 하고, 통닭이나 그밖에 요리된 고기를 구워 먹을 수 있게 만들어져 있었다. 요즈음에는 가스를 이용하는 '두호브까'가 널리 쓰이고 있다.

문 바깥으로 나갔다.

개 샤릭은 사람들의 마음을 끄는 어떤 비밀을 가지고 있었다.

이틀이 지나자, 샤릭은 이미 다리야 뻬뜨로브나 옆의 부엌 구석에 누워서 그녀가 어떻게 일하는지를 바라보고 있었다.

그녀는 날카롭고 폭이 좁은 칼로 힘없이 축 늘어져 있는 들꿩의 목과 발을 잘랐다. 그리고 나서 마치 격분한 사형집행인처럼 뼈다귀에서 고기를 벗겨 내었다. 닭 속에서 내장을 파내었으며 고기 다지는 기계 속에서는 뭔가가 빙빙 돌아갔다.

이때, 샤릭은 들꿩의 머리를 잡아 뜯고 있었다.

다리야 뻬뜨로브나는 우유가 들어있는 대접에서 부풀어 오른 흰 빵 조각을 차례차례 끄집어내서는 도마 위에 올려놓고 묽은 고기죽과 혼합시킨 다음, 그 위에 기름을 따라 붓고 소금을 뿌렸다.

그리고 나서 그녀는 도마 위에서 커틀렛을 만들었다.

쁠리따에서는 마치 불이 난 것처럼 윙윙거리며 낮고 둔탁한 소리가 울렸으며, 후라이팬 위에서는 지글지글 거리며 거품이 일어나면서 뭔가가 탁탁 튀었다.

뻬치카 아궁이 뚜껑이 쾅하며 열리자 곧 무시무시한 지옥이 연출되었다. 뭔가 부글부글 끓는 소리가 나고, 뭔가가 윙윙거리며 울리고……

저녁이 되어 뻬치카 아궁이 속의 불은 꺼졌다.

부엌 창문을 반쯤 가린 하얀색 커튼 위로 짙게 드리워진 장중한 쁘레치스쩬까의 밤하늘에는 별 하나가 외로이 반짝이고 있었다.

부엌 바닥은 축축하게 습기가 차 있었으며 냄비들은 신비롭게 빛을 발하며 번쩍거렸고 식탁 위에는 투구 모양의 소방관 모자가 놓여 있었다.

샤릭은 마치 문 앞의 사자처럼 따뜻한 쁠리따 위에 누워서는 호기심에 한 쪽 귀를 위로 쫑긋 세우고서, 그 사내가 무얼 하는지 유심히 지켜보았다.

넓은 가죽 혁대를 차고 까만색 콧수염을 한 그 사내가 몹시 흥분하여 다리야 뻬뜨로브나를 뜨겁게 포옹하는 모습이, 지나와 다리야 뻬뜨로브나의 반쯤 열린 방 문 너머로 보였다.

그의 얼굴은 마치 죽은 사람에게 분칠을 한 것 같은 코만을 제외하고 모두가 괴로움과 열정으로 뜨겁게 타오르고 있었다. 문 틈 사이로 나온 불빛이 그의 얼굴의 까만 콧수염을 비추었으며, 마침내, 그의 가죽 혁대가 그의 몸에서 미끄러지며 떨어졌다.

"악마 같이 귀찮게 따라다니기는……"

어스름 속에서 다리야 뻬뜨로브나가 중얼거렸다.

"그만 둬. 지나가 곧 돌아온다고. 아니, 이게 어떻게 된 거야, 당신도 진짜 젊어지는 처방을 받은 거야?"

"나한테는 그런 거 필요 없어,"

자신의 감정을 겨우 억제하며 검은 콧수염의 사내가 쉰 목소리로 대답했다.

"어쩌면 이렇게 당신은 몸이 뜨거워……"

저녁마다 쁘레치스젠까 밤하늘의 별은 두꺼운 커튼 뒤로 감추어졌다.

그리고 볼쇼이 극장에 <아이다> 공연도 없고 러시아 전국 외과의사협회 회의도 없다면, 우리의 신(神)께서는 안락의자를 차지하시고 앉는 것이었다.

천정 밑의 불은 꺼져 있고 책상 위의 푸른색 램프 하나만이 타고 있었다.

샤릭은 카펫 위의 그림자 진 곳에 누워 있으면서 눈을 떼지 않고 있었다.

그리고는 마침내, 무시무시한 광경을 목격하고야 말았다.

유리로 된 용기 안에 걸쭉하게 흐릿한 가성성 액체가 담겨져 있었으며, 그 속에는 몹시 혐오스러운 인간의 뇌가 들어 있었다.

팔꿈치 까지 드러난 우리들 신(神)의 손은 불그스레한 고무장갑 속에 들어가 있었고, 미끈미끈하고 두툼한 그의 손가락들이 용기 속에서 굴절되어 꿈실꿈실 거렸다.

이따금, 신(神)은 조그맣고 반짝이는 칼로 무장을 한 다음 노란색의 탄력적인 뇌를 살그머니 잘랐다.

"<신성한 나일강 강변을 향하여……>"

신(神)은 입술을 깨물면서, 그리고 볼쇼이 극장의 금빛 찬란한 내부를 회상하면서 조용조용 노래를 부르기 시작했다.

이 시간에, 스팀에서는 높은 온도까지 올라가며 뜨거워지기 시작했다.

스팀에서 나온 따뜻한 공기는 일단 천정을 향해 올라갔다가는, 다시 그 곳에서 내려오면서 방 안 곳곳으로 넓게 퍼지기 시작했으며, 개의 털 속에서는 아직 필립 필립뽀비치에 의해서 빗질되어 지지 않은 마지막 벼룩 한 마리가 살아서 펄떡펄떡 뛰고 있었다.

그러나 이미 그 벼룩은 곧 죽을 운명에 처해 있었다. 카펫은 아파트 안의 소리들을 다소 둔하게 만들고 있었다.

하지만, 조금 지나 바깥 출입문이 여닫히는 소리가 멀찌감치 들려왔다.

'지나가 영화 구경하러 나가는 구나,'

개는 생각하였다.

'그녀가 돌아와야 저녁 식사를 할 수 있겠군. 저녁 식사에는, 내가 생각하기에 송아지 고기로 만든 커틀렛일거야.'

* * *

그리고는 바로 무시무시한 그 날이 다가왔다.

아침부터 이상한 선입견이 샤릭을 쿡쿡 찌르고 있었다.

그 결과로 샤릭은 갑자기 무료해지기 시작했다. 아침 식사도 귀리죽 반잔에 엊저녁의 양고기 뼛조각을 아무 식욕도 없이 먹어 치웠다.

샤릭은 무료하게 환자 대기실을 지나가면서 그 곳에 비쳐진 자기 자신의 반영을 보고는 가볍게 으르렁거렸다.

그러나 낮에 지나(Зина)가 그를 데리고 가로수 길로 한 번 산책을 나갔다 온 후로 하루가 평상시와 같이 지나가고 있었다.

오늘은 환자도 없었다.

왜냐하면, 모두 알려진 바와 같이, 화요일에는 환자 접수를 받지 않기 때문이다. 그래서 그런지, 우리들의 신(神)께서는 여러 가지 색깔의 그림이 그려져 있는 두툼한 어떤 책을 책상 위에 펼쳐 놓고는 집무실 안에 내내 앉아 계셨다.

식사가 기다려졌다.

개는 자기가 부엌에서 정확히 보아 알고 있듯이 오늘 저녁 식사의 세 번째 메뉴는 칠면조 고기일 것이라는 생각에 다소 생기가 되살아났다.

복도를 따라 가면서 개는 필립 필립뽀비치의 집무실 안에서 갑자기 전화벨 소리가 아주 불쾌하게 울리고 있는 것을 들었다.

필립 필립뽀비치가 수화기를 집어 들고 잠시 듣고 있더니 갑자기 흥분하기 시작했다.

"아주 잘 했어,"

그의 목소리가 들려왔다.

"당장 가져 오시오, 지금 당장!"

그는 갑자기 바빠지기 시작했다.

방울종을 울리자, 곧 방 안으로 들어온 지나에게 빨리 식사를 가져 올 것을 명령하였다.

식사! 식사! 식사!

곧 식당에서는 접시 부딪치는 소리가 달그락 달그락 거리기 시작했다.

지나가 이리저리 뛰어 다니기 시작하였으며 부엌에서는 다리야 뻬뜨로브나가 칠면조 고기가 아직 다 요리되지도 않았다고 투덜대는 소리가 들려 왔다.

개는 다시 흥분하기 시작하였다.

'아파트 안에서의 무질서를 나는 좋아하지 않는데' 하며 샤릭은 계속해서 생각하고 있었다. 그런데, 그가 방금 전에 이런 생각을 하였는데, 마치 기다리기라도 한 듯, 무질서는 보다 더 불쾌한 성격을 띠었다.

그리고 이것은 무엇보다도 언젠가 한 번 물린 적이 있는 의사 보르멘딸리의 행동 때문이었다.

그는 뭔가 불길한 냄새가 나는 트렁크를 가지고 들어 와서는 옷도 벗지 않고 곧장 복도를 지나 관찰실로 급히 들어갔다.

필립 필립뽀비치는 다 마시지도 않은 커피 잔을 내팽겨 치듯이 내버려두고, 급히 의사 보르멘딸리를 맞이하러 집무실 밖으로 뛰쳐나갔다.

그가 지금까지 커피를 다 마시지도 않고 일어서는 일은 한 번도 없었던 일이며, 더구나 의사 보르멘딸리를 맞이하러 뛰어나가는 일 또한 결코 한 번도 없었던 일이었다.

"언제 사망했지?"

그가 소리치듯이 물었다.

“3시간 전 입니다,”

눈이 그대로 묻어있는 털모자도 벗지 않고 트렁크를 급히 열면서 보르멘딸리가 대답하였다.

‘죽다니 누가 죽었단 말인가?’ 하며 개는 침울하고 불만스럽게 생각하고는 사람들 발밑에서 알짱알짱 거렸다.

‘그들이 덤벼들 때, 그냥 참고 있지는 않을 거야.’

“알짱알짱 거리지 말고 저리 나가! 빨리, 빨리, 더 빨리!”

필립 필립뽀비치가 사방에 대고 소리치기 시작했으며, 개한테는 전화벨 소리 같이 여겨지는 소리들이 연실 울려대기 시작했다.

지나(Зина)가 급히 뛰어 들어왔다.

“지나! 전화 받는 것은 다리야 뻬뜨로브나한테 맡기고, 예약이며 접수며 아무도 받지 말도록! 너는 내 일을 도와라. 의사 보르멘딸리, 제발 청하는데, 빨리, 빨리!”

‘마음에 안 드네. 정말. 마음에 안 들어’

개는 화가 나서 얼굴을 잔뜩 찌푸린 채 아파트 안을 할 일 없이 이리저리 돌아다니기 시작했다.

그런데, 이런 모든 대(大)소동은 주로 관찰실 안에서 일어나고 있었다.

지나는 갑자기 수의와 비슷한 하얀 가운을 입고서는 관찰실에서 부엌으로, 그리고 다시 부엌에서 관찰실로 황급히 뛰어다니기 시작했다.

‘가서, 뭔지 모르지만, 그냥 먹어치워 버릴까. 으음, 완전히 못쓰게 망가뜨려 버려’ 하고 개는 결정하였다.

그런데, 갑자기 뜻밖의 생각지도 않았던 소리가 들려왔다.

“샤릭에게는 아무 것도 주지 마!” 하는 명령 소리가 관찰실 안에서 우렁차게 울려나오기 시작했다.

“지금 어떻게 하고 있는지 그 놈을 잘 감시해!”

“가두어 둘 것!”

그래서 샤릭은 유인되어 욕실에 가두어졌다.

‘야비하군,’

샤릭은 어두침침한 욕실 안에 앉아 생각하였다.

‘정말로 바보 같은 짓들을…’

그리고는, 약 15분 동안을 그는 욕실에 머물러 있으면서 이상한 기분에 휩싸였다. 때로는 적의에 차 있기도 했으며, 때로는 어떤 무거운 몰락감에 사로잡히기도 하였다. 모두가 지루하였고, 불분명하게…….

'아, 이제 알겠어, 매우 존경하옵는 필립 필립뽀비치, 만일 당신이 내일 덧신을 사기만 해 봐, 그냥 물어뜯어 버릴 테니' 하고 개는 생각하였다.

'이미 덧신 두 짝은 사지 않으면 안 되시게 되었고, 거기다가 한 짝을 더 사시지요. 당신이 다시는 개를 가둬두지 못하도록 죄다 물어뜯어 버릴 테니.'

그러나 이런 격분한 생각은 갑자기 사라져 버렸다.

웬일인지 예전의 젊었던 시절의 기억들이 돌연하게, 그리고 분명히 떠오르기 시작했다.

쁘레오브라젠스키 관문 지역의 끝없이 넓은 뙤약볕 마당, 여기저기 널려진 병들 속에 부서져 내비치는 태양 조각들, 부서진 벽돌, 제멋대로 돌아다니는 부랑견들……

'안 돼, 이제 어디로든지, 어떤 자유를 준다 해도 너는 여기서 떠나서는 안 될 거야, 어째서 거짓말을 하는가.'

개는 코로 세게 숨을 내쉬면서 우수에 잠기기 시작했다.

'나는 이미 익숙해졌어. 나는 지주 귀족의 개라고, 지식계급에 속한 존재란 말야, 이미 훌륭한 세상맛을 음미해 보았다고. 그래, 그 자유란 게 도대체 무엇이냔 말야? 바로 이렇게, 연기에다, 환상에, 허구… 불행한 민주주의자들의 헛소리일 뿐…….'

그리고 나서 어둠침침한 욕실 안이 보다 무시무시해졌으며, 개는 울부짖기 시작했다. 그는 문 쪽으로 몸을 내던지며 욕실 문짝을 할퀴기 시작했다.

"우-우-우!" 하는 소리가 마치 나무통 안에서 울리는 것처럼 온 아파트 안으로 퍼져 나아갔다.

'부엉이를 다시 잡아 찢어 놓는다!'

미친 듯이 그러나 힘없이 개는 생각하였다.

그리고 나서 힘이 쭉 빠진 개는 드러누워 버렸다.

그리고 그가 다시 일어섰을 때, 그의 몸의 털은 갑자기 곤두서기 시작하였으며, 웬일인지 욕실 안에서 혐오감을 불러일으키는 늑대의 눈이 아른아른 거리기 시작하였다…….

개의 고통이 한참 고조되었을 때 문이 열렸다.

개는 욕실 밖으로 나오자 몸을 세게 흔든 다음, 무뚝뚝하게 부엌으로 향하였다.

그러나 지나가 개목걸이를 집요하게 잡아당기며 그를 관찰실 쪽으로 끌고 갔다. 개는 간장이 서늘해졌다.

'무슨 목적으로 지금 내가 필요하단 말인가?'

개는 미심쩍게 생각하였다.

'옆구리도 다 아물었는데. 정말 이해하지 못하겠군.'

그리고 개는 반들반들한 쪽나무 바닥을 따라 미끄러지듯이 질질 끌려 갔다.

이렇게 개는 관찰실 안으로 옮겨져 왔다.

관찰실 안에 들어서자, 곧 기괴한 조명빛이 개를 깜짝 놀라게 했다.

천정 밑의 하얀 전구는 눈을 거슬릴 정도로 빛나고 있었다. 하얀 불빛 가운데 우리들의 신관께서 서 계셨으며, 그의 입술 속에서는 연실 신성한 나일강변에 관한 노래가 흘러나오고 있었다.

오로지 어렴풋한 냄새만으로 그가 필립 필립뽀비치임을 알 수 있었다. 그의 이발된 하얀 머리카락은 총주교의 둥근 모자를 연상시키는 하얀색의 원통형 모자 속에 감추어져 있었다. 신관께서는 머리 위에서 발끝까지 온통 하얀색으로 치장되어 있었으며, 허리에는 마치 승려들의 견대처럼 고무로 된 좁은 앞치마를 두르고 있었다. 그리고 그의 두 손에는 검은색 장갑이 끼여져 있었다.

승려용 둥근 모자는 언젠가 개한테 한 번 물린 적이 있던 젊은 의사도 쓰고 있었다. 긴 탁자가 넓게 펴지더니, 바로 그 옆으로 외발이 붙은 사각의 조그만 탁자가 가까이 끌어 당겨져 왔다.

개는 여기서 무엇보다도 그 젊은 의사를 제일 증오하기 시작하였으며, 그 중에서도 그의 지금의 눈빛이 가장 증오스러웠다.

보통 대담해 보이고 직선적이던 그의 눈동자가 지금은 개의 시선으로부터 사방으로 피하며 달아나고 있었다. 눈동자는 뭔가를 경계하는 듯하면서 위선적으로 보였으며, 그 내부 깊숙한 심연 속에는 만일 완전범죄가 안 되면 아주 좋지 못하고 비열하게 될 일이 숨겨져 있었다.

개는 젊은 의사를 음울하고 싫은 눈초리로 쳐다보더니 슬금슬금 구석으로 피해 갔다.

"지나야, 개 목걸이,"

약한 목소리로 필립 필립뽀비치가 말하였다.

"단지 그를 두려워하지만 말아라."

곧 지나의 눈빛도 젊은 의사의 눈처럼 혐오감을 불러일으키는 눈빛으로 변하기 시작하였다. 그녀는 개 곁으로 살짝 다가서더니 아주 위선적으로 개를 쓰다듬었다.

개는 근심에 가득 싸여 그녀를 경멸스럽게 쳐다보았다.

'좋습니다……. 당신들은 세 명이고. 만일 원하신다면, 가지세요. 당신들한테는 부끄러운 일이 될 뿐…… 나를 가지고 무엇을 할 것인지나 알았으면 좋겠는데요?'

지나가 개목걸이를 벗기자, 개는 머리를 옆으로 세게 흔든 다음, 큰 소리로 화를 내며 짖어댔다.

젊은 의사가 바로 개 앞에 섰다.

그에게서 추악하고 구역질나는 냄새가 확 퍼지기 시작했다.

'우, 추악한 냄새…… 어째서 이렇게 더럽고 지독한가?' 하고 개는 생각하고는 젊은 의사로부터 뒷걸음쳤다.

"의사 선생, 빨리해 빨리"

참지 못하고 필립 필립뽀비치가 소리쳤다.

방 안 공기 속에 코를 찌르는 달콤한 냄새가 풍기기 시작했다.

젊은 의사가 뭔가를 경계하는 듯한 사악한 눈빛으로 개에게서 한시도 시선을 떼지 않으면서 다가서더니, 등 바로 뒤에서 오른 손을 꺼내자마자 재빨리 개의 코에다 축축한 솜뭉치를 밀어 넣었다.

순간 샤릭은 정신이 멍해졌으며 머릿속에서 뭔가가 가볍게 빙빙 돌기 시작했다. 그러나 아직 샤릭은 한 번 껑충 뛰며 옆으로 비킬 수 있었다.

젊은 의사도 덩달아 뛰어 오르며 갑자기 솜뭉치로 샤릭의 온 낯짝을 발라 막기 시작했다.

곧 호흡이 차단되기 시작했다.

그러나 한 번 더 개는 뿌리치며 도망칠 수 있었다.

'악당……' 하는 생각이 개의 머릿속을 스쳐 지나갔다.

'무엇을 위해서?'

그리고 한 번 더 솜뭉치가 바싹 달라붙어 왔다.

그러자, 갑자기 관찰실 한가운데에 거대한 호수가 나타났으며, 호수 위의 조그만 조각배들 안에는 내세(來世)의 천진난만한 개들이 매우 쾌활한 표정으로 앉아 있었다.

마침내, 개의 다리는 뼈대 없이 흐물흐물 거리더니 꺾이며 굽어졌다.

"탁자로!"

필립 필립뽀비치의 유쾌한 목소리가 어디에선가 둔한 소리를 내며 던져졌으며, 곧 오렌지 빛의 좁다란 흐름을 타고 사방으로 번져 나아갔다.

이제 심한 두려움은 사라지고 대신에 기쁨으로 바뀌어졌다.

약 2초가량 개는 죽어가면서 젊은 의사를 사랑했다.

그리고 나서 온 세상이 거꾸로 뒤집어져 보이기 시작했으며, 좀 차갑기는 하지만 기분 좋은 손이 배 밑에 들어가 있음을 개는 아직 느낄 수 있었다.

그리고 그 다음은 아무 것도 느껴지지 않았다.

* * *

폭이 좁은 수술용 탁자가 놓이더니 좌우로 넓게 쭉 펼쳐졌고, 그 위에 개 샤릭이 눕혀졌으며, 그의 머리는 아무 힘없이 하얀색의 풀 먹인 베개 위에 가 부딪쳤다.

그의 배는 이미 털이 깎여 다듬어져 있었으며 지금은 의사 보르멘딸리가 숨을 몰아쉬면서 서둘러 기계를 털 속 깊숙이 잠기어 가지고 샤릭의 머리를 깎고 있었다.

필립 필립뽀비치는 손바닥으로 탁자 한 끝에 기대어 서서 그의 금테 안경처럼 번쩍이는 두 눈으로 이 과정을 눈여겨 관찰하면서 두려움에 떠는 목소리로 다음과 같이 말하였다.

"이반 아르놀리도비치, 내가 뚜렛쯔코예 세들로[25]로 들어갈 때가 가장

25) 의학 용어로 뇌하수체를 담고 있는 뼈로 된 골수 부위를 가리킨다.

중요한 순간이오. 내 자네에게 간곡히 부탁하네만, 순간적으로 뇌하수체를 내게 건네주시오, 그리고 여기를 즉시 꿰매시오! 만일 저기 나한테서 출혈이 시작된다면, 우리는 시간을 잃게 될 것이고, 그러면 개도 잃게 됩니다. 그렇지만, 개한테는 이런 어떤 기회도 더 이상 없어요."

그리고 나서, 필립 필립뽀비치는 입을 다물고 가늘게 실눈을 떴다.

마치 조소라도 하듯이 눈을 반쯤 감은 채 잠자고 있는 개의 눈을 필립 필립뽀비치는 묵묵히 바라보고 나서 다음과 같이 몇 마디 덧붙였다.

"아시겠지요, 그가 가엾군요. 상상해 보시오, 나는 이미 그와 정이 들었나 봐요."

이런 말을 하면서 그는 마치 불행한 개 샤릭의 어려운 공적에 축복을 내려 주기라도 하듯이 양손을 들어 올렸다.

그는 가는 먼지 하나라도 자신의 검은 고무장갑에 내려앉지 않게 하려고 애썼다.

깎여진 털 바로 밑으로 희끄무레한 개의 살갗이 번쩍이기 시작했다.

보르멘딸리는 이발기를 내던져 두고 면도칼로 무장하였다. 그는 힘없는 조그만 개의 머리에 비누칠을 하고 면도하기 시작했다. 칼날 밑에서 뭔가 부서지는 소리가 세게 나더니 어딘가에서 피가 흘러 나왔다.

개의 머리를 다 면도하고 나서, 젊은 의사는 축축이 젖은 가솔린 솜뭉치로 머리를 닦아낸 다음, 개의 배가 위로 드러나도록 넓게 펼쳐 놓고 나서 숨을 헐떡이며 다음과 같이 말했다.

"준비됐습니다."

지나(Зина)가 세면기 위의 수도꼭지를 틀어 놓자, 보르멘딸리가 손을 씻으러 달려갔다. 지나는 작은 유리병 속에서 알코올을 따랐다.

"필립 필립뽀비치, 저는 밖에 나가 있으면 안 될까요?" 그녀는 면도되어진 개의 머리를 겁에 질려 힐끔힐끔 쳐다보며 물었다.

"그래라."

지나는 재빨리 밖으로 나갔다.

보르멘딸리는 계속해서 더 분주하게 움직이기 시작했다. 그는 가벼운 가제 손수건으로 샤릭의 머리를 덮었다.

그러자, 베개 위에는 아직 아무도 보지 못한 대머리 개의 두개골과 이상하게 턱수염이 많은 낯짝이 뉘여 있었다.

이때서야, 우리들의 신관께서는 살짝 움직이기 시작했다. 그는 자세를 바로 잡아 똑바로 서더니 개의 머리를 쳐다보았다. 그리고는 다음과 같이 말하였다.

"으음, 주여 축복을 내려 주소서. 칼!"

보르멘딸리가 조그만 탁자 위에 번쩍이며 수북이 쌓여 있던 칼 더미 가운데서 가운데가 불룩이 튀어 나온 조그만 칼 하나를 끄집어내어 신관에게 건네주었다.

그리고 나서 그도 신관처럼 똑같은 모양의 검은색 장갑을 끼었다.

"잠자고 있지?"

필립 필립뽀비치가 물었다.

"잘 자고 있습니다."

필립 필립뽀비치의 입술이 조금 오므라들기 시작하더니, 그의 눈에서는 날카로운 섬광이 찌를 듯이 번쩍이기 시작했다.

그는 칼을 위로 번쩍 쳐들더니 샤릭의 배 위를 자로 잰 듯이 정확하고 길게 쭉 그어 내렸다. 곧 살갗이 갈라지면서 피가 사방으로 솟구쳐 올랐다.

보르멘딸리가 탐욕스럽게 달려들더니 가제 뭉치로 샤릭의 상처 부위를 압박하기 시작했다. 그리고 나서 그는 마치 설탕 집게 같이 생긴 조그만 핀셋으로 상처의 끝 가장자리를 오므리며 압착하였다.

그러자, 곧 상처는 말라붙기 시작했다. 보르멘딸리의 이마에서는 구슬 같은 땀방울이 맺혀 나왔다.

필립 필립뽀비치는 이어서 두 번째로 깊숙이 베었다.

그리고 나서 그는 샤릭의 몸통을 젊은 의사와 함께 갈고리, 가위, 그리고 어떤 꺾쇠 같은 것으로 파내기 시작했다. 불그스레하고 노란 핏덩이가 튀었으며 핏방울이 맺혀 흐르는 근육질이 드러났다. 필립 필립뽀비치는 개의 몸통 속에서 칼을 빙빙 돌리고 난 다음 소리쳤다.

"가위!"

가위가 마치 요술쟁이의 손에서처럼 젊은 의사의 손에서 번쩍거렸다.

필립 필립뽀비치가 손을 더 깊숙이 찔러 넣더니 몇 번 회전시킨 다음, 샤릭의 몸속에서 지스러기가 붙은 그의 정자분비관을 꺼냈다.

열의와 흥분으로 온몸이 완전히 젖어버린 보르멘딸리는 유리병 쪽으로 급히 뛰어가더니 병 속에서 축축이 젖어 아래로 축 늘어진 다른 정자분비관을 하나 끄집어냈다.

교수의 손에서도, 그리고 조수의 손에서도 마치 기타줄 같이 생긴 짤따랗다 축축한 선 하나가 꿈틀꿈틀 거리며 곱슬곱슬해지면서 감겨지기 시작했다.

압착기로 꽉 쥐어져 고정된 굽은 바늘들이 손끝에서 섬세하게 튕겨지며 움직여 나아가기 시작했다.

마침내, 정자분비관이 샤리코프의 그 자리에 들어가 꿰매어 졌다. 우리들의 신관께서는 개의 상처 부위로 부터 뒤로 물러서더니 그 속에 가제 뭉치를 밀어 넣은 다음 명령하였다.

"의사, 피부를 빨리 꿰매시오!"

그리고 나서 그는 커다란 하얀색 벽시계를 쳐다보기 시작했다.

"14분 걸렸습니다,"

보르멘딸리가 꽉 다문 이빨 틈 사이로 이야기하고 나서 굽은 바늘로 축 늘어진 피부를 찔렀다.

그 후, 두 사람은 마치 급히 서두르는 살인자들처럼 흥분하기 시작하였다.

"칼!"

필립 필립뽀비치가 소리쳤다.

칼이 마치 스스로 튀어 들어가듯이 그의 손 안에 쥐어지자, 필립 필립뽀비치의 얼굴은 무시무시하게 변하기 시작했다.

그는 하얗고 누런 금이빨을 드러내더니 단번에 칼로 샤릭의 이마 위에 빨간색 왕관의 경계를 표시해 버렸다. 면도된 털이 붙어 있는 가죽이 마치 모발이 붙어 있는 두피처럼 벗겨지고 뼈로 된 두개골이 드러났다.

필립 필립뽀비치가 소리쳤다.

"뜨레빤!"[26)]

보르멘딸리가 그에게 번쩍거리는 타래송곳을 건네주었다. 입술을 깨물면서 필립 필립뽀비치는 샤릭의 두개골 둘레를 빙 돌아가며 차례차례

26) 뜨레빤: 수술 도구이며 주로 두개골에서 둥그런 모양으로 뼈를 잘라내는데 쓰이는 원형의 둥근 톱을 말한다.

송곳을 찔러 넣어, 두개골 전체를 약 1센티미터의 간격을 두면서 원으로 빙 둘러싼 조그만 구멍들을 뚫기 시작했다. 구멍 하나를 뚫는데 마다 그는 5초 이상을 소비하지 않았다.

그 다음에 그는 기괴한 모양의 톱을 들더니 톱 끝을 맨 처음에 뚫은 구멍 속으로 집어넣은 다음, 마치 부인용 수공예품 상자를 톱으로 켜서 만들듯이 톱을 켜기 시작했다. 두개골에서 날카로운 쇳소리가 삑삑거리며 나지막하게 났으며, 곧이어 두개골이 살짝 떨리면서 흔들리기 시작했다.

약 3분가량이 지나자 샤릭의 두개골 위에서 지붕이 완전히 떼어내졌다.

이제, 푸르스름한 정맥과 불그스름한 반점들이 얼룩진 샤리코프 뇌의 회색빛 둥근 지붕이 드러났다.

필립 필립뽀비치는 골수막에 가위를 깊이 갔다 대더니 그것을 자르기 시작했다.

한번 가위를 움직이자 가느다란 피의 분수가 솟구쳐 올라, 하마터면 교수의 눈에 떨어져 그의 둥근 모자 위에 뿌려질 뻔하였다.

보르멘딸리가 급히 달려들며 특수 지혈용 핀셋으로 출혈부위를 재빠르게 쥐어 피의 분출을 막기 시작했다. 땀방울이 보르멘딸리에게서 끊임없이 흘러내렸으며, 그의 얼굴은 기름기가 줄줄 흐르며 여러 가지 색깔을 띠기 시작했다.

그의 눈길이 필립 필립뽀비치의 손에서 탁자 위의 접시 쪽으로 급히 움직였다.

곧이어, 필립 필립뽀비치가 아주 무시무시해지기 시작했다. 그의 코에서는 계속하여 씩씩거리는 소리가 나왔으며 입술은 잇몸이 다 드러나도록 열려졌다.

그는 뇌에서 거죽을 벗겨 내더니 뇌 속 어디론가로 깊숙이 손을 집어넣은 다음 마치 열려진 찻잔처럼 생긴 반구체의 뇌 속에서 뭔가를 끌어내었다.

그리고 바로 이 순간에 보르멘딸리는 얼굴이 창백해지기 시작하더니 한 손으로 샤릭의 가슴을 얼싸 안고나서 쉰 목소리로 다음과 같이 말하였다.

"맥박이 급격히 떨어지고 있습니다……."

필립 필립뽀비치가 잔인하게 샤릭을 쳐다보더니 뭔가 중얼중얼 거린 다음 손을 보다 더 깊숙이 집어넣었다.

보르멘딸리는 탁 소리를 내며 유리로 된 앰플병의 목을 깬 다음, 병 속에서 주사기로 주사약을 빨아올리고 나서 샤릭의 심장 어딘가에 주사 바늘을 교활하게 찔러 넣었다.

"자아, 들어간다, 뚜렛쯔꼬예 세들로 쪽으로!"

필립 필립뽀비치가 으르렁거리며 짖듯이 소리치더니 피투성이가 되어 미끈미끈한 장갑으로 샤릭의 머릿속에서 잿빛에 노르스름한 뇌를 끌어 올렸다.

순간 그는 샤릭의 낯짝을 곁눈으로 힐끔 쳐다보았고, 보르멘딸리는 즉시 노란색 액체가 담겨진 앰플병을 두 번째로 깨뜨린 다음, 기다란 주사기 속으로 주사약을 빨아 올렸다.

"심장 속으로요?" 겁먹은 듯이 수줍어하며 그는 질문하였다.

"당신은 아직 뭘 또 질문하고 있는거요?!"

교수가 독살스럽게 소리치기 시작했다.

"어쨌든 상관없어요, 그는 이미 5번이나 당신의 손에서 죽었소. 찌르시오! 아직 개가 살아있다고 과연 상상이나 할 수 있는 일이요!"

이때, 그의 얼굴은 마치 패기만만한 강도의 얼굴처럼 변해 있었다.

기세가 당당해진 의사가 개의 심장 속으로 주사 바늘을 가볍게 찔러 넣었다.

"살아 있어요, 그러나 겨우 겨우,"

그는 잔뜩 겁이 난 목소리로 중얼중얼 거렸다.

"지금은 살고 안 살고를 판단할 때가 아닙니다."

무서운 얼굴을 한 필립 필립뽀비치가 쉰 목소리로 말하기 시작했다.

"난 세들로로! 죽기는 매한가지……. 오, 젠장… <신성한 나일강 강변을 향하여……> 뇌하수체를 주시오!"

보르멘딸리가 그에게 작은 유리병을 건네주었으며, 병 안에 담겨진 액체 속에는 하얀색의 작은 덩어리 하나가 실에 꿰인 채 이리저리 흔들리고 있었다.

'유럽 전체를 통틀어서 쁘레오브라젠스키 교수와 같은 전문가는 아마 없을 거야, 오, 하느님 맙소사….' 하고 보르멘딸리는 어렴풋하게 생각하고 있었다.

한 손으로 필립 필립뽀비치는 흔들거리는 작은 덩어리를 재빨리 잡아 꺼내고, 다른 한 손은 가위를 들고 넓게 잡아 늘려져 간격이 벌어진 두 개의 작은 반구체들 사이의 어딘가 깊숙한 곳에 있던 똑같이 생긴 작은 덩어리 하나를 잘라 내었다.

잘라낸 샤릭의 덩어리를 그는 접시 위로 내던지고는 정확하게 기적적이고 정교하며 부드러운 자신의 짧은 손가락들로 새로운 덩어리를 실과 함께 뇌 속으로 밀어 넣은 다음, 노란색 실로 그 덩어리를 그 곳에 교묘하게 잘 묶어 놓았다.

이와 같이 한 후에, 필립 필립뽀비치는 샤릭의 머리에서 라스빨까[27], 핀셋을 제거해 버렸으며, 뇌를 뼈로 된 반구체 뒷부분으로 잘 감추어 넣은 다음, 몸을 뒤로 젖혔다. 그리고는 이미 아주 평온하고 태연하게 질문하였다.

"물론, 죽었겠지?…"

"실오라기 같은 맥박이……." 보르멘딸리가 대답하였다.

"아드레날린을 한 번 더!"

교수는 뇌 위에 피부막을 아무렇게나 던져 넣고는 톱으로 잘라낸 지붕을 크기에 맞추어 올려놓은 다음, 모발이 붙어 있는 머리가죽을 원래 모양대로 움직여서 그 위에 덮고서 소리쳤다.

"꿰매시오!"

보르멘딸리가 바늘을 3개나 부러뜨리고 나서 약 5분가량 머리를 꿰맸다.

그리고 이제 베개 위에는, 머리 위에 빙 돌아가며 원형고리를 끼운 것같이 상처가 난 샤릭의 생기 없이 흐리멍덩한 얼굴이, 주위가 피로 장식된 채 나타났다.

이때, 이미 필립 필립뽀비치는 마치 배가 잔뜩 부른 흡혈귀처럼 완전히 뒤로 물러나서 장갑 한 짝을 벗었다. 장갑 속에서 땀에 잔뜩 배인 분말가루가 구름처럼 쏟아져 나왔다. 그는 다른 장갑 한 짝을 잡아 찢어 바닥에 내던지고서 벽 위의 누름단추를 눌러 종을 울렸다.

곧 문지방 위에 지나(Зина)가 나타났으며, 그녀는 얼른 고개를 돌려 샤

27) 의학용 수술 도구 가운데 하나로서 어느 부분을 잡아 늘이거나 벌린 다음, 더 이상 좁아지지 않도록 하기 위하여 고정시키거나 위로 매달 때 쓰이는 설치물 종류이다.

릭과 피를 보지 않으려 했다.

신관께서는 하얀 손으로 피투성이가 된 원통모자의 두건을 벗은 다음 소리쳤다.

"지나, 궐련을 지금 당장 내게 가져 오너라. 속옷은 가장 새것으로, 그리고 목욕물을 받도록!"

그는 허리를 굽혀 탁자 끝에 턱을 받치고 서서 손가락 두 개로 개의 오른쪽 눈꺼풀을 벌리고는 명백히 죽어가고 있는 눈동자를 쳐다보면서 말하였다.

"바로 이렇게, 으음 젠장할! 아직, 죽지 않았다고! 으음, 어차피 죽기는 매한가지야. 에흐, 의사 보르멘딸리, 개가 가엾군! 귀엽고 상냥한 녀석이었는데, 하지만, 교활하기도 했어."

5

의사 이반 아르놀리도비치 보르멘딸리의 필기 수첩.

얇은 규격용 필기장.

보르멘딸리의 글씨체로 가득 쓰여 있다.

처음에 두 장은 깔끔하고 세밀하며 정확한 글씨체로 쓰여 있는 반면, 뒷장으로 가면서 글씨체가 분방해지고 떨려지면서 수많은 반점들이 얼룩져 있다.

1924년 12월 22일. 월요일.

진찰기록일지.

실험용 개, 약 2살가량. 수컷. 종자—잡견. 부르는 이름—샤릭.

털은 듬성듬성 관목처럼 나 있고 희끄무레하다 반점들이 얼룩진 다갈색이며 꼬리는 팔팔 끓인 우유 빛깔 같다.

오른쪽 옆구리에는 완전히 아문 화상 자국이 그대로 나 있다.

교수의 아파트로 들어오기 전의 영양 상태는 나빴으나, 1주일 체류 후 아주 살이 쪄 통통해 짐.

몸무게—8킬로그램 (감탄부호).

심장, 허파, 위장, 체온 정상.

12월 23일.

저녁 여덟 시 반, 유럽 최초의 수술이 쁘레오브라젠스키 교수에 의해 실행되어짐.

클로르포름으로 마취된 상태에서 샤릭의 고환이 제거되었으며, 그 대신에 수술 시작 4시간 4분 전 운명한 28세 남자에게서 적출하여, 쁘레오브라젠스키 교수의 지시대로 살균된 생리수 속에 보관하고 있던 생식선과 돌기가 딸린 남성고환이 이식되었다.

이 이식수술에 바로 뒤이어 두개골의 뚜껑을 여는 개두술(蓋頭術) 후, 뇌의 돌기 뇌하수체가 제거되었으며, 곧이어 앞서 제시된 남성으로부터 채취된 인간의 뇌하수체로 교체되었다.

클로르포름 8입방미터, 캠퍼 1주사, 아드레날린 2주사가 심장에 소비되었다.

이러한 수술은 다음의 사실을 입증해 준다.

이식 후 뇌하수체의 적응성에 대한 문제와 더 나아가 그것이 사람의 유기체를 젊어지게 하는데 어떠한 영향을 미치는 지에 대한 문제를 보다 분명히 밝히기 위하여, 뇌하수체와 고환을 함께 연결시켜 이식시키는 쁘레오브라젠스키 교수의 실험법.

필립 필립뽀비치 쁘레오브라젠스키 교수가 수술을 집도하였다.

이반 아르놀리도치 보르멘딸리 의사가 보조하였다.

수술 후의 밤.

무섭게 되풀이 되는 맥박의 격감.

최후의 죽음만을 기다림.

쁘레오브라젠스키의 명령에 따라 막대한 양의 캠퍼를 주사함.

12월 24일.

아침에—양호해짐. 호흡이 두 배로 빨라짐. 체온 42도.

캠퍼와 카페인을 살갗 밑으로 주사함.

12월 25일.

다시 불량해짐. 맥박은 겨우 만져서 느낄 정도.

수족을 바들바들 떨며, 동공은 반응을 보이지 않는다.

쁘레오브라젠스키 교수의 방법에 따라 아드레날린과 캠퍼를 심장에 주사함.

생리 용액을 정맥 속으로 주사함.

12월 26일.

약간 양호해짐. 맥박 180, 호흡 92. 체온 41도. 캠퍼와 영양식을 관장기기로 주입.

12월 27일.

맥박 152, 호흡 50, 체온 39.8도. 동공이 반응을 보임. 캠퍼를 살갗 밑에 주사함.

12월 28일.

현저하게 양호해짐. 정오에 갑자기 비 오듯이 땀을 흘림. 체온 37도. 수술 상처는 예전 상태 그대로.

붕대를 다시 감음.

식욕이 생겼음. 영양식은 액체.

12월 29일.

갑자기 이마와 몸통 옆구리에 털이 현저하게 빠짐.

상담을 위하여 피부병 강의 교수 바실리 바실리예비치 분다레프와 모스크바 수의과 모범 연구소 소장이 호출되어짐. 이들 두 교수에 의해서 이런 경우는 피부병 의학책에도 쓰여 있지 않은 것으로 확인되어짐.

진단법은 확인되지 않은 상태로 남겨졌다.

체온은 정상임.

(연필로 쓴 기록)

저녁에 처음으로 개 짖는 소리가 났다. (8시 15분).

음색과 톤의 급격한 변화(하락)에 주의가 기울여 짐.

개 짖는 소리가 <멍, 멍> 말소리 대신에 <아-오> 음절로 바뀜.

멀리서 들으면, 음색이 신음소리를 회상시킨다.

12월 30일.

탈모 현상은 전체적으로 대머리의 성격을 띠었다.

몸무게를 달아 보니 예기치 않은 결과가 나왔다. 뼈 길이(신장)로 계산하여 몸무게 30 킬로그램.

개는 예전과 같이 누워 있다.

12월 31일.

대단한 식욕.

(기록 수첩에 반점이 얼룩져 있다. 얼룩반점 다음에는 성급한 글씨체로 쓰여 있음)

낮 열두 시 12분에 개는 분명하게 한 단어를 지껄였다.

<아……브…….으르!!>

(기록 수첩은 한동안 중단되어 있으며, 뒷부분으로 가면서 필경, 흥분으로 인한 실수로 짐작되는 오기(誤記)가 많다.)

12월 1일.

(글씨가 지워진 다음 올바르게 정정되어 있다.)

1925년 1월 1일.

아침에 사진을 찍었다.

분명하게 <아브으르>하고 짖었으며, 이 단어를 마치 기쁨에 넘친 듯이 큰소리로 반복하여 짖어댔다. 오후 세 시에(대문자로 쓰여 있음) 개가 웃었다(?). 그 바람에 하녀 지나(Зина)가 기절하는 소동이 벌어졌다.

저녁에 <아브으르-발그>, <아브으르> 단어가 연이어 8번 발음되었다.

(연필로 쓴 글씨가 비스듬히 비뚤어져 있음.)

교수가 <아브으르-발그> 단어를 해독하였다.

단어는 <그라브르이바ㅡ어업국>을 의미하고 있다!!

이는 뭔가 괴물임이……

1월 2일.

개가 웃을 때 사진을 찍었다.

침대에서 일어나 반시간 동안 뒷발로 확실하게 지탱하고 서 있었다.

내 키의 거의 반 정도 다다랐다.

(기록일지에 끼워진 삽입장)

러시아 과학은 하마터면 매우 고통스러운 손실을 가져올 뻔하였다.

필립 필립뽀비치 쁘레오브라젠스키 교수에 대한 병기록.

한 시 13분. 교수 쁘레오브라젠스키의 심한 졸도. 추락하면서 머리를 탁자 다리에 부딪쳤다. 신경안정제.

나와 지나가 있는 상태에서 개는 (만일 개라면, 당연히 그렇게 부를 수 있음) 교수 쁘레오브라젠스키에게 아주 심한 욕설을 퍼부음.

(기록이 잠시 중단됨.)

1월 6일.

(연필로 쓰이기도 하고, 보라색 잉크로 쓰이기도 함.)

오늘, 그에게서 꼬리가 떨어져 나간 후, 그는 완전히 분명하게 <맥주집>이란 단어를 발음하였다.

축음기가 작동하고 있다.

도대체 이게 무엇인가!!

(……)

나는 어찌할 바를 모르겠다!

(……)

교수의 환자 접수가 중지되어짐.

환자-개가 빈둥빈둥 거리며 왔다 갔다 하는 관찰실에서는 낮 다섯 시부

터 시작하여 명백히 비속한 욕설과 말투가 들리기 시작했다. <맥주 2병 더.>

1월 7일.

그는 아주 많은 단어들을 발음하였다.

<마부>, <자리 없어>, <저녁 신문>, <아이들한테 가장 좋은 선물>.

그리고 러시아 비속어 사전에나 오로지 존재하는 온갖 욕설과 험담들.

그의 용모가 이상해 짐. 털이 오로지 머리, 턱 그리고 가슴에만 남겨졌다. 나머지 부분에서 그는 축 늘어진 피부에 털이 하나도 없는 살갗을 하고 있다. 생식기 부분에서는 완전한 남성으로 발육되어져 있다. 두개골이 현저하게 확대되었으며, 이마는 비스듬하게 기울고 짧다.

(…….)

하느님 맙소사, 내가 미치겠구나!

(…….)

필립 필립뽀비치는 한층 더 건강이 안 좋아짐.

나는 많은 관찰을 하였다(축음기, 사진).

(…….)

도시 전체에 소문이 퍼졌다.

(…….)

소문의 결과로 무수한 사태가 발생. 오늘 낮에는 온 골목 마다 할 일 없는 게으름뱅이들과 노파들로 가득 찼다. 구경 좋아하는 사람들은 이제 창문턱 밑에 까지 서 있다. 오늘 아침 조간신문에는 놀라운 기사가 나왔다.

<화성인에 관한 소문이 아부호브 골목에 근거도 없이 퍼졌다. 소문은 수하레프 시장 상인들에 의해서 퍼졌으며, 그들은 엄하게 처벌 받을 것이다>.

뭐 어떤 사람에 관한 소문이라고?

젠장할, 화성인?

정말로 이건 악몽이군!!

(…….)

저녁 신문에는 한층 더 놀랍게, 바이올린을 연주하는 어린 아기가 태어났다고 쓰여 졌다. 신문에는 바이올린이 그려져 있고 나의 사진이 한 장 박혀 있으며, 그 밑에는 교수의 서명이 있다.

<산모를 제왕 절개 수술한 교수 쁘레오브라젠스키.>

이게 무슨 입에 담지도 못할 이야기란 말인가!….

새로운 단어—<경찰>.

(…….)

사실이 밝혀졌다. 나를 몰래 짝사랑 하였던 다리야 뻬뜨로브나가 필립 필립뽀비치의 앨범에서 내 사진 한 장을 슬쩍 훔쳤었다. 탐방 기자들이 쫓겨난 후, 그 중의 한명이 몰래 부엌으로 들어와 내 사진을 훔쳐 저녁 신문에… 등등……

(…….)

만일 환자 접수를 받는다면 무슨 일이 일어날 것인가!!

오늘은 82번이나 벨이 울렸다. 전화는 아예 빼 놓았다.

자식 없는 부인들이 미친 듯이 몰려 왔다.

(…….)

쉬본제르를 우두머리로 하는 아파트 관리 위원회의 모든 멤버들이 총출동해 있다. 무슨 목적으로 그들이 왔다 갔다 하는지, 사람들은 모르고 있다.

1월 8일.

늦은 저녁에 진단이 내려졌다. 진실한 학자 필립 필립뽀비치는 자신의 실수—뇌하수체의 이식이 개를 젊어지게 한 게 아니라, 아예 개를 완전한 인간으로 만듦 (3번 밑줄 그어져 있음)—를 인정하였다. 실수로 인하여 빚어진 그의 놀라운 대발견은 결코 적지 않은 사건이다.

그는 오늘 처음으로 아파트 안을 걸어갔다. 복도에서 전기 램프를 보면서 웃었다. 그 후, 필립 필립뽀비치와 나의 부축을 받으며 그는 교수 집무실로 따라갔다. 그는 뒷발로 튼튼히 지탱하고 서있…… (지워져 있음). 그는 아주 작고 제대로 성숙되지 못한 남자의 인상을 나타내고 있다.

집무실에서 그는 웃었다. 그의 웃음은 마치 인조된 것 같이, 기분이 안 좋다.

그 후에 그는 뒤통수를 긁더니 주위를 둘러보았다.

그가 분명하게 발음한 새로운 단어. <부르주아들>을 적어 놓았다.

그가 욕을 하였다. 이러한 욕은 일정하게 체계적이었으며 쉴 새 없이 계속하여 내뱉는 것으로 보아, 아마도, 아주 생각 없이 내뱉는 아무 의미도 없는 욕 같다.

그리고 욕설은 약간의 녹음기 같은 성격을 띠고 있다. 마치 이 사람이 어디에선가 예전에 비방적인 단어들을 들은 다음, 그것들을 자신의 뇌 속에 잠재의식적으로 자동 저장해 두었다가, 요즈음에 와서 그것들을 무더기로 꺼내 퍼붓고 있는 것 같다.

그렇지만, 나는 정신과 의사도 아니니, 젠장할!

웬일인지, 필립 필립뽀비치에 대한 그의 욕설은 놀랍게도 험악스러운 인상을 나타내었다. 이때 교수는 가까스로 참으면서 그의 새로운 현상을 신중하고 냉정하게 감시하다가도 결국은 참지 못하고 분을 터뜨리고 마는 경우가 빈번히 일어났다.

그래서 그가 욕을 하는 순간에 교수는 갑자기 신경질적으로 소리쳤다.

"중지!"

그러나 이러한 말도 어떤 효과를 나타내지는 못했다.

집무실 쪽으로의 산책을 무사히 마친 후, 나와 교수는 샤릭을 관찰실 안으로 이주시켰다.

이와 같이 한 후에 나는 필립 필립뽀비치와 협의회를 가졌다.

난생 처음 나는 이 확실하고도 놀랍도록 영리한 인간을 보고 당황하였던 사실을 자백하지 않으면 안 되겠다.

교수는 여느 때와 같이 노래를 읊조리면서 내게 질문하였다.

"자, 이제 우리는 어떻게 하면 될까요?"

그리고는 제 스스로 이렇게 대답하였다.

"모스크쉬베야[28]), 그래요…. <세빌리아에서 그레나다까지……>

모스크쉬베야, 친애하는 의사선생……"

나는 아무 것도 이해하지 못했다.

그는 다시 분명하게 말하였다.

“내 당신한테 청하는데, 이반 아르놀리도비치, 그에게 속옷하고 바지랑 신사복을 사주시오.”

1월 9일.

오늘 아침 부터 어휘수가 매 5분 (평균적으로) 마다 새로운 단어와 어구들로 풍부해 졌다. 마치 어구들이 의식 속에 꽁꽁 얼어붙어 있다가 갑자기 녹으면서 밖으로 흘러 넘쳐 나오는 것 같다. 밖으로 나온 단어는 곧 반복되며 사용되기 시작한다. 어제 저녁 부터는 다음의 상용어구들이 녹음기에 의해 발견되어 졌다. <건드리지 마>, <그 놈을 때려>, <더러운 놈>, <발디딤대에서 내려>, <내 너에게 본때를 보여줄 테다>, <미국의 승인>, <석유난로>.

1월 10일.

옷을 입히는 일이 이루어짐.

속 와이셔츠를 자신에게 입히는 것은 기꺼이, 심지어 즐겁게 웃기까지 하면서 순순히 허락하였다.

그러나 속바지는 쉰 목소리로 외치며 항의를 표하면서 거절하였다.

<차례를 지켜, 개새끼들, 차례를!>

옷이 입혀졌다. 양말은 그에게 너무 컸다.

(기록일지에는 개의 다리가 인간의 다리로 변형되는 과정을 각 특징별로 묘사하는 개략적인 그림이 그려져 있다.)

뒷발의 발바닥 골격이 길게 늘어났다. 손가락들이 길게 늘어나며 펴짐. 발톱.

화장실 사용법에 대한 반복적이고 체계적인 훈련.

하녀들은 완전히 낙담하였다.

그러나 이 인간의 영리함을 기입하지 않을 수 없다.

---

28) 모스크쉬베야: ‘모스코브스카야 쉬베야’의 약자. 당시의 옷 상표 이름. ‘쉬베야’는 ‘여자 재봉사’를 의미함.

모든 일은 완전히 순조롭게 진행되어 가고 있다.

1월 11일.

그는 바지를 아주 순순히 입었다.

필립 필립뽀비치의 바지를 건드리고 나서는 길고 재미있는 문구까지 발음하였다.

<담배 한 대 줘, 네 바지는 줄무늬 바지>.29)

개의 머리털이 아주 연하고 부드러워 비단결 같다. 사람의 머리털과 혼동하기 십상이다. 그러나 정수리의 반점들은 그대로 남아 있다. 오늘은 귀에서 마지막 솜털이 빠졌다. 왕성한 식욕. 아주 반하여 청어를 먹어 치움.

오후 5시의 사건.

개-인간에 의해서 발음된 처음의 단어들은 주위의 현상과 무관하지 않고 그것들에 대한 반응이었다.

바로, 교수가 그에게 <먹다 남은 것을 바닥에 버리지 마라….>하고 명령하자, 그는 갑자기 <꺼져, 이 서캐 같은 새끼야!> 하고 대답하였다.

필립 필립뽀비치는 깜짝 놀라 큰 충격을 받았다. 다음에 정신을 가다듬고 난 교수가 다음과 같이 말했다.

"만일 네가 한 번만 더 나에게나 혹은 의사에게 욕을 한다면, 그땐 단단히 벌 받을 줄 알아라."

나는 이 순간에 샤릭을 사진 찍었다.

그가 교수의 말을 알아들었음을 나는 보증한다.

음울한 그림자가 그의 얼굴에 드리워져 있었다. 그는 힐긋힐긋 눈을 치뜨며 쳐다보았으며 아주 화가 나 있었으나, 조용히 잠잠하였다.

만세!

그가 이해하고 있다.

1월 12일.

손을 바지 주머니 속으로 집어넣음. 우리는 욕을 하지 못하게 하였다.

---

29) 러시아 어에서 <담배>라는 말 <빠삐로소츠까>와 <줄무늬>라는 말 <뽈로소츠까>가 발음상 대구를 이루므로, 러시아 인들의 귀에는 매우 우습게 들리는 상황이다.

휘파람으로 <오, 사과…> 라는 노래를 불렀다.

그는 이제 대화가 끊어지지 않도록 유지해 나아갈 수 있다.

나는 몇 가지 가설 가운데, 젊어지는 현상은 지금 현재로선 전혀 보이지 않는다는 것을 감히 말하지 않을 수 없다!

하지만, 훨씬 더 중요한 다른 현상으로, 쁘레오브라젠스키 교수의 멋진 수술은 인간의 뇌 속 비밀 가운데 하나를 파헤쳤다!

이제부터는 뇌양돌기 뇌하수체의 수수께끼 같은 기능이 완전히 설명된다!

뇌하수체가 인간적인 외모를 결정하고 있는 것이다!

뇌하수체의 호르몬은 유기체 가운데 가장 중요한 것으로 부를 수 있다.

호르몬에 의한 외모!

과학에 새로운 분야가 열려졌다. 파우스트의 온갖 증류기 없이도 작은 인조인간이 창조된 것이다!

외과 의사의 메스는 새로운 인간을 하나 살아나게 하였다!

교수 쁘레오브라젠스키, 당신은 조물주이십니다!!

(얼룩반점이 있음.)

그건 그렇다 치고, 이야기가 잠시 옆으로 빗나갔었다…….

그래서 그는 이제 대화가 끊어지지 않도록 유지해 나아가는 능력이 생겼다. 내가 예상하기로 그는 다음과 같은 상태에 있는 것 같다. 뿌리를 내린 뇌하수체가 개의 뇌 속에 언어센터를 개설하였으며, 따라서 단어들이 물밀듯이 쏟아져 나온 것이다.

내 가정에 따르면, 지금 우리들 앞에는 죽음에서 되살아나 발전되고 있는 뇌가 있는 것이지, 뇌가 새로이 창조된 것이 아닌 것 같다.

오, 진화론의 놀라운 확증!

오, 개에서 멘델레프-화학자까지 연결된 사슬의 위대함이여!

나의 가설이 하나 더 있다. 샤릭의 뇌는 개로 존재하던 삶의 시기에 무수히 많은 개념을 축적하였었다. 그가 처음으로 사용하기 시작한 단어들은 모두 저속한 단어들이었다. 그는 이 단어들을 언젠가 거리에서 들은 적이 있었으며, 그것들을 뇌 속에 잘 감추어 두었던 것이다. 요즈음 나는 거리를 지나 갈 때면, 마주치는 개들을 신비로운 두려움에 사로잡힌 채 쳐다본다. 하느님만이 그들을 아실 것이며, 과연 그들의 뇌 속에 무엇이 숨겨져 있는지!

(…….)

샤릭이 읽었다!

읽었다!!! (3개의 감탄부호.)

이것을 내가 추측해내었다!

<그라브리븨바-어업국>이었다! 그는 바로 이 단어를 끝에서 부터 거꾸로 읽었던 것이다!

그러므로 나는 심지어 개의 시각 신경은 교차되어 있다는 수수께끼의 실마리를 어디에서 찾아야 하는지도 알고 있다!

(…….)

모스크바 안에서는 어떤 일이 일어나고 있는가, 정말로, 인간의 두뇌는 이해하기 어렵다!

말 많은 수하례프스키 시장 상인들 대다수는 벌써 볼셰비키들이 자초한 세상종말에 대한 소문을 유포시키고 있다. 다리야 뻬뜨로브나가 이 소문을 듣고 이야기하였으며, 그녀는 심지어 날짜까지 정확하게 알아맞히고 있다:

1925년 11월 28일, 순교자 사제 스쩨판의 날에, 지구가 천축에 부닥친다!!

몇몇 사기꾼들은 벌써 강연을 하고 돌아다닌다.

우리가 이와 같은 뇌하수체 수술을 함으로써 일어난 대소란으로 전화가 빗발치고 기자들이 몰려와 아파트에서 내몰 수 없을 지경이다!

나는 쁘레오브라젠스키의 요청에 따라 아예 그의 아파트로 이주하여 밤에는 응접실에서 샤릭과 함께 지새웠다. 관찰실이 응접실로 변해 버렸다. 쉬본제르가 옳았음이 판명되어 졌다. 주택관리위원회는 우리의 이런 재난을 보고 기뻐할 것이다.

모든 장식장이란 장에는 유리 하나 남아나지 않고 박살이 났다. 왜냐하면, 그가 껑충껑충 뛰어 오르며 박살냈기 때문이다. 우리는 겨우겨우 그의 버릇을 고쳐 놓았다.

(…….)

필립 필립뽀비치에게서 뭔가 무서운 일이 일어나고 있는 것 같다. 내가 그에게 샤릭을 아주 높은 수준의 정신적 인격체로 발전시키려는 내 자신의 가설과 희망에 대하여 이야기 할 때면, 그는 으레 야유가 섞인 '흠'소리를 내며 <당신은 그렇게 생각해요?>하고 대꾸하였다. 그의 어조는 상서롭지 못하였다.

정말로 내가 실수한 걸까?

노인네가 뭔가를 궁리하긴 궁리하고 있었다.

내가 이 진단기록일지에 매달려 있는 동안에도, 그는 우리들이 뇌하수체를 떼어낸 그 인간의 과거 기록에만 빠져있다.

(…….)

(기록일지 안의 삽입장)

끌림 그리고리예비치 추군낀, 25세. 미혼.

비공산당원, 공산당의 동조자.

3번 재판을 받아 무죄로 인정됨. 처음에는 증거 불충분 덕택에, 두 번째는 출신성분이 구원해 주었으며, 세 번째는 15년 강제노동의 집행유예.

절도.

직업−선술집에서의 바랄라이까 연주.

작은 키, 몸이 왜소하며 못생김.

간장이 팽창되어 있음(알코올).

사망 원인: 쁘레오브라젠스카야 자스타바에 있는 맥주집 <스톱-시그날>에서 심장을 칼로 찔림.

(…….)

노인네가 가슴을 두근거리면서 끌림의 병기록을 열심히 보고 있다. 무슨 일 때문에 그러는지 이해하지 못하겠다. 그는 추군낀의 시체 전부를 병리해부학적으로 검사하는 것을 통찰하지 못한 것에 대하여 뭔가 투덜대며 중얼거렸다. 무슨 일인지 나는 이해하지 못하겠다!

누구의 뇌하수체이든 매한가지가 아닌가?

1월 17일.

며칠 동안 기록을 하지 못했다. 그가 유행성 감기에 걸렸었다.

이 기간 동안에 그의 외모는 완전히 형성되어 졌다.

a) 신체 구조에 있어 완전한 인간;

b) 약 3뿌드[30] 가량의 몸무게,

c) 작은 키,

d) 작은 머리,

e) 흡연을 시작함,

f) 인간의 식품을 먹음,

g) 자기 혼자 힘으로 옷을 입는다,

h) 유창하게 대화를 한다.

(…….)

바로 이런 것이 뇌하수체! (얼룩반점).

(…….)

이것으로 나는 진단 기록 일지를 마치려 한다.

이제, 우리들 앞에는 새로운 유기체가 있으며, 그를 처음부터 관찰할 필요가 있다.

첨부물: 대화 속기록, 축음기의 녹음, 사진.

서명: 교수 필립 필립뽀비치 쁘레오브라젠스키의 조수 의사 보르멘딸리.

6

겨울 저녁이었다. 1월 말. 식사 전, 환자 접수 전의 시간.

응접실로 들어가는 문의 윗중방에 하얀색 종이 한 장이 매달려 있으며, 종이 위에는 필립 필립뽀비치의 손으로 다음과 같이 쓴 글씨가 적혀져 있었다.

<아파트 안에서 해바라기씨를 까먹는 것을 금지함. 쁘레오브라젠스키>.

30) 뿌드: 구 러시아의 중량 단위로 1뿌드는 16.38킬로그램이다.

그리고 보르멘딸리가 파란색 연필로 쓴 생과자 케이크 모양의 커다란 글씨체도 적혀 있었다.

<오후 5시부터 아침 7시까지 악기 연주는 금지되어 있음>.

그 다음은 지나의 필적.

<필립 필립뽀비치가 돌아오시면 그에게 이야기하여 주십시오. 나는 그가 어디로 갔는지 알지 못합니다. 표도르는 그가 쉬본제르와 함께 있다고 말했습니다.>

뻬레오브라젠스키의 필적.

<내가 그 유리공을 백년은 더 기다려야 할 것인가?>

다리야 뻬뜨로브나의 필적(활자체로).

<지나가 상점으로 떠났으며, 유리공을 데려오겠다고 말했습니다.>

식당 안은 암적색 갓 밑의 램프 덕택에 완전히 저녁 같았다.

찬장 유리에서 반사되어 나온 전등 빛은 2등분으로 굴절되어 비쳐지고 있었으며, 거울이란 거울에는 모두 하얀색 긴 종이테이프 2개가 대각선 모양으로 비스듬히 교차되어 붙여져 있었다.

필립 필립뽀비치는 책상에 비스듬히 기대어 앉아서 커다란 신문 한 장을 펼쳐들고 몰두해 있었다. 창밖의 번갯불이 그의 얼굴을 일그러뜨렸으며, 그의 입술 사이로는 말꼬리를 흐리며 속삭이는 듯한 소리가 간헐적으로 흘러나오고 있었다. 그는 신문의 짧은 기사 한 대목을 읽고 있었다.

<이 사람은 비합법적으로 탄생된 (퇴폐한 부르주아 사회에서 표현되듯이) 그의 아들임에 추호의 의심도 없다. 바로 여기에, 우리들의 부르주아 사이비 학자께서 어떻게 기분전환을 하고 계시는지, 그 전모가 있지 않은가! 법정의 서슬 푸른 칼날이 그에게 붉은 빛을 발하며 번뜩이고 나서도, 그는 7개의 방 모두를 차지할 수 있을 것인가!

쉬본…르>.

두꺼운 벽 너머에서 아주 집요하고도 능수능란한 솜씨로 바랄라이까가 연주되고 있었으며, <스베찟 메샤쯔>[31]의 교묘한 변주음은 필립 필립뽀비치 머릿속의 신문기사 내용을 혐오스런 죽으로 만들며 뒤섞고 있었다.

신문을 다 읽고 나자, 필립 필립뽀비치는 어깨 너머로 '퇴-퇴' 하고 마른 침을 뱉었다. 그리고는 무심코 입술을 웅얼거리며 노래 부르기 시작했다.

"<스베예-예-예찟트 메샤쯔… 스베찟트 메샤쯔… 스베찟트 메샤쯔 …….> 체…… 정말 귀찮아 죽겠군… 저 저주받을 놈의 멜로디!"

마침내, 그는 방울종을 울렸다.

두꺼운 커튼 사이로 지나의 얼굴만이 빼꼼히 내밀어졌다.

"그에게 말해라, 지금 5시라고, 5시. 5시 이후의 악기 연주는 금지돼 있어. 그리고 그를 이리로 불러오도록 해라."

필립 필립뽀비치가 탁자 옆 안락의자에 앉아 있었다.

그의 왼손 손가락 사이에는 갈색 시거 꽁초가 비죽 나와 있었다.

문의 윗중방에 드리워진 커튼 가장자리에 자그마한 키에 못생긴 사내 한 사람이 다리를 꼬고 서 있었다. 그의 머리에는 머리카락이 마치 뿌리채 뽑혀진 들판의 관목처럼 뻣뻣하게 치솟아 있었으며, 얼굴에는 솜털이 면도도 안 된 채 덥수룩이 나 있었다.

이마는 너무도 짧아 놀라울 정도였다. 내동댕이쳐진 붓솔같이 생긴 검은 눈썹 바로 위에 거의 붙다시피 하여 짙은 머리숱이 시작되고 있었다.

왼쪽 겨드랑이 밑에 구멍이 난 신사복에는 지푸라기가 여기저기 붙어 있었고, 줄무늬 바지의 오른쪽 무릎에도 구멍이 나 있었으며, 왼쪽에는 연보랏빛 물감으로 더럽혀져 있었다.

그의 목에는 유독하게 짙은 푸른색의 넥타이가 매어져 있었고, 넥타이 매듭 바로 밑에는 가짜 루비로 된 넥타이핀이 새빨간 빛을 발하고 있었다.

넥타이 색깔이 너무나 선명하게 눈에 띄어, 천정도 벽면도 어두침침한

31) '스벳찔 메샤쯔'는 러시아 민속 노래의 이름으로 '달이 비치다'라는 뜻.

상태에서 피로에 지친 두 눈을 간간히 감고 있던 필립 필립뽀비치는 마치 푸른색 화환 밑에서 활활 타고 있는 횃불을 보는 것 같았다. 그가 간간히 눈을 뜨면 라카칠을 한 구두와 하얀색 각반에서 빛이 반사되어 다시 아무것도 보이지 않았다.

'덧신을 신은 것 같군' 하고 좋지 않게 필립 필립뽀비치는 생각하고는 크게 한숨을 들이 마신 다음 코로 숨을 세차게 내 쉬고 나서 다 꺼져가는 시거를 만지작거리기 시작했다.

문가에 서 있던 그 사람은 흐릿한 눈으로 교수를 쳐다보고 있었다. 그는 담배 재를 와이셔츠 가슴팍에 뿌리면서 궐련을 피워대고 있었다.

나무로 만들어진 들꿩 옆에 나란히 위치한 벽시계가 5시를 쳤다.

필립 필립뽀비치가 대화를 막 시작하려 할 때, 시계 안에서는 뭔가 응응거리는 신음소리가 한 번 더 울려나왔다.

"내가 벌써 두 번씩이나 부엌 위 선반에서 자지 말라고 했던 것 같은데, 특히 낮에 말야?"

그는 과일씨가 바로 목에 걸려 숨이 막히는 듯 기침을 캑캑하면서 쉰 목소리로 대답하였다.

"부엌 안의 공기가 더 기분 좋은데."

그의 목소리는 평범한 목소리가 아니었다. 약간 둔탁해 보였으며, 이와 동시에 마치 작은 나무통 속에서 울려나오는 소리 같았다.

필립 필립뽀비치가 머리를 좌우로 흔들고 나서 물었다.

"어디서 이 더러운 것은 생겼니? 네 넥타이에 대해 묻고 있는 거다."

그는 필립 필립뽀비치가 가리키는 손가락 끝을 쳐다보더니 뾰죽히 내민 입술 너머로 눈을 흘기고 나서 자신의 넥타이를 정다운 듯이 쳐다보았다.

그가 말하기 시작했다.

"뭐 어때서……더럽다고? 세련된 넥타이기만 하구먼. 다리야 뻬뜨로브나가 선물했어요."

"아하, 다리야 뻬뜨로브나가 당신에게 이 더럽고 눈꼴사나운 것을 선물했어요. 그 구두 또한 비슷하구먼. 이 무슨 새빨간 거짓말인가? 도대체 어디서 난 거야?그리고 내가 항상 뭐라고 그랬니? 어느 정도 예의범절에 맞는 좀 고상한 구두를 사라고 했잖아! 그런데, 그 꼴이 뭐야? 정말로 의사 보르멘딸리가 그런 꼴불견을 골랐단 말이냐?"

"내가 그에게 라카칠 된 구두를 사 달라고 청했어요. 그런데 뭐, 내가 인간들 보다 못하단 말예요? 꾸즈녜츠키에 한 번 나가 보세요, 죄다 반짝 반짝 빛나는 라카칠 구두뿐이니."

필립 필립뽀비치는 머리를 설레설레 흔들고 나서 무게 있게 말하기 시작했다.

"부엌 선반 위에 올라가 잠자는 것은 엄격히 금지되어 있다. 알겠어? 이 무슨 놈의 후안무치한 행위냐 말이야? 정말로 방해 놓고 싶은 거야? 거기에는 여자들이 있어."

그의 안색이 어두워지더니 입술이 앞으로 툭 튀어나왔다.

"정말로 훌륭한 여자들이군! 생각해 보라고! 자기들이 지주귀족의 부인이나 되나! 하녀같이 보이지 않으려고 대표 위원 부인이나 되는 것처럼 멋들을 부리는 꼴이란 참! 이게 다 그 지나란 것이 꾸민 중상모략이구먼."

필립 필립뽀비치가 두 눈을 부라리며 쳐다보았다.

"감히 지나를 지나란 것이라 부르다니! 알겠어?"

그는 잠자코 있었다.

"알겠냐고, 내 너에게 묻고 있잖아?"

"알겠어요."

"그리고 그 더럽고 볼썽사나운 것 좀 제발 목에서 떼어 내. 당신은…… 너는… 당신 자신을 한번 거울로 봐 보세요. 그 꼬락서니가 뭐와 비슷한가! 서커스 저리 가라지! 담배꽁초 좀 바닥에 버리지 말라고, 내 누누이 당부했지요? 그리고 아파트 안에서 그 상스러운 욕소리는 이제 한 마디라도 더 이상 내 귀에 들리지 않도록 각별히 하라고. 그리고 또, 아무데나 침 뱉지 말 것. 침 뱉는 통에다가 뱉으란 말야. 오줌 누는 것도 변기에 정확하게 누고! 지나와 대화하는 것은 일체 금지한다! 그녀가 얼마나 불평하는지 알아? 당신이 어두컴컴한 곳에 숨어 있다가 자기를 놀라게 하고 있다고. 내 두고 볼 테다! 누가 환자 손님한테 <개나 알지 난 몰라!> 하고 불손한 대답을 하나? 당신 뭐야, 정말, 여기가 술집인 줄 알아?"

"아빠, 아빠는 왜 그렇게 나를 심하게 학대하고 그러세요?"

갑자기 그는 울먹이며 말하였다.

필립 필립뽀비치는 얼굴이 새빨개지더니, 안경을 번쩍거리며 들었다 놓았다.

"누가 여기서 당신한테 <아빠>란 말인가? 이게 무슨 허물없이 구는 태도인가? 난 다시는 그런 소리 듣고 싶지 않아! 나를 부를 때는 이름과 부칭을 존중해서 부르도록!"

그의 입에서 갑자기 불손한 표현들이 막 쏟아져 나오기 시작했다.

"그래요, 당신은 모두 다…… 침 뱉지 말 것, 담배 피지 마라…… 저리 가지 마라……. 이게 정말 뭐야? 여기가 뭐 바로 전차 안이라도 되나? 어째서 당신은 나를 살게 두지 않는 거야? 그리고 <아빠>란 말이 그렇게 당신한텐 무익하고 쓸모없단 말이야! 내가 당신한테 나를 수술해 달라고 청한 적이 있나?"

그는 흥분하여 지껄이기 시작했다.

"좋은 일하셨구만! 동물을 잡아다가 칼로 머리를 길게 썰어 줄무늬를 만들어 놓고서, 이제 와서는 싫어하고 경멸하신다 이거지. 나는 나를 수술하라고 허락하지도 않았어. 그리고 또 마찬가지로…… (그는 천정을 향하여 두 눈을 위로 치켜뜨더니, 마치 어떤 모종의 법률적 문구라도 회상해 내려는 듯했다) 마찬가지로, 나의 친족들의 동의도 없었다고. 나는 민사상의 손해 배상을 제기할 권리를 가지고 있어."

필립 필립뽀비치의 눈이 완전히 휘둥그레지더니, 손에서 담배가 굴러 떨어졌다.

'정말로, 아주 위험한 잡종이군!' 하는 생각이 그의 머릿속을 스쳐 지나가고 있었다.

가늘게 실눈을 뜨며 필립 필립뽀비치가 물었다.

"그래서 당신은 당신이 인간으로 변형된 것에 얼마나 불만이신가? 당신 혹시 그 구정물 흐르는 쓰레기통 속을 뒤지며 다시 이리저리 뛰어다니고 싶어서 그러시는가? 개구멍 속에서 동사하고 싶다고? 으음, 만일 내 진작 알았었더라면……!"

"당신은 뭘 그렇게 항상 꾸지람만 하십니까? 구정물, 쓰레기통 해 가면서. 나는 스스로 내 자신의 빵 조각을 찾아내 먹고 살았을 뿐이라고! 만일 내가 당신의 칼에 죽었다면? 당신은 이것을 뭐라고 표현하실런가, 동무?"

"<필립 필립뽀비치>라 부르라고 했잖아!"

화가 몹시 난 필립 필립뽀비치가 매우 흥분하여 소리쳤다.

"나는 당신한테 동무가 아니야! 정말 터무니없군!"

'악몽… 악몽이야!' 하고 필립 필립뽀비치는 생각하고 있었다.

"그럼 물론이지, 다 똑같은…" 비꼬듯이 말하기 시작하면서, 그는 우월감에 가득 차 꼬고서 있던 한 쪽 다리를 옆으로 뻗었다.

"우리들은 이미 다 알고 있다고! 이미 우리들이 당신들한테 무슨 동무인가! 어디에서의 동무인가! 우리들은 한 대학에서 함께 배우지도 않았고, 욕실까지 딸린 15개짜리 방이 있는 아파트에서 살아 보지도 못했다고! 단지 이제는 이 모든 것을 잊어 버려야 할 때가 온 거야. 지금의 시대는 모든 사람 각자가 자신의 권리를 소유하고……"

필립 필립뽀비치는 얼굴이 창백해지면서 그의 장황한 논설을 듣고 있었다.

샤리코프는 갑자기 연설을 중단하더니, 이빨로 씹어서 쭈글쭈글해 진 담배를 손가락 사이에 끼고 재떨이 쪽을 향해 시위라도 하듯이 걸어갔다.

그의 걸음걸이는 비틀비틀 거리고 있었다.

그는 오랫동안 조개껍질 재떨이 속에다 담배꽁초를 비벼 부수듯이 끄면서, 분명한 목소리로 <봐! 봐! 보라고!> 하며 외쳐댔다.

담뱃불을 끄고 난 그는 되돌아 걸어 나오면서 갑자기 이빨로 딱딱 소리를 냈다.

그리고는 코를 겨드랑이 밑으로 쑤셔 넣기 시작했다.

"벼룩은 손가락으로 잡아! 손가락으로!" 필립 필립뽀비치가 격분하여 소리쳤다.

"그런데, 난 정말 이해 못하겠네, 도대체 어디서 그 벼룩들을 옮아 다니는 거야?"

"아니 무슨 말씀을, 내가 일부러 그걸 번식시켜요?" 그가 벌컥 화를 냈다.

"확실히, 벼룩은 나를 좋아한단 말씀이야,"

이때, 그는 손가락을 옷소매 속으로 집어넣어 어깻죽지 밑의 안감을 뒤적뒤적 거리며 긁어 대더니 불그스레한 솜뭉치를 밖으로 끄집어 내 버렸다.

필립 필립뽀비치는 천정 위의 화채 장식 쪽으로 시선을 돌려 버렸다. 그리고는 손가락으로 책상을 탁탁 두드리기 시작했다.

벼룩을 다 죽이고 나자, 그는 의자에 가서 등을 비스듬히 뒤로 제치고 앉았다.

이때, 그는 양 손을 양복 옷깃을 따라 나란히 매달듯이 하여 손끝을 아래로 축 늘어뜨리고 있었으며, 눈을 아래로 깔고 마룻바닥 위의 바둑무늬를 계속하여 곁눈질하고 있었다. 그는 감탄이라도 한 듯이 자신의 반장화를 눈여겨보고 있었다. 그리고 이것이 그에게는 대단한 만족감을 주는 것 같았다.

필립 필립뽀비치는 그의 뭉툭한 장화 코끝에서 밝게 반짝반짝 빛나고 있는 반점을 쳐다보았다. 그리고는 눈을 가늘게 뜨고 나서 말하기 시작했다.

"어떤 용건을 또 내게 알리고 싶으셨는지?"

"어떤 용건이냐 하면! 용건은 단순한 거요. 필립 필립뽀비치, 내게는 거주증이 필요합니다."

필립 필립뽀비치의 얼굴이 약간 찡그려졌다.

"흐음… 제기랄… 거주증이라! 실제로… 흐음… 그렇지, 혹시, 거주증 없이도 어떻게든지 그런대로 괜찮을 수도 있잖아?"

그의 목소리는 확신 없이 우울하게 울리고 있었다.

"당치도 않습니다."

그가 확신을 가지고 대꾸하였다.

"어떻게 <거주증이 없이도> 라니요? 이건 이미 실례의 말씀. 당신 스스로 아실 거요, 거주증 없는 사람은 생활하는 것이 엄하게 금지되어 있습니다. 그 첫째로, 주택 관리 위원회를 보시오!"

"왜 여기서 난데없이 주택 관리 위원회가 튀어 나오나?"

"어떻게 왜라니요? 만나기만 하면 그들은, 언제 너는…… 아니 말하기를, <매우 존경하는 당신은 거주 등록을 하실 겁니까?> 하고 묻고 있는데도요?"

"오, 네가…… 맙소사."

필립 필립뽀비치가 음울하게 소리쳤다.

"<그들을 만나고, 질문을 하고 다닌다……?> 상상이 가는군, 대체 당신은 그들에게 뭘 말하고 다니는 거지? 내가 쓸데없이 돌아다니지 말라고 하지 않았던가?"

"뭐 내가 유형수입니까?"

그는 깜짝 놀라 하더니, 말뜻을 제대로 인지하자 얼굴색이 빨갛게 달아오르며 마치 홍옥 같이 붉으락푸르락 거리기 시작했다.

"<쓸데없이 돌아다니다>니, 어떻게 그런 말을?! 당신의 말은 아주 모욕적이군! 나도 다른 모든 사람들처럼 일이 있어 다니는 거야."

이런 말과 동시에 그는 라카칠을 한 장화를 번쩍번쩍 거리며 마룻바닥을 따라 비틀비틀 걷기 시작했다.

필립 필립뽀비치는 잠자코 있었다.

그의 시선은 이미 옆으로 돌려져 있었다.

'그래도 역시 참아야 해' 하고 그는 생각하였다.

그리고는 찬장 쪽으로 다가가 단숨에 물 한 컵을 들이마셨다.

"아주 멋지군."

좀 더 진정해서 그는 말하기 시작했다.

"문제는 말투에 있는 게 아니지. 그러면, 당신의 그 매혹적인 주택 관리 위원회가 그래 뭐라고 말하던가?"

"주택 관리 위원회 보고 지금 뭐라고 하는 거요? 그래, 당신은 아무 이유도 없이 부당하게 주택 관리 위원회를 매혹적이라고 욕하고 있군. 주택 관리 위원회는 이익을 옹호해 주고 있어."

"질문해도 되겠습니까? 그래, 누구의 이익 입니까?"

"그거야 누군지 다 알려져 있지. 노동자의 이익이지."

필립 필립뽀비치가 눈을 부릅떴다.

"어째서 당신이 근로자야?"

"그야 이미 다 알려진 사실이지. 난 네쁘만[32)]이 아니니까."

"으음, 알았네. 그러면, 당신의 혁명적 이익을 옹호하는데 있어 주택 관리 위원회는 무엇이 필요하다고 하던가?"

32) 네쁘만: 네쁘(신경제정책)에 의한 벼락부자.

"두말하면 잔소리지, 나를 거주 등록시킬 것. 그들이 나에게 모스크바 안에서 거주 등록을 하지 않고 살아가는 사람을 본 적이 있냐고 하더군. 이게 첫 번째 이유요. 하지만, 가장 중요한 것은 징집 등록증 이지. 나는 공공 의무 회피자가 되고 싶지는 않거든. 이외에도, 직업 동맹 회원증, 직업소개소 회원증……"

"내가 어디에다 당신 등록증을 써주어야 되는지 가르쳐 주시지? 이 식탁보 위에다 써 줄까? 아니면, 내 여권에다? 정말 그래도 법규만을 중시해야 하는가! 잊지 마시오, 당신은 무어냐 하면… 에… 흠…… 당신은 말하자면, 갑자기 출현된 존재로서, 그러니까 실험실적인……"

필립 필립뽀비치는 점점 더 자신 없게 말하고 있었다.

반면 샤리코프는 우월감에 가득 차 잠자코 있었다.

"좋아. 그럼, 결국 당신의 그 주택 관리 위원회의 계획대로 당신을 등록시키고 대체로 모든 것을 만들려면 무엇이 필요하단 말인가! 정말, 당신에게는 이름도, 성도 없지 않은가!"

"그건 당신이 잘못 알고 있군. 이름은 내 자신이 아주 평온하게 선택할 수 있지. 그리고는 신문에다 인쇄해 버리면, 그것으로 끝이야!"

"어떻게 불러드리는 게 당신한테 좋을까?"

그가 넥타이를 똑바로 매고 나서는 대답하였다.

"뽈리그라프 뽈리그라포비치."[33)]

"바보 같은 짓 하지 마시오."

필립 필립뽀비치가 얼굴을 찌푸리며 대꾸하였다.

"지금 나는 당신한테 진지하게 말하고 있는 거야."

독살스러운 냉소가 그의 콧수염을 살짝 일그러뜨리고 있었다.

샤리코프가 즐겁게, 그리고 의미 있게 말하기 시작했다.

"뭔지 이해 못 하겠구먼 난, 나는 욕을 해도 안 돼, 침을 뱉어도 안 돼, 그리고 당신한테서는 오로지 <바보> 또 <바보>하는 소리만 듣고 있으니. 아마도, 러시아 연방 내에서는 오로지 교수한테만 욕하는 것이 허용되어 있는 모양이지."

33) 러시아 어(語)에서 <뽈리그라프>는 <복사기>라는 뜻 임.

필립 필립뽀비치의 눈에서는 핏발이 서기 시작했다.

그는 물 한 컵을 따르더니 그것을 깨버렸다.

그리고는 다시 다른 컵에 물을 따라 마시고 나서는 생각하였다.

'조금 더 있으면, 그가 나를 가르치기 시작하겠어. 그리고 그가 완전히 옳게 되겠는 걸. 스스로 내 자신을 진정할 수가 없어.'

그는 의자로 되돌아 와서는 지나치리만치 공손하게 몸을 숙이면서 쇠같이 단단하고 딱딱한 목소리로 다음과 같이 말하였다.

"미안합니다. 나는 신경이 많이 쇠약해졌소. 당신의 이름은 내게 이상하게 여겨지는 군요. 어디서 당신은 그런 이름을 발견해 냈는지, 무척 흥미롭군?"

"주택 관리 위원회가 충고해 주었소. 그들이 달력을 펴 놓고 찾았지, 그리고는 네게 어떤 날짜를 할까 하고 말하길래, 내가 선택한 거요."

"어떤 달력에도 그런 것은 절대 있을 수 없어."

"아하, 정말 놀랍군,"

그가 웃었다.

"당신의 관찰실에도 걸려있는데."

필립 필립뽀비치는 일어나지 않고 앉은 자리에서 벽지에 붙어 있는 누름단추 쪽으로 몸을 젖혔다. 곧 벨이 울리자 지나가 나타났다.

"관찰실에서 달력을 가져 오너라."

약간의 침묵이 흘렀다.

지나가 달력을 가지고 돌아오자, 필립 필립뽀비치가 물었다.

"어디에?"

"3월 4일이 경축일[34]이요."

"가리켜 보시오……. 흠…… 제기랄…… 지나, 그걸 당장 뻬치카 속으로 던져 버려!"

지나는 깜짝 놀라 눈을 휘둥그렇게 뜨고서 달력을 가지고 밖으로 나갔으며, 샤리코프는 비난하는 듯한 눈초리를 하고서 머리를 멋대로 흔들고 있었다.

34) 그리스 정교력에 의하여 3월 4일은 '성자의 날' 임.

"성을 좀 알려 주시지요."

"성은 나는 상속적인 것을 쓰기로 동의하였소."

"어떻게? 상속적인 성이라니? 도대체 어떤?"

"샤리코프."

***

가죽 자켓을 입은 주택 관리 위원회 위원장 쉬본제르가 집무실 안의 책상 앞에 서 있었다. 의사 보르멘딸리는 안락의자에 앉아 있었다. 이때 추위에 빨갛게 얼은 의사의 볼에는 (그는 방금 전에 밖에서 돌아왔다.) 필립 필립뽀비치와 마찬가지로 당황한 기색이 역력해 있었다.

"어떻게 쓸까요?" 필립 필립뽀비치가 참지 못하고 물었다.

"무얼 그렇게,"

쉬본제르가 말하기 시작했다.

"문제는 간단한 겁니다. 확인증을 쓰세요, 시민 교수. 뭐냐 하면 이렇게, 즉 이렇게 쓰면 되겠지요, 이 서류의 제출자는 실제로 시민 샤리코프 뽈리그라프 뽈리그라포비치이다, 흠…. 당신의 아파트에서 출생한, 하고 쓰시오."

보르멘딸리는 주저주저하며 안락의자에서 살짝 움직이고 있었고, 필립 필립뽀비치는 콧수염을 잡아당기고 있었다.

"흠… 이런 젠장할… 이 보다 더 바보 같은 짓거리는 상상하기 조차 불가능 해. 아무 것도 그는 출생되지 않았어, 단지 그냥…… 으음, 한마디로……"

"그건 당신의 문제이고,"

남의 재난을 기뻐하는 듯한 목소리로 쉬본제르는 평온하고 태연하게 말하였다.

"출생하였던지, 아니면 출생하지 않았던지…… 대체로 그리고 총체적으로 말해서, 당신이 과연 수술하지 않았던가요, 교수님! 당신은 시민 샤리코프를 창조해 냈습니다!"

"그리고 아주 간단한 거요." 책장 쪽에서 샤리코프가 지껄여 댔다. 그는 거울 깊숙한 곳에 반영된 자기 넥타이를 들여다보고 있었다.

“내 당신한테 누누이 말하기를,” 하며 필립 필립뽀비치가 퉁명스럽게 화를 내며 대꾸하기 시작했다.

“말참견하지 말라고! 당신은 아무 이유도 모르고 그냥 <아주 간단하다>고 쓸데없는 말참견을 하고 있는거요. 하지만, 그게 그렇게 아주 간단하지가 않아.”

“어째서 나는 말참견 하면 안 되나,”

샤리코프가 성을 내며 투덜투덜 거렸으며, 쉬본제르는 즉시 그를 지지하고 나섰다.

“미안합니다만, 교수님, 시민 샤리코프가 백 번 옳습니다. 이건 그의 권리 입니다. 자기 자신의 고유한 운명, 특히나 문제가 서류에 관련된 것인 만큼, 그가 논의에 참가하는 것은 당연한 권리이지요. 서류는 이 세상에서 가장 중요한 물건입니다.”

이때, 갑자기 귀를 멀게 하는 요란한 벨소리가 대화를 중단시켰다. 필립 필립뽀비치가 수화기에 대고 <예!> 하더니, 그만 얼굴색이 새빨개지면서 소리치기 시작했다.

“쓸데없는 일로 나를 귀찮게 하지 마시오! 당신한테 그게 무슨 문제입니까?”

그는 수화기를 뿔 모양의 고리 위에 세게 던져 넣었다.

야릇한 기쁨의 미소가 쉬본제르의 얼굴 위에 잔잔히 퍼지고 있었다.

필립 필립뽀비치는 얼굴색이 적자 빛으로 변하면서 다음과 같이 소리쳤다.

“한 마디로, 이걸 끝냅시다.”

그는 서류철에서 종이 한 장을 찢어 낸 다음, 그 위에 몇 글자를 대충 쓰기 시작했다. 그리고는 흥분하여 다 들리도록 소리 내어 읽어 내려갔다.

“<이것을 보증한다>…… 제기랄 이게 뭔가… 흠…

<이 서류의 제출자, 인간은, 머릿속 대뇌 수술 방법에 의한 실험실적인 시험에서 얻어졌으며, 서류가 필요하다>… 제기랄!…….

하지만, 나는 이처럼 바보스런 서류를 작성하는 것에 대체로 반대야! ……. 서명: <교수 쁘레오브라젠스키>.”

“아주 이상하시군요, 교수님,”

쉬본제르가 화를 냈다.

"어째서 당신은 거주증을 바보스럽다고 부르십니까! 나는 거주증도 없이, 더구나 경찰에 의해 징집 등록에도 잡혀 있지 않은 주민의 아파트 내 체류를 허용할 수 없습니다. 만일, 갑자기 제국주의 약탈자들과의 전쟁이라도 나는 날이면 어떡하겠습니까?"

"나는 싸우러 아무데도 나가지 않을 거야," 갑자기 샤리코프가 얼굴을 찌푸리며 지껄여 댔다.

쉬본제르가 한동안 멍해 있다가, 급히 샤리코프 쪽으로 다가가더니 그에게 정중한 목소리로 말하기 시작했다.

"시민 샤리코프 씨, 당신은 아주 책임감 없이 말씀하고 계신 겁니다. 징집 등록은 반드시 해야 되는 겁니다."

"징집 등록은 하지, 하지만, 전쟁하는 것은—이거다 이거 (그는 엄지손가락을 둘째와 가운데 손가락 사이에 세차게 끼워 넣어 내 보였다.)"

넥타이 나비 댕기를 고쳐 매면서, 샤리코프는 매우 적의 어린 듯이 상스럽게 대답하였다.

쉬본제르는 그만 당혹하여 자기가 말할 차례도 잊고 있었다.

쁘레오브라젠스키와 보르멘딸리는 매섭고도 침울한 눈초리를 서로 주고받고 있었다.

'허허, 그 도덕 윤리 한번 어떻습니까?' 하는 생각에 보르멘딸리는 의미심장하게 고개를 끄덕였다.

하지만, 샤리코프는 얼굴을 찡그려가며 지껄여 대기 시작했다.

"나는 수술 할 때 심하게 중상을 입었어, 아, 어쩌면 나를 이토록 꾸며 놓았을까!" 라고 말하면서, 그는 자신의 머리를 가리켰다. 그의 이마에는 가로로 빙 둘러가며 최근에 갓 수술한 상처 자국이 그대로 남아 있었다.

"당신은 무정부주의자에다 개인주의자입니까?" 쉬본제르가 눈썹을 치켜뜨면서 질문하였다.

이 질문에 샤리코프는 "나한테는 병역 면제증을 내주어야 합니다" 라고 대답하였다.

"으음 뭐, 좋소, 당분간은 중요하지 않으니까" 매우 놀란 쉬본제르가 대답하였다.

"우리들이 교수의 증명서를 경찰에 발송하면, 당신에게 신분증을 교부해 줄 것은 확실한 사실이오."

"지금 무슨… 에……" 갑자기 필립 필립뽀비치가 그의 말을 가로막고 나섰다. 분명히 그는 어떤 생각에서인지 괴로워하고 있었다.

"당신 집에 남아도는 방 하나 없을는지, 있다면 내 그것을 사고 싶소."

노르스름한 섬광이 쉬본제르의 갈색 눈에서 번뜩거렸다.

"없소, 교수, 아주 유감스럽게도. 그리고 앞으로 기대도 할 수 없는 일이오."

필립 필립뽀비치는 입술을 꼭 다물고 아무 것도 말하지 않았다.

또 다시 반미치광이 같은 전화벨 소리가 울리기 시작했다. 필립 필립뽀비치가 아무 것도 묻지 않고 잠자코 수화기를 전화통 고리 위에 집어던지듯이 거는 바람에, 수화기가 약간 빙글빙글 돌다가 푸른색 전화 줄에 대롱대롱 매달렸다.

모두들 몸을 움츠리며 떨고 있었다.

'노인네가 신경과민이 되었군' 하고 보르멘딸리는 생각하였으며, 쉬본제르는 눈을 번뜩거리며 인사한 다음 밖으로 나갔다.

샤리코프는 장화 가장자리로 삐걱삐걱 소리를 내면서 그의 발자국 뒤를 따라 나갔다.

교수는 보르멘딸리와 단 둘이서 남았다.

잠시 침묵하고 나서 필립 필립뽀비치는 약간 머리를 흔든 다음 말하기 시작했다.

"이건 악몽이야, 틀림없어. 당신도 보셨지? 내 당신한테 맹세 합니다만, 나의 귀중한 의사 선생, 내 요즈음 2주일간에 최근의 14년 동안 보다도 더 많이 지쳤소! 정말로 위험한 별종이야, 내 당신한테 부언하자면……"

유리창 깨지는 소리가 멀리서 공허하게 울렸다. 이어서 억눌려진 여자 비명소리가 짤막하게 날아들더니 금방 사그라져 버렸다.

갑자기 악마가 복도 벽을 따라 우당탕 거리며 관찰실 쪽으로 향하더니, 거기서 쾅하고 부닥치며 뭔가를 떨어뜨린 다음, 순식간에 되돌아 내달리는 소리가 났다.

문이 쾅하고 여닫히는 소리가 났으며, 부엌에서는 다리야 뻬뜨로브나의 낮은 비명소리가 울려 나왔다. 그리고 나서 샤릭코프의 울부짖는 소리가 들리기 시작했다.

"맙소사! 이건 또 뭔가!" 필립 필립뽀비치가 소리치며 문 쪽으로 뛰어가기 시작했다.

'고양이' 하고 보르멘딸리는 직감적으로 생각하고는 필립 필립뽀비치의 뒤를 따라 뛰쳐나갔다.

그들은 복도를 따라 대기실 쪽으로 쏜살같이 내달려가서는 문을 확 열고 안으로 뛰어 들어갔다. 대기실에서 화장실과 욕실 쪽으로 향하는 복도가 구부러져 있었다. 부엌에서 지나가 튀어 나오더니 필립 필립뽀비치의 몸에 착 달라붙으며 뛰어 들었다.

"몇 번이나 내가 명령했어, 고양이는 없도록 하라고!" 필립 필립뽀비치가 미친 듯이 벌컥 소리 지르기 시작했다.

"그는 어디 있나? 이반 아르놀리도비치, 우선 응접실의 환자들부터 안심시키시오, 제발!"

"욕실에, 욕실 안에 그 저주스런 악마가 있어요." 숨을 헐떡거리며 지나가 소리치기 시작했다.

필립 필립뽀비치가 욕실 문으로 달려들었으나, 문이 열리지 않았다.

"문 열어라, 당장!"

이에 대한 대답으로 잠긴 욕실 안의 벽을 따라 뭔가가 펄떡 뛰어오르기 시작했으며, 곧이어 세면기가 부서지는 소리가 들리더니 샤리코프의 사나운 목소리가 문 뒤에서 공허하게 울려 나왔다.

"당장 죽여 버릴 거야…"

수도 파이프를 따라 물이 철철 거리며 쏟아지는 소리가 요란히 울렸으며, 물이 밖으로 흘러나오기 시작했다.

필립 필립뽀비치는 문고리를 꽉 눌러 세게 잡아당기기 시작했다.

땀이 몹시 난 다리야 뻬뜨로브나가 일그러진 얼굴을 하고는 부엌 문지방 위에 나타났다.

그리고는 곧, 부엌 위 천정 바로 밑에서 욕실 쪽으로 난 유리창이 벌레 모양으로 균열이 가면서 와장창 깨지더니 유리 조각 2개가 밖으로 굴러 떨어졌으며, 그 뒤를 이어 거대한 크기의 고양이 한 마리가 밖으로 떨어졌다.

고양이는 얼굴에 호랑이처럼 환상적 고리의 줄무늬가 얼룩덜룩하게 나 있고, 목에는 나비 모양의 푸른색 댕기를 맨 모습이 마치 순경과 흡사하였다.

고양이는 곧장 탁자 위에 놓여 있던 긴 접시 위로 떨어지면서 접시를 세로로 두 동강을 내 놓고 나서는, 접시에서 다시 바닥으로 내려앉았다. 그리고는 세 발로 한 바퀴 돌고 나서 마치 춤을 추듯이 오른 발을 흔들어 댔다. 그리고 나서 고양이는 곧 뒷계단으로 난 좁은 틈 사이로 스며들었다.

틈이 넓게 벌어지면서 뒷계단 문이 열렸다. 그리고는 어느새 문에는 고양이 대신에 목에 스카프를 매고 쭈글쭈글한 얼굴을 한 노파로 바뀌어져 있었다.

노파는 하얀색 물방울이 뿌려진 것 같은 무늬의 치마를 입고 부엌 안에 나타났다. 노파는 집게손가락과 엄지손가락으로 움푹 들어간 합죽이 입 볼따구를 문지르더니, 조금 붓고 가시 돋친 눈으로 부엌을 한 번 빙 둘러 보고 나서는, 호기심에 가득한 목소리로 다음과 같이 발음하였다.

"오, 주 예수여!"

창백한 얼굴의 필립 필립뽀비치가 부엌을 가로지르며 들어가더니 노파에게 준엄한 목소리로 질문하였다.

"당신은 무슨 일이요?"

"말하는 개를 한 번 보고 싶어요." 노파가 아양을 떨며 대답하고는 열십자 성호를 그었다.

필립 필립뽀비치는 한층 더 얼굴이 창백해 졌으며, 노파에게 바짝 다가가더니 숨 가쁘게 속삭였다.

"지금 당장 부엌에서 꺼져요."

노파는 문 쪽으로 뒷걸음치더니 화를 내며 말하기 시작했다.

"아주 불손하시군요, 신사 교수님."

"꺼지라고, 내 말하잖아."

필립 필립뽀비치는 반복하여 말하였으며, 그의 눈은 부엉이 눈처럼 둥그레져 있었다. 그는 노파가 나가자 자기 손으로 직접 뒷계단 문을 쾅하고 닫아 버렸다.

"다리야 뻬뜨로브나, 내 이미 당신한테 누누이 말했잖아?!"

"필립 필립뽀비치," 다리야 뻬뜨로부나가 드러난 팔뚝에 주먹을 불끈 내쥐어 보이면서 낙담하여 대답했다.

"그럼 나 보고 어떡하란 말예요?… 사람들이 종일 내내 문 안으로 밀려 들어 오는 통에 일을 할 수 없을 정도인데요!"

욕실 안의 물은 이제 둔탁하고 무서운 소리를 내며 몰아치고 있었으나, 더 이상 샤리코프의 소리는 들리지 않았다.

의사 보르멘딸리가 안으로 들어왔다.

"이반 아르놀리도비치, 확실히 묻네만… 흠… 거기에 환자들이 몇 명이오?"

"11명입니다." 보르멘딸리가 대답하였다.

"모두 돌려보내시오, 오늘은 더 이상 진료하지 않을 것이오!"

필립 필립뽀비치가 손가락 뼈마디로 문을 두드리면서 소리쳤다.

"당장 밖으로 나오시오! 어째서 당신은 거기에 틀어박혀 있는 거야?"

"구우-구우," 불만 섞인 샤리코프의 대답소리가 어슴푸레 흘러 나왔다.

"젠장할!…. 안 들려! 물을 잠그라고!"

"멍-멍!…멍-멍!…."

"물을 잠그지 못 해! 무얼 하고 있는지, 난 모르겠네?!"

극도로 흥분하면서 필립 필립뽀비치는 소리 질렀다. 지나와 다리야 뻬뜨로브나는 입을 딱 벌리고 낙담하여 문만 쳐다보고 있었다. 물결 튀는 소리는 의심스럽게 점점 더 소음으로 불어나고 있었다. 필립 필립뽀비치는 한 번 더 주먹으로 문을 쾅쾅 두드려 울렸다.

"저기 그에요!" 하며 다리야 뻬뜨로브나가 부엌에서 소리쳤다.

필립 필립뽀비치가 그 쪽으로 뛰어갔다.

천정 밑의 깨진 유리창 안으로 뽈리그라프 뽈리그라포비치의 용모가 보였으며, 그는 부엌 쪽으로 몸을 쑥 내밀고 있었다. 그의 얼굴은 찡그러져서 눈물을 흘리고 있었으며, 점점 더 새빨간 피가 솟아 나오면서 콧등을 따라 연실 흐르고 있었고, 여기저기 할퀸 상처가 나 있었다.

"당신 미쳤어?"

필립 필립뽀비치가 물었다.

"당신 왜 안 나오는 거야?"

샤리코프 스스로도 슬픔과 두려움에 가득 차 주위를 쳐다보며 대답하였다.

"갇혔단 말예요 난!"

"자물쇠를 열어! 뭐야 당신, 자물쇠도 본 적이 없나?"

"안 열려진단 말예요, 빌어먹을 놈의 자물쇠가." 매우 놀란 표정으로 뾜리그라프는 대답하였다.

"큰일 났어요! 그가 자물쇠의 안전키를 걸은 모양이에요!" 지나가 깜짝 놀라 소리치며 손뼉을 마주쳤다.

"거기 누름단추 있지." 필립 필립뽀비치가 물소리보다 더 크게 소리 내려고 외쳐대기 시작했다.

"그 단추를 아래쪽으로 내려 눌러…… 아래로 누르라고! 아래로!"

샤리코프가 사라지더니 다시 1분 후에 창문에 나타났다.

"아무 것도 안보여." 겁에 잔뜩 질린 그가 창문 쪽을 대고 울부짖었다.

"그럼, 램프를 켜! 램프가 위에 매달려 있잖아!"

"그 망할 놈의 고양이 새끼가 램프를 깨뜨려 버렸단 말예요,"

샤리코프가 대답하였다.

"그리고 내가 그 비열한 놈의 다리를 잡으려고 하다가 그만 수도꼭지가 뽑혀져서, 지금은 찾을 수도 없단 말예요."

세 명은 모두 놀라 손뼉을 치고 말았다.

그리고는 이 어처구니없는 상황에 그만 얼어붙은 사람들처럼 멍하니 있었다.

약 5분가량 지나서 보르멘딸리, 지나 그리고 다리야 뻬뜨로브나는 이미 젖은 카펫을 둘둘 말아 원통형 모양으로 만들어서 욕실 문지방 밑에 갖다 대고, 그 위에 나란히 앉아 있었다. 이들은 엉덩이를 욕실 문짝에 대고 문지방 밑의 틈을 막으려고 카펫을 꽉 누르고 있었다.

그리고 수위 표도르는 다리야 뻬뜨로브나의 혼례용 초를 켜들고서 나무 사닥다리를 타고 천정 벽창 위로 기어 올라갔다.

회색빛의 큰 새장우리 같이 생긴 벽창 안에, 그의 엉덩이가 공중에 뿌옇게 흐려 보이며 아른아른 거리더니 곧 창구멍 속으로 사라졌다.

"두…. 구-구!" 하며 뭔가 소리치는 샤리코프의 목소리가 요란한 물소리를 타고 간간히 들려 나왔다.

강력한 수압 때문에 욕실 안 벽창에서 부엌 위 천정 쪽으로 몇 번인가 물이 내 뿜겨 지더니, 이내 물소리가 멈추면서 잠잠해졌다.

그리고는 표도르의 목소리가 들렸다.

"필립 필립뽀비치, 매 한가지예요, 문을 열어야 합니다. 먼저 물을 부엌 쪽으로 내 보낸 다음에, 부엌에서 뽑아내도록 하십쇼!"

"여시오!"

필립 필립뽀비치가 화난 목소리로 소리쳤다. 세 명은 카펫 위에서 일어나 욕실 문을 밀었다. 그러자 곧, 세찬 물결이 복도를 향해 막 쏟아져 나왔다. 물결은 복도에서 세 갈래로 갈라져 흐르기 시작했다. 하나는 곧장 바로 맞은편에 위치한 화장실 쪽으로, 또 한 줄기는 오른쪽의 부엌 쪽으로, 나머지 한 줄기는 왼쪽으로 돌아 응접실 쪽으로 흘러가고 있었다.

지나가 철썩철썩 물소리를 내며 껑충껑충 뛰어 가더니 얼른 응접실 문을 쾅하고 닫아 버렸다.

물이 복사뼈에 까지 차서 표도르가 욕실 밖으로 나왔으며, 웬일인지 그는 실실 웃고 있었다. 그는 온몸이 완전히 젖어서 마치 방수포를 뒤집어 쓴 것 같았다.

"간신히 틀어막았어요, 대단한 압력이었지요," 그가 분명하게 상황을 설명했다.

"어디 있어 그 인간은?" 필립 필립뽀비치가 물었다.

그는 욕설을 퍼부으며 한쪽 다리를 들고 있었다.

"밖으로 나오는 것을 두려워하고 있지요." 순진한 웃음을 띠고 나서 표도르는 설명하였다.

"때리실 거예요, 아빠?"

울먹이는 샤리코프의 목소리가 욕실 안에서 울려 나왔다.

"멍청이!"

짤막하게 필립 필립뽀비치가 대꾸하였다.

지나와 다리야 뻬뜨로브나는 치마를 무릎까지 걷어 올려 허리춤에 끼운 맨 종아리 상태로, 그리고 샤리코프와 수위는 바짓가랑이를 걷어 올린 맨발 상태로, 부엌 바닥을 젖은 걸레를 가지고 여기저기 철썩철썩 쳐서는 그것들을 더러운 양동이와 세면대에 대고 쥐어짜고 있었다.

그 동안 잊혔던 뻬치카에서는 윙윙거리며 낮고 둔탁한 소리가 울리기 시작했다. 물은 뒷문을 통과하여 계단 쪽으로 빠져 나가면서 공허한 울림 소리를 내더니, 곧장 층계참 사이의 빈틈으로 스며들어 지하실 아래로 떨어지기 시작했다.

보르멘딸리는 구두 끝을 길게 곤두 세워 가지고 현관 마루에 고여 있는 깊은 물웅덩이 속에 서서는, 조금 열려진 채 쇠사슬로 빗 걸어진 문 틈 너머로 환자들과 교섭하고 있었다.

"오늘 접수는 받지 않습니다, 교수님께서 좀 편치 않으십니다. 제발 부탁입니다만, 문에서 좀 떨어지십시오, 우리 수도 파이프가 터졌어요."

"그러면, 언제 접수 받습니까?" 하는 소리가 문 너머에서 들려왔다.

"난 단지 1분만이면…"

"할 수 없어요" 라고 말하며, 보르멘딸리는 구두 앞 끝에서 뒤축으로 고쳐 섰다.

"교수님께서 누워 계십니다, 그리고 파이프가 터졌어요. 내일 오세요. 귀염스러운 지나야! 이곳에서 물을 닦아 내거라, 그렇지 않으면 물이 정문 계단 쪽으로 흘러 나가겠다."

"걸레 조각 가지고는 안 되겠어요."

"이제 부터는 손잡이 컵으로 퍼냅시다!" 하는 표도르의 소리가 메아리쳤다.

"당장!"

전화벨 소리가 연달아 울리고 있었다. 이제 보르멘딸리는 아예 구두창을 바닥에 대고 물속에 서 있었다.

"수술은 언제 합니까?" 하는 소리가 문 뒤에 바짝 붙어 나왔으며, 그는 문 틈 사이로 얼굴을 들이밀려고 애쓰고 있었다.

"파이프가 터져서…"

"물을 밟고서라도 저는…"

푸르스름하니 어렴풋한 사람의 그림자가 다시 문 밖에 나타났다.

"불가능합니다, 내일 오십시요."

"저는 이미 예약을……"

"내일 오십시요. 수도 참사가 났어요."

표도르가 의사의 발 근처 조그만 호수 속에서 움죽움죽 거리며 손잡이 컵으로 바닥을 박박 긁고 있었으며, 온통 할퀸 자국투성이인 샤리코프는 새로운 방법을 궁리하고 있었다.

그는 거대한 걸레 조각을 원통형으로 둘둘 말더니, 그 위에 배를 대고 엎드려서는 현관에서 화장실 쪽으로 갔다가 다시 반대로 왔다 갔다 하면서 물을 몰고 다니기 시작했다.

"너 뭐하는 거야, 이 도깨비야, 아파트에 온통 물천지를 만들려고 그래?"

다리야 뻬뜨로브나가 화를 냈다.

"세면대에 갖다 따라 버려!"

"뭐 하려고 세면대!" 흐린 흙탕물을 손으로 잡으면서 샤리코프가 대답하였다.

"물을 정문 바깥 계단 쪽으로 빼면 될 걸."

복도에서 삐걱삐걱 소리를 내며 조그만 걸상 하나가 내어져 나왔다.

그리고는 그 위에 필립 필립뽀비치가 몸의 균형을 잡으면서 똑바로 서 있었다.

그는 줄무늬가 쳐진 푸른색 양말을 신고 있었다.

"이반 아르놀리도비치, 대답하지 말고. 내 침실로 가시오, 내 당신한테 단화를 내 주겠소."

"괜찮습니다, 필립 필립뽀비치, 아무렇지도 않아요!"

"그럼 덧신을 신으시오!"

"아니, 괜찮습니다, 이미 매한가지 입니다, 다 젖은 발인데요 뭐…."

"오, 맙소사!" 필립 필립뽀비치가 낙담하여 말하였다.

"이 얼마나 해로운 동물 입니까?" 갑자기 샤릭코프가 대꾸하고 나섰다. 그는 손에 수프 그릇을 들고 몸을 웅크린 채 밖으로 나가고 있었다.

보르멘딸리가 문을 쾅하고 닫더니 참지 못하고 웃기 시작했다. 필립 필립뽀비치의 콧구멍이 벌렁벌렁 거리며 팽창하더니 안경에서 불꽃이 튀기기 시작했다.

"당신 지금 누구에 대해 말하고 있는 겁니까?" 그가 걸상 위의 높은 위치에서 샤리코프에게 물었다.

"알려 주시지요?"

"고양이에 대해서 내 말하는 겁니다. 그런 무뢰한 놈이!" 샤리코프가 눈알을 부라리며 대답하였다.

"아시겠어요, 샤리코프" 필립 필립뽀비치가 숨을 돌려 쉬면서 대꾸하였다. "나는 당신보다 더 뻔뻔스러운 인간은 전혀 본 적이 없어."

보르멘딸리가 히익거리며 웃고 있었다.

"당신은" 필립 필립뽀비치가 계속하여 말하였다. "그야말로 철면피야! 어떻게 당신이 감히 그렇게 말 할 수 있나! 당신이 이 모든 것을 스스로 저질러 놓고서는, 그러고도 또 스스럼없이…… 아, 안 돼! 이게 도대체 뭐란 말인가!"

"샤리코프, 내게 이야기 해 줘요."

보르멘딸리가 말하기 시작했다.

"앞으로 또 얼마 동안을 당신은 고양이를 쫓아다닐 겁니까? 부끄러운 줄 아세요, 정말로 이건 꼴불견 입니다! 미개인(未開人)이라고요!"

"내가 왜 미개인이야?" 샤릭코프가 얼굴을 잔뜩 찌푸린 채 대꾸하였다. "절대 난 미개인이 아냐. 그 놈을 아파트 안에 그냥 놔두는 것은 불가능하다고. 늘 무얼 도둑질 하는 것처럼, 오로지 쑤셔대며 찾아내기나 하고. 잘게 간 고기를 다리야의 부엌에서 처먹지 않나. 나는 그를 가르치려고 했다고."

"당신 자신이나 가르치시지!" 필립 필립뽀비치가 대답하였다.

"당신은 자신의 얼굴이나 한번 거울에 비쳐 보시오."

"하마터면 눈을 상할 뻔했군." 샤릭코프가 젖은 검은 손으로 눈을 만지면서 음울하게 대꾸하였다.

습기에 밴 어두침침한 마룻바닥이 어느 정도 서서히 마르고, 모든 거울에 목욕탕 증기가 뽀얗게 덮인 가운데, 더 이상 전화벨 소리도 울리지 않을 때, 필립 필립뽀비치는 빨간색의 염소가죽 단화를 신고 현관에 서 있었다.

"이거 받으시오, 표도르…"

"대단히 감사합니다……."

"당장 옷을 갈아입으세요. 그리고 다리야 뻬뜨로브나한테 가서 보드까

한 잔 마십시오."

"매우 감사합니다." 표도르는 잠시 우물쭈물 망설이더니 다음과 같이 말하였다.

"저 그리고 한 가지, 필립 필립뽀비치… 솔직히 양심적으로 죄송스럽습니다만. 단지 7호 아파트의 유리창 값으로… 시민 샤리코프가 돌을 던져 가지고…"

"고양이한테?" 눈살을 찌푸리며 필립 필립뽀비치가 물었으며, 그의 얼굴에는 이미 검은 그림자가 드리워져 있었다.

"문제는 아파트 주인입니다. 그는 벌써 법정에 서류를 제출하겠다고 위협하였습니다."

"젠장할!…."

"샤리코프가 그의 하녀를 포옹하였는데, 그러자 그가 그를 쫓아내기 시작했고……. 그래서 말다툼이 벌어졌는데……."

"하느님 맙소사, 당신은 내게 항상 이런 사건에 대해 즉시 알려 주시오. 얼마가 필요하오?"

"1.5루불입니다."

필립 필립뽀비치는 반짝반짝 빛나는 반 루불짜리 은화 3장을 꺼내서 표도르에게 건네주었다.

"그런 파렴치한 놈의 대가로 1.5루불씩이나 또 지불하시게 되다니…" 하는 둔탁한 음성이 문가에서 들려 왔다.

"뭐, 그가 직접 지불해야 되는……." 필립 필립뽀비치가 돌아섰다.

그는 입술을 꽉 깨물더니 잠자코 샤리코프를 잡아 채 가지고 응접실 속으로 몰아넣은 다음 열쇠로 잠가 버렸다.

샤리코프는 안에서 곧 주먹으로 문을 쾅쾅 두드리기 시작했다.

"감히 문을 두드려!" 아주 불쾌한 목소리로 필립 필립뽀비치는 소리 높여 말하였다.

"으음, 벌써 현실로 드러나는군." 의미심장하게 표도르가 말하기 시작했다.

"이런 뻔뻔스러운 인간은 내 평생에 보질 못했어!"

보르멘딸리가 갑자기 땅에서 쏟듯이 벌떡 일어났다.

“필립 필립뽀비치, 죄송합니다, 걱정하지 마십시오!”

원기 왕성한 젊은 의사가 문을 열고 응접실 안으로 들어갔다. 곧 응접실 안에서 그의 목소리가 들려 나왔다.

“당신 뭐야? 여기가 대폿집인지 알아?”

“바로 그거야!” 과단성 있는 표도르가 덧붙여 말하였다.

“바로 그거라니까! 따귀를 한 대 더 때려!….”

“아니, 당신은 뭘, 표도르,” 필립 필립뽀비치가 슬픈 목소리로 분명치 않게 말했다.

“용서하십시오, 당신이 가엾군요, 필립 필립뽀비치!”

7.

“아니, 아니, 안 돼요,” 하고 보르멘딸리가 완고하게 말하기 시작했다. “냅킨을 목덜미 밑으로 집어넣으세요!”

“뭐 뭘, 반드시 그럴 필요가…” 샤리코프가 불만스럽게 투덜대기 시작했다.

“고맙소, 의사 선생.” 필립 필립뽀비치가 부드럽게 말하였다.

“나는 이제 잔소리 하는 것도 지쳤소.”

“냅킨을 집어넣지 않는 한, 먹는 것을 줄곧 허용하지 않을 것이오. 지나야, 샤리코프에게서 마요네즈를 가져가거라.”

“<가져가라>니 어째서?” 샤릭코프가 크게 낙담하여 말했다.

“내 당장 냅킨을 하지.”

왼 손으로 그는 지나가 가져가려고 하던 접시를 가로 막으면서, 오른 손으로는 냅킨을 목덜미 칼라 속으로 아무렇게나 쑤셔 넣었다. 그는 마치 이발소에 온 손님과 흡사하게 되었다.

“그리고 포크를 사용하세요.” 보르멘딸리가 첨가하여 말하였다.

샤리코프는 길게 한숨을 쉬더니 진한 소스 속의 용철갑상어 조각을 집어 들기 시작했다.

“난 보드카 한 잔 더 마실 거요.” 그가 묻는 듯 선언하였다.

“아, 이제 당신 그만 마시면 안 될는지?” 보르멘딸리가 물었다.

"당신, 요 근래에 너무나 보드카에 의지하고 있어요."

"그래서 당신 유감이야?" 샤리코프가 되물으면서 눈을 흘겼다.

"그런 바보 같은 말을……" 필립 필립뽀비치가 준엄하게 말하며 나섰다.

하지만, 보르멘딸리가 다시 그의 말을 가로 막으며 말하기 시작했다.

"염려 마십시오, 필립 필립뽀비치, 제가 하겠습니다. 샤리코프, 당신은 아주 터무니없는 말을 하고 있는거요, 그리고 매우 불쾌한 것은, 당신이 그 터무니없는 넌센스를 아주 단호하고 확신있게 말하고 있는데 있소. 물론, 보드카를 마시는 것에 대해 난 유감이 없어요, 더구나 이 보드카는 내 것도 아니고 필립 필립뽀비치의 것이요. 솔직히 보드카는 해롭소. 이게 첫 번째 이유이고, 두 번째는, 당신이 보드카를 마시지 않고도 무례하게 행동을 하고 있다는데 있소."

보르멘딸리는 봉해 붙여진 찬장을 가리켰다.

"지나야, 나한테 생선을 좀 더 주렴."

그 동안에 샤릭코프는 손을 쭉 뻗어 목이 긴 유리병을 집으면서 보르멘딸리를 곁눈으로 흘긋흘긋 쳐다보고 나더니 술잔에 술을 따랐다.

"그러면 다른 것을 제안해야만 하겠군" 하며 보르멘딸리가 말하였다.

"그러니까 이렇게, 오른 쪽의 필립 필립뽀비치께 먼저 따르고, 다음에 나한테, 그리고는 맨 마지막에 당신 자신한테 따르시오."

분명히 약간 비웃는 듯한 웃음이 샤리코프의 입가를 스치고 있었다. 그는 술잔마다 보드카를 따랐다.

"여기 우리들 아파트에서는 모든 것이 마치 열병식 하는 것 같군" 하고 그가 말하기 시작했다.

"냅킨은 저기에, 넥타이는 이리로, 그리고 <미안합니다>, 게다가 <마십시오>, <감사합니다>, 이건 사실 진솔하지가 못하다고. 제정 시대 때처럼 자신들을 괴롭히고 있으니."

"그러면, <진솔한 것>이란 어떻게 하는 것인지, 질문 드릴까요?"

이 질문에 샤리코프는 필립 필립뽀비치에게 아무 것도 대답하지 않고서 술잔을 위로 쳐들고 나서는 다음과 같이 말하였다.

"자, 모든 것이 잘되기를 바라며…"

"그리고 당신도 역시" 약간 비꼬는 투로 보르멘딸리가 대꾸하였다.

샤리코프는 한 입에 보드카를 목구멍 깊숙이 쏟아 부었다.

그리고 나서 얼굴을 찌푸린 다음, 빵 한 조각을 코 가까이로 갖다 대면서 냄새를 맡더니 한 입에 꿀떡 삼켜버렸다. 그 바람에 그의 눈에서는 눈물이 흐르고 있었다.

"대단한 경력의 솜씨이군." 갑자기 필립 필립뽀비치가 마치 선잠을 깬 것 같이 끊어졌다 이어졌다 하는 목소리로 말하였다.

보르멘딸리가 깜짝 놀라하며 그를 곁눈으로 쳐다보았다.

"미안합니다, 잘 못 알아들었습니다, 다시 청해도 될까요?……"

"경력의 솜씨,"

반복하여 말하고 나서, 필립 필립뽀비치는 슬프게 고개를 가로 저었다.

"여기서 이제는 아무 것도 할 수 없게 되었구나! 클림!……"

보르멘딸리가 비상한 관심을 가지고 필립 필립뽀비치의 눈을 날카롭게 쳐다보았다.

"당신은 그렇게 추측하고 계십니까, 필립 필립뽀비치?"

"아무 것도 추측하지는 않소. 그걸 확신하고 있소."

"정말로요……"

보르멘딸리는 말을 시작해 놓고서 샤리코프를 곁눈으로 보고 나서는, 그만 하려던 말을 멈추어 버렸다. 샤리코프가 수상해 하며 얼굴을 찌푸리고 있었다.

"스표쩨르[35)]……" 하고 나지막하게 필립 필립뽀비치가 말하였다.

"귀트[36)]" 하며 조수가 대꾸하였다.

지나가 칠면조 고기를 가지고 들어왔다. 보르멘딸리는 필립 필립뽀비치에게 적포도주를 한 잔 따른 다음 샤리코프에게도 권했다.

"나는 원하지 않소, 나는 보드카를 마시는 게 더 좋아." 그의 얼굴은 번쩍번쩍 빛나는 것이 이마에는 땀이 나 있었고 연신 즐거워하고 있었다.

그리고 필립 필립뽀비치는 포도주를 마신 후에 약간 기분이 누그러져 있었다. 그의 눈은 맑아져 있었고, 그는 샤리코프를 좀 더 호의 있게 쳐다보고 있었다.

35) '좀 나중에'라는 뜻의 독일어.
36) '좋습니다.'라는 뜻의 독일어.

하얀 냅킨을 걸치고 앉아 있는 샤리코프의 검은색 머리는 마치 하얀 농축크림 위에 앉은 파리와 흡사하였다.

보르멘딸리 역시 술에 힘이 북돋아 나서는 활동적 경향을 나타내었다.

"자 그럼, 우리 오늘 저녁에 당신과 함께 무얼 계획할까요?" 하며 그가 샤릭코프에게 물었다.

샤리코프는 눈을 깜박 거리더니 다음과 같이 대답하였다.

"서커스장으로 갑시다, 가장 좋은 구경이지."

"매일 같이 서커스냐?" 아주 부드럽게 필립 필립뽀비치가 말하였다.

"그건 내 생각에 아주 지루할 거야. 내가 만일 당신이라면, 한 번이라도 극장에 갔다 왔을 텐데."

"극장에 난 안가요." 적의에 가득 차 샤리코프가 대꾸하고는 하품을 하면서 벌어진 입을 향해 십자 성호를 그어댔다.

"식사 중의 딸꾹질은 다른 사람의 식욕을 쫓아 버려요." 자동적으로 보르멘딸리가 알려 주었다.

"미안합니다… 어째서, 본래, 당신한테는 극장이 마음에 들지 않는 거지요?"

샤리코프는 빈 술잔을 가지고 마치 오페라 글래스를 보듯이 쳐다보았다. 그리고는 잠시 생각하더니 입술을 뾰족하게 내밀었다.

"바보 같은 짓들만… 이야기하고, 또 이야기하고… 반혁명적이야, 하나 같이!"

필립 필립뽀비치는 고딕식의 등받이 위로 몸을 확 젖히면서 큰 소리로 웃기 시작하였으며, 그 바람에 그의 입 속에서는 금이빨이 반짝반짝 거리기 시작했다.

보르멘딸리는 그저 머리를 설레설레 흔들고 있을 뿐이었다.

"당신이 무엇이든지 조금 독서를 한다면," 하고 보르멘딸리가 제의하였다.

"하지만, 아실런지…"

"나는 벌써 독서를 한다고, 독서하고 있다고…"

샤리코프는 대답하고 나서 갑자기 탐욕스럽게 그리고 재빨리 보드카 반 컵을 자신에게 따랐다.

"지나야!"

필립 필립뽀비치가 불안스러운 듯이 소리치기 시작했다.

"아가, 보드카를 치워라, 더 이상 필요치 않다!"

필립 필립뽀비치는 계속해 물었다.

"그래, 당신은 무얼 읽고 있습니까?"

그의 머릿속에서는 갑자기 그림 한 장면이 어슴푸레 아른아른 거리고 있었다. 무인도, 야자수 그리고 짐승 가죽을 걸친 사람, 원추형 모자.

'로빈슨…… 뭐 그런 종류의 내용이 나올 테지……'

"그 책이…… 그게 뭐더라… 엥겔스와 그와의 왕복서한인데… 그게 누구더라… 빌어먹을, 이렇게 생각이 않나…… 아, 카우츠키와."

보르멘딸리는 하얀 고기 조각을 낀 포크를 중도에서 멈춰 버렸으며, 필립 필립뽀비치는 그만 포도주를 엎질렀다.

샤리코프는 그 사이를 놓치지 않고 교묘하게 얼른 보드카를 꿀꺽 마셔 버렸다.

필립 필립뽀비치가 식탁에 팔꿈치를 대고 샤리코프를 쳐다보면서 질문하였다.

"당신이 읽은 것에 대하여 무얼 말할 수 있는지, 가르쳐 주시겠어요?"

샤리코프가 어깨를 으쓱거렸다.

"뭐, 동의하지 않아요, 난."

"누구와? 엥겔스와 아니면 카우츠키와?"

"둘 다," 샤리코프가 대답하였다.

"그거 아주 훌륭한 대답이네, 신에 맹세코! <말하는 자 모두 다른 이여!…> 그러면, 당신은 자신의 입장에서 무엇을 제안할 수 있을는지?"

"뭐 여기서 제안은 무얼 제안해?… 그들은 쓰고, 또 쓰고…… 국제회의, 독일인들……. 아, 골치 아파! 모두 다 회수해서 똑같이 나누는 거야……"

"바로 이럴 줄 난 생각했었어!"

감탄하여 필립 필립뽀비치가 식탁보를 손바닥으로 철썩 때리고 나서 큰 소리로 말하였다.

"바로 이러리라고 추측했었다고!"

"당신은 방법도 알고 있나요?" 매우 흥미 있어진 보르멘딸리가 질문하였다.

"뭐, 여기서 어떤 방법이 있냐하면,"

보드카를 마신 후 더욱 더 수다스러워지면서 샤리코프가 설명하였다.

"문제는 교활하지 말아야 돼. 그런데, 이게 뭔가. 한 사람이서 방 7개에 흩어져 살면서 바지가 40벌씩이나 되는데, 다른 사람은 하는 일 없이 빙빙 돌아다니며 쓰레기통에서 음식찌꺼기나 뒤지고 있으니."

"방이 7개란 것은, 물론, 당신 나를 두고 말하는 거지요?"

필립 필립뽀비치가 가늘게 실눈을 뜨고 나서 거만하게 질문하였다.

샤리코프는 몸을 웅크리더니 잠자코 있었다.

"뭐 그럼, 좋소, 나는 분배에 반대하지 않으니까. 의사 선생, 어제 당신은 몇 명의 환자를 거절하였지요?"

"39명입니다." 보르멘딸리가 즉시 대답하였다.

"흐음… 390루불이라. 으음, 그 손실을 3명의 남자 몫으로 나누면. 지나와 다리야 뻬뜨로브나의 몫은 치지 맙시다. 샤리코프, 당신은 말야, 130루불을 가져 오시오."

"무슨 뚱딴지같은 소리를!" 샤릭코프가 깜짝 놀라 대답하였다.

"그게 무엇에 치르는 대가요?"

"수도꼭지와 고양이!" 비꼬는 투의 평온한 상태로 조용조용히 말하던 필립 필립뽀비치가 갑자기 언성을 높이며 고래고래 소리 질렀다.

"필립 필립뽀비치!" 보르멘딸리가 근심어린 목소리로 말하였다.

하지만 필립 필립뽀비치는 계속하였다.

"잠깐 가만히 계시오, 의사 선생! 당신이 저지른 추태의 대가이고 환자 접수가 절단 나버린 때문이야! 정말 참을 수가 없어! 사람이말야, 원시인처럼 온 아파트 안을 껑충껑충 뛰어 다니지 않나, 수도꼭지를 뽑아 놓지 않나!… 누가 뽈라수헤르 부인의 고양이는 죽였습니까? 누가…"

"당신말야, 샤리코프, 지난 3일에 계단에서 그 부인을 물었습니까?" 보르멘딸리가 이야기 중간에 급히 뛰어들 듯이 말하였다.

"당신이 그 모양이야!" 필립 필립뽀비치는 소리쳤다.

"아냐, 그 여자가 내 낯짝을 먼저 후려 갈겼단 말야! 내 낯짝은 동네북이 아니라고!" 샤리코프가 큰 소리로 외쳤다.

“왜냐하면, 당신이 먼저 그녀의 젖가슴을 꼬집었잖아! 당신이 그 모양이니!…” 보르멘딸리가 발 달린 잔을 엎지르고 나서 소리치기 시작했다.

“당신은 그 모양으로 가장 낮은 발달 수준에 있는 거야!”

필립 필립뽀비치가 다시 소리쳤다.

“당신은 아직 정신적인 면에 있어 오로지 미약하게 겨우 발육되어 있는 존재일 뿐이야, 당신의 모든 행동들은 아주 동물적이라고, 당신은 대학 교육까지 받은 두 사람이 있는 데서 아주 참기 어려울 정도로 거리낌 없이 제멋대로 행동하지 않나, 또 모든 것을 어떻게 나누어야 한다는 등의 말 같지도 않은 바보 같은 소리를 아주 장황하고 거대하게 해가며 충고를 하지 않나, 그리고 동시에, 당신은 가루 치약을 다 먹어 삼켜 대고 있으니!……”

“3일에 그랬습니다.” 보르멘딸리가 옆에서 확실하게 말하였다.

“그래요, 맞아,” 필립 필립뽀비치의 목소리가 울려 퍼졌다.

“잘 기억해 두세요……. 그래서 왜 당신은 코에서 아연 연고는 닦아 냈습니까?…. 당신은 잠자코 사람들이 당신한테 무슨 말을 하는지 들어야 한단 말이오! 다음은 얼마간이라도 사회 모임의 타당한 구성원이 되기 위하여 배워야 하고 노력해야 한다, 이 말이오! 그래, 어떤 무뢰한이 당신한테 그 책을 보급했습니까?”

“당신한테는 모두가 무뢰한이군,”

양 쪽에서 공격을 받아 정신이 아찔해진 샤릭코프가 깜짝 놀라며 대답하였다.

“내가 한 번 알아맞혀 볼까!”

얼굴을 붉히면서 필립 필립뽀비치는 적의에 차 큰 소리로 말하였다.

“그래요… 그래, 쉬본제르가 주었소. 그는 무뢰한이 아니야. 나를 성숙시켰다고.”

“나는 안다 알어, 당신이 카우츠키를 읽은 후에 어떻게 성숙되었는지!”

얼굴색이 노랗게 변한 필립 필립뽀비치는 째는 듯한 목소리로 소리쳤다. 여기서, 그는 격분하여 벽에 붙어 있던 누름단추를 막 눌러댔다.

“오늘 생긴 일만 가지고도 샤리코프가 더 이상 어떤 인간이라는 것을 알기에 충분하군! 지나야!”

“지나!” 보르멘딸리가 소리쳤다.

“지나!” 깜짝 놀란 샤리코프가 고함쳤다.

지나가 얼굴이 창백해져서 뛰어 들어왔다.

“지나! 저기 응접실에…… 그 책이 응접실에 있지?”

“그래요, 응접실에요.” 고분고분하게 샤리코프가 대답하였다.

“유산염 색깔 같이, 녹색 표지에.”

“녹색의 책을…”

“아니, 당장 불에 태우다니!” 샤리코프가 분별없이 큰 소리로 말하였다.

“그 책은 관고이고, 도서관 책이란 말이요!!”

“왕복서한 이라고 쓰여 있고… 그게 누구라고?… 엥겔스와 그 악마와의… 당장, 뻬치카 속에 쳐 넣어!”

지나는 돌아 서더니 급히 나갔다.

“내 그 쉬본제르란 놈을 교수형에 처할 테다, 거짓말이 아니야, 제일 먼저 큰 나뭇가지에다.”

필립 필립뽀비치는 칠면조 날개 쪽지를 광폭하게 깨물어 뜯으면서 큰 소리로 말하였다.

“우리 아파트 동안에는 마치 부스럼 같이, 놀랄만한 쓰레기 건달이 하나 들어 앉아 있어. 그는 신문에다 대고 온갖 뜻도 없는 비방문을 써 댈 뿐만 아니라…”

샤리코프는 악의 있고 야유적으로 교수를 곁눈질하기 시작했다.

이번에는 필립 필립뽀비치도 자신의 쪽에서 그에게 싸늘한 시선을 보낸 다음 잠자코 있었다.

‘오, 우리들 아파트에 이제 좋을 것은 아무 것도 없을 것 같군.’ 하고 보르멘딸리는 갑자기 예언적으로 생각하였다.

지나는 원형 접시 안에 오른쪽부터는 불그스레하고 왼쪽부터는 빠알간 원추형 케이크와 커피 주전자를 가지고 들어왔다.

“나는 케이크 먹지 않을 거요.” 즉시 위협적이고 적의 어린 목소리로 샤리코프가 선언하였다.

“아무도 당신한테 권하지 않았소. 예의범절에 맞게 처신하세요! 의사 선생, 듭시다.”

침묵 속에서 식사가 끝났다.

샤리코프는 주머니 속에서 구겨진 담배를 하나 꺼내서 피우고 있었다.

커피를 다 마시고 난 필립 필립뽀비치는 시계를 보고 있었다. 그가 시간 알림 장치 버튼을 누르자 8시 15분을 알리는 소리가 부드럽게 연주되었다.

필립 필립뽀비치는 여느 때와 같이 고딕식 등받이에 몸을 저치더니 조그만 탁자 위의 신문을 잡으려고 손을 뻗었다.

"의사 선생, 부탁하는데, 그와 함께 서커스 구경이나 다녀오시오. 단지, 제발, 프로그램에 고양이는 없는지 살펴보시오."

"그런데, 어떻게 그런 불량배를 서커스장 안에 들여보냅니까?"

얼굴을 찌푸리더니 가볍게 고개를 저으면서 샤릭코프가 말하였다.

"으음, 고양이뿐만 아니라 많은 것들이 그리로 들어가지." 필립 필립뽀비치가 복선이 깔린 애매한 대답으로 비꼬듯이 대꾸하였다.

"거기 서커스에 어떤 프로그램이 있습니까?"

"솔로몬스키 서커스장에는," 하며 보르멘딸리가 읽어 내려가기 시작했다.

"4개의 프로그램이… 유셈스와 데드 포인트의 인간."

"유셈스라니 그게 뭡니까?" 필립 필립뽀비치가 미심쩍어 하며 물었다.

"모르겠어요, 그냥 처음에 나온 글자를 읽은 거예요."

"으음, 그러면 니키찐의 서커스를 보는 게 낫겠소. 모든 프로가 분명하지 않으면 안 되니까."

"니키찐의 서커스… 니키찐 서커스장에는… 흐음… 코끼리와 인간의 절묘함의 한계."

"그래. 당신은 상대적으로 코끼리에 대해 무얼 말할 수 있지요, 샤리코프?"

필립 필립뽀비치는 계속해 믿지 못하면서 샤리코프에게 질문하였다.

샤리코프가 모욕을 느낀 듯, 화를 내며 말하였다.

"무얼, 정말 난 이해하지 못하겠네, 뭐가요, 뭐가? 고양이는 별개의 문제이고, 하지만, 코끼리는 유용한 동물들이지, 뭐" 샤리코프가 대답하였다.

"으음, 아주 좋아요, 좋아. 유용하다면, 한 번 다녀오세요, 그리고 그것들을 잘 보시오. 하지만, 이반 아르놀리도비치의 말을 잘 들어야 합니다.

서커스장 안의 매점에서 어떤 대화도 나눠서는 안 되고. 이반 아르놀리도비치, 간곡히 부탁하네만, 샤리코프에게 맥주를 권해서는 안 됩니다."

10분 후에 이반 아르놀리도비치는 오리 부리 모양의 긴 챙이 붙은 캡 모자를 쓰고 옷깃이 세워진 두꺼운 천의 외투를 입은 샤리코프를 데리고 서커스장으로 떠났다.

아파트 안은 조용하였다.

필립 필립뽀비치는 자신의 집무실 안에 있었다.

그가 두툼한 푸른색의 원추형 갓 밑의 램프불을 켜 놓자, 어째서인지 그 넓은 집무실 안이 아주 평온하게 되었다.

그리고 나서, 그는 생각에 잠겨 방 안을 왔다 갔다 하기 시작했다.

담뱃불 끝이 생기 없이 푸르스름한 불빛을 발하며 오랫동안 뜨겁게 빛나고 있었다. 교수는 손을 바지 주머니 속에 찔러 넣었다.

괴로운 생각이 학자인 그를 대머리 이마에서 부터 잡아 찢고 있었다. 그는 입술로 입맛을 다시더니 입술 사이로 <신성한 나일강 강변으로…> 하며 읊조리기 시작하였고 뭔가를 중얼중얼 거렸다.

마침내 그는 시거를 재떨이에 걸쳐놓고는 온통 유리로 이루어진 장식장 쪽으로 다가갔다. 집무실 안은 천정 위에서 아주 강하게 불타는 3개의 전구에 의해 온통 밝게 빛나고 있었다.

장식장 속의 3번째 유리 선반에서 필립 필립뽀비치는 목이 좁은 원통형 단지 하나를 꺼내더니, 얼굴을 찌푸리고 나서 그것을 전구 불빛에 비추며 살펴보기 시작했다. 투명하고 짙은 액체 속에서 조그맣고 하야스름한 덩어리 하나가 밑바닥으로 떨어지지 않으면서 둥둥 떠다니고 있었다.

그것은 샤리코프의 뇌 속에서 꺼내어진 것이었다.

어깨를 으쓱하면서, 그리고 입술을 비쭉거리며 흠 소리를 내면서 필립 필립뽀비치는 단지 안의 작은 덩어리를 뚫어지게 쳐다보고 있었다.

마치 쁘레치스쩬까 거리 아파트 안에서 자신의 삶을 완전히 뒤집어엎은 놀라운 개의 원인을, 이 가라앉지 않고 둥둥 떠다니는 하얀 덩어리 속에서 발견해 내고 싶기라도 한 것 같았다.

대학자인 그가 그 원인을 발견해 내는 것은 아주 가능한 일이다.

뇌에 붙은 부속 물체를 아주 마음껏 충분히 살펴보고 난 그는 단지를

장 속에 숨겨 넣고 나서 열쇠로 장을 잠그더니 열쇠를 윗도리 조끼 주머니 속에 넣었다.

그리고는 머리를 어깨 속으로 움푹 들어가게 하고 양손을 양복 호주머니 가장 깊숙이 찔러 넣고 난 다음, 스스로 무너져 내리듯이 가죽 소파 위로 몸을 내던졌다.

그는 오랫동안 두 번째의 시거를 태우고 있었다. 적막한 고독 속에서 그는 시거 맨 끄트머리까지 완전히 씹고 있었다. 마치 백발의 파우스트처럼 푸르스름한 불빛에 채색된 그는 마침내 소리 높여 말하였다.

"반드시, 나는, 필시, 결단을 내려!"

아무도 그의 이 말에 전혀 대답하지 않았다.

아파트 안의 모든 소리들은 이미 멈추어 있었다.

아부호브 골목의 11시는 예전처럼 움직임도 잠잠해져 가고 있었다. 아주 이따금, 이따금씩, 밤늦은 보행자의 발자국 소리가 멀리서 간간히 울리고 있었으며, 곧 어딘가의 커튼 뒤를 노크하는 소리가 들리더니 그 소리마저 사라져 갔다.

집무실 안에서는 필립 필립뽀비치의 호주머니 속 손가락 밑에서 시간을 알리는 음악 연주 소리가 부드럽게 울리고 있었다.

교수는 의사 보르멘딸리와 샤리코프가 서커스에서 돌아오기를 초조하게 기다리고 있었다.

8.

필립 필립뽀비치가 무엇을 결심하였는지 알려져 있지 않았다.

그 다음의 1주일 내내 그는 아무것도 특별한 것을 착수하지 않고 있었다. 그래서 그런지 그가 전혀 활동하지 않자, 아파트 내에는 여러 가지 사건들이 넘쳐 나고 있었다.

수돗물과 고양이 사건이 있은 지 약 6일이 지나서 주택 관리 위원회로부터 젊은 사람이 한 명 샤리코프를 찾아 왔다. 여성으로 판명된 그 젊은이가 샤리코프에게 신분증을 건네주자, 샤리코프는 그것을 즉시 양복 호주머니 속에 집어넣었다. 그리고는 이 일이 있은 후 샤리코프는 주저하지 않고 곧 의사 보르멘딸리를 다음과 같이 부르기 시작했다.

"보르멘딸리!"

"안 돼! 아직 당신은 나를 이름과 부칭에 따라 부르시오!"

얼굴색이 바뀌면서 보르멘딸리가 즉각 대꾸하고 나섰다.

이 6일이 지나는 동안에 외과의사는 자신의 피교육자와 8번 가량이나 교묘하게 말다툼을 벌여야 했으며, 그 바람에 아부호브 아파트 방 안의 분위기는 숨이 막힐 것 같이 답답했었다는 것을 언급할 필요가 있겠다.

"그럼, 나도 이름과 부칭에 따라 부르시오."

샤리코프는 아주 당당하게 응답하였다.

"안 돼!"

필립 필립뽀비치의 불같은 호령소리가 문 쪽에서 쩌렁쩌렁 울리기 시작했다.

"내 아파트 안에서 그런 이름과 부칭으로 당신을 부르는 것을 나는 절대 용납 못해. 만일 <샤리코프>라고 이름 부르는 것이 당신 귀에 거슬린다면, 앞으로 나와 의사 보르멘딸리는 당신을 <신사 샤리코프>하고 부르도록 하지."

"나는 신사가 아니야, 신사들은 모두 파리에 있다고." 샤리코프는 욕설적으로 지껄여 댔다.

"쉬본제르의 작품이군!" 필립 필립뽀비치가 소리쳤다.

"으음, 알겠어, 내 이 무뢰한 놈을 결단내고 말테니! 아무도, 신사 외에는, 내 아파트에 발 끝 하나 들여 놓지 못해. 내가 이 아파트에 있는 한! 반대의 경우, 내가 나가든지 아니면, 당신이 여기서 나가든지! 가장 확실한 방법은 당신! 당신이 나가는 거야! 오늘 내 신문에다 광고를 내지, 당신, 단단히 믿으시오, 내 당신한테 방을 얻어줄 테니!"

"으음 그래, 여기서 그냥 나갈 만치 내가 그렇게 바보 천치인가?" 샤리코프는 아주 분명하게 대답하였다.

"뭐, 어떻다고?" 필립 필립뽀비치가 되물었으며, 곧 그의 안색이 아주 심하게 변하였다.

보르멘딸리는 즉시 그에게 달려들며 그의 소매를 약간 불안스럽게 잡아 당겼다.

"당신, 아시겠어요, 그런 후안무치한 언동은 삼가시오, 샤리코프씨." 보르멘딸리는 목소리의 톤을 매우 높이고 있었다.

샤리코프는 뒷걸음치며 뒤로 물러서더니, 호주머니 속에서 3장의 종이를 끄집어냈다. 종이는 푸른색, 노란색 그리고 하얀색으로 되어 있었다. 그는 손가락으로 종이짝을 가리키면서 말하기 시작했다.

"자, 보라고, 봐. 주택 조합 회원이란 말야, 그래서 내가 거주할 수 있는 주택 면적으로 책임 임차인 쁘레오브라젠스키의 5호 아파트에서 16평방 아르신[37]이 나에게 정해져야 한다고."

그리고 샤리코프는 뭔가 조금 생각하더니, 예전에 보르멘딸리가 새로운 단어로서 그의 뇌 속에 자동적으로 기입시켜 놓았던 단어를— "블라거발리쩨"[38]하고 덧붙여 말하였다.

필립 필립뽀비치는 입술을 깨물기 시작했다. 그리고는 입술 사이로 거침없이 말하기 시작했다.

"맹세코, 난 그 쉬본제르란 놈을 결국 쏴 죽여 버리고 말거야."

샤리코프가 이 말들을 아주 극도로 주의 깊게 그리고 아주 예민하게 받아들이고 있음이 그의 두 눈에 역력히 보였다.

"필립 필립뽀비치, vorsichtig[39]……" 하고 보르멘딸리가 경계를 하며 말하기 시작했다.

"뭐 이미 알고 있듯이…… 만일 내가 그렇게 비겁하게 행동할 거라면!…"

필립 필립뽀비치는 흥분하여 러시아어로 더 크게 소리쳐 댔다.

"이걸 염두에 두시오, 샤리코프, 신사…… 나는 말야, 만일 당신이 한번만 더 그런 파렴치한 상식 밖의 언동을 일삼는다면, 나는 당신에게 내 집 안에서 식사를 비롯해 일체의 음식을 빼앗아 버릴 거요. 16 아르신, 그거 아주 매혹적인 이야기이지. 그러나 그 따위 중요하지도 않은 종이짝에 내가 당신을 꼭 먹여 살려야 할 의무는 없지요?"

37) 아르신: 구 러시아의 척도 단위; 71.12 센티미터.
38) 블라거발리쩨: 우리말 번역으로 '호의를 가져 주십시오', '승낙하여 주십시오', '청을 들어 주십시오'에 해당하는 말이다.
39) vorsichtig: 러시아어 번역으로 '위험해요'에 해당하는 독일어.

여기서 샤리코프는 깜짝 놀라했다. 그리고는 입을 조금 벌리기 까지 하였다.

"나는 음식물 없이 살아남을 수 없는데." 하고 그는 중얼중얼 거리기 시작했다.

"어디 가서 내가 싸구려 음식집을 전전하며 걸식하란 말요?"

"그러게 예절 바르게 행동하란 말이오." 두 의사는 이구동성으로 소리쳤다.

샤리코프는 눈에 띄게 조용해 졌다. 이 날은 자기 자신을 제외하고는 누구한테도 아무런 손해를 끼치지 않았다. 자기 자신한테 끼친 손해란, 보르멘딸리가 잠시 자리를 비운 사이에 그의 면도기를 몰래 사용하다가 그만 자신의 턱뼈를 찢어 놓은 것이다.

그래서 필립 필립뽀비치와 의사 보르멘딸리는 그의 상처를 봉합해 주었다. 웬일인지, 샤리코프는 눈물을 흘리면서 오랫동안 울부짖었다.

다음날 밤, 교수의 집무실에는 푸르스름한 불빛이 어두침침한 가운데, 필립 필립뽀비치 자신과 그를 따르는 충실한 심복 보르멘딸리—이렇게 2명이 앉아 있었다.

집 안에는 이미 모두들 깊은 잠에 빠져 있었다.

필립 필립뽀비치는 자신의 하늘색 할랏트[40]에다 붉은색 슬리퍼를 신고 있었으며, 보르멘딸리는 루바쉬까[41]에 파란색 멜빵을 메고 있었다.

두 의사 사이에 놓인 원형 탁자 위에는 두툼한 앨범과 나란히 꼬냑 한 병과 레몬이 담긴 작은 접시 그리고 담뱃갑이 하나 놓여 있었다.

두 학자들은 방 안이 뽀얗도록 담배를 다 피우고 나서는 최근의 사건들에 대하여 열띤 협의를 벌이고 있었다.

바로 이 날 저녁에, 샤리코프는 필립 필립뽀비치의 집무실 안에서 종이 압착기 밑에 놓여 있던 20루불을 착복하여서는 아파트 밖으로 사라졌다가 밤늦게 완전히 술에 만취 되어서 집으로 돌아왔었다.

그 외에, 그와 함께 2명의 낯선 사내들이 나타나서는 정문 계단에서부

40) 할랏트: 폭이 넓고 긴 두루마기 같이 생긴 옷으로, 대개 실내에서 목욕 후 가운이나, 혹은 잠자기 전까지의 잠옷 같이 입고서 활동한다.

41) 루바쉬까: 넓은 러시아식 상의.

터 시끄럽게 소란을 피우더니, 샤리코프의 집에서 하룻밤 손님으로 머물고자 하는 희망을 표명하고 나섰던 것이다.

속옷 위에 바로 가을 외투만을 걸쳐 입은 채, 이 소란 분쟁에 참가한 표도르가 경찰 45지부에 전화를 걸고 나서야 비로소 앞서 말한 두 사내들은 멀리 떠나갔다. 그들은 표도르가 수화기를 고리 위에 걸며 전화를 세게 끊는 것을 보고 나서야, 순식간에 피해 달아나 버렸다.

그 낯선 사내들이 떠난 후에 현관에 놓여 있던 거울 달린 녹색 재떨이와 필립 필립뽀비치의 해리(海狸) 털가죽 모자 그리고 그의 지팡이가 어디로 모습을 감추었는지 알려져 있지 않았다.

그 지팡이 위에는 금색의 결합무늬 문자로 다음과 같은 글자들이 새겨져 있었다: <친애하고 존경하는 필립 필립뽀비치님께 은혜를 입은 분과주임 의사 일동은… 날을 기념하여…>, 그리고는 더 나아가서 로마 숫자로 <XXV>가 선명하게 새겨져 있었다.

"그들은 누구입니까?" 하며 필립 필립뽀비치가 두 주먹을 불끈 쥐면서 샤리코프에게 다가서며 나섰다.

이때, 샤리코프는 비틀비틀 거리며 옆에 걸려 있던 외투 자락에 더듬더듬 매달리면서, 그 낯선 사내들을 자기도 잘 모르며, 하지만, 그들이 어떤 개새끼들은 아니고, 아주 좋은 친구들이라는 것에 대하여 중얼중얼 거리고 있었다.

"가장 놀랍고 경탄할만한 것은, 그 때 그들이 둘 다 정말로 취한 상태였는데, 어떻게 교묘하게 훔쳐갔을까?!" 하며 필립 필립뽀비치는 기념제 축하선물이 놓여 있었던 꽂이대 안의 그 자리를 쳐다보면서 감탄하였다.

"그들은 전문가들이예요." 표도르가 주머니 속에 돈을 받아 넣고는 잠자러 멀리 떨어져 나가면서 분명하게 말해 주었다.

20루블에 대하여 샤리코프는 시치미를 딱 떼며 단호하게 부정하고 나섰다. 그리고는 곁들여서 이 아파트 안에 자기 혼자만 사는 게 아니지 않느냐는 둥 해가며 뭔가 알아듣기도 어려운 말을 지껄여 댔다.

"아하! 그럼 아마도, 의사 보르멘딸리가 그 돈에 손을 댔겠구먼?"

필립 필립뽀비치가 낮은 목소리로 조용히 묻고 있었지만, 그의 목소리 속에는 극단적인 뉘앙스가 배여 있었다.

샤리코프는 비틀비틀 거리면서 완전히 흐리멍덩하게 된 눈을 겨우 뜨더니, 계속해서 다음의 경우를 제안하고 나섰다.

"그렇다면, 아마도, 지나가 훔쳤겠지 뭐……."

"뭐라고?!" 단추가 끌러져 열려진 꼬프토치까[42]의 젖가슴을 손바닥으로 얼른 가리면서, 마치 유령처럼 급히 문가에 나타난 지나가 소리치기 시작했다.

"아니, 어떻게 그가 이럴 수가……."

필립 필립뽀비치의 목 부위는 빨간색으로 달아오르고 있었다.

"진정하거라, 지나야."

그녀 쪽으로 손을 내밀면서 필립 필립뽀비치는 말하였다.

"너무 걱정하지 말거라, 우리들이 모든 것을 밝혀 낼 테니."

지나는 입술을 비쭉비쭉 내밀더니 즉시 대성통곡하기 시작했다.

그녀의 젖가슴 윗부분에 올려져있던 손바닥이 펄떡펄떡 뛰기 시작하였다.

"지나! 당신은 어떻게 부끄럽지도 않아! 누가 지금 그렇게 생각할 수 있겠어? 어허, 이게 무슨 창피야, 그래,"

보르멘딸리가 당황하여 어찌할 바를 몰라 하며 말하기 시작했다.

"허 이런, 지나, 너—바보 천치구나, 아아, 이 참." 하며 필립 필립뽀비치는 말하기 시작했다. 그러나 여기서 지나의 울음은 스스로 그치지 않았으며, 모두들 잠자코 있었다.

샤리코프는 아주 상태가 안 좋아지기 시작했다.

그는 머리를 벽에다 탕탕 부닥뜨리고 나더니, <이>소리도 아니고 <예>소리도 아닌 <이에에에>와 유사한 소리를 내고 있었다!

그의 얼굴색은 하얗게 창백해졌으며 턱뼈가 경련을 하며 불안하게 움직이기 시작했다.

"양동이를 빨리 그 무뢰한한테, 관찰실에서 갖다 줘!"

그리고 모두들 심하게 구토하며 괴로워하는 환자 샤리코프를 간병하느라 이리 뛰고 저리 뛰기 시작하였다.

---

42) 꼬프토치까: 얇은 부인용 짧은 상의 자켓.

그를 재우러 데리고 들어 갈 때, 그는 보르멘딸리의 팔 안에서 비틀비틀 거리며 추악한 말들을 혀 꼬부랑 소리로 어렵게 내뱉어 대면서 아주 부드럽고 선율적으로 상스런 욕을 해대었다.

이 모든 사건은 약 1시경에 일어났었다.

그리고 지금은 자정이 훨씬 지나 3시경 이었다.

그러나 두 명의 의사는 집무실 안에서 꼬냑으로 흥분된 채, 밤을 지새우고 있었다. 이들은 아주 많은 담배를 피웠으며, 집무실 안은 짙은 담배 연기로 층을 이루면서 느릿느릿하게 움직이다 못해, 심지어 그 나마도 흔들리지 않을 정도로 자욱해져 가고 있었다.

마침내, 의사 보르멘딸리가 자리에서 몸을 일으켰다.

그는 창백한 얼굴에 매우 단호한 눈빛을 하고는 잠자리 허리 모양으로 가는 발이 달린 작은 술잔을 높이 쳐들었다.

"필립 필립뽀비치!" 그는 감정이 넘쳐 소리 높여 말하기 시작했다.

"제가 제대로 먹지도 못하고 어렵게 생활하던 대학생으로 당신을 찾아 왔을 때, 당신께서 저에게 강좌 내에 안식처를 마련해 주신 것을, 저는 결코 잊지 않을 겁니다. 믿어 주십시오, 필립 필립뽀비치. 당신은 제게 있어 단순한 교수님-선생님보다 훨씬 더 크시고… 저의 무한한 존경을 당신께……. 당신께 입 맞출 수 있도록 허락해 주십시오, 친애하는 필립 필립뽀비치."

"오, 나의 귀엽고 가련한……" 필립 필립뽀비치는 매우 당황하여 어찌할 바를 몰라 하며 중얼중얼 거리더니 보르멘딸리를 향해 일어섰다.

보르멘딸리는 그를 꼭 껴안았으며, 그리고는 담배 냄새가 물씬 풍기는 스승의 부드러운 콧수염에 키스하였다.

"신을 걸고, 필립 필리……"

"오오, 이렇게 감동적일 수가, 이렇게 감동시키다니… 고마워요, 당신." 필립 필립뽀비치가 말하였다.

"오, 귀여운 것, 나는 이따금 수술 중에 당신한테 고함도 쳤소. 이제 용서하여 주시오, 이 노인네의 특유한 성미 급함을. 사실상, 정말 나는 이렇게 고독하게…… <세빌리아에서 그레나다까지!…>"

"필립 필립뽀비치, 쑥스럽지도 않으세요? 무슨 그런 말씀을 다…"

곧 불에 탈 듯한 보르멘딸리가 충심어린 목소리로 소리 높여 말하였다.

"만일 저를 모욕주시기를 원치 않으신다면, 더 이상 제게 그런 말씀은 말아 주세요."

"으음, 고맙소. 당신……. <신성한 나일강의 강변을 향하여!……> 고마워요. 그리고 나는 당신을 능력 있는 의사로서 사랑했습니다."

"필립 필립뽀비치, 제가 당신께 말씀드……."

보르멘딸리가 열정적으로 소리 높여 말하더니 갑자기 자리에서 벗어나 복도로 통하는 문을 보다 더 세게 꼭 닫은 다음, 다시 자리로 돌아왔다.

그리고는 속삭이며 하던 말을 계속해 나아갔다.

"정말 이게 유일한 결말입니다. 물론, 제가 감히 당신께 충고를 드릴 수는 없습니다만, 그러나 필립 필립뽀비치, 당신 자신을 한 번 보십시오, 당신은 아주 지쳐 계십니다. 정말로 이렇게 더 이상 일 하시는 것은 불가능 합니다!"

"절대적으로 불가능이야!" 한숨을 크게 들이 쉬고 난 필립 필립뽀비치가 확인하듯이 말하였다.

"바로 그렇습니다, 정말 이건 상상할 수도 없는 일이예요."

보르멘딸리는 속삭이고 있었다.

"지난번에 당신께서는 제가 걱정이 된다고 말씀하셨습니다, 당신의 그 말씀이 그 때 저를 얼마나 감동시켰는지, 만일 당신이 아신다면요, 소중하신 저의 교수님. 하지만, 정말 이제 저는 소년이 아니고, 제 스스로 헤아려 생각한 거예요, 물론 어느 정도 그것은 무시무시한 사건이 될 수도 있겠지요. 그러나 저의 심오한 확신으로는, 이제 다른 출구가 없습니다."

필립 필립뽀비치가 벌떡 일어섰다. 그리고는 그에게 손을 내저어 흔들면서 소리 높여 말하였다.

"유혹하지 마세요, 말조차 꺼내지 마시오."

교수는 방 안에 가득 찬 연기의 파고를 흔들어 놓으면서 방 안을 왔다 갔다 하기 시작했다.

"더 이상 듣지 않을 것이요. 만일 현장에서 우리를 덮치기라도 하는 날이면 무슨 일이 생길지, 당신 아시겠어요? 나나 당신이나 출신 성분이 더 주목을 끌기 때문에, 우리들의 첫 번째 유죄 판결임에도 불구하고, 영영 러시아를 떠날 수 없을 만치의 중형을 선고 받을 것이오. 나의 소중한 제자, 정말로 당신한테는 유사한 출신 성분도 없지 않은가?"

"거기에 어떤 성분이, 제기랄……. 저의 아버님께서 빌리노 법원의 예심 판사이셨습니다." 보르멘딸리가 꼬냑을 끝까지 마시며 슬픔에 가득 차 대답하였다.

"바로, 그렇단 말이요. 알다시피, 그래 그게 어떻겠어요. 정말로 요즈음은 그런 것이 나쁜 악질의 유전으로 취급되고 있단 말이요. 유전 보다 더 더럽고 비열한 것은 요즈음 상상조차 할 수 없다고. 그렇지만, 미안합니다, 나는 더 나쁜 유전을 지녔소. 아버님께서 대학 강단의 사제장이셨으니까. 메르시[43]… <세빌리아에서 그레나다까지 어스레한 밤의 어둠 속에….> 자, 이게 무슨 놈의, 젠장할!"

"필립 필립뽀비치, 당신은 세계적인 의미의 위인이십니다, 그런데 바로 그 따위, 미안합니다, 거친 표현을 쓰게 되서, 개새끼 하나 때문에… 과연 그들이 정말로 당신을 건드릴 수 있어요, 당치도 않습니다!"

"더욱 더 나는 그것을 하지 않을 것이요."

필립 필립뽀비치는 유리장식 장 쪽으로 시선을 머물면서 좌우를 둘러보더니 어떤 생각에 잠긴 듯이 우울하게 반박하였다.

"아니, 왜요?!"

"왜냐하면, 당신도 과연 세계적 의미의 저명인사가 아니던가?"

"뭘요, 어디…"

"으음, 바로 그렇소. 그런데, 동료를 파국의 현장으로 집어 던져 놓고, 내 자신은 세계적 의미를 향해 뛰쳐나간다, 미안합니다…… 나는 샤리코프가 아닌, 모스크바 대학 출신이란 말이오!"

필립 필립뽀비치는 거만스럽게 양 어깨를 쫙 펴면서 옛 프랑스 왕조의 왕과 비슷한 자세를 취하였다.

"필립 필립뽀비치, 에흐!…" 슬픔으로 가득차서 보르멘딸리는 소리 높여 말했다.

---

43) 메르시: 불어로 '감사합니다'라는 뜻.

"말하자면, 뭐가요? 여기서 더 참으라고요? 당신은 아직도 저 무뢰한에서 인간이 성공적으로 만들어 질 때를 기다리시겠습니까?"

필립 필립뽀비치는 여기서 손 제스처로 그의 말을 중지시켰다. 그리고는 자기 잔에 꼬냑을 따라 꿀꺽 마시고 나서 레몬즙을 잠깐 빤 다음 말하기 시작했다.

"이반 아르놀리도비치, 당신과 마찬가지로, 내가 해부학 그리고 생리학에서, 으음, 말하자면, 인간의 대뇌 골수 기관의 해부와 생리 분야에서 무엇이든 내가 이해나 하고 있겠소? 어떻소, 당신의 견해는?"

"필립 필립뽀비치, 당치도 않으시게 무슨 말씀을 묻고 계신 거예요?"

강한 느낌을 받은 듯 보르멘딸리는 예민한 반응을 내보이며 양팔을 벌리고 당황스러워 하였다.

"으음, 좋아요. 겉으로만의 겸손이 아니고. 나 역시 내가 이 분야의 모스크바 의사들 가운데 가장 저질의 돌팔이는 아니라고 생각하오."

"하지만, 저는 좀 달리 생각합니다, 당신은 가장 저질의 꼴찌 의사가 아닌 가장 훌륭하신 첫 번째 의사이십니다, 그리고 모스크바 내에서 뿐만이 아니라, 런던에서도 그리고 옥스포드에서도요!"

보르멘딸리는 격분해서 그의 말을 가로막으며 말하였다.

"으음, 알겠어요, 문제는, 자아, 이렇게 될 것입니다. 자아, 바로 이렇게 말이요, 미래의 교수 보르멘딸리, 이 일은 아무도 성공하지 못합니다. 물론이지요. 질문할 필요도 없어요. 아무도 성공 못합니다. 이렇게 내 경우로 이미 증거가 났습니다. 이야기하세요, 이 쁘레오브라젠스키가 말했다고. 끝났어요, 끝! 클림!"

갑자기 필립 필립뽀비치는 장중하게 소리 높여 외쳤으며, 그러자 장식장은 울림소리로써 그에게 대답하였다.

"클림!"

그는 다시 반복하여 외쳤다.

"실은, 보르멘딸리, 당신은 나의 학파의 첫 번째 제자입니다. 그리고 그 외에도, 내가 오늘 확신 하였듯이 나의 친구입니다. 그래서 바로 이렇게 친구처럼 생각하고 당신한테는 마음 속 비밀도 털어 놓고 이야기 합니다. 물론, 나는 알아요, 당신이 나를 두고, 늙은 바보 멍청이 쁘레오브라젠스키가 마치 의예과 3학년 밖에 안 된 풋내기처럼 그 수술에 부닥쳤었다고 모욕하지 않으리라는 것을 말입니다. 사실상, 새로운 발견은 얻었지요, 어떤 발견인지, 당신 스스로도 알고 있을 거요."

여기서, 필립 필립뽀비치는 매우 슬프게 양 손으로 창문 커튼을 가리켰다. 그는 분명히 모스크바를 암시하고 있었다.

"그러나 오로지, 이반 아르놀리도비치, 그 발견의 유일한 결과로서, 이제 우리들 모두는 그 샤리코프를 소유하게 될 것이며, 그것도 바로 이 곳에서라는 것을 염두에 두기만 하시오."

이때, 쁘레오브라젠스키는 앞으로 많은 문제가 있음을 암시라도 하듯, 자신의 굵은 어깨 목 부위의 마비 증세를 손바닥으로 가볍게 두드리며 풀고 있었다.

"내 말을 믿으시오!"

필립 필립뽀비치는 음탕한 표정을 지으며 계속해 말하였다.

"만일 누구든지, 여기서 나를 실컷 매질해 준다면, 나는 맹세코, 50루블을 지불해 줄 텐데…. <세빌리아에서 그레나다까지…> 젠장할… 나는 5년 동안이나 뇌 속에서 그 놈의 돌기(突起)를 찾아내느라 앉아 있었어……. 당신은 아시지, 내가 어떤 일을 하였는지, 평범한 사람은 상상도 못해. 그리고 바로 지금에 와서는 무슨 목적으로? 하는데 문제가 있는 거야. 어느 날, 가장 사랑스런 개 한 마리를 저런 쓸모없는 것으로 변형시키기 위하여! 아아, 머리카락이 거꾸로 선다, 거꾸로 서!"

"예외적으로 특별하게 뭔가가……"

"완전히 당신과 동감이오. 자아, 의사 선생, 연구자가 말이요, 자신의 연구를 자연의 이치와 나란히 보조를 맞춰 가면서 손으로 더듬듯이 천천히 진행시키지 않고, 문제를 빨리 해결하려고 강행군을 해가며 확실히 밝혀내려 들었을 때, 어떤 결과가 얻어 지겠습니까! 봐요, 봐, 보라고, 샤리코프 같은 것이나 얻어다가 죽이나 먹이게 된 꼴을!"

"필립 필립뽀비치, 그런데 만일 스피노자의 뇌였었다면 어떻게 되었을까요?"

"암, 암!"

필립 필립뽀비치는 소리 높여 외쳐댔다.

“암, 정말 그럴까! 만일 그 개가 오로지 불행한 개라서 나의 칼 아래서 죽었다면 어떻게 되었겠소? 당신도 알다시피, 그 수술이 어떤 수술이었습니까? 한 마디로 말해서, 나는, 이 필립 쁘레오브라젠스키는 평생을 두고 그보다 더 어려운 수술은 해보지 못했소. 스피노자의 뇌하수체를 접목시키든, 아니면 다른 어떤 도깨비의 것을 갖다 붙이든지 하여, 개에서 아주 특별하고도 고상하게 가치 있는 존재를 만들어 낼 수도 있겠지, 하지만, 무엇하려고? 무슨 목적으로? 그런 짓을 하느냐, 하는데 문제는 있지 않겠소? 나한테 설명 좀 해 보시오, 그래, 어째서 스피노자의 머리를 인공적으로 만들어 내는 게 필요합니까? 누구나 평범한 보통의 아낙네도 언제든지 그와 같은 머리를 출산해 낼 수 있는데 말이오! 바로 저 먼 시골구석 할마고르이에서도 평범한 아낙 로모노소프 부인은 당대의 유명한 학자 로모노소프를 출산하지 않았습니까?! 의사 선생, 인류는 이 점을 염두에 두어야 합니다. 진화론적인 질서 속에서 매년 끊임없이 수많은 대중으로부터 가치 없고 쓸모없는 사람들이 배출되어 나오면서도, 이 세상을 아름답게 장식하는 유명한 천재들이 수없이 창조되고 있다는 것을 말이오. 이제 당신 이해가 가지요, 의사 선생, 왜 내가 당신이 샤리코프를 관찰하며 내린 당신의 추론들에 대하여 달갑게 여기지 않았는지를 말이오. 나의 발견, 악마나 물어 갔으면 좋을 그 놈의 발견. 당신이 떠맡다시피 한 그 발견은 말이요, 마치 꼭 깨진 동전 한 닢에 불과한 가치밖에…… 아, 우리 더 이상 이야기하지 맙시다, 이반 아르놀리도비치, 난 정말 이제 모든 것을 알았소. 나는 결코 쓸데없는 말을 지껄이지 않습니다. 이 점은 당신이 더 잘 알고 있을 거요. 이론적으로 이 일은 흥미롭지, 아암 그렇고말고, 아주 좋지 좋아. 생리학자들은 좋아서 어쩔 줄을 모를 테고…… 학풍에 가득 찬 모스크바는 제정신을 잃고 발광들을 해대고. 으음, 그런데, 실제적으로 무엇입니까? 뭐냐고요? 지금 누가 당신 앞에 있습니까?”

이때, 쁘레오브라젠스키는 손가락으로 관찰실 쪽을 가리켰다.

그 곳에서는 샤리코프께서 깊이 주무시고 계셨다.

“아주 특별하게 예외적인 병신 같은 놈.”

“그러나 그가 누굽니까? 클림! 클림!” 하며 교수는 소리쳤다.

“클림 추군낀! (이때, 보르멘딸리는 입을 딱 벌리고 말았다.) 실은, 자아, 보세요, 두 번의 유죄 판결, 알콜 중독, <평등 분배>, 털모자와 20루불이 감쪽같이 사라지고 (여기서 필립 필립뽀비치는 자신의 25주년 근속 기념제 때 받은 지팡이를 회상해 내고는 얼굴이 붉어지기 시작했다.) 인간 쓰레기에다 돼지…… 으음, 하지만, 내 반드시 그 지팡이를 찾아내고 말거야. 한마디로 말해서, 뇌하수체는 인간의 탈을 쓴 그런 인물을 결정해 주는 잠복성의 비밀 암실상자 입니다. 그런 인물 말이요, 그런! <세빌리아에서 그레나다까지……>"

필립 필립뽀비치는 격렬하게 눈알을 굴리면서 소리치고 있었다.

"하지만, 인간에게 흔히 있는 인물은 아니야! 뇌하수체 자체가 하나의 소규모 뇌라고! 하지만, 나에게 그런 뇌는 전혀 필요 없어. 그 놈의 뇌하수체 모두 다 돼지한테나 갖다 줘라. 나는 아주 다른 것에 대하여, 즉 우생학에 대하여, 그리고 인종 개량에 대하여 생각하며 온 신경을 써 왔다고. 그런데 이게 뭔가, 인간을 젊어지게 하려다가 오히려 무엇을 얻었는가! 정말로 당신은 내가 바로 돈 때문에 수술을 했다고 생각합니까? 정말로 나는 그래도 역시 학자입니다……."

"당신은 위대하신 학자이십니다, 진정…" 이때, 보르멘딸리가 꼬냑을 꿀꺽 삼키면서 말하였다. 그의 눈에서는 핏발이 서고 있었다.

"나는 2년 전에 처음으로 뇌하수체에서 성 호르몬을 배출시킨 후에 조그마한 실험을 한 번 실행시켜 보고 싶었어요. 그런데, 그것 대신에 무엇을 얻었습니까, 맙소사! 뇌하수체 속의 그 호르몬이, 오 하느님…… 의사 선생, 내 앞에는 흐릿한 절망만이 있소, 나는 맹세코, 상실하였……"

보르멘딸리는 갑자기 소매를 걷어 올리더니 눈을 아래로 깔면서 말하였다.

"실은, 귀중하신 선생님, 만일 당신이 자신의 모험을 감행하시기를 원치 않으신다면, 그 땐 제가 직접 그에게 비소를 먹일 겁니다. 저한테는 중요하지 않습니다, 아버지가 법원 예심판사입니다. 틀림없이, 결국, 그것은 당신의 고유한 실험실적 존재일 뿐입니다."

필립 필립뽀비치는 갑자기 잠잠해지며 유연해지더니 안락의자 속으로 무너져 내리듯이 몸을 던졌다. 그리고는 다음과 같이 말하였다.

"안 돼요, 나는 결코 당신한테 그걸 허용치 않을 것이오, 귀여운 소년.

내 나이가 60살이오, 나는 당신한테 충고할 수 있습니다. 범죄는 절대로 저지르지 마시오, 좋은 사람이건 나쁜 사람이건 사람을 반대하여 범죄를 저지르는 것은 안 됩니다. 노년이 될 때까지 깨끗한 손으로 살아남아야 해요."

"무슨 그런 말씀을, 필립 필립뽀비치, 만일 그를 또 그 쉬본제르가 마음대로 조종하는 날엔, 그에게서 무엇이 얻어 지겠습니까? 하느님 맙소사, 나는 오로지 지금에서야 이해하기 시작했어요, 이 샤리코프에게서 무엇이 나올 수 있겠습니까?"

"아하? 당신은 이제야 이해하셨군요. 하지만, 나는 수술 후 하루가 지나 바로 알았습니다. 그래서 바로, 쉬본제르는 가장 못난 바보 멍청이 입니다. 그는 샤리코프가 내게 있어서 보다 그에게 있어서 한층 더 위협적인 위험물 이라는 것을 깨닫지 못하고 있어요. 그래서 지금 그가 나를 잡으려고 샤리코프를 내모는데 온갖 노력을 다하고 있습니다. 만일 누구든지, 이번에는 거꾸로, 샤리코프를 쉬본제르 자신에게로 내몰기 시작한다면, 그에게는 아무 것도 남아나는 게 없을 거라는 것을 생각도 하지 못하면서 말이야!"

"물론이지요, 고양이를 죽이는 것만 보아도! 개의 심장을 지닌 인간!"

"오, 아녜요, 아냐."

필립 필립뽀비치는 천천히 말해 나아갔다.

"의사 선생, 당신이 가장 큰 실수를 하고 있군요, 제발, 개를 비방하지는 마시오. 고양이, 그것은 일시적으로…… 그것은 이삼 주일이면 없어질 규율 문제 입니다. 내 당신한테 보증하지요. 앞으로 한 달 정도만 더 지나면, 그는 고양이에게 덤벼드는 것을 그만 둘 것 입니다."

"그러면, 지금은 왜 그렇지요?……"

"이반 아르놀리도비치, 그것은 간단합니다, 당신은 무얼, 정말, 묻고 있어요? 그래요, 바로 뇌하수체가 아직 완전히 접목되지 않은 채 허공에 걸려 있는 상태 아닙니까. 틀림없이 그 뇌하수체가, 역시 어쨌거나, 개의 뇌에 접지 될 것이고, 조금만 더 기다려 보세요, 그 뇌하수체가 완전히 뿌리를 내릴 테니. 지금 샤리코프는 아직 오로지 개 뇌의 잔재만을 나타내고 있는 것이오, 그리고 이 점을 아셔야 합니다, 지금, 고양이 이거, 샤리코프가 하고 있는 행동들 가운데 그래도 가장 나은 행동이라는 것을 말이요.

생각해 보시오, 그가 이미 개가 아닌 바로 인간의 심장을 갖게 되는 날에는 얼마나 또 끔찍스러운 일이 벌어지겠소. 아마, 그것은 이 자연계에 존재하는 모든 것들 가운데 가장 추악한 심장이 될 겁니다."

극도로 흥분된 보르멘딸리는 깡마른 손에 주먹을 불끈 쥐더니 어깨를 으쓱 거린 다음 확고하게 말하였다.

"틀림없습니다. 저는 그를 죽여 버릴 겁니다."

"나는 그것을 절대 금합니다." 단호하게 필립 필립뽀비치는 대답하였다.

"아니, 무슨 그런 말씀을……."

갑자기 필립 필립뽀비치가 귀를 쫑긋하며 경각심을 높이더니 손가락을 위로 들어 올렸다.

"잠깐, 가만있어 봐요…… 나한텐 무슨 발자국 소리가 들렸어요."

두 사람은 귀를 기울여 경청하기 시작했다, 그러나 아파트 안은 조용하였다.

"아무 것도 아니군요." 하고 말하고서 필립 필립뽀비치는 독일어로 열심히 말하기 시작했다. 그의 말 가운데 몇 번 러시아어 단어 <형사사건>이 들리고 있었다.

"잠깐만요," 갑자기 보르멘딸리가 주의를 기울이더니 문 쪽으로 발걸음을 옮기기 시작했다. 분명히 발자국 소리가 들리고 있었으며, 그 소리는 집무실 쪽으로 다가오고 있었다. 그 외에도 투덜투덜 대는 목소리가 들렸다.

보르멘딸리가 문을 세게 열더니 깜짝 놀라며 뒤로 껑충 물러섰다. 완전히 깜짝 놀란 필립 필립뽀비치는 그만 안락의자 속에서 온몸이 굳어져 버렸다.

조명빛이 밝게 비치는 복도의 사각 모서리 가운데에 잠옷 하나만 달랑 걸친 다리야 뻬뜨로브나가 곧 싸울 듯이 얼굴이 빨갛게 달아오른 채 서있었다.

그리고 그녀의 완전한 알몸에서 강하게 비쳐 나오는 풍부한 조명빛은 의사와 교수에게 공포에 가깝게 여겨지면서 두 사람의 눈을 부시게 하고 있었다.

다리야 뻬뜨로브나의 힘센 팔뚝에는 뭔가가 질질 끌려오고 있었다. 그리고 이 뭔가의 물체는 완강히 버티면서 엉덩이를 뒤로 빼며 주저앉으려

하고 있었으며, 까만 솜털로 뒤덮인 그의 짧은 두 다리는 쪽나무 마룻바닥을 따라 비틀비틀 서로 엉키고 꼬이면서 갈지자로 휘청거리고 있었다.

물론, 그 뭔가의 물체는 샤리코프로 판명 났다.

그는 완전히 인사불성에다 아주 취해 있었으며 머리털이 사방팔방으로 덥수룩하게 흐트러진 채, 루바쉬까 하나만 달랑 걸치고 있었다.

거대한 체구의 벌거숭이 다리야 뻬뜨로브나는 샤리코프를 마치 감자 자루처럼 마구 흔들어 대며 다음과 같이 말하였다.

"얼마나 꼴사나운가 한 번 보세요, 교수님, 우리 방의 불청객 쩰레그라프 쩰레그라포비치를. 저는 시집갔었던 몸이지만, 지나는 순결한 처녀란 말예요. 제가 다행히 잠에서 깨어났기에 망정이지."

이 말을 마치고 나자 다리야 뻬뜨로브나는 자신의 옷차림이 부끄러운 상태라는 것을 알아차리고는 얼른 손으로 젖가슴을 가리면서 비명을 지르며 복도 끝으로 사라졌다.

"다리야 뻬뜨로브나, 용서하시오, 제발!"

제정신을 차린 필립 필립뽀비치가 얼굴이 새빨개져서 그녀의 뒤에다 대고 소리쳤다.

보르멘딸리는 루바쉬까 소매를 조금 위로 걷어 올리더니 샤리코프를 향해 돌진해 갔다. 필립 필립뽀비치가 그의 눈빛을 쳐다보고 나더니 몹시 두려워하며 몸서리 쳤다.

"뭐 하려는 거요 당신, 의사! 내가 절대 금한다고……"

보르멘딸리가 오른 손으로 샤리코프의 목덜미를 잡고 그를 세게 잡아 흔들어 대는 바람에 셔츠 뒷부분의 피륙이 찍 소리를 내며 찢어졌으며 앞의 목에서는 단추가 떨어져 나갔다.

필립 필립뽀비치는 보르멘딸리의 앞을 가로질러 뛰어 가서는 비실비실하게 초라한 샤리코프를 접착력 강한 외과수술 의사의 손아귀 속에서 잡아 빼내기 시작하였다.

"당신은 나를 때릴 권리를 가지고 있지 않아."

목이 죄여져 숨도 제대로 못 쉬는 샤리코프는 바닥에 주저앉아서 취기가 가시는 듯 소리쳤다.

"의사!" 필립 필립뽀비치는 절규하고 있었다.

보르멘딸리는 약간 제 정신을 차리고 나서 샤리코프를 놓아 주었다. 그러자 곧 샤리코프는 넋두리를 해대며 흐느껴 울기 시작했다.

"으음, 알겠어요," 보르멘딸리가 씩씩거리며 말하였다.

"일단 아침까지 기다립시다. 그가 술에서 깨어나는 대로, 내 그에게 특별 공연을 열어 주고 말테니까."

여기서 그는 샤리코프의 겨드랑이 밑을 잡고 그를 재우러 응접실로 질질 끌고 갔다. 이때, 샤리코프는 뒷발질을 해대며 고집을 부리려고 시도하였으나, 이미 그의 다리는 말을 듣지 않고 있었다.

필립 필립뽀비치는 두 다리를 벌리고 멍하니 서 있었으며, 그 바람에 그의 하늘색 할랏트 앞자락 끝은 양 옆으로 벌어져 있었다. 그는 두 손을 위로 쳐들며 복도 천정 위의 램프 쪽을 쳐다보더니 혼자 중얼중얼 거리고 있었다.

"말은 해 뭘 해, 말은……"

9.

그러나 다음날 아침 의사 보르멘딸리가 약속한 샤리코프의 특별 공연은 집행되지 못했다. 이유는 뽈리그라프 뽈리그라포비치가 집에서 사라져 버린 것이다.

보르멘딸리는 아주 격분하여 낙담하며 현관 문 열쇠를 숨기지 않은 자기 자신을 바보 멍청이라고 탓하였으며, 이건 절대로 용서할 수 없는 일이라고 소리치면서 샤리코프가 버스 밑에나 가 치어 죽기를 바라는 것으로 끝을 맺고 있었다.

필립 필립뽀비치는 집무실에 앉아 손가락을 머리카락 속에 찔러 넣고는 다음과 같이 말하였다.

"거리에서 어떤 일이 일어날 것인지 상상이 가는 군…… 상상이 간다고. <세빌리아에서 그레나다까지……> 맙소사……"

"그가 주택 관리 위원회에 또 갔을지도 몰라." 하며 보르멘딸리는 격분하여 어디론가로 달려 나갔다.

주택 관리 위원회에서 보르멘딸리는 위원장 쉬본제르의 심한 욕설과 함께 호되게 모욕당하였다. 그리고 이 욕설은 그가 하모브니체스키 지역 인민 법정에 원서를 쓰기 위하여 자리에 앉기 전까지 계속되었다.

그는 원서를 쓰면서도 자신은 쁘레오브라젠스키 교수의 피양육자를 지켜주는 파수꾼이 아니며, 더구나 그 피양육자 뽈리그라프는 흡사 소비 조합 상점에서 교과서를 구입 할 것 같이 7루불을 주택 관리 위원회로부터 빌려가지고 나갈 정도로, 이제 더 이상 어제와 같은 천치 병신이 아니라고 소리치고 있었다.

3루블에 샤리코프를 찾는 일을 시작한 표도르는 온 아파트 안을 위에서 아래까지 샅샅이 뒤져가며 수색에 나섰다.

하지만, 그 어디에도 샤리코프의 흔적은 하나도 없었다.

단지, 뽈리그라프가 새벽에 찬장에서 붉은 빛깔의 병 하나와 의사 보르멘딸리의 장갑 그리고 자신의 모든 신분증을 챙기고 나더니, 챙모자에 목도리 그리고 외투 차림으로 떠났다는 것만이 밝혀졌다.

다리야 뻬뜨로브나와 지나는 샤리코프가 더 이상 돌아오지 않을 것이라는 기쁨과 희망을 감추지 못하면서 성급히 표출하고 있었다. 다리야 뻬뜨로브나에게서 샤리코프는 전날 밤에 3루불 50꼬뻬이까를 빌렸다.

"그렇게 당신은 해야만 했어, 으응, 어쩌자고 돈은 꾸어 주었나!"

필립 필립뽀비치가 주먹을 부르르 떨며 고함쳤다.

하루 종일 전화벨이 울렸다.

그리고 그 다음 날도 전화벨은 계속하여 울리고 있었다. 의사들은 평상시와 달리 아주 적은 수의 환자들만 받았다.

하지만, 세 번째 날에 두 의사들은 경찰에 이 사실을 알려야 하는지와 모스크바의 혼란스러운 미로 속에서 어떤 방법으로 샤리코프를 찾아내야 하는지에 대한 문제를 가지고 집무실 안에서 진지한 토의에 들어갔다.

그리고 <경찰>이라는 단어가 막 발음되자마자, 아부호브 골목의 경건한 고요함을 깨며 요란한 화물 자동차 소리가 울리더니 아파트 창문이 떨리기 시작했다.

그리고 나서, 확실한 초인벨 소리가 자신만만하게 울리더니, 현관 앞에 뽈리그라프 뽈리그라포비치가 나타났다.

교수도 그리고 의사도 그를 맞이하러 나갔다.

뽈리그라프는 범상치 못한 거만을 떨며 안으로 들어서더니 완전한 침묵 속에서 챙모자와 외투를 벗어 고리 위에 걸었다.

곧 그의 새로운 모습이 확인되어 졌다. 그는 어깨도 맞지 않는 다른 사람의 가죽 재킷에다가 다 닳아 빠진 가죽 바지를 입고 있었고, 발에는 무릎까지 끈으로 매는 영국제의 높은 장화 구두를 신고 있었다.

쁘레오브라젠스키와 보르멘딸리는 꼭 명령이라도 받은 것처럼 동시에 팔짱을 끼더니 뽈리그라프 뽈리그라포비치로부터의 첫 번째 통첩을 기다리며 문지방가에 서있었다.

그는 빳빳한 머리카락을 쓰다듬더니 헛기침을 한 다음 주위를 둘러보았다. 곧 그의 얼굴에 당혹스러워 하는 표정이 역력하였으며, 그는 자신의 이런 당혹스러움을 무례함의 도움으로 감추려 하였다.

"필립 필립뽀비치, 나는 공직에 임용 받았소." 마침내 그가 말하기 시작하였다.

두 의사는 분명치 않은 메마른 목구멍소리를 내면서 살짝 움직였다. 쁘레오브라젠스키가 먼저 냉정을 되찾고 손을 내밀며 말하였다.

"공식 문서를 줘 보시오."

문서에는 다음과 같이 찍혀져 있었다.

<이 문서의 지참인 뽈리그라프 뽈리그라포비치 동무는 실제로 엠. 까. 하. 국(局) 소속으로, 주인 없는 부랑 동물들(고양이 등)을 소탕하는 모스크바시 청소과과장이다.>

"그러면," 필립 필립뽀비치는 힘들게 말하고 있었다.

"누가 당신의 취직자리를 만들어 주었지요? 아하, 알만 하군, 하지만 한 번 내 직접 알아맞혀……"

"그래요, 쉬본제르가 만들어 주었소." 샤리코프가 대답하였다.

"어째서 당신의 몸에서는 이렇게 몹시 역한 냄새가 나는지 물어 봐도 될까요?"

샤리코프는 자켓에 코를 대며 걱정스러운 듯이 냄새를 맡기 시작했다.

"아니, 무슨 놈의, 냄새가 난다고…… 으음, 알겠다. 직업의 특수성 때문에. 어제 고양이들을 목 졸라 죽이고, 또 죽이고 했거든."

필립 필립뽀비치는 몸서리를 치며 보르멘딸리를 쳐다보았다.

그의 눈은 마치 샤리코프를 향하여 곧장 정조준 된 두 개의 검은색 총구를 연상시키고 있었다. 아무런 서두도 없이 그는 샤리코프에게로 달려들더니, 손쉽게 그리고 확실하게 그의 인후부를 꼭 잡아 버렸다.

"살려줘!"

샤릭코프는 얼굴이 하얗게 변하면서 우는 소리로 애원하기 시작했다.

"의사?!"

"아무 다른 말씀도 하시지 마십시오, 필립 필립뽀비치, 걱정 마십시오." 보르멘딸리가 쇳소리를 내며 대꾸하더니 큰소리로 외치기 시작했다.

"지나 그리고 다리야 뻬뜨로브나!"

그들이 즉시 현관에 나타났다.

"자아, 나의 말을 그대로 따라서 반복해" 보르멘딸리가 말하였다. 그리고는 샤리코프의 목을 조금 더 짓누르며 외투걸이 쪽으로 밀어 붙였다.

"저를 용서해 주세요, 하고 말해……."

"그래 좋아, 반복할게."

아주 깊은 타격을 받은 샤리코프는 쉰 목소리로 씩씩거리며 대답하였다. 그리고는 갑자기 입을 크게 벌려 한숨에 공기를 들이마시더니 경련을 일으키며 몸을 바르르 떨었다. 그는 <살려줘> 하고 비명을 지르려고 시도하였으나, 그의 비명 소리는 나오지 않았다. 이미 그의 머리는 걸린 외투 속으로 완전히 잠기고 있었다.

"의사, 당신 제발 그만두시오!"

샤리코프는 그가 복종할 것이며 시키는 대로 따라 할 것이라는 뜻으로 고개를 끄덕이기 시작했다.

"…저를 용서해 주세요, 매우 존경하는 다리야 뻬뜨로브나, 그리고 지나이다…."

"쁘로코피예브나." 옆에서 지나가 깜짝 놀라하며 소곤거렸다.

"아아, 쁘로코피예브나…" 완전히 목소리가 잠긴 샤리코프가 숨을 헉헉 거리며 말하였다.

"…제가 허물없이 제멋대로 행동하였으며……"

"…허물없이……"

"…밤에 취한 상태로 추악한 언행을……"

"…취한 상태로……"

"…결코 다시는 더 이상 안 그럴 겁니다……"

"… 그럴 거……"

"놓아 주세요, 그를 놓아 주세요, 이반 아르놀리도비치." 두 여자들이 동시에 간원하기 시작했다.

"당신은 그를 질식시켜 죽이겠어요!"

마침내, 보르멘딸리는 샤리코프를 풀어 주고는 말하였다.

"화물 자동차가 당신을 기다리고 있나?"

"아닙니다." 뽈리그라프가 공손하게 대답하였다.

"그는 오로지 나만을 태우고 왔습니다."

"지나야, 차를 돌려 보내거라. 이제 지금은 다음을 염두에 두시오, 당신은 다시 필립 필립뽀비치의 아파트로 돌아왔지요?……."

"그럼, 지금 내가 또 어디로 가요?"

샤리코프가 생각에 잠겨 멍청해 하면서 겁먹은 듯이 대답하였다.

"아주 좋아요. 물은 고요할수록 좋고 풀은 낮을수록 좋지. 만일 반대의 경우로, 추악한 언행을 일삼을 때 마다, 당신은 나한테 이와 같이 벌 받을 줄 아시오! 알겠소?"

"알겠어요." 샤리코프는 대답하였다.

필립 필립뽀비치는 샤리코프를 폭행하는 동안 내내 침묵하고 있었다. 그는 웬일인지 가엾고 쓸쓸하게 문지방가에 몸을 웅크리고 앉아 눈을 아래로 깔고는 나무 바닥을 쳐다보면서 손톱을 물어뜯고 있었다.

그리고 나서 갑자기 눈을 샤리코프에게로 들어 올리더니 의식 없이 그냥 내뱉듯 둔탁한 목소리로 물었다.

"당신은 그…… 죽인 고양이들을 가지고 무얼 합니까?"

"그 가죽으로 외투를 만들죠." 샤리코프가 대답하였다.

"고양이에서 노동자들한테 입히는 다람쥐 털외투가 만들어질 거요."

이 후, 아파트 안에는 고요함이 찾아 왔으며, 이 고요함은 이틀 동안 계속되었다. 뽈리그라프 뽈리그라포비치는 아침에 요란히 울려대는 화물 자동차를 타고 떠났다가 저녁에 나타나서는 필립 필립뽀비치 그리고 보르멘딸리와 같이 동석하여 조용히 식사 하였다.

보르멘딸리와 샤리코프는 한 방, 응접실 안에서 잠을 자고 있었음에도 불구하고, 이들은 서로 아무런 대화도 나누지 않고 있었다.

그래서 보르멘딸리가 먼저 지루해지기 시작했다.

약 이틀이 지나 아파트 안에는 창백하게 야윈 아가씨 한 명이 군데군데 뜯어 고치고 그려 붙인 것 같은 눈에 담황색 스타킹을 신고 나타났다. 그녀는 아파트 내부의 화려하고 호화스러움에 아주 당황하고 있었다. 아주 많이 낡은 외투를 걸쳐 입은 그녀는 샤리코프의 뒤를 따라 안으로 걸어 들어오다가 응접실에서 교수와 마주쳤다.

교수는 너무나 어이가 없는 듯이 한동안 멍하니 멈추어 서 있었다. 그리고는 가늘게 실눈을 뜨고는 물었다.

"누군지 가르쳐 주시겠나?"

"나는 그녀와 결혼 등록을 할 거요, 이 여자는 우리 타이피스트이고, 나와 함께 살거요. 보르멘딸리를 응접실에서 추방시켜야 해요, 그한테는 자기 아파트가 있잖소."

샤리코프는 찌푸린 얼굴을 하고 아주 불손한 말투로 분명하게 말하였다.

필립 필립뽀비치가 얼굴이 빨개진 그 아가씨를 쳐다보면서 눈을 깜박이며 잠시 생각하더니, 아주 정중하게 그녀를 자신의 집무실 안으로 초대하였다.

"잠깐만 저의 집무실 안으로 들어가 주시기 바랍니다."

"나도 그녀와 함께 들어갈 거요."

샤리코프가 급히 서두르며 의심쩍은 듯이 말하였다.

그러자 이때, 마치 순간적으로 땅 속에서 바로 솟아나듯이 보르멘딸리가 급히 나타나서는 단호한 자세를 취하였다.

"미안합니다만," 하며 그가 말하기 시작했다.

"교수님은 부인과 대담하시고, 그 동안 당신은 나와 함께 여기에 있읍시다."

"나는 원하지 않소." 필립 필립뽀비치와 두려움에 사로잡힌 아가씨의 뒤를 따라 집무실 안으로 돌진해 들어가려 하면서 샤리코프는 적의에 차 대꾸하였다.

"안 돼, 용서하시오." 보르멘딸리는 샤리코프의 손을 꽉 잡았다. 그리고 그들은 관찰실 쪽으로 걸어갔다.

약 5분 동안 집무실로부터 아무 소리도 들려오지 않았다. 그러더니, 갑자기 그 아가씨의 흐느끼는 울음소리가 둔탁하게 울려 퍼지기 시작하였다. 필립 필립뽀비치는 책상가에 서 있었으며 아가씨는 더러운 레이스 손수건을 눈에 대고 울고 있었다.

"그가 말했어요, 그 무뢰한 자식이, 전투에서 부상당했다고." 아가씨가 소리 내어 울기 시작했다.

"거짓말이야!"

필립 필립뽀비치가 강직하게 대답하였다. 그는 고개를 좌우로 흔들고 나서 계속해 말하였다.

"나는 당신이 참으로 가엾소, 하지만 이것은 있을 수 없는 일이요, 어떻게 만난 지도 얼마 안 돼 가지고, 단지 직무상의 지위 때문에… 아가, 정말로 이건 꼴불견이야…… 실은…"

그는 책상 서랍을 열더니 10루블짜리 지폐 3장을 꺼냈다.

"나는 독약이라도 먹고 자살할 거예요," 아가씨는 계속 울면서 말하였다.

"식당에서 소금에 절인 고기를 매일……. 그는 위협해대며 말하기를, 자기가 붉은 군대의 지휘관으로……. 나와 함께 너는 멋진 아파트에서 살게 될 거라고 말하면서……. 매일 같이 파인애플에다…… 그는 말하기를, 나의 심성은 선량해, 나는 단지 고양이만 증오해……. 그는 내게서 반지를 기념으로 가졌……."

"아암, 암, 암, 암, 심성 한번 착하지 착해, <세빌리아에서 그레나다까지>," 필립 필립뽀비치는 중얼거렸다.

"참고 견뎌야 해요, 당신은 아직 아주 젊고……."

"정말로 개구멍에서였나요?"

"돈이나 받으시오, 빌려주는 것처럼 생각하고." 필립 필립뽀비치가 큰 소리 말하였다.

그 후, 마치 의식 행사 때처럼 문이 넓게 활짝 열리더니, 보르멘딸리가 필립 필립뽀비치의 초청에 따라 샤리코프를 데리고 들어왔다. 샤리코프는 눈알을 사방으로 굴리고 있었으며, 그의 머리털은 마치 구둣솔처럼 빳빳하게 위로 치솟아 있었다.

"어째서 당신의 이마에 상처가 났는지, 어디 한번 이 부인에게 애써 설명 좀 해주시지요." 필립 필립뽀비치가 간사하게 청하였다.

막판에 몰린 샤리코프는 모든 것을 다 걸고 도박을 감행하듯이 다음과 같이 말하기 시작했다.

"나는 꼴차코프스키 전선[44]에서 부상당하였소." 그가 지껄여 댔다.

아가씨가 벌떡 일어나 큰소리로 울부짖으면서 밖으로 나갔다.

"거기 서시오!" 필립 필립뽀비치가 그녀의 뒤에다 대고 소리쳤다.

"잠깐 기다리세요! 반지를 빼서 주시오." 그는 샤리코프 쪽으로 얼굴을 돌리며 말하였다.

샤리코프는 순순히 손가락에서 에머럴드가 박힌 속 빈 반지를 하나 빼냈다.

"으음, 알았어," 갑자기 악의 있게 샤리코프가 말하였다.

"너 똑똑히 알아 둬라, 나를. 내일 내 너를 정원 감축시켜 버리고 말테니!"

"그를 두려워하지 마시오!" 보르멘딸리가 곧이어 소리쳤다.

"내가 그를 아무 것도 하지 못하도록 할 테니."

보르멘딸리는 돌아서더니 샤리코프를 노려보기 시작했으며, 샤리코프는 뒤로 뒷걸음치다가 장식장에 뒤통수를 세게 부딪쳤다.

"그녀의 성은 무엇인가?" 보르멘딸리가 그에게 물었다.

"성은?"

그는 갑자기 울부짖듯이 소리치면서 야만적이고 무시무시하게 돌변하기 시작했다.

"바스녜쪼바,"

샤리코프는 어디론가 도망갈 구멍이라도 찾듯이 눈알을 굴리며 대답하였다.

"매일 같이,"

샤리코프 재킷 앞깃을 꽉 움켜잡은 보르멘딸리가 질책하듯 말하기 시작했다.

---

44) 1918년에서 1920년에 걸친 꼴차크의 반(反)쏘비에트 동란을 말함.

"내 자신이 몸소 청소과에다 여성 공민 바스네쪼바가 해고되었는지 아닌지를 직접 조회해 볼 것이오. 그래서 만일 오로지 당신이…… 그녀가 해고 된 것을 내 알게 되기만 하면, 바로 이 자리에서 직접 내 손으로 당신을 쏴 죽여 버리고 말테니! 똑똑히 기억해 두시오, 샤리코프, 내 러시아어로 말합니다!"

샤리코프는 꼼짝 않고 서서 보르멘딸리의 코를 뚫어지게 쳐다보고 있었다.

"내 자신의 권총을 찾아 봐야……" 뽈리그라프는 중얼중얼 거렸으나, 아주 기운이 없는 듯 축 늘어져 있었다.

그러다가 갑자기 교묘히 기회를 포착하고서 재빨리 문 쪽으로 뛰쳐나갔다.

"똑똑히 기억해 두라고!" 보르멘딸리의 외침 소리가 그를 뒤쫓아 따라가며 울려 퍼지고 있었다.

밤 내내 그리고 다음날 오전 까지 아파트 안에는 소나기 쏟아지기 바로 전의 먹구름과 같은 어두컴컴하고 우중충한 분위기만이 짙게 깔려 있었다.

하지만, 모두들 아무 말 없이 잠자코 침묵만을 지키고 있었다.

그리고는 바로 다음날, 즉 아침에 좋지 않은 예감으로 머리가 쿡쿡 쑤신 뽈리그라프 뽈리그라포비치가 음울한 얼굴로 화물 자동차를 타고 직장을 향하여 떠나고 났을 때, 교수 쁘레오브라젠스키는 아주 예정에도 없던 시간에 자신의 예전 환자들 가운데 한 명을 접견하였다.

뚱뚱한 체구에 키가 훤칠한 그 사람은 군복 차림을 하고 있었다. 그는 끈질기게 면담을 요구하다 마침내 얻어 내고야 말았다. 집무실 안으로 들어가면서, 그는 교수를 향하여 정중하게 차렷 자세를 취하였다.

"당신 통증이 다시 시작되었나요?"

얼굴이 핼쑥해진 필립 필립뽀비치가 그에게 물었다.

"앉으세요."

"감사합니다. 아닙니다, 교수님,"

손님은 헬멧을 책상 귀퉁이에 놓으면서 대답했다.

"저는 당신한테 아주 감사를 입었어요. 음…… 저는 이번에는 좀 다른 일로 해서 당신한테 왔습니다, 필립 필립뽀비치…… 늘 커다란 존경심을 지니면서… 음. 미리 예고하기 위해서…… 아주 명백한 넌센스지요. 순전히 그 비열한 놈이…"

환자는 가방 속을 뒤적뒤적 이더니 서류 한 장을 꺼냈다.

"좋습니다, 제게 직접 보고해 주셔서……."

필립 필립뽀비치는 안경 위에 코안경을 덧붙여 끼고는 서류를 읽어 내려가기 시작했다. 그는 시시각각으로 얼굴색이 변하면서 오랫동안 중얼중얼 거리고 있었다.

<…… 그리고 또한 주택 관리 위원회 위원장 쉬본제르 동무를 죽이려고 위협하였다. 이런 사실로 보아 그가 총포 화기를 보유하고 있음이 분명하다. 그리고 그는 반(反)혁명적인 언사를 일삼으며, 그의 아파트에서 거주 등록도 받지 않고 비밀리에 살고 있는 자신의 조수 보르멘딸리 이반 아르놀리도브이와 함께 명백한 멘셰비키와 같이 행동하며, 심지어 엥겔스의 책조차도 자신의 하녀 지나이다 쁘로코피예바 부니나를 시켜 뻬치카 속에 불태워 버리라고 명령하였다.

나는 확인함—청소과 과장 뻬. 뻬. 샤릭코프의 서명,

주택 관리 위원회 위원장 쉬본제르, 비서 뻬스뜨루힌>.

"당신은 내게 이것을 남겨 두시고 가시겠어요?" 필립 필립뽀비치는 얼굴이 온통 빨갛게 바뀌면서 물었다.

"아니면, 미안합니다만, 혹시, 법정에 제출하시는 일로 당신한테 이게 필요하신 건가요?"

"그렇지는 않지요, 교수님,"

환자는 매우 모욕을 받은 듯 콧구멍을 벌렁벌렁 거렸다.

"당신은 정말 아주 멸시적으로 저희들을 보고 계시는 군요. 나는……."

그리고 그는 여기서 아주 거만스럽게 화를 내기 시작했다.

"아니, 그게 아니고, 미안합니다, 미안해요,"

필립 필립뽀비치는 중얼거리기 시작했다.

"용서하시오, 나는, 사실상, 당신을 모욕 주려고 한 말이 아닙니다."

"우리도 그 따위 허위 문서 하나쯤은 제대로 읽을 수 있다고요, 필립 필립뽀비치!"

"아아, 화내시지 마십시오, 그가 그토록 나를 귀찮게 굴었기에……."

"저도 알고 이해하고 있어요."

환자는 화를 진정하고 완전히 정상적인 상태로 돌아왔다.

"하나, 그래도 역시 아주 대단한 건달은 건달이야! 그를 한 번 만나보고 싶은 데요. 장안에서는 지금 당신에 대하여 바로 어떤 전설 같은 이야기들을 하고 있습니다."

필립 필립뽀비치는 오로지 필사적으로 손을 내저어 흔들고 있을 뿐이었다.

여기서 환자는 교수의 등이 고양이 등처럼 굽어졌으며 근래에 머리가 몰라보게 더 쉰 것처럼 하얗게 백발이 되어 있는 것을 알아차렸다.

* * *

죄가 무르익으면 돌처럼 떨어지게 마련이다. 그리고 이것은 보통 있는 일이다. 불안한 가슴을 안고 뾜리그라프 뾜리그라포비치는 화물 자동차를 타고 돌아왔다. 필립 필립뽀비치의 목소리가 그를 관찰실 안으로 초청하고 있었다.

깜짝 놀란 샤리코프가 관찰실 안으로 들어와서는 약간 두려워하면서, 먼저 보르멘딸리의 얼굴 그리고 이어서 필립 필립뽀비치의 얼굴을 번갈아 가며 뚫어지게 쳐다보기 시작했다.

조수의 얼굴 주위에는 먹구름이 잔뜩 끼여 있었으며, 담배를 든 그의 왼손은 조산용 안락의자의 번쩍이는 손잡이 위에서 약간 떨리고 있었다.

태연하게 침착해진 필립 필립뽀비치가 흉사를 예언이라도 하듯이 아주 기분 나쁜 소리로 말했다.

"당장 짐을 싸시오, 바지, 외투, 당신한테 필요한 모든 것, 그리고 이 아파트에서 당장 나가."

"아니, 이게 무슨?" 샤리코프는 진정으로 놀라고 있었다.

"오늘 이 아파트에서 당장 나가라고." 필립 필립뽀비치는 샤리코프를 꼴도 보기 싫은 듯이 애써 눈을 가늘게 뜨고는, 자신의 손톱을 쳐다보면서 조금 전과 똑같은 어조로 반복해 말하였다.

분명히, 어떤 사악한 귀신의 혼이 뾜리그라프 뾜리그라포비치에게 깃들고 있었고, 죽음의 사자가 이미 그를 지켜보고 있었으며, 그의 운명은 바로 어깨 너머에 와 있었다.

그리고 그는 자신이 직접 피할 수 없는 운명과 껴안기라도 하듯이, 악의에 가득 찬 말투를 끊어졌다 이어졌다 해가며 짖어대었다.

“아니 이게 무슨 놈의 소리야? 정말로. 무엇하려고 내가, 올바른 처분과 심판을 당신한테서 찾을 필요가 있겠나? 나는 16 아르신만큼의 여기 내 자리에서 살고 있고, 또 앞으로도 살거야!”

“아파트에서 물러가시오!” 몹시 흥분한 필립 필립뽀비치는 숨이 찬 듯 속삭이는 소리로 말하였다.

샤리코프는 자신이 몸소 자신의 죽음을 자초하고 있었다.

그는 왼 손을 번쩍 들더니 필립 필립뽀비치를 향해 고양이 냄새가 역겹게 풍기는 물어뜯어진 엄지손가락을 가운데와 집게손가락 사이로 내밀어 아주 모욕적인 손짓을 하였다. 그리고 나서는 곧 오른손으로 자신에게 위험한 보르멘딸리를 향하여 호주머니 속에서 권총을 꺼냈다.

순간 보르멘딸리의 손에서 담배가 유성처럼 떨어졌다.

그리고 몇 초 지나서 심한 두려움에 가득 찬 필립 필립뽀비치는 깨진 유리창을 밟으며 껑충껑충 뛰어 장식장에서 침대 의자 쪽으로 달려갔다.

침대 의자 위에는 청소과 과장이 사지를 크게 벌린 채 목쉰 소리를 내며 누워 있었고, 그의 가슴팍 위에는 외과 의사 보르멘딸리가 자리를 잡고 앉아서 하얀색의 조그만 베게로 그를 질식시키고 있었다.

몇 분이 지나자, 자신의 예전 얼굴이 아닌 의사 보르멘딸리가 현관 정문 쪽으로 걸어 나가더니 초인종 옆에 나란히 다음과 같은 메모 쪽지를 붙이기 시작하였다.

<오늘은 교수의 병 때문에 접수 받지 않음.
벨을 눌러 시끄럽게 하지 마시기 바랍니다.>

그는 칼날이 번뜩이는 펜나이프로 전화선을 절단하고 나서, 온통 할퀴어져 피투성이가 된 자신의 얼굴과 사방으로 갈기갈기 찢기어져 약하게 팔딱팔딱 뛰며 떨리는 두 손을 거울에 비쳐 보았다.

그 다음에 그는 부엌 문 안에 나타나서 바짝 긴장하고 있던 지나와 다리야 뻬뜨로브나에게 다음과 같이 말하였다.

“교수님께서는 당신들 보고 절대로 아파트 밖으로 나가지 말라고 청하셨습니다.”

“알았습니다,” 지나와 뻬뜨로브나는 벌벌 떨며 대답하였다.

“내가 뒷계단 쪽 비상통로의 문을 잠그고 열쇠를 가지고 가게 해 주시오.”

보르멘딸리가 문 뒤의 그림자 속으로 얼른 몸을 숨기며 손바닥으로 얼굴을 가리면서 말하기 시작했다.

“이것은 임시적으로 그렇게 하는 것이지, 당신들을 못 믿어서가 아니요. 그러나 누군가가 와서 문을 두드려 당신들이 정 못 참겠거든 문을 여시오, 하지만 열쇠는 나한테 있소. 나와 교수님을 방해해서는 절대 안 됩니다, 우리들은 아주 바쁠 것이오.”

“알겠습니다.” 두 여자들은 대답하였다. 그리고는 곧 얼굴색이 파리하게 질리기 시작했다.

보르멘딸리는 뒷계단 문을 잠그고 열쇠를 가지고 가더니 현관 정문도 잠가 버렸으며 복도에서 응접실로 통하는 문도 잠가 버렸다. 그리고 나서 그의 발걸음은 관찰실 안으로 사라져 버렸다. 고요한 적막이 아파트 안을 뒤덮으며 구석구석으로 스며들기 시작했다.

그리고는 땅거미가 밀려오고 있었다. 그것은 추악하고 불길해 보였으며 팽팽하게 긴장감이 도는 것이, 한 마디로 말해, 그것은 어둠, 그리고 암흑이었다.

사실상, 그 후에 일이지만, 이웃집 사람들은 마당 건너에서 다음과 같이 말하고 있었다. 바로 그 날 저녁에 마당 쪽으로 난 관찰실 창문을 통하여 보니, 쁘레오브라젠스키 교수 아파트의 모든 불이 환하게 켜져 있는 것 같았으며, 심지어 자신들이 직접 교수의 하얀색 원통형 모자를 보기조차 하였다는 등…….

하지만, 이것을 확인하기는 어렵다.

사실상, 지나조차도, 이미 모든 일이 다 끝났을 때, 쓸데없는 말을 지껄이고 있었다. 즉, 보르멘딸리와 교수가 관찰실에서 밖으로 나온 후에, 그녀는 집무실 안의 난로 가에서 이반 아르놀리도비치를 보고 놀라 죽는 줄 알았다는 것이다.

흡사 그는 집무실 안에 쭈그리고 앉아 있는 것 같이 보였으며, 교수의 환자들의 병기록이 적혀져 있는 일지 꾸러미에서 파란색 겉표지의 노트 하나를 자신의 손으로 직접 꺼내더니 난로 속에 태워 버리더라는 것이다.

그 때, 의사의 얼굴은 완전히 푸른빛 이였으며 얼굴이 온통 산산조각으로 할퀸 자국투성이였고, 필립 필립뽀비치 자신도 그 날 저녁에는 전혀 예전의 그와 같지 않게 보였다는 것이다. 그리고 또한, 뭔가가…….

그렇지만, 아마도, 쁘레치스쩬스키 아파트의 순진한 처녀가 거짓말을 하고 있을지도…….

단 한 가지는 보증할 수 있겠다.

바로 이 날 저녁에 아파트 안에는 가장 완전한 평온만이, 그리고 가장 무시무시한 정적만이 흐르고 있었다.

끝

에필로그

밤이 지나고 또 밤이 지나 관찰실 안에서 교전이 있은 지 10일이 지나서, 아부호브 골목 안의 쁘레오브라젠스키 교수의 아파트에는 날카로운 초인벨 소리가 울리고 있었다. 지나는 문 밖에서 나는 소리에 기절초풍을 하며 놀랐다.

"형사범죄 경찰과 예심판사입니다. 문을 열어 주시오."

여럿이서 막 뛰어 들어오는 듯한 발자국 소리가 뚜벅뚜벅 나기 시작하더니 사람들이 안으로 들어오기 시작했다. 새로 유리를 갈아 낀 장식장이 놓여 있고 불빛에 사방이 번쩍번쩍이는 응접실 안으로 많은 사람들이 몰려들어 왔다.

두 명은 경찰복장을 하고 있었고, 한 명은 검은색 외투에 가방을 끼고 있었으며, 남의 재앙을 기뻐하는 위원장 쉬본제르도 안색이 창백하여 서 있었다.

그리고 젊은 여성, 수위 표도르, 지나, 다리야 뻬뜨로브나가 있었으며, 반나체의 보르멘탈리는 넥타이도 없이 목을 손으로 감싸며 부끄러워하고 있었다.

집무실 문이 열리면서 필립 필립뽀비치가 안에서 나왔다. 그는 모든 이에게 이미 잘 알려져 있던 하늘색의 할랏트 차림으로 나왔다. 그리고 여기서 모든 사람들은 필립 필립뽀비치가 최근 일주일 사이에 건강이 아주 회복된 것을 금방 확인할 수 있었다.

예전처럼 힘이 있어 보이고 원기왕성 해진 필립 필립뽀비치는 최상의 품위를 지니고 밤중의 불청객들 앞에 나타나서는 자신이 할랏트 차림인 것에 대해 용서를 빌었다.

"아무 상관없습니다, 교수님"

사복 차림을 한 사람이 매우 당혹해 하며 대꾸하였다. 그리고 나서 그는 주저주저하며 말하기 시작하였다.

"아주 불쾌하게도…. 우리들에게는 당신 아파트에 대한 가택수색 영장이 있으며, 그리고……"

그는 필립 필립뽀비치의 콧수염을 곁눈질로 쳐다보며 말하였으며, 마침내 다음과 같은 말로 끝을 맺었다.

"그래서 결과에 따라 체포합니다."

필립 필립뽀비치가 실눈을 뜨고는 질문하였다.

"그런데, 어떤 죄목인지, 감히 물어나 볼까요, 그리고 누구를 체포 한다는 겁니까?"

사복 차림의 그가 뺨을 한 번 긁고 나더니 가방에서 종이짝을 하나 꺼내 읽기 시작했다.

"쁘레오브라젠스키, 보르멘딸리, 지나이다 부니나 그리고 다리야 뻬뜨로브나는 엠. 까. 하 소속 청소과 과장 뽈리그라프 뽈리그라포비치 샤리코프를 죽인 살인죄에 따라서."

지나의 통곡 소리가 그의 말끝을 덮어 버렸다. 그리고 사람들이 웅성웅성 거리며 움직이기 시작했다.

"아무 것도 나는 이해하지 못하겠군요." 필립 필립뽀비치는 왕처럼 위풍당당하게 근엄한 자세를 취하면서 대답하였다.

"뭐 어떤 샤리코프라고요? 아하, 미안합니다, 아마 내 개를…… 내가 수술한 그 개 말입니까?"

"용서하시오, 교수, 개가 아니고, 그가 이미 사람이었을 때를 말하는 것입니다. 바로 그 일로 해서 우리들이 왔습니다."

"그럼, 그 개가 말을 했었나요?"

필립 필립뽀비치는 질문하였다.

"그것이 아직 사람으로 존재하는 것을 의미하지는 않는데! 그건 그렇다 치고, 그건 중요하지 않아요. 샤릭은 지금도 존재하고 있으니까, 그리고 결정적으로 누구도 그를 죽이지 않았습니다."

"교수,"

검은색 외투를 입은 사나이가 매우 놀라 말하기 시작하면서 눈썹을 치켜 올렸다.

"그렇다면, 그를 제시해야만 될 것 입니다. 그가 사라져 버린 지난 10일, 그리고 여러 범죄 구성 사실들은, 죄송합니다만, 아주 좋지 않습니다."

"의사 보르멘딸리, 샤릭을 예심판사님께 제시해 드리시오." 필립 필립뽀비치가 영장을 손에 잡으면서 명령하였다.

의사 보르멘딸리는 허위로 빙그레 웃고 나서 밖으로 나갔다.

그가 다시 응접실로 돌아와 휘파람을 휘-익 하고 불자, 그의 바로 뒤 집무실 문 안에서 이상한 특질을 지닌 개 한마리가 튀어 나왔다.

개는 군데군데 털이 빠져 얼룩이 져 있었으며, 얼룩진 반점들에는 군데군데 어느 정도 털이 자라나 있었다.

마치 학자 곡예사처럼 개는 뒷발로 서서 밖으로 걸어 나오더니, 다음에 네 발을 모두 바닥에 내려놓고는 주위를 둘러보았다.

갑자기 응접실 안은 움직이지 않는 젤리와 같이 딱딱하게 굳어진 채 미동도 하지 않고 있었으며, 무덤 안과 같은 침묵만이 흐르기 시작했다.

이마에 적자색의 상처가 난 것이 마치 악몽에 시달릴까봐 두려울 정도로 무시무시한 모습을 한 개는 다시 뒷발로 일어서더니 빙그레 웃고 나서 안락의자에 가 앉았다.

두 번째의 다른 경찰관은 갑자기 크게 십자로 성호를 긋더니 뒤로 물러나다가 곧 지나의 양쪽 발을 밟아 버렸다.

검은 외투의 사내는 입을 딱 벌리고 닫을 줄 모르면서 다음과 같은 말만 입 밖에 낼 뿐이었다.

"어떻게 이럴 수가 있나요?…… 그는 청소과에서 근무했었는데……"

"나는 그를 그 곳으로 임용시키지 않았소."

필립 필립뽀비치는 대답하였다.

"아마 그에게 쉬본제르 씨가 추천서를 써 주었을 거요, 만일 내가 실수하고 있는 게 아니라면 말이요."

"나는 아무 것도 이해하지 못 하겠소." 검은색 외투의 사내는 당황하며 말하더니, 첫 번째 경찰관 쪽으로 몸을 돌리며 다음과 같이 질문하였다.

"이 개가 그 사람이란 말입니까?"

"그는, 진짜로 그는……" 다 기어 들어가는 목소리로 경찰관은 대답하였다.

"그 개가 바로 그 자체입니다. 오로지, 무뢰한 상놈, 다시 털이 온통 자랐구먼" 하는 표도르의 목소리가 들리고 있었다.

"그는 말을 했었나요?……. 쿨룩쿨룩… 쿨룩쿨룩…"

"그리고 지금도 아직 말을 합니다, 하지만, 단지 점점 더 적게 할 뿐이지요, 그러니까 우연한 기회를 이용하십시오, 그렇지만, 그는 곧 아주 잠자코 있게 될 겁니다."

"그러나 지금은 왜지요?" 검은 외투의 사내가 조용하게 물었다.

필립 필립뽀비치는 어깨를 으쓱거렸다.

"과학은 아직 짐승들을 사람들로 변화시키는 방법을 알지 못합니다. 바로 제가 한 번 시도해 보았습니다만, 그러나 단지 보시다시피 실패했을 뿐 입니다. 조금 말을 했고 아주 원시적이고 야만적인 상태로 변화하기 시작했었죠. 격세유전(隔世遺傳)이었소!"

"나쁜 말을 표현해서는 안 돼!" 갑자기 개가 큰 소리로 외치며 안락의자에서 벌떡 일어섰다.

검은 외투의 사내는 갑자기 얼굴이 창백해지면서 가방을 떨어뜨리더니 옆으로 쓰러지기 시작했다. 경찰관이 얼른 그를 옆에서 붙들었으며 표도르는 뒤에서 잡았다.

그리고는 대(大)혼란이 발생했다.

하지만, 혼란의 와중에서도 다음의 세 마디 말들은 보다 더 분명하게 들리고 있었다.

필립 필립뽀비치: <신경 진정제! 이건 기절이야!>.

의사 보르멘딸리: <내 쉬본제르 이놈을 내 손으로 직접 계단에서 던져버릴 거야, 만일 그 놈이 한 번 더 쁘레오브라젠스키 교수의 아파트에 나타나기만 하면!>.

그리고 쉬본제르: <이 말들을 조서록에 기입하기 바랍니다!>.

***

스팀이 따뜻하게 나오고 있었다.

커튼이 쁘레치스쩬까 짙은 밤하늘에 쓸쓸하게 떠 있는 별 하나를 가리고 있었다.

최고의 인간, 그리고 권위 있는 개 자선가는 안락의자에 앉아 있었으며,

개 샤릭은 몸을 기대고서 가죽 소파 옆의 카펫 위에 엎드려 있었다.

3월의 안개 때문에 개는 아침 마다 그의 머리 봉합 매듭을 따라 고리 반지 모양으로 빙 둘러가며 괴롭히는 두통으로 괴로워하고 있었다. 그러나 저녁 무렵의 따뜻한 스팀 온기로 두통은 사라지곤 하였다.

그리고 지금은 머리가 점점 더 맑아지고 있었으며, 개의 머릿속에는 잘 정돈된 온화한 생각들만이 흐르고 있었다.

'나는 아주 운이 좋았어, 아주 좋았어. 개는 잠시 동안 졸면서 생각하였다.

'그야말로 형언 할 수 없게 좋았어. 이 아파트에 나는 확고하게 정해진 거야. 나의 혈통이 깨끗하지 못하다는 것을, 나는 완전히 확신해. 여기서 뉴퍼들랜드 산의 개가 아니고서야 어떻게… 나의 할머니는 분명히 바람둥이였어, 할머니, 천당에 가소…… 나는 이제 확실히 정해졌어. 사실상, 사람들은 무엇인가를 위하여 내 머리를 온통 가늘고 길게 썰어 줄무늬를 만들어 놓은 거야, 하지만, 결혼하기 전 까지는 상처가 다 아물겠지. 내가 그걸 쳐다 볼 필요는 없지.'

멀리서 모래시계 소리가 쟁강쟁강 하며 공허하게 울리고 있었다. 개한테 한 번 물린 적이 있는 사람이 관찰실의 장식장 안을 치우고 있었다.

백발이 성성한 마법사는 앉아서 노래를 읊조리기 시작했다.

<신성한 나일강 강변을 향하여……>

개는 무시무시한 사건을 보았다.

미끈미끈한 장갑을 낀 권위 있는 인간의 손이 용기의 액체 속으로 가라앉더니 뇌를 끄집어내었다.

불요불굴의 인간은 뇌 속에서 집요하게 뭔가를 잡아내려고 애쓰더니, 마침내 그것을 잘라냈다. 그리고는 그것을 주의 깊게 들여다보더니 눈을 가늘게 뜨면서 노래 불렀다.

<신성한 나일강 강변을 향하여……>

모스크바, 1월-3월, 1925년.

불가코프적 그로테스크의 특성*

'20년대 세 중편소설을 중심으로

정연호 대구가톨릭대 교수

1. 들어가는 글

1920년대에 쓰인 불가코프의 세 중편소설(«Дьяволиада(악마의 서사시)», «Роковые яйца(비운의 달걀)», «Собачье сердце(개의 심장)»)은 마치 세 장의 그림이 연속적으로 이어져 한 벌의 컬렉션을 이루듯이 서로 밀접하게 연관되어져 있다.[1] 세 중편들은 주제적으로 반-유토피아적이며 환상적 혹은 공상과학적 소설이라는 유사성도 지니지만, 서술기법에 있어서도 두드러지게 그로테스크한 공통성을 지니고 있다. 또한, 세 중편들은 당시의 혁명과 혁명 후 1920년대의 소비에트 현실을 조소하고 있다는 점에서 모두 '풍자적'이라 할 수 있다.[2] 하지만, 그로테스크에는 항상 풍자적인 요소가 있으나, 풍자에는 그로테스크의 환상적인 요소가 존재하지 않는다는 점에서[3], 세 소설의 가장 포괄적이며 두드러진 공통

* 본 논문은 한국슬라브학회 <슬라브학보> 제16권 1호 (2001. 06. 30) pp.245-267에 게재된 논문임.

1) 불가코프는 세 중편의 이야기에서 당시의 소비에트적 삶의 매우 중대하고 치명적인 3가지 측면을 다루고 있다. 첫 번째 「악마의 서사시」에서는 점증하는 관료주의를, 두 번째 「비운의 달걀」에서는 볼셰비키의 경제 정책(全국토의 電化프로그램)을, 세 번째 「개의 심장」에서는 새로운 유형의 인간 창조를 다루고 있다. Irina Gutkin, "Michail Bulgakov' Novella 'Rokovye Jajca' in the context of its mythological subtexts", *Russian Literature* XXXI (1992), p.290. 참조.

2) 세 중편소설이 '풍자적'이라는 것은 소설들에 쏟아졌던 당시 소비에트 비평가들의 비판을 보면 쉽게 알 수 있다. 「비운의 달걀」에 대하여, А. Воронский 와 В. Правдухин 같은 비평가는 소설에 쓰인 풍자적인 어조를 날카롭게 비판하고 있으며, И. Нусинов는 불가코프를 아예 반동적 작가라고 낙인찍었다. 또한, 「개의 심장」은 ГПУ의 가택수색으로 원고를 압수당한 채, 작가 사후 63년이란 긴 세월이 지나서야 세상의 빛을 보게 된다. М. Чудакова, «Жизнеописание Михаила Булгакова», (Москва: Книга, 1988), сс.332-35 참조.

3) 풍자와 그로테스크 사이의 관계는 서로 상호의존적인 관계가 종종 발견된다. 풍자가는 청중이나 독자에게서 경멸적인 웃음과 혐오감을 최대한으로 이끌어내기 위해서, 풍자의 대상을 그로테스크하게 만들기도 한다. 한편, 그로테스크 작품은 빈번히 풍자적 부수효과를 갖거나 풍자적 의미를 얻게 된다. 그러나 다시금 그로테스크를 풍자와 갈라놓는 결정적 요인은 작품 자체와 효과면 에서의 조화될 수 없는 것들의 '뒤얽힘'이다. 풍자는 청중으로부터 두 가지 반응, 즉 웃음과 분노 혹은 혐오를 목표로 하지마는, 이것들을 따로 자아내기를 꾀한다. 하지만, 그로테스크 작가는 익살맞은 소심함과 천박한 해악을 분간

성은 '그로테스크'[4]라고 할 수 있다. 그로테스크가 지닌 여러 가지 속성을 종합하여 보면, 그로테스크는 크게 희극성의 한 종류로서 조소를 통한 부정적 세계관 내지는 현실 비판적 시각의 풍자가 깃들여져 있으며, 분명하고 명백한 어떤 목적을 위하여 사실이 환상과 세심하게 계산되어 결합되어 있는 과장이라고 볼 수

할 길 없는 하나로 표현하며, 웃음과 분노가 동시에 똑같은 힘으로 나타나는 반응을 이끌어내려 노력한다. Philip Thomson, 『The Grotesque』, 김영무 역, 서울대 출판부, 1986, pp.58-9. 참조. 위의 예증에서와 같이, 풍자나 그로테스크나 모두 희극성의 한 종류로서 유사성과 상호의존성을 지니면서, 풍자와 그로테스크 나름의 특성과 차이점을 이룬다. 하지만, '그로테스크'가 지니는 풍자성, 코믹성, 환상성 가운데, '풍자'가 지니지 못하는 유일한 성질은 '환상성'으로서 풍자와 그로테스크를 구별 짓는 가장 큰 요인이다. 즉, 그로테스크적인 작품에는 항상 풍자적인 요소가 존재하지만, 풍자적인 작품에는 가장 그로테스크한 속성인 '환상'이 존재하지 않음으로 해서 '그로테스크'와 구별된다. 예를 들어, 고골의 작품 가운데 「코」와 「검찰관」을 비교하여 보면, 두 작품을 통하여 우리는 모두 조소를 통한 작가의 현실에 대한 비판적 시각을 느낄 수 있지만, 「검찰관」에는 「코」에서와 같이 어느 날 갑자기 '코'가 떨어져 나가는 등의 환상적인 사건이란 존재치 않는다. 여기서 「검찰관」을 당시의 관료주의적 사회의 모순을 부정하고 비판한 풍자적인 소설이라 부르지 그로테스크적인 소설이라 부를 수 없는 이유가 드러난다.

4) 본래, '그로테스크'라는 용어는 1500년 무렵 로마 유적 발굴 당시에 '동굴' 혹은 '발굴'을 뜻하는 이탈리아어 '그로테(grotte)'에서 유래되었다. '그로테'라는 말에서 그것의 형용사형인 그로테스코(grottesco)와 명사형인 그로테스카(la grotteca)가 생겨났으며, 불어로는 끄로떼스끄(crotesque)라는 말이 일찍이 1532년에 쓰이고 있었고, 영어에서는 이 말이 쓰이다가 1640년 무렵 그로테스크(grotesque)에 의해 대치되었다. 이 밖에 '그로테스크'의 어원 및 이미지의 변천에 대해서는 Philip Thomson, *The Grotesque,* 김영무 역, (서울: 서울대학교 출판부, 1986)와 Bakhtin의 저서 *Rabelais and His World*, (Cambridge: The M.I.T. Press, 1968)를 참조. '그로테스크적 리얼리즘'의 용어는 바흐찐이 처음으로 사용하였다. 이에 대하여는 M. Бахтин, Творчество Франсуа Рабле и народная культура средневековья и ренесанса, (Москва: художественная литература, 1965), c.341을 참조. '톰슨'은 어린아이에게 상을 찌푸리면서 점점 더 얼굴을 일그러뜨려 보이게 되면 그 아이는 얼굴이 어느 정도 찡그려질 때 까지는 웃다가 일단 그 지점을 지나쳐 표정이 너무나 일그러져 위험을 느끼게 되면 겁에 질려 그만 울음을 터뜨리고 만다는 어린아이에 대한 실험의 예를 들어, '그로테스크'를 우스꽝스러움과 끔찍스러움, 희극적 양상과 역겨운 양상, 웃음과 공포감의 서로 엇갈리는 두 가지 반응의 경계지점에 위치해 있는 '양면성이 공존하는 비정상'으로 정의한다. 이에 대하여는 톰슨, 앞의 책, 참조. '뻰스키'는 "삶이란 마치 화채 속에 여러 가지 형태의 꽃들이 다양하게 있으면서도 자신의 동일한 특성을 나타내고 있는 것처럼, 최하층의 활발하지 못한 원시적 단계에서 최상층의 가장 활발한 지성적 단계에 이르기까지 모든 단계마다 그로테스크 속에서 흘러간다."라고 하면서 '그로테스크'를 강하와 상승의 카니발적 분위기 속에서 서로 대립적인 것을 하나로 연결시키는 코메디적 패러독스로서 정의한다. 이에 대하여는, Л. Е. Пинский, *Реализм эпохи возрождения*, (Москва, Наука, 1961), c.119-20. 참조. Nadine Natov는 바흐찐의 이론을 도스또옙스키의 작품뿐만 아니라, 불가코프의 작품에도 적용시킬 수 있다고 강조한다. 이에 대하여는, Nadine Natov, "Structural and typological ambivalence of Bulgakov's novels interpreted against the background of Baxtin's theory of 'Grotesque realism' and Carnivalization", *American Contributions to the Eighth International Congress of Slavists*, ii (Columbus, Ohio, 1978), p.536-48. 참조. 바흐찐이 라블레의 작품에서 발견하는 '그로테스크적 리얼리즘'은 1930년대 스탈린주의의 미학 이론인 이른바 '사회주의 리얼리즘'에 대한 강한 비판이다. – 김욱동, 『대화적 상상력』, (서울: 문학과 지성사, 1988), p.263. 참조.

있다. 불가코프 작품에 나타난 그로테스크도 다른 작가들의 작품에 나타난 그로테스크와 같이 그로테스크가 갖는 일반적인 속성으로서의 과장성, 환상성, 풍자성, 코믹성 등을 지니며, 특히, 고골과 살띄코프-쉐드린의 작품에 나타난 그로테스크와 유사하게 사실성과 환상성의 결합, 정신계와 비정신계의 대조, 교훈성 등의 특성들이 나타나는 것으로 밝혀지고 있다.[5] 하지만, 불가코프 작품에 나타나는 그로테스크는 다른 작가와 작품의 그것과 달리, 불가코프만의 고유한 특성을 지니고 있다. 즉, 다른 작가의 작품에서 찾아볼 수 없는 특성을 우리는 불가코프의 그로테스크에서 찾아볼 수 있는 것이다. 필자는 이와 같이 불가코프만의 작품 속에서만 찾아볼 수 있는 '불가코프적'인 그로테스크의 가장 두드러진 특성은 '신빙성'이라고 생각한다. '신빙성'은 그로테스크의 과장성 또는 환상성을 약화시킴으로서 그로테스크한 이야기를 그로테스크가 아닌 사실적 이야기로 받아들이게 만든다. 예를 들어, 「개의 심장」에서 개가 인간으로 바뀌었다가 다시 개로 환원되는 허무맹랑한 이야기를 읽어 내려가면서, 독자들은 스스로 이 이야기가 그로테스크한 이야기라는 것을 알고 있지만, 개가 인간으로 바뀌는 수술 장면 등의 묘사를 접하면서는 자신도 모르게 '과학이 발달하면 이럴 수도 있겠다' 하는 생각을 하게 된다. 즉, 불가코프적 그로테스크가 갖는 '신빙성'의 효과로 말미암아 독자들은 그로테스크적인 작품을 읽으면서도 그것이 전혀 과장되거나 환상적이라고 느끼지 못하는 것이다. 오히려, 그로테스크한 이야기가 사실에 가깝게 느껴진다. 본 논문에서는 이러한 불가코프적 그로테스크의 고유한 특성인 '신빙성'의 효과를 자아내기 위하여, 과연 작가는 자신의 작품 속에서 어떠한 그로테스크적 서술기법을 사용하고 있는지를 구체적으로 밝혀 보고자 한다.

2. 구체적-역사적 서술의 신빙성

불가코프가 자신의 그로테스크에 신빙성의 효과를 자아내기 위하여 사용하는 구체적-역사적 서술기법은 크게 3가지로 나누어 살펴 볼 수 있다.[6]

5) Л. Б. Менглинова, "Гротеск в романе 「Мастер и Маргарита」", «Творчество Михаила Булгакова», Томск, Издательство Томского университета, 1991, сс.49-78. Л. Б. Менглинова, "Гротеск в повести М. А. Булгакова 「Роковые яйца」", Художественное творчество и литературный процесс, Москва, выпуск 8, 1988, сс.72-87.

6) Менглинова는 「거장과 마르가리따」에 나타난 '그로테스크'를 분석하면서, 구체적-역사적 서술의 신빙성을 'реалии'(현실)과 'псевдореалии'(유사현실)로 나누어 고찰하였다. Менглинова Л. Б., "Гротеск в романе 「Мастер и Маргарита」", «Творчество Михаила Булгакова», Томск, Издательство Томского университета, 1991, сс.53-56.참조 본 논문에서는 그녀가 나눈 2가지 항목에 'современность'(동시대성)을 하나 더 추가하여 분석하고자 한다. 그 이유는 동시대적인 인물, 사건, 화젯거리 등도 크게 보아 'реалии'

첫째, 작가는 1920년대 당시에 실제로 존재하던 사실 혹은 현실을 그대로 작품 속에 서술하는 방법을 사용하고 있다. 즉, 1920년대 당시 모스크바에 존재하던 거리, 공원, 골목 등의 이름이라든지 당시에 유행하던 노래가사나 책명 또는 당시에 모든 사람들의 공포의 대상이 되었던 공공기관의 명칭 등을 여과 없이 그대로 반영시키는 것이다. 예를 들면, 「개의 심장」에서 개 '샤릭'이 여름에 시간 보내기를 즐기던 모스크바의 유명한 소콜리니키(Сокольники)공원이 나오고 (p.119)[7], 주인공 쁘레오브라젠스키(Преобразенский) 교수의 아파트가 위치해 있는 오부호프(Обухов)골목(현재의 이름: 'Чистый'골목)이[8] 등장하며(p.124), 하녀 지나('Зина')는 개 '샤릭'을 데리고 오부호프 골목에서 쁘레치스쩬까(Пречистенка) 거리를 따라 모스크바 강가까지 산책을 하는 장면이 나온다(p.149). 또한, 「비운의 달걀」에서도 주인공 뻬르시코프(Персиков) 교수의 아파트가 위치해 있는 쁘레치스쩬까 거리(현재의 이름: ул. Кропоткинская)가 출현하고(p.47), 교수의 실험실은 현재 모스크바의 '게르쩬 거리'에 위치해 있을 뿐만 아니라(p.49), 스몰렌스크(Смоленск)에 있던 록(Рокк)의 국영농장에서 발생한 거대한 뱀들의 무리는 모자이스크(Можайск) 거리(현재의 이름: 'Можайское шоссе')를 따라 모스크바로 진입하며(p.108)[9], 이러한 대공황을 막기 위하여 '붉은 군대'(Красная армия)가 동원되고 야로슬라프스키(Ярославский)역을 비롯한 모스크바의 주요 역(驛)들은 피난인파와 병사들로 북새통을 이루는 장면이 나온다.

> В них Москва объявлялась на военном положении. В них грозили за панику и сообщали, что в Смоленскую губернию часть за частью уже едут отряды Красной Армии, вооруженные газами. Но плакаты не могли остановить воющей ночи. В квартирах роняли и били посуду и цветочные

(현실)에 속한다고 볼 수 있으나, 거리, 공원, 골목, 공공기관, 책 이름 등의 'реалии' (현실)과 구분되는 '동시대적인 전형성'을 지니기 때문이다.

7) 본 논문에서는 러시아어 원문 자료로 (М. А. Булгаков, «Собрание сочинений в пяти томах Том второй», Москва, Художественная литература, 1989)를 사용하며, 이하 이 책으로부터의 인용은 (p.페이지 수)로 표기한다.

8) 1924년 가을, 불가코프는 자신의 두 번째 아내와 함께 모스크바의 쁘레치스쩬까 거리에 있는 오부호프 골목길의 한 아파트 2층을 빌어 새로운 보금자리를 맞이하게 되는데, 그의 아내 벨로제르스까야의 회상에 따르면, 바로 이 아파트에서 불가코프는 1925년 1월에서 3월에 걸쳐 「개의 심장」을 쓴 것으로 밝혀지고 있다.

9) 외국산 달걀에서 부화된 뱀 등의 거대한 무리들이 스몰렌스크에서 모자이스크 거리를 따라 모스크바로 진격하는 루트는, 조국전쟁 때 나폴레옹 군대의 모스크바 진입 경로와 똑같이 묘사되고 있다. Edythe C. Haber, "The Social and Political Context of Bulgakov's 『The Fatal Eggs』", *Slavic Review* 51 no.3, (Fall, 1992), p.508. 참조. 작품에서 록(Рокк)은 나폴레옹과 같이 반-그리스도로 묘사되고 있으며, 나폴레옹 전쟁 때 반-그리스도인 나폴레옹의 침입을 막은 것이 '불'과 '강추위'였듯이, 록에 의해 저질러진 뱀의 무리(반-그리스도)를 막아내는 것 또한 '불'과 '추위'이다. - Irina Gutkin, *op. cit.*, p.288. 참조.

вазоны, бегали, задевая за углы, разматывали и сматывали какие-то узлы и чемоданы, в тщетной надежде пробраться на Каланчевскую площадь, на Ярославский или Николаевский вокзал. (pp.109-10).

프랑카드 속에서 모스크바는 이미 비상계엄이 선포되어졌다. 그리고 또한, 프랑카드 속에서 대혼란에 대하여 경고하는 메시지와 스몰렌스크 현을 향하여 이미 가스로 무장한 붉은 군대가 속속 주입되고 있다는 내용이 전달되고 있었다. 그러나 이런 프랑카드들도 들끓는 광란의 밤을 멈추게 할 수는 없었다. 아파트 안에서는 식기와 꽃병들이 연이어 떨어지고 깨지고 하였으며, 사람들이 여기저기 모서리에 부딪치면서 갈팡질팡 하였다. 사람들은 뭔가의 보따리와 트렁크들을 연실 풀렀다 감았다 하였으며, 헛된 희망에 혹시나 하고 까란체프스카야 광장으로, 혹은 야로슬라프스키 역이나 니콜라예프스키 역 안으로 몰래 잠입해 들어갔다.[10)]

한편, 「악마의 서사시」에서는 앞의 중편들과 같이 많은 지명이나 실제 명칭들은 나오지 않지만, 주인공 까로뜨꼬프(Каротков)가 잃어버린 신분증을 되찾기 위하여 찾아간 기관들 가운데 한 곳에서 느닷없이 뽈따바(Полтава)와 이르쿠츠크(Иркутск) 중에 하나를 택하라는 양자택일(兩者擇一)의 출장을 강요하는 장면이 나온다(p.33). 이와 같이 작품 속에서 묘사되는 모스크바의 실제 지형 또는 지명은 독자로 하여금 묘사되는 사건에 보다 더 애착을 느끼게 해 줄 뿐만 아니라, 그로테스크가 더 이상의 그로테스크가 아닌 실제의 사실인 것처럼 착각하게 만들어 준다. 한편, 이러한 도시, 거리, 공원, 골목 등의 이름 이외에, 불가코프 작품 속에는 당시 1920년대에 실제로 불렸던 노랫말 가사가 그대로 삽입되고 있는 것을 발견할 수 있다. 예를 들면, 「비운의 달걀」에서 공원 한 모퉁이의 야외무대 가수가 부르는 '꾸쁠렛트(Куплет)'[11)]의 후렴구("아-아, 마마, 나는 어떻게 하나요? 알없이", p.76)는 당시에 실제로 유행하였던 노랫말 가사의 일부분인 것으로 밝혀지고 있다.[12)] 또한, 「비운의 달걀」에서는 주인공 뻬르시코프 교수가 발견해 낸 '생명 방사선'에 대하여 조수 이바노프(Иванов)가 극도의 찬사를 아끼지 않는 과정에서, 영국의 환상적 작가가 쓴 '신의 양식(Пища богов)'이라는 책의 이름이 그대로 원용되고 있으며(p.56), 생명 방사선의 비밀을 알려주는 대가로 5,000

10) 미하일 불가코프, 『비운의 달걀』, 정연호 번역, (대구: 대구효성가톨릭대학교 출판부, 1999), pp.162-3.

11) '꾸쁠렛트(Куплет)'의 노-한 사전 의미는 '(시사문제 따위를 다룬) 풍자적인 노래'로 되어 있으며, 러시아 사전에서는 'Смешные сатирические песенки, исполняемые на эстраде, в водевиле, оперетте.－즉, 에스뜨라다(경연극: 소규모의 음악이 곁들여진 극작품), 보드빌(간간히 노래가 섞인 통속적인 가극), 오페레타(소가극)에서 이용되어지는 우스꽝스러운 풍자 노래'라는 의미이다.

12) "Ах, мама, что я буду делать…"는 당시 유행하였던 노래였으며, 이 최신 유행의 노래를 당시에 거의 모든 카바레에서 불렀다. – Н. Берберова, "Курсив мой", *Октябрь* No.10, (1988), c.176. 참조.

루불의 거금을 교수에게 건네주려고 했던 낯선 손님의 정체를 밝히기 위하여, 1920년대 당시 뭇사람들에게 무시무시한 공포의 대상이 되었던 게뻬우(Г.П.У)[13]요원들이 비밀스런 복장을 한 채 교수의 아파트로 들이닥치는 장면이 나온다(p.69).

> у меня тут какие-то подозрительные субъекты в калошах ходят, да... Профессор IV университета Персиков... <...> Ровно через десять минут профессор принимал у себя в кабинете новых гостей. <...> История о калошах вызвала взрыв живейшего интереса со стороны гостей. Ангел молвил в телефон домовой конторы только несколько слов: <Государственное политическое управление сию минуту вызывает секретаря домкома Колесова в квартиру профессора Персикова, с калошами>,—и Колесов тотчас, бледный, появился в кабинете, держа калоши в руках. (pp.68-9).

> 여기 저희 집에 덧신을 신은 어떤 수상한 자가 다녀갔는데… 네…… 제4대학교 교수 뻬르시코프입니다… <…> 정확히 10분이 지나서, 교수는 자신의 서재에서 새로운 손님들을 맞이하고 있었다. <…> 마침내, 덧신에 대한 이야기가 두 사나이들의 관심을 갑자기 증폭시켰다. 반질반질한 구두의 천사는 주택관리위원회에 전화를 걸어 다음의 몇 마디 말만을 하고 전화를 끊었다. <국가 정치 보위부는 지금 당장, 주택관리위원회 비서 꼴레소프가 덧신을 지참하고 뻬르시코프 교수의 아파트로 출두할 것을 명령한다.> 그러자, 곧 얼굴이 창백해진 꼴레소프가 손에 덧신을 든 채, 아파트 현관에 나타났다.[14]

이와 같이, 불가코프는 1920년대 당시에 실제로 존재하였으며 독자들의 귀에 낯익은 거리, 공원, 골목, 노래가사, 책, 공공기관 등의 이름을 그대로 사용함으로서, 발생하는 그로테스크적 사건이나 상황이 실제의 사실인 것처럼 느껴지게 만드는 '신빙성'을 부가시키고 있다.

둘째, 작가는 실제로 존재하지는 않지만 독자들의 연상 속에서 쉽게 추측이 가능한 유사한 명칭으로 변형시킴으로서 그로테스크에 '신빙성'을 부가시킨다. 즉, 당시 사람들의 뇌리 속에 쉽게 떠오르는 공공명칭, 광고문안, 노래가사 등을 가지고, 이미 알려져 있는 형태대로 재구성함으로서 유사한 가공의 현실을 만들어 내는 것이다. 「개의 심장」에서 개 샤릭이 쁘레오브라젠스키 교수가 구입한 소시지의 질이 형편없음을 푸념하는 독백 장면이 나오는데, 이때, 원용된 "Нигде кроме такой отравы не получите, как в Моссельпроме[15](이 세상에 모셀리쁘

---

13) 게뻬우(Г.П.У): 'Государственное Политическое Управление(국가 정치 관리부)'의 약자이며, 옛 소련 KGB의 전신으로서, 혁명 후 1920년대 반체제인사들을 체포, 감금, 고문하며 숙청하였던 곳으로 악명을 떨쳤다.

14) 미하일 불가코프, 『비운의 달걀』, 앞의 책, pp.62-4.

15) 'Моссельпром'은 'Московский сельскохозяйственный промысл(모스크바 농축산물

롬을 제외하고는 그렇게 해로운 독극물은 만들지 못할 겁니다.)"의 문구는 당시의 시인 마야코프스키(Маяковский)가 선전을 위하여 고안한 광고문안: "Нигде, кроме как в Моссельпроме"을 불가코프가 정반대의 의미로 변형시킨 것이다.[16] 또한, 「비운의 달걀」에서 대참사가 발생한 후에 이를 진압하기 위하여 출동하는 붉은 군대의 기마병들이 발맞추어 부르는 군대행진곡 역시 1871년에 '국제노동자협회(Интернационал)'가 제작한 '만국 노동자의 노래'를 박자와 리듬에 맞추어 불가코프가 재구성한 것으로 밝혀지고 있다.[17]

Ни туз, ни дама, ни валет,
Побьем мы гадов, без сомненья,
Четыре сбоку—ваших нет...(p.111)
(비운의 달걀)

Ни бог, ни царь и не герой.
Добьемся мы освобожденья
Своею собственной рукой.
(만국 노동자의 노래)

이와 같이 불가코프는 당시 1920년대의 독자들의 머릿속에서 쉽게 연상되는 '광고문안'이나 '노래가사'를 변형 또는 재구성하여 사용할 뿐만 아니라, 당시 혁명 후에 사람들의 뇌리 속에서 쉽게 '혁명' 혹은 '최고'를 연상시키던 형용사 'Красный'를 사용하여 여러 가지 공공기관의 명칭을 만들어 냄으로서, 실제로는 존재하지 않지만 실제로 존재하는 것 같은 구체적 상황 속으로 독자들을 끌어들임과 동시에, 혁명 후 볼셰비키들이 판을 치는 당시 1920년대의 현실을 풍자한다. 즉, 「비운의 달걀」에서 뻬르시코프를 취재하기 위하여 끈질기게 쫓아다니는 신문기자 브론스키(Вронский)가 교수에게 내밀은 명함에는 온통 'Красный'라는 형용사로 장식되어 있다: 'Красный огонёк', 'Красный перец', 'Красный журнал', 'Красный прожектор', 'Красная вечерняя Москва'(p.57). 또한, 혁명시대의 전형적인 인물 록(Рокк)이 최고책임자로 임명받은 국영농장의 이름 역시 '붉은광선(Красныйлуч)'이다.(p.82)

셋째, 작가는 1920년대 당시의 동시대적인 인물, 사건, 화젯거리 등을 자신의

가공관리청)'의 약칭으로서, 혁명 후 전시공산주의 시대에 모스크바 시민들의 안정된 식료품 공급과 배급을 담당하였던 기관이었으며 실제로 존재하였었다.

16) Мария Шнеерсон, "Что может выйти из этого Шарикова?", ГРАНИ Год XLII No.150, 1988, с.137.

17) В. В. Гудкова, "Повесть Михаила Булгакова", Собрание сочинений в пяти томах Том второй, Москва, Художественная литература, 1989, с.700.

그로테스크적 상황 속에 서술함으로서 구체적인 역사성을 나타냄과 동시에 '신빙성'의 효과를 배가시킨다. 마치 사실적 현상과 사건들 위에 한 장의 '투사지'를 올려놓은 것 같이, 1920년대의 구체적인 동시대적 상황들이 선명하게 풍자적으로 내비치고 있다. 소설에 등장하는 거의 모든 등장인물들은 실제로 당시 소비에트 사회 속에 실제로 존재하였던 인물들의 전형적인 모습을 대변하여 준다. 즉, 「비운의 달걀」에 등장하는 수위 빤크라트(Панкрат)는 무식하여 말투 자체가 문법에도 맞지 않는 비교양적인 언어를 구사하며(p.57), 교수가 사는 아파트의 주택관리 위원회 위원장은 아예 문맹이라서 영수증 하나 제대로 쓰지 못하는데(p.68), 이러한 등장인물들은 당시 1920년대에 실제로 존재하였던 동시대적인 인물상으로서, 혁명 후 자신의 학력이나 경력에 맞지 않는 위치에 앉아 있으면서 그에 걸맞은 업무조차 수행할 능력이 전혀 없는 무식한 프롤레타리아의 전형을 대변하여 주는 것이다[18].

또한, 또 다른 유형의 프롤레타리아로서, 혁명 전에는 평범한 플룻 연주자였다가 혁명과 함께 급작스레 직업적 혁명가로 탈바꿈하며 입신출세한 록(Рокк)의 모습은(p.92) 당시 러시아의 혁명적인 시대적-역사적 상황이 만들어낸 소비에트형 인간의 전형을 대변하여 준다.[19]

한편, 이러한 동시대적인 등장인물뿐만이 아니라, 1920년대 당시 소비에트의 현실 속에서 실제로 일어나고 있었던 구체적이고 역사적인 사건-상황들이 사실적으로 묘사되고 있다. 당시는 네쁘시대로서 구시대적인 생활 관습을 말살하고 새로운 볼셰비키적 이데올로기를 강요하는 시대였으며, 따라서 예전의 개인 소유 아파트가 하루아침에 공동소유의 아파트로 변하여 새로운 입주자들과 같이 살아야 하거나, 아니면 예전의 거주자는 자신의 아파트를 새로운 프롤레타리아

18) 「비운의 달걀」에 나타난 '사실주의적 그로테스크'의 주요 목적은 무식하고 몽매한 노동자들이 자신의 업무를 수행할 능력도 없으면서 모험을 강행할 때 빚어지게 될 새로운 사회주의 사회의 무시무시한 사회적 위험에 대한 경고이다.—Л. Б. Менглинова, "Гротеск в повести М. А. Булгакова 「Роковые яйца」", Художественное творчество и литературный процесс, Москва, выпуск 8, 1988, с.77. 참조.

19) 록은 혁명 전에 한 음악그룹의 플룻 연주자였는데, 혁명이 일어나자 혁명의 물결에 과감히 뛰어들어 크림에서 블라디보스톡까지 곳곳의 전쟁터를 누비면서 혁혁한 공을 세웠으며, 특히 뚜르케스탄 지방의 관개수로 사업을 성공시킴으로서 두각을 나타내어 모스크바 중앙으로 불려가 국영 농장의 총지배인으로 임명받게 되는 혁명시대의 입지전적인 인물로 그려진다. 이와 같이, 혁명 후에 예전의 인텔리겐챠들이 대거 숙청된 자리에 혁명 전의 무식한 프롤레타리아들을 요직에 기용하는 볼셰비키의 정책이 록과 같은 전형적인 인물을 대량으로 탄생시켰다고 볼 수 있는데, 당시에 적군의 장병들은 누구보다도 호의호식하였고, 적군에서의 복무는 곧 새로운 사회로 출세하는 훌륭한 방편이 되었다. 적군에 징집된 수십만의 노동자와 농민들이 당에 가입하였고, 그들 중 일부는 훗날 새로운 사회에서 막강한 위치에까지 오르게 된다. 내전이 끝날 무렵 새로운 진급세력이 장교단 전체의 2/3까지 이르게 되었다. — 체프리 호스킹, «소련사», 김영석 역, (서울: 홍성사, 1988), pp.75-6. 참조.

입주자에게 양도하고 다른 곳으로 이주하지 않으면 안 되는 문제가 종종 발생하였던 시대였다.[20]

또한, 이러한 볼셰비키의 새로운 정책에 비협조적이거나 반역적인 언동을 하는 사람은 하루아침에 자신의 생계는 물론 생명까지도 위협받는 상황이 발생하였던 시대였다. 당시의 이러한 시대적-역사적 성격을 잘 나타내주는 여러 가지의 동시대적 사건, 상황들이 소설 속에 그대로 드러나고 있으며, 작가는 이러한 현실적 사건들을 자신의 그로테스크에서 풍자적으로 묘사하면서 비웃고 있다. 예를 들면, 「개의 심장」에서 주택관리위원회의 쉬본제르(Швондер)를 비롯한 낯선 사내들은 갑자기 쁘레오브라젠스키의 아파트를 전격적으로 방문하여 교수 소유의 아파트를 공용 아파트로 접수하려고 하며(p.136), 「악마의 서사시」의 주인공 까로뜨코프가 근무하는 성냥공장에서는 월급을 돈 대신에 느닷없이 성냥으로 지급하는 사건이 발생하는가 하면(p.9), 「비운의 달걀」에서 사제의 미망인 드로즈도바(Дроздова)가 운영하는 양계업이 한창 본궤도에 올라 성업 중(中)일 때 별안간 엄청난 세금이 부과되는 사건이 일어난다(p.63). 또한, 「비운의 달걀」에서 동물학자 뻬르시코프 교수가 자신의 실험실에서 수없이 죽어간 실험용 동물들의 뒤를 이어 연구소의 수위 블라스(Влас) 노인이 사망하자 그 사인(死因)을 '사료부족'이라고 외치며(p.46), 그가 자신의 아파트의 작은 난로 속에 금이끼가 입혀진 걸상을 부셔서 집힌 불을 쪼이는 장면들은(p.47) 혁명과 내란이 가져온 엄청난 소용돌이 속에 당시의 아주 어려웠던 생활고(식량문제, 난방문제)를 잘 나타내 주는 구체적 역사성의 풍자들이다.

> Все остальное время Персиков лежал у себя на Пречистенке на диване, в комнате, до потолка набитой книгами, под пледом, кашлял и смотрел в пасть огненной печурки, которую золочеными стульями топила Марья Степановна, вспоминал Суринамскую жабу.(p.47)
>
> 그리고 나머지 시간에는 내내 쁘레치스까 거리에 있는 자신의 아파트에 처박혀서 천장까지 쌓아놓은 책들로 꽉 들어찬 자신의 방 쇼파 위에 드러누워서는, 망토를 뒤집어쓰고 기침을 콜록콜록 하면서, 마리야 스쩨빠노바가 금색 걸상들을 부숴 피워놓은 난로 속의 활활 타는 아궁이를 물끄러미 바라보고는 수리남산 두꺼비를 회상하곤 하였다.[21]

이와 같이 동시대적인 인물이나 사건 또는 상황을 자신의 그로테스크적 상황 속에 서술함으로서 '신빙성'의 효과를 자아내는 것 이외에도, 작가 불가코프는 1920년대에 실제로 사람들의 입에 오르내리며 유행하던 '화젯거리'를 그로테스

20) 1920년대와 30년대의 러시아적 삶의 사회적-역사적 배경에 대한 이해 없이 불가코프 작품의 양면성을 이해할 수 없다. — Nadine Natov, *op. cit.*, p.540. 참조.
21) 미하일 불가코프, 「비운의 달걀」, 앞의 책, p.11.

크의 줄거리로 묘사함으로서 당시의 현실을 풍자함과 동시에 또한 '신빙성'을 부가시킨다. 「개의 심장」이 쓰인 1920년대 모스크바에서는 신문 등의 저널리즘을 통하여, 생식기관의 이식에 의한 인간 본성의 교정 및 향상에 대한 과학적 실험과 우생학에 대한 논의가 매우 유행하는 화제 중의 하나였던 것으로 밝혀지고 있다.[22] 당시에 발행된 잡지 *Красна нива* 지(紙)에 실린 다음의 기사 내용은 이를 잘 입증해 준다.

> Ряд операций, произведенных И. Г. Коганом, по пересадке половых яичек курам, морским свинкам и собакам с целью омоложения, привел к определенным результатам. У старых кур была восстановлена яйценоскость, а старым морским свинкам была возвращена способность деторождения[23]
>
> 코간 교수가 동물들의 생식력을 부활시키기 위하여 암탉, 돌고래, 개들에게 실시한 생식란 이식 수술은 다음과 같은 결과를 가져왔다. 늙은 어미 닭은 산란능력이 되살아났으며, 늙은 돌고래는 생식 능력을 되찾았다.

또한, 1924년 발행된 잡지 *Жизнь искусства* 에 실린 논문 "Поэтика в 1923 году"에서 П. Жуков는 과학적 견지에서 인간을 젊게 하는 방법이 실용 단계에 들어섰음을 이야기하고 있으며,[24] 더 나아가면 동물에 대한 이식 수술 뿐만 아니라 사람에 대한 이식 수술 이야기도 눈에 띈다는 사실에서, 우리는 1920년대 당시 독자들에게 불가코프의 「개의 심장」에서 묘사되는 그로테스크한 수술 이야기가 어느 정도로 '신빙성'의 효과를 자아낼 수 있었는지를 가늠하여 볼 수 있다.

이상에서 살펴본 바와 같이, 불가코프는 1920년대 당시에 실제로 존재하던 여러 가지 명칭들(도시, 거리, 공원, 골목이름, 기관의 명칭, 노래가사, 책제목 등), 부재하는 명칭들의 변형들(광고문안, 노래가사, 공공기관명칭), 당시의 전형적인 인물상, 발생 가능한 실제 사건-상황들, 식량문제, 난방문제 등의 어려운 생활상, 유행하는 화젯거리 등을 구체적으로 서술하여 역사성을 띠게 만듦으로서 그로테스크 자체에 '신빙성'의 효과를 자아내고 있음을 알 수 있다.

---

22) И. Н. Баженова, «Булгаков Михаил: Я хотел служить народу—Проза, Пьесы, Письма, Образ писателя», Москва, Педагогика, 1991, сс.703-4.
23) [Красная нива] No.48, (2 декабря, 1923), сс.2-3.
24) [Жизнь искусства] No.1, (1924), с.10.

3. 위과학적 근거 서술의 신빙성

불가코프적 그로테스크에 의해서 묘사되는 사건은 실현가능성이 높은 것만큼 아주 정확하게 '과학적'으로 서술되어짐으로서, 독자로 하여금 그로테스크적인 상황을 사실적 상황으로 믿게 만든다. 특히, 불가코프의 '20년대 세 중편소설 가운데 「비운의 달걀」과 「개의 심장」은 작가가 자연과학의 영역에 밀접히 관련되어 있음을 직접적으로 드러내 주는 작품들이다.

이들 두 중편소설의 이야기는 모두 과학적 실험에 관한 이야기로서, 매우 환상적이며 공상과학적이다. 「비운의 달걀」에서 동물학 교수 뻬르시코프에 의해서 실시된 과학적 실험의 결과, 동물 유기체의 생성, 발육 촉진에 영향을 미칠 수 있는 '생명 방사선(Луч жизни)'이 발견되고, 이 방사선은 동물의 성장과정을 급속도로 촉진시킬 수 있어서, 수없이 많은 뱀들과 악어 떼가 전대미문의 거대한 크기로 출현하게 되며, 「개의 심장」에서는 쁘레오브라젠스키 교수에 의해서 개의 뇌에 인간의 뇌하수체를 이식시키는 복잡한 의학 실험이 실행됨으로서, 그 결과 개가 인간으로 바뀌는 초월적인 '개-인간'이 출현한다. 이러한 환상적이며 공상적인 이야기에 대하여 당시의 많은 비평가들은 작품이 지니는 '과학적 근거 불충분'을 이유로 작가를 맹비난하였을 뿐만 아니라, 그를 심지어 반동적이며 복고적인 작가로까지 매도하였다.[25)]

하지만, 본 논문에서는 이러한 과학적 근거 불충분의 서술이 오히려 불가코프적 그로테스크에 '신빙성'의 효과를 자아내는 예술적 기법으로 사용되고 있다는 시각에서 '위(僞)과학적 근거의 서술'로 명명하고자 한다. 이러한 '위(僞)과학적 근거 서술'이 자아내는 '신빙성'의 효과로 말미암아 그토록 환상적이며 공상과학적인 줄거리를 담고 있는 소설들이지만 놀랍게도 완전히 사실적으로 지각되고 있다. '위(僞)과학적 근거 서술'의 그로테스크는 다른 작가의 그로테스크에서는 전혀 찾아 볼 수 없는 불가코프만의 고유한 특성으로서, 작가의 해박한 자연과학적 지식과 풍부한 의학적 경험 등에서 우러나오는 것으로 볼 수 있다.

즉, 끼예프 의과대학을 졸업하고 1916년에서 1920년까지 여러 곳의 의료 기관들에서 다양한 의학 실습을 경험한 직업적 의사 불가코프는 생물학, 동물학,

25) 특히, Нусинов는 불가코프 작품에 나타난 '과학적 근거 불충분성'에 대하여 맹비난하면서, 불가코프의「비운의 달걀」이 작가로서 창작발전의 '끝'이라고 예언한다. "불가코프는 우익진영의 작가이며 반동적-복고적 작가이다. 그의 유토피아 속에는 미래의 해방이나 미래의 파멸, 혹은 대사건이나 대참상의 커다란 이데아가 내재되어 있다. 그러나 불가코프의 유토피아 속에는 의미 있는 대이상향에 대한 어떠한 암시도 존재치 않는다. 작품 속에 나타나는 철학은 단순하여 반소비에트적 일화에 지나지 않는다….그의 유토피아의 정치적 의미는 분명하다. 즉 혁명이 8월에 영하 18도로 떨어지는 것과 같은 기적에 의해서만 인간의 구원이 가능한 파충류들을 발생시켰다는 것이다." - И. Нусинов, "Путь М. Булгакова", Печать и революция IV, (1929), p.47. 참조.

의학 등의 자연과학 분야의 학문적 연구상태를 아주 잘 알고 있었으며, 작가는 이러한 학문적 지식들을 자신의 작품 속에 상세하게 반영시키고 있다. 이에 대하여 작가 스스로도 자신의 친한 친구이자 전기 작가인 П. С. Попов에게 다음과 같이 밝히고 있다.

> Избрал карьеру врача, поскольку меня привлекала всегда блестящая работа. Работа врача мне и представлялась блестящей. Меня очень привлёк микроскоп, когда я посмотрел на него, мне он показался очень интересным.[26)]
>
> 화려한 일이 항상 나의 마음을 끌었기 때문에 나는 의사의 직업을 선택하였다. 의사의 일은 나에게 화려하게 생각되었다. 내가 현미경을 바라볼 때 현미경은 나의 마음을 아주 끌었으며, 현미경은 나에게 아주 흥미있는 것을 보여 주었다.

이러한 전기적 고찰에서 밝혀지는 의사 불가코프로서의 영향은 작품 속에서 위과학적 근거 서술의 발판이 됨으로서 불가코프적인 그로테스크의 고유한 특성을 이루고 있다. 즉, 의사 불가코프이였기에 가능한 서술들이 마치 진짜인 것처럼 현장감 넘치게 사실적으로 묘사됨으로서 '신빙성'의 효과를 한층 더 강화시켜 주는 것이다. 위의 인용문에서 밝혀지듯이, 화려한 일과 현미경에 매혹되었던 의사 불가코프의 영향은「비운의 달걀」에서 동물학자 뻬르시코프 교수가 펼치는 '화려한 연구'와 현미경 실험 장면으로 나타나고 있음을 알 수 있다. 즉, 다음의 인용문에 볼 수 있듯이, 현미경을 조작하며 관찰하는 교수의 실험 장면에 대한 묘사들에서 우리는 불가코프적 그로테스크의 '신빙성'을 가져오는 위(僞)과학적 근거의 서술들을 발견한다.

> Он сидел на винтящемся трехногом табурете и побуревшими от табаку пальцами вертел кремальеру великолепного цейсовского микроскопа, в который был заложен обыкновенный неокрашенный препарат свежих амеб.(p.49).
>
> 그는 삼각다리의 회전용 접의자 위에 앉아서는 담배 니코친 때문에 누르스름하게 변해버린 손가락으로 멋진 쩨이소프스키 대형 현미경의 렌즈 조절나사를 돌리고 있었으며, 현미경 안에는 싱싱한 아메바들이 채색되지 않은 채, 보통 크기의 프레파라트로 만들어져 장착되어 있었다.[27)]

---

26) В. В. Гудкова, "Повесть Михаила Булгакова", «Собрание сочинений в пяти томах Том второй», Москва, Художественная литература, 1989, р.680.
27) 미하일 불가코프,「비운의 달걀」, 앞의 책, p.16.

Запоздалый грузовик прошел по улице Герцена, колыхнув старые стены института. Плоская стеклянная чашечка с пинцетами звякнула на столе. Профессор побледнел и занес руки над микроскопом, так, словно мать над дитятей, которому угрожает опасность. (p.50)

늦은 밤의 화물차 한 대가 연구소 벽의 낡은 담벼락을 뒤흔들어 놓으며 게르 거리를 따라 달렸다. 그 바람에 몇 개의 핀셋트가 걸쳐져 있던 목이 얕은 조그만 유리 찻잔이 탁자 위에서 딸그락 딸그락 소리를 내었다. 교수는 갑자기 얼굴이 창백해졌다. 그리고는 얼른 현미경 위로 양팔을 벌려서는, 마치 위험에 처한 아이를 보호하려는 어미와도 같이, 현미경을 감싸 안으려 하였다.[28)]

한편, 「개의 심장」에서 주인공 쁘레오브라젠스키 교수가 사설 병원으로 사용하는 아파트의 관찰실과 수술실도 매우 상세하고 세밀하게 묘사되어져 있다. 의사로서의 경험이 없는 작가라면 도저히 불가능한 위과학적 근거의 서술들이 신빙성있게 묘사됨으로서 독자들은 전혀 그로테스크라는 생각을 갖지 못하게 된다. 마치 개 샤릭과 함께 진짜 병원의 관찰실에 들어와서 진료를 받고, 실제로 수술대 위에서 개가 인간으로 바뀌는 수술이 이루어지며, 또한 그것이 정말로 실현 가능한 실제상황인 것처럼 여겨지는 것이다.

Стены, уставленные шкафами с блестящими инструментами.(p.128)

번쩍번쩍 빛나는 기구들이 놓여 있는 장식장 위의 벽 쪽으로[29)]

Длинный стол был раскинут, а сбоку придвинули маленький четырёхугольный на блестящей ноге.(p.153)

긴 탁자가 넓게 펴지더니, 바로 그 옆으로 외발이 붙은 사각의 조그만 탁자가 가까이 당겨져 왔다.[30)]

이와 같이, 발생하고 있는 상황에 직업적 의사만의 독특하고 상세한 묘사 기법에 의하여 신빙성의 효과를 자아내면서, 작가는 극히 기묘한 방법으로 위과학적 근거성을 추구해 나아간다. 즉, 과학적 증명도 되지 않은 문자 그대로의 환상적인 사이비 과학 실험들에 대한 이야기에서, 불가코프는 주어진 상황에 일정한 기능을 수행할 수 있는 사실적 혹은 대화적 단편들을 특별하게 잘 정돈하여 첨가시키는 것이다. 이렇게 첨가된 단편들은 독자들의 상상을 불러일으키거나, 발생하고 있는 사건 혹은 상황에 대한 현실적 가능성을 불러일으키는 기능을 수행한

28) 미하일 불가코프, 「비운의 달걀」, 앞의 책, p.19.
29) 미하일 불가코프, 「개의 심장」, 정연호 역, (서울: 열린책들, 1998), p.31.
30) 미하일 불가코프, 「개의 심장」, 앞의 책, p.83.

다. 다시 말하면, 평범하지 않은 특별한 현상에 작가는 사실적이고 인과적인 동기를 부여함으로서 마치 자연스럽게 발생하는 평범한 현상인 것처럼 여겨지게 만드는 것이다. 「비운의 달걀」에서 아직 다 연구되지도 않았고, 아직 확실히 밝혀지지도 않은 방사선을 가지고 인체에 매우 유해한 것처럼 아주 심각하게 말하는 뻬르시코프 교수의 다음 이야기는 그 대표적인 예라 할 수 있다.

> Только предупреждаю, —продолжал Персиков,— руки не следует совать в луч, потому что, по моим наблюдениям, он вызывает разрастание эпителия...а злокачественны они или нет, я, к сожалению, еще не мог установить. Тут пришелец проворно спрятал свои руки за спину, уронив кожаный картуз, и поглядел на руки профессора. Они были насквозь прожжены иодом, а правая у кисти забинтована.— А как же вы, профессор? —Можете купить резиновые перчатки у Швабе на Кузнецком,—раздраженно ответил профессор.—Я не обязан об этом заботиться.(p.83)
>
> "단, 한 가지만 내 미리 경고하겠소." 뻬르시코프가 계속하여 말하였다. "손을 절대로 광선 안으로 집어넣어서는 안 돼요. 왜냐하면, 내가 관찰한 바에 의하면, 광선은 표피세포의 증식을 불러일으키기 때문에… 하지만, 이런 세포번식이 악성적인 것인지 아닌지는, 유감스럽게도, 아직 나는 확증할 수가 없었소." 이때, 그 사나이는 재빨리 자신의 손을 등 뒤로 감추는 것이었다. 이 바람에 그는 테 없는 가죽모자를 떨어뜨렸다. 그리고 나서, 그는 교수의 손을 쳐다보았다. 교수의 손에는 요오드가 발라져 있었으며, 오른쪽 손끝에는 붕대가 감겨져 있었다. "교수 동무, 어떻게 된 겁니까?" "꾸즈녜쯔키 거리에 있는 쉬바브 가게에 가면 고무장갑을 살 수 있소." 교수는 화난 말투로 퉁명스럽게 대꾸하였다. "나는 그런 일에까지 신경을 쓰며 걱정을 해야 할 의무는 없소이다."[31]

또한, 「개의 심장」에서 죽은 지 얼마 안 된 인간의 뇌로부터 추출한 뇌하수체를 개한테 이식시키는 수술 장면 묘사에는 과학적-의학적 전문 학술 용어들이 상세하고도 풍부하게 들어있다. 즉, 평범한 독자들의 귀에 낯설기 만한 전문용어들의 상세한 서술들은 그로테스크적 상황을 실제 상황으로 몰고 갈 만큼 '신빙성'의 효과를 자아내는 위과학적 근거의 서술들이다. 의학적인 전문 용어들과 어우러지면서 팽팽한 긴장감 속에 전개되는 다음의 수술 장면들에서 우리는 불가코프적인 그로테스크에서만 찾아 볼 수 있는 위과학적 근거의 서술들을 발견할 수 있다.

> Иван Арнольдович, самый важный момент, когда я войду в турецкое седло. Мгновенно, умоляю вас, подайте отросток, и тут же шить!

31) 미하일 불가코프, 「비운의 달걀」, 앞의 책, p.97.

Если там у меня начнет кровить, потеряем время и пса потеряем. Впрочем, для него и так никакого шанса нету.(p.154-5)

이반 아르놀리도비치, 내가 뚜레쯔꼬예 세들로[32]로 들어갈 때가 가장 중요한 순간이오. 간곡히 부탁하는데, 순간적으로 뇌하수체를 내게 건네주어야 하오. 그리고 여기를 즉시 꿰매시오! 만일 저기 내 쪽에서 출혈이 시작된다면, 우리는 시간을 잃게 될 것이고, 그러면 개도 잃게 됩니다. 하지만, 개를 위해선 이 같은 기회도 다시는 없을 거요.[33]

Филипп Филиппович вертел ножом в теле, потом крикнул:—Ножницы! Инструмент мелькнул в руках у тяпнутого, как у фокусника. Филипп Филиппович залез в глубину и в несколько поворотов вырвал из тела Шарика его семенные железы с какими-то обрывками. Борменталь, совершенно мокрый от усердия и волнения, бросился к стеклянной банке и извлек из нее другие мокрые, обвисшие семенные железы. В рукаху профессора и ассистента запрыгали, завились короткие влажные струны. Дробно защелкали кривые иглы в зажимах. Семенные железы вшили на место Шариковых.(p.156)

필립 필리뽀비치는 개의 몸통 속에서 칼을 빙빙 돌리고 난 다음 소리쳤다. "가위!" 가위가 마치 요술쟁이의 손에 들린 것처럼 젊은 의사의 손에서 번쩍거렸다. 필립 필리뽀비치가 손을 더 깊숙이 찔러 넣더니 몇 번 회전시킨 다음 샤릭의 몸속에서 지스러기가 붙은 정자 분비관을 꺼냈다. 열의와 흥분으로 온몸이 완전히 젖어 버린 보르멘딸리는 유리병 쪽으로 급히 뛰어가더니 병 속에서 축축이 젖어 아래로 축 늘어진 다른 정자분비관을 하나 끄집어냈다. 교수의 손에도, 그리고 조수의 손에도 마치 기타 줄같이 생긴 짤따랗고 축축한 실 하나가 꿈틀꿈틀 거리며 감기기 시작했다. 압착기로 꽉 쥐어져 고정된 굽은 바늘들이 손끝에서 섬세하게 튕겨지며 움직여 나아가기 시작했다. 마침내 정자 분비관이 샤리꼬프의 그 자리에 들어가 꿰매어졌다.[34]

한편, 「비운의 달걀」에서도 뻬르시코프 교수를 집요하게 쫓아다니며 여러 가지 질문 공세를 퍼붓는 브론스키(Вронский) 기자에 의해서 교수의 해박한 과학 지식이 전문적이고 학술적인 용어와 어우러지며 상세하게 묘사되고 있다. 동물학 혹은 조류학에 대하여 대부분 문외한에 가까운 일반 독자들에게 있어서, 조류의 종류며 닭의 질병 등에 대한 상세한 나열과 설명은 그로테스크적 상황의 진위 여부를 묻고자 하는 의혹을 쉽게 소멸시켜 버린다. 전혀 믿기 어려울 정도의 과장되고 환상적인 그로테스크의 서술들에서 우리는 아무런 의혹 없이 쉽게 믿어 버리게 만드는 불가코프만의 독특한 '신빙성'을 자아내는 위과학적 근거의 서술

32) 의학 용어로 뇌하수체를 담고 있는 뼈로 된 골수 부위를 가리킨다.
33) 미하일 불가코프, 「개의 심장」, 앞의 책, p.85.
34) 미하일 불가코프, 「개의 심장」, 앞의 책, p.88.

들을 발견할 수 있다.

> Впрочем, если вам интересно, извольте. Куры, или гребенчатые... род птиц из отряда куриных. Из семейства фазановых....(p.73)
>
> 하지만, 당신이 흥미 있어 한다니깐, 내 몇 마디만 말해주지. 닭들, 혹은 빗 모양의 벼슬을 가진… 새 종류로서 닭과에 속하지. 그리고 꿩과에 속하는 것들 중에서…[35)]
>
> Гм, не специалист я......вы Португалова спросите...А впрочем...Ну, ленточные глисты, сосальщики, чесоточный клещ, железница, птичий клещ, куриная вошь или пухоед, блохи, куриная холера, крупозно-дифтерийное воспаление слизистых оболочек....(p.73).
>
> 으-음, 전문가가 아니라니까, 나는……당신은 뽀르뚜가로프한테나 가서 물어봐야 되요……. 으-음, 하지만…그렇지, 리본 모양의 가늘고 긴 기생충, 흡충류, 옴진디, 개 피부병, 새진디, 암탉 이, 깃털에 끓는 이, 벼룩, 암탉 콜레라, 크루프성-디프테리아 각막염…[36)]

이와 같이, 직업적 의사로서의 경력을 가진 불가코프의 전기적 사실들은, 다른 작가의 그로테스크적 묘사에서는 찾아 볼 수 없는 독특하고 상세한 묘사 기법으로 불가코프적 그로테스크에 삽입되어 사실적이고 인과적인 동기의 '위과학적 근거성'을 부여함으로써, 독자들로 하여금 발생하는 사건과 상황에 대한 현실적 실현 가능성을 불러일으키고 불가코프적 그로테스크에 '신빙성'을 주는 수단으로 작용하고 있다.

4. 맺는 글

일반적으로 불가코프의 작품을 사실주의적이라 하고 그를 사실주의 작가로 분류한다. 하지만, 그의 작품에 나타난 환상적이고 공상적인 이야기만을 놓고 보면, 그의 작품은 전혀 사실과 관계가 멀며, 도저히 사실주의적이라 할 수 없을 것 같아 보인다. 그러나 우리는 여전히 그를 사실주의 작가로 규정하고 그의 작품을 사실주의적이라 여긴다. 이는 그의 사실주의가 일반적인 사실주의가 아닌 '그로테스크적 사실주의'라는데도 기인하지만, 무엇보다도 사실이 아닌 것을 사실인 것처럼 여기게 만드는 '불가코프적인 그로테스크' 기법에서 기인한다고 본다. 이러한 불가코프만의 독특한 그로테스크 기법이 가장 두드러지게 나타나는 작품이 바로 1920년대의 세 중편소설이다. 이들 세 중편에 나타난 '그로테스크'

35) 미하일 불가코프, 「비운의 달걀」, 앞의 책, p.72.
36) 미하일 불가코프, 「비운의 달걀」, 앞의 책, p.73-4.

는 다른 작가의 작품에 나타난 그로테스크와 같이 그로테스크가 지니는 여러 가지의 일반적인 속성들을 지니고 있기도 하지만, 또한 다른 작가의 그로테스크에서는 전혀 찾아 볼 수 없는 불가코프만의 독특한 특성을 지니고 있다. 필자는 그것을 불가코프적 그로테스크만이 지니고 있는 '신빙성'이라 보았다. 즉, 환상적이며 과장된 그로테스크적 상황을 마치 현실 속에서 실제로 벌어지는 실제상황인 것처럼 만드는 '신빙성'은 다른 작가에게서 도저히 찾아 볼 수 없는 '불가코프적'인 특성이라 할 수 있다. 이러한 불가코프적 그로테스크의 신빙성은 앞에서 살펴본 바와 같이, 구체적-역사적 상황에 대한 서술과 위과학적 근거에 의한 서술로서 이루어지고 있음을 알 수 있다. 즉, 불가코프는 1920년대 당시에 실제로 존재하던 여러 가지 명칭들(도시, 거리, 공원, 골목이름, 기관의 명칭, 노래가사, 책제목 등), 존재하지 않지만 독자들의 뇌리 속에서 쉽게 연상되는 유사한 명칭들의 변형들(광고문안, 노래가사, 공공기관명칭), 당시의 동시대적이며 전형적인 인물상, 발생 가능한 실제 사건—상황들, 식량문제, 난방문제 등의 어려운 생활상, 당시에 유행하던 화제거리 등을 구체적으로 서술하여 역사성을 띠게 만듦으로써, 그로테스크 자체에 '신빙성'의 효과를 자아내고 있음을 알 수 있다. 또한, 직업적 의사로서의 경력을 가진 불가코프의 전기적 사실들은, 다른 작가의 그로테스크적 묘사에서는 찾아 볼 수 없는 독특하고 상세한 묘사 기법으로 불가코프적 그로테스크에 삽입되어 사실적이고 인과적인 동기의 '위과학적 근거성'을 부여함으로써, 독자들로 하여금 발생하는 사건과 상황에 대한 현실적 실현 가능성을 불러일으키고 불가코프적 그로테스크에 '신빙성'을 주는 수단으로 작용하고 있음도 알 수 있다.

작품 해설

** 악마의 서사시 **

「악마의 서사시」는 1920년대 불가코프가 쓴 세 편의 중편 소설 가운데 첫 번째 소설이다. 작품은 전체의 줄거리를 정돈하기가 어려울 정도로 마치 뿌연 안개 속을 헤매듯 당시의 혼란스러운 시대상을 대변하며 전개된다. 작품의 배경이 되는 1920년대는 전시 공산주의 시대로 실제로 작품 속에서 나타나듯, 봉급 대신에 성냥이나 포도주 등을 주었던 시대였다.

정상적인 사고를 하며 정상적인 근무를 하던 평범한 사무원 까로뜨코프가 정신 병원까지 갔다가 마침내 옥상 꼭대기 위에 올라가 떨어져 죽기까지의 일련의 사건들은 얽히고설켜 복잡하게 전개된다. 사건은 성냥 공장에서 근무하던 까로뜨코프가 봉급 대신에 받은 질 나쁜 성냥으로 인하여 눈에 화상을 입는 것에서부터 시작된다. 자신의 직장 상사가 밤사이에 해임되어 버리고 새로운 국장으로 깔리소네르(구레나룻이 없는)가 부임되어 온 줄도 모르고, 까로뜨코프는 새 국장을 몰라보는 실수를 저지름과 동시에 결재 서류에서 국장의 이름이 <깔리소네르>인지도 모른 채, 여직원들에게 <깔리손(속바지)>을 지급하라는 공문서를 작성하는 바람에 하루아침에 해고 되고 만다.

작가는 많은 인텔리겐짜들이 갑자기 직장에서 내몰림으로써 하루아침에 정상적인 질서가 무너져 내리던 당시의 사회적 혼란상을 암시하고 있다. 그 후 자신의 부당 해고를 알리기 위하여 국장(깔리소네르)을 쫓고 쫓는 까로뜨코프의 추격전은 마치 무성 영화의 한 장면을 보는 듯하다. 이미 이성을 잃어가고 있는 까로뜨코프에게 똑같이 생긴 두 명의 깔리소네르(구레나룻이 있는 깔리소네르와 구레나룻이 없는 깔리소네르)가 나타나며 까로뜨코프 자신도 까로브코프로 오인(誤認)받는다. 까로뜨코프가 분실한 자신의 신분증을 만들려고 하는 과정에서 벌어지는 일련의 코믹한 사건들은 당시 무식한 프롤레타리아 관료 사회의 경직성을 그로테스크하게 풍자한 불가코프적 사실주의의 일면을 엿보게 한다. 까로뜨코프가 신분증을 재발급 받으려고 찾아간 사무실의 한 서기보는 서랍 속에 하루 종일 누워 있다가 서기의 명령이 떨어지자 마치 로봇처럼 서랍 속에서 일어나 기어 나온다. 그는 서랍 속에서 나오자마자 아무 영문도 모른 채 무조건 기계적으로 마구 써대기 시작한다. 스위치를 누르면 자동적으로 움직이는 거대한 로봇들처럼, 오로지 하나의 명령에 의하여 전후 사정 안 가리고 기계적으로 움직이는 당시 사회주의 체제에 대한 작가의 부정적 시각이 여기에 담겨 있다.

결국 작가는 정상적인 사람이 미치광이가 될 수밖에 없는 당시의 대혼란상을 자신의 고유한 <그로테스크적 사실주의>를 통해 나타내고 있는 것이다. 마치 마지막 장면에서 주인공 까로뜨코프가 옥상 꼭대기로부터 땅을 향하여 아래로 곤두박질치며 떨어질 때, 그의 눈에는 반대로 회색빛 건물들이 아래로 떨어지고 자신은 위를 향하여 올라가고 있는 것처럼 보이듯이…….

비운의 달걀

불가코프의 '20년대 환상적-풍자적 중편소설 가운데 하나인 «비운의 달걀(Роковые яйца)»은 혁명 후 1920년대의 급변하는 러시아 사회상을 그로테스크적인 사실주의 수법으로 잘 그려내고 있을 뿐만 아니라, 불가코프적인 서술기법의 단초를 잘 나타내 주고 있는 작품으로 평가 받는다. 주인공 뻬르시코프 교수는 당시 인텔리겐챠의 한 유형을 대변하고 있으며, 알렉산드르 록(Рокк)은 당시의 프롤레타리아 무산계급을 대변한다고 볼 수 있다. 또한, 당시에 마치 전염병이 번지듯이 러시아 전국을 휩쓸었던 혁명의 도도한 물결은 작품 속에서 '닭전염병'으로 나타나고 있다. 이는 전염병이 국외로 번져 나아가지 않고 오로지 러시아 국경 안에서 머물렀다는 사실에서도 추론이 가능하다. 혁명 후에 몰아닥친 내란과 '전시공산주의'체제 하에서의 러시아 인텔리겐챠들의 삶과 고통을 작가는 굶주림에 죽은 연구소 수위 노인의 죽음으로 대변하면서, 그의 죽음의 원인을 주인공 뻬르시코프 교수가 '사료부족'이라고 외치는 코믹성마저 보인다. 특히, 작품 속에 등장하는 주인공 뻬르시코프는 가운데가 대머리이고 양 옆으로 머리가 난 모습을 하고 있는데, 이는 꼭 레닌의 대머리 모습과 매우 흡사하다. 이리나 구트킨(Irina Gutkin)은 뻬르시코프의 나이가 1928년 봄에 정확히 58세이며, 레닌 또한 1870년 4월 22일생으로 1928년 봄에 꼭 58세가 되는 점을 들어, 작품 속의 뻬르시코프는 레닌을 가리키고 있다고 주장한다. 또한, 뻬르시코프의 이름과 부칭인 블라지미르 이빠찌예비치 뻬르시코프(Владимир Ипатьевич Персиков)와 블라지미르 일리이치 레닌(Владимир Ильич Ленин)의 이름-부칭과는 상호 유사한 점이 발견된다. 이리나 구트킨의 견해에 의하면, 1920년대에 레닌은 볼셰비키 정책의 최우선 과제로서 전소비에트 연방의 전화(電火)를 강조하였는데, 작품 속에서 뻬르시코프에 의해 발견된 '붉은 광선'은 바로 레닌의 그것을 상징한다는 것이다. '붉은 광선' 뿐만이 아니라, 신문기자의 명함을 비롯하여 작품 곳곳에서 우리는 혁명을 상징하는 '붉은(Красный)'색의 '형용사'를 찾아 볼 수 있다. 이와 같이 불가코프적인 서술기법 속에는 동시대의 역사적인 사실을 구체적으로 기술하는 '구체적 역사성' 뿐만이 아니라, 닭전염병의 종류를 세세하게 과학적으로 기술하는 등의 '위과학적 근거성'도 보인다. 일찍이 불가코프 작품을 맹비난하였던 소비에트 비평가 누시노프(Нусинов:1889-1950)는 「비운의 달걀」에 나타나는 파충류들의 허무맹랑한 대참사와 8월에 기온이 갑자기 영하 18도로 떨어지는 등의 예를 들어 작품 전체를 반(反)소비에트적인 일화로 일축하면서 작품 속의 '과학적 근거 불충분성'을 지적하였으나, 필자의 학위논문 "불가코프 작품에 나타난 서술기법의 특징연구"에서는 이를 불가코프적인 그로테스크에 신빙성의 효과를 자아내기 위한 예술적 방법으로 파악하여 '위(僞)과학적 근거성'으로 명명한 바 있다. 이와 같이, 그로테스크에 신빙성을 더해주는 예는 작품 속에서 풍자노래가 수가 부른 노래 "아-아, 마마, 나는 어떻게 할까요?…."가 실제로 당시 유행하던 노래였다는 사실에서도 찾아 볼 수 있으며, 노래 속에 나오는 가사 '알 없이(без яйц)'에서는 풍자성이 곁들여진 코믹함 마저 느낄 수 있다. 다른 한편으로 남성고환(Мужское яйцо)을 상징한다고 볼 수 있는 알(яйцо)과 관계된 이 같은 코믹성을 우리는 록(Рокк)의 아내가 배달된 달걀을 집어 들고 "오-오!… 세상에… 이렇게 클 수가!" 하고 외치자, 록이 "외제잖아!" 하며 대꾸하는 장면이라든가, 알을 소유하고 있는 모든 시민들은 즉시 해당지역 경찰서에 알을 신고하여야 한다는 등의 대목 등에서 수없이 찾아 볼 수 있다. 작품 속에는 실제의 지명이나 혹은 거리 이름 등이 자주 등장하는데, 이중에서 특히 주목할 만한 점은 외국산 달걀에서 부화된 뱀, 타조 등의 거대한 무리들이 모스크바를 향하여 진격할 때의 이동경로는 1812년 나폴레옹이 프랑스 대군을 이끌고 모스크바를 향하여 진격하였던 경로와 똑 같다는 사실이다. 또한, 이들 거대한 뱀 무리들을 소탕하기 위하여 출동한 '붉은 군대'가 발맞추어 행진하면서 부르는 군가는 1871년 국제노동자협회에서 만든 '만국 노동자의 노래'를 리듬과 박자에 맞추어 불가코프가 재구성한 것으로 밝혀지고 있다.

오늘날 20세기 러시아 문학에서 간과할 수 없는 위치를 차지하는 불가코프 문학은 그의 유고 「거장과 마르가리따」가 세상에 알려지면서 연구되기 시작하였다. 그 동안 많은 러시아 문학 연구가들에 의해서 불가코프문학에 대한 조명이 다각도로 이루어져 왔으며, 이제 이러한 연구와 노력의 결과로 작가 불가코프는 어느 정도 판명되어진 작가로서 불린다. 하지만, 불가코프 문학 연구의 전체적인 흐름이 「거장과 마르가리따」를 중심으로 이루어져 왔으며, 이 최후의 대작에 집중된 수많은 연구들과 이 작품을 제외한 다른 수많은 작품들을 비교하여 볼 때, 불가코프 문학 세계에 대한 전체적인 조명은 아직 충분치 않다고 본다. 자신이 창작한 많은 작품들 가운데 오로지 장편 「백위군」과 중편 「악마의 서사시」만을 책으로 출판할 수 있었을 정도로 불행한 작가의 삶을 영위하였던 불가코프를 생각할 때, 그가 남기고 간 문학유산 전체를 깊이 이해하기 위해서는 대표작에 대한 연구 못지않게 '20년대 작품들(「악마의 서사시」, 「비운의 달걀」, 「개의 심장」)의 연구 또한 중요하다 아니 할 수 없다. 불가코프의 작품은 전체적으로 사실주의에 속하는 작품들로 분류되고 있지만, 그의 사실주의는 한 가지로 말할 수 없는 여러 가지의 경향을 나타내고 있다. '20년대에도 그는 신문칼럼(фельетон), 중편소설, 장편소설, 희곡의 다양한 장르를 집필하였으며, 이러한 여러 가지 종류의 작품들을 통하여 제각기 다른 사실주의적 경향을 나타내고 있다. 불가코프가 '20년대에 집필한 여러 가지 경향의 사실주의 작품들은 그의 창작발달 과정에 따라 다음과 같이 4단계로 나누어 볼 수 있다. 첫 번째 단계의 작품들은 그가 작가로서 첫발을 내딛으면서 여러 신문들에 기고하였던 수많은 신문칼럼들이다. 이 시기의 신문칼럼들은 사무적이며 문서적이라 할 정도로 간결하면서도 정확한 서술기법으로 쓰여 있지만, 주된 경향은 당시의 새로운 삶을 풍자적으로 묘사한 문체적 특성이다. 지면이 제한되어 있는 아주 작은 분량의 칼럼들이지만 작가는 날카로운 판단과 번뜩이는 기지로 당시의 상황을 아주 정확하게 비판하고 있다. 두 번째 단계의 작품으로 그의 첫 중편소설인 「소맷동 위의 수기」를 들 수 있다. 이 중편소설은 작품의 성격상 이전의 신문칼럼들 가운데 가장 불가코프적인 것이라는 생각이 들 정도로 칼럼의 인상을 강하게 풍기고 있다. 그러나 우선 작품의 분량 면에서 그리고 신문칼럼에서 다루는 오로지 한가지의 문제에 비해 보다 다양하고 복잡한 문제를 다루고 있다는 점에서 그의 첫 중편소설임에는 의심의 여지가 없다. 여기서 주목할 수 있는 것은 의사에서 작가로 변신한 불가코프가 이제 작품의 분량 면에서보다 볼륨 있는 작품으로 옮겨가고 있다는 사실이다. 세 번째 단계에서 그는 자신의 첫 장편소설 「백위군」을 집필함과 동시에 훗날 「젊은 의사의 수기」로 묶어지는 단편소설들(「수탉을 수놓은 수건」 등)을 여러 의학 잡지에 게재한다. 이들 작품들에서 불가코프는 역사의 소용돌이 속에서 자신이 몸소 겪은 경험과 의사로서의 체험 등을 있는 그대로 아주 정확하게 묘사함으로써, 고전적이고 비판적인 사실주의 경향을 나타낸다. 네 번째 단계의 작품으로 그로테스크적 사실주의 경향을 가장 강하게 나타내는 세 중편소설들(「악마의 서사시」, 「비운의 달걀」, 「개의 심장」)을 이야기할 수 있다. 이 세 작품을 집필하던 1925년 당시 작가 불가코프는 이전에 출판된 자신의 첫 장편소설 「백위군」에 쏟아진 소비에트 체제 위정자들의 날카로운 비난 속에서 「뚜르빈가의 하루」에 연이어 내려지는 상연금지를 감수해야 했다. 여기서, 작가 불가코프는 이전의 작품들에서 사용하였던 서술기법과는 뭔가 다른 새로운 문체적 특성을 지니는 실험작을 구상하게 된다. 작가는 당시의 혁명, 내란 그리고 전시공산주의로 이어지는 대공황 속의 소비에트 체제를 하나의 사회적 실험(социальный эксперимент)으로 보았다. 그러므로 이러한 실험의 테마는 그가 새로운 돌파구로서 구상한 실험작(세 중편소설)을 통하여 구체화되고 있다. 불가코프가 새로운 문체적 특성으로서 기획한 서술기법 상의 실험은 바로 그로테스크적인 기법이었으며, 따라서 이들 세 작품에는 「백위군」의 비판적 사실주의 경향과 다른 그로테스크적 사실주의 경향을 강하게 나타내고 있다. 그동안 이들 세 작품에 대한 연구는 주로 각각의 작품에 나타난 사회적 실험의 테마 분석에 많은 관심을 기울인 반면, 서술기법 상에 나타난 새로운 실험에 대해서는 소홀히 하였으며, 특히 세 작품을 하나의 그룹으로 묶어서 고찰하는 연구방법은 선택되지 않아 왔다. 불가코프의 '20년대 세 중편소설을 「거장과 마르가리따」 이전의 실험작으로 보는 시각은 불가코프 문학의 올바른 이해에 적당치 않다고 본다. 앞에서 '실험작'이라는 표현을 쓴 것은 그의 창작 발달 과정에 나타난 새로운 서술기법의 시도라는 관점에서의 실험이라는 이야기이지, 대작에 비교하여 수준이 떨어진다는 의미는 결코 아니다. 세 작품과 「거장과 마르가리따」는 우선 다루고 있는 테마가 다르며 작품을 이루는 구성 자체가 다르므로 서로의 수준을 비교한다는 것은 별개의 문제이다. 「거장과 마르가리따」의 모스크바 편에서 주로 묘사되는 그로테스크적 서술기법의 철학성은 보다 신비적이고 종교적인 색체를 띰으로써 세 작품의 그로테스크와 전혀 다르게 구별되어진다. 일반적으로 아주 독특한 작품으로 평가받고 있는 「거장과 마르가리따」가 있기까지에는 앞서 살펴본 바와 같이 '20년대의 창작 발달 과정이 있었다. 만일 그가 「백위군」과 「뚜르빈가의 하루」에 대한 비난이 빗발치던 제 4단계에서 자신의 고유한 서술기법을 찾으려는 새로운 시도를 하지 않았다면, 오늘날과 같은 불가코프의 명성을 가져온 「거장과 마르가리따」는 존재치 않았을 것이다. 세 작품에 형성된 불가코프 고유의 그로테스크적 서술기법은 「거장과 마르가리따」라는 독특한 대작을 이루는 하나의 발판이 되었다. 또한 제 4단계에서 불가코프는 새로운 서술기법으로서의 그로테스크적인 표현방법을 사용함과 동시에, 이전에 수많은 신문칼럼들에서 단편적으로 사용하였던 서술기법들을 총괄하여 다루고 있다. 따라서 '20년대 세 중편소설은 대작을 이루는 발판이 되고 있을 뿐만 아니라, 이전의 모든 신문 칼럼들을 총결산하는 중요한 역할도 담당하고 있다고 볼 수 있다.

개의 심장

불가코프는 1925년 1월에서 3월 사이에 중편 「개의 심장」을 완성하였다. 그러나 이 작품이 공식적으로 세상의 빛을 보게 되기까지는 작가의 운명만큼이나 어둡고 긴 터널을 거쳐야 했다. 1925년 7월 「악마의 서사시」, 「비운의 달걀」과 몇몇 단편들이 수록된 문집 「악마의 서사시」는 압수되었으며, 1926년 10월 모스크바 예술극장에서 「뚜르빈가의 하루」가 초연된 후에는, 작가에 대한 비난이 더욱 더 심해져 마침내 1927년 초, 모스크바 예술극장은 「개의 심장」의 각색에 대한 계약마저 파기하기에 이른다. 하지만 불가코프는 1925년 중편 「개의 심장」을 완성한 후에, 자신의 작품을 친지나 친구들이 모인 문학 모임 등에서 여러 번 낭독하였는데, 이러한 일련의 과정들은 훗날 60년이란 긴 세월이 지난 후인 1987년 6월, 잡지 『즈나먀 *Знамя*』에 처음으로 「개의 심장」이 발표되었을 때, 독자들에게 아주 낯설지 만은 않은 작품이 되게끔 하는 큰 원동력이 되었다.

또한, 불가코프는 한번도 「개의 심장」의 각본을 쓴 적이 없음에도 불구하고, 1987년 이후 오늘날까지도 러시아의 많은 예술극장에서 이 작품에 대한 공연이 성공적으로 이루어졌는데, 이것은 많은 배우와 연출가들이 이 작품을 해석하고 각색한 때문인 것으로 밝혀졌다.

「개의 심장」이 쓰인 1920년대 모스크바에서 생식기관의 이식에 의한 인간 본성의 교정 및 우생학 등에 대한 논의는 신문 등의 저널리즘을 통하여 흔히 유행하던 화제 중의 하나였다. 또한 당시는 혁명과 내전으로 이어지는 대혼란의 소용돌이를 겪으면서, 모든 분야에서 볼셰비키의 혁명 이데올로기가 강요되던 시대이기도 하였다. 본래 의사 출신인 작가 불가코프는 당시 유행하던 화제, 즉 과학의 발달이 가져올 수 있는 놀라운 가능성에 대하여 자연히 관심을 가지게 되었으며, 이러한 관심은 작품 속에서 주인공 쁘레오브라젠스키가 개-샤릭을 정자 분비관의 이식을 통하여 새로운 인간-샤리코프로 변형시키는 수술로 나타난다. <쁘레오브라젠스키>라는 이름도 <변형시키다>의 뜻을 지닌 러시아어 동사 <쁘레오브라지찌 преобразить>에서 유래된 것이다.

이 작품에서 작가는 개를 인간으로 변형시키는 비자연적이고 부자연스러운 수술을 볼셰비키의 파괴적인 혁명과 동일시하고 있다. 그리고 작가는 이 수술이 잘못되었음을 마치 혁명의 부당함을 알리듯이, 주인공 쁘레오브라젠스키를 통하여 전한다. 이는 개를 인간으로 변형시키는 수술의 성공 후에 <샤리코프 (개-인간)>라는 결과물을 놓고, 과연 자연의 법칙을 거스르는 이와 같은 수술이 인류의 미래를 위하여 정당한 일인가? 하는 문제를 가지고, 자신의 조수 보르멘딸리와 진지한 대화를 나누는 장면에서 드러난다. 여기에서 불가코프는 자신의 주인공 쁘레오브라젠스키를 통하여, 인간 사회에도 자연에서와 같은 법칙이 존재하며, '변화'란, 일련의 과정을 무시해 버리는 혁명적 방법이 아닌, 자연의 진화와 같은 점진적 방법으로 이루어져야 한다는 것을 역설한다. 즉, 자연의 법칙을 파괴하고 자연의 순리를 거역하였을 때, 인간에게 엄청난 재앙이 올 수 있다는 자신의 철학을 전달하고 있는 것이다.

> 나한테 설명 좀 해보시오. 그래, 어째서 스피노자의 머리를 인공적으로 만들어 내는 게 필요합니까? 평범한 보통의 아낙네도 언제든지 그와 같은 머리를 출산해 낼 수 있는데 말이오!

본래 개 샤릭에게 이식된 뇌하수체는 죽은 <끌림 추군낀>의 것이다. 러시아어로 <추군 чугун>은 '강철'을 의미하며, 이는 또 다른 강철을 의미하는 단어 <스탈리 сталь>와 연관된다. 이는 작품 속에서 샤리코프의 외모가 스탈린과 매우 비슷하게 묘사되고 있는 것과도 무관하지 않은 것으로 밝혀지고 있다.

한편, 쉽게 변형될 수 없는 <강철>의 성질을 지닌 샤리코프를 인간으로 변형시키려는 쁘레오브라젠스키와 그의 조수 보르멘딸리의 반대편에는 같은 프롤레타리아 출신의 쉬본제르와 그가 이끄는 <담콤 ДОМКОМ (주택관리위원회)>이 등장한다. 쉬본제르가 샤리코프에게 지어 준 이름 뽈리그라프 뽈리그라포비치 (<뽈리그라프 полиграф>는 러시아어로 <복사기>라는 뜻이다)에서 알 수 있듯이, 샤리코프는 쉬본제르의 명령에 의하여 움직이는 하수인이며, 그의 기계적인 복사판이다. 처음에 쉬본제르 일당이 쁘레오브라센스키 교수의 아파트를 공용화하기 위하여, 그의 아파트에 나타났을 때, 교수는 이를 끝까지 막아낸다. 불가코프 문학에 있어서 아파트 즉, 집 (돔<Дом>)은 행복하고 단란한 가정의 상징임과 동시에, 수 세대에 걸쳐서 잘 보존되어 온 인텔리겐쨔의 전통과 관습이 급속하게 붕괴되고 있는 대상으로서의 상징성을 나타낸다. 쁘레오브라젠스키 교수는 샤리코프가 자신과 동일한 인텔리겐쨔 출신이 아니며, 단지 잘못된 수술 (실험실 속에서의 혁명)에 의하여 탄생되었음을 강조하는 반면에, 쉬본제르는 샤리코프가 자신과 동일한 프롤레타리아 출신임을 강조한다. 그는 쁘레오브라젠스키 교수의 아파트를 프롤레타리아에게 평등하게 분배하여 주는 데 실패한 후, 교수의 아파트에서 실험실적 혁명에 의하여 탄생된 샤리코프를 교수의 불법적(不法的)인 아들로 간주하면서 쁘레오브라젠스키를 부르주아로 몰아 맹렬히 공격한다.

하지만, 샤리코프는 쉬본제르에 의해서 통제받고 그에 의하여 조정될 수 있듯이 또 다른 누군가에 의해서도 통제받고 지시받을 수 있는 가능성의 소유자이며, 이는 누군가에게 항상 충성을 맹세할 수 있는 <소비에트적 충실견(充實犬)>의 인간형을 연상시킨다. 또한, 샤리코프가 입고 다니는 가죽 재킷의 복장은 쉬본제르 일당뿐만 아니라 혁명 시대의 국가 보안국 (Государственное Политическое Управление)의 복장을 연상시키기도 한다. 그가 맡은 직책은 모스크바 시내를 배회하는 모든 유랑 동물들 (특히 고양이)을 제거하는 <숙청(肅淸) 지부>의 관리 책임자이다. 결국 인텔리겐쨔 쁘레오브라젠스키는 프롤레타리아의 저질적인 인간 본성을 교정하기 위하여 실험실 인간-샤리코프를 창조하였으나, 그것은 창조가 아닌 또 다른 변형물 '개-인간'을 만들어 내는 중대한 실수였음을 곧바로 직시하게 되며, 따라서 샤리코프 (개-인간)를 다시 샤릭(개)으로 환원시키는 수술을 단행한다. 마치 불가코프 자신이 당시에 저질러지고 있던 혁명의 소용돌이를 다시 혁명 이전으로 환원시키고 싶었던 것처럼……

불가코프 연보

1891년 미하일 아파나시예비치 불가코프는 1891년 5월 15일 당시 끼예프 신학교 교수였던 아버지 아파나시야 이바노비치 불가코프와 어머니 바르바라 미하일로브나 사이의 장남으로 태어났다.(밑으로 두 남동생과 네 여동생이 있었음)

1900년 끼예프 제2중학교에 입학.

1901년 끼예프 제1중학교에 재입학. 여기서 소년 미하일은 약 8년간을 수학하게 되며, 이 중학시절의 추억과 인상은 후에 장편 『백위군』에 그대로 나타난다.

1902–1908년 불가코프네 가족은 끼예프 시내 여러 곳으로 이사를 다니다가 마침내 1906년 지금의 "뚜르빈가의 집"이라 일컬어지는 안드레예프스키 언덕길 13번지에 정착하며, 현재 이곳은 불가코프의 박물관으로 사용되고 있다. 장편 『백위군』과 희곡 『뚜르빈가의 나날들』은 모두 이 집을 배경으로 집필된 것으로 알려져 있음.

1907년 이 해 3월에 아버지 아파나시야 이바노비치 불가코프는 신장경화증으로 사망하며, 어머니 바르바라 미하일로브나는 7명이나 되는 자식의 양육을 위하여 교직을 얻는다.

1909년 소년 불가코프는 끼예프 제1중학교를 졸업하고 8월에 끼예프대학교 의과대학에 입학한다.

1913년 이 해 4월 불가코프는 사라또프 출신의 따찌야나 니콜라예브나 라빠 (불가코프의 첫 번째 부인)와 결혼한다.

1914년 제1차 세계대전이 발발하자, 불가코프는 사라또프에 있는 참전 부상병을 위한 조그만 진료소에서 의료행위를 돕는다.

1915년 학업을 계속하기 위하여 끼예프로 돌아오며, 총장의 허락으로 끼예프 국군병원에서 수련의 과정을 밟으면서 졸업시험 준비를 한다.

1916년 마침내 이 해 2월에 불가코프는 의사 최종 자격시험에 합격하며, 5월에서 8월 사이에는 일선 국군병원(우끄라이나 남서부)에서 군의(軍醫)로 일한다. 이때 그의 아내 따찌야나는 곁에서 그가 수술하는 것을 도왔다. 스몰렌스크 의사 자치회의 소집명령에 따라, 9월에는 아주 외딴 산간벽지 니콜리스코예 마을의 지방자치병원 의사로 전보발령 되는데, 이 조그만 병원에서의 이야기는 모두 『젊은 의사의 수기』의 단편이 된다. 그리고 불가코프에게 있어 1916년에서 1917년의 이 기간은 그의 최초 '문학 경험기' 라고 볼 수 있다.

1917년 2월에 아내와 함께 처가 사라또프로 여행 갔다가 그 곳에서 짜리즘 붕괴의 2월 혁명 소식을 접한다. 3월에 다시 니콜리스코예 병원으로 돌아옴. 그러나 디프테리아에 걸려 그 고통을 감소하려고 자신에게 몰핀을 주사하였다가 사경을 헤맨다. 아내의 도움으로 간신히 건강을 회복한 불가코프는 훗날 이때의 경험과 인상을 단편 『Недуг(질병)』 (보존되어 있지 않음)에 적었다가 다시 『Морфий(모르핀)』으로 개작한다. 9월에 뱌지마 도시 지방자치 병원으로 옮김. 이 병원에서 불가코프는 전염병과 성병 전문의로 일하면서 틈틈이 니콜리스코예 지방 병원에서 일어났던 여러 가지 사건들을 일련의 단편들로 쓰기 시작한다. 12월에는 모스크바와 사라또프로 여행하며 혁명의 처참한 실상을 몸소 목격한다.

1918년 2월에 건강상의 이유로 군의관 제대 허가를 받으며, 3월에 아내와 함께 끼예프로 돌아와 정든 옛 고향집(안드레예프스키 언덕길 13번지)에 정착한다. 자신의 집에서 불가코프는 성병-전문의로서의 개인 의사 영업을 시작하나, 곧 끼예프는 전체가 내란의 소용돌이 속으로 휘말린다.

1919년 2월—봄, 내란의 소용돌이 속에서 불가코프는 시시때때로 바뀌는 끼예프 정권의 군대에 의해서 군의관 소집 명령을 받는다. 이때의 인상을 작가는 자신의 수상기 『Киев-город(끼예프-도시)』에서 상세히 적고 있다. 여름—가을 초, 불가코프는 『Наброски земского врача(지방 의사의 스케치)』, 『젊은 의사의 수기』 단편집의 초안), 『Недуг (질병)』, 『Первый цвет (첫 번째 꽃)』을 집필 함. 9월-10월, 제니낀이 이끄는 백군이 끼예프에 들어오고, 마침내 불가코프는 백군 산하의 까자크군 군의관으로 징집되어 종군하기 시작한다. 이해 겨울 불가코프는 백군을 따라 Владикавказ (블라디까프까즈)에 도달한다. 블라디까프까즈에서 불가코프는 군의관의 임무를 수행하기 위하여 여러 도시를 왕래하면서도 한편으로는 틈틈이 신문에 원고를 투고하였다. 이때, 『Дань восхищения; 황홀한 갚음』, 『Юнкер; 사관생도』등의 Фельетон(문학칼럼)들이 신문에 게재되었다.

1920년 2월에 블라디-까프까즈의 최초 일간지인 «까프까즈»의 창간호가 발행되었으며 투고자의 명단에 불가코프의 이름도 실리게 된다. 불가코프는 이 무렵 의사로서의 경력을 버리고 작가로 살 것을 결심하며 블라디까프까즈의 문단에 자주 출입하기 시작한다. 2월-3월, 불가코프가 티푸스에 걸려 앓아 누워있던 동안, 블라디까프까즈의 정권이 바뀌어 소비에트의 군대가 들어옴. 불가코프는 백위군에 종군했던 자신의 경력을 감추기 위하여 자신이 알고 지내던 작가가 책임을 맡고 있는 블라디까프까즈 인민교육부 예술분과위원회 산하의 문학과(ЛИТО) 주임으로 일하게 된다. 7월-8월, 불가코프는 4막으로 구성된 드라마 『Братья Турбины (뚜르빈가의 형제들)』을 집필한다. 10월, 『뚜르빈가의 형제들』이 상연되어 크게 호평을 받음 (블라디-까프까즈 제1소비에트 극장에서 한 달에 4번 공연됨).

1921년 1월-2월, 희곡 『Парижские коммунары (파리 코뮌의 사람들)』을 집필함. 이 해 5월 블라디-까프까즈를 떠나 9월에 돈 한 푼 없이 모스크바에 도착한다. 사도바야 거리 10번지 50호에 세 들어 살면서, 불가코프는 교육인민위원회 산하 문학부회(ЛИТО)의 비서로 일하기 시작함. 11월 ЛИТО가 해산되는 바람에 면직된 불가코프는 『상업-산업 통보』지의 사회부 주임으로 자리를 옮김. 이 해 가을에서 겨울 불가코프는 『Записки на манжетах (소맷동 위의 수기)』를 타이피스트에게 받아 적게 한다.

1922년; 1월에《상업-산업 통보》가 폐간되자 또 다시 실직하며, 이어서 어머니 바르바라 미하일로브나의 티푸스로 인한 사망 소식을 접한다. 이 슬픈 소식이 장편 『백위군』의 작품 구상을 촉발시키는 자극제로 작용한다. 2월-3월, 주코프스키 공군 아카데미 과학-기술 위원회 군사-출판부의 책임자로서 잠시 일한다. 3월, 『Необыкновенные приключения доктора (의사의 이상한 모험)』을 집필한다. 4월에, 신문 『Гудок;경적』지에서 편지 및 신문칼럼의 교정 일을 맡아본다. 5월에는 신문 『Накануне; 전야』지에 기고하기 시작함. 5월 말에서 6월 초, 잡지 『Рупор; 메가폰』에 단편 『의사의 이상한 모험』이 게재되어짐. (이것이 작가 불가코프의 완전한 이름하에 발표된 최초의 작품임). 6월, 『전야』지에 『소맷동 위의 수기』 제1부가 실림. 12월부터 후에 "Столица в блокноте (서류철 속의 수도)"라는 이름하에 묶여지는 수상기들(очерки)을 『전야』지에 연재하기 시작함. 단편 『No 13—Дом Эльпит-Рабкоммуна』가 잡지 『Красный журнал для всех: 모든 사람들을 위한 붉은 잡지』에 게재됨.

1923년; 1월 『소맷동 위의 수기』 제2부가 잡지 『러시아』의 동년 제5호에 실림. 1월-2월, 『백위군』의 제1부를 "Жёлтый прапор (황색의 소위보)"라는 이름으로 비평 잡지 «Ревизор;검찰관»에 실으려다 거절당함. 4월, 수상기 『Сорок сороков』가 «전야»지에 실림. 4월-5월, «전야»지의 출장으로 끼예프에 가며, 거기서 수상기 『끼예프 도시』를 집필하고, 『백위군』의 완성을 위한 자료를 수집한다. 7월, 펠리에톤 『Самогонное озеро: 자가 양조의 호수』가 『전야』지에 실림. 9월, 단편 『Псалом;성가』가 『전야』지에 실림.

1924년; 이 해 1월에 레닌이 사망. 『백위군』을 모스크바 문학써클에서 낭독함. 2월에 중편 『Дьяволиада (악마의 서사시)』를 문예잡지 『Недра;내부』(no-4, 3월호)에 발표한다. 단편 『Ханский огонь: 칸의 불』이 잡지 『모든 사람들을 위한 붉은 잡지』에 실림. 3월 계속하여 『백위군』을 모스크바 문학써클에서 낭독함. 4월, 문학칼럼 『Багровый остров (적자색의 섬)』이 『전야』지에 실림. 첫 번째 부인 따찌야나와 이혼함. 5월-6월, 『백위군』의 몇 개의 장을 『전야』지에 "Вечерок у Василисы (바실리 집에서의 조그만 야회)"라는 이름하에 발표. 9월, 문예잡지 『내부』의 청탁으로 중편 『Роковые яйца (비운의 달걀)』 집필. 10월-12월, 장편 『백위군』의 완성. 두 번째 부인 류보피 예브게니예브나 벨로제르스까야와 동거 시작.

1925년; 1월, 단편 『Богема(보헤미안)』을 잡지 «Красная нива; 빨간 경지»(제1호)에 발표. 잡지 『러시아』 제4호에 『백위군』 제1부 발표, 『백위군』은 제6부의 중간까지 연재되었으나 동지가 폐간되어 전편을 발표하지 못함. 모스크바 예술극장의 청탁에 따라 『백위군』의 각색을 스케치하기 시작함. (이 과정은 후에 소설 『Театральный роман (극장소설)』속에서 상세히 표현되고 있다) 1월-3월, 중편 『개의 심장』을 집필함. (2월에서 3월에 걸쳐 몇몇 지기들의 개인 아파트에서 『개의 심장』의 낭독회가 이루어짐, 하지만, 이 작품은 소비에트의 현실에 대하여 노골적인 적의를 나타냈다는 혹평 하에 검열을 통과하지 못함) 4월, 두 번째 부인 류보피와 정식으로 결혼. 7월, 작품선집 『악마의 서사시』가 출판된다. (이 작품집 속에 중편 「악마의 서사시」, 「비운의 달걀」과 3개의 단편 「No 13.—Дом Эльпит-Рабкоммуна (13번지 엘리삐트-노동 코뮌의 집)」, 「Китайская история (중국의 역사)」, 「Похождения Чичикова (치치코프의 편력)」이 수록됨). 7월-8월초, 희곡 『백위군』의 첫 번째 완성원고(5막12장)가 탈고됨. 8월, 희곡 『백위군』이 모스크바 예술극장(MXAT)에서 상연된다. 9월, 스따니슬라브스키(Станиславский)의 참석 하에 모스크바 예술 극장의 배우들이 모인 가운데, 희곡 『백위군』의 낭독회가 이루어진다. 이어서, 희곡 『Зойкина квартира (조야의 아파트)』를 쓰기 시작함.

1926년; 1월, 바흐딴고프의 극장에서 희곡 『조야의 아파트』의 낭독회가 이루어짐. 단편 『Вьюга(눈보라)』가 잡지 『Медицинский работник(의료인)』 (제2호-3호)에 게재된다. 5월, 전년도에 「개의 심장」이 검열에 통과하지 못한 것과 관련되어 가택수색을 당한다. 이때 「개의 심장」을 타이핑한 원고와 필사원고 노트("Мой дневник; 나의 일기")가 압수당함. (그 후 몇

년이 지나서 고리끼의 탄원서가 있은 후에야 되돌려 받을 수 있었다) 6월, 희곡 『백위군』의 최초의 완성된 총체적 시연(試演)이 이루어짐 (합창과 오케스트라 그리고 완전한 장식이 겸비된다). 7월, 단편 「Тьма египетская (칠흑 같은 어둠)」이 잡지 『의료인』(제26호-27호)에 게재된다. 8월, 모스크바 예술극장에서 희곡 『백위군』의 이름이 "Семья Турбиных (뚜르빈 가(家)의 가족)"에서 "Дни Турбиных (뚜르빈 가(家)의 나날들)"로 개칭되어 시연됨. 9월, 최종적인 이름을 "뚜르빈 가(家)의 나날들"로 확정하면서 희곡 『뚜르빈 가의 나날들』의 텍스트가 완성되어짐. 단편 「Полотенце с петухом (수탉을 수놓은 수건)」이 잡지 『의료인』(제33호-34호)에 발표된다. 10월5일 마침내 모스크바 예술극장(MXAT)에서 희곡 『뚜르빈 가의 나날들』의 첫 공연이 이루어지며, 10월28일에는 극장 바흐딴고프에서 희곡 『조야의 아파트』의 첫 공연도 이루어진다.

1927년 12월, 단편 「Морфий (모르핀)」이 잡지 «의료인»(제45호-47호)에 발표됨. 파리의 <콩코르드> 출판사에서 『백위군』(제1권)을 단행본으로 출판. (제2권은 1929년에 출판됨)

1928년; 1월, 모스크바 예술극장과 희곡 『Бег(도망)』에 대한 협약을 맺음. 1월-2월, 희곡 『도망』을 집필한다. 그러나 5월, 희곡 『도망』은 초연도 되기 전에 상연금지 당함. 이어서, 『조야의 아파트』와 『뚜르빈 가의 나날들』도 극장에서 철회 당하는 운명을 맡는다. 12월, 연극 『적자색의 섬』이 까메르느이 극장에서 초연되어진다. 이해 6월 중순 경부터 불가코프는 새로운 소설(『거장과 마르가리따』의 첫 번째 원고인 「악마에 대한 소설」)에 대한 구상과 집필에 들어간다.

1929년 2월, 세 번째 아내가 될 엘레나 세르게예브나 쉴로브스까야와 사랑에 빠진다. 3월, 『뚜르빈 가의 나날들』, 『적자색의 섬』이 다시 상연금지 당하며, 평론가들의 반(反)불가코프 운동이 계속되면서 신경성의 병을 앓게 된다. 마침내, 불가코프의 모든 희곡들이 상연목록에서 철회되는 결정이 공표됨. 7월 초, 불가코프는 스탈린, 고리끼 등의 인사에게 국외이주를 청하는 탄원서를 쓴다. 9월, 옐레나 세르게예브나와 관련되는 <Тайному Другу (비밀스런 친구에게)>를 집필하는데, 이것의 발췌본은 후에 『Записок покойника (사자의 수기)-Театральный роман (극장소설)』의 토대를 이룬다. 10월, Мольер(몰리에르)에 관한 희곡 집필에 착수함. 12월 몰리에르에 관한 희곡의 첫 번째 완성원고(필사본)가 "Кабала святош (위선자들의 신비교)"라는 제목으로 탈고된다. 소설 『Театр (극장)』의 집필.

1930년 1월, 자먀찐, 뻴리냑과 만난다. 3월, 희곡 『몰리에르』의 상연금지. 불가코프는 소비에트 정부에 창작 활동에 대한 탄원서를 다시 제출하며, 『극장』, 『거장과 마르가리따』의 초기원고, 희곡 『Блаженство (지극한 행복)』의 필사본들을 불태운다. 4월에 마야코프스키가 자살함. 4월 18일, 스탈린이 불가코프에게 전화를 걸어 극장일을 자유롭게 할 수 있게 될 것을 약속한다.5월, 모스크바 예술극장의 의뢰로 고골의 원작 『죽은 혼』의 각색을 시작함. 이 작품은 11월에 탈고되지만 스따니슬라브스키와 의견이 대립되는 등의 이유로 인하여 2년 뒤에 상연됨. 12월, 『Адам и Ева (아담과 이브)』의 집필을 착수.

1931년; 1월, 희곡 『죽은 혼』의 시연이 이루어짐. 5월, 스탈린에게 자신의 창작 활동과 해외 휴가를 청하는 편지를 쓴다. 봄에서 여름 사이, 훗날 『거장과 마르가리따』의 여주인공상을 제공하는 스미르노바 부인과 알게 됨. 8월-9월, 레닌그라드로 여행을 하며, 거기서 볼쇼이 드라마 극장과 똘스또이 원작 『전쟁과 평화』의 각색에 관한 계약을 체결하고 다음 달부터 집필에 들어간다. 10월, 희곡 『몰리에르』의 상연금지가 해제됨. 11월, 해외로 떠나는 자먀찐을 전송한다.

1932년; 1월, 모스크바에서 『뚜르빈 가의 나날들』에 대한 공연재개의 허락이 정부로부터 내려진다. 2월, 『전쟁과 평화』의 각색을 완성하나 최종적으로 상연되지 못함. 7월, 출판사와 "Жизнь замечательных дюдей (훌륭한 사람들의 생애)"시리즈로서의 Мольер(몰리에르)에 대한 전기 집필을 계약한다. 이와 전후하여 유리 자바드스키의 극장과는 희곡 『몰리에르』를 『Мещанин во дворянстве(귀족평민)』으로 번역하는 계약도 체결한다. 10월, 두 번째 부인 류보피 예브게니예브나와 이혼하고 세 번째 부인 옐레나 세르게예브나와 결혼한다. 『거장과 마르가리따』의 집필이 재개됨. 11월 28일 모스크바 예술극장에서 희곡 『죽은 혼』이 초연된다.

1933년 3월, 몰리에르에 대한 전기소설이 『Жизнеописание господина де Мольера (신사 몰리에르의 생애)』라는 이름으로 탈고된다. 하지만, 4월에 편집자 찌호노프에 의해서 출판이 거절당함. 5월, 4년 전부터 구상해왔던 희곡 『Блаженство (지극한 행복)』에 본격적으로 착수한다. 9월, 고리끼와의 대화. 친지의 집에서 『거장과 마르가리따』의 몇 개의 장을 낭독함.

1934년 3월, 『죽은 혼』의 영화 시나리오 집필을 <Союзфильм (소유즈 필름)>과 계약한다. 4월, 희곡 『지극한 행복』의 완성. 5월, 『죽은 혼』의 영화 시나리오를 탈고하나 채택되지 않음.6월 20일, 연극 『뚜르빈 가의 나날들』의 500회 공연. 8월, <Украинфильм(우크라이나 필름)>과 고골 원작 『검찰관』의 영화 시나리오 집필을 계약한다. 10월 말, 최초의 완전한 변이체로서의 『거장과 마르가리따』가 37개의 장으로 구성되어 완성됨.

1935년 4월, 부인 엘레나와 함께 미국 대사관에서 주최한 한 무도회에 참가하게 되는데, 이때의 인상이 『거장과 마르가리따』의 장면 가운데 한 장면의 주제에 영향을 미친다. 9월, 희곡 『뿌쉬킨』, 『이반 바실리예비치』의 완성. 10월, 안나 아흐마또바가 불가코프에게 와서 자신의 남편과 아들의 체포 소식을 전한다. 불가코프는 안나 아흐마또바가 스탈린에게 탄원서 쓰는 것을 도와준다. (11월에 그들은 곧 석방되었다)

1936년 2월, 스탈린에 대한 희곡을 쓰기로 결심한다. 연극 『몰리에르』의 첫 공연. 6월, 볼쇼이 극장과 오페라 대본 『Минин иПожарский (미닌과 뽀좌르스키)』를 쓰기로 계약. 모스크바 근교의 별장(Дача)에 머물면서 『거장과 마르가리따』 필사본 원고 텍스트에 마지막 추가 교정 노트를 작성하기 시작한다. 9월, 모스크바 예술극장(MXAT)에 사직서를 제출하고 동시에 볼쇼이 극장에 원서를 낸다. (이로써 불가코프는 스따니슬라브스키와 완전 결렬하고 MXAT를 떠나게 된다) 11월, 『Записки покойника (Театральный роман); 극장소설』을 쓰기 시작함. 12월, 『미닌과 뽀좌르스키』의 탈고. 아내 엘레나가 스탈린에 대한 불가코프의 『Устные рассказы (구술 이야기들)』을 적기 시작한다.

1937년 3월, 볼쇼이 극장이 의뢰한 대본 『Чёрное море (흑해)』를 완성. 오페라 대본 『미닌과 뽀좌르스키』를 완성한다. 9월, 『Записки покойника (사자의 수기: 극장소설)』의 집필을 중도에 포기함. 12월, 『악마에 대한 소설(거장과 마르가리따)』의 새로운 완성원고 집필에 정력을 기울임.

1938년 겨울에서—봄, 『악마에 대한 소설(거장과 마르가리따)』에 대한 집중적인 원고 집필. 이 소설의 제6고가 완성됨. 『악마에 대한 소설』의 몇 개의 장을 친구와 친지들에게 낭독함. 5월, 『거장과 마르가리따』의 최종적인 필사원고를 마무리하기 시작함. 소설 두 번째의 완전한 변형으로 "거장과 마르가리따"라는 표제가 처음으로 주어짐. 6월, 『거장과 마르가리따』의 타이프 원고(제7고)가 완성되어짐. 10월, 『Дон-Кихот(돈키호테)』의 각색을 완성한다.

1939년 3월, 희곡『Батум (바툼)』의 착수. 4월-5월, 『거장과 마르가리따』에 에필로그가 덧붙여짐. 이 마지막 소설의 완전한 텍스트를 친구들에게 읽어준다. 7월, 희곡 『바툼』의 완성. 9월, 불가코프의 건강이 악화. 아내와 함께 레닌그라드에 가게 되는데 거기서 시력의 심한 악화를 자각하게 된다. 모스크바로 돌아와 진찰한 결과 고혈압성 신장경화증임이 드러남. 9월

16일부터 아내 옐레나 세르게예브나는 병상 기록을 쓰기 시작한다. 10월 4일, 옐레나는 『거장과 마르가리따』의 교정을 받아 적기 시작하며, 이 작업은 불가코프가 죽기 바로 전까지 거의 계속 되어졌다. 11월, 레닌그라드의 볼쇼이 드라마 극장과 희곡 『돈키호테』의 상연에 관한 계약을 체결함. 12월, 친구들에게 『거장과 마르가리따』를 읽어주고 몇 가지를 더 추가 보충한다.

1940년 1월25일, 아내와 함께 마지막 외출, 1월29일 병세 악화. 2월13일, 아내에게 마지막으로 『거장과 마르가리따』에 대한 교정을 받아 적게 한다. 3월 10일 오후 4시39분 미하일 아파나시예비치 불가코프는 그 생애를 마감한다. 3월12일 유해는 화장되어 노보제비치 수도원 묘지에 묻힌다.

1954년 12월; 소비에트 작가동맹 제2차대회에서 까베린은 불가코프의 명예회복을 요구한다.

1966년 비록 검열로 삭제당한 불완전한 형태이긴 하지만 『거장과 마르가리따』가 최초로 『모스크바』지에 발표되어짐. 그 뒤 여러 나라의 말로 번역되어 온 세계에 센세이션을 불러일으킴. 『젊은 의사의 수기』와 『백위군』도 발표된다.

1973년-1980년 예술문학출판사에서 『거장과 마르가리따』의 완전한 출간.

1989년 구소련에서 서간집, 회상록 등의 본격적인 불가코프 작품집(전5권) 간행이 시작되어짐.

옮긴이_**정연호**

옮긴이 정연호는 1960년 경기도 가평-설악에서 태어나 한국외국어대학교 노어과를 졸업하고 동대학원에서 "불가코프 작품에 나타난 서술기법의 특징연구"라는 논문으로 문학박사 학위를 수여받았다.

현재 대구가톨릭대학교 러시아어과 교수로 재직 중이며, 대표 논문으로는 "도스토옙스키 문학에 있어서 '자유'의 주제", "불가코프 희곡에 나타난 '지시문'의 특성", "불가코프 작품에 나타난 '타임머쉰'의 모티브", "불가코프의 『백위군』에 나타난 톨스토이적 모티브" 등이 있고, 저서와 역서로는 『체계적으로 배우는 생활러시아어 문법』, 『슬라브 문화의 이해』와 『개의 심장』, 『비운의 달걀』, 『이반 바실리예비치』 등이 있다.

불가코프 중편선

1판 1쇄 찍음 • 2010년 8월 30일
1판 3쇄 펴냄 • 2022년 8월 22일

편저자 • 정 연 호
발행인 • 정 현 걸
발 행 • 신 아 사
인 쇄 • 대명프린팅

출판등록 • 1956년 1월 5일 (제9-52호)
서울특별시 은평구 통일로59길 4 (2F)
전화 (02)382-6411 • 팩스 (02)382-6401
홈페이지 • www.shinasa.co.kr
이메일 • shinasa@daum.net
ISBN 978-89-8396-710-7 (03980)

정가 **16,000**원